LES TRISTES NOCES

DU MÊME AUTEUR
CHEZ LE MÊME ÉDITEUR

L'Orpheline du bois des Loups, 2003, coll. Trésors de France 2011
Les Enfants du Pas du Loup, 2005, coll. Trésors de France 2014
La Demoiselle des Bories, 2006, coll. Trésors de France 2012
Le Chant de l'Océan, 2007, coll. Trésors de France 2013
Le Moulin du Loup, 2008, coll. Trésors de France 2014
Le Chemin des Falaises, 2009, coll. Trésors de France 2015
La Grotte aux fées, 2011, coll. Trésors de France 2016
Les Ravages de la passion, 2012, coll. Trésors de France 2017
Les Occupants du domaine, 2013, coll. Trésors de France 2017

Marie-Bernadette Dupuy

LES TRISTES NOCES

Roman

TERRES DE FRANCE

Les Presses de la Cité

ISBN 978-2-258-20087-6
Dépôt légal : novembre 2022

A mes chers parents,
qui ont su faire naître en moi l'amour des livres.

A ma très dévouée Guillemette qui,
comme le faisait ma petite tante Gaby,
m'apporte amour et soutien...
Il n'est pas toujours facile de vivre
auprès de certains auteurs...
En pleine écriture et perdue dans mes recherches,
il faut vraiment du courage pour me supporter,
alors merci à toi de me rester fidèle.

Remerciements

Pour donner naissance à un livre, où l'histoire se mêle au parfum d'un terroir, de longues recherches et entretiens sont indispensables.

Je tiens donc à remercier toutes les personnes qui m'ont aidée et qui ne désirent pas être citées.

Un chaleureux merci à monsieur Jacques Bréjoux qui m'avait parlé il y a déjà quelques années, avec beaucoup de gentillesse, de l'histoire du moulin du Verger où il perpétue la fabrication artisanale du papier.

Note de l'auteure

Comment renoncer à des personnages qui ont pris une telle importance dans ma vie ? Je me devais de poursuivre cette histoire, de retrouver Claire et Jean après la Première Guerre mondiale, d'accompagner Faustine, personnage lumineux et attachant, sur le chemin de l'amour.

La vallée des Eaux-Claires, site naturel et historique au charme envoûtant, demeure le décor où se jouent drames, bonheurs et interrogations… Qui est l'ignoble individu qui viole des petites filles ? Faustine est-elle bien faite pour Denis, et Matthieu pour Corentine ? Quel est cet envoûtement étrange qui saisit Claire en présence de William Lancester ?

Une vallée qu'il vous plaira, j'en suis sûre, de retrouver dans ce troisième livre, consacré au destin de Faustine.

Les temps changent, le progrès dit moderne fait son apparition, avec l'électricité, le téléphone, l'essor de l'automobile, mais, pour Claire, rien ne remplacera le galop d'un cheval, l'amitié d'un loup.

A l'aube des Années folles, chacun va chercher sa voie, au risque de se perdre.

J'espère que ce troisième tome séduira tous ceux qui ont aimé *Le Moulin du Loup* ; j'espère qu'ils y trouveront le même charme, la même fraîcheur.

1

Cauchemars

Vallée des Eaux-Claires, 21 novembre 1918

Jean plongea sa main dans un des cageots de pommes entreposés sous le hangar. Il porta un fruit à sa bouche et croqua un morceau qu'il recracha. La chair était jaunie et âcre.

« Trop tard, ça n'aura servi à rien, tout ce boulot... »

Claire avait tenu à sauver la récolte de l'année, certaine qu'il rentrerait à temps pour relancer la fabrication des « Cidres Dumont ». C'était une belle preuve d'amour.

« Elle pensait me faire plaisir... et moi, j'ai du mal à m'intéresser à tout ça, maintenant. »

Il jeta un coup d'œil désabusé sur le pressoir et les fûts alignés. Travailler ses parcelles de terre, obtenir des vignes et du verger le meilleur rendement, cela l'avait passionné des années. Depuis, il y avait eu la guerre.

« Quelle engeance ! pesta-t-il. Quatre ans loin de sa famille, à se demander si on la reverra un jour. Quatre ans à croire que l'on va mourir le lendemain, et puis non, je suis encore là... »

A l'aube de ses quarante-deux ans, Jean Dumont aurait dû se réjouir d'avoir survécu à l'enfer des tranchées et des champs de bataille. Tant d'autres ne respiraient pas le parfum de la pluie, ne sentaient plus ni le froid ni le chaud. Des camarades d'un soir, des inconnus qui, le temps de leur agonie, lui étaient devenus proches.

— Qu'est-ce que j'ai à broyer du noir ? ajouta-t-il tout haut. Mon copain Léon est vivant, lui aussi, et il ne se pose pas tant de questions. Huit jours que je suis de retour, et je tourne comme un lion en cage.

Il décocha un coup de pied dans une caisse en planches. Il sortit au grand air. Rien n'avait changé : les falaises dressaient leurs murailles grises, les saules bordant la rivière étaient exactement à la même place, ainsi que les toits du Moulin du Loup. La vallée s'étendait, en toilette d'automne, grise et rousse.

« Je ferais mieux de rentrer, se dit-il en marchant vers sa bicyclette. Claire devait me rejoindre, mais il vente dur. Autant lui éviter le chemin... »

Claire. Son esprit lui renvoya en une seconde le beau visage de son épouse. Fidèle, amoureuse comme au premier jour de leur rencontre, elle était la seule capable de lui offrir des instants d'oubli, grâce aux délices retrouvées de son corps, de sa tendresse. Il allait rentrer le plus vite possible, l'attirer dans la chambre et tirer le verrou.

« On se blottira sous l'édredon, tout nus, pensa-t-il. Il n'y a que ça de vrai, sa peau contre la mienne, sa chair toute douce. »

Jean boutonna sa veste et enfonça sa casquette. A hauteur de la cabane qu'il avait construite une dizaine d'années plus tôt, un bruit insolite l'arrêta. Cela ressemblait à des gémissements, à des plaintes.

« Tiens, qu'est-ce qui se passe ici ? C'est bizarre », se dit-il.

Avec un soupir, il reposa sa machine et contourna la bâtisse à la peinture verte écaillée. La porte était entrebâillée de quelques centimètres.

« Où est passé le cadenas, bon sang ? J'ai mes outils à l'intérieur. »

Il resta planté sur le seuil. Râteau, fourche, bêche étaient rangés contre la cloison. La petite table, les deux tabourets, le matériel de pêche étaient disposés au fond. La cabane semblait en ordre, cependant Jean perçut nettement une respiration rapide. Il marcha jusqu'au lit en fer, où il faisait parfois la sieste.

Un cri aigu résonna à ses pieds, suivi d'un sanglot. Jean se jeta à genoux et se pencha. Une fillette était cachée sous le sommier. Elle le fixait d'un air hagard, de grosses larmes coulant sur son visage.

— Qu'est-ce que tu fais là, petite ? Voyons, n'aie pas peur, je ne vais pas te gronder ! Tu m'as entendu venir et tu t'es cachée ?

Il lui tendit la main. Elle ferma les yeux, se recroquevillant davantage contre le mur. Jean attendit un peu.

« Elle a peur, très peur. Je ne dois pas la brusquer », pensa-t-il.

Des images revenaient, d'une précision cffarante : un gamin de dix-huit ans, le ventre ouvert, qui appelait sa mère, cramponné à son bras… qui lui criait, le regard fou : « Dis, Jean, j'vais pas crever, hein, Jean, faut que je rentre à la maison. J'ai la trouille, aide-moi, conduis-moi à l'hôpital ! »

Mais l'hôpital était bien trop loin, les infirmiers également. Les obus pleuvaient, l'air vibrait de détonations, la mort frappait au hasard. La gosse sous le lit avait le même regard terrifié.

— Petite, cet endroit m'appartient, j'habite au Moulin du Loup, tu le connais, le Moulin ? Ma femme, c'est Claire Roy. De quoi as-tu si peur ? Dis-le-moi, je te défendrai, va !

Il s'étendit à même le plancher pour mieux regarder la fillette. Elle scrutait son visage. Il lui sourit.

— On peut discuter comme ça, mais on serait mieux debout. Tu veux bien me dire ton prénom ? Moi, c'est Jean.

— Pia !

— Pia ? Tu ne serais pas une enfant des Italiens logés à Chamoulard, chez le vieux Vincent ?

— Si, monsieur… Je la connais, madame Claire.

— Alors, viens donc, je suis le père de Faustine, tu peux me faire confiance.

Jean tendit à nouveau la main. Cette fois, les doigts de Pia s'y agrippèrent. Il l'aida à s'extirper de sa cachette. Son cœur manqua un battement devant le gilet maculé de boue, le corsage déchiré, la jupe tachée de sang. C'était une enfant maigre, aux longs cheveux bruns et raides, au visage étroit mangé par de grands yeux noirs.

— Qui t'a fait mal ? Un homme ?

Pia fit signe que oui d'un hochement de tête véhément. Elle claquait des dents, les bras croisés devant sa poitrine à peine formée, dans l'espoir de la dissimuler. Ce triste spectacle bouleversa Jean.

— Pauvre mignonne, tu as froid ! Je vais t'emmener au Moulin ; Claire te soignera. Il y a César et Thérèse, là-bas. Tu les connais, ils vont à l'école du bourg.

— Oui, monsieur ! répondit-elle d'un ton rassuré.

Il ôta sa veste fourrée et en enveloppa Pia qui se remit à pleurer.

— J'ai plus mon gilet… Maman me grondera.

— Je reviendrai le chercher, ne t'inquiète pas.

Il parlait d'une voix paisible et rassurante, malgré la colère prête à l'envahir tout entier. Quel type était assez malade, dans la région, pour s'en prendre à une fille si jeune ? Il n'osa pas l'interroger.

Claire étalait de la pâte à tarte. Des chansons lui venaient aux lèvres, des refrains d'amour. Le retour de Jean la rendait ivre d'une joie profonde. Après dix jours, elle ne s'était pas encore calmée. Elle avait envie de cuisiner, de briquer chaque meuble, de se lancer dans des lessives inutiles, la maison étant impeccable du grenier au cellier. C'était une belle femme aux longs cheveux bruns, au teint de pêche. Son regard noir brillait d'une vive tendresse pour ceux qu'elle aimait, pour les bêtes et les plantes. Sa bouche couleur cerise se fendait d'un sourire extasié. De taille moyenne, elle paraissait mince et vive malgré une poitrine arrogante et des hanches rondes.

« Nous avons eu tant de chance ! se répétait-elle. Matthieu et Denis ont été blessés, mais rien de grave. J'ai mon Jean, et Raymonde a enfin retrouvé son Léon. »

Raymonde, sa servante depuis des années, était bien plus que ça : c'était presque une sœur. Aussi blonde que Claire était brune, un blond nuancé de châtain, elle avait séduit par son rire audacieux, son joli minois et son corps plantureux le meilleur ami de Jean, Léon. Ce joyeux drille au grand cœur occupait des fonctions diverses, tour à tour palefrenier, bûcheron ou jardinier. Sa silhouette dégingandée, sa longue figure mobile et sa tignasse rousse n'en faisaient pas forcément un beau garçon, mais il avait l'art de se rendre sympathique et de mêler la gentillesse à une sagesse toute populaire.

Lui, ses années de guerre s'étaient passées au fond de la campagne allemande, comme employé agricole dans une porcherie. Les prisonniers, d'après son récit, avaient une « sacrée veine ». Léon mangeait à sa faim, loin de la ligne de feu.

Le matin où Jean et Denis étaient revenus ensemble au Moulin, deux jours après l'armistice, Raymonde avait dû faire bonne figure afin de ne pas gâcher la liesse des retrouvailles. Toute la famille s'était évertuée à la rassurer, lui répétant que Léon ne tarderait pas à rentrer, puisque la guerre était finie. Les enfants du couple, César, un garçon fort et avisé pour ses treize ans, et Thérèse, une fillette de huit ans – le portrait de Raymonde au même âge – guettaient le retour de leur père du matin au soir.

Le petit miracle avait eu lieu deux jours auparavant, pendant le repas de midi. Fidèle à sa nature malicieuse, Léon s'était introduit dans la maison par le cellier et il en avait surgi les bras chargés de bûches, surprenant tout le monde avec sa mine réjouie des jours heureux, comme si rien ne s'était passé. Surprise, Raymonde avait failli le gifler de saisissement, avant de se mettre à pleurer toutes les larmes de son corps, blottie contre son homme.

« Ah, ce brave Léon, il nous a fait une belle peur, mais il est enfin là lui aussi », ajouta Claire qui se demandait une fois de plus pourquoi sa famille avait été épargnée, alors que la guerre avait fait des millions de morts. Son jeune frère, Matthieu, blessé à une hanche, boitait un peu, mais il était auréolé du prestige des soldats décorés d'une médaille militaire.

« Denis a été mobilisé tardivement, Dieu merci ! Faustine s'inquiétait tant. »

Claire songea à son voisin Bertrand Giraud, le père de Denis. C'était le plus atteint. Il avait perdu un œil et souffrait des poumons.

« Nous sommes une grande famille, à présent. Faustine et Denis vont se fiancer au printemps ! se dit-elle. L'époque des inimitiés entre les Giraud et les Roy sera bien terminée. Ma cousine a épousé Bertrand, elle lui a donné une adorable petite fille. C'est son tour d'être la dame du domaine de Ponriant. Elle, au moins, s'y plaît, ce qui n'était pas mon cas. »

Les souvenirs amers du passé affluaient. Les quatre ans de guerre avaient causé indirectement le suicide de son père. Le maître-papetier Colin Roy reposait au cimetière, en compagnie de sa première femme, Hortense, du vieux Basile Drujon, le plus cher ami de Claire, mais aussi de Frédéric Giraud, l'homme qu'elle avait dû épouser vingt ans plus tôt pour sauver le Moulin de la faillite. Cette union l'avait amenée à vivre à Ponriant, où elle dépérissait, incomprise et brutalisée par un mari jaloux qui s'adonnait aussi à la boisson.

La jeune femme commença à garnir la pâte de compote. Elle voulait tirer un trait sur les drames révolus, et surtout être heureuse. Cela l'empêchait de s'alarmer des expressions tragiques de Jean qui, comme des vagues soudaines, ternissaient d'un coup l'éclat de ses beaux yeux bleus et conféraient un pli amer à sa bouche. La nuit dernière, il s'était éveillé en sueur, haletant.

« Il revient de l'enfer, comme il dit… Bientôt, ça ira mieux. Ce doit être difficile de reprendre la vie ordinaire, même entouré de l'affection des siens. »

Loupiote se rua vers la porte en aboyant. A dix ans, la louve était d'une taille imposante. Son poitrail s'ornait d'un jabot de fourrure grise. Gardienne redoutable, elle se montrait plus vigilante depuis que son vieux père, Sauvageon, peinait à se déplacer. Claire considérait les deux bêtes comme des chiens ordinaires, malgré leur sang de loup.

Tout le monde, au bourg et dans la vallée, connaissait leur histoire. Sauvageon était né des amours de Moïse, le chien du Moulin, avec une louve. La bête fauve, abattue par Frédéric Giraud une nuit de neige, laissait un rejeton que Claire avait adopté et élevé. Entre l'animal et la jeune fille, des liens uniques s'étaient tissés. Des années plus tard, le chien coupé de loup avait pris une louve pour compagne. Des petits avaient vu le jour, dans une grotte proche du Moulin, mais là encore un seul devait survivre. La mère avait été tuée par le garde champêtre. Révoltée, Claire avait recueilli une boule de poils gris, une femelle que les enfants avaient baptisée Loupiote.

— Sois sage, ma belle ! Couchée !

L'animal obéit aussitôt. Deux minutes plus tard, Jean entra, tenant contre lui une fillette.

— Mais c'est Pia ! s'écria la jeune femme.

Claire s'approcha et ôta avec délicatesse la veste de Jean. Ce qu'elle comprit à la vue des vêtements la fit pâlir.

— J'ai préféré te l'amener, elle s'était réfugiée sous le lit de la cabane. Elle parlera mieux, sans doute, avec toi !

— Tu as bien fait, je connais ses parents. Pia, viens avec moi dans la salle de bains et je te prêterai une ancienne robe de Faustine.

— Oui, madame…

Ce n'était qu'un souffle timide. Jean s'étonna :

— Pourquoi es-tu seule, Claire ? Où sont les autres ? Thérèse, César ? Il n'y a pas école, aujourd'hui, pourtant !

— Raymonde et les enfants sont partis pour Puymoyen, et Léon a pris le car pour Angoulême. Je t'expliquerai plus tard, ce n'était pas prévu.

Jean se servit du vin, s'assit près de la cheminée et se roula une cigarette. L'incident le rendait nerveux. Il avait envie de calme, de chaleur, de plaisir, mais dès qu'il en jouissait une sensation de culpabilité venait tout gâcher. Au début de la guerre, pendant les premiers affrontements, il s'était estimé un homme ordinaire, qui défendait sa patrie et sa famille contre l'ennemi. Ensuite, dans les tranchées, il s'était aperçu de sa résistance au froid, à la faim et à la violence, ce qu'il attribuait aux tourments endurés très jeune, en colonie pénitentiaire.

« J'ai la peau dure ! » se disait-il chaque matin.

Des morts, il en avait vu des centaines, en quatre ans de combats acharnés, mais le pire, c'étaient les agonisants et les blessés. Leurs gémissements et leurs regards voilés par la douleur étaient épouvantables.

« Cette pauvre gamine, se dit-il, elle aussi semblait souffrir ainsi. »

Jean avait perdu au bagne de l'île d'Hyères son petit frère Lucien, qui était mort après avoir été violé par un surveillant et d'autres détenus. Un chagrin dont il ne guérirait jamais tout à fait. Cela l'avait rendu trop protecteur vis-à-vis de sa fille unique, et d'une sensibilité extrême dès que l'innocence d'un enfant était menacée.

« Si un salaud a abusé de Pia, je le retrouverai et il regrettera d'être né. »

Il serra les poings avec tant de force que ses ongles meurtrirent la chair de ses paumes.

« Je n'ai pas compté le nombre de soldats allemands que j'ai tués, au front ; je ne serai jamais jugé pour ça. Mais si je supprime ce sale type, je risque de retourner en prison. »

Furibond, Jean jeta son mégot, les mâchoires crispées. Ses larges yeux bleus, ourlés de cils noirs, très longs et fournis, s'attachèrent aux flammes. Ses traits s'étaient affirmés, ses boucles brunes avaient fait place à une coupe rase qui lui donnait un air sévère.

« Quelle engeance, ce monde ! » soupira-t-il.

A l'étage, Claire fit couler un bain à Pia. Elle la savait âgée de douze ans, malgré son apparence frêle et sa petite taille. Pour ne pas la gêner, elle lui tourna le dos, mais elle avait eu le temps de voir du sang entre les cuisses graciles. Une immense compassion brisait le cœur de la jeune femme. Il y avait eu viol...

— L'homme, il m'a fait ce que le père fait à ma mère, le soir ! avoua-t-elle à l'oreille de Claire. J'ai eu si mal au ventre, madame. Après, je me suis sauvée, mais j'avais peur qu'il me cherche. J'ai couru très vite et je me suis cachée dans la cabane.

La vision de la poitrine marbrée d'ecchymoses et des épaules menues était navrante. Pia gardait la tête baissée, honteuse de sa nudité.

— Sors de l'eau maintenant, je voulais juste te laver et te réchauffer un peu !

Claire l'enveloppa d'un drap de bain en coton épais et la frictionna.

— Cet homme, tu l'as vu, Pia ? Tu le reconnaîtrais…

— Non, mais faut rien dire au père. Ni à la mère. Je vous en prie, madame, faut rien dire…

Pia se laissa habiller avec des affaires de Faustine, conservées dans l'armoire du palier, parfumées par les sachets de lavande séchée que Raymonde plaçait dans le linge mis de côté.

— Décris-moi l'homme, ma mignonne, implora Claire. Est-ce que tu connais son nom ? Tu n'oses peut-être pas me le dire ?

— Il faisait noir, il portait un bonnet…

La réponse marmonnée surprit la jeune femme. Doucement, elle lui demanda à nouveau.

— C'était arrivé depuis longtemps quand mon mari t'a trouvée ? Où étais-tu, avant qu'il fasse noir…

— Dans la vieille bergerie, celle creusée dans la pierre. Le père, il conserve nos pommes de terre là-bas ; je devais en rapporter un cabas.

— L'ancienne bergerie du vieux Vincent !

Claire ne flânait guère au-delà de la cabane de Jean et de sa plantation quand elle lui rendait visite. Mais, à cheval, elle s'était souvent promenée jusqu'à Chamoulard. Elle se souvenait très bien d'une grotte basse, agrandie par les gens du coin, qui avait servi d'habitation trois siècles auparavant, puis d'étable et de bergerie. C'était une cavité profonde et vaste, fermée par une palissade. Il devait y faire sombre, un jour gris comme celui-ci.

Pia déclara, d'un ton saccadé :

— Je prenais des pommes de terre, et il m'a entraînée au fond. J'ai eu tellement peur que je pouvais même pas crier…

— Mon mari et moi, nous allons te raccompagner chez tes parents.

Les trois familles d'immigrés italiens de la vallée vivaient dans des conditions misérables. Le maire de Puymoyen, monsieur Vignier, déplorait leur présence. Pourtant, ces familles comptaient six hommes valides, jeunes et dans la force de l'âge, qui avaient travaillé pendant plus de trois ans pour des salaires ridicules et pour un toit très précaire. Pia parlait un français correct, car, ainsi que les autres enfants venus de Toscane, elle fréquentait l'école du bourg.

— Madame, tu promets de pas le dire à mon père ?

Claire soupira, ne sachant que faire. Il lui paraissait impossible de taire aux Sandrelli l'acte criminel dont Pia avait été victime.

— Tu n'as rien fait de mal, ma chérie ! Tes parents devraient alerter les gendarmes. Il ne faudra plus te rendre seule dans la grotte.

La fillette éclata en sanglots. Claire supposa que Giuseppe Sandrelli cachait sa récolte de pommes de terre, une façon d'assurer des provisions de nourriture et d'échapper aux solliciteurs. Les magasins étaient encore mal approvisionnés, et l'argent se faisait rare dans bien des foyers. Quelqu'un avait pu observer les expéditions discrètes de Pia et la surprendre.

— Viens, ta mère doit se tracasser. Les vêtements, je t'en fais cadeau, d'accord ?

Pia passa la main sur la jolie robe en laine rouge ourlée de festons verts. Claire lui avait mis des bas chauds, un jupon brodé en lin et une chemise de corps en satin. L'idée de posséder des habits aussi beaux sembla la consoler un peu.

Jean bondit de sa chaise en les voyant descendre. Debout derrière Pia, Claire lui lança un regard expressif qui confirma ses doutes.

— Bon sang ! jura-t-il. Il faut coffrer ce fumier !

— Tu lui fais peur à crier aussi fort ! coupa sa femme. J'attelle Sirius, nous prendrons le cabriolet. Je tiens à la ramener chez elle.

— Bien sûr ! Dépêchons-nous.

Pia caressa le grand cheval blanc, puis les chèvres parquées de l'autre côté d'une barrière en planches. Claire dégagea le léger véhicule en bois, sans capote, qui provenait des écuries de Ponriant. Sa calèche avait été réquisitionnée en 1914 et Bertrand, l'été précédent, lui avait donné ce cabriolet en bon état, mais peu pratique assurément.

— Bah, je rachèterai bientôt une automobile ! lança Jean en bouclant le harnachement de Sirius.

— Nous n'avons pas les moyens, protesta-t-elle. J'ai eu beau faire attention, l'argent file très vite…

Il haussa les épaules, gêné par la présence de Pia. La jeune fille avait une mine résignée, mais ne se plaignait pas.

— Si je te donnais une chèvre et son petit ! proposa soudain Claire. La noire et blanche, Miqua, c'est une bonne laitière. Et je devrais dire sa petite, car c'est une chevrette. Ta mère serait contente, vous pourriez manger du caillé frais.

La jeune femme pensait qu'un cadeau de ce genre serait utile à la famille d'immigrés. Elle avait souvent croisé le père, Giuseppe, un homme taciturne, brun de peau, qui était maçon chez lui avant son exil en Charente.

— C'est gentil, m'dame, merci beaucoup… balbutia Pia.

Ils firent le trajet en silence. Claire et sa protégée, assises sur la banquette arrière, tenaient les deux chèvres à pleins bras, une main posée sur la corde nouée autour de leur cou. Jean menait le cheval au pas afin d'éviter les cahots. Ils passèrent devant la grotte aménagée.

— Holà ! Sirius, à l'arrêt… Je peux récupérer ton cabas, si tu veux, Pia, et des patates par la même occasion.

Elle n'eut pas le temps de répondre. Giuseppe Sandrelli et son fils aîné Federico sortirent de la pénombre. Jean sauta du siège et marcha vers eux.

— Madame, ton monsieur va le dire au père… gémit-elle d'un ton apeuré.

— Nous sommes obligés de lui avouer la vérité, ma pauvre petite ! ajouta Claire.

Le conciliabule entre les trois hommes fut animé. Giuseppe

levait les bras au ciel, montrait le poing. Federico, après un juron dans sa langue natale, vint chercher sa sœur.

— Descends de là, Pia, et c'est quoi, ces habits ?

— Je les lui donne ! dit Claire d'un ton ferme. Les chèvres aussi.

— On ne demande pas l'aumône, madame ! rétorqua le jeune homme.

Il saisit Pia au poignet, l'obligeant à descendre. Alors qu'il poussait la petite en larmes devant lui, en direction de la ferme située à deux cents mètres, Claire les rattrapa.

— Prenez aussi ces chèvres. J'ai eu beaucoup de naissances dans le troupeau ; je gaspillerai bientôt du lait. C'est de bon cœur, mon garçon. Ta mère ne refusera pas non plus ces vêtements.

Giuseppe serra la main de Jean. Il salua Claire en soulevant sa casquette et il s'éloigna à son tour d'un pas rapide. Jean se grattait la tête, médusé.

— Comment ont-ils pris la nouvelle, Jean ? Mal, je suppose...

— Je n'ai pas tout compris, ce type était furieux, il parlait davantage en italien. Mais j'ai failli lui casser la gueule !

— Jean, enfin ! Tu es bien placé pour comprendre sa réaction. Souviens-toi, quand Faustine avait le même âge... Tu étais fou de rage, quand elle se laissait embrasser par des garçons...

— C'était différent, Claire ! Il s'agissait de jeux stupides ; ma fille s'inventait des fiancés, et il fallait bien lui mettre du plomb dans la cervelle ! Là, un fumier a usé de cette gosse. Figure-toi que le père de Pia l'accuse d'avoir lambiné en chemin, d'être une coureuse. Il voudrait la renvoyer au pays, dans un couvent. Il ne pense qu'à l'honneur de sa famille et à je-ne-sais-quoi d'autre...

— J'aurais dû lui parler, moi, je suis sûre que tu n'as pas su t'y prendre.

Jean aida Claire à monter dans le cabriolet. Il s'assit à ses côtés et reprit les guides.

— Je n'avais pas besoin d'être mêlé à ça, bordel !

— Ne sois pas grossier, par pitié ! Si tu ne l'avais pas

trouvée, cette malheureuse enfant, elle pleurerait encore, toute seule, terrifiée. J'ai pu lui expliquer un peu la situation, la rassurer. Mais il me reste une drôle d'impression.

— Laquelle ?

— Que ce n'était peut-être pas la première fois… Enfin, je m'appuie sur des détails, ce genre de faits dont on ne discute pas avec un homme.

Jean fronça les sourcils, mais il ne posa pas de questions. Ils se turent jusqu'au pont. Un lapin détala du talus, coupant la route qui montait au domaine des Giraud.

— Si nous allions à Ponriant, rendre visite à Bertille et à Bertrand ! suggéra Claire. Je n'ai pas vu ma cousine depuis trois jours au moins, ni la petite Clara. Et je préférerais les prévenir, pour Pia. Ils ont peut-être vu un rôdeur.

— Tu iras demain. Si tu savais à quoi je pensais, en montant sur la bicyclette… Une sieste dans notre chambre, les rideaux tirés. Il n'est pas trop tard…

Sirius galopait sur le chemin des Falaises, en direction du Moulin. Jean ne chercha pas à le ralentir. Claire cacha sa tristesse. Elle était bouleversée par l'incident et avait besoin d'en discuter.

— Non, demain, je passerai chez les Sandrelli pour voir Pia. J'ai de la peine, quand je pense que…

— Je t'en prie, Claire, j'aimerais me changer les idées.

Elle hocha la tête, un peu déçue. Jean faisait preuve d'un caractère irritable depuis son retour. Il se montrait impatient, avide de tout ce dont il avait été privé, la nourriture, le bon vin, le corps de sa femme aussi. Il dételа le cheval rapidement et traversa la cour sans se retourner.

— Je t'attends en haut, Claire !

Claire retint sa contrariété. Pourtant, elle le rejoignit après une rapide toilette. La pièce était plongée dans la pénombre, les volets clos. Jean fumait, allongé nu sur le lit.

— Mets le verrou, nous serons plus tranquilles.

— Je n'ai pas l'esprit à la bagatelle ! Juste après cette histoire affreuse…

— Si j'avais dû renoncer aux permissions chaque fois

qu'un copain prenait un obus, je serais devenu fou... Câlinette, viens, je t'en prie...

Elle céda, se déshabilla et s'avança jusqu'à lui dans sa chemisette en fine dentelle.

— Embrasse-moi au moins ? Tu ne m'embrasses presque plus.

Jean appuya son front entre ses seins plus lourds que jadis, referma ses mains sur sa taille souple. Il la renversa aussitôt et la pénétra sans une caresse. Réticente dans un premier temps, prête à pleurer, Claire succomba vite au plaisir. Ils étaient seuls dans la maison ; elle se laissa aller à des cris d'extase ; elle griffa le dos musculeux dont elle parcourait les creux et les rondeurs. Il répondit à son ardeur par une plainte rauque, un dernier assaut frénétique. Quelques secondes plus tard, il sanglotait, le visage enfoui dans l'oreiller.

— Jean ! Mon amour, mon tendre amour... Qu'est-ce que tu as ?

— Pardonne-moi, bredouilla-t-il. Je te traite comme une putain, sinon je n'arriverais pas... Excuse-moi, Claire, tu mérites mieux.

Elle se sentit glacée. Un soupçon lui revint en tête.

— Jean, explique-toi... Tu étais tendre, la nuit de ton retour, tu m'as enlacée, contemplée. Tu me disais que j'étais toujours belle, que tu avais rêvé de moi et que cela te suffisait de me retrouver. Et puis, petit à petit, tu t'es comporté comme une brute. Et depuis quelque temps tu n'en as jamais assez... Dis-moi la vérité... Tu couchais avec des prostituées pendant tes permissions ?

— Oui ! avoua-t-il en se redressant. Je ne suis pas meilleur que les autres types, c'était l'unique façon d'oublier la mort, la puanteur des cadavres : une fille qui vous cajole, parfumée, douce, docile. Je ne les regardais pas, je voulais jouir, et le plus possible. Un de mes potes répétait qu'on avait le droit de s'accorder du bon temps, que nous étions condamnés. On nous expédiait droit vers les tireurs allemands, avec nos baïonnettes de merde ! Il faut me croire, ce qu'on a enduré, c'était bien pire que l'enfer. Nos supérieurs n'hésitaient pas à nous viser si on rechignait à l'assaut.

Claire aurait voulu se lever, s'enfuir, mais elle se raisonna. Le cœur endolori, elle fit un effort pour comprendre. Quelle épouse pouvait vraiment imaginer le quotidien des soldats, leur détresse et la peur qui les rongeait…

— Je suis sotte de t'avoir demandé ça. Je m'en doutais et je jugeais inutile d'en être certaine. C'était un autre monde, une autre vie que la nôtre. Et pendant des années. Je ne t'en veux pas, Jean, seulement j'ai mal, très mal, je suis triste… J'espérais que tu m'aimais assez pour ne pas me tromper… Enfin, ce n'est plus la peine d'en parler… Les femmes croient toujours au grand amour… Allez, repose-toi, j'ai du travail en bas.

Jean fit le geste de la retenir, mais sa main retomba.

— Bon sang, Claire, chaque soir, je me disais : « Demain, je vais crever comme les autres. » Dans ma tête, je te faisais mes adieux. Tu aurais fini par te remarier si je n'étais pas revenu.

Elle se retourna et le fixa.

— Tu le penses vraiment ? Après toutes les épreuves que nous avons subies pour être ensemble ? Tu veux que je te rafraîchisse la mémoire ? Je t'ai cru mort, dans le naufrage du *Sans-Peur*, le bateau où tu étais matelot. J'avais dix-huit ans alors, et je t'adorais. Bien sûr, j'ai épousé Frédéric Giraud, mais sans amour, contrainte par un ignoble chantage. Et puis, toi aussi tu t'étais marié en Normandie avec Germaine, et elle t'a donné une fille, Faustine. Cette enfant que tu m'as confiée, je l'ai aimée comme si je l'avais mise au monde. Ensuite il y a eu ton procès, à Angoulême, la haine que tu me portais à cette époque, j'en tremble encore la nuit, quand je me revois devant ce tribunal. Et tu as été gracié, tu as échappé à Cayenne pour te jeter dans les bras de Térésa, ton Espagnole ! Si tu savais combien j'en ai souffert. Au bout du compte, nous avons pu nous marier, ici, au Moulin, et nous étions les plus heureux de la terre ! Si tu es vivant, si j'ai la chance de t'avoir retrouvé après cette guerre épouvantable, c'est sûrement que Dieu l'a souhaité.

Claire fondit en larmes. Jean, confus, observait son dos à la courbe parfaite, l'arrondi de ses épaules, ses seins ronds comme des pommes de chair tendre.

— Câlinette, je sais tout ça… Dieu, laisse-le à l'écart. Basile dirait qu'il a d'autres chats à fouetter que nous, les pauvres humains…

— Ah, Basile, mon cher vieil ami ! Il nous manque, tiens ! Lui, il aurait su te raisonner, te secouer. Je n'étais pas au front, moi, je suis restée dans ma vallée, mais j'ai eu aussi ma part de douleur. J'ai perdu papa, j'ai trimé comme un homme, les labours, les foins, les bêtes à nourrir, à soigner. J'ai droit à un peu de respect, même si je n'ai pas eu à me battre !

En reniflant, la jeune femme se leva du lit. Jean la reprit par la taille et l'attira contre lui.

— Ne t'en va pas en colère. Tu es toute gelée, en plus…

Il tira les draps, la forçant à se glisser dessous. Il l'étreignit et lui embrassa le front. Elle pleura doucement, collée à son corps d'homme.

— Claire, ma chérie, je n'aime que toi, je n'ai aimé que toi, et cela dure depuis vingt ans ! Je te demande pardon. Je vais faire des efforts, je te le promets. Au printemps, je me sentirai mieux. Là, l'hiver approche, ça me rend morose. Et ce n'est pas facile de reprendre la vie quotidienne… La nuit, je fais des cauchemars affreux…

Elle lui ferma la bouche d'un baiser timide. Il accepta de se prêter au jeu de ses lèvres, qui s'offraient à lui avec délicatesse. Ils s'embrassèrent longtemps ainsi, avant de céder au désir. Jean modéra son ardeur, réapprenant l'art des caresses. Du bout des doigts, il parcourut le corps superbe dont il avait tant rêvé, les nuits de veille, dans les tranchées. Les épaules rondes, la pointe des seins, le ventre délicatement bombé, puis la ligne douce des cuisses. Ensuite, ce fut avec ses lèvres, chaudes et fermes, qu'il suivit chaque parcelle de son intimité. Claire tremblait et poussait de brefs cris de joie. Elle se cambrait pour mieux s'abandonner à la montée du plaisir.

Enfin, il la pénétra doucement, attentif, heureux de la

satisfaire avec délicatesse. Elle bénissait la pénombre complice ainsi que leur isolement et, libérée des pudeurs nées d'une abstinence prolongée, elle devint plus passionnée que lui, audacieuse. Emerveillée de lui appartenir, l'implorant d'être plus ardent encore, jamais elle n'avait osé crier de tels aveux.

Quand ils furent rassasiés, étroitement liés au cœur d'un lit en fouillis, Jean, haletant, ajouta :

— Je voudrais tant qu'on passe la soirée dans notre chambre, au lit, rien que toi et moi. On ferait comme dans la Grotte aux fées, on mangerait, on boirait, histoire de reprendre des forces et de recommencer ce que tu sais...

Claire eut un rire ému et l'enlaça.

— Eh bien, faisons-le ! Mais je me demande si tu ne perds pas la tête... As-tu oublié que Léon et Raymonde finissent d'emménager chez eux, qu'ils dorment là-bas ? Tu devais leur donner un coup de main ; mais c'est vrai, il est un peu tard !

— Tu as raison ! Ma parole, je perds la boule.

La grande décision remontait à lundi. C'était une idée de Claire. Elle avait proposé au couple de s'installer dans une maison inoccupée qui lui appartenait. Colin Roy l'avait d'abord louée à Basile Drujon, ancien instituteur et anarchiste notoire. Ensuite, considéré comme le grand-père des enfants du Moulin, Basile avait logé chez le maître-papetier.

Un autre locataire, le préhistorien Victor Nadaud, l'avait occupée. Scientifique féru d'archéologie, ce séduisant personnage avait fouillé les grottes des falaises, avant d'épouser la sœur jumelle de Jean, Blanche Dehedin. A présent, ils habitaient Angoulême et hébergeaient Faustine, nommée institutrice après avoir suivi les cours de l'école normale d'Angoulême. La jeune fille venait d'obtenir un poste à l'orphelinat Saint-Martial, tenu par les sœurs de la Sagesse.

Claire trouvait dommage de laisser vide cette maison si bien entretenue par Victor. Raymonde, cachant son enthousiasme, lui avait répondu :

« Comment voulez-vous que je sois de bonne heure chez

vous, Madame, si je loge ailleurs ? Je suis à votre service depuis des années. Ça chamboulera mes habitudes… »

Léon, lui, était sur un nuage.

« Mais, Raymonde, on serait plus à notre aise ! Les gosses auront une chambre chacun. Et ça ne m'empêchera pas de me lever à l'aube et de soigner le cheval, les biques, le cochon, la volaille. Hein, Jeannot ? A bicyclette, je serai là en un clin d'œil… »

César et Thérèse, leurs enfants, n'osaient pas donner leur avis, mais ils trépignaient d'impatience. Malgré les liens quasi familiaux que Claire avait noués avec ses deux domestiques, Raymonde et Léon avaient dû se contenter dans un premier temps d'une pièce aménagée au fond du grenier, ensuite d'un logement exigu au-dessus de la salle des piles du Moulin. Une vraie maison flanquée d'une vaste grange, c'était inespéré.

« Ne faites pas de manières ! avait tranché Jean. Vous ne paierez aucun loyer et, pour le reste, rien ne changera, vous toucherez toujours le même salaire.

— Ah non, Jeannot ! avait crié Léon. Faut nous payer moins cher, si on vous donne pas de loyer. »

Après maintes discussions, tout le monde était tombé d'accord. César, du haut de ses treize ans, escorté de sa sœur, avait filé nettoyer la fameuse maison. Thérèse comptait bien balayer aussi, et surtout présenter leur nouveau logis à sa Bleuette, sa poupée, baptisée ainsi parce qu'elle était entièrement vêtue de bleu : la robe à volants, le bonnet, les bas et les chaussures en velours…

En conséquence, ce jeudi-là, Raymonde était allée au bourg récupérer des draps et des torchons que sa mère, Jeanne, avait tenu à blanchir et à repasser. César et Thérèse espéraient, eux, rapporter un peu de vaisselle et des babioles de l'épicerie. Quant à Léon, il était parti à Angoulême.

Toujours blottie contre Jean, Claire lui expliqua tout ceci.

— Je suis sûre, ajouta-t-elle, qu'au retour, il aura acheté une bouteille de mousseux à l'épicerie pour fêter leur installation. Je leur ai dit de ne pas se soucier de nous…

— C'est drôle, dit Jean. Nous n'avons jamais eu cette maison seulement à nous deux. Les trois chambres sont vides… Mais ça ne me dérange pas. Plus personne ne t'importunera après le dîner. Dis, ton copain Léon, qu'est-ce qu'il allait faire en ville ?

— Il a pris des airs mystérieux, en déclarant qu'il avait un rendez-vous.

Jean poussa un soupir amusé. Claire l'embrassa sur le front et sur les deux joues. Elle s'attarda sur ses lèvres. Mais la vision du sang entre les cuisses de Pia et des marques bleues à sa poitrine ne parvenait pas à la quitter. Hélas, elle ne pouvait pas réparer l'outrage fait à l'adolescente, et son mari avait besoin d'elle.

— Tu as raison, c'est agréable d'être tous les deux, rien que nous deux. Nous n'avons pas l'habitude. Repose-toi, je vais préparer un bon dîner et nous mangerons ici, comme tu le souhaitais.

Elle se leva à regret, frissonnante. Jean la regarda s'habiller, garnir le poêle et repousser les volets sur la clarté laiteuse du soir.

— Il y a du brouillard, remarqua Claire, il fera nuit très tôt. Tu vas jouer les coqs en pâte et te détendre.

En souriant, elle lui apporta des livres ainsi qu'un gilet de corps propre, et elle remonta les couvertures.

— Je dois nourrir le cochon, les poules et les chèvres. J'en ai pour une heure ou deux. Je reviens le plus vite possible.

— Tu es un ange, Câlinette, mon ange gardien.

Claire sortit en lui envoyant un baiser du bout des doigts. Elle longea le couloir et descendit l'escalier. La grande maison, sombre et silencieuse, dégageait une ambiance froide et lugubre.

Une fois dans la cuisine, la jeune femme perdit son air joyeux. Elle s'assit près de la cuisinière pour se chauffer les mains en retenant ses larmes. Ses efforts furent vains. Des sanglots silencieux soulevaient sa poitrine. Cela lui brisait le cœur d'imaginer Jean couché près d'une inconnue, fardée et aguicheuse. Il lui faisait l'amour avec les mêmes gestes, les mêmes attitudes qu'il venait d'avoir. Les images qu'elle concevait prenaient une netteté hallucinante : la bouche de son mari capturant le téton d'un sein, le mordillant, ses mains sur un autre corps féminin, les mouvements de ses reins. Comment étaient ces filles ? Claire donna naissance à une blonde à la peau laiteuse, puis à une rousse aux formes généreuses, toutes les deux très jeunes, habiles à satisfaire un homme.

— Pourquoi ? gémit-elle tout bas. Pourquoi… J'aurais préféré ne jamais le savoir. Pourquoi lui ai-je demandé ça ?

Afin d'échapper à cette nouvelle obsession, Claire déploya une activité fébrile. Elle donna une gamelle de riz et de viande à Loupiote. A Sauvageon, elle versa du lait tiède sucré. Le vieux chien-loup tenait bon. De ses doux yeux dorés, il semblait dire à sa maîtresse : « Je ne mourrai pas, tu verras… »

Elle le caressa avant de courir à la bergerie. Elle avait hâte de retrouver Jean, de s'assurer de sa présence. Il était le seul à pouvoir apaiser ce qui la tourmentait.

« Le principal, c'est qu'il m'aime encore. Il me l'a dit. Je suis stupide de me plaindre. Tant de femmes pleurent leur mari, leur fiancé. Si on m'avait appris la mort de Jean, je serais désespérée à l'heure qu'il est et, si on me mettait le marché en main, si on me disait : *Il est vivant, mais il a couché avec des putains*, je m'en ficherais ! Je le réclamerais… Je dois oublier, oublier. »

Les bêlements de ses chèvres lui rappelèrent la mine défaite de Pia, sa soumission de victime.

« Oh ! Quelle sale journée ! se dit-elle. Vivement samedi. Faustine sera là, Matthieu aussi. Samedi, nous déjeunons à Ponriant… Denis viendra sans doute. »

C'était difficile pour elle, après des années à avoir été entourée d'enfants, d'adolescents, de l'affection de Raymonde et de Léon, de concevoir des semaines et des semaines de solitude. La vision du Moulin laissé à l'abandon, avec les étendoirs vides, renforça sa détresse.

« Si seulement j'avais pu donner des enfants à Jean ! » songea-t-elle.

A la même heure, Faustine admirait la devanture de la bijouterie Anaclet. Le grand magasin, dont les vitrines étaient serties dans un assemblage d'élégantes boiseries sculptées, présentait un vaste choix de colliers, de bagues, de broches et de montres. L'éclairage électrique, une vraie merveille, faisait étinceler diamants, saphirs, rubis, émeraudes, ainsi que l'or ou l'argent des montures.

La jeune fille, en sortant du Bon Marché, avait traversé la rue de Périgueux pour rêver devant une des bagues, qui représentait une fleur. Les pétales en argent étaient incrustés de brillants éclats de diamants et le cœur était un saphir d'un bleu très pur.

« Si Denis pouvait choisir celle-ci pour nos fiançailles ! » se disait-elle.

En costume de velours rouge, en veste cintrée et jupe droite descendant jusqu'aux chevilles, Faustine Dumont ne passait pas inaperçue. Une toque noire était posée sur sa somptueuse chevelure d'un blond doré. Dotée de rondeurs charmantes, elle avait une allure élégante qui la faisait paraître plus grande qu'elle ne l'était en réalité. Son profil ravissant, sa bouche sensuelle, son nez fin, son front bombé trahissaient son esprit malicieux et son intelligence. Cependant, le visage que reflétait la vitre, tel un miroir improvisé, possédait encore plus de charme : un ovale parfait, des joues roses et de magnifiques yeux bleus, vifs et tendres.

La mère supérieure de l'orphelinat avait déclaré dès la première entrevue avec la jeune institutrice : « Dieu doit vous aimer, mon enfant, pour vous avoir accordé tant de beauté et de grâce. »

— Mais qui soupire face à la caverne d'Ali Baba ? fit une voix grave derrière elle. Une pauvre petite maîtresse d'école...

Faustine virevolta et se trouva nez à nez avec Matthieu.

— J'ai eu peur, idiot ! pouffa-t-elle. Alors, je ne peux pas me balader en paix maintenant que tu habites à Angoulême, toi aussi ?

Ils s'embrassèrent sur la joue. Matthieu, le frère de Claire, était de l'avis général la version masculine de sa sœur. Bien bâti, mince, c'était un beau garçon brun, au regard de velours noir. Faustine avait débarqué dans sa vie de petit garçon seize ans plus tôt. Ils avaient grandi ensemble au Moulin du Loup. Une solide amitié, parfois équivoque, les unissait.

— Tu es ravissante, déclara Matthieu, mais le rouge de ta toilette est un peu criard. Cela ne plaira pas à ton promis, môssieur Denis Giraud, futur avocat comme son papa...

— Ne te moque pas de lui, le gronda Faustine. Zut, j'en étais sûre, que ce rouge ne m'irait pas. Tu comprends, Matthieu, c'est jeudi, j'en avais assez de ma tenue grise d'institutrice. Je vais finir par me changer en souris.

Plus bas, elle précisa :

— C'est une ancienne toilette de tante Blanche. Je ne la mettrai plus, si tu la trouves de mauvais goût.

— Je n'ai pas dit que le rouge ne t'allait pas, protesta-t-il. Mais c'est un peu extravagant pour une demoiselle... Alors, comment vas-tu ?

Matthieu lui prit le bras familièrement. Ils traversèrent ainsi le carrefour de Lille où débouchaient cinq rues importantes du centre-ville. Devant une autre bijouterie, à l'angle du boulevard Berthelot, il y avait foule, des hommes notamment qui discutaient assez fort.

— Regarde-les ! dit Matthieu. Ils veulent tous acheter des montres-bracelets, une nouveauté que l'on doit à la guerre. La boutique Augé va faire fortune.

— Des montres-bracelets ? répéta la jeune fille.

— Comme celle-ci ! répliqua-t-il en retroussant la manche de sa veste.

A son poignet semé de poils bruns, Faustine découvrit un bracelet en cuir qui supportait un cadran de montre rond, assez petit. Le regard interrogateur, elle suivit la course de la trotteuse.

— Ignorante ! plaisanta Matthieu. Voici la montre de l'ère moderne, qui remplace avantageusement la montre de gousset. Comprends-tu, sur le front et dans les tranchées, il fallait pouvoir compter les secondes ou les minutes qui s'écoulaient entre les tirs d'obus, afin de se planquer dans le trou formé par de précédents impacts. On apprend vite, en pleine ligne de feu, qu'un projectile tombe rarement au même endroit. D'où l'engouement des soldats pour le bracelet-montre, car je t'assure, sortir de sa vareuse une toquante dodue, rivée à sa chaînette, c'était suffisamment long pour se retrouver en mille morceaux, déchiqueté par un obus…

— Oh, tais-toi ! cria Faustine avec une mine effarée.

Cela ne l'empêcha pas de le regarder comme un héros invincible revenu de contrées terrifiantes.

Ils s'engagèrent dans la rue Marengo, elle aussi bordée de nombreux commerces. Certaines devantures ne présentaient qu'un rideau de fer, ou des planches en croisillon, protégeant la vitrine vide.

— Morts pour la patrie ! commenta le jeune homme. Enfin, l'économie, l'industrie vont redémarrer sur les chapeaux de roues ! Dis-moi, tu rentrais chez Blanche ?

— Oui, et bien avant le dîner, sinon elle va s'inquiéter. Déjà, elle juge inconvenant que je me promène seule.

— Si je t'offrais quelque chose à boire ! Ensuite je te raccompagnerai à la porte des Nadaud. J'en profiterai pour les saluer et prendre la responsabilité de ton léger retard…

Faustine accepta avec une joie évidente. Son métier comptait beaucoup, mais, à dix-huit ans, elle avait envie de se distraire. Sous la protection de Matthieu, elle se sentait pousser des ailes.

— Je rêve d'entrer dans le Café de la Paix ! suggéra-t-elle soudain. Il est si chic !

— Le Café de la Paix ! s'étonna-t-il. C'est presque exclusivement réservé aux messieurs, surtout à l'heure de l'apéritif. Alors, une jeune fille…

— Je t'en prie, Matthieu, cela me ferait tellement plaisir.

— Bon, d'accord, allons-y…

Ils passèrent devant le Petit Paris, dont l'étalage proposait des parapluies et des bottes en caoutchouc. Tous deux eurent un coup d'œil nostalgique pour le magasin voisin, au rideau de fer baissé. C'était la boutique de Bertille, la cousine de Claire, qui ne trouvait aucun acheteur.

— J'en ai passé, des jeudis, ici ! soupira Matthieu. Tu te souviens de mes premiers jours de pensionnaire ?

— Oh oui ! Ta fugue le jour même du départ. Tu t'étais réfugié au fond du souterrain. Sauvageon t'a retrouvé in extremis, tu t'étais égaré. Tout ça pour ne pas me quitter…

Matthieu ne releva pas la réflexion malicieuse. Il ajouta :

— La peur que j'ai eue, dans le noir total ! Il faudrait murer ce passage entre le Moulin et la Grotte aux fées, d'autres gamins pourraient s'y perdre !

Faustine lui secoua un peu le bras.

— Dis, tu boites encore ! J'espère que cela va s'arranger…

— Mais oui, je n'ai plus besoin de canne, heureusement.

— Je déteste la guerre ! déclara-t-elle. Je vivais dans l'angoisse quand papa, toi et Denis, vous étiez là-bas, sur le front.

Un marchand de cycles commençait à ranger ses machines. Il adressa à la jeune fille un regard flatteur. Elle éclata de rire dix mètres plus loin.

— Oh, les hommes ! Ils ont des façons de vous lorgner !

— A cause de ce rouge ! Cela m'étonne de tante Blanche, de te laisser porter ce genre de toilette voyante. Au fait, je ne t'ai pas donné mon adresse. J'ai déniché un appartement agréable, deux pièces, une cuisine, au second étage d'une bijouterie, justement, dans le quartier de la Bussatte. Des gens très bien, les Métais. Le mari est passionné de photographie. L'année prochaine, je déménagerai sûrement, puisque j'aurai un poste d'ingénieur de travaux publics.

Ils pénétraient dans la grande brasserie située en face de l'hôtel de ville. Faustine s'émerveilla en silence des immenses miroirs, de l'éclairage dispensé par des sortes de réverbères aux abat-jour en opaline. Des colonnes cannelées, de couleur blanche, montaient jusqu'au plafond peint de motifs floraux. Ils prirent place à une table dissimulée par une énorme plante verte.

— J'observais souvent l'intérieur, en passant sur le trottoir ! avoua-t-elle, mais c'est encore plus chic de près.

— Et Denis, où est-il ? interrogea Matthieu en allumant une cigarette.

— A Bordeaux, il étudie le droit. Pendant quatre ans, c'est long. Nous nous fiançons au mois de mars, à Ponriant. Je ne veux pas abandonner mon poste, enfin, sauf si j'attends un bébé.

Faustine avait des manières enfantines en exposant ses projets de femme. Attendri, Matthieu retint un soupir.

— Tu es sûre de l'aimer ? C'est un brave type, Denis, mais...

— Mais quoi ? répliqua-t-elle. Je l'aime vraiment, Matthieu. Il est tendre, gai, et il m'adore ! Et toi, est-ce que tu fréquentes toujours Corentine ? Ce serait amusant que tu l'épouses. A nous deux, nous aurions la mainmise sur le riche domaine de Ponriant !

Le jeune homme pinça les lèvres avec une expression de contrariété. Corentine était la sœur de Denis, son aînée d'un an. Elle avait décidé de séduire Matthieu, et cela datait d'avant son départ pour le front. Elle était très amoureuse de lui, mais il se contentait d'en profiter, avide d'expériences charnelles, comme c'était le cas des garçons de son âge. Faustine ignorait qu'ils couchaient ensemble dès qu'ils le pouvaient.

— Pas de réponse ? blagua-t-elle.

— Corentine séjourne à Bordeaux, elle aussi, chez ses grands-parents. Tu es bien curieuse... En tout cas, je ne compte pas lui passer la bague au doigt, moi. Réfléchis, les filles ne manquent pas, sur terre. Je prendrai le temps qu'il faudra pour trouver la femme idéale. Et tu devrais m'imiter ; ne pas te jeter au cou de Denis. Ou bien, ce qui t'attire, ce sont les hectares de prairies, les écuries, le domaine, en bref... Méfie-toi, tante Bertille ne sera pas facile à déloger.

Le serveur apporta les consommations : une bière à la pression et une limonade. Matthieu remarqua des œillades masculines qui voletaient et se posaient sur la chevelure blonde de Faustine, sur sa chute de reins et sur sa poitrine. Inconsciente de sa beauté, elle faisait tourner son verre entre ses doigts graciles.

— Je peux te conduire au Moulin, samedi matin... proposa-t-il. L'air de la vallée nous fera du bien.

— Par quel tour de magie ? pouffa-t-elle. Tu comptes me porter sur ton dos ?

— J'ai acheté une Panhard bleue comme tes yeux, une occasion. Je dispose de l'argent que le premier mari de Claire avait placé pour mes études. Je mène la grande vie, demoiselle !

— Tu veux dire que Frédéric Giraud, le frère de Bertrand, t'a laissé une petite fortune ? demanda Faustine qui ignorait la chose.

— Eh oui... répondit Matthieu. C'est bizarre, mais c'est ainsi. Je ne me souviens pas du tout de lui. Quand Claire était sa femme, elle m'élevait et j'habitais Ponriant. Frédéric m'aimait bien, paraît-il, et il tenait à assurer mon avenir, mes études. Un brave type, en fait, malgré sa sinistre réputation... S'il ne s'était pas suicidé, ma sœur n'aurait pas pu épouser ton cher père en secondes noces.

Faustine fronça les sourcils. Matthieu n'aimait pas Jean Dumont, ce n'était un secret pour personne.

— Tu n'es pas drôle, lança-t-elle sur un ton vexé. Papa n'a pas profité de la mort de Frédéric. Il était veuf, lui aussi, il avait droit au bonheur.

— Ne prends pas la mouche si vite ! s'écria le jeune homme. Le destin a suivi son cours. Grâce à tous ces malheurs, j'ai eu la chance de te connaître. Pardonne-moi, Faustine, je ne voulais pas te contrarier.

— Bon, je te pardonne, parce que je suis de bonne humeur...

Elle éclata d'un rire cristallin dont l'écho attira de nombreux regards masculins. Matthieu savoura l'instant, en songeant que la plupart des clients du Café de la Paix devaient l'envier d'être en si jolie compagnie.

Lorsqu'ils sortirent de l'établissement, la nuit tombait. Faustine frissonna et enfila ses gants.

— L'hiver approche ! constata-t-elle. Tu te souviens de ce Noël où il avait tant neigé, quand les loups hurlaient sous les fenêtres ?

Le jeune homme lui prit le bras et l'attira contre lui en riant :

— C'était le bon temps, quand tu avais peur et que tu te réfugiais dans mon lit…

— Oh, si tante Blanche t'entendait ! Cela la choquait terriblement.

Ils marchaient sans hâte vers la place du Mûrier où se dressait le palais de justice, monumental avec son fronton de temple romain. La Reine blanche, un des plus grands magasins de la haute-ville, éteignait ses lampes. Faustine éprouvait un sentiment exaltant de plénitude, de liberté.

— Déjà la rue de l'Evêché ! soupira-t-elle. J'aime me promener en ville, le soir. Mais je vais avoir droit à un sermon. Ne m'abandonne pas, tu es mon alibi…

Victor et Blanche Nadaud habitaient une belle demeure cossue, à l'architecture classique. Proche de la cathédrale Saint-Pierre, elle ne différait guère des autres maisons bourgeoises du quartier. L'intérieur révélait cependant une certaine originalité. En sa qualité de préhistorien, Victor cumulait les vestiges du passé et les mettait en valeur. Les vases grecs, les amphores phéniciennes, les lampes à huile en terre cuite venues de Mésopotamie remplaçaient les bibelots et les bouquets de fleurs.

Blanche – née Dehedin – accueillit sa nièce dans le salon. Sa bonne, une jeune fille timide, débarrassa Matthieu de son manteau.

— Faustine, tu es en retard !

— Pardonne-lui ! coupa le jeune homme. Je suis le seul responsable. Je l'ai invitée à déguster une limonade. La guerre est finie, il faut se divertir.

— Dans ce cas, que dirais-tu de rester dîner avec nous ? répliqua Blanche.

A quarante et un ans, la sœur jumelle de Jean paraissait très jeune. Son teint laiteux et la structure de son visage ne laissaient pas prise aux rides. Comme son frère et Faustine, elle avait de grands yeux bleus dont elle connaissait le pouvoir. Ses cheveux noirs étaient méticuleusement rangés dans une résille en velours assortie à son corsage couleur ivoire, lequel était rehaussé d'un jabot de dentelles.

Matthieu avait d'autres projets. Il accepta tout de même l'invitation.

— Parfait ! claironna la maîtresse de maison en l'embrassant. Victor sera heureux de te voir ! Faustine, va le prévenir que nous avons un invité. Ton oncle est dans son atelier.

La jeune fille se débarrassa de sa toque et de ses gants. D'une démarche gracieuse, elle disparut derrière une porte vitrée qui donnait sur une cour pavée assez vaste. Au fond, un local illuminé disparaissait sous une vigne vierge au feuillage pourpre. C'était l'endroit qu'elle préférait.

— Oncle Victor, appela-t-elle en frappant au carreau.

L'archéologue ouvrit, ses cheveux grisonnants attachés sur la nuque et vêtu d'une large blouse bleue maculée d'argile rousse.

— Que se passe-t-il, c'est déjà l'heure du repas ? Je termine un moulage...

— Matthieu dînera avec nous ; je venais te l'annoncer.

Victor parut soulagé. Il avait pour le frère de Claire une profonde affection, née de l'intérêt que celui-ci, encore enfant, montrait pour ses recherches dans les grottes de la vallée.

— Je craignais que ce soit un de mes confrères à barbe blanche ! plaisanta-t-il. Dis-lui donc de venir voir mon œuvre, la copie d'un bas-relief assyrien.

Faustine transmit le message avant de monter dans sa chambre pour ôter sa toilette rouge. Elle choisit une jupe noire et un caraco en satin bleu. Elle brossa sa chevelure de soleil. Elle ne pensait plus du tout à sa bague de fiançailles.

Claire s'allongea avec délices. Le vin blanc lui tournait la tête. Près du lit, une petite table pliante témoignait d'un vrai festin. Des bouteilles, une marmite dans laquelle tiédissait un sauté de lapin, un bocal de foie gras, des tranches de pain et, dans un saladier, des prunes au sirop. Un chandelier garni de trois bougies dispensait une clarté dorée.

Jean, en gilet de corps, sirotait un verre de cognac. Il caressa le ventre de sa femme.

— Tu n'en peux plus, Câlinette. Je ne sais pas combien de fois tu as monté et descendu l'escalier. J'aurais pu t'aider, quand même...

— Non, j'étais ravie de jouer à la dînette. Nous sommes bien, tellement bien... tous les deux...

Claire était en bustier de soie rose et en jupon de dentelle. Ses longs cheveux dénoués, quelques mèches folles sur son front lui donnaient un air rebelle. Jean croyait revoir la farouche jeune fille qui le rejoignait dans la Grotte aux fées, qui bravait la justice et l'autorité de ses parents pour le retrouver.

— Ma femme, dit-il tout bas, ma merveilleuse femme. Je ne me lasserai jamais de toi.

— Je l'espère bien ! Le pire, c'est que je pourrais tout te pardonner. Dès que je suis près de toi, dans tes bras, j'éprouve la même sensation exaltante que la première fois... quand tu m'as attaquée, oui, monsieur ! Tu me fermais la bouche d'une main, tu tenais ton couteau de l'autre. J'aurais dû mourir de peur, mais ce n'était pas vraiment le cas. J'étais troublée[1].

Jean se souvenait très bien de leur rencontre. Il s'était réfugié dans la grange de Basile. L'arrivée impromptue de Claire et de Sauvageon l'avait obligé à assommer le chien-loup, alors fougueux et méfiant, et à menacer l'intruse. Il ajouta :

— J'ai tout de suite deviné, même dans le noir, que tu devais être un beau brin de fille.

Claire délaça son corset en riant. Jean se jeta sur elle, soulevant son jupon. Soudain pris d'un désir brutal, ils abolissaient les années. Ils se retrouvèrent nus dans la clarté mourante des bougies. Des reflets jouaient sur leurs corps qui n'en finissaient pas de se fondre l'un dans l'autre, de se rejoindre, de s'étreindre.

1. Voir *Le Moulin du Loup*.

Des coups résonnèrent à la porte principale ; Loupiote se mit à aboyer avec rage.

— Qui est-ce ? interrogea Claire en reprenant conscience.

— Je n'en sais fichtre rien. Ne réponds pas, c'est notre nuit…

— Jean, il est à peine neuf heures. Il faut descendre. Si c'était quelqu'un de Ponriant ? La petite Clara est peut-être malade !

— J'y vais, reste au chaud.

Frustré de son plaisir, Jean enfila son pantalon et un vieux gilet de travail. Il quitta la chambre en jurant. Claire passa une chemise de nuit et s'enveloppa d'une robe de chambre en satin rose. Elle le suivit bientôt.

Raymonde se tenait sur le perron de la maison, une lanterne à la main. La servante avait le nez rouge et les paupières meurtries. En voyant Jean et Claire à demi vêtus, elle bredouilla :

— Oh, je suis désolée de vous déranger, mais je n'en peux plus d'attendre. Léon n'est pas rentré. Les petits sont malheureux… On avait préparé la table, un bon repas, et l'heure tourne !

— Entre, Raymonde, tu grelottes ! s'écria Claire. Voyons, il a pu manquer le car, ou la patache. S'il rentre à pied, il ne devrait pas tarder.

— Non, il y a eu quelque chose ! Il est parti à midi ! gémit la jeune femme. Je ne pouvais plus me calmer. J'ai couru vous prévenir.

Jean se frottait les joues, une moue aux lèvres. Léon ne lui avait pas confié les raisons de son expédition en ville.

— Tu t'inquiètes pour rien, Raymonde, à mon avis ! soupira-t-il. Avoue que, si tu habitais toujours chez nous, tu serais occupée à débarrasser, à ranger, et tu ne prendrais pas garde à l'heure.

Claire approuva en silence. Le désarroi de sa servante la peinait. Elle lui caressait l'épaule, un geste de réconfort qui fit pleurer de plus belle la visiteuse.

— C'est vrai, ce que vous dites, Jean ! Je me suis sentie

deux fois plus seule, dans une maison que je ne connaissais pas. On était si contents, pourtant, avec les petits.

— Et tu les as laissés là-bas ? s'exclama Claire. Raymonde, il fallait les ramener ici avec toi.

Elle pensait à Pia, à l'homme qui l'avait violentée. A l'idée de la douce Thérèse soumise à un sort identique, elle devint livide.

— Jean, va les chercher, et emmène Loupiote ! intima-t-elle.

— Mais… Madame, ils ne risquent rien ! s'étonna Raymonde. César a dû mettre le loquet, et je leur ai recommandé de ne pas ouvrir à des étrangers.

Jean ne perdit pas de temps. Il avait compris ce qui tourmentait sa femme. Raymonde le vit chausser des bottes et prendre un manteau.

— Je t'emprunte la lanterne !

Il s'éloigna et disparut dans la nuit, la louve sur ses talons.

— Madame, de quoi avez-vous si peur ? balbutia Raymonde qui avait perçu l'angoisse de sa patronne.

— Je comptais t'en parler demain matin ! dit Claire. Cet après-midi, Jean a trouvé Pia Sandrelli dans notre cabane. Un homme l'a violée, au fond de l'ancienne bergerie de Vincent, à Chamoulard. Je l'ai lavée, cette pauvre gosse, et consolée de mon mieux. Un peu plus, son père l'aurait punie comme si elle était coupable. J'en étais malade.

— Mon Dieu, quelle horreur ! Et l'homme, qui était-ce ? Elle l'a vu, sans doute, ce saligaud ?

— Non, justement. Il peut s'agir d'un rôdeur, d'un sale type de passage dans la vallée…

Raymonde roula des yeux terrifiés et se leva aussitôt.

— Et moi qui abandonne mes gamins ! Ah, Léon a vraiment mal choisi son jour pour courir au diable ! Il va m'entendre quand il rentrera, je vous le dis, Madame… Enfin, s'il rentre vivant ! Peut-être qu'il a eu un accident en ville. Il a pu se faire écraser par le tramway, ou une automobile…

Pressentant une nouvelle crise de sanglots, tant Raymonde tremblait d'anxiété, Claire eut recours aux grands moyens. Elle sortit une bouteille de gnôle et des verres, en déclarant :

— Une fois n'est pas coutume. Cela nous requinquera. La paix n'est jamais acquise. On se réjouissait de récupérer nos hommes entiers, de vivre tranquillement, et le sort en décide autrement.

Elles burent toutes les deux à petits coups, comme on avale un médicament.

— Je me sens déjà plus vaillante ! annonça la servante, du rose aux joues. Vous avez raison, c'est à croire que nous aurons toujours de nouveaux soucis... Maintenant, je ne laisserai plus ma Thérèse sortir sans son frère.

Selon une habitude vieille de vingt ans, Claire observait le vieux Sauvageon. Etendu de tout son long, le chien-loup fixait la porte. Elle savait qu'il remuerait la queue ou dresserait les oreilles dès que Jean approcherait du Moulin. Raymonde suivit son regard et hocha la tête :

— Quand même, quelle brave bête, Madame, qui s'entête à vivre... Il nous manquera, et c'est dommage que Loupiote et lui, ils n'aient pas fait de petits, j'en aurais pris un. Je connais des gens, au bourg, qui étaient intéressés aussi.

La conversation pouvait paraître déplacée en de telles circonstances, mais elle avait le mérite de les distraire. Claire poussa un léger soupir.

— Je les ai empêchés de s'accoupler, parce qu'ils étaient père et fille... Rappelle-toi toutes les fois où j'ai enfermé ce vieux polisson dans le cellier, et Loupiote dans la remise à grains. Souvent elle s'échappait et courait la campagne, mais elle n'a pas eu de portée. Peut-être qu'elle ne peut pas en avoir, comme moi... ou il lui fallait un vrai loup, pas un des chiens du village. Oh, Sauvageon s'agite ! Ecoute, Raymonde, il y a du bruit dehors.

Elles se ruèrent à la porte, au moment précis où Jean, escorté de César, tournait le loquet. L'adolescent, sa mince figure couronnée de boucles d'un blond roux, le nez en trompette comme son père, salua Claire d'un sourire si joyeux qu'elle fut immédiatement rassurée.

— Je parie que Léon est de retour au bercail ! dit-elle.

— Mais oui ! renchérit Jean. Il est arrivé en même temps que moi. Rentre vite lui tirer les oreilles, Raymonde...

— Ouais, dépêche-toi, maman ! claironna César. Thérèse a remis la soupe sur le feu. Et papa a une faim d'ogre, qu'il a dit !

— Oh, celui-là ! pesta la servante. Il me le paiera... Je me suis fait du mauvais sang, moi. Je me sauve ! Merci bien, Jean. A demain, Madame, je serai là à sept heures, je m'occuperai du feu.

Raymonde et son fils s'éloignèrent sur le chemin des Falaises en tenant haut la lanterne. Claire les suivit des yeux un instant. Jean se servit un verre d'eau-de-vie.

— J'espère que Léon a une bonne excuse ! dit-elle en souriant.

— Eh bien, non ! Je l'ai interrogé, ce grand fada, il n'a pas su me dire ce qu'il a fabriqué pendant tout ce temps à Angoulême... Il bégayait, gêné. J'ai cru comprendre qu'il a marché depuis Torsac, parce qu'il avait réussi à sauter dans le dernier train. Mais il avait pensé à la bouteille de mousseux.

Jean vint l'enlacer.

— Si nous retournions au lit, Câlinette...

Claire eut un geste de lassitude. Elle s'estimait incapable de céder à nouveau à la magie de leur intimité, brutalement rompue par l'incident.

— Pas tout de suite, mon Jean. A présent, je repense à Pia, à cette brute qui rôde dans la vallée. S'il s'en prenait à Thérèse, à d'autres fillettes ?

— Thérèse ! Elle n'a pas encore ses neuf ans... C'est une enfant.

— D'accord, mais je te ferai remarquer une chose : Thérèse fait la même taille que Pia, qui aura bientôt treize ans. Comment veux-tu qu'elles se défendent, à cet âge-là ?

Claire faisait les cent pas, les bras croisés devant sa poitrine. Jean s'était assis au coin du feu, à même la pierre de l'âtre. Il caressait Sauvageon et Loupiote, couchés l'un contre l'autre.

— Et si c'était Gontran ? s'écria-t-elle. Tu n'as pas oublié Gontran, l'ouvrier que j'avais renvoyé, qui t'avait presque fendu le crâne pour se venger... Il avait tenté de violenter ta sœur, aussi !

— C'est loin, tout ça ! marmonna Jean. Blanche a dû son salut à notre Sauvageon, dont elle avait si peur. Gontran ? Tu m'as bien dit qu'il vivait avec Etiennette, du côté de Vœuil.

— Oui, et d'après les ragots qui courent à l'épicerie, ce serait un bon père pour Arthur.

Toucher à cette page de l'histoire familiale blessait l'orgueil de Claire et la chagrinait.

— Rien que son prénom me hérisse ! dit-elle. Papa s'est suicidé à cause d'Etiennette. Cette garce se vantait de le faire cocu, d'avoir un fils de Gontran. Moi qui me désolais de ne pas pouvoir veiller sur Arthur parce que je le croyais mon frère. Elle n'a pas de morale, pas de cœur. Ses propres parents refusent de la recevoir depuis qu'elle étale sa liaison avec cet homme, un rustre.

La fameuse Etiennette n'avait jamais remis les pieds au Moulin. Entrée au service de la défunte Hortense Roy, la mère de Claire, elle était considérée comme une souillon. A la mort de sa maîtresse, celle que l'on surnommait Tiennette avait décidé de séduire Colin Roy. Elle était encore adolescente et le veuf, d'une nature sensuelle, avait succombé à une passion charnelle dévastatrice. Il avait dû très vite épouser sa servante, enceinte de ses œuvres. Un fils leur était né, Nicolas, que Claire avait pris sous son aile également.

— Nous en discuterons demain, rétorqua Jean. Allons nous coucher, maintenant, Câlinette. Je suis fatigué. La violence, le sang, les larmes, j'en ai ma claque.

Il se leva et éteignit la lampe. Seules les flammes du foyer les éclairaient. Ils montèrent en silence.

Au domaine de Ponriant, sous le toit séculaire de la famille Giraud, l'atmosphère était beaucoup plus sereine qu'au Moulin du Loup.

Bertrand et Bertille disputaient une partie d'échecs. Le couple, installé devant la cheminée monumentale du salon où flambait un bon feu, jouissait de l'odeur alléchante du chocolat chaud que Mireille, la gouvernante, venait de leur servir.

— Echec et mat, ma princesse ! déclara l'avocat.

— Oh, tu gagnes toujours ! soupira Bertille. Je ne suis pas douée pour ce jeu.

— Une autre partie ?

— Non, je compte me venger en te faisant la lecture...

Bertille commença à ranger les pions dans un coffret en bois verni. Bertrand ne se lassait pas d'admirer la finesse de ses doigts, la grâce de ses gestes. Il consacrait la majeure partie de son temps à la regarder, comme pour apprendre par cœur le moindre détail de son visage et de son corps adorable.

Le temps n'atteignait pas la beauté de cette femme-fée, aux cheveux couleur de lune, soyeux et frisés, d'une légèreté inouïe. Le teint diaphane, la peau laiteuse, les larges prunelles grises, piquées d'or s'accordaient à la vivacité de son esprit et à son savoir. Petite et très mince, elle était faite à ravir : une taille fine, une jolie poitrine, une cambrure de reins fort séduisante. Infirme pendant des années, Bertille devait à une volonté de fer une guérison qui en avait étonné plusieurs. Sentir le sol sous ses pieds menus, pouvoir marcher dans le parc lui causaient encore une sensation de surprise émerveillée.

— Nous sommes mariés depuis plus de trois ans, déclara soudain Bertrand, et je ne parviens toujours pas à y croire. Chaque matin, quand je me réveille et que je te vois à mes côtés, j'ai un coup au cœur. Je me dis : « Elle est là, je ne rêve pas ! »

Bertille referma le coffret et pencha un peu la tête avec un sourire de satisfaction.

— Je ressens la même chose, dit-elle.

— Si je perds la vue, Bertille, ajouta-t-il, je veux me souvenir de toi, graver ton image dans ma mémoire. Tu es si belle.

— Non ! Tu ne deviendras pas aveugle ! coupa-t-elle d'une voix ferme.

Bertrand appuya sa tête au dossier du fauteuil. Depuis sa démobilisation, il portait un bandeau en cuir qui cachait son œil gauche. Le couple avait consulté un des meilleurs docteurs en ophtalmologie de Bordeaux. Le médecin souhaitait pratiquer une intervention au printemps suivant.

Bertille se leva pour ranger l'échiquier. Sa main droite caressa les sculptures de la commode. Elle vouait une passion naïve à tous les objets luxueux de la grande demeure, aux meubles, aux bibelots, au point de les entretenir elle-même ou de partager le travail avec la gouvernante. L'abondance de tapis, de tentures et de lourds rideaux damassés la ravissait.

— Nous sommes tellement heureux ! dit-elle en reprenant place en face de lui. C'est étrange, j'ai toujours eu la certitude que nous serions réunis. Je ne savais pas quand ni comment, mais j'y croyais de toute mon âme.

— J'avais moins de foi que toi en ce miracle ! répondit-il avec un sourire rêveur.

Ils prenaient soin tous les deux de l'harmonie parfaite de leur vie de couple. Pour cette raison, ils parlaient rarement de leurs conjoints respectifs, que la mort avait emportés.

Bertrand Giraud s'était marié très jeune avec une demoiselle de la haute bourgeoisie bordelaise, Marie-Virginie qui, malgré une santé précaire, lui avait donné cinq enfants : Eulalie, Corentine, Denis, Alphonse et Victoire. Les deux derniers reposaient au cimetière de Puymoyen, près de leur mère décédée de la tuberculose.

A dix-neuf ans, Bertille avait épousé Guillaume Dancourt, de dix ans son aîné. Il était tombé amoureux d'elle dès leur première rencontre, alors qu'elle souffrait de sa condition d'infirme. Si leur relation s'était vite dégradée, elle ne devait jamais oublier qu'il lui avait permis de quitter le Moulin, dépensant sans compter pour acheter une chaise roulante, l'emmener en Italie et investir dans une librairie de la rue la plus commerçante d'Angoulême.

Guillaume avait été tué dès le début de la guerre, ignorant que la femme qu'il adorait d'une passion jalouse l'avait trompé avec Bertrand durant quelques mois, juste avant le mariage de Claire et de Jean en 1905. Ensuite, prise de remords, Bertille avait refusé de revoir l'avocat. Chacun avait continué à vivre de son côté, accablé par le poids d'un amour défendu.

Mireille entra dans le salon. La gouvernante, petite et potelée, arborant un chignon gris et une coiffe charentaise, veillait sur eux avec la tendresse d'une mère. Là encore, ses lunettes au bout du nez, elle vérifia qu'ils avaient terminé le chocolat chaud et que le feu était bien garni.

— Monsieur, Madame, je monte me coucher, annonça-t-elle avec un doux sourire. Je passerai m'assurer que la petite Clara n'a pas froid. Elle se découvre souvent, la nuit.

Bertille remarqua que la servante serrait un livre relié contre sa poitrine.

— Ne veillez pas trop tard, ma chère, plaisanta la jeune femme. Avec votre manie de lire ! De quel ouvrage s'agit-il ?

— *Le Comte de Monte-Cristo*, Madame, d'Alexandre Dumas. J'en suis à l'évasion. Pensez si j'ai hâte...

— C'est un roman palpitant, Mireille ! concéda Bertille. Bonne lecture !

La gouvernante sortit de la pièce en soupirant de joie. Attendri, Bertrand secoua la tête.

— Pauvre femme ! Sans Faustine, elle mourrait d'ennui. Je ne m'étais jamais soucié, moi, de savoir si elle avait appris à lire ou non. Ma future belle-fille a du cœur et de la patience... Denis a bien de la chance.

— Oui, c'est une perle ! répliqua Bertille. Ton fils la rendra heureuse, j'en suis sûre.

Ils se turent un instant, songeurs, le temps d'évoquer la radieuse jeune fille blonde, à présent institutrice, et qui avait tenu à apprendre l'alphabet et les secrets de la lecture à Mireille. Tout un hiver, en 1915, Faustine était montée du Moulin au domaine, avec de vieux manuels d'école, et elle avait donné des leçons à la gouvernante. Depuis, Mireille chérissait sa « belle demoiselle », comme elle la surnommait, et se réjouissait à l'idée des fiançailles prévues au printemps. La brave femme avait veillé sur l'enfance solitaire de Denis qu'elle idolâtrait. Son rêve le plus cher se réaliserait bientôt :

accueillir Faustine à Ponriant, l'admirer en robe de mariée, au bras de son « petiot ».

Bertille rapprocha la bergère du fauteuil en cuir de son mari. Ils se prirent la main, attentifs au tic-tac d'une pendulette dans la salle à manger voisine et au crépitement du feu.

— Et ce repas, samedi ? demanda soudain Bertrand. Qu'as-tu prévu comme menu ?

Il s'en moquait un peu, mais il aimait entendre Bertille énoncer des plats et la décoration de la table. Elle répondit tout de suite, enchantée d'aborder ce sujet.

— Voyons, il y aura Jean le ténébreux. Ma chère Claire qui jettera partout des regards de biche affolée à cause de ses mauvais souvenirs du passé tapis un peu partout chez nous… Matthieu aussi, ce superbe gaillard un peu trop arrogant depuis que le ministère de la Guerre l'a décoré ! Ton Denis, pressé de nous raconter ses débuts d'étudiant en droit et de se plaindre des horaires, des professeurs, mais si content de s'attabler près de Faustine, notre rayon de soleil. J'ai failli inviter Victor et Blanche mais, après réflexion, j'y ai renoncé.

— Pourquoi ça, princesse ? pouffa-t-il.

— J'apprécie monsieur le préhistorien, certes. Cependant, Blanche m'agace avec ses manières de grande dame.

— Et que mangerons-nous ?… Avoue que tu l'ignores encore !

Bertille lui ferma la bouche d'un baiser. Elle répliqua très vite :

— Des œufs pochés aux cèpes, un rôti de bœuf de six livres, truffé, cher ami… et comme dessert, des îles flottantes, que je préparerai moi-même, car Mireille n'y connaît rien, en crème anglaise et œufs à la neige. Elle fera seulement le caramel.

— Nous boirons du champagne, la cave en est pleine ! décida Bertrand. Le champagne te rend amoureuse…

— Comme si je ne l'étais pas assez ! dit-elle en l'enlaçant.

Ils restèrent joue contre joue, savourant la plénitude de leur amour. Chaque soirée se terminait ainsi, après des discussions, des parties de cartes ou d'échecs.

— Je n'ai pas mérité d'être si heureuse ! Je pensais payer pour mes fautes, et Dieu, s'il existe, semble m'accorder tous les bienfaits de la terre. Ecoute, Bertrand, avoue que c'est étrange. J'ai guéri de ma paralysie, alors que j'ai abusé de la fortune de Claire, qui avait épousé ton frère en partie pour aider sa famille au bord de la faillite. Ma pire infamie, je te l'ai confiée le lendemain de nos noces… La lettre de Jean que j'avais brûlée, où il écrivait à Claire qu'il avait survécu au naufrage et qu'il l'attendait en Normandie. A cause de moi, elle souffrait le martyre, elle vivait avec un homme violent et tyrannique. Et en plus, je t'aimais comme une folle et je trompais Guillaume en pensée, sans arrêt, en m'imaginant dans tes bras et non dans les siens. Mon chéri, reconnais que la justice divine, si elle existe elle aussi, aurait dû m'accabler de punitions. Eh bien, non ! Je marche, je vis près de toi dans cette magnifique maison et j'ai eu un enfant, notre merveilleuse petite Clara. Va comprendre quelque chose !

Bertrand l'attira sur ses genoux pour enfouir son visage entre ses seins menus. Il se laissa emporter aussitôt par le désir :

— Tu étais la brebis égarée de l'Evangile, celle que le berger accueille avec joie et qu'il soigne mieux que les autres parce qu'il croyait l'avoir perdue. Ou plus simplement, tu n'es pas si mauvaise que ça, au fond de toi… Moi, je t'aime telle quelle, diablesse ou ange !

Bertille ferma les yeux. La chair de cet homme contre la sienne la troublait si violemment qu'elle en gémit de langueur. Ils s'allongèrent devant la cheminée sur un épais tapis de laine et s'embrassèrent longtemps, jusqu'à céder au plaisir d'une étreinte impudique, sous le regard impassible des portraits de la famille Giraud.

2

Vie de famille

Domaine de Ponriant, le samedi 23 novembre 1918

Bertille se tenait sur le perron, malgré les rafales de pluie qui cinglaient les larges marches de calcaire. La verrière la protégeait un peu, ainsi qu'un grand parapluie noir. Elle attendait ses invités avec impatience. Une Panhard bleue apparut au bout de l'allée.

— Ah ! Voilà quelqu'un, enfin ! s'exclama-t-elle. J'aperçois Matthieu au volant.

Plus la voiture se rapprochait, mieux elle distinguait le visage des passagers. Claire était assise à l'avant et, sur la banquette arrière, elle reconnut Jean et Faustine. Bertrand la rejoignit, en ciré et bottes, lui aussi armé d'un parapluie.

— Je vais protéger ces dames du déluge !

— Denis n'est pas là ! s'étonna Bertille.

Bertrand la rassura en descendant l'escalier :

— Il a dû rater son train. Nous allons vite être renseignés, ma princesse. Je suis sûr que Faustine va nous dire pourquoi.

Sa femme le suivit et se précipita vers sa cousine qui sortait de l'automobile en longue robe de velours brun et chapeau à voilette.

— Je t'abrite, Clairette ! s'écria-t-elle en la serrant dans ses bras. Nous sommes voisines maintenant, et je ne t'ai pas vue depuis une semaine, c'est idiot…

— Excuse-nous, princesse, Jean a besoin de calme ! bredouilla Claire. Déjà, c'est un petit miracle qu'il soit venu.

Bertille retint une grimace agacée, mais son visage s'illumina d'un sourire radieux quand elle vit Faustine contourner la voiture pour lui sauter au cou.

— Bonjour, tantine, j'ai une faim de loup ! Nous sommes en retard à cause de Denis. Aucune nouvelle. Je me demande où il est passé... Il devait arriver par le train de onze heures. Matthieu et moi, nous avons arpenté la gare jusqu'à midi, pas de Denis. Mais ce n'est qu'un contretemps, sans doute...

— Rentrons au chaud, coupa Bertille. Regardez qui vous guette là, le nez au carreau !

Claire et Faustine grimpèrent les marches, comme attirées par un charmant minois auréolé de frisettes blondes. La petite Clara, debout derrière la double porte vitrée, agitait les mains. Mireille la surveillait. Une minute plus tard, c'était le sempiternel rituel des bisous et des compliments que suscitait immanquablement la fillette en robe de velours rose avec un gros ruban noué autour du front.

— Qu'elle est jolie, une vraie poupée ! affirma Faustine qui embrassa l'enfant et la gouvernante d'un même élan affectueux. Elle te ressemble de plus en plus, tantine.

— Oh oui ! C'est une vraie petite princesse ! renchérit Claire.

Bertille jubilait, très fière de sa fille qui, à trois ans, discutait à merveille et apprenait des comptines. Elle songeait aussi que ce vocable flatteur de princesse resterait dans la famille... On le devait à Claire, du temps où adolescente elle partageait sa chambre avec Bertille. Jugeant sa cousine d'une beauté rare, elle l'avait surnommée ainsi, en référence aux princesses des contes de fées dont le destin fabuleux les faisait rêver.

Les trois hommes envahirent à leur tour le vestibule en discutant d'un ton aimable. Ce déjeuner était le premier repas de famille depuis l'armistice. Matthieu et Bertrand portaient un costume, une chemise blanche et une cravate. Jean, au grand regret de Claire, avait refusé de se déguiser, selon ses propres termes. Il arborait un tricot en laine bleu foncé à col roulé et un pantalon de velours sous un manteau de pluie gris.

Bertille conduisit ses invités dans la salle à manger. Faustine poussa un petit cri ravi devant l'immense table drapée d'une nappe en fin coton blanc brodée de motifs floraux de même teinte. Elle s'extasia devant les assiettes en porcelaine, les verres en cristal, l'argenterie étincelante. Un magnifique bouquet de feuillages aux couleurs de l'automne trônait au centre. Deux suspensions en opaline rose éclairaient l'ensemble et un superbe poêle en fonte émaillée répandait une chaleur agréable.

Claire ne pouvait pas mettre les pieds à Ponriant sans égrener quelques souvenirs douloureux. Elle s'habituait toutefois à retrouver ce cadre qui avait servi de toile de fond à son premier mariage, fort houleux et malheureux. La lumineuse présence de Bertille ainsi que celle de Clara dissipaient les fantômes du passé.

— Mesdames, un verre de porto ? proposa le maître de maison.

— Pas pour moi ! protesta Faustine. Papa, cela te tente ?

La jeune fille prit son père par le bras et le couva d'un chaud regard. Jean lui adressa un sourire de gratitude. Il n'était pas à son aise sous le toit des Giraud.

— Pourquoi pas ? dit-il. Je n'ai jamais bu de porto, il faut un début à tout…

Bertille fit asseoir ses convives à leur place. Matthieu discutait déjà avec Bertrand des conséquences de la guerre sur l'économie du pays. Faustine racontait à son père ses déboires de jeune enseignante.

Installée dans une chaise haute, Clara picorait des petits bouts de pain tartinés de foie gras.

Mireille demanda si elle pouvait servir le repas, car il était plus de treize heures.

— J'avais mis le rôti au four, Madame, expliqua-t-elle. Il sera trop cuit sinon… Monsieur Denis viendra peut-être pour le café ?

— Oui, servez, Mireille ! soupira Bertille. Tant pis pour Denis !

L'absence du jeune homme l'exaspérait. Claire s'en aperçut et lui fit signe de ne pas s'inquiéter.

— Ces œufs pochés sont un délice ! ajouta-t-elle tout haut. Mireille a fait des progrès en cuisine. Je me souviens que Denis déplorait ses talents en la matière.

— Nous devons encore une fois ce prodige à Faustine ! plaisanta Bertrand. Maintenant notre gouvernante sait lire et elle consulte des ouvrages de recettes. Mieux, elle se lance dans des plats raffinés et compliqués.

La jeune fille baissa la tête d'un air modeste. Elle allait donner son opinion quand un moteur de voiture vrombit en bas du perron. Aussitôt elle repoussa sa chaise et courut à l'une des fenêtres.

— C'est sûrement Denis !

Faustine vit tout de suite son futur fiancé descendre d'un taxi noir, mais il n'était pas seul. Comme Bertille l'interrogeait d'un « Alors ? », elle répondit du ton le plus neutre possible :

— Oui, c'est bien Denis, mais Corentine l'a accompagné... Et elle a des bagages ! précisa-t-elle en se dirigeant sans entrain vers le vestibule.

Faustine et Corentine se détestaient poliment, une antipathie naturelle née de leur béguin commun pour le beau Matthieu. Cela datait d'avant la guerre. A cette époque, Faustine se croyait amoureuse du jeune homme qui, après l'avoir adorée, lui préférait Corentine, plus mûre et audacieuse. Elles étaient néanmoins destinées à se rencontrer souvent, surtout si Denis et Faustine se mariaient.

— Nous n'étions pas prévenus ! s'étonna l'avocat qui ne montrait guère d'enthousiasme à l'idée de recevoir sa fille. Enfin, il suffit de rajouter un couvert...

Corentine entra la première, arborant un long manteau de velours prune ouvert sur une éblouissante robe de soie beige, à col de dentelle. Un grand chapeau dégoulinant de pluie abritait ses cheveux roux et bouclés et sa mince figure blême. Le nez un peu fort et la bouche aux lèvres fines donnaient à ses traits de la dureté. Mais elle avait un cou gracieux, haut et nacré ainsi que de très beaux yeux verts.

« Comme elle ressemble à son oncle Frédéric ! songea soudain Claire. Je ne l'avais jamais remarqué... Eh bien, si elle a le même caractère ! J'espère que ce n'est pas sérieux, son flirt avec mon frère. »

A l'instar de Bertille et de Bertrand, elle savait que les deux jeunes gens se fréquentaient, selon l'expression du bourg...

Faustine avait retenu Denis sur le perron. Elle s'était jetée à son cou, quémandant un baiser loin des regards indiscrets.

— Ma petite chérie ! dit-il. Tu m'as manqué, si tu savais.

Il l'embrassa sur la bouche, furtivement. Elle fit la moue, déçue :

— Quelle tiédeur ! Je rêvais d'être avec toi et tu me repousses presque.

— Excuse-moi, je suis contrarié à cause de ma sœur. Corentine voulait à tout prix rentrer à Ponriant. A cause de son caprice, nous avons raté le train. Elle devait préparer ses valises... Et j'ai faim, une faim affreuse qui me tord l'estomac.

Attendrie, Faustine l'escorta jusqu'à la salle à manger. Bertrand se leva pour donner l'accolade à son fils.

— Quand même, je craignais de ne pas te revoir avant Noël ! Assieds-toi, Denis.

Radieuse, Mireille s'était empressée d'apporter une autre chaise et de disposer un couvert pour Corentine. Cette dernière grignotait déjà une tranche de pain. Elle s'écria, très détendue :

— Père, je n'ai pas pris la peine de t'écrire, mais je viens habiter ici. J'en ai assez de Bordeaux, des bals, des réceptions. Mes grands-parents n'ont qu'une idée, me caser dans la bonne société... Et puis, mes meilleures amies sont à Angoulême.

Bertille avait l'impression que le ciel lui tombait sur la tête. Pas plus que Faustine elle n'appréciait cette jeune prétentieuse qui méprisait la majorité de ses compatriotes et tous les gens de basse extraction. Depuis son mariage avec Bertrand, Bertille avait vu Corentine ne séjourner à

Ponriant qu'à de rares occasions, mais à chaque fois la jeune femme réussissait à gâcher la douce ambiance qui y régnait.

— Tu es chez toi ! bredouilla Bertrand, fort embarrassé. Cela aurait été tout de même plus convenable de me demander mon avis, ainsi qu'à mon épouse…

Corentine jeta un coup d'œil dénué d'amabilité à sa bellemère qui souriait, très digne.

— Mais je suis ravie ! mentit Bertille. A présent, faisons honneur au rôti, il va refroidir.

L'atmosphère du repas fut assez tendue. Faustine se montrait silencieuse, Jean également, et Denis paraissait nerveux. Seuls Matthieu et Corentine discutaient et riaient sur un ton un peu faux. Après le dessert, Mireille monta coucher la fillette.

Claire espérait de tout cœur que les quatre jeunes gens iraient bavarder ensemble dans la bibliothèque. Enfin Matthieu proposa à Denis de fumer au salon. Les deux jeunes filles les suivirent.

Immédiatement Bertrand se détendit. Il passa les doigts dans ses cheveux roux coupés très court et plissa ses lèvres bien dessinées.

— Je me suis accoutumé à vivre tranquille, et tellement heureux avec Bertille ! avoua-t-il. Corentine va s'ennuyer ferme ici, et nous en paierons le prix.

Jean adressa un regard compatissant à l'avocat. Claire ne perdit pas de temps. Elle ajouta très vite :

— Tant que nous sommes seuls, je tenais à vous prévenir d'un incident pénible, odieux même. Et j'avais besoin de vos conseils, Bertrand. Jeudi, Jean a découvert Pia, la fille de Giuseppe Sandrelli, dans notre cabane de Chamoulard. La pauvre gamine a été violée, et depuis, je ne vis plus. Il peut s'agir d'un rôdeur, d'un homme de passage, mais si ce sale type habite la région, que pouvons-nous faire ? Le père de Pia n'ira pas se plaindre aux gendarmes. Il ne pense qu'à son honneur bafoué et…

— Moins fort, Claire, coupa Jean. Je ne veux pas que Faustine soit au courant de cette histoire.

— C'est épouvantable ! chuchota Bertille. Pia n'est encore

qu'une enfant. Oh, je la connais à peine, je l'ai croisée de temps en temps à Puymoyen, mais imaginer ce qu'elle a subi...

— Pauvre gosse ! soupira Bertrand. Hélas, s'il n'y a pas eu coups et blessures, une plainte n'aura aucun effet. Pourtant l'âge de la victime aggrave l'acte en lui-même. La loi considère ce genre de choses comme le fait d'individus tarés, le « pervers instinctif » décrit par le médecin psychiatre Ernest Dupré en 1913. S'il récidive et qu'il soit arrêté, le coupable pourrait finir ses jours en asile, mais ce n'est pas sûr.

— Déjà, cela me rassurerait ! affirma Claire. Il reste à souhaiter que ce sinistre personnage soit loin, ce qui ne l'empêchera pas de recommencer ailleurs ses méfaits.

Bertille était livide. Bertrand lui prit la main et caressa ses doigts.

— Ne sois pas effrayée, ma princesse ! Je rendrai visite à Giuseppe Sandrelli. Il a travaillé pour moi l'été dernier. Ce crime, car pour moi c'est un crime, doit être dénoncé à la gendarmerie.

Claire sembla tranquillisée. Jean se roula une cigarette. Il n'avait pas prononcé un seul mot, mais ses traits crispés laissaient deviner une profonde émotion.

— Partout, l'horreur ! rétorqua-t-il soudain. Après les tranchées, les combats ignobles, je rentre chez moi et je trouve cette gosse terrifiée, souillée. Vous serez peut-être amené à me défendre de nouveau, Bertrand, si je trouve celui qui a violé Pia. Moi, ce type, je le tuerai de mes mains. Je disais ça à Claire, l'autre soir. Nous avions le droit, pire, le devoir de massacrer nos ennemis, des gars comme nous bien souvent, obligés de nous tirer dessus, et le salaud qui a violenté une enfant de douze ans, il faudrait le laisser courir...

— Chut ! fit Bertille. Pas si fort. Faustine te regarde. Elle a entendu, j'en suis sûre.

Bertille se trompait. Si Faustine, assise à une dizaine de mètres dans un fauteuil du salon, les observait, c'était simplement pour ne pas voir Corentine frôler Matthieu de la hanche ou du coude en lui riant au nez. Denis, indifférent aux manières effrontées de sa sœur, tapotait le clavier du piano. Il ferma brusquement l'instrument et se leva.

— Faustine, souffla-t-il en se penchant vers la jeune fille, si nous faisions un tour dans le parc ! Il ne pleut plus ! Tu viens ?

— Oui, bien sûr…

— Comme c'est touchant ! persifla Corentine. Nos petits fiancés vont se promener ! Prenez votre temps, surtout…

Elle ponctua sa déclaration d'un gloussement exaspéré. Faustine courut presque jusqu'à son manteau accroché dans le vestibule. Après avoir prévenu ses parents qu'elle sortait, elle dévala l'escalier d'honneur sans même attendre Denis.

« Corentine s'est moquée de moi, et ni Matthieu ni Denis ne m'ont défendue ! Oh ! J'avais envie de la gifler ! Quelle garce… » songea-t-elle, soulagée de sentir le vent froid et l'odeur de la terre détrempée.

Elle se dirigea droit vers les écuries en évoquant les matinées de l'hiver 1915 où, montée sur Sirius, elle rendait visite à Mireille qui vivait seule au domaine. Il n'y avait plus de chevaux à Ponriant.

— Faustine ! Ne marche pas si vite !

Denis la rattrapa et la saisit par l'épaule. Une bourrasque souleva ses boucles d'un châtain roux. La jeune fille éclata de rire en lui échappant un instant.

— Ebouriffé, tu ressembles à ton père ! cria-t-elle.

Il l'entraîna à l'intérieur du bâtiment désert. Le lieu conservait une vague odeur de paille et de cuir.

— Faustine, tu me dois une explication ! déclara-t-il. Pourquoi boudais-tu dans le salon ? Au début, tu étais de bonne humeur… Tu sais ce que je pense ? Tu es jalouse, oui, cela te dérange que ma sœur flirte avec Matthieu !

Elle roula des yeux ébahis, puis devint toute rouge.

— Alors là, c'est un comble ! Jalouse de Corentine, moi ? C'est toi qui es jaloux de Matthieu, plutôt. Je boudais, figure-toi, parce que ta peste de sœur n'a pas arrêté de me ridiculiser. Est-ce que tu es aveugle et sourd ? Tiens, je l'imite…

Les bras croisés, en se déhanchant de façon exagérée, Faustine prit une voix pointue afin de parfaire son numéro :

— « Alors, Faustine, il paraît que tu t'occupes de petits pouilleux ? N'ose pas t'approcher, si jamais tu avais la gale, toi aussi… Mais je plaisante, ne te vexe pas… » « Tu portais déjà cette robe, l'année dernière, Faustine ? Cela dit, en travaillant chez les sœurs, tu ne risques pas de gagner de quoi t'habiller correctement… ou bien c'est une mode dans ta famille ? Ton père n'a pas de costume, on dirait… »

Denis avait écouté, la mine grave. Il protesta aussitôt :

— Tu exagères. Corentine ne se hasarderait pas à s'en prendre à toi ! A quel moment t'a-t-elle dit tout ça ?

— Pendant que tu jouais du piano et que j'étais près de la fenêtre. Je me suis assise à l'écart parce que j'avais vraiment envie de la frapper, ta chère sœur !

Le jeune homme ne tenait pas à se quereller. Il enlaça Faustine et lui embrassa le front.

— Je te crois, ma chérie. Je te promets de parler à Corentine et je lui demanderai de te respecter à l'avenir. Allez, donne-moi un baiser… Tu es si jolie aujourd'hui. Quand nous serons mariés, je t'offrirai des robes dignes de toi. J'approuve ma sœur pour une chose au moins, cela me déplaît que tu côtoies des orphelins. En effet, tu pourrais attraper des maladies…

Prête à capituler l'instant d'avant, Faustine dévisagea Denis d'un air outragé.

— Qu'est-ce que tu crois ? dit-elle sèchement. Les religieuses les tiennent propres, mes orphelins, elles les soignent, font bouillir les draps et le linge de corps. Ces enfants ne sont pas plus sales que certains gosses de bourgeois.

Les leçons humanistes du vieux Basile Drujon, que Faustine appelait son pépé, n'avaient pas été vaines. Généreuse, pleine de compassion pour son prochain, la jeune institutrice cultivait des idées socialistes.

— En fait, remarqua-t-elle, nous n'avons pas reçu la même éducation. Si tu as de tels discours, le mépris des pauvres et des miséreux, autant ne pas m'épouser.

Denis se sentit perdu. Il l'étreignit encore plus fort, affolé par ses propos :

— Mais je t'aime, Faustine, je t'aime de tout mon être ! Pardonne-moi. Je me suis montré maladroit, ce n'est pas ce que je voulais dire. Tu m'es si précieuse, ma chérie, si fraîche, si belle. Pardon, pardon !

Il chercha ses lèvres, mais elle se déroba.

— Si tu me refuses un baiser, c'est que tu ne m'aimes pas ! dit-il à son oreille. Que tu ne m'aimes plus ! Il y a trois semaines, j'étais dans les tranchées à rêver de toi nuit et jour… Faustine, tu m'aimes encore ? Jure-le, prouve-le.

Il l'obligea à entrer dans la sellerie où il faisait sombre. Elle n'avait pas le courage de s'enfuir et n'en avait d'ailleurs pas l'intention. Le trouble insidieux qu'elle redoutait et espérait la rendait docile. Elle lui accorda le baiser qu'il exigeait et fut envahie de sensations délicieuses, car il caressait ses seins et son dos.

— Bien sûr que je t'aime, Denis ! bredouilla-t-elle, haletante.

Depuis que la nature l'avait faite femme à douze ans, Faustine subissait l'emprise d'une sensualité précoce. Son corps répondait aux sollicitations masculines contre son gré. Là encore, elle dut retenir des plaintes de joie, tandis qu'elle éprouvait un désir violent, exacerbé par leur isolement. La veille du départ de Denis pour le front, elle avait décidé de s'offrir à lui, mais il n'était pas venu au rendez-vous.

— J'ai hâte d'être ta femme ! confessa-t-elle d'une voix faible.

Il tentait de relever sa jupe, agissant en aveugle, obsédé par le besoin de la posséder sans attendre. Avant d'être mobilisé, Denis n'avait jamais couché avec une femme. Maintenant, il s'estimait expérimenté grâce aux prostituées qui réconfortaient les soldats les jours de permission.

— Ecoute, quelqu'un nous appelle ! gémit Faustine. Si papa nous trouve ici, il sera furieux.

Elle lui échappa, boutonna son manteau et se recoiffa. Denis la rejoignit, l'air innocent. Claire entra dans l'écurie.

— Ah ! Vous êtes là ! soupira-t-elle. Ne me dites pas

que vous admiriez la cavalerie des Giraud. J'aurais du mal à vous croire !

Faustine courut vers sa mère adoptive, qu'elle savait plus indulgente que son père.

— Maman, figure-toi que je demandais à Denis si nous aurions des chevaux, plus tard ? Et je lui montrais le box où j'enfermais Sirius lorsque je venais donner des leçons à Mireille. Nous allions rentrer, il ne fait pas chaud… et tous ces box vides, cela m'attriste.

Claire eut un petit sourire. Les jeunes gens avaient les joues rouges et ne semblaient pas du tout transis.

— Je vous cherchais. Matthieu et Corentine veulent jouer aux cartes, au bridge… Ils ont besoin de partenaires.

— Je ne connais pas ce jeu ! s'écria Faustine. Je préfère rentrer à la maison m'occuper de Thérèse et de Sauvageon. J'ai à peine eu le temps de saluer Raymonde et Léon.

Denis retint une exclamation de contrariété. Il espérait passer la journée en compagnie de celle qu'il considérait comme sa fiancée. Claire le devina et ajouta :

— Tu pourrais venir chez nous, Denis ! Mireille a servi le café. Nous prendrons congé dans une heure. Mon mari ne souhaitait guère s'attarder, lui non plus…

— Avec plaisir, Claire ! Si cela ne vous dérange pas.

— Pourquoi cela nous dérangerait-il ? Tu étais mon pensionnaire, il me semble, il y a quatre ans…

Elle faisait allusion au début de la guerre, quand Bertrand lui avait confié Denis. Faustine, satisfaite, prit discrètement la main du jeune homme et la serra très fort.

Dans la salle à manger, un événement inouï avait lieu : Bertille et Jean discutaient ensemble, sans aucune animosité. Il y avait de quoi être surpris, car ils n'étaient pas vraiment bons amis. Bertrand les écoutait d'un air amusé. Claire et Faustine s'assirent, mais Denis alla prévenir sa sœur et Matthieu qu'il descendait au Moulin avec les Dumont. Au moment où il revenait vers la grande table, Jean déclara avec véhémence :

— Je ne suis peut-être pas le plus qualifié pour ce métier, mais je veux essayer ! J'ai pris goût à l'écriture sur le front, en rédigeant des articles pour les journaux que l'on distribuait à nos camarades. Notre lieutenant m'avait fourni une vieille Remington et je m'y étais attaché, à cette machine à écrire. Pour tous ces pauvres gars qui crevaient de froid au fond des tranchées, ces feuilles de choux, comme on dit, cela représentait quelques minutes de distraction, la certitude qu'ils n'étaient pas les seuls à souffrir, à se sentir sacrifiés et condamnés.

— Jean, si tu aimes écrire, ne t'arrête pas en si bon chemin ! s'écria Bertille, les yeux étincelants. Basile sera fier de toi, de son paradis privé de vieil anarchiste. Déjà, ce que tu m'as raconté sur vos supérieurs prêts à vous mettre en joue si vous ne montiez pas à l'assaut, cela ferait un papier du tonnerre. La presse a gagné sa liberté d'expression depuis bientôt quarante ans ! Profites-en ! Raconte ta version de la guerre, et tout ce qui te passe par la tête…

— Je voudrais aussi dénoncer les conditions de vie des enfants envoyés en colonie pénitentiaire ! répliqua Jean. J'enverrai mes articles à plusieurs quotidiens, je me proposerai comme pigiste ! Je n'ai besoin que d'une machine à écrire.

Claire était muette de stupeur. Elle ne comprenait pas pourquoi son mari confiait ce projet, qui paraissait tant lui tenir à cœur, à sa cousine et à Bertrand sans l'avoir mise auparavant dans la confidence. Vexée, elle se sentit mise à l'écart. Faustine exultait :

— Papa, c'est une idée formidable ! Tantine a raison, n'hésite pas !

— Je dois apporter ma contribution au début d'une carrière de journaliste ! déclara l'avocat. Mon cher Jean, nos destins sont liés depuis un certain procès, alors suivez-moi. J'ai dans mon bureau, à l'étage, une Remington en très bon état. Je ne l'utilise plus ; j'ai acheté un modèle plus récent. Je vous en fais cadeau.

Jean bondit de sa chaise, transfiguré par un sourire incrédule. Les deux hommes sortirent de la pièce. Claire intervint aussitôt, pâle de colère :

— Je n'étais même pas au courant, moi… Et son verger, son cidre ?

— Clairette, n'aie pas cet air offensé ! rétorqua Bertille. Nous discutions de Pia, des enfants maltraités, et je citais Zola qui n'avait pas hésité à défendre Dreyfus, tu te souviens de cette affaire… Là, Jean nous a déclaré qu'il rêvait de devenir journaliste ! Il m'a expliqué pourquoi… Il m'a cité les journaux des tranchées, *Le Poilu, L'Echo de l'Argonne, Le Petit Colonial*… Je crois que ton mari a besoin de s'exprimer, d'exorciser les années affreuses qu'il a vécues sur le front.

— Tantine a raison, maman ! intervint Faustine.

Claire haussa les épaules, avant de répondre tout bas :

— Et de quoi vivrons-nous ? Le Moulin tombe à l'abandon, nous n'avons plus de capital, ou si peu. Je comptais sur la vente du cidre et sur les produits du potager. L'an prochain, il ne s'en occupera plus s'il se lance dans une autre activité.

Le retour de Jean avec la fameuse machine à écrire Remington serrée contre son cœur la fit taire. Elle ne lui avait pas vu une telle expression de joie depuis son retour. Un flot de souvenirs la submergea avec la fougue d'un torrent impétueux.

Claire revit son cher vieil ami Basile, attablé à côté de Jean, lui enseignant l'alphabet, lui fournissant une ardoise et des cahiers. Elle arrivait le soir dans la maison – à présent habitée par Raymonde et sa famille – et trouvait l'ancien instituteur assis en face du jeune bagnard en fuite. L'un parlait de sa belle voix grave, l'autre écoutait, buvant les paroles simples et précises qui racontaient le combat de Louise Michel ou la défaite de la Commune de Paris… Basile ne craignait pas d'entonner l'*Internationale*, ce chant des révolutionnaires écrit par Eugène Pottier en 1871, devenu l'hymne des socialistes et des communistes du monde entier, désormais.

Debout ! les damnés de la terre !
Debout ! les forçats de la faim !
La raison tonne en son cratère,

C'est l'éruption de la fin.
Du passé faisons table rase.
Foule esclave, debout ! debout !
Le monde va changer de base :
Nous ne sommes rien, soyons tout !

Refrain :
C'est la lutte finale.
Groupons-nous et, demain,
L'Internationale
Sera le genre humain.

Ses beaux yeux noirs embués de larmes, Claire prenait conscience du long parcours de l'homme qu'elle aimait. Il lisait beaucoup et, par imprégnation peut-être, il avait acquis un style efficace et imagé, comme l'avaient prouvé les lettres qu'il lui envoyait du front. Faustine s'aperçut de l'émotion qui étreignait le cœur de sa mère. Elle lui caressa la joue et conclut :

— Nous ferions mieux de rentrer à la maison…

— Je vous ramène en automobile ! annonça Bertille. J'ai appris à conduire même si je n'ai pas le droit de passer le permis requis, parce que les femmes, n'est-ce pas, sont trop sottes, trop étourdies pour manœuvrer ces engins ! Heureusement Bertrand pense le contraire. Il m'a donné des leçons. Allez, en route.

— Encore merci, dit Jean en fixant l'avocat de son regard bleu au magnétisme irrésistible.

— Ce n'est rien… vraiment… répondit celui-ci. Je suis content d'avoir pu vous dépanner.

Bertrand Giraud, lui aussi, se rappela brusquement sa première rencontre avec Jean. C'était en prison. Claire l'avait supplié de défendre son ancien amoureux, dont elle élevait l'enfant. Il était entré dans la cellule avec défiance, s'attendant à découvrir un homme marqué par la violence et une existence de paria. Mais il s'était retrouvé en face d'un jeune homme aux traits séduisants, aux prunelles d'azur, qui implorait son aide en silence. Il se félicitait encore d'avoir obtenu pour lui la grâce présidentielle.

Dix minutes plus tard, Matthieu assistait au départ de Jean et de Claire, après avoir taquiné Bertille et mis en garde ses passagers contre le risque encouru.

— Le Moulin n'est pas loin, mais la dame de Ponriant, qui a bu du champagne en plus, peut vous mener droit au fossé !

— Tais-toi, jeune coq ! rétorqua Bertille. Je conduis aussi bien que toi ! Je suppose que tu n'es pas pressé de nous quitter ?

— Je vous encombrerai jusqu'au dîner, au moins...

Corentine ne daigna pas se déplacer. Elle s'était assise au piano et tapotait les touches. Le seul intérêt qu'elle trouvait à la famille Roy-Dumont, c'était Matthieu. En s'installant au domaine, elle espérait le voir chaque dimanche et lui rendre visite à Angoulême sans surveillance. Ils étaient amants mais, jusqu'à présent, les occasions de se trouver seuls avaient été très rares.

« Matthieu sera tôt ou tard obligé de m'épouser ! » songeait-elle, paupières mi-closes.

La jeune fille était prête à toutes les ruses pour parvenir à ses fins. Faustine ne représentait plus un obstacle, et cela la rassurait. Pendant le trajet en train de Bordeaux à Angoulême, Corentine avait exhorté son frère cadet à se marier le plus vite possible. Intuitive, elle se méfiait de la tendresse que Matthieu ressentait pour celle qui avait grandi à ses côtés et qu'il surnommait parfois « sa petite sœur chérie ».

« Faustine n'est qu'une gourde, qu'une paysanne sans fortune ! se dit-elle encore en martelant une gamme sur le clavier. Denis n'a aucun goût, mais cela m'arrange, d'une certaine manière... »

Moulin du Loup, même jour

Raymonde découpait de la viande en menus morceaux, qu'elle jetait dans une marmite où s'entassaient déjà des tranches de carotte, des oignons émincés et des navets à la chair nacrée. Thérèse observait chaque geste de sa mère. A huit ans et demi, c'était une fillette sage et obéissante, sauf quand il s'agissait de sa poupée Bleuette. Ce samedi où Claire, Jean et Faustine déjeunaient à Ponriant, un drame avait attristé l'enfant. Elle avait oublié Bleuette dans la nouvelle maison et brûlait d'envie de jouer avec elle. Depuis un quart d'heure, elle ne pensait plus qu'à ça.

— Maman, je peux aller chercher Bleuette, dis ?

— Non ! clama la servante. Tu m'as demandé dix fois la permission, et c'est non. Tu ne bougeras pas d'ici.

Thérèse poussa un gros soupir. Elle commençait à regretter d'avoir déménagé. Avant, elle n'était jamais séparée de sa poupée.

— Je me dépêcherai, maman ! insista-t-elle.

Raymonde essuya ses mains à un torchon avant de saler et de poivrer le ragoût en préparation.

— Si ton père n'était pas parti Dieu sait où à bicyclette, si ton frère pouvait t'accompagner, d'accord. Mais César devait aider mémé Jeanne à la lessive, au village. Nous n'avons pas d'hommes sous la main. Tu restes avec moi. Tiens, épluche donc les pommes de terre.

— D'abord, je vais au petit coin, maman...

Soucieuse, Raymonde approuva d'un signe de tête. Elle trouvait Léon bizarre ces derniers jours et cela la tracassait. Il était si gai au lendemain de l'armistice, et amoureux, ça oui.

« Il m'a cajolée comme si j'étais la huitième merveille du monde, il a pleuré avec moi sur nos jumeaux, qui seraient de beaux petits garçons à cette date », songeait-elle.

Elle n'avait pas oublié l'accouchement laborieux, un jour de tempête, en plein hiver, et les deux bébés mort-nés que le curé avait bénis et emportés. Pierre et Martin... Léon lui chuchotait à l'oreille qu'ils ne tarderaient pas à avoir un autre enfant. La jeune femme, âgée de trente-deux ans, redoutait un peu une nouvelle grossesse.

— Bah, on prendra ce qui viendra ! maugréa-t-elle en posant la marmite sur la cuisinière.

Soudain elle s'étonna de l'absence prolongée de sa fille. Avec un juron, elle courut dehors. Thérèse trottinait sur le chemin des Falaises. Le sang de Raymonde ne fit qu'un tour. Relevant sa jupe, elle courut rattraper la fugitive.

— Thérèse ! Reviens, et plus vite que ça !

La fillette s'arrêta, consternée. Sa mère fondit sur elle, la saisit par le bras et la gifla à la volée.

— Je vais t'apprendre à désobéir, Thérèse ! Quand je te dis de rester avec moi, tu restes, entends-tu ?

Suffoquée, car Raymonde ne l'avait jamais frappée, la petite éclata en sanglots. Elle demeurait figée, penchée en avant, et les larmes ruisselaient. Devant ce tableau, la servante tomba à genoux et l'étreignit de toutes ses forces.

— Oh, ma mignonne, pardonne-moi ! C'est que j'ai eu si peur, si peur !

— Mais... pourquoi, m'man ? bredouilla la fillette. D'habitude, j'ai le droit de me promener toute seule...

— Plus maintenant, Thété, trancha sa mère. Ecoute, il y a un méchant monsieur qui rôde dans la vallée, un vilain type qui fait du mal aux petites filles comme toi. Tu connais Pia ?

— Oui, maman... hoqueta Thérèse. Elle est pas venue à l'école, hier !

— Eh bien, ce monsieur lui a fait beaucoup de mal, et c'est pour ça qu'elle a manqué la classe. Tu ne dois plus t'éloigner du Moulin ni de la maison sans papa, maman ou César.

Raymonde continua à bercer sa fille et à l'embrasser. Au contact de son petit corps robuste, tendre et câlin, elle concevait le désir malsain que Thérèse pouvait susciter, et cela lui donnait des sueurs froides.

— Tu sais ce qu'on va faire, ma mignonne ? Nous allons courir toutes les deux chercher ta Bleuette !

Consolée, Thérèse suivit Raymonde en s'accrochant à

son bras. La belle vallée des Eaux-Claires paraissait soudain menaçante à l'enfant, et les trous sombres que faisaient les grottes ouvertes au flanc des falaises la terrifiaient.

Récupérer la poupée ne leur prit pas longtemps. La mère et la fille rentraient au Moulin quand un coup de klaxon retentit, assorti du ronflement d'un moteur.

— Maman, regarde, c'est Bertille qui conduit !

La servante se retourna aussi et découvrit Bertille au volant de la vieille Panhard noire de Bertrand Giraud. Claire agitait la main, Jean était assis à l'arrière. L'automobile les dépassa, projetant des giclées de boue jaunâtre.

— Oh, Madame est de retour ! se réjouit Raymonde. Je suis bien contente… Je vais préparer de la pâte à crêpes. Courons, ma mignonne, nous arriverons juste après eux.

Denis et Faustine avaient préféré descendre la route à pied. Ils se tenaient la main, heureux de marcher à leur rythme en bavardant.

— Je suis désolé, disait le jeune homme, pour ma conduite dans l'écurie. Je crois qu'à l'avenir je devrais éviter de t'embrasser comme ça, j'en perds la tête. Tant que nous ne serons pas mariés… Enfin, tu me comprends ?

Elle plissa le nez et lui décocha un regard moqueur.

— Oui, tu dois me respecter, et patati ! et patata ! Et surtout, je pourrais être enceinte, ce qui causerait un scandale !

— Enfin, ma chérie ! s'écria Denis. Il est convenable pour une demoiselle de ne pas céder à son fiancé avant les noces…

Faustine le devança en gambadant. Elle cueillit une brindille d'aubépine et se piqua.

— Aïe ! Tu n'as qu'à mettre ton opinion en pratique ! C'est toi qui perds la tête, tu viens de le dire ! Moi, je t'accorde un baiser ou deux, et tout de suite tu as des gestes… des gestes… impudiques.

Elle le narguait, un sourire coquin aux lèvres. Si jolie, avec ses joues roses, ses grands yeux bleus. Sa chevelure dorée égayait le paysage gris et brun.

— Je t'aime tant ! balbutia-t-il. Patienter un an encore, ce sera dur.

La jeune fille lui tendit les bras. Il l'enlaça et frôla son front du bout des lèvres.

— Denis, puisque nous sommes promis l'un à l'autre, que nous avons envie de nous marier… même si j'attendais un bébé, ce ne serait pas si grave.

— Faustine, ma petite chérie ! gémit-il en caressant son visage. Ne me tente pas… Non, je serai sérieux désormais.

Ils poursuivirent leur balade. Denis croyait entendre sa sœur, dans le train, qui l'encourageait à précipiter les choses. « Si tu l'aimes vraiment, ta Faustine, épouse-la ! Qu'est-ce qui te prouve qu'elle ne va pas s'enticher d'un bel Angoumoisin ? »

Le jeune homme aperçut sur sa droite, au bout du chemin menant à la ferme de Chamoulard, la cabane de Jean, entourée d'une longue lignée de pommiers et de poiriers. Une fièvre insensée le saisit : s'enfermer là-bas avec Faustine, la faire sienne. Il l'imagina à demi nue, il se vit touchant enfin la chair douce et pâle de ses cuisses, de son ventre. Il devint écarlate d'excitation et de désir.

— Qu'est-ce que tu as ? demanda-t-elle en l'observant. Tu as un drôle d'air… Tu es très rouge !

— C'est ce vent glacé, bredouilla-t-il.

Ils arrivaient au pont sur la rivière. En face d'eux, il y avait la voie carrossable qui montait au village de Puymoyen, à gauche le chemin de Chamoulard, à droite le chemin du Moulin.

— Faustine, si nous allions discuter un peu dans la cabane de ton père… Une fois chez toi, nous serons nombreux, il n'y aura pas moyen de s'isoler !

— Tu avais pris de bonnes résolutions, pourtant ! persifla-t-elle en lui pinçant le poignet. Il vaut mieux ne pas traîner. Mes parents auraient des soupçons…

— Je t'en prie ! supplia Denis.

Faustine lut dans ses yeux l'expression d'un désir irrépressible. Elle hésita un instant. Si elle acceptait, l'inévitable se produirait et cela l'angoissait. Pour sa première fois, la jeune fille rêvait d'un cadre romantique, d'une pénombre complice. S'offrir à Denis entre quatre planches, à la lumière triste d'un jour blafard, la rebuta.

— Non, je ne veux pas ! affirma-t-elle. Ecoute, tu n'es pas obligé de venir au Moulin. Retourne à Ponriant, nous nous reverrons demain après-midi. J'ai promis à Thérèse de l'emmener voir Clara et Mireille.

— Oh non ! protesta-t-il. Toujours des gamins, des visites de politesse. Je ne reviendrai pas avant Noël, Faustine.

Denis avait hérité du charme de sa grand-mère Marianne, morte vingt ans plus tôt. Doté de traits réguliers mais ordinaires, il avait un sourire séduisant, autant que le timbre de sa voix chaude et câline.

— Tu te rends compte ? Je ne te verrai pas pendant un mois entier ! insista-t-il en la prenant à la taille. Je voudrais juste t'embrasser, te tenir contre moi. Allez, viens…

Un crissement de freins, accompagné d'un « bonsoir » claironnant, sauva la jeune fille. Léon, perché sur sa bicyclette, dévalait la côte du bourg.

— Ohé, m'selle Faustine !

— Léon ! Comment vas-tu ?

Le domestique mit pied à terre pour serrer la main de Denis, très déçu par cette irruption. Ils prirent tous les trois la direction du Moulin du Loup.

Bois de Chamoulard, janvier 1919

Yvonne se hâtait de rentrer chez elle. Sa mère, Louise, l'avait envoyée à l'épicerie acheter des chandelles et un paquet de chicorée. Madame Rigordin avait dû servir deux clientes avant elle et maintenant il faisait nuit. Depuis l'Epiphanie, il gelait dur et l'adolescente frissonnait sous les rafales du vent glacé. Ses parents louaient une maison située à six cents mètres de Puymoyen, au bout d'un chemin de terre.

— Ah ! Papa a accroché une lanterne à la porte ! constatat-elle avec soulagement.

Ce halo réconfortant au sein des ténèbres donna à Yvonne envie de courir, mais elle se raisonna. Il y avait des flaques verglacées au creux des ornières et, si elle tombait, elle perdrait encore du temps. A treize ans, elle se jugeait pourtant une grande personne. Mais elle n'était pas tranquille. Pia Sandrelli, une des enfants d'immigrés, aurait été violée par un rôdeur. Ses parents pensaient qu'il s'agissait d'un individu de passage. En fait, ils n'y croyaient pas vraiment. Les Sandrelli avaient quitté le pays, de toute façon.

Pendant la messe de minuit, le vieux père Jacques avait fait un sermon qui parlait de l'innocence bafouée, des crimes commis au grand jour par un monstre à face humaine qui pouvait se cacher parmi l'assistance. Yvonne s'en souvenait très bien, ainsi que des commentaires de sa grand-tante Pernelle, l'ancienne gouvernante de Ponriant.

« Ces Italiens, ils n'ont pas de moralité ! Ça ne me surprendrait pas qu'ils aient vendu leur gamine à un pervers… » disait-elle.

Sèche et ridée comme un fruit racorni, Pernelle habitait le bourg de Ronsenac, mais elle passait Noël chez sa nièce Louise. L'oncle Louison s'invitait aussi et c'était le plus bavard.

« Ah ! Mes bessons ! geignait Pernelle. Vous auriez dû garder vos places au domaine, même après la mort de cette pauvre madame Marie-Virginie. »

La veillée de Noël et la messe permettaient à Yvonne, fille unique, d'écouter les souvenirs de sa grand-tante. Grâce à ses interminables discours, l'adolescente apprenait bien des secrets sur les gens de la vallée. A l'église, elle reconnaissait la belle Claire Roy qu'il fallait appeler madame Dumont, son mari Jean et leur fille Faustine.

Pernelle ne disait jamais de bien des habitants du Moulin. Jean Dumont était un assassin, un bandit, Raymonde, une imbécile, son époux Léon, un abruti. Quant à Bertrand Giraud, elle le traitait de blanc-bec et de saligaud, parce qu'il s'était remarié avec une grue sans cervelle, une intrigante… Yvonne songeait justement à Bertille, la dame du domaine, si élégante, quand elle entendit du bruit dans les fourrés.

« C'est sans doute une bête ! » se rassura-t-elle.

L'adolescente commit l'erreur de s'arrêter pour guetter un second bruit. Elle pensait à un sanglier ou à un renard au moment où des pas résonnèrent dans son dos. Yvonne sentit une main rugueuse lui fermer la bouche, tandis qu'un bras la ceinturait. Elle crut s'évanouir de terreur. L'homme l'entraînait sous les arbres.

« Non, non ! » se répétait-elle, paralysée par la panique.

Tout se déroula lentement, comme dans les cauchemars. Yvonne fut jetée au sol, terrassée sous le poids de son agresseur dont elle ne distinguait ni le visage ni les cheveux. Il palpa ses seins à travers le tissu, puis il retroussa sa robe et arracha sa culotte en satin.

« Je peux crier ! songea-t-elle. Il a ôté sa main de ma bouche. Je dois crier mais, si je crie, il va me tuer… »

Soudain elle perçut les aboiements furieux des deux chiens de chasse de son père, des appels aussi. Elle hurla de toutes ses forces.

— Au secours, papa, au secours !

Un coup de poing en pleine figure la fit taire. Yvonne frémit des pieds à la tête et perdit conscience.

Le lendemain matin, Raymonde entra en trombe dans la cuisine du Moulin, la mine défaite. Claire, qui buvait son café, emmitouflée d'un épais châle de laine, sursauta.

— Cette fois, Madame, cria la servante, j'envoie plus ma Thérèse à l'école ! J'ai croisé le facteur, y a pas une heure. Hier soir, Yvonne, la fille de Louise, vous savez, la nièce de Pernelle, cette vieille pie qui était gouvernante à Ponriant et qui vous a rendue si malheureuse… oui, cette pauvre Yvonne a échappé au pire. Elle était presque rendue chez elle, qu'un homme lui a sauté dessus et qu'il a essayé de… enfin, vous me comprenez ? Par chance, son père s'inquiétait. Il a lâché ses chiens et il a entendu appeler au secours. Le type n'a pas eu le temps de finir sa sale besogne ! Mais la gamine en est tombée malade.

Claire se leva, livide.

— Mon Dieu, ce n'est pas possible ! s'exclama-t-elle. A la sortie du village ?

Raymonde retenait ses larmes. Elle ajouta, la voix tremblante :

— Je n'oserai plus rentrer à la maison toute seule, Madame. A cause de ces histoires, je regrette bien d'avoir déménagé…

Léon sortit du cellier, une pile de bûches sur le bras. La face maculée de suie – il avait ramoné la cheminée –, la casquette enfoncée jusqu'aux sourcils, il resta bouche bée :

— Je t'ai entendue causer, poulette ! Qu'est-ce que tu racontes encore ?

— Je raconte la même chose que le facteur ! Yvonne a bien failli subir le sort de Pia, hier soir, à peine la nuit tombée…

Claire frissonna. Elle regarda par la fenêtre comme si le décor familier des falaises et des arbres dénudés lui était inconnu.

— J'espère que cette fois les parents d'Yvonne vont avertir les gendarmes ! dit-elle enfin. Cet homme traîne dans la vallée ou aux alentours. Léon, je t'en prie, dépêche-toi de rallumer la cheminée et la cuisinière, il fait un froid affreux.

— Oui, M'dame, vous inquiétez pas, ça va vite chauffer. Et Jeannot, il n'est pas là ?

Claire secoua la tête négativement. Elle aurait eu besoin de son mari pour la réconforter, mais il était déjà parti pour Angoulême.

— Jean s'est levé à six heures ; il avait un rendez-vous en ville. Ecoutez-moi, tous les deux, il faut prendre des précautions. D'abord, nous devons nous organiser pour attendre Thérèse devant l'école et la raccompagner. César est costaud, mais il n'est pas de taille à la défendre. Et je voudrais vous demander quelque chose…

La jeune femme ne put finir sa phrase. Elle se mit à pleurer.

— Eh bien, voyons, Madame ! questionna Raymonde. Qu'est-ce qui vous arrive ?

La servante prit sa patronne par l'épaule et lui caressa les cheveux.

— Je vais vous préparer un bon bouillon pour midi et une omelette ! Vous avez encore maigri...

— Je ne veux pas de bouillon, Raymonde, je veux... Je veux que vous reveniez habiter au Moulin, avec moi. Je me sens trop seule ! Faustine ne vient que le samedi et elle repart le dimanche après-midi. Matthieu me délaisse, et Jean, c'est pire. Il s'enferme du matin au soir dans son fameux bureau, ou il court en ville.

Le bureau de Jean n'était autre que l'ancien atelier d'herboristerie de la jeune femme. Son mari y disposait d'un petit poêle à bois, d'une table et de sa machine à écrire. Les murs étaient tapissés de coupures de presse et d'articles de journaux.

Claire continuait à sangloter, le visage caché entre ses mains. Stupéfaite, Raymonde était au bord des larmes, elle aussi. Léon allumait les feux sans rien dire.

— Je sais, c'est égoïste de ma part ! ajouta la jeune femme. Mais c'est trop triste, la maison silencieuse, les chambres vides. J'ai perdu mon père, il me manque toujours, Nicolas ne donne aucun signe de vie. J'ai l'impression de devenir folle...

— Moi, je ne demande pas mieux, Madame ! s'écria Raymonde. Et je sais aussi que vous ne roulez pas sur l'or, ces temps-ci. Hein, Léon, nous étions à notre aise, au Moulin. Comme ça, Madame pourra prendre de vrais locataires, et j'aurai moins peur, le soir.

Léon se roula une cigarette, paraissant réfléchir.

— J'suis d'accord moi aussi, même que ça me fait plaisir ! déclara-t-il avec un sourire satisfait. On n'était pas loin de vous, Madame, mais bien assez loin dans certains cas. Alors, pas de problème, on plie bagage et on rentre au bercail !

— Aujourd'hui ? demanda Claire en reniflant.

— Pourquoi pas ! répliqua Raymonde. Seulement, nous irions plus vite avec une automobile. En deux mois, j'ai déjà entassé du bazar.

Malgré son soulagement, Claire songea aux deux enfants du couple. Ils seraient déçus.

— Et César, Thérèse, ils vont regretter leur chambre et la grange… Surtout que je leur avais offert les chèvres que madame Sandrelli m'a redonnées la veille de son départ. Pauvres gens ! Ils sont partis le cœur gros.

— Oh, ne vous rendez pas malade, Madame ! soupira la servante. Le père, Giuseppe, a trouvé un travail convenable à Soyaux ; ils seront moins dans la misère qu'ici.

Claire se leva, pâle et frileuse.

— Je vais téléphoner à ma cousine. Bertille nous aidera.

Aussitôt Raymonde et Léon l'entourèrent, curieux de la voir utiliser l'appareil en bakélite noir rivé au mur de la cuisine, près de l'horloge. L'installation datait de la fin de décembre. C'était une idée de Bertrand. L'avocat avait cédé à l'attrait de la nouveauté et du progrès en finançant une ligne téléphonique de Puymoyen, dont la mairie du bourg était équipée depuis peu, jusqu'au domaine de Ponriant. Comme elle passait à quelques mètres du Moulin, il avait réussi à convaincre Claire d'en profiter. Jean s'en réjouissait, ainsi que Faustine. La jeune fille les appelait le vendredi de la grande poste d'Angoulême.

— Je dois composer le numéro, reprit Claire qui avait décroché l'écouteur.

Elle tremblait de nervosité et d'émotion. Cela lui semblait tellement extraordinaire de pouvoir discuter avec quelqu'un à distance. Ce fut Bertille qui lui répondit. Claire résuma la situation en parlant très fort et, à chaque mot qu'elle prononçait, Raymonde et Léon approuvaient d'un signe de tête.

— Nous vous attendons ! affirma la jeune femme. Merci, princesse, merci beaucoup.

Elle raccrocha et expliqua, d'un ton plus ferme :

— Ils arrivent tout de suite. Bertrand vient aussi, avec un de ses employés. Oh, je me sens mieux…

Claire se jeta dans les bras de sa servante et la serra contre elle. Léon eut un petit rire attendri.

— Vous me faites bien de la peine, m'dame Claire, à broyer du noir comme ça ! dit-il. Bon, au travail.

La journée combla les rêves de Claire. Elle avait désespérément besoin de rassembler ceux qu'elle aimait sous son toit. S'étant d'abord réjouie jusqu'au malaise du retour de Jean après l'armistice, la jeune femme avait peu à peu perdu la belle énergie qui la caractérisait. Elle se sentait fragile, souvent lasse et sans courage. Honteuse de se montrer si faible, Claire s'était interrogée, cherchant à comprendre ce qui la perturbait. Avec son bon sens populaire, Raymonde lui avait dit que c'était le contrecoup de quatre années d'angoisse et de chagrins.

« Vous nous avez tous portés à bout de bras, Madame, les enfants, votre cousine Bertille, votre pauvre père, et vous avez travaillé dur ! » expliquait la servante.

Claire approuvait en songeant qu'il y avait également les sautes d'humeur de Jean, son irritabilité, et les soucis d'argent qui la tracassaient pour la première fois de sa vie. Si l'on ajoutait le viol dont Pia avait été victime et l'agression de la jeune Yvonne, des actes sadiques qui ne pouvaient que choquer une femme sensible, la mélancolie et la nervosité de Claire n'étaient guère surprenantes.

Ce jour-là, les allées et venues, les cris de Léon, l'activité fébrile de Raymonde lui rendirent du courage. La présence pétillante de Bertille acheva de la ranimer. Bertrand et sa femme avaient été également mis au courant de l'agression d'Yvonne.

— Ses parents ont prévenu les gendarmes ! annonça l'avocat. Cette fois, ils vont se remuer un peu. Au village, les gens commencent à prendre peur. Souhaitons que le coupable soit vite arrêté. A mon avis, il se cache dans la vallée…

— Je crois qu'il faut mettre Faustine en garde ! ajouta Bertille. Ce sale type attaque des filles très jeunes, mais l'occasion fait le larron. Samedi dernier, Faustine est descendue à pied du bourg au Moulin, n'est-ce pas, Clairette ?

— Doux Jésus, tu as raison. Jean ira la chercher, maintenant.

Ils déjeunèrent tous ensemble. Léon et Raymonde avaient

déjà aéré et nettoyé leur ancien logement situé au-dessus de la salle des piles du Moulin.

A l'heure du café, Bertrand fuma un cigare. Il paraissait plongé dans une profonde méditation. Soudain il fixa Claire et lui déclara d'un trait :

— Ma chère amie, que diriez-vous de revoir votre Moulin en activité ? Cela apporterait de la vie, de l'animation ! Je vous trouve mélancolique et fragile ces derniers temps...

— Jean n'a aucune envie de se lancer dans la fabrication du papier, même s'il en use beaucoup ! tenta-t-elle de plaisanter. Et je ne suis pas capable de reprendre le flambeau...

Bertille eut un sourire mystérieux.

— Clairette, Jean et toi, vous avez des soucis d'argent, et tu dépéris. Bertrand connaît quelqu'un que le Moulin intéresse.

— Oui, ajouta l'avocat. Mais il ne compte pas le racheter, juste en assurer la gestion. Voilà, il s'agit d'un certain William Lancester, un gentleman anglais épris des méthodes traditionnelles de papeterie. Je l'ai rencontré à Bordeaux, au début du mois. Il serait prêt à verser un loyer important et, en confidence, je peux vous avouer qu'il possède une solide fortune. Rien ne presse, néanmoins, parlez-en à Jean.

Claire était sidérée par la proposition. Bertille lui prit la main en insistant, d'une voix véhémente :

— Imagine, le Moulin du Loup à nouveau productif, des ouvriers, les piles en pleine action, les bâtiments rénovés, le bief nettoyé. Ce serait une belle façon d'honorer la mémoire de ton père.

— Mon père qui s'est noyé, prisonnier des roues à aubes dont il aimait tant la chanson... soupira Claire. Tu te souviens, il disait ça, papa, que les roues à aubes chantonnaient. Oh, je ne sais pas, je revois son corps gelé, ce matin où je l'ai trouvé mort...

Elle se leva et marcha vers une des fenêtres.

« Si j'entendais battre le cœur du Moulin, songeait-elle, je serais peut-être moins triste... Quand j'étais petite, je montais aux étendoirs et, toutes ces feuilles blanches qui séchaient, je les comparais à des ailes d'ange que le vent agitait… Il y a trop de silence, de fantômes, ici… »

Claire se tourna vers Bertrand.

— Je consens au moins à recevoir ce monsieur Lancester ! dit-elle d'une voix douce. Il faut qu'il visite le Moulin. Ensuite, je prendrai une décision.

Moulin du Loup, janvier 1919

Une semaine s'était écoulée. Raymonde et Léon avaient repris leurs habitudes, dans les deux pièces où avaient vécu successivement avant eux Guillaume Dancourt, le premier mari de Bertille, le maître-papetier Colin Roy, le père de Claire, et son épouse Etiennette, ainsi que Blanche Dehedin, la sœur de Jean.

Le couple de domestiques ne s'en plaignait pas, et contre toute attente César et Thérèse avaient paru soulagés.

« Je suis contente d'être revenue ! avait dit la fillette à Claire. Comme ça, je n'oublierai plus ma Bleuette… »

— Moi, Loupiote me manquait ! reconnut César.

Ce n'était guère surprenant, à la réflexion. Ils étaient nés au Moulin et y avaient grandi, étroitement mêlés aux fêtes de famille, aux repas, aux menus événements du quotidien. César, à treize ans, s'attardait sur les bancs de la communale. Son instituteur lui avait fait redoubler le cours moyen afin de représenter l'adolescent au certificat d'études.

« Je veux être apprenti chez le menuisier du bourg ! » répétait-il.

Mais Raymonde refusait. Claire avait permis à sa servante, durant ses seize années de service, de continuer à s'instruire, et son fils devait se plier à la règle : étudier.

Ce jeudi-là, Claire, après avoir brossé Sirius, toujours vaillant, se rendit à Puymoyen en cabriolet. César l'accompagnait. La jeune femme avait besoin de gros sel, de vinaigre et de sucre. En arrivant sur la grande place, ils découvrirent un attroupement devant la mairie, une belle maison à l'architecture élégante qui jouxtait les bâtiments de l'école. Un roulement sourd résonnait.

— Eh, Claire, regarde, il y a le garde champêtre ; il tape sur son tambour.

— Vite, dépêchons-nous, répliqua-t-elle. Il n'a pas proclamé son annonce.

Escortée de l'adolescent, elle courut se fondre parmi la foule. Les femmes se pressaient autour de l'employé communal dans un ballet de coiffes blanches frémissant au vent.

— Mesdames, messieurs, en accord avec la justice plénière de la ville d'Angoulême et notre maréchaussée, monsieur le maire a tenu à établir cet arrêté…

Un nouveau roulement de tambour retentit. Claire constata qu'elle touchait du coude une forte matrone qui n'était autre que la mère d'Etiennette, Marguerite, longtemps surnommée « la laitière ».

— Oh, madame Dumont ! s'emporta celle-ci. Vous tombez à pic. Figurez-vous qu'une autre gamine a subi des violences honteuses, à l'aube, du côté de Vœuil. C'est un pêcheur d'anguilles qui l'a trouvée… Et dans un état, je ne vous dis pas ! A moitié morte ! C'est Marie-Désirée, la petite d'un maraîcher, vous savez, le Gilles Dampierre qui vend ses légumes aux grandes halles.

Marguerite haussait le ton, avec l'air passionné que suscite un événement particulièrement odieux. Claire jeta un coup d'œil à César, devenu blême. Il avait compris depuis un bon moment ce que redoutait sa mère, Raymonde, qui lui serinait chaque jour de ne pas quitter Thérèse des yeux.

Le garde champêtre poursuivit son discours :

— En conséquence des ignobles agressions dont le caractère pervers ternit la réputation de notre village et de notre vallée des Eaux-Claires, les autorités recommandent à tous les parents de redoubler de prudence. Ils devront attendre leurs enfants à la grille de l'école et les ramener chez eux, éviter de les envoyer aux champs ou aux bois. Je rappelle que Marie-Désirée Dampierre, âgée de douze ans, a été violentée à dix mètres de la grange familiale, avant le lever du soleil. La victime avait mené ses brebis au pré, obéissant en cela aux ordres paternels. Une patrouille de gendarmerie de La Couronne va rejoindre nos policiers, afin de fouiller la région…

Claire n'écoutait plus. Elle salua Marguerite, en conversation avec sa voisine de gauche, et entraîna César vers l'épicerie. Madame Rigordin, la cinquantaine épanouie, se tenait sur le seuil de sa boutique.

— Ah, ma chère Claire, j'en ai le cœur à l'envers ! Entrez donc.

La jeune femme fit ses achats, étourdie par le bavardage de la commerçante.

— Si c'est pas malheureux, s'attaquer à nos gosses ! Moi, je dis que le coupable, il est malin. Pas de danger qu'il tombe tout cuit dans les mains des gendarmes.

César eut droit à un sucre d'orge à l'anis, cadeau de la maison. L'épicière se frappa le front et en prit un second dans le gros bocal en verre.

— J'oubliais ta sœur, mon pauvre garçon ! s'écria-t-elle. Une jolie petite, Thérèse, faut plus la laisser se promener seule, hein ?

— Je sais, madame ! bredouilla César.

Tous les gens du bourg et des environs s'attardaient sur la place. Les discussions composaient une rumeur bruyante. Les hommes vociféraient. Certains clamaient qu'ils allaient chercher eux aussi le responsable et qu'il paierait cher ses cochonneries.

— Moi, je le châtrerai ! hurla le boucher.

— Tu entends ça, chuchota Claire à l'adolescent, ils parlent déjà de graisser leurs fusils, d'affûter les faux… et les couteaux. Nous aurons droit à une vraie chasse à l'homme, bientôt !

— Moi, je les comprends. Si on faisait du mal à Thété, je dirais comme eux… répliqua César.

Claire soupira, accablée par ce qu'elle venait d'apprendre.

« Pauvre petite, je ne la connais pas, mais j'ai de la peine pour elle. Sa vie est brisée ! se dit-elle. Cela va durer combien de temps, les agissements de ce monstre… »

Au moment de reprendre le chemin du Moulin, elle changea d'avis et guida Sirius en direction de Vœuil.

— Je veux rendre visite à quelqu'un, expliqua-t-elle à son jeune compagnon. Nous en avons pour une petite heure. Tu m'attendras dans le cabriolet, une fois là-bas.

— D'accord, moi ça m'amuse de me balader avec toi…

La jeune femme cédait à un sentiment instinctif de méfiance, de rancœur. Elle savait où logeait Etiennette, son ancienne belle-mère, sa cadette de deux ans, pourtant.

« Je dois l'interroger, se disait-elle. Je saurai tout de suite si elle ment ou non… Pour moi, l'auteur de ces viols, c'est Gontran. »

Claire ignorait qu'en acceptant enfin de rencontrer Etiennette, de lui demander des comptes sur le suicide du maître-papetier, elle se libérait de trois ans d'amertume, de haine étouffée.

Le chemin traversait un plateau voisin des terres de Ponriant. Le paysage s'étendait, immense, sous un ciel d'un bleu pur malgré le froid vif. Ils s'engagèrent ensuite dans un vallon plus sombre. Claire désigna à César une très ancienne construction :

— C'est la maison, là-bas, celle couverte de lierre… Je me dépêche. Ne bouge pas de la voiture.

— Promis.

Elle poussa un portillon en grillage rouillé et traversa une étroite cour où trois poules grattaient le sol. La cheminée ne fumait pas et les rideaux étaient d'un gris douteux. Claire frappa à la porte.

— C'est qui ? demanda une voix à l'accent traînant.

« Je n'aurais pas dû venir », pensa alors la visiteuse, prête à tourner les talons. Cependant, elle donna son nom.

— Entrez, Claire !

Le spectacle que découvrit Claire la pétrifia, autant que l'odeur âcre qui la suffoquait. Etiennette gisait dans un lit bateau. Elle était presque méconnaissable de maigreur et de crasse. La pièce ressemblait à une décharge publique : des bouteilles vides un peu partout, la table encombrée de vaisselle puante, le feu éteint, des cendres maculant le carrelage brun.

— Qu'est-ce qui vous amène, gémit Etiennette. Je suis malade à crever. Faites pas attention au désordre.

Claire ne répondit pas. Elle fixait un petit lit en fer et, dans le lit, un garçonnet de quatre ans, chétif et livide, qui était attaché aux barreaux avec des cordons de tissu. L'enfant la dévorait des yeux. Il avait une couronne de boucles blondes, un grand front et des croûtes rouges autour de la bouche.

— C'est ton fils… Arthur ? interrogea-t-elle.

— Eh oui, Gontran est obligé de le ligoter, pour qu'il ne fasse pas de bêtises, qu'il n'aille pas courir vers la rivière. Je ne peux pas le surveiller, je ne tiens pas debout. J'ai un mal d'entrailles, suite à une fausse couche. Si vous saviez ce que je souffre…

Le cœur serré, incommodée par l'odeur de sang et d'urine, Claire n'osait pas avancer. Il se passa alors quelque chose d'étrange. Etiennette se mit à pleurer en tendant une main décharnée vers la jeune femme.

— J'ai bien du malheur depuis que mes parents m'ont fichue dehors, parce que le Gontran, y veut pas m'épouser. Maintenant qu'il travaille à Angoulême, je suis toute seule la journée, et puis il boit, il ne fait que boire…

— Il te frappe ? demanda Claire, apitoyée.

— Ah ça, quand je ne file pas droit, il cogne.

Cet aveu conforta la jeune femme dans ses soupçons. Elle dit très vite :

— Etiennette, es-tu au courant ? Ces fillettes qu'un homme a violées, cela a commencé au mois de novembre, la petite Pia Sandrelli, et puis Yvonne, la fille de Louise, et ce matin, une de tes voisines, Marie-Désirée Dampierre.

L'ancienne servante réussit à se redresser, prenant appui sur un coude. Elle ouvrit des yeux effarés.

— Je vois personne, je vous le jure, j'savais point. Et Gontran, quand il rentre, il boit et il se met au lit. Il cause pas du tout…

Claire eut un spasme de dégoût, en évoquant le colosse

poilu, défiguré par les morsures de Sauvageon. Le chien-loup avait failli l'égorger alors qu'il tentait de violer Blanche Dehedin.

— Les gendarmes vont enquêter ! dit-elle d'un ton ferme. Es-tu sûre que le coupable, ce n'est pas ton amant, une brute notoire ?

— Et pourquoi ce serait pas votre mari, le Jean qui a grandi au bagne, hein ? Gontran, il a goûté de la prison, il se tient à carreau.

— Comment oses-tu accuser Jean ? hurla Claire, révoltée.

Arthur, effrayé, lança un cri aigu. Il se débattit dans ses liens, exhibant des ecchymoses bleuâtres à son bras droit et à l'épaule.

— Mon Dieu, gémit Claire, il bat son enfant aussi… Etiennette, quitte cet homme, il finira par vous tuer.

— Non, non, je peux pas le quitter, je l'aime, mon Gontran, tout mauvais qu'il est une fois pris de boisson. Mais il supporte plus Arthur ; il prétend que ce n'est pas le sien.

Claire eut l'impression de recevoir un coup en pleine poitrine. Jean et d'autres personnes de la vallée racontaient que Gontran se montrait un bon père. Elle le rappela à Etiennette.

— Ah oui, dame, il joue les bons pères quand il s'agit de monter au bourg, ou de le conduire à mes parents pour leur réclamer des sous. Claire, j'ai point été honnête avec vous. Le gosse, je suis pas sûre que c'est celui de Gontran…

— Quoi ? s'égosilla la jeune femme. Nicolas en était certain, tu as répandu la rumeur dans tout le pays. Aliette, ton amie, pensait même que mon père avait entendu la chose, et que cela l'a poussé à se suicider. Mais tu t'en moquais, de ton vieux mari, tu étais bien débarrassée…

— Non, j'avais de l'affection pour Colin, et puis on était heureux pendant ce voyage en Italie que vous nous avez offert, Jean et vous ! Je m'en suis fait des reproches et des remords, Claire, rapport à votre papa qu'était un monsieur, lui, le plus brave du monde. Mais pour Arthur, je voulais que Gontran, il me croie, pour qu'on s'installe ensemble.

Alors je lui ai juré que Colin ne me touchait plus jamais. Mais je me souviens qu'à l'époque je couchais encore avec votre père, ça oui, et avec Gontran. Et, depuis un an, mon bonhomme passe ses nerfs sur le petit, il le secoue, il me dit qu'il n'a rien de lui, que c'est le portrait du patron… Eh, il l'appelle encore comme ça, Colin, « le patron ».

Claire se précipita vers le lit en fer et se pencha sur l'enfant. Elle examina son visage avec une attention anxieuse. L'implantation des sourcils la troubla, celle des cheveux aussi. Elle revoyait les boucles de neige de son père, qui formaient une pointe au milieu du front, et le dessin en accent circonflexe des sourcils. Prise d'une émotion rageuse, elle détacha le garçonnet et le souleva à bout de bras.

— Mon Dieu, balbutia-t-elle. Il a les mêmes dents que papa, les dents du bonheur, très écartées, celles du haut, et le grain de beauté, là, en bas du cou.

Etiennette sanglotait. Elle parvint à articuler, avec difficulté :

— Tout à fait comme mon Nicolas, qui se fiche de moi ! Dites, Claire, l'avez-vous revu, mon aîné ?

— Non ! Personne ne sait où il est ! répliqua-t-elle sans cesser d'observer Arthur.

Des poux couraient autour de ses oreilles ; il restait ébahi, à la regarder aussi.

— Prenez-le, Claire, vous êtes si bonne mère, vous ! Gontran, il m'a menacée de le porter à l'Assistance publique. Il osera pas lui faire de mal si vous le gardez, mon gosse. Je vous en prie… L'autre dimanche, il l'a tapé à lui briser les côtes.

Jamais Claire n'aurait imaginé que sa visite à Etiennette tournerait ainsi. Si Arthur était le fils de Colin, son demi-frère à l'instar de Nicolas, elle ne pouvait pas l'abandonner dans ce taudis malodorant, auprès d'une mère exsangue, incapable de se lever.

— Oh oui, je l'emmène ! déclara-t-elle avec un frémissement de joie. Je vais le soigner, m'occuper de lui. Je te ferai porter de ses nouvelles par Léon. Et je t'envoie le docteur, tu m'as l'air fiévreuse.

— Bah, sans le souci du petit, je me remettrai. Je peux point le payer, le docteur.

— Je lui dirai de me présenter ses honoraires ! coupa Claire. Si ton ventre s'infecte, tu risques d'en mourir, Etiennette.

— Je m'en fous, je mérite pas mieux... Vous êtes pas forcée de me croire, mais j'en ai eu du chagrin, quand j'ai su que Colin s'était suicidé, et je me suis dit que j'serais punie, et je le suis, punie...

Ce fut au tour de Claire de pleurer. Chez elle, la compassion l'emportait toujours sur la haine. Cette femme vieillie, marquée par la douleur et la débauche, son père l'avait chérie, aimée. Au Moulin, on déplorait ses caprices et ses colères, mais il lui arrivait d'être gentille.

— Je prendrai soin d'Arthur, affirma Claire. Qui que soit son père, je ne peux pas le laisser ici. Il a besoin de calme, de nourriture et d'activités.

Elle enveloppa l'enfant de sa couverture rêche et souillée de taches brunes, avant de le présenter à sa mère qui faisait mine de vouloir l'embrasser. Mais le petit recula en hurlant de terreur.

« Tu le frappais, toi aussi ! » songea Claire, saisie d'une répugnance extrême.

— Le docteur viendra cet après-midi ! répéta-t-elle d'une voix tendue. Et je repasserai te voir, je te donnerai des tisanes... Je ferai le ménage, je...

— Vous donnez pas cette peine, va ! maugréa la malade. Si Gontran vous trouve ici, ça fera du vilain. Gardez Arthur, c'est tout ce que je demande... On dirait que c'est le bon Dieu qui vous a conduite chez moi, ce matin.

César se gratta la tête, une manie qu'il tenait de Léon, en voyant Claire franchir le portillon, un enfant blotti contre elle. Le large sourire qui la transfigurait le rassura.

— Qui c'est, ce môme ? demanda-t-il.

— Mon petit frère Arthur ! Je vais l'élever, il était martyrisé.

Pendant le trajet du retour, César n'osa poser aucune

question. Claire, elle, chantonna des berceuses et embrassa cent fois le front de son protégé. Elle se sentait à nouveau utile, jeune et pleine de vie.

Dans la cour du Moulin, Jean les attendait. Il allait tempêter, expliquer qu'il s'inquiétait, qu'il était monté au bourg les chercher, mais la vision de sa femme portant à son cou un gamin de quatre ans sale, squelettique et pouilleux, le rendit muet. Devant Raymonde, Léon et Thérèse, Claire raconta en quelques mots la situation.

— Je le prends chez nous ! conclut-elle. Sinon il mourra. Je suis certaine que c'est le fils de papa.

— Il n'en est pas question ! hurla Jean. Etiennette s'est bien foutue de toi en te collant son bâtard dans les bras. Je te préviens, Claire, si tu gardes ce mioche, je m'en vais !

La jeune femme savait que Jean prenait goût à ses virées en ville, qu'il déjeunait chez sa sœur Blanche, que Victor lui avait confié la rédaction d'articles sur ses découvertes préhistoriques. Elle estimait que son mari la délaissait au profit du journalisme, de la frénésie de distractions et de créations nées de l'après-guerre.

— Eh bien, va-t'en ! rétorqua-t-elle en grimpant le perron.

3

Arthur

Angoulême, orphelinat Saint-Martial,
25 janvier 1919

Faustine écrivait au tableau noir les soustractions que ses élèves devaient effectuer sur leur ardoise. Elle ne pouvait s'empêcher d'apprécier le petit bruit sec de la craie contre le bois peint et l'odeur un peu âcre de l'encre. Elle éprouvait encore une satisfaction profonde à l'idée d'être institutrice. Vêtue d'une longue blouse grise, sur une jupe et un corsage d'un gris plus clair, elle avait coiffé ses cheveux en une seule natte qui dansait dans son dos chaque fois qu'elle notait un chiffre.

« Comme j'aime cet endroit ! pensait-elle. Je me sens bien ici, je n'ai plus envie de travailler dans une vraie école. »

Son poste était en effet particulier. La classe de filles à qui elle enseignait le calcul, la grammaire et l'orthographe se composait d'élèves d'âges différents, toutes orphelines, habillées d'un tablier bleu foncé.

Les religieuses lui avaient expliqué patiemment l'histoire de ces enfants, privées de leurs parents en raison de la guerre ou de la misère. Les sœurs, soucieuses de leur donner une éducation convenable, de leur apprendre à coudre et à cuisiner, les recueillaient de grand cœur. Pour un salaire ridicule, Faustine était chargée de leur instruction. Cela ne la dérangeait pas, elle l'aurait fait bénévolement si cela s'était avéré nécessaire.

— Angela, on ne bavarde pas, et surtout ne copie pas sur ta camarade ! dit-elle bien fort en fixant une fille brune au teint mat, âgée de douze ans, le front barré d'une cicatrice. Si tu ne sais pas faire, je te montrerai. Tricher ne mène à rien de bon.

Faustine craignait d'être trop indulgente, souvent. La mère supérieure l'avait mise en garde :

— Soyez ferme et juste, compréhensive mais autoritaire, sinon elles ne vous respecteront pas.

Angela posa son ardoise et croisa les bras. Elle toisait la jeune institutrice d'un air fâché. Faustine, assise à son bureau, patienta avant de la sermonner. Elle se remémora la triste destinée de la petite rebelle.

« Son père, un ouvrier, est mort à la guerre, en septembre 1914. Sa mère n'avait plus un sou, elle s'est prostituée... jusqu'à ce qu'elle se jette sous un train. Son souteneur battait Angela. C'est lui, la cicatrice à son front, un coup de couteau... »

C'était un paradoxe, mais Faustine découvrait les vicissitudes de la vie, les bassesses de l'âme humaine sous le toit du couvent et de la bouche des saintes femmes qui géraient l'établissement. La mère supérieure n'avait pas froid aux yeux et ne mâchait pas ses mots. Elle appelait un chat un chat, et tout à l'avenant...

Faustine frappa dans ses mains :

— Levez votre ardoise, pour la première opération ! Toi aussi, Angela, et dépêche-toi, sinon je te donnerai des lignes à faire. Bon, nous allons corriger.

Après le calcul, Faustine ouvrit un recueil de poèmes. Elle en choisissait un par semaine qu'elle dictait aux plus grandes. Ensuite, elle écrivait le texte au tableau et les élèves du cours élémentaire le recopiaient. Hormis les enfants de six ans, toutes devaient l'apprendre par cœur.

— Nadine, lève-toi et récite la poésie, je te prie.

Une fille de onze ans, frisée et rousse, éclata de rire. C'était une nouvelle, très agitée. Ses parents étaient morts de la grippe espagnole six mois plus tôt. Après la guerre, une épidémie aux allures de catastrophe avait ravagé le monde entier. Certains journaux avançaient le nombre de vingt millions de morts. En France, les orphelins se comptaient aussi par millions.

— « La lune est rouge au brumeux horizon »... commença Nadine, penchée sur son pupitre, tête basse.

— Tiens-toi droite et parle plus fort ! recommanda Faustine.

— « Dans un brouillard qui danseu... euh... » Je la sais pas comme il faut, mademoiselle.

C'était le genre de situation qui exigeait de la sévérité. Faustine descendit de l'estrade et arbora un air déçu :

— Pourquoi est-ce que tu ne l'as pas apprise, Nadine ?

— J'ai point tant de mémoire que vous, mademoiselle !

La jeune institutrice retint un soupir, avant de répondre :

— Nadine, je veux que tu la saches parfaitement lundi prochain, et surveille ton langage. On ne dit pas : « Je la sais pas », mais : « Je ne la sais pas » et : « Je n'ai pas autant de mémoire ». Non pas « point tant » ! Plus tard, tu trouveras un emploi aisément si tu t'exprimes bien. Angela, peux-tu réciter la poésie ?

— Oh oui, mademoiselle.

Faustine avait remarqué l'intérêt de la fillette pour la littérature. Si elle ne brillait pas en calcul, ses rédactions se révélaient satisfaisantes.

Angela se leva et prit sa respiration. Elle déclama un peu vite :

La lune est rouge au brumeux horizon ;
Dans un brouillard qui danse, la prairie
S'endort fumeuse, et la grenouille crie
Par les joncs verts où circule un frisson ;

Les fleurs des eaux referment leurs corolles ;
Des peupliers profilent au lointain,
Droits et serrés, leurs spectres incertains ;
Vers les buissons errent les lucioles ;

Les chats-huants s'éveillent, et sans bruit
Rament l'air noir avec leurs ailes lourdes,
Et le zénith s'emplit de lueurs sourdes.
Blanche, Vénus émerge, et c'est la Nuit, de Paul Verlaine.

Angela n'avait marqué aucune pause entre le dernier mot de la poésie et le nom de l'auteur. Mais la diction était bonne et il n'y avait pas une erreur. Faustine la félicita en souriant :

— C'est très bien. Tu as un dix. Tu peux t'asseoir. Je vous rappelle à toutes que chaque poème appris devra être illustré par vos soins, d'un dessin représentatif du texte.

Le clocher de l'église Saint-Martial, tout proche, sonna la demie de quatre heures.

— Bien, je vous dis bonsoir, déclara-t-elle en rangeant sa trousse dans son sac en cuir. Sœur Madeleine vous attend à l'ouvroir après le goûter. Demain, nous apprendrons une chanson et je vous interrogerai sur la leçon de géographie.

Les orphelines se levèrent, pressées de recevoir des mains ridées de sœur Geneviève la tranche de pain et le carré de chocolat noir qui seraient vite engloutis.

Une fois seule, Faustine inspecta la classe. Elle ramassa une boulette de papier. Elle accrocha sa blouse à une patère, enfila son manteau en lainage noir à double rang de boutons et mit son chapeau en feutre. Il faisait très froid dans les interminables couloirs du couvent.

La jeune fille longea un corridor dont le sol était pavé de larges dalles de calcaire. Elle toqua enfin chez la mère supérieure, dont elle prenait congé tous les soirs en lui rapportant les éventuels incidents provoqués par leurs pensionnaires.

— Ah, ma chère enfant ! Vous aviez de la visite, votre père, mais je ne voulais pas troubler vos cours. Monsieur Dumont vous attend dans la cour.

— Oh merci, ma Mère, je me dépêche, dans ce cas, le vent est glacial.

Pour gagner du temps, Faustine traversa la petite chapelle où les orphelines priaient et chantaient. Une des portes latérales s'ouvrait sur la cour, plantée d'un buis chétif et d'un maigre sapin. Une croix en pierre s'y dressait. Jean faisait les cent pas.

— Papa ! s'écria-t-elle. Quelle bonne surprise !

Il l'embrassa avec empressement et la serra un instant contre lui.

— Je suis venu te chercher, en avance, hélas ! Je pensais que tu terminais à quatre heures, et non à la demie. Nous allons rentrer ensemble chez Blanche... Je dînerai là-bas.

Faustine approuva d'un air surpris. Ils sortirent par la porte double qui donnait sur la place Saint-Martial, presque en face de l'église. Sur leur droite, un vendeur de fleurs ambulant remballait ses bouquets. Deux automobiles étaient garées devant le marchand de chaussures Redon. Un fiacre se dirigeait vers la rue Marengo, au milieu des badauds et des cyclistes.

— Tu es de plus en plus souvent en ville, papa ! fit-elle remarquer. Mais tu ne vas quand même pas retourner au Moulin à la nuit noire ?

Jean toussota, gêné. Il ne savait pas comment présenter la situation à sa fille.

— Disons que je dors aussi chez Blanche pendant quelques jours. Victor est très content de mes articles et j'ai trois piges à rendre au *Petit Charentais*.

Faustine dévisagea son père. Il lui cachait un point important, elle le devinait à l'éclat singulier de ses yeux bleus.

— Et maman, cela ne l'ennuie pas que tu t'absentes si longtemps ?

— Claire est d'accord. Oh, comment t'expliquer... bredouilla-t-il.

— Si tu m'offrais un thé bien chaud, déjà ! Au Café de Lille, ce n'est pas loin, et nous pourrons discuter tranquillement. C'est près de la bijouterie Anaclet.

— Je connais, ma chérie.

En chemin, la jeune fille, de plus en plus angoissée, se posa beaucoup de questions. Pas un instant elle n'approcha la vérité dans son ensemble.

— Tu es très jolie ! lui souffla Jean en prenant place à une table. Je suis fier de toi, ma chérie.

— Merci, papa. Alors, que se passe-t-il ?

A voix basse, d'un ton monocorde, Jean raconta la scène qui s'était déroulée le matin même dans la cour du Moulin. Il conclut, avec une grimace amère :

— Claire m'a dit de partir, alors je suis parti. J'ai déposé une valise chez ta tante.

Stupéfaite, Faustine secoua la tête et ôta ses gants d'un geste vif. Elle avait envie de pleurer.

— Mais, papa, c'est toi qui as exagéré, avec ton chantage ! C'était risqué de demander à maman de choisir entre ce pauvre chérubin et toi… Tu la connais, Claire ! Elle se ferait tuer pour sauver un enfant, moi aussi d'ailleurs. Je la comprends. Enfin, mets-toi à sa place : si Arthur est bien son demi-frère, elle ne pouvait pas le laisser aux mains de ces gens. Un petit de quatre ans, attaché dans son lit, battu. Et puis, zut à la fin, avoue que, depuis deux mois, tu es toujours à Angoulême, chez tante Blanche… Je le voyais, que maman était malheureuse.

— C'est un peu fort ! gronda Jean. Bon sang, j'aime les gosses, Faustine, et je suis le premier à revendiquer pour eux une vie saine, une éducation et des soins corrects. Mais tolérer le fils de Gontran sous mon toit, non ! Ce type a failli me fendre le crâne, par le passé. Et je n'y peux rien, si ta mère se morfond toute la semaine… Je lui ai conseillé de vendre le Moulin à cet Anglais qui souhaite le louer. Elle a poussé des cris d'agonie.

Cette fois, Faustine resta bouche bée.

— Quelqu'un veut louer le Moulin, tu veux dire les bâtiments, pas notre maison ? Papa, Claire ne vendra jamais ses terres ni le logis, et je serais désespérée si elle le faisait. Qu'est-ce que tu me caches encore ?

Jean but une gorgée de bière et alluma une cigarette. Il se doutait de la réaction de sa fille.

— Pour le moment, William Lancester, une relation de Bertrand, n'est pas venu visiter. Ensuite, il y a autre chose. Claire et moi, nous hésitions à t'en parler, mais un article paraît demain, alors… Cela m'embarrasse d'évoquer ce sujet, tu es une jeune fille, mais par précaution j'y suis obligé.

Il lui exposa le plus délicatement possible la menace qui pesait sur la vallée et le village. Dès qu'il citait le prénom d'une des jeunes victimes, Faustine retenait un gémissement. Elle bredouilla :

— Pia, et Yvonne… Marie-Désirée ! Oh, elle venait chercher son petit frère à l'école de Vœuil, quand j'ai secondé l'institutrice. Mais, papa, c'est épouvantable. Je n'arrive pas à le croire… Et toi, tu abandonnes maman ! Ce n'est pas étonnant qu'elle ait pris Arthur, si un criminel de la pire espèce rôde dans notre vallée ! Maman est tellement charitable, dévouée. Je suis sûre que ces horreurs l'ont blessée en plein cœur. Ecoute, tu peux t'installer chez Blanche si cela t'amuse, mais dans ce cas je quitte mon poste et je retourne vivre au Moulin. Tu aurais dû comprendre que Claire avait justement besoin de se sentir utile, et cet enfant lui redonnera des forces, du courage.

Sans terminer son thé au lait, Faustine se leva. Elle prit son sac, son chapeau et ses gants et sortit en courant, bousculant au passage un des serveurs qui déambulait entre les tables un plateau en main. Il étouffa un juron.

La jeune fille marchait le plus vite qu'elle pouvait en direction de la grande poste. Les larmes ruisselaient sur ses joues, elle retenait des sanglots d'effroi. Le viol, elle en concevait très bien l'ignominie pour avoir seulement repoussé les avances de Nicolas, l'été dernier. Des baisers imposés, des caresses impudiques, il y avait de quoi hurler de honte quand on les subissait.

« Ces fillettes ont dû souffrir dans leur corps et dans leur âme, leur innocence détruite d'un coup, songeait-elle. Comment un homme se permet-il d'user de sa force contre des enfants ? »

Elevée à la campagne, Faustine n'ignorait rien de l'acte de reproduction. Bien que sensuelle et curieuse de connaître le grand secret de l'amour physique, elle appréhendait de livrer son intimité à Denis, de perdre sa virginité.

Elle entra dans la poste et demanda à l'une des employées un jeton de téléphone.

« Je veux entendre la voix de maman, la consoler aussi… » se disait-elle.

Bouleversée, elle avait besoin de Claire, et le terme « maman » résonnait dans tout son être. Certaines personnes bien intentionnées se plaisaient à lui préciser que ce n'était qu'une mère adoptive – surtout sa tante Blanche –, mais Faustine s'en moquait.

Elle s'impatientait, guettant l'arrêt de la sonnerie, assez désagréable, métallique et stridente. Enfin, Claire décrocha.

— Maman ? Comment vas-tu ? J'ai vu papa, il m'attendait à l'orphelinat. Maman, tu as eu raison de recueillir Arthur. J'ai hâte de le voir, ce petit garçon. Je peux prendre ma journée, demain, et rentrer par le car, ce soir…

A l'autre bout du fil, Claire s'exprimait d'une voix assurée, lui demandant de ne pas se tracasser, qu'elle ne devait pas renoncer à sa classe.

— D'accord, maman, mais je serai là vendredi soir, oui, je viendrai en taxi, j'ai de quoi payer la course. Je t'aime, maman.

La jeune fille raccrocha le combiné et se frotta les yeux. Elle sortit en se mouchant, à peine réconfortée. Jean l'attendait devant le kiosque à journaux.

— Tu es en colère ? lui demanda-t-il.

— Oui. Tu as épousé la plus merveilleuse des femmes et tu la traites bien mal ! répliqua-t-elle en s'éloignant. Sans parler de ton verger, de ta vigne, dont tu te moques éperdument, je crois.

Il la rattrapa et lui prit le bras.

— Voyons, Faustine, je ne peux pas lui céder en tout !

— Pourquoi pas ? cria-t-elle. Denis n'aura pas intérêt à s'opposer à mes initiatives quand nous serons mariés. En règle générale, les hommes sont souvent égoïstes et dominateurs, mais je ne me laisserai pas faire… Un jour, il m'a clairement dit qu'il désapprouvait mon emploi au couvent, que je pouvais être contaminée par ces pauvres fillettes qui ont eu tant de malheurs. Et mon père que j'admirais tant réagit de la même façon, en méprisant un enfant qui n'est pas coupable des fautes de sa mère…

Jean l'écoutait, envahi d'un vague remords. Au moment de frapper à la porte de Blanche et de Victor Nadaud, il regretta de ne pas se trouver au Moulin du Loup, avec son ami Léon, Raymonde et Claire.

— Tu ferais un bon avocat, ma Faustine, soupira-t-il. Je suis navré de t'avoir peinée.

D'un battement de ses cils dorés, elle le défia du regard.

— Papa, ça ne rime à rien d'écrire sur les colonies pénitentiaires, de plaider la cause des bagnards de huit ou dix ans, si tu rejettes Arthur.

Il lui caressa la joue, tandis qu'un sourire timide le rajeunissait.

— Quel caractère ! s'écria-t-il. Tu es bien ma fille, toi…

Le lendemain, il rentra à Puymoyen, encombré de sa lourde machine à écrire, de sa valise et d'un bouquet de narcisses acheté un bon prix aux halles.

Toute la bonne volonté de Jean battit de l'aile au moment de franchir le seuil de la cuisine. Léon et Raymonde avaient été témoins de leur scène de ménage et Jean redoutait d'affronter leur regard.

Débarrassé de sa machine à écrire, il se décida à entrer. Claire était assise à la grande table, Arthur sur les genoux. Elle baissa vite la tête en voyant son mari.

— Bonjour, tout le monde ! claironna-t-il d'un ton enjoué qui sonnait faux.

Raymonde le salua et aussitôt fila dans le cellier, d'où provenaient des bruits de bouteilles vides sans doute brassées par Léon.

— Bonjour, Câlinette ! murmura-t-il en s'approchant.

— Bonjour… répondit-elle.

La jeune femme avait vu la valise et le bouquet de fleurs. Cela sentait les excuses, l'espoir d'une réconciliation. La douleur qui poignait son cœur lâcha prise. Elle tremblait de l'avoir perdu.

— Alors, voilà le petit Arthur ! déclara-t-il d'une voix douce.

L'enfant, en entendant son prénom, dévisagea cet homme qui avait hurlé si fort, la veille.

— Je ne l'aurais pas reconnu, ce petit ! ajouta Jean.

— Il avait besoin d'un bon bain, d'être coiffé, nourri, dorloté ! fit remarquer Claire. Raymonde m'a donné d'anciens vêtements de César qu'elle avait gardés.

Jean continuait à observer le garçonnet au teint rose, au grand front auréolé d'une nuée de frisettes blondes, et vêtu d'un gilet beige et d'un pantalon en laine. Arthur posait sur lui un regard sombre, empreint d'une profonde tristesse, ce qui était pénible à voir chez un enfant de quatre ans.

— C'est vrai qu'il ressemble à ton père ! avoua-t-il. Je ne sais pas bien en quoi, mais... il lui ressemble !

— Oh oui ! renchérit Claire.

— Je voudrais te demander pardon, Câlinette, je me suis conduit comme le dernier des crétins. Tiens, je t'ai acheté des narcisses, ils sentent si bon, et je sais que tu les aimes. Ceux du jardin ne sortiront pas avant un bon mois...

— Des fleurs de serre, quelle folie ! s'étonna-t-elle, au bord des larmes.

Bouleversé de découvrir sa femme aussi émue, frêle et digne dans son châle noir, Jean tendit la main pour lui caresser la joue. Arthur poussa une plainte en se protégeant d'un bras la figure, puis il se serra contre la poitrine de Claire.

— N'aie pas peur, mon petit ! dit-elle doucement.

— Il a cru que j'allais le frapper ? bredouilla Jean. Oh ! bon sang, pauvre gamin... Attends, j'ai quelque chose pour lui. Un cadeau !

Claire ne cherchait pas encore à comprendre la cause d'un tel revirement. Elle éprouvait un immense soulagement, assorti d'un reste de méfiance. Quand son mari extirpa de sa valise un petit chien en peluche d'un blanc de neige, un ruban rouge autour du cou, elle fut stupéfaite.

— Qu'il est joli ! soupira-t-elle. Regarde, Arthur, Jean te donne un joujou.

L'enfant ne connaissait pas le mot ; il ne changea pas de

position. La jeune femme dut l'obliger, avec délicatesse, à se redresser. Jean agita le jouet sous son nez.

— Tu peux le prendre, mon mignon ! insista Claire.

L'objet fascina Arthur. Déjà, il passait beaucoup de temps à guetter les déambulations de Loupiote et à scruter le vieux Sauvageon couché devant le feu.

— Il ne parle pas du tout ! ajouta-t-elle. Je n'ose pas imaginer ce qu'il a vécu.

— Tu sauras le guérir, affirma Jean. Il a surtout besoin d'amour, de tendresse.

Il posa la peluche au bord de la table et recula, le cœur serré. Des pensées le traversaient, d'abord confuses, puis se précisant, et Jean avait l'impression de se réveiller d'un long cauchemar. Tout haut, mais sans s'adresser particulièrement à sa femme, il débita des phrases courtes, d'un ton monocorde.

— Faustine a bien fait de me remettre les idées en place ! J'étais en train de me changer en un sale bonhomme aux idées noires. Soucieux de me plaindre de mes années de guerre, de mon enfance au bagne… mais sans cœur, voilà, mon cœur était comme mort…

Il se tourna vers Claire et la contempla :

— Mais toi, tu suis ta voie de bonté, ma douce chérie. Notre fille m'a dit hier soir que j'avais épousé la plus merveilleuse des femmes et elle a raison. Aide-moi, je t'en prie, rends-moi meilleur…

Avec une expression de profonde tendresse, Jean vint s'asseoir près de Claire. Il rêvait de la prendre dans ses bras, de sentir le contact de son corps.

— Arthur ne veut pas me quitter ! expliqua-t-elle tout bas. Je crois qu'il est perturbé par les violences qu'il a subies. Heureusement Thérèse a su l'apprivoiser un peu. Jean, merci de ta gentillesse. Je te demande pardon pour ma conduite d'hier. J'étais à bout de nerfs.

— Ah non, Câlinette, pas de ça ! coupa son mari. C'est à moi d'implorer ton pardon, cent fois, mille fois. J'ai eu tort, j'en suis navré. Peut-être aussi que cela cachait quelque chose. J'ai réfléchi pendant la nuit… Je me sens bien en ville, car il y a du mouvement, de l'animation, des initiatives, et ce déploiement d'énergie et de vie me rassure. Mais je n'en profitais pas pleinement, j'avais des remords de te laisser seule, et je t'en voulais à cause de ça. Chut, ne dis rien... J'aurais dû t'en parler à cœur ouvert, trouver des solutions... Pareil pour le verger, n'imagine pas que je laisse tomber ! A la mi-avril, je m'y remets, avec l'aide de Léon.

Claire l'avait écouté en souriant, sans cesser de bercer Arthur.

— Ne t'en fais pas, mon Jean ! Je ne m'ennuierai plus, grâce à ce petit garçon qu'une fois encore le destin me confie. Il y a plus grave.

Il comprit qu'elle pensait aux fillettes violentées.

— Allons marcher dehors, proposa Claire. Arthur aime se promener. Nous sommes sortis à la nuit, hier soir, et il courait derrière Loupiote.

Le couple était à peine au milieu de la cour que Raymonde et Léon quittèrent le cellier et reprirent leurs occupations dans la cuisine.

— Ah ! Ils s'aiment, ces deux-là ! s'émut la servante. Mais ce n'est pas rose tous les jours...

— Faut dire, pour Jeannot ce n'est pas facile ! Madame Claire lui impose le gosse, qu'est même pas le sien. Et on n'a pas plus de preuve que c'est çui de m'sieur Colin... Etiennette s'y connaît en fourberies, va.

Ils débattirent encore longtemps du dilemme : Arthur était-il, oui ou non, un descendant de la famille Roy ?

Claire entraîna Jean dans ce qu'elle appelait souvent le tour du propriétaire. Elle commençait par une visite à l'écurie qui jouxtait depuis quelques années la bergerie. De sa stalle entièrement fermée, Sirius voyait les chèvres et leurs petits, ce qui le distrayait. Arthur trottinait, suivi de près par la louve. L'animal semblait avoir jeté son dévolu sur le petit garçon.

Le spectacle des chevrettes qui sautillaient et jouaient à se battre, en s'affrontant de leurs menues cornes en pleine croissance, arracha un sourire timide à l'enfant.

— Sais-tu, Jean, dit Claire d'un ton gêné, que je n'ai pas payé les gages à Raymonde et à Léon depuis un mois… Je retarde cette discussion chaque jour, mais là, je suis obligée d'en parler. Il te reste une mince part de ton capital de 1908, sans doute, mais si mince que je préférerais la laisser en banque, en cas de coup dur. Je n'ai plus le choix, je vais louer le Moulin à cet Anglais, dont j'ai oublié le nom.

— William Lancester ! précisa-t-il. Câlinette, tu as pris la bonne décision. Peut-être que tu pourrais aussi lui montrer la maison de Basile, enfin, tu me comprends… Ce monsieur serait à deux pas de son lieu de travail. Ce serait inespéré. J'ai besoin d'une voiture. Bientôt mes piges seront rémunérées, je pourrais même décrocher un poste fixe au *Petit Charentais*. Sinon, je peux emprunter de l'argent à ma sœur.

La jeune femme haussa les épaules.

— Bertille voulait nous aider ; j'ai refusé. Blanche a beaucoup dépensé, comme toi, et je doute qu'elle dispose à sa guise de la fortune de Victor. Déjà ils logent et nourrissent Faustine… Demain, je téléphonerai à Bertrand, qu'il contacte Lancester… Oh, quel drôle de nom.

Claire guida son mari et Arthur vers la basse-cour. C'était un vaste enclos grillagé pourvu d'une mare, qui se prolongeait derrière les étendoirs. Des bambous plantés par Colin Roy quarante ans plus tôt envahissaient le terrain alentour.

— Sans mon poulailler, nous aurions eu faim pendant la guerre ! soupira-t-elle. Et, encore aujourd'hui, cela nous sauve. Le lait des chèvres, les œufs, les bêtes que nous consommons. Regarde mes canards de Barbarie, ce sont les plus gros ; ils se plaisent, ici…

Jean s'intéressait et lui posait des questions. Il prenait conscience du quotidien de Claire pendant ces quatre années où les femmes avaient dû remplacer les hommes dans les usines, les fermes, les fonderies ou les bureaux.

— Tu n'as plus de lapins, je n'en ai pas vu… avança-t-il.

— Les clapiers sont installés au fond de la vieille bergerie. César s'en charge seul. Je lui donne une pièce le dimanche matin et les jours de foire.

Elle se pencha sur Arthur.

— Viens, nous allons porter un peu d'herbe aux lapins. Nous en avons dix… plus les petits de l'année dernière.

Le garçonnet roula des yeux émerveillés à la vue d'une lapine blanche au poil angora. Lorsqu'elle grignota en remuant le nez une longue tige de pissenlit, Claire crut entendre une sorte d'éclat de rire étouffé. Jean lui fit un clin d'œil, en chuchotant :

— Dans deux jours, ce galopin rira aux éclats, Câlinette.

Ils terminèrent leur balade en longeant le bief. Il faisait un froid sec. Le soleil de midi dorait les falaises. Arthur marchait devant eux, sa menotte posée sur le cou puissant de Loupiote. Jean tenait sa femme par la taille ; comme intimidé, il l'avait embrassée deux fois sur la joue. Elle déclara soudain, d'une voix tendue :

— J'avais promis à Etiennette de lui porter des tisanes de ma composition, mais je n'ai pas pu quitter la maison. Et le docteur, que je lui ai envoyé, n'est pas repassé me voir, alors que je devais régler ses honoraires.

— Avec quel argent, si nous sommes à sec ? s'étonna-t-il.

— J'ai quand même de petites économies au fond de mon armoire ; une enveloppe réservée aux imprévus. Jean, tu devrais aussi interroger Léon. Il va deux fois par semaine à Angoulême, il rentre tard et éreinté. Je sens bien que cela tracasse Raymonde.

Jean promit d'interroger son ami. Ils s'apprêtaient à rentrer chez eux, affamés, quand une automobile noire déboula à vive allure et se gara à un mètre d'eux. Arthur se réfugia dans les jupes de Claire.

Il s'agissait d'un taxi, et de l'arrière du véhicule descendirent deux hommes, l'un jeune et la mine arrogante, le second un peu voûté, la barbe coupée court, d'un gris argenté. Loupiote se mit à grogner.

— Monsieur et madame Dumont ! déclara le plus âgé en saluant à peine. Dites, tenez votre bête…

Le cœur de Jean battait à se rompre. Il avait reconnu le policier Aristide Dubreuil, dont la figure de fouine, émaciée, ridée, hantait encore ses cauchemars. Claire identifia à son tour le visiteur qui scrutait le visage de son mari. Elle saisit la louve par son collier et lui ordonna d'être sage.

— Monsieur Jean Dumont ! répéta le policier en appuyant sur le mot « monsieur ». Gracié par la République depuis dix-sept ans si mes souvenirs sont exacts…

— Que me voulez-vous ? demanda Jean.

Aristide Dubreuil ne répondit pas. Les lèvres pincées, il examinait le logis du Moulin, les belles proportions de l'architecture, la façade palissée de vigne et de rosiers grimpants dépouillés par l'hiver.

— C'est étrange de déranger les gens à l'heure du repas ! dit Claire d'un ton froid. Nous n'avons rien à faire avec la police.

Dubreuil les dévisagea à tour de rôle de son regard jaune.

— Eh bien, vous habitez la vallée au même titre que d'autres personnes que ma charge de fonctionnaire zélé me contraint de visiter. Marie-Désirée Dampierre, douze ans et demi, s'est éteinte durant la nuit à l'hôpital Beaulieu, où le docteur Claudin l'avait fait transférer en raison de son état. Vos gendarmes pouvaient traquer un pervers, mais il y a eu crime, cette fois, et je suis chargé de l'enquête.

— Je comprends mieux, dit Claire plus aimablement. Entrez, monsieur.

— Non, coupa Jean. Nous pouvons avoir cette discussion à l'extérieur.

Le policier eut un rire ironique en pointant sa canne vers la poitrine de Jean.

— Méfiez-vous, monsieur Dumont, de votre mauvais caractère. Il ne vous est pas venu à l'esprit qu'un ancien forçat, condamné pour meurtre, devient vite un suspect ? Vos voisins vous apprécient, surtout maître Bertrand Giraud, un brillant avocat, on s'en souvient… Mais au village personne n'a perdu la mémoire, et votre passé peut vous jouer un sale tour… Que voulez-vous ! Ces braves paysans ont peur, une grande peur. Trois fillettes martyres, bien que la dénommée Yvonne soit intacte. Cependant, elle sombre dans la neurasthénie, ses parents ont envie que le coupable soit arrêté et c'est mon but.

Après ce long discours, Dubreuil sortit une pipe de son manteau, la bourra de tabac et l'alluma. Jean était pétrifié par ce qu'il venait d'entendre. Claire n'osait pas bouger ni respirer.

— Monsieur Dumont, reprit le policier, on m'a raconté que vous aviez découvert la petite Pia Sandrelli dans un cabanon qui vous appartient, cachée sous un lit… Un lit dans un cabanon réservé à première vue aux outils de jardinage, c'est ça ?

Désemparé, toute son ancienne méfiance de paria ranimée, Jean répliqua, d'un ton calme :

— J'étais sur mes terres. Je travaillais souvent d'une étoile à l'autre et j'y déjeunais. Ma femme et moi, nous avions rangé un lit de camp là-bas, et il m'arrivait de faire une sieste, l'été.

Dubreuil prit à témoin son adjoint, jusque-là silencieux.

— Vous êtes témoin, Simonet, monsieur Dumont s'accordait des siestes ! Et vous n'attiriez pas la demoiselle Sandrelli avec des sucreries ou un billet de banque, sachant que les immigrés sont avides d'argent ?

Claire observait Jean. Aux veines gonflées de son front et à la crispation de ses mâchoires, elle percevait la montée d'une fureur sourde. Elle lui tapota l'avant-bras afin de le mettre en garde. Il respira à fond avant de se défendre.

— Messieurs de la police, en novembre 1918, il y a trois mois, j'étais dans les tranchées du côté de Douaumont. Je suis enfin rentré dans ma famille après avoir vu mourir des centaines de gosses qui avaient moins de vingt ans. J'ai retrouvé ma femme et ma fille, de même que mes amis. Le jour où j'ai découvert Pia, j'étais allé faire un tour sous le hangar où sont entreposées les pommes récoltées. Je reprenais pied dans la vie habituelle en me disant que j'aurais du mal à oublier l'horreur du front. Devant la terreur de cette fillette, je n'ai eu qu'une envie, tuer le salaud qui l'avait violée. Mais je ne tiens pas à retourner en prison, et je laisse le soin de punir ce type à des policiers aussi tenaces que vous. J'ai ramené Pia à mon épouse, qui l'a soignée. Je n'ai rien d'autre à dire.

L'adjoint Simonet paraissait impressionné par l'élocution aisée de Jean, sa prestance et la sincérité de son regard bleu. Dubreuil hocha la tête.

— On m'avait confié que vous étiez en passe d'être journaliste, Dumont, et je ne voulais pas le croire ! Ma foi, vous avez fait du chemin. Bien, ce sera tout. Je reviendrai si nécessaire.

Tant que l'automobile n'eut pas disparu au détour du chemin des Falaises, le couple resta immobile. Jean était d'une pâleur affreuse.

— Claire, bredouilla-t-il, tu crois que Dubreuil disait la vérité ? Les gens du pays me soupçonnent ? Mais pourquoi, bon sang ?

— Ne crie pas. Arthur est assez terrorisé comme ça ! souffla-t-elle. Je t'en prie, raisonne-toi. Il te provoquait, il essayait de te pousser à un geste de violence, pour le plaisir de te prendre au piège, de te traîner en justice. Mon Jean, tu as été formidable, tu lui as cloué le bec, à ce vieux rapace !

Elle lui caressa les cheveux.

— Jean, remets-toi, les temps ont changé, la justice est moins expéditive et nous avons Bertrand de notre côté. Dubreuil jubilait de s'en prendre à toi, mais cela ne l'empêchera pas de coincer le coupable.

Il l'enlaça et cacha son visage dans le creux de son cou pour respirer son parfum de femme, sentir ses cheveux le chatouiller.

— Claire, tout va mal, de plus en plus mal…

— Mais non, le rassura-t-elle, le printemps approche, ne crains rien.

Le repas de midi avait été assez agité, chacun tenant à commenter la visite d'Aristide Dubreuil. Jean et Léon, après le café, étaient partis du côté de Chamoulard pour inspecter le verger et les vignes. Ils devaient attendre César et Thérèse à l'école et les raccompagner.

Raymonde se lança dans la préparation d'une matelote d'anguille. Claire écossait des haricots qui, suspendus par bottes aux poutres du grenier, avaient séché tout l'été précédent.

Arthur était assis à côté d'elle sur le banc. Il faisait courir son chien en peluche au bord de la table.

— Piote ! Piote !

La jeune femme sursauta et se pencha un peu. Elle n'avait pas rêvé : le petit garçon venait de babiller. La louve, couchée sous la table, dressa les oreilles.

— Arthur, tu sais parler, alors ? Répète mon prénom, Claire. Je m'appelle Claire...

L'enfant fit non de la tête en pinçant les lèvres. Mais Loupiote s'était levée et quémandait une caresse.

— Regarde, mon chéri, dit doucement Claire, Loupiote, ou Piote, te demande un câlin.

Elle prit sa main et la posa au sommet du crâne de l'animal. Arthur se mit à sourire. Attendrie, elle dut se retenir de l'embrasser. Elle avait remarqué qu'il recherchait son contact sans comprendre le geste du baiser, que ce soit sur la joue ou sur le front.

« Pauvre petit ! songeait-elle en l'observant du coin de l'œil. Il ne réclame pas sa mère, il ignore tout de la tendresse, il se jette sur la nourriture, il tremble dès qu'on hausse la voix ou qu'on fait un geste brusque... Si j'avais pu me douter qu'il était le fils de papa et qu'il endurait un tel calvaire... »

Claire se reprochait d'avoir soigneusement évité Etiennette partout où elle risquait de la croiser. En la fuyant, elle avait tiré un trait sur Arthur, persuadée que c'était le rejeton de Gontran, une brute qu'elle abhorrait.

« Je dois retourner à son chevet, m'assurer qu'elle va mieux ! pensa-t-elle encore. Il faudrait aussi que Raymonde puisse garder Arthur. Si je l'emmenais avec moi, il croirait que je veux qu'il retourne là-bas... où il n'a que des mauvais souvenirs. »

Elle estimait la distance à parcourir à bicyclette, le temps qu'il faudrait. Au même instant, un coup de klaxon retentit dehors.

— Encore une voiture, verte celle-là ! commenta

Raymonde le nez pointé vers une des fenêtres. Oh, mais c'est le docteur Claudin, vous savez, Madame, le nouveau qui est si beau garçon ! Je vais lui ouvrir.

Claire se leva aussi et marcha vers la porte. D'abord, Arthur la suivit, mais il rebroussa chemin et s'installa au coin de l'âtre, près de Sauvageon et de la louve.

Joachim Claudin entrait déjà, les traits altérés par une émotion violente.

— Madame, je ne savais pas à qui m'adresser, alors je suis venu chez vous ! dit-il assez bas.

Raymonde avait raison, le jeune médecin était fort séduisant. Blond, grand, un peu fort, il arborait une moustache bien taillée, son nez était droit et fin, sa bouche, charnue. Ses yeux d'un brun doré reflétaient une âme généreuse et spirituelle. Toutefois, il était d'un naturel timide, ce qui ne facilitait pas ses débuts dans la profession, surtout en milieu paysan.

— Qu'est-ce qui vous cause problème, docteur ? demanda Claire avec gentillesse. Vos honoraires, pour cette personne chez qui je vous ai envoyé hier ? J'attendais votre visite.

Il jeta des œillades gênées à la servante et au petit garçon.

— Venez, docteur, sortons. Arthur, continue à caresser les chiens, ils aiment beaucoup ça.

L'enfant acquiesça. Dès qu'ils furent sur le perron, le médecin murmura :

— L'épicière m'a confié que vous gardiez le fils de la veuve Roy, qui était en fait votre ancienne belle-mère… Elle l'a su par Thérèse, la fille de votre domestique. Pour cette raison, je préférais vous parler sans témoins.

Claire le dévisageait, de plus en plus inquiète.

— Je vous écoute, dans ce cas… balbutia-t-elle.

— Eh bien, par conscience professionnelle, et sans prévoir aucune rémunération supplémentaire, j'ai décidé de rendre une seconde visite à cette malheureuse femme, Etiennette. Il y a une heure et demie environ. Je l'ai trouvée à l'agonie, dans un état affreux. Elle est morte dans mes bras, mais ce n'était pas à cause de la fièvre terrible qui l'avait affaiblie. Son amant ou un autre homme l'avait rouée de coups.

— Mon Dieu, gémit Claire, quelle tristesse !

— Oui, c'était navrant ! affirma le jeune docteur. Je me suis engagé dans la Croix-Rouge, pendant la guerre, et cela m'a servi de baptême du feu. J'avais juste mon diplôme. Mais confronté à ce corps si frêle qui portait la marque d'un acharnement odieux, j'ai pleuré, madame.

D'un élan spontané, Claire saisit la main du médecin et l'étreignit.

— Docteur, pouvez-vous me conduire auprès d'elle ? Je l'ai connue fillette. Pendant des années, elle a vécu ici, avec nous tous, et mon père la chérissait. Croyez que je déplore sa fin tragique qu'elle pressentait sûrement puisqu'elle insistait pour me donner son fils… Je pense qu'il faudrait demander aux gendarmes de nous escorter, si jamais son amant, un individu dangereux, rôde près de leur maison.

— Bien sûr, faisons ainsi ! approuva-t-il.

Claire courut prévenir Raymonde. Il restait le problème d'Arthur.

— Ne vous en faites pas, Madame, Thété et César seront là dans une heure. Votre frère va jouer avec sa peluche et notre Loupiote ! Et j'ai un bon gâteau pour lui.

Claire se mit à genoux devant le garçonnet. D'une voix ferme et douce, elle lui expliqua qu'il allait bientôt s'amuser avec Thérèse, qu'elle devait s'absenter.

— Je reviens vite, mon mignon, n'aie pas peur. Raymonde s'occupera de toi.

L'enfant la fixa d'un air hésitant. Elle courut à l'étage prendre une paire de draps propres et une de ses plus jolies robes. Encore une fois, Arthur renonça à la suivre. La louve avait posé sa belle tête grise sur ses cuisses et il la tenait par le cou.

Pendant le trajet, Claire tenta de résumer au médecin l'histoire de sa famille. Elle évoqua son père, Colin, sa mère, Hortense, pieuse et sévère, morte en donnant naissance à son frère Matthieu. Cela lui paraissait nécessaire, afin de lui expliquer ses liens avec Etiennette et leurs relations souvent houleuses. Elle conclut son récit en lui dévoilant ses soupçons au sujet des viols qui semaient la panique dans la vallée.

— Et cet homme, Gontran, a voulu abuser de ma belle-sœur, il y a plus de dix ans, et il a failli tuer mon mari. C'est un ivrogne, un rustre sans moralité. La police devrait l'arrêter et lui arracher des aveux.

— Madame, l'accusation que vous portez est très grave ! s'écria-t-il. De plus, je ne partage pas votre opinion. C'est moi, bien sûr, qui soigne la petite Yvonne et, hélas, j'ai également examiné Marie-Désirée, dont les obsèques auront lieu après-demain au village de Vœuil... J'estime que le coupable de ces actes ignobles ne boit pas et qu'il n'agit pas en cédant à une pulsion irraisonnée. Non, nous avons affaire à un criminel rusé, lucide, qui choisit ses victimes. Des filles jolies, à peine pubères, incapables de se défendre. Il les surveille sans doute pendant plusieurs jours avant de les agresser !

Claire aurait voulu se boucher les oreilles. La théorie du médecin lui semblait logique, certes, mais d'autant plus effrayante. Lorsqu'ils arrivèrent chez Etiennette, deux gendarmes qui les avaient précédés inspectaient déjà la cour et un petit bâtiment adjacent.

L'un d'eux vint à la rencontre de Claire.

— Madame Dumont, votre présence n'est pas utile. Les parents de la défunte sont là.

— Qui les a prévenus ? s'étonna-t-elle.

— Ils ont eu la visite du dénommé Gontran, un de vos anciens ouvriers. D'après eux, l'homme était à demi fou de chagrin, et il leur a crié qu'il venait de battre à mort la dénommée Etiennette, sa concubine notoire.

La jeune femme recula, encombrée des draps et de la robe.

— Où avais-je la tête ? bredouilla-t-elle. Evidemment, c'est à la famille de faire la toilette mortuaire et de la veiller.

Une porte claqua et Marguerite, la mère d'Etiennette, se rua vers elle, sous les yeux éberlués du médecin et du gendarme.

— Faudra nous redonner le petit ! vint-elle rugir au nez de Claire. Après l'avoir fichue dehors, ma pauvre gamine, vous lui volez son fils ! J'en ai ras le bol, de vos manières de grande dame et des airs fiérots de votre mari. Si vous ne redonnez pas mon petit-fils, mon époux viendra le chercher, et ça ne traînera point…

Devant ce déferlement de rage, Claire se sentit déconcertée. Aucun des témoins de la scène n'osait intervenir. Elle reprit courage, ne pouvant compter que sur elle-même.

— Marguerite, je comprends ta peine, mais tu te trompes, je n'ai pas l'intention de te priver de votre petit-fils. Et je ne joue pas les dames, tu le sais très bien… Cela dit, tu aurais pu te soucier un peu plus tôt de ta fille unique et du sort d'Arthur. Hier, quand j'ai rendu visite à Etiennette, l'enfant était ficelé dans son lit, pouilleux, assoiffé, affamé. Gontran le frappait, il menaçait de le tuer ! Comme il a tué Etiennette !

Plus elle haussait le ton, plus la colère l'envahissait. Durement, elle ajouta :

— Etiennette m'a suppliée d'emmener son fils, de l'élever, malgré les rancœurs et les querelles qui nous ont opposées. Je tiendrai ma promesse et, quand Arthur aura repris des forces, qu'il retrouvera l'usage de la parole, il pourra passer une journée par semaine chez toi. Ta fille avait la certitude que c'était mon demi-frère. Je m'en tiens à son idée.

Brusquement, Marguerite changea de figure. Elle grimaça et se jeta dans les bras de Claire. Là, elle éclata en sanglots rauques :

— C'était ma gosse, ma petiote ! Elle m'en a fait voir. Je sais bien qu'elle avait le vice chevillé au corps, mais mourir comme ça… Vous êtes une brave fille, vous, je vous fais confiance. Et puis, j'étais pas au courant, pour le petit, qu'il était maltraité.

Le docteur Claudin signa le permis d'inhumer en présence des gendarmes et des parents d'Etiennette. En attendant l'arrivée du père Jacques, Marguerite lava le corps et l'habilla avec la robe que la jeune femme avait apportée et qui sentait bon la lavande. Claire se chargea de nettoyer un peu le misérable logis. Elle chercha vainement des jouets qui auraient appartenu à Arthur. Elle ne trouva que des vêtements en piteux état. Elle ne prit pas garde au départ de la maréchaussée, mais le médecin vint la saluer.

— Madame, je rentre au bourg. Voulez-vous profiter de ma voiture ?

— Oui, merci… Je suis épuisée. C'est l'émotion.

Après avoir embrassé Marguerite et son mari, Claire reprit avec soulagement la route vers Puymoyen et le Moulin. Le docteur Claudin se montra prévenant. A deux reprises, il s'inquiéta de sa pâleur et il insista pour la déposer devant chez elle.

« Quel charmant jeune homme ! » songea-t-elle.

Jean guettait son retour de la fenêtre. A peine avait-elle franchi le seuil de la maison qu'il la prit dans ses bras. Claire retrouva avec soulagement sa grande cuisine étincelante de propreté, que décoraient la batterie de casseroles en cuivre, des bouquets de houx suspendus aux poutres et la vieille et majestueuse horloge comtoise dont le balancier rythmait leur quotidien. Thérèse jouait avec Arthur, alors que César faisait ses devoirs sous la lampe. Raymonde raccommodait des torchons. La pièce fleurait bon le feu et la soupe chaude.

Déjà réconfortée, elle resta blottie contre son mari.

— Alors cette pauvre Etiennette est morte ! chuchota celui-ci.

— Oui, soupira-t-elle. Elle était méconnaissable, à cause de sa maladie d'entrailles et des coups reçus. Gontran mériterait de croupir en prison.

Ils discutèrent encore à voix basse, en observant le petit orphelin. Arthur apprenait à lancer des osselets et à les rattraper du dos de la main. Concentré sur l'exercice à accomplir, il pinçait les lèvres. Quand Thérèse pouffait, il souriait.

— Il apprend la joie de vivre et la sécurité, grâce à toi, Câlinette ! constata Jean. Maintenant, tu dois te reposer. Tu es pâle à faire peur.

— J'ai mes raisons, je t'assure ! répondit-elle dans un souffle. Je n'avais guère d'affection pour Etiennette, mais la voir dans cet état... Elle était plus jeune que moi et sa vie s'arrête net.

— Sur le front, la mort frappait à chaque minute, et parfois c'était à devenir fou.

Claire comprit enfin les cauchemars et les sautes d'humeur de son mari. Elle eut hâte soudain de se retrouver seule avec lui, dans l'intimité familière de leur chambre. C'était compter sans Arthur. La nuit précédente – sa première nuit au Moulin – il avait dormi avec elle, pareil à un lutin en pyjama bleu trop grand. Elle confia son souci à Jean :

— Je préférerais l'installer dans la chambre de Faustine. Peut-être que Raymonde voudrait bien laisser Thérèse passer la nuit ici, avec lui. Il y a deux lits...

— Autant commencer dès ce soir ! Je n'ai pas l'intention de dormir loin de toi, plaisanta-t-il.

La servante accepta de bon cœur et, voyant l'extrême lassitude de Claire, prit les choses en main. Après un dîner rapide, les deux femmes annoncèrent l'heure du coucher comme un jeu très amusant. Thérèse jubilait à l'idée de disposer du lit de Faustine. Elle se montra si gaie que le petit garçon ne fit aucun caprice, d'autant que Loupiote avait le droit de rester à l'étage, et même dans la pièce.

— Tu te souviens, chuchota Claire à Raymonde, Faustine filait au lit sans histoire quand je lui permettais de prendre Sauvageon. Tout recommence, et cela me plaît...

— Eh oui, Madame, le petit Arthur, il s'attache vite à la louve, à Sauvageon et à ma Thété.

Claire accorda aussi une veilleuse. Thérèse lui envoya un baiser, sa poupée Bleuette serrée contre son cœur. Arthur imitait en tout la fillette ; il tenait à la main son chien en peluche.

Sur le palier, la jeune femme abandonna l'idée de redescendre. Elle embrassa Raymonde affectueusement, en lui confiant :

— Je vais faire ma toilette et m'allonger. Dis-le à Jean,

je te prie. Ma chère Raymonde, c'était affreux, là-bas. Et je suis sûre d'une chose, le coupable des viols, l'assassin d'Etiennette, c'est Gontran, et personne ne sait où il se trouve. Nous devons protéger Arthur et nos enfants.

— Oui, Madame. Léon mettra la barre et vérifiera les volets.

La servante adressa un sourire faussement enjoué à sa patronne et lui souhaita bonne nuit. Quand Jean monta rejoindre Claire, elle sommeillait. La clarté de la lampe dorait son visage d'une douceur angélique. Il lui effleura le front et lissa une mèche brune.

— Jean, mon Jean…

Elle ouvrit les yeux et le contempla d'un air émerveillé.

— Ma chérie, ma Claire chérie ! dit-il en souriant.

Il l'attira contre sa poitrine et la berça. Follement heureuse, elle se réfugiait en lui, confiante comme une enfant.

Trois jours plus tard, alors qu'une masse de terre humide pesait sur le cercueil d'Etiennette Roy fraîchement inhumée, un garde-chasse découvrit un pendu dans les bois de Torsac. C'était un colosse hirsute, dépenaillé et très poilu. En quelques heures, il fut identifié par les gendarmes de la région. Il s'agissait de Gontran. La population de Puymoyen, de la vallée et des hameaux voisins put respirer à son aise. Une rumeur le désignait comme l'unique coupable des actes odieux qui avaient coûté la vie à une fille de douze ans et marqué à jamais deux autres adolescentes.

Quand la nouvelle parvint au Moulin du Loup, Claire éprouva un soulagement infini.

— On ne peut pas se réjouir de la mort d'un être humain, confia-t-elle à Jean, mais, dans le cas de Gontran, je n'ai guère de pitié. Il battait Arthur, autant que sa pauvre compagne. Et son suicide ressemble à un aveu.

Les parents d'Etiennette pensèrent comme Claire. Marguerite assura que l'ancien ouvrier, quand il était passé chez eux, avait l'air égaré « d'un homme confronté à ses crimes et qui ne supporte plus de vivre ».

Au bistrot du bourg, au bord des chemins, on ne parlait que de l'affaire Gontran. Chacun l'imaginait en assassin accablé de remords, prenant conscience de ses fautes impardonnables et choisissant de mettre un terme à son existence de brute et d'ivrogne.

Aristide Dubreuil tira les mêmes conclusions et reprit ses quartiers angoumoisins. Le policier avait visité toutes les fermes et tous les hameaux, tous les foyers de la région. Son départ signa la fin de la grande peur et, comme pour dissiper les sombres événements de l'hiver, le printemps s'annonça de façon précoce. Février fut tiède et ensoleillé.

Au bord des chemins, les aubépines fleurissaient, tandis que les pissenlits semaient des étoiles jaune d'or sur le vert des talus. Les quelques hommes revenus de la guerre, secondés par leurs enfants devenus adolescents, se lancèrent dans les labours. La vallée résonnait de leurs cris, on se prêtait une paire de bœufs, qui, attelés à un joug, tiraient les charrues. C'était une rude besogne, la terre n'ayant pas été retournée pendant quatre ans. Dans certains champs, il fallait repasser plusieurs fois, mais le soc venait à bout des mottes lourdes et des racines d'herbes. L'été reverrait de soyeuses étendues de blé doré et d'orge couleur de miel.

Arthur ne tenait plus en place. Claire avait du mal à le garder enfermé, mais elle y était obligée. Elle redoutait l'eau profonde du bief, aussi bien que le taureau du père Vincent, une bête colérique, et les machines en sommeil de la salle des piles. Grâce à la soif d'espace et de liberté du petit garçon, elle retrouva le goût des longues balades à travers champs et des flâneries au pied des falaises. Surtout, elle prit l'habitude de rendre de fréquentes visites à sa cousine. Bertille l'accueillait avec joie et Clara poussait des cris de ravissement. La fillette avait quatre ans comme Arthur et, surveillés par Claire, Bertille et Mireille, ils jouaient ensemble en bas de l'escalier d'honneur. Faustine n'avait pas encore fait la connaissance de l'enfant. Une épidémie de rubéole qui s'était déclarée à l'orphelinat l'avait empêchée de rendre visite à sa famille. La jeune fille avait d'abord aidé les sœurs à soigner les malades, puis, atteinte à son tour, elle avait passé une semaine alitée.

Claire lui écrivit quatre lettres où elle conta par le menu les progrès d'Arthur, la mort d'Etiennette et de Gontran, ainsi que les efforts louables de Jean pour passer plus de temps avec elle. Dans la dernière missive, elle précisait à sa fille adoptive que William Lancester n'avait pas encore pu leur rendre visite, mais qu'il annonçait sa venue pour le début du mois de mars. A présent, Claire en était à espérer que l'Anglais accepterait de louer les bâtiments du Moulin.

Faustine sut comprendre entre les lignes que ses parents avaient de sérieux soucis financiers.

« Ce n'est pas avec mon maigre salaire que je les aiderai ! » songea-t-elle en soupirant.

Sa famille lui manquait beaucoup, ainsi que Thérèse, César, les animaux, la petite Clara et Bertille.

« J'irai samedi prochain… » se promit-elle.

Domaine de Ponriant, 20 février 1919

Bertille avait ouvert en grand les portes-fenêtres du salon donnant sur la terrasse. L'air était d'une douceur exceptionnelle. Dans le parc, un bosquet d'arbustes d'ornement étalait sa floraison d'un jaune vif, dont la seule vue réjouissait le cœur. Dans les massifs, jonquilles et narcisses pointaient leurs feuilles d'un vert tendre et au bout des tiges une ou deux corolles s'épanouissaient déjà.

« Le printemps, enfin ! songea la jeune femme. Après la guerre et l'hiver, voilà le renouveau. »

Elle respira le vent léger, paupières mi-closes. Devant les écuries, Mireille promenait Clara par la main. La gouvernante trottinait ; sa coiffe blanche étincelait au soleil comme les cheveux blonds de la fillette.

Une voix aigre rompit le charme qui grisait Bertille d'un bonheur innocent.

— Papa exagère, vraiment ! clamait Corentine en traversant la pièce. Je devais l'accompagner en ville, et il m'a laissée là ! Il l'a fait exprès, j'en suis sûre.

Bertille tenta de garder son calme. La cohabitation avec sa belle-fille lui demandait des efforts surhumains. Corentine lui avait gâché le jour de Noël en invitant des cousins de Bordeaux sans la prévenir. Elle critiquait les rires trop aigus de Clara, les repas de Mireille, les nouveaux rideaux en chintz, l'installation du téléphone, dont elle abusait pourtant.

— Corentine, rétorqua-t-elle soudain, vous n'aviez qu'à vous réveiller à l'heure voulue. Bertrand ne pouvait pas vous attendre, il plaidait à dix heures.

La maîtresse de Ponriant abandonna à regret la vision du parc ensoleillé et fit face à Corentine. Vêtue d'une longue robe en mousseline verte au corsage brodé, la jeune fille feuilletait un cahier demeuré ouvert sur un guéridon.

— Est-ce vous, madame, qui écrivez si mal ? De vraies pattes de mouche ! Oh, mais ce sont des projets de menus !

— Oui, pour les fiançailles de votre frère et de Faustine, et c'est impoli de les lire sans mon autorisation ! dit Bertille en récupérant son cahier.

Corentine la dépassait d'une demi-tête et savourait ce détail. Elle éclata d'un rire nerveux en prenant un sac en cuir noir, des gants et son chapeau.

— Je vous libère de ma présence, ma chère belle-mère ! persifla-t-elle. Je monte à pied au bourg. Avec un peu de chance, je croiserai le nouveau docteur qui va chaque fin de matinée à l'hôpital Beaulieu. Il se fera un plaisir de me conduire, lui... Je rentrerai avec papa.

— Ce n'est guère convenable, votre idée ! tenta de faire remarquer Bertille. Votre père ne serait pas d'accord. Vous irez à Angoulême une autre fois.

La jeune fille roula des yeux ahuris et secoua ses boucles rousses.

— Mais je n'ai pas d'ordres à recevoir de vous, ni de conseils ! s'écria-t-elle. Quant aux convenances, cela vous va bien de les brandir. J'ai de la mémoire, madame. Vous tourniez autour de papa à l'époque où vous étiez mariée à monsieur Dancourt.

C'était la première fois que Corentine s'autorisait une attaque aussi directe. Exaspérée d'être bloquée au domaine par la faute de son père, elle dévoilait un mépris et une sorte de haine étrange. La raison en était assez simple, Matthieu l'attendait en début d'après-midi dans son appartement. Les propriétaires de la bijouterie fermaient le magasin pour assister à un enterrement et les jeunes gens n'auraient pas à affronter leur suspicion.

Bertille s'affola.

— Corentine, je vous en supplie, ne partez pas seule. Ce n'est pas raisonnable, et je suis responsable de vous en l'absence de Bertrand. Vous n'êtes pas encore majeure, il me semble !

— Je m'en moque ! répliqua la jeune fille. Je m'ennuie, ici, et je devais rencontrer une amie.

— Ecoutez, je vais téléphoner au Moulin, peut-être que Jean se rend en ville lui aussi.

Agacée, sans attendre de réponse, Bertille se précipita sur le téléphone situé dans le vestibule. Elle revint très vite, apparemment soulagée.

— Eh bien, je suis rassurée. Vous pouvez descendre chez ma cousine, Jean patientera. Il s'apprêtait à partir en voiture.

Corentine ne put cacher sa joie. Elle remercia d'une vague grimace et susurra, en s'éloignant :

— C'est normal que je profite de la Peugeot de monsieur Dumont, puisque papa lui a prêté de l'argent pour l'acheter. Et vous êtes certaine que je ne risque rien, à faire le trajet en compagnie d'un ancien bagnard ?... A ce soir !

— Vous n'êtes qu'une petite imbécile ! hurla Bertille, furieuse.

Elle venait de déclarer la guerre à sa belle-fille et ne tarderait pas à le regretter.

Jean était loin de se réjouir. Assis au volant de son automobile, il regardait sa montre-bracelet toutes les deux minutes. Installée au soleil sur le muret du bief, Arthur sur ses genoux, Claire guettait l'arrivée de Corentine sur le chemin. D'un pas de promeneuse, la demoiselle de Ponriant fit enfin son apparition. Elle portait des escarpins en soie, ce qui ne facilitait pas la marche.

— Dépêchez-vous ! lui cria Claire. Mon mari craint d'être en retard.

Elle n'eut en guise de réponse qu'un hochement de tête de la jeune fille qui consentit à presser le pas. Deux minutes plus tard, la Peugeot noire démarrait, soulevant un nuage de poussière.

Corentine n'était pas vraiment à son aise. Elle connaissait peu Jean Dumont et le rangeait dans la catégorie des gens du Moulin du Loup, à son idée des paysans jadis aisés, ayant quelque instruction, et présentement au bord de la faillite. Cependant, Bertrand avait déjà évoqué en sa présence l'histoire du mari de Claire, de sa jeunesse au bagne au procès qui avait débouché sur la grâce présidentielle. Cela poussa Corentine à mieux observer l'homme qui conduisait, une cigarette entre les lèvres. Soudain, il lui jeta un coup d'œil intrigué.

— Vous cherchez sur mon visage la trace de mes anciens méfaits ? demanda-t-il.

— Pas du tout ! se défendit-elle. Je ne vois pas de quoi vous parlez…

Jean retint un sourire amusé. Il ajouta, avec un air ironique :

— Dans ce cas, excusez-moi. Je pensais que, vivant près de mon ancien avocat, vous étiez au courant de mon passé.

La jeune fille devint écarlate, se sentant dévoilée. Elle n'avait pas un caractère à mentir davantage.

— D'accord, je sais presque tout, répliqua-t-elle, et je m'en moque, puisque vous avez l'amabilité de me rendre un immense service. Je meurs d'ennui au domaine, entre une enfant capricieuse, une vieille gouvernante et une belle-mère acariâtre.

Du coup, Jean fronça les sourcils de surprise.

— Mademoiselle, je crois que vous exagérez. Bertille, que je connais depuis des années, a certes des défauts… De là à la juger acariâtre, non ! Maintenant qu'elle est heureuse en ménage, je la trouve même charmante. Quant à l'ennui que l'on peut ressentir à la campagne, pendant l'hiver, je vous comprends. Depuis que je travaille à Angoulême, j'apprécie l'animation de la ville. Et je suppose que votre fiancé vous manque, je veux dire… Matthieu !

Corentine frémit de joie. C'était la première fois que l'on désignait le jeune homme comme son fiancé. Rien n'était établi ni décidé, mais elle fut ravie. Elle scruta à nouveau le profil séduisant de son chauffeur, avant de déclarer :

— Oui, et j'ai hâte de l'épouser.

— Vous ferez un très beau couple ! rétorqua Jean.

Il avait ses raisons pour souhaiter l'union de Corentine et de Matthieu. Cela éloignerait définitivement son jeune beau-frère de Faustine qui, de son côté, serait établie à Ponriant, près du Moulin.

— Vous devriez faire un mariage double, le même jour, avec votre frère Denis ! suggéra-t-il.

— Monsieur, je crois que vous n'êtes pas initié aux rêves féminins. Une mariée, pour ses noces, doit être le point de mire général. Posez la question à votre fille, elle vous répondra la même chose.

Sur ces mots, Corentine éclata d'un petit rire malicieux. Jean accéléra pour attaquer la rue de la Tour-Garnier, poussiéreuse et abrupte. Il déposa sa passagère place de la Bussatte.

« Ma foi ! songea-t-il, mademoiselle Giraud n'est pas si pimbêche que le prétend Faustine… Et elle a du caractère ! »

Corentine courait presque sur le large trottoir de la rue de Périgueux. Les ouvriers qui travaillaient à la mise en place d'un monument aux morts à la gloire des vaillants soldats tombés à la guerre lui avaient jeté des œillades gourmandes. Elle en riait encore, contente de plaire, d'attirer l'attention. Bertille s'était abonnée au *Petit Echo de la mode*, et la jeune fille lisait le magazine avec avidité. A Paris, les couturiers raccourcissaient les jupes. Ils voulaient abolir le corset, et les robes prenaient des formes fluides, la taille basse et soulignée d'une large ceinture.

« J'irai la semaine prochaine chez madame Guérinaud, l'ancienne couturière de maman. Je veux une tenue à la mode. Tant pis si papa crie au scandale ! » pensait-elle en arrivant devant les deux étroites vitrines de la bijouterie Métais.

Elle entra dans le couloir au dallage en damier et ouvrit une porte vitrée agrémentée de rideaux en macramé. Deux fois seulement, Matthieu avait pu la recevoir chez lui, en fait dès que les commerçants s'absentaient. Impatiente, elle grimpa les deux étages et frappa enfin à une autre porte, pleine, celle-ci. Tout son être vibrait du bonheur de revoir son amant, de le toucher. Il ouvrit, en chemise, cravate et pantalon de tweed, un nouveau lainage qui connaissait un vif succès dans les boutiques de vêtements masculins.

— Ah ! Corentine… Entre vite ! Ne fais pas de bruit, les voisins sont là, ceux qui ont la langue bien pendue.

Elle s'empressa d'obéir et jeta son volumineux chapeau sur la table, ôtant sa veste et ses chaussures.

— Mon chéri, tu m'as manqué, si tu savais…

Corentine minaudait, les bras tendus, la bouche en cœur. Matthieu l'enlaça avec brusquerie.

— A moi aussi, tu m'as manqué ! déclara-t-il en lui caressant les seins à travers le tissu brodé.

Le jeune homme ne prenait jamais la peine de s'intéresser à sa maîtresse de dix-neuf ans et il évitait les conversations. Sensuel, ardent, il comptait profiter au maximum des heures à venir.

— Viens dans la chambre, je n'en peux plus d'avoir envie de toi ! bredouilla-t-il. J'ai fermé les volets…

Elle le suivit, flattée et rassurée par son désir. Matthieu l'aida à se déshabiller, tant il savourait l'instant où elle s'allongeait sur son lit, offerte, prête à se plier à toutes ses exigences. Grâce à Corentine, le corps d'une femme, ses mystères excitants et ses points faibles n'avaient plus aucun secret. Elle avait des formes déliées, des membres minces, un dos souple et gracieux, peu de poitrine, des fesses menues et surtout un appétit sexuel insatiable. Après deux étreintes frénétiques – ils s'obligeaient au silence – Matthieu s'étira et ferma les yeux.

— Je t'aime ! lui dit-elle en frottant sa joue à son épaule.

Il ne répondit pas. C'était à chaque fois pareil. Son plaisir pris, la fièvre de son sang apaisée, le jeune homme devait lutter contre l'image de Faustine qui le tourmentait. Il revoyait l'arrondi de ses hanches moulé par du velours, l'échancrure de son corsage quand elle portait une robe d'été toute simple ou ses belles lèvres roses. Des questions le hantaient. Comment étaient ses seins qui semblaient ronds et fermes, comment était la toison de son ventre ? Evoquer cet autre corps interdit ranima son besoin de volupté et il se tourna vers Corentine, paupières mi-closes. Il fouilla son intimité d'un doigt impérieux.

— Encore, et déjà ? pouffa-t-elle, haletante.

— Chut ! Tais-toi, je t'en prie, les voisins… souffla-t-il à son oreille.

Une demi-heure avant de le quitter, Corentine, en combinaison de satin vert et bas de soie, trouva l'occasion de bavarder. Matthieu enfilait son pantalon.

— Sais-tu qui m'a conduite en ville ?

— Eh bien, ton père, évidemment.

— Non, Jean Dumont, ton beau-frère ! répliqua-t-elle d'un ton vif. Il est assez sympathique, en fait… Et ce regard bleu, ces cils noirs et fournis. J'étais fascinée.

Corentine espérait une réaction de jalousie. Elle fut déçue. Son amant marmonna, distrait :

— Tu parles, un type de quarante ans, bientôt grisonnant, avec un sale caractère en plus.

— Il ne grisonne pas du tout ! soupira la jeune fille. Dis, pourquoi tu le détestes autant ? Je le sens à ta voix.

Matthieu boutonnait sa chemise. Il haussa les épaules, puis déclara tout bas :

— Je ne l'ai jamais aimé et ça remonte à loin… Quand j'étais gamin, il en avait toujours après moi, je ne faisais rien de bien à ses yeux ! Et ma sœur finissait par se ranger de son côté de peur de le perdre, son précieux Jean. Cela ne m'aurait pas dérangé qu'il croupisse à Cayenne !

Surprise, elle fronça les sourcils.

— Ciel, minauda-t-elle, tu le hais !

— N'exagère pas... J'ai envie de lui casser la figure depuis des années, pour le chagrin qu'il a causé à Claire, et à moi par la même occasion... Ça date de l'été où il est venu chercher Faustine avec une sale bonne femme, Térésa. Je pleurais, j'aurais voulu l'anéantir, mais je n'étais qu'un gosse. Remets donc ta robe, il est bientôt cinq heures...

Corentine s'exécuta, soudain contrariée. Matthieu remit sa cravate et se coiffa.

— Tu l'aimais comme ta petite sœur, Faustine, à cette époque ? demanda-t-elle.

— Oui, elle avait quatre ans. Ça n'a pas changé d'ailleurs ; j'ai l'intention de continuer à la protéger. Et si ton nigaud de frère ne la rend pas heureuse, il aura affaire à moi. Leurs fiançailles approchent. C'est prévu fin mars, je crois...

La jeune fille approuva en silence. Elle vint se pendre au cou de Matthieu, le visage levé vers lui.

— Et nous ? dit-elle. Jean m'a conseillé d'organiser un double mariage ! Cela me déplairait. Je tiens à être la seule fêtée, ce jour-là. Nous pourrions nous fiancer, nous aussi, le mois prochain.

Il l'obligea à reculer avec délicatesse. Elle revint à la charge pour l'enlacer en chuchotant :

— J'étais vierge et je ne regrette rien mais, si je tombe enceinte, papa sera furieux.

— Il n'y a pas de danger, répliqua-t-il. Je prends mes précautions... enfin, je me retire à temps... C'est mon frère Nicolas qui m'a appris ce truc. Ne t'inquiète pas ! Pour ma part, je ne tiens pas à me marier tout de suite. Nous avons le temps, et je veux d'abord toucher un salaire, obtenir un poste intéressant après mon diplôme d'ingénieur.

Corentine eut un sourire gêné et se détourna vivement afin de cacher sa déception.

— Tu as raison, déclara-t-elle. Mais je ne savais pas que l'on pouvait éviter une grossesse, tu aurais pu me prévenir.

Matthieu l'embrassa sur le bout du nez.

— Ne t'en sers pas avec un autre homme ! plaisanta-t-il. Sinon gare à toi.

Elle se berça à nouveau d'illusions, jugeant la mise en garde comme une manifestation de jalousie.

Le jeune homme la raccompagna jusqu'à la place du Champ-de-Foire. Corentine monta seule au palais de justice. Bertrand ignorait qu'elle était venue par ses propres moyens à Angoulême. Elle l'attendit devant la Panhard noire, garée en bas de l'escalier monumental. Son père quittait ponctuellement le tribunal à dix-huit heures, afin de rentrer au domaine avant le dîner. Il mettait un point d'honneur à raconter une histoire à Clara lorsqu'elle se couchait. Cela aussi agaçait Corentine.

« Papa ne s'est jamais donné tant de mal pour nous ! » avait-elle écrit à sa sœur aînée, Eulalie, novice dans un couvent du Bordelais.

Le lendemain, il pleuvait. Corentine monta dans le grenier de Ponriant et se mit en tête de fouiller les deux malles qui contenaient les effets personnels de sa mère. Marie-Virginie Giraud avait vécu au domaine plus de quinze ans, mais il n'en restait aucune trace, du salon aux chambres. Même les cuisines avaient eu droit à un agencement différent.

« En douceur, Bertille a fait en sorte de changer les papiers peints, la couleur des boiseries, la disposition des meubles ! soupira-t-elle en vidant les malles des linges et bibelots. Mais c'est aussi ma maison, celle de maman… »

Entre deux châles de cachemire, Corentine dénicha un calepin à la couverture cartonnée. Elle ne l'ouvrit pas tout de suite, préférant examiner le contenu d'un écrin en cuir. Un médaillon en or, orné d'un saphir, reposait sur du satin bleu foncé. Une fine chaînette se lovait autour du bijou.

Les larmes aux yeux, la jeune fille retourna la médaille et lut l'inscription gravée au dos : « A Marie-Virginie, mon amour pour la vie, Bertrand. »

— Sale menteur ! gémit Corentine avant d'éclater en sanglots.

4

William Lancester

Moulin du Loup, 5 mars 1919

En corset rose et bas noirs, Claire émit un petit cri de découragement. Elle repoussa du pied une robe qui gisait sur le parquet.

— Madame ! s'écria Raymonde, je ne vous ai jamais vue dans un état pareil. Vous n'êtes pas si coquette, d'habitude…

— Ce n'est pas de la coquetterie, répondit la jeune femme. Je ne veux pas avoir l'air d'une miséreuse devant cet étranger, et la plupart de mes toilettes sont défraîchies, usées ou trop grandes. Ce monsieur Lancester risquerait d'en profiter pour nous proposer un loyer trop modeste ! Et Jean qui me lâche un jour aussi important… Vraiment, je n'ai pas de chance !

Raymonde ramassa trois jupes en laine et deux corsages en épais satin garnis de dentelles. La servante jeta un coup d'œil amusé à Claire. Sa patronne fixait son reflet dans le miroir de son armoire.

— Vous avez maigri pendant la guerre ; il faudrait vous remplumer ! constata-t-elle. Mais vous êtes toujours bien faite.

— Merci, maugréa Claire. Cela ne règle pas mon problème, il me faudrait une robe élégante, un peu à la mode. Si tu avais vu Corentine, il y a une quinzaine de jours ! Sa toilette descendait à mi-mollet, découvrant ses chevilles et ses escarpins. Et la taille n'est plus marquée. Enfin, je ne suis pas près de porter de si jolies choses, mais je dois faire bonne impression quand même.

Elle explora encore une fois la penderie et reconnut un ensemble couleur lilas en velours léger. C'était très démodé, elle l'avait porté neuf ans plus tôt.

— Oh ! Tu te souviens, Raymonde, je l'avais coupé et cousu en vitesse, parce que nous partions en Normandie, à Guerville... avec Blanche. Jean l'adorait, cette toilette.

— Essayez-la, Madame, elle vous allait si bien. Je peux vous coiffer, si vous voulez, un chignon haut...

Un quart d'heure plus tard, Claire était enfin satisfaite de son apparence. Elle mit un collier et des gants en dentelle.

— C'est peut-être idiot, Raymonde, mais je veux faire honneur à mon père. Je me présenterai à William Lancester comme la fille du maître-papetier Colin Roy, qui fabriquait les meilleurs papiers du département. J'aurais tellement aimé que Matthieu ou Nicolas prenne la relève, ou qu'ils travaillent ensemble au Moulin, mais non.

La servante hocha la tête, pleine de compassion.

— Rappelez-vous, Madame, Nicolas comptait succéder à maître Roy, du temps qu'il préparait le certificat d'études. Hélas, ça n'a pas duré.

Les deux femmes étaient descendues à la cuisine. Claire lança un regard inquiet à l'horloge comtoise.

— Lancester arrive à trois heures avec Bertrand... Nicolas, tu parlais de Nicolas ? En voilà un qui m'a déçue ! Il n'a donné aucune nouvelle depuis bientôt un an. Il ignore que sa mère est morte ou, s'il l'a su, ça ne l'a pas décidé à se manifester.

— Imaginez qu'il soit malade ou mort, lui aussi ! soupira la servante. Comment on le saurait ? Mais, pour Etiennette, vous avez fait ce que vous pouviez. Il y a eu des annonces dans les journaux de tout le Sud-Ouest...

Claire soupira en vérifiant l'ordre et la propreté de la grande pièce où se tissait la trame de son existence depuis sa naissance : sur les buffets en chêne sombre qui se faisaient face, des bouquets de jonquilles dans des vases en porcelaine ; les murs teintés d'ocre rose, les rideaux à mi-fenêtre d'un blanc immaculé, la longue table cirée chaque soir, les bancs et, majestueuse, la cuisinière en fonte noire, à barres de cuivre.

— Nous n'avons plus qu'à guetter la voiture ! dit-elle à la servante. J'espère que Bertille n'a pas de soucis avec Arthur.

— Mais non, Madame, le petit a un penchant pour votre cousine, et je parie qu'il joue avec Clara à l'heure qu'il est…

Un coup de klaxon retentit. Claire courut à l'une des fenêtres. Loupiote grogna, les oreilles dressées.

— Ce sont eux, Raymonde. Surtout, empêche la louve de me rejoindre ; enferme-la dans le cellier si elle gratte à la porte. Mon Dieu, pourvu que cela lui plaise !

Claire sortit de la maison au moment où l'avocat et William Lancester descendaient de la Panhard. Bertrand se précipita pour l'embrasser.

— Le paysage l'enchante, c'est un bon début ! souffla-t-il. Venez que je vous présente et n'ayez pas cet air effarouché, c'est un gentleman.

Le visiteur contemplait l'alignement des falaises dorées par le soleil, mais il s'empressa de faire face à Claire. C'était un homme mince, de haute taille, aux cheveux châtains semés de mèches d'un gris argenté, plus longs que l'exigeaient les convenances. Il avait un beau visage serein aux traits fins et racés ; il ne portait ni barbe ni moustache et il avait des yeux bleu-gris, limpides. Vêtu d'un costume trois pièces en lin beige, il arborait une écharpe en soie à la place de la traditionnelle cravate.

Bertrand la présenta :

— Madame Claire Dumont, la maîtresse des lieux !

— Je suis ravi de faire votre connaissance, madame ! dit Lancester d'une voix grave nuancée d'un accent mélodieux.

— Et moi je suis un peu intimidée ! répondit-elle de façon spontanée en lui tendant la main.

Il exerça une brève pression sur les doigts graciles de la jeune femme, comme pour la rassurer.

— Une jolie femme ne doit pas être timide ! répliqua-t-il

en souriant. Pardonnez-moi si je commets des erreurs, le français est une langue difficile.

— Mais vous le parlez à la perfection ! avoua-t-elle, charmée par la galanterie de l'étranger.

Bertrand assistait à cet échange de politesses avec un air malicieux. Ils commencèrent par monter aux étendoirs.

— Vous disposez ici de vingt-deux kilomètres de cordes de chanvre en très bon état, expliqua Claire. Mon père les changeait régulièrement. En été, le séchage prenait quelques heures mais, l'hiver, l'endroit étant bien ventilé, nous pouvions très vite passer à l'encollage. Le plancher a été refait il y a six ans, avant la guerre…

Lancester hochait la tête avec une expression rêveuse. Il dit soudain :

— Quel beau terrain de jeu pour des enfants, malgré le danger que présentent ces sortes de créneaux en haut des murs.

— Oh, je venais souvent me promener là et je contemplais les falaises, sans trop me pencher ! reconnut-elle, amusée.

L'avocat avait prévu de vanter la solidité et les atouts du Moulin, mais Claire le fit à merveille. Elle parlait d'une voix douce et bien timbrée, tandis que ses mains désignaient certaines particularités d'un geste gracieux.

— Cette grande pièce servait de salle commune. Mon père y déjeunait avec ses ouvriers. Ils étaient nourris à midi, par nos soins. Il y a un petit bureau, au fond, la porte de gauche… Maintenant nous entrons dans la salle des piles.

Le vaste local paraissait sombre et frais. Les cuveaux inutiles, les braseros éteints, les piles à maillets figées, les immenses réseaux de toiles d'araignée tissées entre les poutres donnaient au lieu une allure peu engageante.

— Le cœur du Moulin ! soupira la jeune femme. Pendant des années, j'ai entendu de la maison le battement des piles, et il faisait toujours bon, ici, même en plein hiver, puisqu'il fallait chauffer les cuves… A gauche, vous avez deux piles hollandaises qui ont dix ans d'âge. Mon père s'entêtait à dénicher assez de chiffons pour fabriquer à l'ancienne, mais j'avais réussi à le persuader de passer à d'autres matériaux de base, du bois, de la paille, puis de la cellulose que l'on nous livrait. Je m'étais lancée dans une petite production de cartons colorés, de texture fine, pour les emballages de jouets et de vêtements. Cela nous a sauvés de la faillite, mais pas pour longtemps.

William Lancester l'écoutait avec attention.

— Je suis papetier, moi aussi ! dit-il enfin. Et je me demande pourquoi maître Roy n'a pas acheté une machine à papier, qui permet d'obtenir un gain de temps et un meilleur rendement.

Claire caressa d'un doigt le rebord d'une cuve. Elle ajouta :

— Mon mari et moi lui avions proposé d'investir dans ce matériel ; mon père a refusé. Il étudiait les progrès techniques grâce à des articles de presse, mais de là à renoncer à ses vieilles méthodes ! J'imagine qu'en Angleterre vous employez des machines que votre pays a utilisées dès 1800.

Bertrand, silencieux jusque-là, s'exclama, d'un ton courtois :

— Ma chère Claire, vous en connaissez, des choses !

— Bien sûr ! Je rêvais de diriger le Moulin quand j'étais jeune fille... répliqua-t-elle. Je me renseignais. Venez, je vais vous faire visiter l'ancien pourrissoir.

Elle guida les deux hommes vers une pièce de petite dimension où des formes étaient entassées.

— Voilà... A l'époque de mon grand-père maternel, des femmes travaillaient ici. Elles étaient chargées de découper en lamelles des amas de chiffons. Cette lame que j'ai conservée, rivée à l'horizontale dans un établi, les aidait à déchiqueter les morceaux de tissu plus épais. La chiffe pourrissait dans l'eau tiède, et elle était à point quand de petits champignons se devinaient en surface. L'odeur était fort pénible à supporter.

Lancester saisit une des formes. Le cadre en bois se brisa ; le treillis qui servait à l'égouttage de la pâte à papier se tordit.

— Elles sont bonnes à jeter ! constata Claire.

— Je compte installer au moins une machine ! décréta

d'un ton flegmatique le papetier anglais. Je ferai fabriquer de nouvelles formes. Savez-vous, madame, que cet endroit, votre Moulin du Loup, me plaît beaucoup… Je veux produire du papier de qualité, j'ai une clientèle pour cela. J'utiliserai aussi les piles à maillets. Vous entendrez de nouveau battre le cœur du Moulin, madame.

Claire eut un sourire ému. Elle appréciait de plus en plus Lancester.

Ils sortirent en silence. Dehors, la lumière vive du printemps les éblouit tous les trois. Après la pénombre, c'était délicieux de revoir les saules couverts de chatons jaunes et le vert des prés, de retrouver le concert des oiseaux affolés par le renouveau.

— Votre vallée est magnifique ! dit le visiteur. Les falaises, la rivière… Elle a un charme mystérieux.

Claire comprenait. Elle ne s'imaginait pas vivre ailleurs et, souvent, elle avait pensé qu'un sortilège la retenait là. Au moment de se diriger vers le bief – elle jugeait indispensable de montrer les roues à aubes –, elle hésita, à cause de l'image de son père mort, pris dans les pales et la glace. Les années avaient beau passer, elle ne parvenait pas à effacer cette vision tragique. Elle eut une idée pour échapper à ses obligations :

— Bertrand, soyez aimable d'accompagner monsieur Lancester jusqu'au canal, je vais demander à Raymonde de nous préparer un café…

— Je préférerais du thé, chère madame ! précisa le visiteur.

— D'accord ! Je vous attends à la maison.

Elle s'éloigna en toute hâte, soulagée et bientôt prise de gaieté. Raymonde ne fut pas dupe.

— Vous êtes bien joyeuse, Madame ! s'étonna-t-elle. Alors, c'est conclu, il loue ?

— Je n'en sais rien, mais il semble enchanté ! Oh, Raymonde, quel homme charmant, galant, et presque poète… Vite, ils vont venir boire quelque chose. Sors la théière et fais du café pour Bertrand.

Impressionnée par l'enthousiasme de Claire, Raymonde

vérifia la propreté de son tablier et arrangea une mèche de cheveux qui dépassait de sa coiffe. Des grognements et des grattements frénétiques résonnèrent du côté du cellier.

— C'est Loupiote, Madame, j'ai dû l'enfermer, elle faisait la folle. Votre louve, je crois bien qu'elle veut rejoindre Arthur au domaine.

— Zut ! pesta la jeune femme. Nous ne pourrons pas discuter tranquille avec ce tintamarre. Je vais l'emmener dans la vieille bergerie, en passant par la petite porte du jardin. Si ces messieurs arrivent, fais-les patienter.

Il advint ainsi un menu incident, dont personne ne mesurerait l'importance par la suite. Claire se glissa dans le jardin situé derrière la maison en tenant l'animal par son collier. Une branche de rosier s'accrocha à son chignon, dont elle se débarrassa avec nervosité. Une fois libérée, elle se dirigea vers le bâtiment désaffecté.

William Lancester, qui avait souhaité se promener seul pour réfléchir, la vit apparaître : un peu décoiffée, le rose aux joues, une main posée sur le cou puissant d'un loup.

Il n'avait pas pris de décision définitive. Le Moulin et ses environs le séduisaient. Toutefois, il trouvait le lieu isolé et, ne sachant où loger, il appréhendait déjà d'innombrables trajets en voiture. La vision de Claire balaya ses doutes en lui faisant penser à une allégorie qui se serait appelée « l'âme du Moulin du Loup » ou « la belle et la bête ».

Loupiote ne grogna pas, contrairement à son habitude en présence d'inconnus.

— Ne bougez pas, monsieur ! cria Claire. Je cours enfermer ma louve et je vous rejoins.

Le côté insolite des derniers mots, qui ressemblaient à un ordre, amusa Lancester. Il resta planté au même endroit à contempler ce bout de jardin ensauvagé, loin des regards. Claire revint très vite.

— Oh, je suis navrée, mon chignon est défait, je craignais que Loupiote vous importune, alors je...

— Chère madame, ne vous excusez pas. Je n'avais pas à faire le tour de votre maison, mais j'ai aperçu des bambous et je n'ai pas résisté. J'adore ces grandes herbes.

— Mon père en avait planté afin d'assécher le terrain ! dit-elle tout bas.

— Oh, vous saignez ! Sur le front ! remarqua-t-il.

— C'est la branche de rosier, celle qui m'a échevelée !

Claire essuya l'égratignure d'un coin de mouchoir. Elle souriait et ce sourire très doux de femme, teinté d'un brin de coquetterie inconsciente, acheva de conquérir William. Il cessa de réfléchir.

— Je suis preneur, je loue votre Moulin. Mais il me faudrait un logis au village, et pour mes ouvriers aussi. Ils viendront dès que le bail sera signé.

Ce n'était pas prévu, une discussion pareille à l'ombre des bambous, tous deux seuls, face à face.

— Je suis ravie, monsieur… Eh bien, nous avons beaucoup de points à étudier. Venez, le thé est prêt. Où est monsieur Giraud ?

— A l'intérieur, sans doute. Je l'ai vu entrer chez vous.

Elle n'osa pas lui faire traverser le cellier obscur, encombré de barriques, de bouteilles et de bois. Ils contournèrent l'ensemble des bâtiments.

— Si cela vous convenait, proposa soudain Claire, je possède une maison sur le chemin des Falaises. Un de mes amis préhistoriens y a vécu six ans et, avant lui, un instituteur à l'âme rebelle, un vrai père spirituel pour moi, Basile Drujon. Ce logement est propre, confortable, une grande pièce au rez-de-chaussée, deux chambres à l'étage… Mais peut-être êtes-vous marié ?

La jeune femme parlait vite et d'un ton enjoué. William avait du mal à suivre la conversation.

— Je n'ai pas tout compris, madame… dit-il. Juste ceci : vous pouvez me louer une maison, et je ne suis pas marié… enfin, mon épouse est morte depuis une dizaine d'années.

— Oh, je suis désolée…

Ils entrèrent dans la cuisine avec le même air exalté sur le visage. Raymonde salua le nouveau venu d'un bonjour discret. Elle avait disposé avec soin le service à thé, la cafetière et les tasses. Bertrand, assis dans le fauteuil en osier près de la cheminée, observait le vieux Sauvageon. Le chien-loup attira aussitôt l'attention de Lancester.

— Quel âge a-t-il ? demanda-t-il en fronçant les sourcils, intrigué.

— Plus de vingt ans, répliqua Claire. Personne ne s'explique sa longévité… surtout pas le nouveau docteur !

Un carré de couverture cachait l'arrière-train de Sauvageon. Son corps s'atrophiait, à l'exception de sa belle tête aux prunelles dorées et de son cou puissant.

— Alors, qui est le loup du Moulin ? interrogea encore William. Lui ou l'autre animal ?

— C'est lui, mon cher Sauvageon ! Sa mère était une louve et Loupiote est sa fille, née aussi d'une louve… précisa Claire en caressant l'animal avec tendresse.

En buvant son thé, William Lancester admira en silence la vaste pièce où il se trouvait. L'ocre rose des murs, l'ordonnance des cuivres et l'éclat des jonquilles, le poli des carreaux rouges du sol, et d'autres détails qui auraient échappé à certains le séduisirent autant que les traits de madone de la maîtresse de maison.

Quelques minutes plus tard, il proposa à Claire un contrat de bail mirobolant.

— Vous êtes sûr ? bredouilla-t-elle. Ecoutez, pour une somme pareille, vous disposerez de la maison dont je vous ai parlé. La grange attenante est un bâtiment important. Vous pourriez peut-être l'aménager, y faire des chambres pour certains de vos ouvriers.

— Allons voir tout de suite, dans ce cas ! s'exclama William. Je reviendrai samedi avec les documents à signer. Maître Giraud sera garant de mon honnêteté. Déjà, il m'invite chez lui plusieurs jours, à Ponriant !

Lancester prononça le nom du domaine de si drôle façon que Claire pouffa. Après des semaines de tristesse, la vie reprenait sa saveur grâce au petit Arthur et à cet étranger aux yeux rêveurs.

— Je ne sais pas si je peux vous attendre, William, déclara soudain Bertrand. Je dois monter à la mairie et passer à la poste. Je reviendrai vous chercher dans une heure.

— Bien sûr, cher ami ! répondit l'Anglais. Ne vous souciez pas de moi… Je rentrerai à Ponriant à pied. Ce sera une belle promenade.

L'avocat s'éclipsa, toujours mince et vif malgré une légère boiterie. Claire lui adressa un signe amical. Elle avait pour Bertrand une profonde affection. C'était son meilleur ami, depuis des années. Le bandeau de cuir qu'il portait sur son œil malade l'attendrissait.

— Ce n'est pas loin du Moulin ! expliqua-t-elle à Lancester en marchant sur le chemin des Falaises. Vous connaissez maintenant le vieux Sauvageon… Eh bien, quand je l'ai adopté, par une nuit de neige, je suis venue le présenter à Basile, et nous avons confié mon louveteau à une truie qui allaitait ses petits. Je devais écrire une fable, je ne l'ai jamais fait.

La jeune femme avait envie de transmettre à son sauveur – au fond de son cœur, elle le considérait comme tel – tout l'attachement qu'elle portait à sa vallée, aux pierres et aux plantes. Il l'écoutait, en apparence ensorcelé par ses bavardages.

— J'ai une passion pour les herbes médicinales, aussi ! poursuivit-elle. Cela m'émerveille qu'une fleur toute simple recèle un pouvoir de guérison. Oh, voilà la maison de Basile…

— Je l'avais remarquée en arrivant ! précisa William. Vous avez une excellente idée, pour la grange. Je ferai des travaux, si vous le permettez, de quoi établir six petites chambres.

Claire s'enthousiasma, sans se douter que la joie faisait briller ses yeux et que le vent continuait à la décoiffer.

— Je vous donne toutes les permissions, monsieur ! Votre offre est si formidable ! Je préfère être franche : nous étions dans le pétrin, mon mari et moi.

— Le pétrin ? répéta-t-il d'un air stupéfait.

— Pardon, c'est une expression française que vous ne pouvez pas comprendre, évidemment. Le pétrin sert à travailler la pâte à pain, de manière énergique. Je suppose que celui qui a lancé ce jeu de mots avait ses raisons.

William éclata de rire en contemplant la façade que le soleil dorait.

— Vous êtes exquis, non, exquise ! Et la maison de monsieur Basile aussi.

— Victor Nadaud, un brillant archéologue, l'a entretenue avec soin. Les volets sont repeints, l'intérieur également, d'un beau blanc ivoire. Il m'a laissé des meubles…

— Je parie qu'il était amoureux de vous ! avança Lancester.

Elle baissa la tête, gênée. Ce n'était pas dans ses habitudes d'aborder de tels sujets avec un inconnu. Pourtant elle joua le jeu, avide de s'amuser, d'être en harmonie avec le vent printanier.

— Disons qu'il me courtisait, mais il a épousé la sœur jumelle de mon mari et ils sont très heureux ensemble.

William Lancester était vraiment conquis. Ils arpentèrent l'étage de la grange, au plancher vermoulu. Ils délogèrent une fouine. Quand ils sortirent et se retrouvèrent à nouveau sur le chemin, Claire entendit sonner le clocher du bourg.

— Déjà midi ! Vous devez être affamé, dit-elle. Si je vous invitais à une petite collation avant de monter à Ponriant ? Ma servante a sûrement une part de gâteau à vous offrir, ou un bol de potage.

— Si cela ne vous dérange pas, j'en serais ravi…

Raymonde ne fut pas prise au dépourvu. Elle servit en un clin d'œil du vin blanc frais, une terrine de rillettes d'oie que protégeait une épaisse couche de graisse jaune, puis un gros pain cuit par ses soins. Dans un bol en grès, la servante disposa des cornichons.

— J'ai l'impression d'être dans une auberge de jadis ! déclara William en admirant la table. J'aime beaucoup ce genre de nourriture de la campagne.

Encore une fois, Claire eut envie de rire. L'accent de Lancester transformait la sonorité de certains mots qui lui paraissaient du coup insolites.

— Ici, c'est le paradis ! ajouta-t-il après avoir dégusté deux larges tartines de rillettes. Il faudrait nourrir mes ouvriers, madame !

Il s'adressait à Raymonde, rouge de plaisir.

— Serait-ce possible, reprit-il en se tournant vers Claire, cette fois, d'avoir des repas à midi, que je paierai ?

— Nous faisions la cuisine pour les hommes de mon père avant la guerre. Pourquoi pas ? Qu'en dis-tu, Raymonde ?

— Ma foi, cela me plairait… mais je voudrais faire goûter nos cagouilles à monsieur !

— Cagouilles ? ânonna William. Qu'est-ce que c'est ?

— Des escargots ! précisa Claire. Cuits dans une sauce tomate, des épices, un peu de viande. Un plat bon marché. Les enfants ramassent les cagouilles les soirs de pluie.

— Non vraiment, cela ne me tente pas… et je n'aurai plus d'appétit à la table de madame Giraud.

Raymonde et Claire s'entêtèrent, ignorant la répulsion que les citoyens britanniques éprouvaient à l'égard des gastéropodes. Pour eux, la manie des Français de consommer des escargots relevait de la pire excentricité.

— Une cuillerée, au moins ? implora Claire.

Elle le fixait de son regard de velours noir. Il céda et… se régala.

— Etonnant, avoua-t-il, savoureux.

Le vin blanc acide, délicatement fruité, se mariait à merveille à la sauce brune. Les joues empourprées, Lancester se déclara incapable de monter à Ponriant à pied.

— Je vais atteler mon cabriolet et je vous raccompagnerai ! décida Claire. Ma cousine Bertille garde mon petit frère ; ce sera l'occasion de le ramener à la maison.

Pendant la visite, William avait aperçu le cheval dans l'écurie. Il constata, dégrisé :

— A Londres, les chevaux se font rares ; il n'y a plus que les tramways, les bus, les automobiles.

Sirius trottait avec vaillance, secouant sa longue crinière blanche. Coiffée d'un chapeau de paille fine, Claire, assise près de Lancester, tenait les guides d'une main. Plus tard, elle s'interrogerait sur sa conduite, surprise d'avoir confié à un étranger des souvenirs très intimes. Bizarrement, elle avait confiance en William qui, de son côté, se délectait de la moindre de ses paroles.

— J'ai vécu au domaine de Ponriant, moi aussi, lorsque j'avais dix-neuf ans. J'étais mariée au frère de maître Giraud, qui se nommait Frédéric, une union arrangée comme au Moyen Age. A cette époque, les écuries abritaient de superbes bêtes. Sirius est né là-haut. Cela s'est mal terminé, et j'ai pu me marier avec l'homme que j'aimais, Jean.

— Oh, comme c'est romantique ! Je trouve que le Moulin du Loup vous convient mieux et, si j'apprécie l'hospitalité de Bertrand et de votre ravissante cousine, je me sens plus à l'aise chez vous.

Elle le remercia d'un sourire lumineux.

A Ponriant, Bertille, toute contente de voir Claire, insista pour la garder à déjeuner. Ce fut un repas très gai pendant lequel les deux jeunes femmes étourdirent Bertrand et Lancester de maintes anecdotes épiques de leur adolescence. Mireille réussit le tour de force de servir les plats en gardant Clara et Arthur aux cuisines.

L'absence de Corentine, partie passer la journée chez une de ses amies, contribuait à la bonne humeur générale.

Quand Claire rentra au Moulin, elle obligea Raymonde à laisser la vaisselle en plan et l'entraîna dans une ronde endiablée, à la grande joie d'Arthur qui suivit le mouvement.

— Madame ! s'étonna la servante. Qu'est-ce qui vous arrive ?

— Je suis tellement heureuse, Raymonde ! Cela me rendait malade, de manquer d'argent. Je te devais des mois de gages, et Jean avait emprunté une belle somme à Bertrand pour acheter la voiture. Nous sommes tirés d'affaire… Ce monsieur Lancester est un véritable bienfaiteur !

Raymonde garda pour elle son opinion. Revoir sa patronne radieuse, pleine d'entrain la rassurait. Cela ne l'empêchait pas de penser que cet Anglais était bel homme et qu'il dévorait Claire des yeux.

« Ce type paierait encore plus cher pour s'installer dans la vallée, songeait la servante, mais il n'y a pas que le Moulin qui l'intéresse… »

Angoulême, 10 mars 1919

Faustine et Denis se promenaient dans le jardin de l'hôtel de ville. Des enfants jouaient près du bassin, sous l'œil de leur bonne. Des pigeons s'envolaient devant eux, mais les jeunes gens paraissaient insensibles à l'air printanier, au bleu tendre du ciel.

— Pourquoi retarder nos fiançailles ? s'exclama Denis. Nous avions décidé d'un repas le vingt de ce mois, à Ponriant… Tu m'annonces la mauvaise nouvelle comme ça ! Tu aurais pu m'écrire.

— Je ne me sens pas prête, avoua Faustine. Il s'est passé trop de choses depuis le début de l'année. Ces crimes odieux dans notre vallée, les soucis financiers de mes parents, l'épidémie de rubéole à l'orphelinat. J'ai besoin de repos.

— Ce n'est pas très fatigant de s'asseoir à une table, de déguster un festin, d'accepter une bague ! s'étonna-t-il. Bertille et Mireille ont déjà établi un menu et mes grands-parents font le voyage pour faire ta connaissance. Ils seront déçus, voire offensés.

Faustine appréhendait justement la rencontre avec la famille maternelle de Denis, de riches bourgeois bordelais, nobles de surcroît. Elle s'assit sur un banc, les mains crispées sur un petit sac en cuir qui contenait trois sous et les clefs de l'orphelinat. Denis prit place à ses côtés, une moue de dépit aux lèvres.

— Je finirai par penser que tu ne m'aimes plus ! remarqua-t-il. Et la bague ? J'ai déjà acheté la bague…

— Ne sois pas idiot, Denis ! La bague ne va pas s'envoler et mes sentiments n'ont pas changé… Il y a autre chose. Mon père ne sera pas là à la date prévue, je l'ai appris hier. Il m'a rendu visite chez tante Blanche. Tu sais qu'il écrit des articles pour la gazette charentaise…

— Oui, je le sais, et alors ?

— Son article sur les bagnes pour enfants a beaucoup plu à un journaliste important de passage à Angoulême. Il propose à mon père un poste à l'essai, mais dans un quotidien parisien. Trois semaines… C'est une occasion formidable, je t'assure. Je me suis dit que l'on pouvait retarder nos fiançailles. Denis, nous sommes si jeunes ! Tu me répètes sans cesse que le mariage se fera à ta majorité, dans deux ans. Et, à cette époque, tu ne seras pas encore avocat.

La jeune fille se tut, presque boudeuse.

— Quelle importance ! s'écria-t-il. Mon père compte nous attribuer deux chambres contiguës, à Ponriant. Je viendrai te rejoindre le samedi, je resterai jusqu'au mardi. Tu ne t'ennuieras pas, surtout si tu attends un bébé.

Au regard outragé que lui décocha Faustine, Denis devina qu'il avait commis une erreur. Il prit sa main et caressa les doigts fins moulés d'un voile de dentelle blanche.

— Qu'est-ce que j'ai dit de si stupide ? demanda-t-il.

— Je me vois mal désœuvrée du matin au soir, ou occupée à tricoter ! protesta-t-elle. J'aime mon métier et je n'ai pas l'intention de passer mes journées à me tourner les pouces. La condition féminine commence à évoluer, depuis la guerre. Les femmes ont prouvé qu'elles étaient capables de travailler dans différents secteurs. Bien, nous en discuterons la semaine prochaine, je dois rentrer… Ma tante fait servir le déjeuner à midi pile.

— Je te raccompagne. Je descendrai à la gare après. Pour nos fiançailles, ne t'inquiète pas : j'expliquerai à ma grand-mère que ton père a des obligations. Je ne veux pas te contrarier, ma chérie.

Le jeune couple se leva du banc. Faustine dévisagea son futur fiancé d'un air indulgent.

— J'avais le cœur gros à l'idée de te décevoir, mais je suis heureuse que tu me comprennes.

Denis la toisa un peu durement :

— Je ne te comprends pas, Faustine. Je respecte ta décision parce que je t'aime de toute mon âme. C'est différent. Tu me demandes un gros sacrifice.

Le jeune homme avait parlé avec une grandiloquence un peu ridicule. La mine pincée, il lui tendit son bras. Ils marchèrent ainsi vers la rue de l'Evêché. Faustine, agacée et vexée, tenta de lancer une conversation plus anodine.

— Sais-tu que William Lancester emménage dans la maison que maman louait à oncle Victor il y a dix ans ? dit-elle. Papa l'a rencontré, et il affirme que c'est un homme extravagant mais sympathique. En tout cas, il a versé un an de loyer et cela sauve mes parents, qui avaient des soucis d'argent…

Denis Giraud ignorait tout de ce genre de problème. Il approuva d'un signe de tête indifférent, uniquement préoccupé par leur séparation imminente. Il venait à Angoulême et à Ponriant dès qu'il le pouvait, en s'arrangeant pour voir Faustine au Moulin ou en ville. Ces retrouvailles se déroulaient devant témoins. En ville, ils n'avaient le droit d'être seuls qu'une demi-heure, dans la rue, de chez Blanche au jardin public. La vallée leur offrait une liberté plus grande – c'était difficile de les surveiller –, mais, de toute façon, la jeune fille évitait les situations périlleuses. Son engagement auprès des sœurs de l'orphelinat et son statut de maîtresse d'école l'avaient assagie.

— Au revoir, Denis, je t'écrirai demain soir ! conclut Faustine avant de frapper chez Blanche.

— Accorde-moi un baiser, au moins… La rue est déserte ! supplia-t-il.

Elle lui tendit ses lèvres qu'il effleura de sa moustache.

— A bientôt ! souffla-t-elle.

En s'éloignant, il la vit disparaître dans la maison. Denis apprenait l'art et l'utilité du mensonge. Il ne reprit le train pour Bordeaux que le soir. Durant l'après-midi, il rendit visite à une prostituée qu'il fréquentait régulièrement, Rempart du Nord. Le quartier était connu pour abriter une maison close que de nombreux notables rendaient prospère. Le jeune homme jugeait ces rendez-vous nécessaires, afin de préserver la vertu de Faustine. Ce jour-là, Matthieu, au volant de sa Panhard, l'aperçut au moment précis où il franchissait la porte de l'établissement.

« Petit sagouin ! se dit-il. Si Faustine l'apprenait… ou Jean… »

Moulin du Loup, même jour

Jean observait Claire. Sa femme était penchée sur la grande table de la cuisine, où elle avait étalé des morceaux de tissu bleu marine. Les différentes pièces ne laissaient aucun doute sur ce qu'elle confectionnait. Il s'agissait d'un costume pour Arthur, selon la grande mode qui habillait tous les garçonnets en marin d'opérette, col à revers rayé de blanc et pantalon assorti.

— Dis donc, il y a longtemps que je ne t'avais pas vue coudre.

— Je ne couds pas, mon chéri, je vérifie la coupe. J'avais préparé un patron en m'inspirant d'un modèle qui me plaisait, dans la revue que je reçois.

Les cheveux nattés dans le dos en une seule tresse épaisse, la jeune femme avait un teint lumineux, un sourire charmant aux lèvres.

— Que tu es jolie, dit-il. Ma parole, tu rajeunis chaque jour ! Je suis bien content, sais-tu, que tu te sentes mieux.

— Les soucis et les chagrins viennent à bout des personnes les plus énergiques, mon Jean… La guerre, la mort de papa, la peur de manquer d'argent, cela me rongeait. Maintenant, j'ai envie de bonheur et de gaieté. Le costume de marin, Arthur le portera pour les fiançailles de Faustine. Tu l'as vue hier ; comment va-t-elle ?

— Oh, toujours ravissante et bavarde ! remarqua-t-il.

L'air préoccupé, Jean alluma une cigarette. Il devait pourtant se décider.

— Ecoute-moi, Claire, j'ai quelque chose à t'annoncer. Enfin deux choses… La première, c'est que les fiançailles sont repoussées au mois de mai ou à l'année prochaine !

— Ah ! Nos tourtereaux ont changé d'avis ? avança-t-elle sans montrer plus d'émotion. Ils sont si jeunes, ce n'est pas très grave. Bertille est prévenue, je suppose…

— Euh, fit Jean, je n'en sais fichtre rien. En fait, nous avons arrangé ça hier, justement, Faustine et moi.

Cette fois, Claire abandonna ses épingles et sa craie. Elle dévisagea son mari avec perplexité.

— Oui, reprit-il, c'est en grande partie à cause de moi si les fiançailles sont retardées, mais je t'assure que notre fille n'était pas du tout contrariée ; elle semblait plutôt soulagée. J'aurais dû t'en parler dès mon retour. Hier soir, je n'ai pas osé.

Elle le fixa avec une expression câline, comme s'il n'était qu'un enfant timide. Jean ignorait qu'en l'écoutant, lui, elle guettait aussi les bruits de moteur provenant de l'extérieur. Depuis la veille, un camion effectuait des allers-retours entre la gare d'Angoulême et le Moulin. William Lancester s'installait et commençait des travaux de réfection.

« Bientôt, les piles à maillets se remettront en marche ! » pensa-t-elle, et l'idée la fit rire de joie.

— Claire, tu es bizarre ces temps-ci ! s'étonna Jean. D'habitude, tu ne prends rien à la légère. Bon, autant te dire tout de suite ce qui m'arrive. Surtout, ne pleure pas, ne me fais pas de reproches, je ne suis pas vraiment responsable.

Il hésita encore un peu avant de se lancer, inquiet de la mine distraite de sa femme.

— Je pars à Paris, et j'y resterai plus de trois semaines ! déclara-t-il d'une voix ferme. Mes articles ont tapé dans l'œil d'un type important du milieu de la presse et il m'envoie faire un essai dans la rédaction d'un grand quotidien parisien. D'accord, il me faudra de l'argent pour l'hôtel et les repas, mais je toucherai une rémunération à la pige… C'est une chance formidable que je ne pouvais pas refuser. J'ai dit oui sans te consulter, ne m'en veux pas trop.

Claire se jeta à son cou et lui ferma la bouche d'un baiser. Elle le serra très fort dans ses bras.

— Bien sûr que c'est une chance, Jean ! Je ne vais pas t'empêcher de faire carrière, voyons. A condition que tu produises du cidre cette année, quitte à embaucher un commis.

— Je te le promets ! affirma-t-il.

Soudain, elle l'examina des pieds à la tête, presque affolée.

— Quand pars-tu ? Nous devons t'acheter un costume convenable, un truc chic. Du tweed, comme Matthieu en porte. Basile serait si fier de toi ! Jean Dumont journaliste ! Moi aussi, je suis fière de mon mari.

— Eh bien, toi alors… s'exclama Jean. Si je m'attendais à

ça ! Je craignais de te faire de la peine, que tu m'en veuilles. Bref, je me préparais à une grande scène de ménage !

— Les mauvais jours sont derrière nous, dit-elle doucement. J'ai sauvé mon petit frère d'une mort certaine, Gontran a mis fin à une vie de débauche et de violence, la pauvre Etiennette a payé cher ses fautes. Et cette saleté de guerre est finie. J'ai envie de profiter de chaque jour et de te chérir. Emprisonner ceux qu'on aime n'est pas une preuve d'amour. Je crois d'ailleurs que Denis devrait s'en rendre compte. Il n'a qu'un désir, savoir Faustine casée à Ponriant, en bonne petite épouse sage et docile. Cela ne me surprend guère, qu'elle soit soulagée de ne pas se fiancer dans dix jours… C'était précipité. Pars tranquille, mon Jean, j'ai tant de choses à gérer, ici.

— Je prends le train après-demain, Câlinette.

Claire quémanda un baiser. Jean répondit avec une ardeur nouvelle et ils s'embrassèrent à perdre le souffle.

— Je t'aime de tout mon être ! lui avoua-t-il à l'oreille. Je retrouve la jeune fille séduisante de la Grotte aux fées. L'insouciance te rend magnifique.

Il s'enhardit à caresser ses seins à travers la robe de cotonnade. Arthur jouait dehors avec Loupiote, sous la surveillance de Raymonde qui balayait la cour et qui ne se privait pas d'observer à son aise le remue-ménage provoqué par Lancester et deux de ses ouvriers.

— Si nous montions un peu, quelques minutes… suggéra Jean en mordillant le cou de sa femme.

Elle accepta d'un battement de cils, déjà alanguie. Comme des adolescents qui voudraient mordre dans le fruit défendu, ils grimpèrent l'escalier en pouffant et s'enfermèrent à double tour dans leur chambre. Jean poussa Claire sur le lit, retroussa jupe et jupon de satin brodé et ôta la culotte longue en calicot. Avec un grognement de plaisir anticipé, il baissa son pantalon et vite la pénétra, tandis qu'elle nouait ses jambes autour de sa taille. Cette étreinte à la sauvette les excita à un tel point qu'ils passèrent le reste de la journée à échanger des regards complices, à se tenir par la main sans raison ou à voler un baiser à l'autre à la moindre occasion.

Le lendemain matin, ils partirent pour Angoulême en amoureux. Bertille gardait à nouveau Arthur qui la réclamait souvent. Le petit garçon s'épanouissait au contact de Clara et il vouait une adoration débordante à la gouvernante. Mireille le gavait de gâteaux et de bonbons.

La vieille Peugeot tressautait sur le chemin, mais le couple en riait.

— Promis, Jean, nous passerons faire une visite à Faustine à l'orphelinat après le déjeuner. Et je voudrais aller aux Galeries du Bon Marché, d'accord ? Je rapporterai un jouet à Arthur et à Clara.

— A ta guise, ma Câlinette !

Ils croisèrent William Lancester à la hauteur de la maison où le papetier anglais venait d'emménager. Jean avait fait sa connaissance et le jugeait un homme de valeur.

— Vous n'avez besoin de rien, en ville ? cria Claire.

— Non, je vous remercie, chère madame ! répliqua Lancester. Bonne balade !

Il regarda le véhicule s'éloigner et soupira. Proche de la cinquantaine, il redécouvrait les douloureuses délices de l'amour sans retour. La moindre apparition de la jeune femme, qu'il savait sa cadette de dix ans, le bouleversait. Il avait eu le coup de foudre et ne luttait pas contre cette force imparable. La présence de Claire lui suffisait.

Jean se gara dans une petite rue proche du centre de la ville. De là, ils se dirigèrent vers les Galeries du Bon Marché que les citadins appelaient les Nouvelles Galeries, l'édifice abritant le magasin restauré récemment.

La jeune femme donnait le bras à son mari. Il faisait si bon qu'elle s'était vêtue d'une longue jupe en drap brun et d'un corsage en soie beige à plastron plissé. La mode d'après-guerre prônait de gros chapeaux, mais Claire n'avait jamais apprécié ce genre de parure volumineuse. Selon son habitude, elle avait seulement fixé une toque légère ornée d'une voilette sur son chignon. Dès la première vitrine de confection pour dames, elle montra à Jean un présentoir garni d'étranges cloches en tissu. Une tête en plâtre, grandeur nature, indiquait leur emploi.

— Regarde donc ! Cela se porte comme un chapeau... Je suis sûre qu'à Paris, les élégantes en raffolent.

— Même ici, à Angoulême, s'exclama-t-il.

Il lui étreignit le poignet et, du menton, désigna une jeune fille qui venait vers eux, une cloche en feutrine mauve sur ses cheveux blonds. Une robe droite et fluide, coupée à mi-mollet, ondulait au rythme de ses pas.

Claire l'observa en souriant. Un détail la stupéfia : la demoiselle avait des boucles courtes, au ras de la nuque.

— Jean, tu as vu ? demanda-t-elle après le passage de l'inconnue. Ses cheveux...

— Oui, et c'est affreux ! Ne t'avise pas de l'imiter.

— Oh ça, jamais ! assura-t-elle.

Ils continuèrent leur promenade. Tous deux guettaient une seconde excentrique qui aurait sacrifié sa chevelure. Devant l'ancienne librairie de Bertille, tenue désormais par un monsieur Pongier, ils furent assaillis par les flonflons d'un orchestre.

Un cirque avait dressé son chapiteau à l'entrée de l'immense champ de foire.

— L'été, il y a la fête foraine au même endroit et des courses de chevaux ! expliqua Jean.

— Tu connais mieux la ville que moi, maintenant ! remarqua-t-elle. Je viens si rarement, surtout en ta compagnie.

Ils s'attardèrent pour écouter les musiciens perchés sur une remorque peinturlurée de rouge et d'or. Des roulottes étaient alignées sur leur gauche.

— Je n'ai jamais assisté à un spectacle de cirque non plus ! constata Claire.

— Nous irons l'année prochaine ! affirma Jean en l'entraînant. Il faut se montrer économes...

Ils croisaient beaucoup de badauds, d'hommes affublés d'un canotier et de femmes chargées de cabas. Un fiacre se faufilait entre le tramway et une énorme automobile noire.

— Je ne pourrais pas habiter Angoulême ! s'écria Claire. Faustine a du courage, de supporter tout ce bruit.

— C'est plus calme, bien souvent, Câlinette. Dépêchons-nous de me dénicher un costume et un chapeau.

— Et quatre chemises, du linge de corps, une cravate ! ajouta-t-elle. Pas question que tu passes pour un paysan quand tu seras à Paris.

Jean lui donna un baiser au coin de la bouche, heureux à la perspective de l'aventure qui l'attendait, mais un peu triste de se séparer de Claire.

Une heure plus tard, ils choisissaient un costume trois pièces au magasin L'Homme chic. Le vendeur les conseilla, vantant les mérites d'un tweed fin, parfait pour la saison. Ce tissu de laine tissée originaire des îles britanniques tenait le dessus du marché en matière de mode masculine depuis quarante ans déjà.

En sortant encombrés de leurs paquets, ils n'avaient plus qu'une envie : s'asseoir. Ils se ruèrent dans le plus proche bistrot.

— Nous allons trinquer à nos emplettes ! déclara Jean. Ensuite, nous irons voir notre fille.

Le « notre » chaleureux comblait Claire. Autant qu'une enfant née de sa chair, la radieuse Faustine lui était très précieuse.

Ils commandèrent du vin blanc de pays, ainsi qu'un casse-croûte, du pain beurré et de larges tranches de jambon sec.

La jeune institutrice fut ravie de recevoir ses parents au parloir. En la voyant grave et sereine, en blouse grise dont la ceinture marquait sa taille élancée, Claire faillit pleurer d'émotion.

— Que tu fais sérieuse, ma chérie ! constata-t-elle, impressionnée par le décor un peu austère et les larges dalles séculaires du sol. Nous ne te dérangeons pas, au moins ?

— Mais non, je viens de déjeuner. Sœur Marie-François surveille le réfectoire avec sœur Marguerite. Nous pouvons bavarder un peu.

Jean caressa la joue de sa fille.

— Tu avais tort de t'inquiéter, ta mère ne demande pas mieux que d'être débarrassée de moi… dit-il. Et je suis équipé comme un prince pour mon séjour parisien.

— Tant mieux ! soupira Faustine. De toute façon, maman est la plus gentille des femmes. Je me doutais qu'elle te laisserait partir. Alors, comment vont les enfants ? César, ma Thérèse, et Arthur ?

Claire se fit un plaisir de donner des nouvelles du Moulin. Faustine lui promit de venir le samedi suivant.

— Je veillerai sur toi à la place de papa ! plaisanta la jeune fille. Et je verrai enfin le fameux William Lancester…

Moulin du Loup, 15 mars 1919

Claire jeta un coup d'œil à son réveil. Il était sept heures et le soleil entrait à flots par la fenêtre ouverte. La jeune femme se souvint qu'à minuit elle avait repoussé les volets et qu'elle s'était endormie en contemplant le ciel nocturne semé d'étoiles.

Sa première pensée fut pour Jean, qui était à Paris depuis quatre jours. Il lui téléphonait tous les soirs de l'hôtel.

« C'est vraiment une invention extraordinaire ! songea-t-elle en s'étirant avec volupté. Si ce drôle d'appareil avait été au point il y a vingt ans, Jean m'aurait prévenue qu'il avait survécu au naufrage du *Sans-Peur*, et je n'aurais pas épousé Frédéric… En fait, cela change vraiment la vie quotidienne. Quand Bertille a besoin de moi, hop, la sonnerie résonne. »

Ces pensées matinales l'occupèrent un moment. La porte de sa chambre s'ouvrit lentement. Arthur apparut, en pyjama, son chien en peluche à la main. Elle lui tendit les bras.

— Viens !

Le petit garçon courut jusqu'au lit et y grimpa. Aussitôt il se glissa sous les draps en suçant son pouce. Claire le cajola en lissant les boucles pâles et soyeuses.

— Je t'aime, coquin… Loupiote est descendue à la cuisine ?

Arthur fit oui de la tête. Il parlait peu et seulement quand c'était indispensable. La louve dormait avec lui, sur une carpette. Claire lui avait recommandé de la libérer dès qu'il s'éveillait.

— Tu dois avoir faim, ajouta-t-elle. Je sens d'ici une bonne odeur de lait chaud et de café.

Pourtant, elle resta couchée près de l'enfant. Il avait tellement besoin de tendresse.

— Faustine arrive aujourd'hui, lui dit-elle en le chatouillant. Nous ferons une grande promenade, d'accord ?

Cette fois, Arthur chuchota un *oui* réjoui. Claire se leva. Elle s'étonna d'éprouver un bonheur aussi parfait. Le contact du parquet sous ses pieds nus, la vision des falaises et du ciel bleu par la fenêtre, tout l'exaltait. Elle entendit les chèvres bêler et Sirius s'ébrouer. Les volailles caquetaient dans la basse-cour, la rivière chantonnait. Des voix s'élevaient de la cour, des coups de marteau retentissaient. L'équipe de William Lancester s'affairait déjà. Soudain un autre bruit lui fut perceptible, si familier qu'elle retint son souffle.

— Les piles… les piles à maillets… Elles sont remises en marche !

Claire eut envie de pleurer. Le cœur du Moulin battait de nouveau.

— Arthur, mon mignon, quelle belle journée nous allons passer !

Elle enfila une robe en coton fleuri et un tablier en toile blanche. Elle noua un foulard sur ses cheveux qui descendaient jusqu'à ses reins. Rien ne la retiendrait à l'intérieur de la maison par un temps aussi délicieux. Elle se promit de mettre le cheval au pré, de ramasser des pissenlits et des racines de bardane, de faire des crêpes au goûter.

Raymonde l'accueillit avec un sourire contraint. La servante avait disposé deux bols sur la table, une cruche de lait brûlant, la boîte en fer contenant le cacao en poudre et la cafetière fumante.

— Bonjour, Madame. J'étais sûre que vous auriez cet air-là ! Les ouvriers de monsieur Lancester sont au travail depuis l'aube. Ils nous ont tirés du lit en brassant du matériel.

— Où est Léon ? demanda Claire. Je comptais sur lui pour curer le box de Sirius…

— Il a filé en ville, avoua Raymonde d'un air gêné. Je n'osais pas vous en parler. Que voulez-vous, il a trouvé un emploi aux halles la semaine d'avant Noël et il s'y tient. Deux jours par semaine, et ce n'était pas une mauvaise idée, puisque vous ne pouviez plus nous payer nos gages… Il m'a juré d'arrêter au mois de juin. Il part à bicyclette, à cinq heures.

Claire fut stupéfaite.

— Alors c'était ça, la cause de ses absences ! Mais, Raymonde, depuis quand le sais-tu ?

— Je lui ai tiré les vers du nez il n'y a pas une semaine. Cela me tracassait. J'ai imaginé des bêtises, qu'il me trompait… et même pire…

La servante se tut et haussa les épaules.

— Que veux-tu dire ? insista Claire. Même pire ?

— Des bêtises, Madame. Ne vous inquiétez pas, c'est une affaire réglée. Il ne gagne pas lourd, mais un sou est un sou.

— Je suis désolée, ma Raymonde, et Léon a bien du courage. J'en discuterai avec lui. Il ne peut pas continuer. Et moi qui n'ai rien vu…

Claire décida de remettre le problème à plus tard, afin de préserver sa bonne humeur.

— Brave Léon, remarqua-t-elle.

Encore une fois, elle eut un élan de gratitude envers Bertrand et Lancester. L'avocat les avait sauvés en trouvant un preneur aussi généreux que le papetier anglais. Elle avait hâte d'aller le saluer, et surtout de faire un tour dans la salle des piles.

— Il y a autre chose, Madame ! déclara d'un coup Raymonde au bord des larmes.

— Mais quoi donc ?

La servante indiqua d'un geste la direction de la cheminée. Claire se leva brusquement. Sauvageon avait disparu.

— C'est ma faute, madame ! Loupiote a voulu sortir, comme toujours pour ses besoins, et j'ai laissé ouvert. Je rallumais la cuisinière, le dos tourné au chien. Il a dû se lever et suivre la louve.

— Tu sais bien que c'est impossible ! s'écria Claire. Il ne marchait plus, je pensais le trouver mort chaque fois que je descendais l'escalier, le matin. Quelqu'un l'a pris !

— Pour en faire quoi ? gémit Raymonde. Je vous dis qu'il était là tout à l'heure, quand je suis entrée. Je lui ai donné son lait.

— Et Loupiote ?

— Je l'ai cherchée dans la cour et au jardin, elle a disparu aussi. Je suis navrée, Madame. Vous étiez si joyeuse et, à cause de moi, vous allez vous rendre malade.

Claire ne répondit pas tout de suite. Arthur trottinait vers elle. L'enfant lui prit la main.

— Ne t'en fais pas, Raymonde, ce n'est pas ta faute. Sauvageon n'a pas pu s'éloigner. Je vais le retrouver… Peut-être qu'il s'est senti mourir et qu'il a rassemblé ses dernières forces pour s'enfuir.

La jeune femme sortit, réconfortée par la présence silencieuse de son petit frère. Elle franchit le porche et jeta un coup d'œil à gauche puis à droite. Une flaque d'eau séchait lentement au soleil, vestige de la dernière giboulée. Des empreintes se dessinaient dans la boue jaunâtre.

— Loupiote… et, derrière elle, Sauvageon. Il se traîne…

Sans même l'aide des empreintes, se fiant à son instinct et à un sentiment indéfinissable, elle suivit le sentier qui s'élargissait entre des bosquets de noisetiers et que sa famille surnommait « le raccourci », car il menait au village à travers les éboulis de roches et le plateau semé de rares genévriers. Elle n'eut pas à marcher longtemps.

— Ils sont là… chuchota-t-elle.

— Piote ! gazouilla Arthur.

La louve léchait la gueule de Sauvageon, étendu de tout son long. Le vieil animal haletait. Malgré son état de faiblesse proche de l'agonie, il perçut l'arrivée de Claire. Les deux bêtes étaient comme enlacées. A certains détails, elle comprit qu'elles venaient de s'accoupler. Cela lui parut si extraordinaire qu'elle bredouilla un « mon Dieu » peu approprié.

Loupiote abandonna Sauvageon pour humer le visage de l'enfant.

— Reste près d'elle, Arthur ! recommanda Claire.

Elle s'agenouilla et attira la lourde tête du chien-loup sur ses cuisses. Il lui lança un ultime regard doré où elle ne lut aucune détresse, aucune souffrance.

— Mon vieux et cher compagnon, tu t'en vas, n'est-ce pas ?

Il referma les yeux en tendant la patte. C'était sa manière de réclamer des caresses. Claire l'embrassa, le prit par le cou. Il s'éteignit contre son cœur.

— Il dort, Sauvageon ? fit une voix fluette.

— Oui, mon chéri, il va dormir très longtemps. Il est si âgé, vois-tu… J'étais une toute jeune fille quand je l'ai eu. Je te raconterai tout ce que Sauvageon a fait pour nous. Ce sera une belle histoire…

Elle essuya d'un geste vif les larmes qui coulaient le long de son nez.

— Tu pleures ? demanda Arthur.

— Ce n'est rien, je suis contente, car il n'a pas eu mal, et il nous quitte au printemps.

Claire pensa aussi que Sauvageon était mort le jour où la chanson des piles à maillets résonnait de nouveau, le jour où elle avait retrouvé intacte sa soif de vivre heureuse. Tout bas, elle murmura :

— Est-ce que tu as senti que tu pouvais partir en paix, puisque j'étais forte et guérie de mes chagrins… Vieux coquin, vous avez réussi, Loupiote et toi, à faire ce que je vous interdisais.

— C'était quoi ? interrogea encore Arthur, qui n'avait jamais autant parlé.

— Eh bien, je crois que Loupiote aura bientôt des bébés, des petits louveteaux, et ce seront les enfants de Sauvageon.

La nouvelle rendit l'enfant tout joyeux. Il contempla la louve en riant.

Claire ôta son tablier et en couvrit le corps de son chien. Elle se hâta vers le Moulin, suivie de Loupiote et d'Arthur.

La première personne qu'elle croisa dans la cour n'était autre que William Lancester. Il la salua :

— Bonjour, madame ! Comment allez-vous ce matin ?

— Sauvageon vient de mourir, sur un lit de bruyère et de mousse. Je voudrais l'enterrer avant l'arrivée de ma fille.

— Oh, je suis désolé. Vous devez être très triste...

— J'ai souvent cru que le perdre me briserait le cœur, mais j'avais tort. La vie de grabataire qu'il menait depuis un an ne convenait pas à sa nature sauvage et courageuse. Il méritait de se reposer enfin de sa longue existence, et j'ai la certitude qu'il avait décidé de mourir. J'ai pu le caresser, le tenir contre moi. C'est une belle fin.

William approuva d'un signe de tête plein de compassion.

— J'aime que vous traitiez les bêtes avec autant de respect... Ma femme me reprochait d'être trop sentimental avec nos chiens, des terriers écossais à poils longs.

Claire ne douta pas de sa sincérité.

— Monsieur, mon domestique s'est absenté. Un de vos ouvriers pourrait-il me donner un coup de main ?

— Où souhaitez-vous l'enterrer ? C'est moi qui vous aiderai... Je sais me servir d'une pelle.

— Merci beaucoup.

Elle lui montra l'endroit choisi, au fond de son jardin, au pied d'un rosier centenaire dont elle chérissait la floraison d'un rouge velouté. Lancester, en pantalon blanc et chemise bleue, se mit tout de suite au travail.

Claire confia Arthur à Raymonde, à qui elle indiqua tout bas ce qui s'était passé. La servante s'apprêtait à pousser une exclamation navrée ; elle n'en eut pas le temps.

— Je t'en prie, tais-toi ! Je savais que ce jour approchait. Notre Sauvageon s'est endormi, et c'est tout.

Du regard, elle désigna son frère assis près de la louve.

— Arthur a connu la violence, la terreur... Inutile de l'inquiéter. Tu vas jouer un peu avec lui, ce ne sera pas long.

— Bien, Madame... Mais quand même, j'en ai du chagrin ! Pas vous ?

— Evidemment. Cela dit, je souhaite à beaucoup de gens

une mort pareille ! soupira Claire. Sauvageon et Loupiote ont... juste avant... La lignée ne s'éteindra pas.

Rassérénée, la servante poussa un soupir satisfait. Elle s'empressa de tirer le coffre à jouets devant la cheminée et d'en sortir les trésors de Thérèse et de César.

Claire monta chercher un drap et une enveloppe préparée depuis des mois. Elle agissait dans un état d'exaltation étrange, retenant ses larmes et souriant sans cesse. Elle revoyait Sauvageon jeune et vif, avec son épaisse fourrure grise, ses prunelles obliques – de l'or pur –, et elle l'imaginait libéré des atteintes de l'âge, dans un paradis utopique réservé aux animaux... Il courait à nouveau et chassait les nuits de pleine lune.

« Que je suis sotte et puérile ! » pensa-t-elle.

Elle poussait la brouette vers le lieu où son chien était mort quand William la rattrapa. Transpirant un peu, il essuyait son front à l'aide d'un mouchoir.

— Je crois que j'ai creusé assez profond, madame, et j'ai préparé des pierres, aussi. C'est une tâche ingrate dont j'ai l'habitude. Mes chats, mes chiens... un âne.

— Appelez-moi Claire, répondit-elle seulement. Vous m'êtes d'un tel secours.

Lancester l'aida à envelopper Sauvageon du grand drap blanc. Il ne se moqua pas lorsqu'elle cueillit des pâquerettes et des fleurs d'aubépine pour en parer le flanc et la tête de son chien. Soudain un peu gênée, Claire tira d'une enveloppe trois petites photographies.

— C'est idiot, s'excusa-t-elle, mais j'ai l'impression que nous serons près de lui, comme ça.

— Puis-je les voir ?

— Oui ! Là, c'est ma fille adoptive, Faustine, à treize ans. Le garçon à côté d'elle, c'est mon frère Matthieu. Il y a mon mari et moi sur celle-ci, un soir de Noël. Il neigeait... Enfin, mon vieil ami Basile.

Claire se rendit compte tout à coup que son bras nu frôlait celui de William. Ils étaient très proches l'un de l'autre. Elle recula un peu et déposa les clichés entre les pattes de Sauvageon. Ils se mirent à deux pour le soulever et l'installer dans la brouette.

— Il devait être magnifique, votre chien, à la force de l'âge... Vous me raconterez son histoire ?

— Je vous le promets.

Elle insista pour recouvrir de terre brune le corps inerte que le tissu protégeait. Son énergie tomba brusquement quand tout fut fini. Elle éclata en sanglots.

— Je l'aimais tant ! Oh, je ne devrais pas pleurer un animal, mais il a veillé sur moi, sur nous tous.

William oublia les convenances et l'entoura d'un bras amical. Il perçut son parfum, un frais parfum de verveine et de rose, ainsi que la chaleur de sa chair. Troublée, elle se leva précipitamment.

— Vous êtes vraiment gentil de me consoler, mais je vous fais perdre votre matinée. Monsieur, je serais heureuse si vous acceptiez de déjeuner chez moi, demain, dimanche. Je vous présenterai Faustine.

— Comment vous remercier ! Je viendrai volontiers, Claire... mais il faut m'appeler William, à présent. Nous sommes voisins et bons amis.

Elle ne trouva rien à répondre. Il la salua en s'inclinant un peu et s'éloigna.

Faustine arriva en début d'après-midi avec Matthieu. Claire descendit le perron en courant. Elle ne s'attendait pas à voir son frère, qui lui rendait rarement visite.

— Quelle bonne surprise ! s'écria-t-elle.

Le grand jeune homme la serra dans ses bras.

— J'ai croisé Faustine place Bouillaud, au moment où elle allait prendre le car. J'étais décidé à passer une journée à la campagne. Je te l'ai ramenée.

La jeune fille étreignit Claire en riant.

— Maman, je suis si contente d'être là... Il fait un temps merveilleux, en plus. Dis donc, quelle agitation !

Elle observait discrètement le va-et-vient des ouvriers de Lancester. Les portes du Moulin étaient sorties de leurs gonds, des bruits de marteau et de scie résonnaient. Un camion était garé près du bief.

— Ce matin, pendant une heure, les piles à maillets ont fonctionné, annonça Claire. William m'a expliqué que c'était pour vérifier le bon état de marche du mécanisme. Il va changer les pales des roues à aubes, aussi.

— Tu l'appelles William ! s'étonna Faustine.

— Oh, c'est un homme très simple et sympathique. Je l'ai invité à déjeuner avec nous demain.

Claire se tourna vers la maison. Loupiote était couchée en haut de l'escalier en pierre du perron.

— Faustine, Matthieu, dit-elle, Sauvageon est mort ce matin, après un dernier exploit.

Ils s'attristèrent aussitôt. La jeune fille se mit à pleurer en silence.

— Mes enfants, c'était inévitable, et cela m'a soulagée pour lui, vous comprenez… Il devait s'ennuyer, confiné devant la cheminée.

Matthieu baissa la tête, très pâle. Sauvageon avait été le fidèle compagnon de leur enfance. Tout bas, il demanda à sa sœur :

— Et quel est ce dernier exploit ?

— Il a réussi à se lever pour suivre Loupiote jusqu'au début du raccourci. Et… enfin, je crois que…

Face aux deux jeunes gens, elle n'osait pas prononcer les mots précis, les jugeant impudiques.

— Je suis certaine qu'ils ont… fait des petits, voilà !

— Mais, maman, Sauvageon était à demi paralysé ! protesta Faustine, beaucoup moins embarrassée que Claire. Tu les as vus, tu en es vraiment sûre ?

— Oui, et si je me trompe, tant pis. Nous aurons la réponse dans deux mois, fin mai.

Elle les conduisit sur la tombe recouverte de grosses pierres. Un bouquet de narcisses, noué d'un ruban rose, égayait le sommet du petit tertre de terre.

Faustine versa encore quelques larmes.

— Papa sera malheureux, à son retour, de ne pas le trouver à la place habituelle.

— Sans doute, répliqua Claire, mais n'oublie pas que notre brave chien au sang de loup a eu la force d'attendre le retour de Jean, il a tenu pendant les quatre ans de guerre.

L'irruption bruyante de César, de Thérèse et d'Arthur, escortés par Loupiote, créa une diversion. Il y eut des embrassades et la remise rituelle des sucreries que rapportait à chaque fois Faustine de la ville.

— Nous devons profiter du fait que nous soyons tous réunis, mes chéris ! ajouta Claire. J'ai une idée. Demain, je pourrais inviter Bertille et Clara, ainsi que Bertrand bien sûr… Cela ferait une belle tablée !

Elle vit Faustine s'assombrir. Pendant que la petite troupe traversait le jardin en assaillant Matthieu de questions, Claire interrogea sa fille.

— Cela n'a pas l'air de t'enthousiasmer, mon idée ! Bertille serait ravie, pourtant.

— Bien sûr, remarqua Faustine, mais il y aura forcément Corentine, et cette peste me gâchera mon dimanche.

Rassurée, Claire lui confia à l'oreille que la demoiselle de Ponriant séjournait à Bordeaux à l'occasion du mariage d'une de ses cousines.

— Je pensais que tu étais au courant, puisque tu as souvent la visite de Denis.

— Oh, il boude depuis que j'ai repoussé nos fiançailles ! Mais ce n'est pas grave. Téléphone vite à tantine, et je vous aiderai à cuisiner…

— J'ai prévu des plats savoureux, juste pour épater William Lancester, plaisanta Claire, ou le rendre malade. Il y a quelques jours, j'ai dû le raccompagner à Ponriant : il avait trop bu de vin blanc et abusé des rillettes de Raymonde.

A chacun de ses séjours, même les plus courts, Faustine reprenait possession de sa chambre avec délectation. Elle parcourait la pièce, effleurant des doigts la grande armoire en noyer, la commode fleurie d'un bouquet de jonquilles, l'étroite bibliothèque aux portes vitrées dans laquelle la jeune fille rangeait ses livres et ses bibelots. Le tapis aux motifs chamarrés, le lit en cuivre, le gros édredon rouge lui plaisaient autant que des années plus tôt. Arthur avait dormi là pendant une semaine, mais Claire l'avait ensuite installé dans l'ancienne chambre de Matthieu et de Nicolas.

Le jeune homme monta à l'étage constater les récents aménagements. Il croisa Faustine sur le palier.

— Claire m'a dit que le petit farfadet blond occupait mon domaine… Où vais-je dormir ? demanda-t-il.

— Chez Basile, s'exclama-t-elle, ici !

Elle tourna la poignée et entra dans la chambre située près de l'escalier, qui avait successivement abrité Colin Roy et sa première femme Hortense, puis Basile Drujon, leur « pépé » d'adoption, et enfin de nouveau Colin et Etiennette.

— Regarde, maman a changé la couleur des boiseries et le papier peint, et même les rideaux. Cela date du mois de janvier. Tu ne viens plus jamais à la maison, Matthieu.

Il décela un reproche dans la voix douce de Faustine. En étudiant la physionomie et la silhouette de la jeune fille, il s'esclaffa :

— Que tu es démodée, ma pauvre petite ! Cette robe à bustier date de l'avant-guerre, et ce chignon natté… Bon sang, tu te balades assez souvent dans les rues d'Angoulême ! Les couturiers parisiens instaurent des lignes fluides, plus de corset, les cheveux courts…

Faustine le toisa d'un air méprisant et rétorqua :

— Je suppose que tu suis les leçons de mode de Corentine, cette espèce de pimbêche squelettique ! C'est sûr, les robes actuelles doivent l'arranger, puisqu'elle n'a ni poitrine ni hanches… et rien sous les affreuses cloches qu'elle porte !

Matthieu ne s'attendait pas à une telle attaque. Il allait répondre d'une pique bien tournée quand il vit Faustine éclater en sanglots.

— Tu n'es pas gentil, bredouilla-t-elle, de me faire de la peine alors que Sauvageon est mort. Je déteste l'homme que tu deviens…

Sur ces mots, Faustine sortit et dévala les marches. Matthieu n'osa pas la suivre. Il entendit les enfants tenter de la consoler, dans la cuisine.

« Quel crétin je suis ! » songea-t-il, furieux contre lui-même.

Il pressentait que sa méchanceté inutile, dictée par des sentiments confus à l'égard de Faustine, nuirait à l'harmonie générale.

« Je dois lui demander pardon, pensa-t-il. Et le plus vite possible. »

Il n'en eut guère le loisir. Claire entraîna tout son monde au jardin, devant la tombe de Sauvageon. Raymonde et Léon suivirent le mouvement. Elle tenait à rendre hommage à l'animal qui avait partagé leur vie pendant plus de vingt ans.

Thérèse déposa un coquillage près du bouquet de narcisses, César, son sifflet en bois, Arthur, une fleur de pissenlit.

— Mon cher Sauvageon, commença Claire, tu nous as quittés ce beau jour de printemps et nous sommes tous tristes de te perdre. Ta mère était une louve, ton père le vieux Moïse, le meilleur chien de garde du pays. De lui, tu avais hérité une tache blanche sur le crâne, mais du loup, tu avais la ruse, le courage, les yeux dorés et une stature imposante. Je voudrais rappeler tes exploits… Tu as sauvé d'une mort certaine Nicolas, mon frère, quand il est tombé dans le trou de la chute d'eau de notre Moulin… Tu as sauvé Blanche, ma belle-sœur, de la brutalité d'un homme pris de folie. Tu as aussi retrouvé Matthieu, ici présent, quand ce garnement s'est perdu au fond des grottes. Toute ton existence tu as résisté à l'appel des bois, de tes frères sauvages. Toutefois, tu as protégé une belle louve des chasseurs, et Loupiote est née de vos amours. Enfin, tu m'as tenu compagnie dans les épreuves que le destin m'a imposées. Tu étais près de moi à Ponriant, alors que je me sentais seule et désespérée, tu m'as avertie chaque fois que Jean, mon mari bien-aimé, revenait à la maison.

Raymonde pleurait en reniflant, Léon se moucha. Faustine serrait fort la main de Thérèse.

— Nous ne t'oublierons jamais, reprit Claire, et le Moulin porte ton nom. Nos papiers emportaient le long des routes un filigrane qui te représentait. Adieu, Sauvageon, dors en paix.

A cet instant, Arthur s'écria, d'une petite voix inquiète :

— Il dort ou il est mort en vrai ? Il peut pas dormir sous la terre, maman ?

L'assistance fut interloquée. D'abord Arthur associait rarement autant de mots, ensuite il avait dit « maman » à Claire.

Bouleversée, la jeune femme tomba à genoux et enlaça le petit garçon. Depuis qu'elle l'avait recueilli, il n'avait jamais réclamé sa mère.

— Mon chéri, Sauvageon va dormir très longtemps et, pour le protéger pendant ce long sommeil, je l'ai couché sous la terre. Les gens te diront peut-être qu'il est mort, mais pour nous, il est vivant, dans notre cœur... Et tu peux m'appeler maman, même si je suis ta grande sœur.

Arthur fit oui d'un signe de tête en se blottissant dans ses bras. Claire le souleva et le porta quelques minutes.

— Maintenant, dit-elle, si nous allions promener les chèvres sur le chemin des Falaises...

Raymonde et Léon retournèrent à leurs occupations, mais les enfants, Faustine et Matthieu marchèrent d'un bon pas derrière le troupeau de biques. Claire en possédait huit, quatre adultes et quatre chevrettes. Elle avait confié à Léon le soin de les traire et lui avait appris à fabriquer des fromages. Cet après-midi-là, elle se promit de remplacer le jeune homme, accaparé par son emploi en ville.

La vallée s'étendait autour d'eux, les champs labourés exhibaient de larges sillons d'un brun grisâtre, les prairies se paraient d'un vert presque fluorescent piqueté de pissenlits d'un jaune vif et des premières centaurées à la corolle bleue.

A l'aide de son canif, Claire déterra des racines de bardane, dont l'infusion soignait les irritations de la peau, et coupa de jeunes feuilles duveteuses. Elle entretenait grâce à des décoctions de cette plante la beauté de ses cheveux que pas un fil d'argent n'altérait. Elle plaça sa cueillette dans un panier dont elle s'était munie en partant et qu'elle tenait sur sa hanche.

Arthur marchait près de Thérèse. César escaladait les talus et en dégringolait, pendant que Claire surveillait ses biques. Ils étaient tous baignés d'un soleil éblouissant et ils respiraient un air frais et parfumé. Ils longeaient la rivière, nichée entre des bosquets de saules. La chanson de l'eau vive, si familière, s'accordait aux reflets scintillants que créait le courant.

Matthieu s'obstinait à rester très proche de Faustine qui avait la mine boudeuse. La jeune fille répondait gaiement à sa mère et aux enfants, mais elle faisait semblant de ne pas l'écouter, lui, s'il parlait de banalités. Il saisit enfin son poignet et l'obligea à ralentir.

— Faustine, je t'en prie, pardonne-moi ! Ta robe était ravissante et ta coiffure aussi. Je te taquinais, dans la chambre, ce matin, parce que je te trouvais de plus en plus belle. J'enrageais.

— Je me demande pourquoi ! lança-t-elle froidement. Désolée de ne pas être un laideron…

— Arrête de jouer les idiotes, tu as très bien compris ! Tu es de plus en plus belle, mais tu vas épouser cet abruti de Denis. C'est du gâchis, oui, du gâchis, comme de donner des perles aux cochons !

— Qui donne des perles aux cochons ? leur cria Claire, car Matthieu avait haussé le ton.

— Personne, maman, nous plaisantons ! s'empressa de dire la jeune fille que la conversation passionnait.

Faustine n'avait pas d'amies et, depuis plusieurs mois, elle ne discutait qu'avec les religieuses de l'orphelinat, Claire, Bertille ou sa tante Blanche, des femmes plus mûres. Les propos virulents de Matthieu l'intriguaient et l'exaltaient.

— Denis a toutes les qualités, contrairement à sa sœur, ajouta-t-elle très bas. Il apprécie mes cheveux longs et mes toilettes, lui.

— Ne compte pas sur moi à tes fiançailles, dimanche prochain, gronda Matthieu. Je ne veux pas assister au repas. Tu mérites mieux que ce type, je t'assure.

Elle lui adressa un sourire hautain.

— Tu viens d'une autre planète ? Mes fiançailles sont repoussées à je ne sais quand ! Papa est à Paris, et je ne me sentais pas prête. Tu es satisfait ?

— Si tu savais à quel point ! Personne ne m'a prévenu.

Le jeune homme changea d'expression. Il avait l'air si content, si soulagé que Faustine en fut troublée.

— Matthieu, cela a tellement d'importance pour toi ? s'étonna-t-elle.

— Oui, soupira-t-il. Je t'aime beaucoup, et Denis ne te rendra pas heureuse.

Elle s'arrêta et il fit de même. Claire et les enfants disparurent au détour du chemin. Le cœur de la jeune fille battait à grands coups.

— Qui me rendrait heureuse, alors ? dit-elle d'une drôle de voix.

— Quelqu'un qui te respecterait, qui te connaîtrait vraiment et te chérirait à l'égal d'un trésor unique… déclara-t-il en la fixant.

Matthieu se tenait dans l'ombre d'une avancée de la falaise. Le vent jouait avec la mèche brune qui cachait une partie de son front ; ses lèvres étaient rouges et tremblantes. Faustine baissa les yeux.

— Où est ce prince charmant ? balbutia-t-elle. Je ne l'ai pas rencontré, il me semble.

Il hésitait encore. Avouer l'amour dont il ne pouvait se défaire, après l'avoir foulé aux pieds, renié, lui coûtait. Certes, cela datait de leur adolescence mais, depuis quelques semaines, il ne pensait qu'à Faustine, même dans les bras de Corentine.

— En tout cas, ce n'est pas Denis Giraud ! affirma-t-il.

César revenait en courant.

— Eh ! Pourquoi vous traînez ? Venez, Claire a trouvé un nid de héron.

Les jeunes gens échangèrent un regard déçu. Faustine rattrapa sa mère et la prit par la taille. Matthieu ferma la marche, dépité.

« Ce soir, j'irai lui parler dans sa chambre… se disait-il. Et je l'embrasserai… »

Fort de sa décision, il guetta le coucher du soleil avec impatience.

5

Les doutes de Faustine

Au dîner, Raymonde avait servi des haricots au lard, des *monghettes*, comme elle les appelait, persillées et onctueuses, suivies d'une salade de pissenlit. C'était un plat simple, qui revenait souvent à la table familiale par souci d'économie. Cela demeurait néanmoins un vrai régal, et la marmite fut récurée par les enfants qui raclaient les dernières gouttes de sauce avec des bouts de pain.

— Au dessert, vous aurez des prunes au sirop et des biscuits ! déclara la servante.

— Et moi, je vais faire un gâteau pour demain ! ajouta Faustine. Un gâteau de Savoie, la recette de maman.

Claire eut un sourire rêveur. Surprise à chaque fois de ne pas voir Sauvageon couché sur sa couverture, elle avait passé le repas à regarder vers la cheminée.

— Au diable la pâtisserie ! dit Matthieu. Si on faisait une belote, comme au bon vieux temps…

— Je veux jouer ! hurla César, j'ai appris à l'école.

Raymonde éclata de rire, puis elle commença à débarrasser la table.

— Eh, fiston, on ne t'envoie pas en classe pour apprendre la belote ! s'exclama Léon. Toi et ta sœur, vous allez filer au lit.

— Il est trop tôt ! protesta Thérèse.

— Mais oui, laisse-les profiter de la soirée, ajouta Claire. Ils ne sont pas obligés de se lever tôt, demain.

— Et la messe, Madame ? répondit la servante. César fait sa communion cette année.

— La messe est à dix heures, et qui les accompagnera ? soupira la jeune femme. Nos invités seront là à midi. Je n'ai pas envie qu'ils montent seuls au village…

— Qu'est-ce que vous craignez, m'dame Claire ? s'écria Léon. Il n'y a plus de danger, à présent ! Vous savez bien pourquoi…

Devant les enfants, personne n'évoquait Gontran, la brute sadique qui avait agressé trois adolescentes et martyrisé Arthur. Matthieu vit une occasion de rendre service.

— Je les emmènerai en voiture. J'en profiterai pour acheter du tabac, et je les attendrai.

César jubila, Thérèse s'illumina. Ils avaient rarement la possibilité de monter dans une automobile. Faustine resta impassible, tandis que Claire remerciait son frère. Léon se leva pour garnir de bois la cuisinière.

— Et voilà, mademoiselle Faustine. Dans une vingtaine de minutes, le four sera chaud à point… dit-il en bâillant.

La jeune fille mit un tablier et disposa les ingrédients nécessaires devant elle. Elle chantonnait, reprise par la douce atmosphère des veillées de son enfance. Rien ne manquait : le balancier de cuivre de la grande horloge dispensait son tic-tac, alors qu'un déclic retentissait avant la sonnerie profonde marquant les heures ; les flammes ronronnaient, captives dans le foyer en fonte ; Thérèse faisait mine de bavarder avec Bleuette, sa chère poupée ; Claire lisait le journal sous la lampe en opaline rose.

Faustine regrettait un peu l'absence de son père, mais ses yeux se portèrent sur Matthieu, une cigarette au coin des lèvres. Le jeune homme battait un jeu de cartes en fronçant les sourcils.

« Qu'il est beau ! songea-t-elle. Je suis contente qu'il soit là, comme avant… »

En brassant le mélange, les œufs et le sucre, afin d'obtenir une pâte d'un blanc crémeux, elle s'interrogea sur ce sentiment de plénitude qui faisait vibrer son cœur.

« Si Denis était assis là, à la place de Matthieu, est-ce que j'éprouverais la même impression ? Je me sens différente, impatiente, fébrile, et pourtant comblée. »

Aussitôt elle se fit des reproches. Ce genre de constat lui déplaisait ; cela ressemblait à une trahison vis-à-vis de son futur fiancé. Elle ajouta la farine d'un coup et faillit rater sa préparation.

« J'aime Denis. Il a un regard charmeur, des lèvres fines, il est tendre, élégant… Et vivre à Ponriant près de Bertille sera amusant ! Oui, mais je devrai abandonner mon poste à l'orphelinat. »

Elle songea à ses élèves et secoua la tête.

« Je ne pourrai pas les laisser… même dans deux ans. Je dois les mener au certificat d'études. »

— Tu es bien silencieuse, Faustine ! constata Claire qui scrutait le visage de sa fille. Tu chantais, et d'un coup, plus rien.

— Oh ! Je réfléchissais… répondit la jeune fille.

Matthieu ne put retenir sa langue :

— Je parie qu'elle se languissait de son cher Denis !

César et Thérèse pouffèrent. Raymonde, devant l'évier, poussa une exclamation :

— Il n'y a pas de quoi rire ! C'est bien normal que notre demoiselle trouve le temps long, sans son promis.

— En tout cas, j'en connais un ici qui n'a pas l'air de se languir de sa chère Corentine ! persifla Faustine. Et qui n'est pas plus malin qu'un gosse de dix ans… On se croirait en cour de récréation !

— Bien dit, ça ! cria Léon en se dirigeant vers le cellier.

Claire le rejoignit, sous prétexte de rapporter des cerises en conserve. Elle avait omis de discuter avec son domestique d'un sujet qui lui tenait à cœur.

— Mon cher Léon, déclara-t-elle, le moment est mal choisi, mais je sais que tu te couches tôt et demain, avec nos invités, je risque d'oublier… Raymonde m'a avoué que tu travaillais en ville, pour gagner davantage. Tu peux arrêter, maintenant, je vous ai payé les gages en retard, et cela ne se reproduira plus. Jean aura besoin de toi, à son retour, pour nettoyer le verger et soigner sa vigne. Il m'a promis de se remettre à l'ouvrage et de relancer la production de cidre, même s'il continue à écrire dans les journaux. Je peux t'augmenter, si tu le juges nécessaire. Monsieur Lancester nous a tirés d'affaire, et largement, crois-moi...

Le grand gaillard passa des doigts noueux dans sa tignasse.

— M'dame Claire, vous êtes bien bonne, mais si je lâche mon patron du jour au lendemain, il va faire vilain ! Je suis tenu de finir mon contrat, jusqu'à cet été...

— J'irai lui parler, si tu veux, ajouta-t-elle. Tu t'épuises et cela me désole, car je suis responsable.

— Non, Madame, vous n'y êtes pour rien du tout, au contraire. Vous avez toujours été à nos petits soins... Des employés traités comme ma femme et moi, ça court pas les rues ! J'aiderai Jeannot, je ferai le boulot d'ici, mais faut que je bosse en ville. C'est comme ça, je changerai pas d'idée.

Claire était assez fine pour deviner l'embarras de Léon, qu'elle connaissait depuis des années. Un soupçon lui vint sur ses véritables motivations. Mais elle jugea bon de ne pas insister.

— Eh bien, fais à ta guise. Si tu n'as pas le choix, tant pis.

Elle ressortit la première, les bocaux de cerises à la main. Matthieu jouait aux dames avec César. Faustine enfournait son gâteau. Ce fut au tour de la jeune fille d'entraîner sa mère à l'écart. Elles s'assirent au coin de la cheminée, Loupiote couchée à leurs pieds.

— Maman, tout à l'heure, je pensais à quelque chose qui me tracasse... dit-elle très bas.

— Quoi donc, ma chérie ?

— Je crois qu'une fois mariée à Denis, je ne pourrai plus enseigner, et cela me rend triste. A l'orphelinat, je me sens plus utile encore que dans une école ordinaire. Ces fillettes ont besoin de s'instruire, elles n'ont pas de famille pour les aider plus tard.

— Mais tu devras forcément arrêter ton métier si tu attends un bébé ! déclara Claire.

— Je m'en doute ; cela aussi me chagrine. Maman, je ne suis pas pressée d'avoir des enfants. Dans cinq ans, cela me paraîtrait raisonnable et, d'ici là, la plus jeune de mes élèves serait dans la classe du certificat d'études. Je voudrais les accompagner toutes à la fin du cycle primaire.

Matthieu tendait l'oreille, curieux de savoir ce que complotaient Claire et Faustine. Il guettait également l'horloge, pressé de voir tout le monde au lit. Il avait besoin de parler à la jeune fille.

La sonnerie du téléphone, pareille à un grelot secoué avec force, brisa chuchotis et discussions. Claire se précipita vers l'appareil.

— C'est Jean, ça !

Elle décrocha, soudain anxieuse. Annoncer la mort de Sauvageon lui coûtait. Le silence s'instaura et elle eut l'impression que ses mots résonnaient dans la pièce et le reste de la maison. Avec douceur, elle raconta la fin du brave animal. Puis elle se tut et écouta en hochant plusieurs fois la tête.

— D'accord, dit-elle enfin, j'embrasse bien fort ta fille, Jean…

Claire attendit encore avant de raccrocher. Elle expliqua, d'un ton gêné :

— Jean vous salue tous. Il était très pressé, un dîner au restaurant, boulevard Saint-Germain, avec des journalistes… Ils ne mangent pas à la même heure que nous, à Paris.

— Papa n'était pas trop triste, pour Sauvageon ? demanda Faustine.

— Si, bien sûr, mais il a dit comme moi… que c'était inévitable… et que c'était une belle mort…

Claire reprit sa place à table en repliant le journal qu'elle lisait. Un long moment, elle parut absente, et personne n'osa l'interroger. Thérèse, plus étourdie, vint lui demander de recoudre un des cordons du tablier de sa poupée. Ramenée parmi les siens, la jeune femme s'exécuta de bonne grâce. Manier le fil et l'aiguille ne l'empêchait pas de penser au ton indifférent de Jean, aux gentillesses banales qu'il avait débitées comme on se débarrasse d'une corvée.

Faustine démoula bientôt son gâteau près de sa mère.

— Regarde, maman, il est parfait, bien cuit, doré. Une merveille !

Claire reconnut que le savoie, car ainsi nommait-elle cette recette, était une réussite. César sifflotait en ramassant ses cartes. Raymonde astiquait les cuivres. Léon, assis dans le fauteuil en osier, ronflait déjà. Matthieu, lui, en apparence captivé par la partie de belote, cherchait à croiser le regard bleu de Faustine. Elle le savait ; elle battait des cils et tournait la tête afin d'échapper aux yeux noirs du jeune homme. Cela les amusait tous les deux.

A dix heures, Léon et Raymonde regagnèrent leur logement au-dessus de la salle des piles. Thérèse bâillait de fatigue, César ne songeait qu'au trajet en automobile, le lendemain. L'adolescent caressait un rêve encore secret : devenir mécanicien. Il se disait qu'il y avait de plus en plus de voitures à moteur et qu'elles tombaient souvent en panne. Il se voyait aussi riche, une fois établi, que William Lancester, surnommé le « plein aux as » par les gens du village.

Arthur s'était endormi sur le banc, la tête calée contre la cuisse de Claire.

— Je vais le porter dans son lit ! proposa Matthieu.

— Non, dans le mien ! répliqua sa sœur. Jean n'est pas là, j'en profite… Ce chérubin fait des cauchemars et je dois courir le consoler. Là, je l'aurai sous la main !

Faustine embrassa sa mère et l'enfant, salua le jeune homme d'un signe distrait et courut dans sa chambre. Au moment de tourner la clef dans la serrure, elle hésita. Il lui revint le souvenir d'innombrables nuits où, petite fille, elle se réfugiait près de Matthieu. Il la prenait par l'épaule et lui chantonnait des berceuses.

« Comme j'étais bien, blottie contre lui ! pensa-t-elle. Je n'avais plus peur du grondement de la tempête, du vent qui rugissait sur le toit, ni même des loups qui hurlaient dehors… Je n'avais peur de rien… »

Faustine eut soudain très chaud et elle donna un tour de clef. L'esprit en pleine confusion, elle se rinça la bouche à l'eau de mélisse confectionnée par Claire, au délicat parfum de citron, et elle fit une rapide toilette derrière le paravent qui abritait une table à dessus de marbre, une cuvette en porcelaine et un broc d'eau fraîche.

La lampe de chevet à l'abat-jour rose dispensait une clarté très douce. La jeune fille brossa ses longs cheveux blonds et en admira les reflets d'or dans le miroir de son armoire. Elle choisit une chemise de nuit en calicot à l'encolure en dentelle et enfila une liseuse en laine blanche que lui avait tricotée Raymonde. Enfin, un livre à la main, elle se mit au lit, confortablement appuyée à ses oreillers.

Non sans coquetterie, Faustine imagina qu'un témoin invisible jugerait le tableau qu'elle composait tout à fait charmant. Il lui fallait un spectateur... Elle fixa la serrure de la porte et la poignée. Vite, elle se releva et courut donner un second tour de clef, dans le sens inverse, certaine que Matthieu lui rendrait visite.

Elle se recoucha, tapota la courtepointe en satin jaune et arrangea ses cheveux de façon harmonieuse. Prise d'une anxiété délicieuse, elle s'efforça de parcourir quelques pages.

A quelques mètres de là, Matthieu était accoudé à l'appui de sa fenêtre, dans l'ancienne chambre de Colin. Il fumait en contemplant la vallée silencieuse baignée par une obscurité bleuâtre.

« Je ferais mieux de dormir ! songeait-il. A quoi bon lui parler, elle va me jeter dehors et alerter Claire ! Non, Faustine m'écoutera, mais nous serons seuls, et ce n'est pas correct, en fait. Bon sang, quand je pense que nous dormions souvent ensemble, gamins... Et que lui dire ? Ce n'est pas une bonne idée de dévoiler les escapades de Denis au Rempart du Nord... D'abord, elle aura de la peine, ensuite elle me méprisera de l'avoir dénoncé. Je la connais, elle n'a jamais apprécié la bassesse, la mesquinerie, et c'en serait une... J'y vais quand même, histoire de bavarder. »

Il ôta ses chaussures pour ne pas faire de bruit dans le couloir.

Faustine entendit gratter à la porte. Le léger frottement des ongles contre le bois lui rappela son enfance. C'était le signal des réunions nocturnes, en cachette des adultes. Elle préféra tricher et dit, assez fort :

— Entre, maman, je ne dors pas...

Elle savait très bien que ce n'était pas Claire. Matthieu apparut, en chemise et pantalon, les cheveux en bataille. Il s'immobilisa, frappé par la joliesse de la scène : la clarté rose perlait la chevelure blonde de Faustine d'un liseré d'or, le blanc de ses vêtements de nuit évoquait une toilette de noces.

— Tiens, c'est toi ! fit-elle en feignant de se remettre à lire.

Prestement, le jeune homme ferma à clef, avant d'approcher du lit.

— Je n'ai pas sommeil et il y avait de la lumière sous ta porte... Tu te rappelles, quand on était gosses, les rendez-vous dans ma chambre avec Nicolas, ou ici, dans la tienne...

Elle approuva sans le regarder. Matthieu s'assit en douceur sur un coin de l'édredon.

— Faustine, je te demande pardon. Je me suis comporté comme un imbécile, aujourd'hui, à te taquiner sans cesse.

— Ah ça, c'est vrai, concéda-t-elle.

— Qui aime bien châtie bien, dit-on ! voulut-il blaguer. Je devais regretter nos chamailleries de jadis.

Elle soupira et posa son roman. Il le prit au passage et le feuilleta.

— Du Zola ! nota-t-il. *Germinal*... Ce ne sont pas des lectures convenables.

— Je me fiche des convenances ! coupa-t-elle assez fort. Et je te signale que l'on ne se chamaillait pas, nous deux, avant... Tu me défendais contre Nicolas, tu me protégeais, tu n'étais pas méchant comme maintenant !

— Eh ! Chut... Je n'ai pas envie de voir surgir ma sœur, qui m'arracherait encore quelques cheveux si elle me trouvait là !

Faustine ne put retenir un sourire. Sept ans plus tôt, alors que Matthieu était venu lui voler un baiser, Claire avait fait irruption et l'avait écarté du lit avec violence, par les cheveux précisément.

— Il n'y a pas de risque, tu as tourné la clef ! dit-elle. Je voudrais bien savoir pourquoi…

— Pour être tranquilles deux secondes, le temps de discuter.

Matthieu brûlait d'envie de lui avouer ce qu'il ressentait. Les mots se bousculaient à ses lèvres, mais il ne les prononçait pas, de crainte de choquer la jeune fille.

— Sais-tu que tu es une personne très importante pour moi ? Enfin, ce n'est pas ce que je pense vraiment, en fait je…

— En fait, tu bafouilles, et ce serait plus sage d'aller te coucher ! Nous avons grandi en frère et sœur, Matthieu, mais la complicité de jadis bat de l'aile. Tu as Corentine, maintenant ; moi, j'ai Denis. Je l'aime de tout mon cœur. Ne me dis pas de mal de lui, je te prie.

Il la dévisagea, déçu. Cependant, plus il la fixait, plus il se perdait dans la contemplation de sa bouche au dessin exquis, de son nez, des joues rondes, des larges yeux bleus ourlés des cils couleur de bronze. Elle n'avait aucun défaut, et à cette perfection des traits s'ajoutait une aura de bonté soulignée d'une pointe d'ironie.

— Corentine ne compte pas ! répliqua-t-il. Elle me court après depuis des années, une vraie chienne en chaleur. Si tu veux le savoir, nous couchons ensemble, c'est la seule chose qui m'intéresse chez elle.

— Ah ? Voilà une demoiselle de bonne famille qui ne se soucie pas de sa réputation ! Figure-toi que je m'en doutais, au sujet des coucheries. Tu es un répugnant personnage, Matthieu.

Elle persiflait. Pourtant il la sentit choquée.

— Et toi, avec Denis ? interrogea-t-il.

— Cela ne te concerne pas, souffla-t-elle, mais je suis une fille sérieuse, moi.

Matthieu aperçut la main droite de Faustine, fine et pâle sur le satin jaune. Il s'en saisit et la serra entre ses doigts. C'était peut-être la minute idéale, l'occasion à ne pas manquer. Il ouvrit la bouche et respira à fond. Elle s'empressa d'affirmer, d'un ton amer :

— Tu as toujours préféré Corentine ! J'en ai assez souffert ! As-tu effacé de ta mémoire toutes les fois où tu te moquais de moi, où tu me traitais de gamine ? Tu disais même que je n'étais pas une femme, alors que Corentine, elle…

— Tais-toi, Faustine ! Tu ne peux pas imaginer ce que j'ai enduré. Ton père te surveillait, Claire aussi, je n'avais plus le droit de te toucher ni de te consoler. Jean nous a séparés, et il continue ! Comme il est pressé de te savoir mariée à Denis, ton cher papa… Il te vendrait au premier homme qui passe juste pour me nuire.

Elle le gifla, furieuse et malheureuse. Au fond de son cœur, elle espérait autre chose d'indéfini, d'improbable.

— Sors d'ici, Matthieu, tu es trop bête ! Combien de temps vas-tu détester mon père ? Cela te dérange qu'il apprécie Denis… Quoi de plus normal, c'est un garçon bien, lui, il sera avocat, et il ne couche pas à droite et à gauche.

Faustine balbutiait, la voix entrecoupée de sanglots. Soudain, elle dit très vite :

— Tu finiras par l'épouser, Corentine, dès qu'elle attendra un enfant. Et, que tu l'aimes ou non, tu seras son mari…

Il lui prit la tête entre ses longues mains viriles et s'approcha si près que leurs respirations se mêlaient.

— Petite oie blanche, Corentine ne tombera pas enceinte, je prends mes précautions. Et je vais la quitter.

La jeune fille se dégagea de l'étreinte qui immobilisait son visage. Elle tapa les doigts de Matthieu. Enfin, elle le repoussa violemment.

— Garde tes sales histoires, tu me dégoûtes ! Est-ce que tu as pensé à elle ? Je la plains, tiens, d'être amoureuse d'un type comme toi…

Un peu surpris, Matthieu maugréa :

— Allons, Faustine, réfléchis… La vie, ce n'est pas un conte de fées ! Corentine a eu ce qu'elle voulait, elle en trouvera un autre. Je suis désolé. Je n'avais pas envie de te mettre en colère. Je voulais être près de toi.

Elle lui lança un étrange regard et se mit à sourire. Le désir le submergea. Connaître à nouveau la tiédeur de ses lèvres, sentir son corps contre le sien. Il la cajolait à son aise, adolescent, lorsqu'elle était une jolie fillette de douze ans, déjà formée et très affectueuse. Il craignit de perdre tout contrôle et se leva.

— Pardonne-moi, tu as raison, je ne vaux pas cher. Seulement, je… je… écoute, je t'écrirai cette semaine, j'enverrai la lettre à l'orphelinat. Quand tu sauras la vérité, tu auras peut-être pitié de moi.

Matthieu sortit de la chambre. Faustine ferma les yeux, prise de vertige. Elle avait failli se jeter à son cou et l'embrasser.

« Je devrais avoir honte ! se dit-elle. Et Denis ? »

A minuit, elle cherchait encore une réponse.

Claire contemplait le ciel d'un bleu très pur. Matthieu venait de partir au bourg au volant de sa Panhard, Thérèse et César sagement assis à l'arrière, endimanchés. L'horloge sonna la demie de dix heures. Ses invités ne seraient pas là avant midi.

D'un pas de promenade, la jeune femme se rendit au fond de son jardin, sur la tombe de Sauvageon qu'un rayon de soleil caressait.

— Tu es mort hier matin, soupira-t-elle tristement, et tu me manques… J'avais l'impression que tu veillais sur moi.

La voix de Raymonde la tira de sa triste rêverie.

— Madame, si vous trouviez un brin de persil ! criait la servante du perron.

— Je t'en rapporte !

Elle marcha d'un bon pas entre ses plates-bandes jusqu'au massif aux allures indisciplinées où poussaient le thym, l'hysope, la sauge, l'estragon et le persil. De jeunes touffes pointaient, un menu feuillage aux découpes harmonieuses. Arthur déboula, suivi de Loupiote. L'enfant riait en silence, ses boucles blondes échevelées. Le printemps, ses lumières et son soleil franc semblaient redonner au petit garçon l'insouciance propre à son âge. Il était si touchant dans ses vêtements neufs – la tenue de marin cousue pour les fiançailles – que Claire l'attrapa par la taille et le souleva.

— Mon chéri ! Je t'adore ! Tu sais que Clara vient déjeuner chez nous, aujourd'hui ?

— Oui. Faussine l'a dit.

— Faustine ! Mais ce n'est pas grave, c'est joli aussi, Faussine.

Ils rentrèrent à la maison. La servante avait ouvert les fenêtres et la porte. Le carrelage étincelait. Une nappe blanche couvrait la longue table. Léon sifflait en mettant du vin en carafe. Vêtue d'une jupe noire et d'un corsage blanc au plastron plissé, Faustine portait au cou un ruban noir orné d'une fine broche en or. Elle avait coiffé ses superbes cheveux en queue-de-cheval, ce qui la faisait paraître très jeune et dégageait l'ovale de son visage.

— Maman, j'allais mettre le couvert... Où veux-tu que je place William Lancester ? Nous serons douze, avec les enfants.

— Je n'en sais rien, en face de moi, mais pas au bout de la table, ce serait trop solennel.

Elles disposèrent ensemble les assiettes, réservant à Clara et Arthur, les benjamins, des écuelles en porcelaine plus solides. Une délicieuse odeur de viande rôtie montait d'une grosse cocotte en fonte noire, assortie d'un grésillement appétissant. Raymonde venait de soulever le couvercle du récipient afin de surveiller les confits de canard prévus au menu.

— Il faut ouvrir les bocaux de cèpes, recommanda Claire, et éplucher les pommes de terre.

— Je m'en suis occupée ! déclara Faustine. Maintenant je vais cueillir quelques fleurs, des boutons-d'or, pour décorer.

— Tu parais triste ! remarqua sa mère. Oh ! Que je suis sotte, c'est à cause de Sauvageon. Il te manque à toi aussi ?

Après une mauvaise nuit, un sommeil agité, la jeune fille s'était réveillée en se souvenant aussitôt de son envie d'embrasser Matthieu, la veille. Elle se débattait encore avec sa conscience. Comme le vieux chien lui manquait vraiment, elle lâcha un oui discret.

A midi pile, William Lancester se présenta, en costume brun et écharpe de soie. Le papetier ne venait pas les mains vides. Il offrit à Claire un sachet de lavande anglaise, fabriqué dans un tissu fleuri très coloré, et une bouteille de sirop de menthe anglais, à l'étiquette soignée. La finesse des dessins figurant la plante utilisée était admirable.

— Merci beaucoup, c'est très aimable ! s'écria Claire. Ah, voici ma fille, Faustine, qui est institutrice à Angoulême.

Lancester serra la main de la jeune fille. Il dit tout de suite, de sa voix au timbre feutré :

— Que de beautés féminines dans la vallée ! Je voudrais être peintre pour immortaliser vos charmes, mesdames.

Faustine, ravie du compliment, retrouva sa bonne humeur. Ils n'eurent pas le temps de bavarder davantage. Deux automobiles arrivèrent dans la cour. Des coups de klaxon résonnèrent, des cris joyeux.

— Nous sommes au complet ! s'exclama Claire en voyant Bertille et Bertrand descendre d'une des voitures.

Clara, pareille à un nuage de dentelles roses, grimpait déjà les marches du perron. La fillette appelait Arthur à tue-tête.

César et Thérèse, excités, se ruèrent eux aussi à l'intérieur pour raconter à Raymonde leur matinée.

— Ce grand jeune homme brun, à côté de la Panhard bleue, expliqua Claire à William, c'est mon frère Matthieu. Ma mère est morte, hélas, à sa naissance. Je l'ai élevé. Un futur ingénieur…

— Il vous ressemble beaucoup, excepté la moustache ! répliqua Lancester non sans malice.

Jean plaisantait rarement, Léon souvent, mais de façon plus populaire. Claire pouffa, égayée. Après les embrassades et les commentaires sur la clémence du climat en ce début de printemps, tout le monde passa à table. Selon la tradition instaurée par Colin Roy, le couple de domestiques, en toute occasion, partageait les repas de leurs patrons. Ce n'était pas courant, et William dissimula son étonnement. Il attribua cela à la nature généreuse de son hôtesse et ne l'en admira que plus.

Claire rayonnait, ravissante dans une robe de taffetas

jaune pâle qu'elle avait rétrécie et qui datait de son existence au domaine de Ponriant, lorsqu'elle était l'épouse de Frédéric Giraud. La coupe et la ligne du vêtement – taille ajustée, jupe longue, bustier décolleté – ne correspondaient plus aux critères de la mode, mais elles la mettaient en valeur, rehaussant son teint de brune, conférant à sa silhouette une sveltesse juvénile.

— Regardez ma cousine ! ne tarda pas à dire Bertille. On la croirait descendue d'un tableau du siècle dernier. Cela me subjugue, tant d'audace. Claire, tu es magnifique.

— Je suis conservatrice aussi ! déclara celle-ci. Je ne m'imagine pas exhibant mes mollets, la ceinture à hauteur des hanches… Et ces cloches en guise de chapeaux, je préfère mes vieux canotiers en paille d'Italie.

Bertille frappa des mains, enchantée de la discussion qui s'annonçait. Elle étrennait justement une robe bleue, droite et souple, achetée à Angoulême, dévoilant ses mollets et ses chaussures en satin.

— J'étais sûre que tu me lancerais une pique sur ma toilette si je critiquais la tienne ! renchérit-elle.

Le ton était donné. Les deux cousines abordèrent la grande querelle qui agitait la presse, les salons et les boutiques de campagne. Jusqu'où iraient les couturiers parisiens, pris d'une frénésie de renouveau et de changement…

Bertrand sirota une gorgée de vin blanc avant de donner son avis :

— Ce monsieur Poiret[1] exagère ! Pour les robes, passe encore, elles sont élégantes et sont venues à bout de l'ère du corset, responsable de bien des malaises, mais les cheveux au ras de la nuque, non, cela me choque. Mon épouse en rêve. Je l'ai suppliée de garder sa chevelure de fée et de ne pas s'épiler les sourcils !

— Oh, j'ai eu pitié de lui. Il était désespéré à l'idée de me conduire dans un salon de coiffure ! expliqua Bertille. Pourtant la nouvelle image des femmes me séduit, le maquillage aussi !

---

1. Grand couturier des années vingt, le premier à raccourcir les jupes et à prôner le maquillage et les cheveux courts.

William Lancester écoutait en hochant la tête. L'élocution rapide des convives le déroutait parfois. Raymonde, elle, surveillait les assiettes. On parlait beaucoup, on mangeait peu. Depuis dix ans, la servante portait une coiffe blanche, modeste et pratique, qui retenait ses mèches mordorées en arrière. La mode et ses innovations la laissaient indifférente. Léon, la tignasse pommadée, se lança dans le débat :

— Moi, j'dis qu'une femme correcte ne montre pas ses jambes. Si ma Raymonde s'avisait de mettre ces sortes de sacs à patates sur le dos, qui descendent pas plus bas que les genoux, j'serais point content.

Faustine éclata de rire.

— C'est bien dit, Léon, des sacs à patates, voilà à quoi ressemblent certaines robes... Pas la tienne, tantine, mais à Angoulême j'ai croisé des filles qui semblaient effectivement entourées d'un sac, avec un trou pour la tête et deux autres pour les bras... D'un ridicule !

Matthieu dégustait sa tranche de jambon sec, d'un rouge sombre, sans paraître intéressé par la conversation. Il beurrait avec soin son pain, coupait une rondelle de cornichon, avec l'air de quelqu'un concentré sur ce qu'il comptait avaler et rien d'autre. César, son voisin de table, lui décocha un coup de coude.

— Et toi, Matthieu, t'es d'accord ou non ? Corentine, elle montre ses jambes, je l'ai vue l'autre matin, au bourg.

Raymonde lui fit les gros yeux, gênée. Son fils devait oublier que le père de la jeune fille était là. Bertrand nota l'inquiétude de la servante et décida de la rassurer.

— Nous sommes une grande famille, à présent ! déclara-t-il. Ne vous tourmentez pas, Raymonde. Votre garçon a raison : Corentine suit la mode de très près. Sinon, elle serait déshonorée, n'est-ce pas, Matthieu ?

Le jeune homme releva le nez de son assiette.

— Sans doute ! Chacun est libre de s'habiller et de se coiffer à son idée. Rien ne me dérange, marmonna-t-il, je suis pour l'indépendance féminine.

— J'ai le regret des crinolines ! ajouta soudain William Lancester, provoquant des exclamations réjouies. J'ai un souvenir de petit enfant où je m'étais caché sous la large jupe de ma mère, pour échapper à un dentiste.

— Que c'est drôle ! s'écria Bertille. Mais cela date du Second Empire, cher ami. Je doute que vous ayez pu approcher des dames affublées de ces immenses jupes que gonflaient des arceaux en fer ! Voyons… c'était une autre époque.

— Si, ma mère en portait, comme je viens de le dire… précisa-t-il.

Claire s'aperçut que son invité perdait contenance. Elle eut pitié de lui et vola à son secours :

— Je vous comprends, William ! La mode des crinolines était une merveille. J'ai souvent admiré les gravures montrant l'impératrice Eugénie assise parmi ses dames de compagnie…

Raymonde dut patienter pour servir les confits de canard, grillés à point, sur un lit de cèpes persillés et de pommes de terre sautées. Le parfum de l'ail émincé, frit lui aussi, dominait les autres fumets.

Après l'entrée composée de jambon, d'asperges en conserve et d'œufs durs à la moutarde, la vision du grand plat en argent où reposaient la viande et les champignons impressionna Lancester.

— Mais c'est un vrai festin ! dit-il assez fort. J'espère que ce n'est pas en mon honneur.

— Eh si, répliqua Claire. Raymonde et moi, nous voulions vous faire découvrir la cuisine charentaise.

Les discussions ne reprirent qu'au fromage, des petits chèvres secs et parfumés fabriqués au Moulin qui firent le régal de tous.

— Il faut boire un peu de vin rouge, juste après ! expliqua Raymonde. Le mélange, sur la langue, est bien goûteux.

Bertille commença à raconter son adolescence au Moulin, désignant le fauteuil en osier où elle avait passé tant de jours interminables.

— Que vous était-il arrivé, chère madame ? s'étonna William. Surtout, comment avez-vous guéri ?

— Une sorte de miracle ! dit-elle d'un ton rêveur. Des

sensations au bout des pieds, puis dans les jambes. Les médecins m'ont aidée, ensuite, à marcher de nouveau. Cela me faisait souffrir et, même encore, j'ai besoin d'une canne, enfin, de n'importe quel support... Mais à quinze ans j'étais désespérée. J'aurais tant voulu courir comme Claire, danser ! A chaque visite, j'essayais de donner le change, d'éblouir malgré tout, mais il y avait toujours un moment où les gens découvraient que j'étais paralysée. Et la honte me brûlait.

— N'y pense plus, ma chérie ! répliqua Bertrand en lui prenant la main. A quoi bon remuer le passé...

— Tu as raison, reconnut-elle. La vie m'a choyée, j'ai pu t'épouser, et nous avons eu Clara.

Faustine caressa les cheveux de la fillette, assise près d'elle. Son regard se porta sur Matthieu, singulièrement morose. Comme s'il devinait qu'elle l'observait, il releva la tête et la fixa. Vite, la jeune fille se détourna, les joues en feu.

En découpant le gâteau de Savoie nappé de confiture, Claire s'adressa à Lancester.

— Nous sommes impardonnables, William, nous papotons sans cesse, ma cousine et moi, alors que nous ignorons tout de vous. Je me demande depuis votre arrivée dans la vallée ce qui vous a poussé à quitter votre pays... Vous y étiez papetier, aussi. Pourquoi cet exil ?

Elle lui tendit sa part de dessert. Il saisit la fine assiette en porcelaine. Leurs doigts s'effleurèrent.

— Chère Claire, commença Lancester, j'avoue que c'est une histoire très simple, beaucoup moins passionnante que les souvenirs de madame Giraud. Disons que ma famille a toujours eu ce que vous nommez, en France, la bougeotte... Mon grand-père avait émigré au Canada, plus exactement au Québec. Il fabriquait du papier, lui aussi, et son moulin était un ensemble de bâtiments remarquables, qui pourrait évoquer le vôtre... Mais un incendie a détruit le fruit de plusieurs années de labeur et mon aïeul est rentré en Angleterre. Mon père a repris la même activité et m'a communiqué son amour des papiers de luxe, préparés de façon traditionnelle. Les affaires marchant bien, il m'a proposé de voyager, notamment en France. J'ai visité presque tout votre pays, ce qui m'a permis d'apprendre la langue...

— Et fort bien, coupa Bertrand. Si je devais raconter ma vie à Londres, en anglais, je serais pitoyable !

— Quel modeste tu fais ! remarqua Bertille.

— Votre épouse a raison, renchérit William, vous êtes trop modeste, car vous parlez notre langue avec aisance. Mais je termine mon récit. Je me suis marié dans le Hampshire, un comté du sud de l'Angleterre, une région très agréable. Je vivrais encore là-bas sans la tragédie qui m'a frappé... Je ne souhaite pas attrister cette joyeuse assemblée. La mort accidentelle de ma femme, une personne dotée de toutes les qualités, m'a contraint à abandonner mes terres. J'ai erré en Allemagne, avant la guerre, puis en Italie, pour découvrir enfin votre vallée.

Claire comprit qu'il ne dirait rien de plus devant les enfants. Elle lui en sut gré. César demanda à sortir de table, Thérèse également. Ils eurent la permission et emmenèrent Arthur et Clara jouer dans la cour. Bertrand proposa des cigares.

Bertille annonça que, ne prenant pas de café, elle sortait. Faustine se précipita pour lui donner le bras.

— Nous surveillerons les enfants, maman ! dit la jeune fille. Tantine et moi nous vous laissons discuter du cours de la Bourse ou des papiers de luxe. Vous nous rejoindrez, il fait si beau !

Elle eut comme réponse des murmures approbateurs. Bertrand lançait le sujet de l'économie française et des pénuries.

— Alors, ma chérie ? questionna Bertille, qu'est-ce qui te préoccupe ? Je t'ai observée, pendant le repas. Tu n'as pas dit un mot, tu avais une petite mine songeuse...

— Oh, tantine, cela se voyait tant que ça ?

— Eh oui... Viens, allons nous asseoir sur le muret du canal. De là nous aurons l'œil sur les petits. Remarque que César devient aussi grand que Léon...

Faustine admira le profil de Bertille, d'une finesse de

statuette. La beauté invincible de cette femme, âgée de quarante ans à présent, la fascinait.

— Que tu es jolie, que tu as l'air jeune, tantine ! soupira-t-elle. Tu ne m'en veux pas, pour mes réflexions sur la nouvelle mode… Toi, ces robes droites te vont bien, tu es si élégante et menue. Avec mes formes…

— Des formes que je t'envie ! répliqua Bertille. Sais-tu qu'à ton âge j'aurais pleuré de joie d'être solide sur mes jambes, d'avoir ta poitrine, ton teint de pêche… Mais tu ne m'as pas répondu. Pourquoi es-tu soucieuse ?

La jeune fille ne savait comment présenter les choses. Elle tenta de ruser.

— D'abord, et j'en ai parlé à maman hier soir, je voudrais travailler plusieurs années. Or, Denis n'a qu'une idée, le mariage dans deux ans et des enfants, sa petite femme à la maison. Mon métier me plaît, et surtout je me suis attachée à mes élèves. La plus jeune a six ans, je lui apprends à lire. J'aimerais la suivre jusqu'au certificat d'études. Je me sens bien à l'orphelinat, les sœurs sont des femmes formidables. Si tu voyais les dortoirs : ce n'est pas triste du tout, les lits sont couverts d'une cretonne fleurie, les fenêtres donnent au sud, il y a du soleil toute la journée.

Bertille déploya son ombrelle et lissa sa jupe en soie.

— Tes fiançailles sont repoussées ! rétorqua-t-elle. Ne te rends pas malade à l'avance. Denis n'est pas encore avocat, d'ailleurs. Vous pourriez louer un bel appartement en ville et exercer chacun de votre côté. Le plus important, à mon avis, c'est de vous aimer.

Faustine détourna le visage brusquement et fit remarquer :

— Oh ! L'amour… Comment être sûre que l'on a fait le bon choix ? Nous sommes très jeunes, Denis et moi.

Bertille devint grave. Créature de lumière assise au bord de l'eau en plein soleil, elle ressemblait toujours à une fée qui serait venue consoler une demoiselle en pleine détresse.

— Tu as des doutes, c'est ça ?

— Oui, enfin, je crois. Toi, tu n'étais pas vraiment heureuse avec Guillaume Dancourt, alors que tu es comblée auprès de Bertrand… Claire aimait papa, mais elle en a épousé un autre ! Je réfléchis souvent au destin, tantine. Si j'avais eu un poste d'institutrice à Bordeaux ou à l'autre bout du pays, si je ne connaissais pas Denis, je pourrais très bien tomber amoureuse d'un autre homme.

Bertille eut alors l'impression que Faustine lui cachait le vrai problème. D'une voix douce, elle demanda :

— Peut-être que tu es déjà amoureuse d'un autre garçon ? Et tu en souffres, par loyauté vis-à-vis de Denis ?

— Je t'assure que non, mais le mariage, c'est un engagement sérieux, il ne faut pas se tromper... Tantine, dis-moi, comment as-tu su que tu aimais Bertrand ?

La jeune fille fixa intensément Bertille, qui fut captivée par l'éclat de ses prunelles bleues.

— En fait, je l'ai su il y a longtemps, le jour de l'enterrement d'Edouard Giraud, son père. La calèche était garée devant l'entrée du cimetière. J'ai assisté du siège arrière à la mise en terre. Claire m'a rejointe, et Bertrand est arrivé. C'est une histoire compliquée, que je te raconterai une autre fois. Toujours est-il que, ce jour-là, il m'a saluée en embrassant le dessus de ma main droite et il m'a regardée. Il faisait froid, et il ventait... Bertrand avait le nez rougi, les cheveux très courts, bref, il n'était pas à son avantage, mais j'ai eu un choc au cœur. Quand je le lui ai dit, Claire s'est moquée de moi. Elle le trouvait laid... Je l'ai revu ensuite et, à chaque fois, je ressentais un malaise, un vertige, une envie de pleurer, de le séduire. Le véritable amour naît souvent dans la douleur.

Bertille se tut, les yeux embués de larmes. Faustine lui caressa la joue.

— Un soir, tantine chérie, je viendrai dormir à Ponriant et tu me raconteras tout, sans mentir ni oublier exprès certains détails !

— C'est promis... Tiens, voici Matthieu.

Le jeune homme, en chapeau et costume, avait belle allure.

— Je viens vous dire au revoir. Je rentre à Angoulême ! s'écria-t-il.

— Pourquoi pars-tu si tôt ? s'étonna Bertille. Je croyais

que tu reconduirais Faustine… Tu ne vas pas nous l'enlever au début de l'après-midi ?

— J'avoue que je n'avais pas songé à ce petit détail ! plaisanta-t-il. Je peux patienter une heure ou deux, si nécessaire.

Faustine se leva du muret. Arthur et Clara accouraient. Elle cacha sa nervosité en les embrassant à tour de rôle.

— Tu peux partir tout de suite, Matthieu, je prendrai le car demain matin ! précisa la jeune fille.

Il s'éloigna sans répondre. Quand Bertille et Faustine revinrent à la maison avec les enfants, Claire montrait à William Lancester des photographies de la famille, Raymonde mettait la vaisselle en route, Bertrand sommeillait dans le fauteuil en osier et Matthieu, en chemise, jouait à la belote avec Léon.

— Je me disais aussi, fit Bertille. Je n'avais pas entendu la Panhard démarrer.

— Eh oui, se justifia le jeune homme, Léon m'a défié aux cartes. Du coup je ne m'ennuie plus… Je rentrerai ce soir, après le dîner. Ou à l'aube… au chant du coq…

Une joie inattendue bouleversa Faustine. Elle retrouva sa gaieté habituelle et s'assit près de sa mère qui contemplait un cliché de Colin Roy. Le maître-papetier posait devant une charrette où s'empilaient des rames de papier soigneusement emballées. Autour de lui, les ouvriers, leur casquette à la main.

— Mon père a eu les cheveux blancs très jeune, expliquait Claire. Il les portait assez longs, attachés sur la nuque.

— Et qui est cette petite fille en robe de dentelles ? demanda William.

— C'est moi, bien sûr ! La photographie est très ancienne, de moins bonne qualité que celles d'aujourd'hui. C'était un jeudi.

Faustine se pencha et examina les visages figés sur un sourire de circonstance.

— Oh ! Nous étions impressionnés d'être pris en photographie. Voyons, j'avais quel âge ? Environ huit ans, ce devait être en 1890.

Elle tourna quelques pages et tomba enfin sur ce qu'elle cherchait : une photographie de Basile Drujon. Le vieil homme fixait l'objectif, sa pipe au coin de la bouche.

— Je l'avais obligé à me suivre en ville. Je voulais garder une image de lui. Comme il ronchonnait ! soupira-t-elle. C'était peu de temps avant mon mariage avec Jean. Ah, voilà la photographie de la noce, devant l'église, sur la place du bourg.

William observa longuement chaque personne figurant sur le cliché d'une taille plus grande que les autres. Il reconnut Bertrand, Bertille, Jean et Claire, ainsi que Colin Roy et Basile, mais il pointa l'index sur une demoiselle d'honneur.

— C'est Etiennette, la seconde épouse de mon père ! précisa-t-elle. La mère d'Arthur. Elle est morte récemment. Et à sa gauche, c'est Nicolas, mon demi-frère, un solide gaillard qui doit parcourir le monde… Je n'en ai aucune nouvelle. Il pourrait m'écrire, au moins.

Elle voulait refermer l'album cartonné, décoré de fleurs aux quatre coins de la couverture, mais Faustine s'en empara. La jeune fille alla s'asseoir sur la balustrade du perron et feuilleta les pages que protégeait du fin papier de soie.

— Moi à dix ans, avant le départ pour la Normandie ! dit-elle tout bas. Tante Blanche… Elle était plus mince quand même, à cette époque. Et là, j'ai quatorze ans. Je porte la robe à col rond que j'aimais tant ; dommage que ce ne soit pas les vraies couleurs ! ajouta-t-elle.

Elle se trouvait jolie et admirait surtout l'effet de ses cheveux ondulés, qui paraissaient brillants, même en noir et blanc. Soudain, Faustine vit une photographie de Matthieu, en costume et cravate, mais sans moustache.

— Il allait entrer au lycée, en première…

Avec une attention extrême, elle détailla ce visage pourtant si familier, dont le regard sombre semblait la fixer, plein d'une tristesse singulière.

— Ne la déchire pas, Claire sera fâchée ! fit une voix à son oreille.

Matthieu était arrivé sans bruit. Il s'accouda à ses côtés

pour contempler les falaises dorées par le soleil. Faustine soupira, vexée d'avoir été surprise.

— Je n'ai aucune raison de le déchirer, ce cliché ! rétorqua-t-elle. Je pensais juste que je te préférais sans moustache. Monsieur Lancester n'en a pas. Il paraît que les soldats anglais étaient toujours bien rasés, contrairement à nos poilus…

Le jeune homme maugréa un oui évasif. Il alluma une cigarette, sans changer de position. Son coude s'appuyait à la hanche de Faustine.

— Si je rentre à Angoulême après le dîner, indiqua-t-il, tu peux profiter de ma voiture. Je passerai par Dirac et Sainte-Catherine pour rejoindre la route de Périgueux. Cela nous ferait une balade… La dernière fois, j'ai vu un cerf traverser. Il était magnifique.

Faustine prit le temps de réfléchir. En refusant, elle se trahirait, comme si elle craignait d'être seule avec lui, désormais.

— C'est une bonne idée, répliqua-t-elle d'un ton enjoué. Je crois que cela fait un sacré détour, mais si tu aimes rouler plus que nécessaire… Raymonde fait de la soupe au vermicelle. Tu te souviens, on faisait des concours à qui finirait son assiette en premier.

Matthieu eut envie de la prendre dans ses bras, mais il se contenta d'approuver d'un air distrait.

— Moi, je rêve d'une omelette à l'oseille ! dit-il enfin. Tu crois qu'il y en a au jardin…

La servante sortit à cet instant précis. Elle avait entendu.

— Les grands esprits se rencontrent ! déclara-t-elle en riant. Je comptais servir une omelette aux herbes, ce soir. Je vais au poulailler, personne n'a ramassé les œufs, encore.

Léon suivit sa femme de près. Sa casquette enfoncée jusqu'aux sourcils, une veste en drap gris boutonnée de bas en haut, il avait une besace à l'épaule. Matthieu et Claire furent surpris de le voir prendre son vélo.

— Je vous souhaite le bonsoir, les jeunes, je dois aller embaucher… Payé double, précisa-t-il.

— Mais Léon, c'est dimanche ! protesta Faustine.

— Que voulez-vous, M'selle, y a pas d'heure pour les

braves, et pas de dimanche pour les pauvres… Avec cette fichue guerre qu'a déréglé toutes nos pendules, bah ! y a de la misère…

Le reste des jérémiades du domestique fut inaudible. Matthieu fronça les sourcils :

— Léon est bizarre depuis son retour ! s'étonna-t-il.

— Maman devait des mois de gages. Il a accepté un emploi à Angoulême ! expliqua Faustine. Il est épuisé, le pauvre…

Ils n'eurent pas le loisir d'en discuter davantage. William Lancester prenait congé et vint leur serrer la main. Claire l'avait accompagné sur le perron.

— Merci encore, chère amie et voisine ! s'exclama-t-il. Merci de votre accueil. J'ai passé une excellente journée. Au revoir, mademoiselle. Au revoir, jeune homme.

Le papetier anglais se dirigea d'une démarche tranquille vers le porche. Il se retourna avant de s'engager sur le chemin et leur adressa un salut de la main, assorti d'un grand sourire.

— Quel homme charmant ! dit Claire. Si vous l'aviez écouté, quand il nous exposait ses projets pour le Moulin et les étendoirs.

— Il est très aimable ! concéda Faustine. Et il parle vraiment bien notre langue.

Matthieu, lui, songea que Jean ferait mieux de ne pas trop s'absenter. Sa sœur plaisait à Lancester, et c'était réciproque. Il garda secrètes son opinion et sa jubilation afin de ne pas provoquer une nouvelle colère de Faustine.

Le reste de l'après-midi fut paisible et chaleureux. Bertille et Bertrand partirent au coucher du soleil, malgré les cris de déception de Clara qui jouait avec Arthur.

La maison parut vide et trop calme, à l'heure du dîner. Raymonde avait les paupières rougies en servant l'habituelle soupe au vermicelle. Claire l'interrogea tout bas, près de la cuisinière.

— Qu'est-ce que tu as ?

— Bah ! ça me rend malade, quand Léon s'en va en

plein milieu du dimanche. Son histoire de boulot, ça ne m'inspire pas confiance. Je le reconnais plus, mon mari…

— Tiens bon : au mois de juin, il aura fini son contrat.

La servante renifla en hochant la tête.

Matthieu et Faustine s'en allèrent à huit heures et demie, au crépuscule. Claire se sentit seule et bénit la présence du petit Arthur. Jean n'avait pas téléphoné. La jeune femme, en fermant les volets sur la campagne obscurcie, devina à travers les saules une faible clarté jaune. C'était la fenêtre de William.

« Lui aussi, il est seul », se dit-elle.

Faustine trouvait la promenade en voiture exaltante. Les phares éclairaient la route et, au gré des virages, les arbres bordant le talus. Le ronronnement du moteur la berçait. Elle éprouvait une sensation de liberté, d'imprévu.

— C'est agréable, une automobile ! dit-elle en regardant Matthieu. Et tu conduis mieux que papa. Enfin, tu es moins brusque.

— Pour une fois que je suis meilleur que ton père dans un domaine, c'est gentil de le reconnaître… ironisa-t-il. Oh, tu as vu, un gros lièvre. Comme il détale, le pauvre ! Il doit nous prendre pour un monstre aux yeux jaunes, prêt à le dévorer.

Faustine suivit la course affolée de l'animal. Elle ajouta :

— Je serais prête à rouler jusqu'à Périgueux ou Bordeaux ! Mais tante Blanche se rongerait les sangs.

— Tu t'entends bien avec elle ?

— Oui, elle est si contente que je sois institutrice. Chaque soir, je dois lui raconter ma journée et elle m'assomme de conseils.

Ils discutèrent de la famille, soucieux l'un et l'autre d'effacer la scène de la nuit dernière, les paroles qui n'avaient pas été dites.

— César m'a avoué qu'il voulait être mécano, lorsque nous sommes allés au bourg ce matin ! expliqua Matthieu.

Je l'aime bien, ce gosse. Tu te souviens comme il était turbulent petit, capricieux...

— Il devient un jeune homme, constata Faustine. Et Thérèse, tu as remarqué combien elle ressemble à Raymonde ? Je l'adore. Arthur est trop mignon, aussi.

Matthieu fit la moue. L'irruption du petit garçon dans la lignée des Roy le déconcertait.

— Claire m'a assuré que le gamin était vraiment mon demi-frère, maugréa-t-il, mais nous n'en aurons jamais la preuve. De toute façon, ma sœur recueillerait n'importe quel enfant pour le plaisir de l'élever et de lui donner la tendresse qu'elle a en trop. Ce n'est pas sa faute, elle n'a pas pu en avoir.

— Toi aussi, elle t'a élevé et cajolé ! répliqua Faustine. Tu as eu de la chance.

— Je sais, et j'ai beaucoup de gratitude envers elle. Quand même, j'aurais bien voulu connaître ma vraie mère, Hortense...

Faustine le comprenait. Elle pensait rarement à Germaine Chabin qui l'avait mise au monde, mais elle regrettait de n'en avoir aucun souvenir.

Ils apercevaient déjà la ville, vaguement illuminée par les becs de gaz et les premiers réverbères fonctionnant à l'électricité. Un camion remontait la route en sens inverse.

— J'espère que tu viendras au Moulin pendant les vacances de Pâques, lança la jeune fille.

— Peut-être. D'abord, je t'écrirai cette fameuse lettre que je t'ai promise ! répliqua Matthieu.

Avant d'arriver place des Halles, il demanda, tout bas :

— Je sais que c'est indiscret, et je n'ai pas l'intention de heurter ta pudeur, mais est-ce que tu as couché avec Denis ?

Faustine jugea la question brutale. Elle écarquilla les yeux, prise au dépourvu.

— Mais enfin, Matthieu ! bredouilla-t-elle. Je... Je... n'ai pas à te répondre. Et puis je t'ai répété souvent que j'étais une fille sérieuse ! Tu aurais dû comprendre...

Il s'en voulut, car elle paraissait très gênée. Acerbe, il s'écria :

— Fais-le patienter jusqu'au mariage, il ne t'en aimera que plus. C'est un conseil de grand frère, pas de quoi jouer les vierges effarouchées.

Elle le détestait quand il prenait cette intonation dure. Le charme de la balade était rompu.

— Ne t'en mêle pas, s'il te plaît ! riposta-t-elle sèchement.

— Excuse-moi, je ne peux pas m'empêcher de veiller sur toi. Ce n'est pas nouveau...

Il se gara devant la maison des Nadaud, sans couper le moteur. Faustine l'embrassa sur la joue, un baiser rapide et léger. Elle avait envie de pleurer et son cœur lui jouait des tours.

— J'attends ta lettre ! souffla-t-elle.

Matthieu tira la manette du frein et descendit lui tenir la portière. Ils restèrent un moment face à face. Blanche, qui avait entendu la voiture, ouvrit la porte. Après des bonsoirs et quelques banalités, le jeune homme se remit au volant et démarra.

— Tu rentres un peu tard, Faustine ! déclara sa tante. Claire n'a aucun sens des convenances. Une maîtresse d'école doit avoir une conduite exemplaire.

Blanche Nadaud, née Dehedin, poussa un petit soupir. Elle estimait sa nièce et considérait Denis Giraud comme un excellent parti.

— Il faudrait arrêter une nouvelle date pour tes fiançailles, dit-elle encore. Et Matthieu ferait bien de se décider lui aussi. J'ai croisé ses propriétaires à la foire, lundi dernier. Ils ont des doutes sur la moralité de leur locataire, figure-toi. Une jeune fille, qui selon leur description ressemble trait pour trait à Corentine, lui rendrait visite dès qu'ils s'absentent. Une voisine en est témoin.

— Oh, ma tante, ce sont les éternels ragots dont les commères se régalent... A Puymoyen, c'était pareil ! répondit Faustine. Je monte me coucher.

C'était une fuite. Une fois dans sa chambre, elle arracha son chapeau et ses gants. Elle s'assit au bord du lit et pleura à son aise.

« J'ai hâte de retrouver mes élèves et les sœurs... songea-t-elle en essuyant ses larmes. Au moins, quand je travaille, je ne pense pas à tout ça. Je vais accepter la proposition de la mère supérieure ; cela m'évitera d'écouter les sermons de tante Blanche. »

Il s'agissait de surveiller un des dortoirs pendant une semaine, sœur Marcedette étant souffrante. Un petit salaire lui serait versé en dédommagement.

« Je connaîtrai mieux mes élèves ! » se dit-elle encore.

Dix minutes plus tard, la jeune fille éteignait sa lampe. Mais l'obscurité ne l'empêcha pas de revoir le visage de Matthieu, la mèche sur son front, sa moustache et son regard brun, tendre et anxieux. Elle tenta vainement de chasser l'image obsédante et de la remplacer par celle de Denis.

Le lendemain matin, tandis que Faustine marchait d'un pas rapide vers la place Saint-Martial, Claire fut réveillée par des coups énergiques frappés à la porte de sa chambre. Loupiote grondait sourdement, couchée au pied de son lit comme à chaque fois qu'elle prenait Arthur avec elle la nuit. La jeune femme se leva à toute vitesse et courut ouvrir, pour se trouver nez à nez avec Raymonde. La servante était livide.

— Madame, descendez, faut que je vous parle !

— Mon Dieu, il n'est rien arrivé à Jean ?

— Mais non, c'est une mauvaise nouvelle, venez, je vous dis. Mes enfants vont arriver prendre leur petit déjeuner, et je vous jure que je les accompagne à l'école…

Claire enfila son peignoir en vérifiant que le petit Arthur dormait toujours. Elle suivit la servante jusqu'au bout du couloir. Quelqu'un brassait de la vaisselle dans la cuisine.

— Qui est-ce ?

— Ma mère, Madame…

— Que fait Jeanne ici ?

Raymonde triturait son ample tablier à pleines mains. Elle fixa Claire un instant et jeta, d'un trait :

— Il y a de l'agitation au bourg. Une gosse de quinze ans a été violée hier soir. Une fille de Dirac, qui était apprentie à la mercerie. Elle rentrait à bicyclette chez ses parents. Le gars lui a sauté dessus dans le bois des Vasards. Ma mère a su la nouvelle à minuit, parce que le père de la gosse est venu faire du grabuge au village ! Il a frappé à la mairie, il a tiré les gendarmes du lit. Paraît que le pauvre homme était à moitié fou.

— Alors, ce n'était pas Gontran ? chuchota Claire, épouvantée.

— Il semble bien que non, ou alors il a donné des idées à un autre gars qui prend la relève.

Claire dévala les marches et se précipita vers Jeanne, courbée sur le fourneau. C'était une femme de petite taille, maigre, les cheveux gris sous sa coiffe défraîchie.

— Oh ! Pauvre de nous ! gémit-elle. V'là que le mauvais œil nous poursuit, nous les gens de Puymoyen, et ceux de la vallée. La petite Julie, elle a cru y rester. Je n'ai pas dormi, moi, madame Claire. Tout le monde allumait ses lampes et se tenait devant les maisons. Remarquez, y en a qui racontent que Julie, elle avait déjà vu le loup[1] !

— Et alors ? s'exclama Claire. Ce n'est pas une raison ! Forcer une femme ou une fille si jeune, je trouve cela criminel.

Raymonde servit du café avant de chausser les godillots boueux qu'elle réservait aux travaux d'extérieur.

— Et, bien sûr, Léon n'est pas rentré ! bougonna-t-elle en nouant ses lacets. Je monte mes gamins au bourg et, si ça continue, j'emporterai un couteau que je cacherai dans une de mes poches.

Jeanne ponctua la déclaration de sa fille d'un signe de croix. Claire ferma les yeux un bref instant. Le cauchemar recommençait. César et Thérèse entrèrent, bien coiffés, en tablier impeccable.

— Maman, monsieur William a proposé de nous amener à l'école en camion, annonça l'adolescent. Un camion tout neuf, un Ford ! On le lui a livré vendredi, mais il l'avait garé dans la grange de m'sieur Nadaud, enfin, sa grange, maintenant. L'est trop beau, ce camion…

1. Expression populaire signifiant perdre sa virginité.

— On peut, maman ? claironna Thérèse.

Raymonde interrogea Claire d'un regard perplexe.

— Laisse-les partir en camion ! dit celle-ci. Cela t'évitera un aller-retour à pied.

— Je monte avec eux, dans ce cas. Moi, j'ai plus confiance en personne ! répliqua la servante. Allez, mes drôles, buvez votre lait, prenez une tartine, et en route…

Jeanne fut du voyage également. Claire se retrouva seule, confrontée à l'imminence des bouleversements qu'elle pressentait. Si une autre adolescente subissait le sort de Julie, la campagne s'enflammerait. La trêve avait été de courte durée : deux mois à peine.

« Les gens ont eu si peur, se disait-elle. Nous avons eu tort d'être rassurés par le suicide de Gontran. Il y aura encore des rumeurs, de la méfiance. La preuve, même Raymonde cède à la panique, et je la comprends. Mon Dieu, s'il arrivait quelque chose à Thérèse. On lui donnerait treize ans. Elle a eu ses règles ; c'est bien tôt. Il faut que les gendarmes arrêtent ce pervers, le plus vite possible… »

Elle déplora l'absence de Jean. Soudain ses yeux se posèrent à l'endroit où le vieux Sauvageon se couchait. Un sanglot sec lui noua la gorge.

— Si tu étais là, en pleine force, je saurais que Thérèse ne risque rien. Toi, tu la suivrais partout, tu la défendrais.

Claire ne pouvait pas chasser de son esprit l'idée affreuse de ce nouveau viol. Elle restait debout près de la cuisinière sans parvenir à se réchauffer. Arthur la trouva ainsi. Le petit s'était habillé seul et marchait une main sur le dos de la louve.

— Oh, mon chéri, viens dans mes bras.

Elle souleva l'enfant et l'étreignit, couvrant de baisers son front lisse et doux.

— Tu vas déjeuner, ton chocolat est chaud.

Raymonde revint à onze heures, la mine grave. Elle ne desserra pas les dents, malgré les questions à voix basse que lui posa Claire.

— Enfin, qu'as-tu à jouer les carpes, Raymonde ? Il y a un problème ?

— Je veux rien dire devant Arthur, Madame… souffla la servante.

Le garçonnet jouait à la balle au fond de la pièce. Claire haussa les épaules et se fit persuasive :

— Parle donc. Comment veux-tu qu'il nous entende ? Il chantonne.

— Eh bien, Madame, déclara Raymonde très bas, figurez-vous que le brigadier de gendarmerie m'a emmenée au poste pour me tirer les vers du nez. Moi, une des plus honnêtes filles du pays… Les gendarmes veulent coincer le type ; ils ont reçu des ordres. Tous les hommes du bourg et de la vallée, entre quinze ans et cent ans, pour ainsi dire, vont devoir justifier leurs déplacements. Pensez, ils voulaient des renseignements sur Léon ! Les commères jasent depuis Noël, parce qu'elles le voient passer à bicyclette et filer à Angoulême.

Raymonde ne put continuer. Elle éclata en larmes.

— Mais ils ne soupçonnent pas Léon, quand même ? demanda Claire. Un père de famille, une crème, un grand cœur…

— Bah ! ca, c'était avant la guerre, Madame. Il n'est plus si gai, et je le surprends souvent à rêvasser d'un drôle d'air. Au lit, c'est pareil, monsieur fait le difficile. Il a décidé qu'on n'aurait plus d'enfants. Pourtant, j'ai de la mémoire et, le jour de son retour, quand on se lamentait sur nos jumeaux mort-nés, il m'a promis qu'il nous viendrait vite un autre bébé. Je me rends malade, à chercher ce qui cloche.

Claire prit le temps de réfléchir. Elle avait eu ses propres soucis depuis l'armistice et toute son attention s'était concentrée sur Jean, ensuite sur Arthur. Sa conversation de la veille avec Léon lui revint. Elle devait reconnaître que son domestique lui avait paru bizarre.

— Ne te tracasse pas, Raymonde, nos hommes ont du mal à se remettre de quatre années loin de chez eux. Jean aussi est différent. Que t'ont dit les gendarmes, pour finir ?

se renseigna-t-elle auprès de la servante en lui caressant le bras.

— Qu'ils allaient mener leur enquête et que Léon ferait bien de se présenter au poste, pour décliner l'identité de son patron, et Jean tout pareil. Même monsieur Lancester sera convoqué.

— C'est ridicule ! soupira Claire. Comment prêter de tels actes à des personnes civilisées, nos maris ou William ! Pourquoi pas Bertrand Giraud ?

— Le brigadier ne fera pas d'exceptions, Madame, il l'a crié assez fort. Il compte interroger tous les hommes en âge de faire ce que vous savez…

Raymonde passa ses nerfs sur des pommes de terre, les épluchant rageusement.

Claire décida de monter au bourg en fin de journée et de ramener les écoliers.

— Je vais atteler Sirius, et j'emmènerai Arthur et Loupiote. Ne t'inquiète pas, ma Raymonde, Thérèse ne sera pas seule une seconde. Je voudrais envoyer un télégramme à Jean. Je n'ai pas la patience d'attendre qu'il téléphone.

La nouvelle se répandait comme une traînée de poudre. Le facteur s'attarda au Moulin. Claire lui offrit un verre de vin.

— Moi, mesdames, m'est avis que cette affaire n'a pas de rapport avec les précédentes. Je la connais, la demoiselle Julie, c'est une coureuse… Il y en a qui causent, y prétendent qu'elle se laissait honorer par un galant, que son père l'a surprise et, pour ne pas être punie, la Julie a prétendu que c'était un viol… En tout cas, le gars court toujours, galant ou pas ! Et dites, madame Claire, votre nouveau voisin, l'Anglais, vous êtes sûre de lui ? Enfin, je me comprends…

La jeune femme eut du mal à contenir sa colère. Elle toisa le facteur et rétorqua :

— Pourquoi ce serait lui, le violeur ? Parce qu'il est étranger ? Excusez-moi, père Robert, mais vous pourriez bien être le coupable, vous aussi… Tous les hommes de la région, a dit le brigadier, n'est-ce pas, Raymonde ?

— Ah ça, oui, Madame.

Du coup, l'aimable fonctionnaire avala de travers. Il se leva en maugréant des protestations.

— J'ai une fille de douze ans, mesdames, et je suis un gars honnête ! Et j'vas vous dire, si on touchait à ma Gisèle, je prendrais mon fusil de chasse… et je ferais justice moi-même !

— Je parie que tous les hommes du pays diront la même chose que vous, père Robert ! coupa Claire.

Elle jouait la bravache, mais cinq minutes plus tard, seule avec Arthur et la servante, elle se mit à trembler de nervosité.

— Jean doit revenir, Raymonde. J'ai peur, si tu savais ! Enfin, où se cache le saligaud qui fait ça ? Combien y aura-t-il de victimes ?

Ce fut au tour de William Lancester de frapper à la porte. Il paraissait très ému.

— Ma chère Claire, j'ai appris par un de mes ouvriers la tragédie qui a eu lieu hier soir… Pourquoi, *my God* ?

Désemparée, elle ne sut que répondre. Pourtant elle n'avait qu'une envie, implorer sa protection et un peu de réconfort. Elle s'imagina blottie contre lui, devint toute rouge et s'éloigna en lui tournant le dos.

— Bertrand ne vous avait pas parlé des drames qui ont endeuillé la vallée, depuis le mois de novembre ? soupira-t-elle. Trois de nos jeunes filles souillées, marquées dans leur chair. L'une d'elles en est morte…

Le papetier roula des yeux effarés. Il devint livide.

— Non, Bertrand n'a rien dit ! s'écria-t-il. Je me croyais arrivé au paradis, dans mon petit coin de paradis, et j'apprends ces horreurs…

Claire, cette fois, perdit ses couleurs. Si jamais William décidait de quitter le Moulin, d'abandonner les travaux et les nouvelles installations en cours… S'il exigeait un remboursement des loyers perçus. L'idée lui donna des sueurs froides.

— William, protesta-t-elle, existe-t-il un endroit sur terre où le mal ne rôde pas ? Partout il se passe des actes condamnables ! L'humain engendre la haine, la violence, mais aussi la bonté et l'amour... Notre vallée et le village n'échappent pas à la règle. J'ai grandi ici. Il y a eu des décès, des naissances, des suicides... Ayez confiance, la police va mettre la main sur le coupable et nous serons enfin tranquilles. J'étais si heureuse, hier. Un beau dimanche et voilà, tout recommence. Il faut garder espoir.

La jeune femme prit à son compte le discours qui lui était venu aux lèvres. La peur est mauvaise conseillère, elle le savait.

— Nous devons nous battre, réfléchir ! ajouta-t-elle. Quand Jean sera de retour, il nous aidera. Et Victor, son beau-frère, pourrait être d'un précieux secours. Il connaît bien les grottes et les falaises...

— Madame, demanda Raymonde, qu'est-ce que vous mijotez ?

Claire préféra se taire. Elle servit du café au visiteur, qui le but d'un trait. Revigoré, Lancester déclara soudain :

— En Angleterre, nous avons eu Jack l'Eventreur... Un meurtrier abominable, qui s'en prenait aux prostituées, et...

— Chut ! fit Claire en désignant Arthur d'un coup d'œil. Je connais le nom et les actes odieux de ce personnage. Je lis beaucoup. Je vous en prie, William, ne vous laissez pas impressionner. Vous aviez tant de projets, hier.

— Bien sûr, marmonna-t-il, bien sûr.

Elle le raccompagna jusqu'au seuil de la salle des piles. Les murs intérieurs du bâtiment venaient d'être chaulés, le sol était nettoyé, les cuves aussi. Deux hommes examinaient la pile hollandaise, presque neuve, Colin Roy l'ayant peu utilisée.

— Chère Claire, lui confia William, vous devez comprendre mon émotion. Mon épouse est morte assassinée après avoir été violée. J'ai fui le lieu de la tragédie, notre cher cottage, je fuis toujours la dernière vision que j'ai eue d'elle... Ma pauvre Janet... Je ne saurai jamais combien elle a souffert, sa peur, sa honte, son désespoir.

— Mon Dieu, gémit-elle, quelle tragédie !

Le papetier approuva d'un signe de tête. Les mots semblaient dérisoires à la jeune femme. Elle prit la main de William et la serra tendrement. Il lui sourit.

— J'ai réussi à faire mon deuil, Claire. Depuis, je suis en quête de sérénité et de beauté, et le travail m'aide à m'occuper l'esprit. Ici, j'espérais être définitivement consolé, mais non…

— Je suis désolée de vous avoir appris tout ceci sans ménagement, ajouta-t-elle. L'homme que l'on pensait responsable de ces crimes s'est suicidé. Une brute, un ivrogne, que mon père avait engagé pendant quelques années. Il n'avait rien avoué. Aussi, le doute demeure. Etait-ce lui, et avons-nous affaire à un second malade mental qui veut l'imiter, ou bien était-il innocent… Dans ce cas, le vrai coupable se manifeste. La police ne peut plus baisser les bras, à présent.

William Lancester étreignit à son tour les doigts de Claire. Il considéra d'un œil mélancolique la vaste salle, les piles suspendues aux chaînes des poulies, les cuves encore vides.

— Si vous n'étiez pas là, près de moi, je partirais ! rétorqua-t-il. Mais j'ai assez fui, déjà. Autant affronter la réalité. La mort, le vice sont le lot commun des humains, vous avez raison.

— A nous tous, répondit-elle, je veux dire les gens de cœur, soucieux de justice et d'harmonie, nous triompherons du mal, et vous serez heureux dans notre vallée.

Il la regarda. Elle tendait vers lui son visage sensible, aux traits doux. Ses yeux sombres brillaient de compassion alors que ses lèvres tremblaient un peu.

— Vous êtes peut-être l'ange que je devais rencontrer pour exorciser mon chagrin… avança-t-il d'une voix rauque.

Claire éprouvait un tel élan d'affection pour ce presque inconnu qu'elle ne surveillait pas ses gestes et son attitude. Elle lui caressa la joue, avec l'air protecteur qu'ont les mères pour un enfant blessé. William résista à l'envie de l'enlacer.

— Mes ouvriers m'attendent ! s'excusa-t-il. A bientôt, chère amie.

Elle rentra à la maison, complètement bouleversée. Assise à la grande table, Raymonde écossait des haricots. Arthur jouait avec le vieux train en bois de César. Loupiote sommeillait, couchée devant la cheminée.

« Je ne veux plus que Jean parte de chez nous », songea-t-elle, soudain accablée d'un étrange pressentiment.

6

L'orphelinat Saint-Martial

Après une nuit agitée, à se remémorer chacun des instants passés avec Matthieu du samedi au dimanche, Faustine se leva et prévint sa tante qu'elle dormait toute la semaine chez les sœurs.

Blanche l'embrassa en la félicitant d'être aussi dévouée et consciencieuse.

Egayée par l'animation qui régnait dans la rue Marengo où les commerçants ouvraient leurs boutiques, la jeune fille descendit jusqu'à l'église Saint-Martial. Sur le seuil de l'orphelinat, cependant, elle marqua un temps d'arrêt. Elle vouait à la grande bâtisse une sorte d'amitié, la sachant un asile sûr pour les fillettes sans famille. Au-dessus de la double porte peinte en gris clair, à hauteur du premier étage, une niche abritait une statue de la Vierge Marie, surplombée d'un fronton triangulaire. On pouvait lire une inscription gravée dans la pierre : « Venez, mes enfants, je vous enseignerai la vraie Sagesse. »

Elle avait beaucoup réfléchi à son propre destin.

« Où aurais-je échoué, après l'arrestation de papa et la mort de ma véritable mère, si Basile ne m'avait pas conduite au Moulin du Loup… Les Chabin ne voulaient pas de moi, l'enfant d'un paria, d'un bagnard en cavale… Ils manquaient vraiment de cœur : je n'avais que deux ans et demi. »

Cela l'étonnait de ne garder aucun souvenir de ce terrible jour où la police avait arrêté Jean Dumont, à la ferme des Sept-Vents, en Normandie. Basile, témoin de toute confiance, avait raconté à Claire que la petite fille qu'elle était alors hurlait de frayeur en appelant son père.

Souvent, Faustine tentait d'imaginer Germaine, sa mère, grosse de six mois, qui courait derrière le fourgon cellulaire. La malheureuse s'était même accrochée au véhicule, avant de rouler sur le chemin, brisée par la violence de la chute.

« Norbert Chabin, mon grand-père, voulait me confier à l'Assistance publique. Moi aussi, j'aurais été une orpheline, privée de l'amour que m'ont donné Claire et papa... »

Elle crut percevoir des chants religieux, malgré l'épaisseur des murs. Les sœurs apprenaient des cantiques aux élèves. Faustine posa la petite valise qu'elle avait préparée. Vivre une semaine sous le toit de tuiles rousses de l'orphelinat lui plaisait.

« J'ai eu la chance de grandir entourée d'une famille, je dois rendre la pareille à nos orphelines ! » se dit-elle en observant le panneau en bois où était inscrit : « Couvent des sœurs de la Sagesse. » Elle tira la mince corde qui actionnait une cloche en bronze, dans le hall. Sœur Marie-François du Divin Cœur lui ouvrit et jeta un œil sur le bagage inhabituel de la jeune institutrice.

— Oh, notre supérieure va être soulagée que vous acceptiez son offre, ma chère enfant. Sœur Marcedette est dans un état de faiblesse inquiétant. Nous avons passé le dimanche à nous relayer à son chevet.

— Avez-vous demandé un docteur ? s'écria Faustine.

— Nous l'attendons.

Elles longeaient le couloir peint en gris et blanc qui menait à la salle de classe. Les pensionnaires étaient au nombre de cinquante-deux, dont une vingtaine allaient à l'école primaire Condorcet. C'étaient les fillettes dont les parents venaient juste de mourir, et qui avaient déjà bénéficié d'une scolarité régulière. Les élèves de Faustine devaient réapprendre les bases de l'instruction élémentaire. De plus, les sœurs leur enseignaient la bonne tenue d'une maison, la couture, la cuisine et le ménage.

— Angela a encore fait des siennes, hier soir ! expliqua la religieuse. Elle a gaspillé son repas. Oui, chère demoiselle, elle a projeté de la purée sur ses voisines et a noyé la viande dans de l'eau. Les généreux donateurs qui nous aident à nourrir les enfants ne seraient pas contents s'ils apprenaient ça.

— J'en parlerai pendant le cours de morale, ma sœur. J'aime bien Angela, mais elle a des accès de violence, sûrement la conséquence des scènes pénibles dont elle a été témoin.

— Oui, la douleur appelle la douleur, le chagrin ronge les cœurs les plus innocents ! soupira sœur Marie-François.

Faustine la salua et entra dans sa classe. Le soleil se répandait sur les pupitres à travers les carreaux. La jeune fille enfila sa blouse, noua la ceinture et vérifia du bout des doigts que pas un cheveu ne dépassait de son chignon serré. La cloche sonna et ses élèves apparurent une par une, en tablier bleu, et surveillées par la mère supérieure en personne.

— Je tenais à vous voir, mademoiselle Dumont, pour vous remercier de votre décision. Sœur Marie-François m'a prévenue que vous dormiez là ce soir, jusqu'à lundi prochain. C'est très aimable de votre part ; nous aurions été dans l'embarras, sinon.

— Je suis ravie de vous aider, ma Mère.

La silhouette imposante de la supérieure suscitait le respect. Les fillettes se tenaient debout, silencieuses près de leur pupitre. Quand la grande femme sortit, sa longue robe grise voletant sur ses talons, Faustine sentit un imperceptible changement d'atmosphère.

— Nous commençons par la morale, dit-elle. Asseyez-vous et sortez votre cahier. Je vais vous parler ce matin de la nourriture qui est essentielle pour notre corps et pour le développement de notre esprit, aussi. Beaucoup de gens, en France, souffrent encore de la faim. Des vagabonds, des enfants miséreux. Nous devons songer à eux lorsque nous portons à notre bouche une tranche de pain ou une cuillerée de purée. Si nous gaspillons ce qui nous est offert, c'est comme si nous privions d'un repas un nourrisson affamé, un vieillard trop pauvre pour s'acheter des pommes de terre ou du pain.

Angela baissa le nez, les mains crispées sur son plumier. Faustine, qui l'observait, reprit la leçon.

— Vous êtes toutes privées du bien le plus précieux, une famille. Le malheur engendre la colère, et celles parmi vous qui ressentent de la colère, de la révolte, ont sans doute beaucoup souffert. Mais ici, grâce à la bonté des sœurs de la Sagesse, vous avez de quoi manger, un lit douillet et des camarades. Vous recevez un enseignement qui vous permettra de travailler plus tard. A quoi vous servira de travailler ?

Une fille de neuf ans, aux boucles blondes, leva le doigt.

— Oui, je t'écoute, Armelle...

— A gagner de l'argent, mademoiselle !

— Bien sûr, et à quoi servira cet argent ?

Armelle hésitait. Soudain, elle répondit très vite :

— A acheter de la nourriture...

— Eh oui, conclut Faustine. Pour vous, peut-être pour vos enfants.

— Moi, j'en aurai pas, d'enfants ! marmonna Angela en ricanant. Ça cause que des soucis, elle disait, ma mère.

— Cela donne également de grandes joies ! répliqua Faustine. J'aimerais que les plus âgées réfléchissent bien à ce qui s'est passé dans le réfectoire hier soir. Toi, Angela, tu vas faire une rédaction où tu expliqueras pourquoi tu t'es mal conduite ; les autres écriront pourquoi, à leur avis, Angela a joué de façon inconsidérée avec la nourriture.

La jeune fille prenait l'initiative de ce devoir, qui, selon elle, lui permettrait de mieux percer les peines secrètes de ses élèves. La journée se déroula dans le calme.

« Cela me fait un drôle d'effet, l'idée de dîner et de dormir ici ! » songea Faustine lorsque la lumière déclina. Le clocher de l'église Saint-Martial, tout proche, sonna la demie de quatre heures. Les orphelines coururent prendre leur goûter, puis elles se rendirent à l'ouvroir pour coudre et broder.

Sœur Marguerite de Saint-Pierre, qui officiait à la cuisine, en profita pour accompagner Faustine à l'étage, jusqu'au dortoir numéro 1.

— Nous avons changé les draps et battu le matelas, précisa la religieuse. Il faut éteindre la lampe à neuf heures. Il y en a qui bavardent encore, surtout avec notre chère sœur Marcedette qui ronfle bien fort.

— Quelles élèves dorment ici ? demanda Faustine.

— Angela, Armelle, Nadine, pour les grandes, et Sophie, Marie, ainsi que notre benjamine, Christelle. Soyez ferme, mademoiselle, vous aurez affaire à une forte tête… Angela.

— Je le serai ! affirma la jeune fille.

Une fois seule, elle déballa son linge et le rangea dans un placard. L'alignement des lits, face à face, le plancher ciré et les hautes fenêtres dégageaient une note austère que démentait aussitôt la cretonne fleurie cachant oreillers et couvertures. Sur sa table de chevet, elle aperçut un fragile bouquet de violettes. C'était une charmante attention, et Faustine l'attribua à sœur Marguerite qui, alerte et laborieuse, descendait tous les jours à l'orphelinat de garçons Leclerc-Chauvin, dans la basse-ville. Là-bas, les pensionnaires entretenaient un jardin potager de plusieurs hectares et un parc d'agrément.

« Tante Blanche a paru rassurée de me savoir cloîtrée une semaine entière, pensa-t-elle. Au moins, en partageant la vie des sœurs de la Sagesse, je ne mettrai pas en péril ma réputation. »

Faustine ne s'attarda pas. Elle descendit à l'ouvroir. Un notable avait payé l'installation électrique, et la vaste pièce était bien éclairée. Les fillettes tiraient l'aiguille, assises autour d'une longue table que présidait sœur Saint-Michel de l'Immaculée. Toutes chantonnaient.

Loué sois-tu, mon Seigneur, avec toutes
les tiennes créatures
Spécialement messire le frère soleil
Lequel donne le jour et par lui tu nous illumines
Et lui beau et rayonnant avec une grande splendeur
De Toi Très-Haut porte signification
Loué sois-tu, mon Seigneur, pour sœur lune
et les étoiles

Dans le ciel tu les as formées claires et précieuses et belles
Loué sois-tu, mon Seigneur, pour frère vent
Et pour l'air et le nuage et le serein
et tous les temps
Par lesquels à tes créatures tu donnes sustentation
Loué sois-tu, mon Seigneur, pour sœur eau
Laquelle est très utile et humble et précieuse et chaste.

Faustine reconnut le *Cantique du Soleil*, de saint François d'Assise. Elle s'installa sans bruit sur une chaise libre et fredonna à mi-voix. Une paix profonde l'envahissait. Armelle lui tendit un napperon en lin blanc que décorait une fleur juste ébauchée et dans lequel était piquée une aiguille garnie d'un fil rouge.

Elle remercia l'adolescente d'un signe de tête et commença à broder. De la cuisine montait une chaude odeur de soupe de légumes.

« Comme je me sens bien, ici, se disait la jeune fille, loin du monde, loin des miens… mais proche d'eux par le cœur, toujours. »

Angela lui lançait de brefs coups d'œil, d'un air inquiet. L'adolescente avait rendu sa rédaction, très courte, une douzaine de lignes. Faustine l'avait lue pendant la récréation du soir, et chaque mot restait gravé dans son esprit.

« Je lui parlerai ce soir, au moment du coucher », se promettait-elle.

A l'heure du dîner, la jeune institutrice découvrit le réfectoire sous une allure différente. Elle y déjeunait à midi, mais là, les volets étaient fermés sur la nuit et les deux longues tables cirées luisaient sous une grosse lampe dont l'abat-jour en verre jaune dispensait une clarté dorée.

Sœur Marguerite de Saint-Pierre, un large tablier noué sur sa robe de religieuse, s'affairait devant trois énormes marmites où mijotaient des litres de soupe. Il faisait très chaud. Les orphelines mettaient le couvert en chuchotant.

Quand tout le monde fut assis, la mère supérieure récita le Notre-Père, puis elle annonça une nouvelle qui provoqua une rumeur joyeuse.

— Jeudi après-midi, mademoiselle Dumont et sœur Marguerite vous conduiront à l'institut Leclerc-Chauvin. Le directeur nous autorise à goûter dans le parc, si le temps est au beau. Je sais que certaines d'entre vous ont un frère pensionnaire là-bas. Bien entendu, il vous sera possible de discuter avec lui.

Nadine poussa un petit cri émerveillé. Elle souffla, à l'oreille de sa voisine :

— Je vais voir mon Pierrot ! Il a deux ans de moins que moi, le chéri.

Faustine était encore affamée après son assiette de potage et le flan à la vanille du dessert. Les repas chez sa tante Blanche ou au Moulin étaient certes plus copieux.

— Mercredi soir, déclara soudain sœur Marguerite, nous veillerons et, en l'honneur de mademoiselle Dumont, qui remplace gentiment notre sœur Marcedette, je ferai des crêpes.

Faustine remercia tout bas. Enfin elle se retrouva dans le dortoir. Six de ses élèves en chemise de nuit de flanelle étaient assez excitées à la perspective des réjouissances promises. La cérémonie de la toilette était terminée. Cela sentait bon le savon de Marseille et l'eau tiède parfumée à la lavande.

Le lit de la jeune fille était situé à l'extrémité de la grande pièce et flanqué de lourds rideaux blancs qui évoquaient un baldaquin. L'hiver, cela aidait à se protéger du froid et l'été des moustiques.

— Dépêchez-vous de dire vos prières ! recommanda-t-elle. Nadine, parle moins fort. Armelle, tu devrais tresser tes cheveux…

Elle n'osait pas se déshabiller tant que les enfants ne seraient pas couchées. Il lui parut indispensable de veiller sur les plus petites, comme Christelle qui avait perdu son mouchoir. La fillette avait six ans, les cheveux châtains coupés au bol et un frêle corps décharné. Ses parents étaient morts de la grippe espagnole, comme ceux de Nadine. Après un séjour à l'Assistance publique, l'enfant de santé fragile avait été confiée aux sœurs de la Sagesse de Saint-Martial, renommées dans tout le département charentais pour leur dévouement aux orphelines, et ceci depuis le XVIIIe siècle.

Faustine retint un soupir. Les six pensionnaires s'étaient mises à genoux, les coudes appuyés sur leur lit, les mains jointes. Elle percevait un murmure général, chacune récitant l'Ave Maria.

« Les pauvres gosses ! songea-t-elle. Elles ont un toit, des repas, de quoi dormir à l'abri, mais combien elles doivent être tristes. Elles sont courageuses, en fait, de rire, de s'amuser dans la cour, avec le souvenir de leurs parents qu'elles ne reverront jamais… »

Elle dut se dominer pour ne pas pleurer. Sa compassion naturelle la poussa à un geste inconsidéré. Se levant sans bruit, elle alla embrasser sur le front les orphelines dès qu'elles furent allongées, les draps au menton.

— Sœur Marcedette ne fait jamais ça ! pouffa Armelle. Vous êtes drôle, vous…

— Surtout, je n'ai que dix-neuf ans, je pourrais être votre grande sœur, et je vous aime toutes beaucoup ! leur confia Faustine.

Nadine s'accrocha à son cou et éclata en sanglots.

— M'selle, je voudrais maman ! Dites, pourquoi elle est morte, maman ?

— Je ne peux pas te répondre, Nadine ! fit doucement la jeune fille. Ma mère aussi est morte. Je suis sûre qu'elles sont au ciel toutes les deux et qu'elles nous protègent. Allons, sèche tes larmes. Jeudi, tu verras ton petit frère, Pierrot, c'est ça ?

— Oui, m'selle ! Moi, je voudrais que des gens riches, ils nous adoptent et qu'on habite dans une belle maison, Pierrot et moi.

— Eh bien, prie très fort la Vierge Marie. Si elle le peut, elle réalisera ton rêve.

Etait-ce de l'appréhension ou le désir de lui consacrer plus de temps ? Faustine se pencha sur Angela en dernier. Celle-ci la repoussa de toutes ses forces.

— Laissez-moi, j'ai pas besoin de bises, je vous dis… grommela l'adolescente.

Prudente, Faustine n'insista pas. Cependant elle dit très doucement :

— Angela, j'ai lu ta rédaction. Tu as tort de croire que les sœurs te chasseront si tu te conduis mal. Elles ont le devoir de t'éduquer, de faire de toi une jeune fille convenable. Ecoute, tu es douée en français, il n'y a pas une faute dans ta rédaction. Et tu as exprimé tes idées avec justesse. Mais pourquoi penses-tu que tu es une méchante créature ? Ce sont tes mots : « Les méchantes créatures comme moi méritent de brûler en enfer. » Tu n'es coupable de rien, à mon avis.

Angela tira la literie vers le haut, afin de cacher son visage. Elle respirait fort et de façon saccadée. Faustine la dévoila et colla sa joue à celle de l'adolescente pour lui dire, au creux de l'oreille :

— Tu peux te confier à moi, si tu as un secret… Il faut être vraiment mauvais pour finir en enfer. Je ne suis même pas sûre que cela existe.

— Momo, il disait que j'étais une enfant de putain, avoua Angela d'une voix inaudible, et puis il m'a fait des choses, comme à maman. Je les entendais, la nuit… Je dormais dans leur chambre. Une fois, j'ai crié parce que j'avais peur, je croyais qu'ils se battaient, et alors, il a mis maman dehors, et il m'a portée dans le lit, et là, et là… Il a recommencé souvent, après maman s'est jetée sous le train. Momo, il a gueulé que c'était ma faute, que j'avais pris la place de ma mère…

Faustine était devenue écarlate. Elle restait contre Angela, pétrifiée par l'affreux récit. Momo était sans nul doute le souteneur dont avait parlé la mère supérieure. Son silence pouvait passer pour du mépris ou du dégoût. Aussi dit-elle très vite :

— Ce n'est pas ta faute, Angela, je te l'assure. Cet homme, lui, mérite de brûler en enfer, mais pas toi. Tu es une adorable enfant et, si tu étudies bien, tu pourrais même devenir institutrice, comme moi. Je t'en supplie, aie confiance. Je t'aiderai, tu verras, tu auras ton certificat d'études et une bourse pour entrer à l'école normale.

— Vous ne le direz à personne, hein… La mère supérieure ne doit pas le savoir ! implora Angela.

— Je te promets de garder ton secret, et surtout n'aie pas honte. Cet homme n'avait pas le droit de te faire ça. Ici tu es en sécurité, plus personne ne peut te faire de mal.

L'adolescente pleurait en silence. Faustine lui caressa le front en chuchotant :

— Peut-être qu'à présent, tu seras moins en colère… Puisque tu aimes lire et écrire, je te rapporterai des livres du Moulin. C'est un bel endroit, avec des roues à aubes, une rivière qui chante entre les roseaux, de hautes falaises que le soleil couchant colore de rose et d'or…

Angela ferma les yeux et s'endormit, bercée par ces derniers mots. Faustine regagna son grand lit, se changea rapidement et se coucha. Elle tremblait de nervosité. Cela l'obligea à se souvenir des viols qui avaient semé la panique dans sa vallée, au cours de l'hiver.

« Certains hommes sont des brutes sans pitié ! » se disait-elle en scrutant la pénombre. Son regard se posa sur le crucifix accroché en face d'elle.

« Des brutes, des monstres ! poursuivit-elle. Et Dieu, dans tout cela ! Pourquoi permet-il de tels actes… Il devrait veiller sur ces enfants innocentes… »

La réalité de l'acte sexuel s'imposa à son esprit. Elevée à la campagne, Faustine avait vite compris comment se reproduisaient les espèces animales, et donc les humains, dotés des mêmes attributs. Elle en conçut une répulsion instinctive. Dans les bras de Denis pourtant, elle avait ressenti la montée impérieuse du désir, la langueur dangereuse qu'il faisait naître. Mais cela lui paraissait dater de plusieurs années, et non de quatre mois… Elle se félicita de tenir son futur fiancé à distance.

« Si je lui avais cédé, ce jour-là, dans l'écurie de Ponriant, je saurais enfin ce que l'on éprouve, nous les femmes. Je me demande si c'est vraiment agréable… Oui, sûrement, si l'on est très amoureuse. »

Une quinte de toux sèche la tira de ses méditations peu appropriées au lieu qui l'abritait. Elle se redressa et devina un mouvement dans le lit de Christelle. La petite fille s'était assise et continuait à tousser.

Faustine se leva, alluma une chandelle et remplit un verre d'eau, car elle avait pris soin de monter une carafe. Comme elle marchait le long de l'allée centrale du dortoir, Armelle dit, tout bas :

— Toutes les nuits, elle tousse fort, et moi, ça m'empêche de dormir. Sœur Marcedette lui donne du miel. Regardez dans sa table de chevet.

Faustine fit demi-tour, trouva le pot de miel et courut près de Christelle. L'enfant la fixait, blême sous la faible clarté de la flamme.

— Souffres-tu, bout de chou ? demanda la jeune fille.

— Non, mademoiselle, mais j'ai soif.

— Je vais te donner une cuillère de miel et de l'eau. Ensuite cela ira mieux.

Après Christelle, ce fut Marie, une enfant de huit ans, qui fit un cauchemar et qu'il fallut consoler. Faustine somnola, sur le qui-vive. A l'aube, elle sombra dans un bon sommeil que le tintement cuivré de la cloche ne tarda pas à interrompre.

« Eh bien, se dit-elle, j'espère que la nuit prochaine sera plus calme… »

A quelques centaines de mètres, rue de Périgueux, le réveil de Matthieu se mit à sonner. Le jeune homme l'avait réglé sur six heures. Une main féminine, aux ongles longs et roses, bloqua le mécanisme. Corentine s'étira, puis se lova contre le corps de son amant.

— Alors, est-ce que ma surprise t'a plu ? J'en rêvais. Une nuit entière avec toi. Reconnais que j'ai été très futée.

— Imprudente, surtout ! bredouilla-t-il, encore ensommeillé. Si mes propriétaires t'ont vue…

— Je te dis que non ! assura Corentine en secouant ses courtes boucles rousses.

La jeune fille avait réussi à piéger Matthieu. Il l'avait trouvée chez lui la veille, à son retour de l'école d'ingénieurs où il suivait sa première année de formation. Corentine avait forcé sa porte à l'aide d'un passe qu'elle s'était procuré chez un serrurier. Un dîner fin l'attendait sur son bureau, avec des bougies rouges. La vision des persiennes closes et de sa jeune maîtresse en déshabillé de satin noir, ses cuisses minces moulées par des bas de soie grise, l'avait stupéfié.

Plein de bonnes résolutions, dont celle de quitter Corentine, il avait accepté une coupe de champagne, puis deux, trois. Il avait renoncé à comprendre comment elle avait pu monter cette mise en scène. Maquillée, les sourcils épilés selon la mode, la fille de Bertrand Giraud avait également sacrifié sa longue chevelure. Ce détail avait perdu Matthieu. La nouveauté de la coiffure, la nuque dégagée qu'il pouvait embrasser l'avaient excité au plus haut point.

— Je dois partir à sept heures ! dit-il en bâillant. Tu t'en iras une heure après moi. Les Métais seront en train de prendre leur petit déjeuner et la cuisine donne sur la cour. Ils ne te verront peut-être pas traverser le hall.

— Non, gémit-elle, je reste au lit jusqu'à ce soir. Matthieu chéri, je n'ai jamais ressenti un tel bonheur… Tu as été…

— Tais-toi, protesta-t-il, j'étais ivre, voilà tout.

Il la dévisagea. Corentine avait les lèvres meurtries et le fard de ses yeux avait coulé. Elle était ébouriffée mais charmante.

— Dis-moi que tu m'aimes ! susurra-t-elle. Je me sens vraiment ta femme après toutes les folies que nous avons faites…

Elle s'enhardit à le caresser sous les draps et frotta ses seins menus contre son épaule. Matthieu la repoussa avec douceur.

— Corentine, je n'ai pas le temps ! Prépare-toi. Tu ne peux pas m'attendre ici. Et puis, hier soir, tu m'as expliqué que ton père te ramène à Ponriant en fin d'après-midi.

Le jeune homme enfila son caleçon et passa dans l'étroit cabinet de toilette. Là, il s'aspergea d'eau froide et étudia le reflet que lui renvoyait le miroir. D'un doigt, il lissa sa moustache et crut entendre une voix limpide : « Je pensais juste que je te préférais sans moustache. » Malgré la migraine qui cognait à ses tempes, il se concentra sur l'image adorée de Faustine.

« Hier soir, je voulais lui écrire, et… je n'ai pas pu… » songea-t-il.

Corentine le rejoignit, en combinaison. Elle se colla à son dos et noua ses bras autour de sa taille.

— Je t'aime, Matthieu ! Je t'aime tellement… affirma-t-elle avec une sorte de passion désespérée.

— Je crois que tu confonds désir et amour, plaisir et amour ! trancha-t-il sans ménagement. Si tu m'aimais, tu n'aurais pas osé organiser ta petite soirée, qui risque de me coûter cher. Je t'assure que si madame Métais s'est aperçue de quelque chose, elle me vire, et ce n'est pas si simple de dénicher un logement bon marché, par les temps qui courent.

Corentine recula, vexée.

— Tu as apprécié, pourtant ! remarqua-t-elle. Et ne te mine pas, cet appartement n'est pas très confortable, à mon goût. Tu sembles oublier que je suis une riche héritière. Si tu as besoin d'argent, je peux te dépanner.

Matthieu se rasait. Il haussa les épaules, le menton et les joues blanches de savon à barbe. Soudain, Corentine poussa un cri de consternation.

— Mais… tu es fou ! Ta moustache, pourquoi te rases-tu la moustache ? s'insurgea-t-elle.

— Et pourquoi pas ? Tu as bien coupé tes cheveux sans mon accord ! Au diable les poils superflus…

Le jeune homme se rinça, se sécha et examina sa nouvelle physionomie. Il se mit à sourire.

Corentine laissa échapper un petit soupir. Elle n'ajouta rien, de crainte d'une querelle. Elle avait eu ce qu'elle voulait.

« Il sera bientôt obligé de m'épouser ! se dit-elle. Moustache ou pas, je m'en moque… »

« Déjà jeudi ! songea Faustine. Et je n'ai pas eu la lettre de Matthieu. Il ne tient jamais ses promesses… »

Autour de la jeune institutrice, le dortoir résonnait de rires et de bavardages. Les orphelines ne pensaient qu'à la sortie prévue l'après-midi.

— Mademoiselle ? demanda Nadine. Vous venez avec nous à l'ouvroir, ce matin ?

— Non, j'ai quartier libre jusqu'au déjeuner, mes petites, et je vais en profiter pour rendre visite à ma tante. Je crois même que je passerai à la confiserie du Bon Marché.

La petite Christelle roula des yeux ébahis, en demandant :

— Et pourquoi, mademoiselle ?

— Ah ! fit Faustine, peut-être pour acheter un sachet de bonbons, un gros sachet de bonbons que nous dégusterons au goûter. Maintenant, dépêchez-vous.

La jeune fille savait qu'elle outrepassait ses fonctions en promettant des friandises mais, comme Claire, elle écoutait les élans de son cœur et de sa compassion, et non la logique. Elle inspecta la tenue de ses protégées, d'abord la coiffure, puis le tablier, pour finir par les chaussures.

Soudain on frappa à la porte du dortoir.

— Entrez ! cria Faustine.

Sœur Marguerite apparut, un timide sourire aux lèvres.

— Bonjour, mademoiselle Dumont, je vous apporte votre courrier, et j'en profiterai pour conduire nos enfants à l'ouvroir.

Faustine sentit son cœur battre plus vite. La religieuse lui tendit une enveloppe. Mais c'était l'écriture de Claire… Un peu déçue, la jeune fille remercia distraitement et s'empressa de lire dès qu'elle fut seule.

Ma chère petite Faustine, j'espère que tu te portes bien et que tu apprécies ton séjour à l'orphelinat. Hélas, pour ma part, je n'ai que de mauvaises nouvelles à t'annoncer, et si je t'écris, c'est aussi pour te mettre en garde encore une fois et te demander de ne pas venir au Moulin samedi. Contre toute attente, l'affreux criminel qui avait souillé de ses actes odieux notre vallée a refait surface. Alors que nous étions tous si heureux, dimanche, par ce beau temps, il s'apprêtait à faire une nouvelle victime. Peut-être as-tu lu la chose dans le journal, mais cela me surprendrait, car je suppose que les braves sœurs ne sont pas des fanatiques de la presse. Les gens du bourg sont en émoi, le même climat de méfiance et de peur règne chez nous, comme cet hiver. Une fille de quinze ans a été agressée le dimanche soir, justement, Julie, qui travaille à Puymoyen. La gendarmerie est sur le pied de guerre, tous les hommes ont été interrogés, même Léon qui est revenu bouleversé.

Mais ce n'est pas tout. A l'heure où je t'écris, malade d'angoisse, le tocsin a sonné, et César est monté se renseigner à bicyclette, sans notre permission. Une autre enfant de treize ans, la petite-nièce du vieux Vincent de Chamoulard, a été violentée à son tour, très tôt ce matin, alors qu'elle sortait les vaches de l'étable.

Je t'en supplie, ma chérie, reste sous la protection des sœurs, ne te risque pas dans la vallée. En plus, ton père prétend qu'il ne peut pas rentrer de Paris, et cela me peine terriblement. Nous avons peur, Raymonde et moi. Léon erre comme une âme en peine. Je ne sais plus à qui me fier et, demain, nous gardons Thérèse à la maison par prudence. Je suis désolée, ma Faustine, de te confier le souci qui me torture, mais je tremble pour toi et pour nous tous.

Suivaient d'autres recommandations et des baisers de toute la famille. Faustine replia la feuille, hébétée par ce qu'elle venait d'apprendre.

— Ce n'est pas possible ! gémit-elle en fixant le crucifix accroché dans son alcôve. Pauvre maman, elle a l'air très choquée. On le serait à moins.

La jeune fille revit le joli visage de Thérèse, son corps tout en rondeurs charmantes. Une sorte d'épouvante la saisit. Elle en trembla des pieds à la tête.

— Papa exagère, dit-elle encore très bas. Il devrait comprendre à quel point maman a besoin de lui. Pourquoi écrit-elle qu'elle ne sait plus à qui se fier ?...

Faustine passa en revue les voisins de Claire : Bertrand et Bertille lui parurent de taille à réconforter sa mère adoptive, à l'aider si nécessaire. Ensuite, il y avait William Lancester, ses ouvriers...

— Peut-être que maman se méfie d'eux aussi ! Ce sont des étrangers, pour nous ! Oui, mais, à l'époque des premiers viols, ils n'étaient pas dans la région.

Le mot « viol », murmuré dans le silence du dortoir, la rendit écarlate. Brusquement elle se rua vers la porte après avoir enfilé une longue veste cintrée en serge brune sur sa robe. Elle dévala l'escalier et, sans prendre son petit déjeuner, elle se précipita à l'extérieur. Des femmes discutaient sur le parvis de l'église Saint-Martial, un triporteur traversait la place en vantant les petits pains chauds qu'il vendait. La marchande de fleurs déballait ses bouquets de jonquilles et de tulipes, sa brouette verte calée contre le muret du cimetière.

Faustine leva le nez vers le ciel d'un bleu pâle. Une nuée de moineaux traversa son champ de vision avant de s'égailler à la cime d'un if.

« Pourquoi ? se demanda-t-elle à nouveau. De quel droit les hommes font-ils ça... »

Malgré l'émotion qui l'oppressait, elle descendit la rue jusqu'aux Galeries et acheta une livre de bonbons. Pour rien au monde elle n'aurait voulu décevoir ses élèves. Mêlée à la foule des ménagères qui faisaient leurs emplettes, la jeune institutrice réussit à se calmer. Elle remonta d'un bon pas vers l'hôtel de ville.

« Maman se trompe, se disait-elle, si elle imagine que je vais la laisser seule samedi et dimanche. Je vais écrire à Matthieu, il aura la lettre en fin de journée[1]. Il m'emmè-

1. A cette époque, il y avait deux distributions de courrier par jour en ville.

nera au Moulin. A nous deux, nous veillerons sur la maisonnée... »

En arrivant rue de l'Evêché, un peu essoufflée, Faustine s'aperçut qu'elle n'avait pas pensé à Denis depuis dimanche.

« Tant pis ! Lui non plus ne m'a pas écrit cette semaine. »

La jeune fille possédait une clef de la maison des Nadaud. Sa tante Blanche avait jugé utile de lui donner un double, au cas où Victor et elle s'absenteraient. C'était le cas. La vaste demeure bourgeoise était déserte. Faustine appela. Elle constata enfin que les volets du rez-de-chaussée étaient fermés.

— J'ai l'esprit qui fonctionne au ralenti, ce matin ! soupira-t-elle. J'aurais dû me douter qu'il n'y avait personne, à cause des volets. Pourtant, Marthe devrait être là, au moins...

Elle appela la bonne.

— Marthe ! Marthe !

Sa voix résonnait dans le vestibule et la cage d'escalier. Cela lui déplut. Angoissée contre toute logique, elle parcourut le salon.

— Marthe a dû prendre son jour de congé.

Sur la console en marqueterie où trônait un vase étrusque magnifique, Faustine découvrit un message à son attention, rédigé à la hâte sur un carton fin.

Ma chère Faustine, nous sommes partis pour Tours rencontrer un professeur d'histoire. Nous y serons jusqu'à samedi. J'ai donné sa journée à Marthe. Je suis navrée de te faire faux bond.

Tante Blanche.

La pendulette en cuivre qui ornait la cheminée sonna dix coups cristallins. Eux aussi résonnèrent étrangement au goût de Faustine. Elle monta dans sa chambre, s'assit à son bureau et jeta quelques lignes sur une feuille.

Matthieu, pourrais-tu me conduire au Moulin samedi matin, et rester là-bas ? Claire a besoin de nous. Je t'expli-

querai. Rendez-vous devant la cathédrale à midi. Faustine qui t'embrasse.

Elle cacheta une enveloppe. Vite, elle embrassa le papier qu'il toucherait.

« Je suis folle, une vraie gamine ! » se reprocha-t-elle.

Au même instant, quelqu'un frappa à la porte de la rue. Le tintement sourd du heurtoir en bronze fit sursauter la jeune fille.

« Oh non, qui est-ce ? Je ne réponds pas... »

Le visiteur ou la visiteuse insistait. Faustine ouvrit sa fenêtre et se pencha, pour découvrir Denis, en costume gris clair, un bouquet de roses à la main. Il avait entendu du bruit et leva la tête.

— Je descends ! lui cria-t-elle, stupéfaite de le revoir.

Son futur fiancé arborait un sourire radieux. Il entra aussitôt et lui tendit les fleurs qu'elle considéra d'un œil perplexe.

— Ah, Faustine, combien j'ai attendu ce jeudi... Une journée entière avec toi !

Elle restait muette de surprise. Puis, petit à petit, la mémoire lui revint. Denis l'observa, de plus en plus soupçonneux.

— Faustine, ne me dis pas que tu as oublié notre rendez-vous ! lança-t-il d'un ton sévère. Nous avions même la permission de ta tante pour déjeuner en ville tous les deux. J'ai réservé une table au restaurant de la rue de Genève.

— Denis, je suis vraiment navrée, répliqua-t-elle. J'aurais dû te prévenir... J'ai accepté de remplacer toute la semaine une des religieuses, la pauvre sœur Marcedette qui est souffrante. Je dors à l'orphelinat et, aujourd'hui, nous conduisons les fillettes à l'institut Leclerc-Chauvin, l'orphelinat de garçons. Nous goûterons dans le parc, après la visite du potager et de la basse-cour. J'étais libre ce matin, je voulais rendre visite à tante Blanche et, tu vois, ils sont partis à l'improviste. Ne m'en veux pas...

La jeune fille contempla le bouquet. Le parfum des roses rouges, capiteux et subtil, la grisait. Elle ne put s'empêcher de caresser une des fleurs de ses lèvres. Ce serait la dernière fois de sa vie qu'elle apprécierait la senteur délicate des roses.

— Quelle poisse ! pesta Denis. Enfin, tu aurais pu m'écrire, m'envoyer un télégramme. J'ai fait le voyage depuis Bordeaux, tout content à l'idée d'être près de toi. Téléphone à tes religieuses que tu prends ton jeudi !

— Non, je dois être là-bas à midi, pour le repas.

Faustine eut un sourire d'excuse et alla jusqu'à la cuisine. Denis la suivit.

— Je vais mettre les roses dans l'eau, dit-elle d'un ton enjoué. Elles sont superbes.

— La fleuriste m'a expliqué : la rose rouge est le symbole de la passion, ma chérie.

— Ne m'appelle pas comme ça, Denis, protesta-t-elle. Et tu ferais mieux de partir. Ce n'est pas correct d'être seuls ici...

Le jeune homme regarda autour de lui. La grande maison plongée dans la pénombre dégageait une ambiance qu'il jugea propice à une intimité inespérée.

— Qui le saura ? s'écria-t-il. Au moins, je peux profiter de toi pendant deux heures... sans témoins ni chaperon.

Sur ces mots, il la prit à la taille et l'attira contre lui. Surprise, elle laissa échapper son bouquet.

— J'avais hâte de t'embrasser... Faustine, tu me manques, je t'aime tant.

Denis chercha sa bouche et s'en empara. Il avait acquis une certaine aisance auprès des prostituées qu'il fréquentait assidûment. A vingt ans, il devenait avide de plaisirs raffinés ; cela exacerbait son désir pour Faustine. Au comble de la jouissance, il s'imaginait la possédant et il touchait au paradis, quelle que soit sa partenaire.

— Lâche-moi ! ordonna-t-elle en le repoussant.

— Et pourquoi ? Tu n'es pas si prude, d'habitude ! se plaignit-il.

— Ecoute, Denis, nous ne sommes pas encore mariés ! Et j'ai reçu une lettre de maman qui m'a bouleversée... Ce matin même. Il y a eu...

Faustine se tut. Elle était gênée. Expliquer ce qui s'était produit dans la vallée l'obligerait à surmonter sa pudeur.

— Qu'est-ce qu'il y a eu de si grave ? interrogea Denis en la reprenant contre lui. Un enfant malade, un lapin empoisonné ?

— Ne te moque pas ! hurla-t-elle. Il y a eu deux autres viols, voilà ! Dimanche soir et hier, mercredi. Maman et Raymonde ont peur, tout le bourg a peur… Je n'ai pas envie de flirter !

Impressionné, Denis changea d'attitude. Il prit la main de Faustine avec une douceur respectueuse.

— Je l'ignorais ! Mais je croyais que le coupable s'était pendu, un certain Gontran ? dit-il tout bas.

— Eh bien, ce n'était sûrement pas lui… Denis, si nous allions nous promener un peu au Jardin vert ? Nous donnerons du pain dur aux daims et aux canards. Je t'en prie, j'ai besoin de voir des arbres, des animaux… Nous serons ensemble quand même !

Le jeune homme haussa les épaules en riant.

— D'accord, va pour le Jardin vert !

Faustine s'était souvent promenée le jeudi dans le vaste parc public, dont l'entrée principale faisait face à la cathédrale Saint-Pierre, située au bout de la rue. Ils y seraient en cinq minutes.

— Oh, j'ai oublié de refermer la fenêtre de ma chambre ! s'écria-t-elle. Je monte en vitesse, attends-moi. Nous aurons le temps de boire un café à la buvette.

Rassérénée par la docilité dont Denis faisait preuve, la jeune fille se réjouissait déjà de la balade le long des allées du grand jardin. Elle en aimait les bassins où sommeillaient des carpes, les pelouses qui servaient de décor aux déambulations des paons.

Elle ferma rapidement la fenêtre et tira les lourds rideaux de velours rouge, un geste machinal qu'elle faisait chaque soir quand elle dormait chez sa tante. Mais Denis l'avait rejointe dans le plus parfait silence. Soudain il l'enlaça, alors qu'elle lui tournait le dos, en déposant un baiser au creux de son cou.

— Je voulais voir ta chambre, ton lit, pour t'imaginer ici… chuchota-t-il. Faustine, je t'aime à en mourir, sais-tu ? Laisse-moi te cajoler un peu, on n'est jamais tranquilles au Moulin ou à Ponriant, tout le monde nous surveille…

Il la serrait très fort en respirant de façon saccadée. Elle n'osa pas se débattre, de crainte de le vexer, mais elle l'implora gentiment :

— Non, Denis, je t'en supplie, arrête ! Tu abuses de la situation, et…

Il la fit taire en l'embrassant à pleine bouche, audacieux, fébrile. Suffoquée, Faustine eut d'abord tout d'une amoureuse consentante avant de réagir. Avec brusquerie, elle parvint à se libérer.

— Je te dis d'arrêter ! cria-t-elle. Sinon, je te gifle…

Ils se retrouvèrent face à face, haletants, au sein de l'ombre rose des rideaux.

— Tu ne m'aimes plus, c'est ça ? se récria Denis. On dirait que j'ai la peste, que je ne peux même plus te caresser…

— Ne sois pas idiot ! soupira-t-elle. Tu avais promis de me respecter, de te montrer patient, et là, tu te jettes sur moi.

Elle marcha vers la porte, furieuse. Denis s'assit au bord du lit et se mit à pleurer.

— Va, sauve-toi, tu t'en fiches, de moi. Tu es comme ma mère qui ne m'a jamais aimé ni câliné ! Tu te souviens, la veille de mon départ à la guerre, tu m'avais donné rendez-vous derrière les écuries… Si seulement j'avais pu y être, au rendez-vous, te faire mienne ! A cette époque, tu m'aimais… Nous étions si heureux.

Faustine l'écoutait, touchée au cœur parce qu'il sanglotait comme un gosse et qu'il faisait allusion à une soirée dramatique, où elle était désespérée à l'idée de le perdre. Attendrie, elle s'approcha et s'assit près de lui.

— Allons, ne pleure pas, Denis ! J'aurais tenu parole, ce soir-là, si ton père ne t'avait pas emmené.

Il la regarda, l'œil humide, la bouche tremblante. Il ressemblait au garçon qui lui offrait des sucres d'orge à la sortie de l'école et l'aidait à nourrir les poules au Moulin. Elle l'entoura de ses bras et frotta sa joue contre la sienne.

— Denis chéri, pardonne-moi, bien sûr que je t'aime… Mais je préfère être sérieuse, et nous n'avons pas à rester seuls ici.

— Si tu m'aimais vraiment, tu n'hésiterais pas ! Ma sœur a tout gagné, en couchant avec Matthieu. Elle m'a écrit, ils vont se marier cet été, peut-être même avant l'été. Maintenant elle a une clef de chez lui, elle habite là-bas depuis mardi… Mon pauvre père n'est pas au courant, elle l'a embobiné avec une histoire à dormir debout, du genre *une amie la loge quelques jours*… Papa ne s'en plaint pas, il ne demande pas mieux que d'en être débarrassé. Bertille aussi, sans doute.

La jeune fille accusait le choc, envahie d'un froid terrible. Elle se répétait les mots ânonnés par Denis, tout en se reprochant sa propre sottise. Matthieu, malgré ses discours cyniques, aimait Corentine.

Denis cacha son visage contre son épaule, découvrant un parfum délicieux de lavande.

— Faustine, tu sens bon…

Elle le laissa caresser ses seins à travers le tissu, comme indifférente. Encouragé par son immobilité, il releva sa jupe et effleura ses genoux.

— Ne me refuse pas, ma chérie ! Tu sais, nous pouvons nous marier très vite. Je voulais t'annoncer la bonne nouvelle au restaurant. J'ai téléphoné à mon père, je lui ai dit combien tu me manquais, et que je ne souhaitais plus devenir avocat. Il va m'obtenir une place de clerc chez un huissier de ses amis. Nous habiterons en ville.

Elle hocha la tête, toujours hébétée par ce qu'elle venait d'entendre. Matthieu et Corentine parlaient mariage, ils ne se quittaient plus, faisant fi des convenances. Un immense mépris la submergea pour ce couple qui se moquait de tout, et d'elle surtout.

« Et moi qui espérais sa lettre ! » pensa-t-elle.

Denis la couvrait de baisers, du front au menton, dans le

cou. Il froissait ses vêtements, pétrissait ses cuisses, la main enfouie sous ses jupons.

— Ma Faustine, je suis resté tout neuf, comme toi, mentit-il avec aplomb. Tu me plais tant, je n'en peux plus…

Il la renversa en travers du lit et l'embrassa sur les lèvres. La jeune fille compta les coups que sonnaient les cloches de la cathédrale. Il était onze heures. Denis dégrafait son corsage, enfouissait son nez entre ses seins voilés d'une chemise en dentelle. Il soufflait aussi fort qu'un taureau.

« Qu'il fasse à sa guise ! songea-t-elle. Je saurai enfin ce que l'on éprouve… si ça fait mal ou non… Je suis sa fiancée, j'ai promis de l'épouser… »

Elle regretta soudain la fièvre grisante qui la prenait adolescente, lorsque Denis l'étreignait, qu'ils échangeaient des baisers fous, ardents, pressés de connaître ensemble le grand mystère de l'acte sexuel. Par souci d'honnêteté, Faustine tenta avec application de céder au désir du jeune homme, de se montrer passionnée. Mais son corps lui semblait mort, privé de la moindre sensation.

— Enlève ta jupe, balbutia-t-il.

En chemisette et culotte de satin, ses bas de soie grise maintenus par des jarretières, la jeune fille ferma les yeux. Denis se mettait nu, jetant derrière lui pantalon, chemise, gilet. Il s'allongea à ses côtés et acheva de la dévêtir.

— Tu es la plus belle fille du monde ! affirma-t-il en lui pétrissant la poitrine.

« C'est vrai, ça ! se disait-il. Elle a des seins admirables, ronds et fermes ; le mamelon n'est pas rose comme je croyais, juste beige, et petit. »

Il disposait d'une magnifique poupée et en abusa. La chair de Faustine paraissait de miel et de lait, les jambes le charmaient autant que le ventre bombé, la toison dorée en haut des cuisses, les bras longs et minces. A bout de résistance, Denis s'apprêta à prendre position. Elle perçut contre sa hanche le frôlement d'une partie de son corps à lui, raide et mobile, d'une tiédeur moite.

— Oh non ! s'écria-t-elle, enfin tirée de son apathie résignée. Non, Denis, non, je suis folle…

Le jeune homme poussa un grognement de révolte. Il pesa sur elle, lui saisissant les poignets.

— Ma chérie, n'aie pas peur ! J'y suis presque.

Il l'obligeait à écarter les cuisses à coups de genou. En larmes, Faustine ouvrit les yeux et fixa Denis d'un air halluciné.

— Bon sang, aie un peu de bonne volonté ! bafouilla-t-il. Si tu gigotes autant, je ne pourrai pas y arriver…

Très vite, il libéra sa main droite pour guider son sexe dans l'intimité de Faustine et forcer les chairs vierges. Elle hurla de douleur et se cambra. Hagard, déjà au bord de la jouissance, Denis se déchaîna. Ce fut tout de suite fini. Il retomba lourdement sur elle avec un rire de triomphe.

— Ma petite femme, enfin tu es ma petite femme ! déclara-t-il en baisant son front. C'était bon, hein ?

Paupières closes sur l'infini dégoût qui l'accablait, Faustine ne répondit pas. Pendant quelques instants, elle avait pu concevoir l'ignominie du viol.

« Voilà ce qu'ont vécu ces pauvres fillettes, et Marie-Désirée en est morte… Moi, je savais un peu de quoi il s'agissait. Pourtant j'ai envie de vomir, et lui, je le déteste, je le hais ! »

Denis se rejeta sur le côté, un sourire d'extase aux lèvres. Puis il fondit de tendresse.

— Ma petite chérie, viens sur mon cœur, que je te console… Tu as eu mal ? demanda-t-il à son oreille.

Il voulut l'enlacer, mais elle se raidit.

— Excuse-moi, j'ai été un peu brute peut-être ! ajouta Denis en la dévisageant. Allez, viens… Approche… Maintenant j'ai la preuve que tu m'aimes, et je suis l'homme le plus heureux de la terre.

Faustine le regarda, sidérée. Il affronta, ravi, le pouvoir magnétique des larges prunelles bleues.

— Eh ! Qu'est-ce que tu as ? Faustine, je t'aime…

Il paraissait sincèrement ébloui, en adoration. Elle posa sa joue contre son épaule et fronça le nez, car il avait transpiré. Un vague réconfort la prit, à se réfugier ainsi dans les bras de son futur mari.

« Sûrement, je m'accoutumerai ! pensa-t-elle. Il est si content, lui. »

Le clocher de la cathédrale sonna la demie de onze heures. Faustine se dégagea, s'enveloppa de sa chemise en linon blanc et courut jusqu'à son cabinet de toilette. Du sang maculait l'intérieur de ses cuisses.

— Passe-moi mes habits ! cria-t-elle d'une voix mal assurée. J'entrouvre la porte...

Denis s'exécuta en pouffant de rire. La jeune fille se lava du mieux qu'elle put et se recoiffa. Enfin elle se jugea présentable.

— Dommage, dit-il en la voyant apparaître, le corsage fermé au ras du cou, les cheveux tirés en chignon. Oui, dommage, on avait le temps de recommencer... Je vais te raccompagner à l'orphelinat !

Faustine répondit oui d'un signe. Le ventre douloureux, la bouche sèche, elle évoluait dans une autre dimension. Son destin venait de basculer, en deux heures à peine. Il y avait eu les larmes de Denis, le chagrin foudroyant en apprenant que Matthieu épousait Corentine, ensuite l'acte bref et pénible dont son couvre-lit bleu gardait les traces. Elle le frotta d'un coin de serviette en éponge et le retourna.

— Marthe verra les taches ! s'inquiéta-t-elle à voix haute. Et les fleurs... Si tante Blanche devine ce que j'ai fait, elle le dira à mon père.

Denis s'affola. Il replia le lourd tissu.

— Je le déposerai à la teinturerie de la rue Beaulieu. Tu raconteras que tu avais renversé du lait dessus. Les roses, tu n'as qu'à les offrir à la mère supérieure.

Ils sortirent dans la rue, arborant la mine contrite des coupables.

— Je n'ai pas besoin que tu me raccompagnes, lui fit remarquer Faustine. À bientôt, j'ai beaucoup de travail. Je t'écrirai.

— Moi aussi, ma chérie... assura-t-il.

Elle s'élança vers la poste, traversa d'un pas vif la place du Mûrier où, quatorze ans plus tôt, le forçat Jean Dumont avait découvert la masse imposante du palais de justice. Ce jour-là, Faustine souffrait du même désespoir que son père au moment d'être jugé.

Le bouquet de roses rouges à la main, la jeune fille marchait avec une expression de somnambule. Le parfum des fleurs lui soulevait l'estomac. Elle décida de passer par les halles couvertes et de remonter une rue étroite qui la mènerait directement à l'orphelinat. Soudain Faustine changea de trottoir et courut jusqu'au parapet du rempart. De là, elle dominait des toits innombrables, ceux des maisons construites au pied du plateau rocheux où s'était établie la première cité angoumoisine. La vue s'étendait à l'infini. Elle admira le fleuve bordé de frênes, les péniches amarrées au port L'Houmeau et, plus proche, une voie abrupte flanquée d'escaliers. D'un geste rageur, Faustine lança les roses dans le vide. Le bouquet atterrit près d'une cheminée, suscitant l'intérêt d'un couple de pigeons.

« Jamais je n'offrirai ces fleurs à la mère supérieure ! se dit-elle sans pouvoir retenir un flot de larmes. Ces roses, je les maudis… »

Il n'était pas encore midi. La jeune fille s'appuya au muret, le dos à l'immense paysage, et pleura de plus belle.

« Je dois me calmer ! se reprocha-t-elle. Si je suis dans cet état avec mes élèves, elles se tracasseront… Et maman, ma chère maman. Je dois poster la lettre pour Matthieu. On s'en fiche qu'il soit le futur époux de Corentine, ça ne compte pas… Maman et Raymonde ont besoin de nous, ma Thérèse aussi. »

Faustine déplora encore une fois de ne pas avoir d'amie. Elle se serait volontiers confiée à une personne de son âge.

« Et si je tombe enceinte, hein… pensa-t-elle, effrayée. Le mariage sera avancé, papa saura que j'ai couché avec Denis. Mon Dieu, faites que je sois indisposée bientôt, la date approche… »

Un grand gaillard, une casquette enfoncée au ras des sourcils, les mains dans les poches, vint rôder autour d'elle.

— Un chagrin, m'selle ? Je peux vous consoler, moi…

Elle s'éloigna le plus rapidement possible, sans lui répondre. A dix mètres de l'orphelinat, les larmes continuaient à couler sur ses joues. Faustine avait beau se moucher, tamponner ses yeux, rien n'y faisait.

— Et zut, à la fin ! murmura-t-elle en tirant la chaîne de la cloche.

Sœur Marguerite la reçut avec son doux sourire serein.

— Chère demoiselle, entrez, le repas est servi. Mais... vous pleurez ?

— Ce n'est rien, ma sœur, une saleté me gêne, un moucheron, je crois.

Devant la porte du réfectoire, la mère supérieure arrêta la jeune fille qu'elle examina d'un air perspicace.

— Avez-vous des soucis, mademoiselle Dumont ?

— Non, ma Mère, enfin si... de la poussière, une bestiole qui m'a irrité l'œil.

— Ah ! Sœur Marie-François prépare une lotion de bleuets et de camomille qui vous soulagerait.

— Ne vous inquiétez pas, ma Mère ! la rassura Faustine.

Sans réfléchir, elle ajouta :

— Je vous avoue que je suis triste aussi. Mon père est à Paris, loin de chez lui, et ma mère m'a écrit ce matin, car il s'est passé...

— Je sais très bien ce qui est arrivé à Puymoyen, près de votre vallée, mademoiselle ! coupa la religieuse d'un ton sec. Je lis le journal par acquit de conscience, afin d'être informée des misères de notre monde. Je comprends l'angoisse qu'éprouve votre famille. J'estime que vous nous donnez beaucoup de votre temps. Aussi, la fête de Pâques étant dans une semaine, je vous libère dès samedi. Cela vous permettra de soutenir votre mère et de vous reposer. Je ferai la classe à votre place.

— Merci beaucoup, ma Mère, c'est très aimable...

Sous le regard transparent de la sainte femme aux allures majestueuses, Faustine faillit sangloter et lui confier sa peine. Mais Angela, chargée de rapporter du pain au réfectoire, lui adressa un grand sourire.

— A table, mademoiselle. Sœur Marguerite nous a cuisiné des lentilles et du lard grillé... déclara l'adolescente. Il ne faut pas que ça refroidisse dans les assiettes.

— Angela ! En voici des manières ! gronda la mère supérieure.

— Laissez, elle a raison ! intervint Faustine. Je lui ai fait la leçon au sujet de la nourriture qui leur est offerte ici. Elle me rappelle à mes propres devoirs.

Pendant le déjeuner, Angela observa son institutrice, ainsi que Nadine et Armelle. Faustine avait des difficultés à avaler ; elle refusa le dessert, un flan au chocolat. Les trois filles jugeaient qu'elles connaissaient mieux mademoiselle Dumont, parce qu'elle partageait leur dortoir.

— Elle a du chagrin ! confia Angela à Nadine. Son amoureux l'a peut-être quittée…

— Mais non, elle est trop jolie ! rétorqua Nadine. Ce matin, elle a reçu une lettre, quelqu'un a dû mourir, de sa famille…

— Moi, je crois que son père l'a abandonnée ! affirma très bas Armelle.

La mère supérieure fit tinter son couteau contre son verre, ce qui servait d'avertissement. Les bavardages chuchotés cessèrent net, mais ils reprirent une heure plus tard, au moment de revêtir les toilettes du dimanche, que les orphelines portaient également pour les promenades. Faustine se retrouva occupée à nouer des rubans dans les cheveux lisses ou bouclés, à ajuster des ceintures en satin sur les robes en cotonnade bleue.

— Mademoiselle, pourquoi vous avez pleuré ? interrogea Nadine.

— J'ai un rhume sans doute ! répondit la jeune fille. Mais je me sens mieux.

— Vous êtes toute triste ! ajouta Angela.

— Non, pas du tout, je vous assure, mes enfants. Dépêchons-nous. Marie, tes chaussures ne brillent pas. Repasse un coup de chiffon.

Angela laissa sortir les autres pensionnaires de la vaste pièce et se planta devant Faustine, assise au bord de son lit.

— Mademoiselle, vous pouvez me dire à moi, ce qu'il y

a. Je vous ai confié mon secret. Je vous promets de garder le vôtre…

La jeune fille eut un sourire ému, satisfaite aussi d'entendre son élève s'exprimer aussi bien.

— D'accord, souffla-t-elle, rien qu'à toi. Ecoute, Angela, c'est vrai, j'ai du chagrin, et il s'agit d'une histoire d'amour. Si les sœurs l'apprenaient, ce serait très grave. Je ne peux pas t'en dire davantage. Mais tu es gentille de veiller sur moi.

Faustine attira l'adolescente contre son épaule, en caressant sa joue. Angela, privée de tendresse depuis longtemps, ferma les yeux, submergée de bonheur.

— Bon, il faut vite rejoindre tes camarades ! s'écria Faustine.

— Oui, mademoiselle…

Sœur Marguerite menait la marche. Sous un soleil tiède et lumineux, les cinquante-deux pensionnaires avançaient deux par deux en se tenant la main. Chargée de surveiller Christelle, la plus jeune de la troupe, Faustine fermait la colonne.

Des badauds et des femmes à leurs fenêtres assistaient au passage des enfants. Certains commentaient, d'un ton apitoyé :

« Ce sont les orphelines de Saint-Martial…

— Pauvres gamines… »

L'itinéraire emprunté par les religieuses pour rejoindre le faubourg Saint-Martin, situé à l'ouest de la ville et au tout début de la plaine, ne variait jamais. De l'orphelinat, elles remontaient quelques dizaines de mètres la rue du même nom. La vitrine des magasins distrayait les fillettes ; elles voyaient des jouets ou des confiseries qui les faisaient rêver. Puis elles descendaient une ruelle sombre et pentue jusqu'à l'église d'Obazine ; celle-ci était édifiée à flanc de coteau et dotée d'un clocher de style gothique d'une finesse rare. Ensuite une large avenue les conduisait à l'entrée de la rue Saint-Martin, en bas du plateau. Déjà, les maisons prenaient des airs campagnards, les jardins abondaient. Les véhicules devenaient rares et le tramway n'y circulait pas.

Faustine confia Christelle à Nadine et put cheminer près de sœur Marguerite.

— Vous ne connaissez pas le Maine-Blanc, mademoiselle ? demanda la religieuse.

— Non, seulement de renom...

— La famille Leclerc-Chauvin a tant fait pour les pauvres, les orphelins. C'est un beau logis, avec plusieurs hectares de bonne terre cultivable. Les servitudes sont nombreuses, il y a un four à pain, un lavoir, des bassins, un chai, des chevaux, des bœufs et des vaches, des volailles. Les garçons hébergés là apprennent à jardiner ou à labourer, ce qui leur permet ensuite de se placer dans les fermes. J'envie les cuisines et l'infirmerie... Oh ! Pardonnez-moi ce terme, ce n'est pas de l'envie, disons que les équipements sont dans un état parfait, ce qui encourage à mieux travailler. Surtout, les enfants peuvent profiter du grand air, de la nature.

Faustine adressa un sourire complice à la religieuse, petite et ronde.

— Moi, je vous envie, avoua-t-elle. Peut-être que je devrais me consacrer à Dieu, aux plus déshérités.

Sœur Marguerite étudia le joli profil de la jeune fille et fronça les sourcils.

— C'est un grave engagement, mademoiselle. Il ne faut pas l'envisager à la suite d'un chagrin ou par lassitude. J'espérais appartenir à la congrégation des sœurs de la Sagesse, que certains surnomment encore « les sœurs de la Charité » ou « les servantes des pauvres », par un sincère désir de suivre les paroles de Notre-Seigneur Jésus : *Tout ce que vous ferez aux plus petits d'entre les miens, c'est à moi-même que vous le ferez*. Je n'ai eu aucun regret du monde, de la vie promise aux femmes, du mariage, de la maternité. De plus, vous ne me semblez pas très pieuse... Je me trompe ?

— Non, je le reconnais. Ma mère est généreuse et dévouée, mais elle a des idées bien à elle, inspirées de l'éducation que lui a donnée un vieux monsieur instruit et du genre anarchiste. Cependant, même si je ne suis pas assidue à la messe, j'ai foi en la parole du Christ et je m'efforce de l'appliquer en aimant mon prochain, en ne méprisant personne.

La conversation enchantait sœur Marguerite. Elle eut un petit air amusé, avant de répondre à voix basse :

— Ne croyez pas que les religieuses courbent toujours l'échine devant la loi et l'ordre établi. Tenez, au siècle dernier, trois sœurs de l'orphelinat se sont insurgées contre l'Eglise en refusant d'obéir au nouvel évêque concordataire, monseigneur Lacombe. Leur supérieur général, le père Duchesne, se déplaça en espérant les raisonner, en vain. Elles ne voulurent même pas assister aux offices de la paroisse à ses côtés. Cela causait scandale, si bien que le préfet les expulsa de la congrégation en mai 1810, et elles durent renoncer à leur costume. Les malheureuses protestèrent à leur façon contre la punition. Sœur Saint-Pie s'habilla tout de blanc, sœur Sainte-Mélitine, en coton bleu rayé, et sœur Saint-Donatien arbora un ensemble en coton à carreaux rouges et bleus, les couleurs de la Révolution, qu'elles réprouvaient cependant. Elles déambulaient ainsi dans les rues de la ville et, pensez donc, elles attiraient les regards[1]...

— Que sont-elles devenues ? interrogea Faustine.

— Oh ! Elles ont vécu d'une petite pension et des leçons qu'elles donnaient à des enfants. Eh bien, nous sommes arrivées, mademoiselle. Le grand portail, à gauche...

Le lieu dégageait une atmosphère bucolique, à l'image d'une oasis dans le désert. Faustine fut réconfortée d'entendre caqueter des poules, de sentir l'odeur des chevaux. Le directeur vint les accueillir et insista pour faire visiter l'ensemble du Maine-Blanc à la jeune institutrice. Elle écoutait les commentaires, lançait des compliments, serrait des mains, saluait les employés sans pouvoir chasser de son esprit ce qui s'était passé le matin.

— Voyez, mademoiselle Dumont, nous disposons de cent cinquante lits neufs, de la literie aussi.

Elle battait des paupières et approuvait en se souvenant

1. Faits authentiques.

du tissu soyeux sous la peau nue de son dos, du corps pâle de Denis vautré sur le sien.

« J'aurais dû éprouver du plaisir, mais il me faisait si mal ! s'alarmait-elle en suivant le directeur dans la chapelle. Bertille n'aimerait pas autant Bertrand si elle n'appréciait pas "ça". Raymonde non plus n'a pas l'air de s'en plaindre. »

Elle n'osait pas évoquer les ébats amoureux de son père et de Claire, mais elle parvint à imaginer Matthieu et Corentine. Elle rougissait, pâlissait sans se rendre compte que son attitude déconcertait son guide. Poli, l'homme la raccompagna dans le parc.

Les orphelines se préparaient à se promener dans les allées du potager avec sœur Marguerite. Nadine serrait contre elle un petit garçon brun, en pleurs.

— Mademoiselle, venez, c'est mon Pierrot, mon frère ! cria son élève. Il est tellement content de me voir qu'il verse sa larme.

— Le pauvre mignon ! s'attendrit Faustine. Bonjour, Pierrot...

D'autres garçons se tenaient à quelques pas, en rang. Ils scrutaient les fillettes, souriaient, s'agitaient.

« Déjà ! songea la jeune fille le cœur plein d'amertume. D'ici cinq ans ou un peu plus, ils seront en mesure de les courtiser, de chercher à les séduire ! »

Au goûter, elle distribua les bonbons. Le directeur et le cuisinier apportèrent deux lourds paniers qui contenaient de la limonade, des brioches et des fruits secs.

Angela s'arrangea pour s'asseoir près de Faustine. Le soleil déclinait, le jardin du Maine-Blanc résonnait de rires et de bavardages.

— Mademoiselle, la rassura l'adolescente, ne soyez pas triste. Si je vous tiens la main, vous aurez moins de chagrin ?

— Oui, ma petite Angela ! répondit-elle. Je te remercie.

Le soir, Faustine s'allongea avec soulagement. Ses protégées s'étaient vite endormies, épuisées par la balade et la journée en plein air. La jeune fille se recroquevilla, attentive à une vague douleur intime. De gros sanglots la secouèrent.

Elle se perdait dans le chaos de ses sentiments, de ses pensées.

« Je vais épouser Denis, il m'aime… Je l'aime, oui, je lui en veux, mais au fond, je pense que je l'aime… parce qu'il est fidèle. Matthieu préfère Corentine depuis longtemps, cela date d'avant la guerre… Samedi, je prendrai le car de midi. Je suis assez grande pour me débrouiller seule. De toute façon, je n'ai pas posté la lettre ! Maman sera heureuse de m'avoir pendant deux longues semaines. Et je verrai tantine, Clara, ma Thérèse, César… »

Faustine pleura encore plus fort, haletante, désespérée, les doigts crispés sur le coin de son oreiller.

Le samedi matin, Faustine embrassa chacune de ses élèves en leur promettant de penser à elles tous les soirs. Angela s'accrocha à son cou, la mine défaite.

— Vous allez me manquer, mademoiselle…

— Eh bien, écris-moi au Moulin du Loup, à Puymoyen. Sœur Marguerite, elle a le droit de vous confier un courrier. Je peux lui donner des timbres, j'en ai dans mon sac.

La religieuse accepta. Faustine sortit de l'orphelinat le cœur lourd. Elle portait sa valise d'une main, une expression boudeuse au visage.

« Je ne monte pas rue de l'Evêché. Tante Blanche devinera bien que je suis partie chez moi. Elle n'avait qu'à être là, jeudi, Denis n'aurait pas… »

La jeune fille se tourmentait et personne ne pouvait résoudre son problème. Au fil des heures écoulées, elle commençait à juger que son futur mari l'avait violée.

« Non, j'exagère, je l'ai laissé me déshabiller, je ne l'ai pas empêché d'embrasser mes seins, mon ventre. Si j'avais crié, si je l'avais giflé, il aurait renoncé. Tout est ma faute, je l'ai encouragé par ma conduite. Aucune fille sérieuse ne se serait exhibée comme je l'ai fait… Papa avait raison de me surveiller, je ne suis pas correcte. »

L'écho d'un orchestre la fit sursauter. Absorbée par ses réflexions, elle était déjà parvenue sans s'en rendre compte place du Champ-de-Foire, d'où démarrait le car de la compagnie de transports Cotram. Un parfum de sucre chaud l'assaillit. Des baraques en planches, montées sur des roues, s'alignaient entre les tilleuls. Un manège de chevaux de bois tournait.

« Une fête foraine ! s'étonna-t-elle. Mais ce n'est pas l'époque... »

Des couples se pressaient vers les attractions, tenant leurs enfants par la main. Il y avait foule. Pourtant l'heure du déjeuner approchait. Faustine acheta un ticket pour Puymoyen et confia sa valise au chauffeur du véhicule.

— Je pars dans un quart d'heure, vingt minutes tout au plus ! lui jeta-t-il en allumant une cigarette.

La jeune fille se mit en tête de trouver l'orchestre. Une roulotte peinturlurée de jaune et de rouge vif attira son attention. Deux femmes en sortaient, hilares.

— Je vais rencontrer un beau soldat aux yeux bleus ! pouffait l'une.

— Et moi, j'aurai huit enfants ? Pas question... ajouta l'autre.

Faustine lut le panneau posé en bas d'un escalier composé de trois marches.

« Madame Doutchka, l'avenir au creux de votre main. Tarots, boule de cristal, marc de café. 50 centimes la consultation. »

Claire lui avait parlé de ces pratiques divinatoires réprouvées par le clergé, en précisant qu'à son avis ce n'était que des sottises, des mensonges réservés aux gens crédules.

« Maman a raison, songea-t-elle. Elle disait aussi que cela ne sert à rien de connaître son destin à l'avance. »

Pourtant elle dénicha une pièce de cinquante centimes dans son porte-monnaie et grimpa les marches.

« Bah, cela me distraira, et je suis sûre que cette dame me racontera n'importe quoi... Tiens, je lui demanderai le prénom de mon futur mari ! »

La dénommée Doutchka devait avoir cinquante ans. Elle avait des cheveux gris et un teint hâlé. Elle fixa Faustine avec gentillesse. Elles échangèrent un bonjour.

— Installez-vous, mademoiselle… Que désirez-vous ? Les tarots, la boule de cristal ou le marc de café ?… Les lignes de la main ?

Intimidée, Faustine déposa la pièce au milieu d'un tapis de cartes élimées.

— Comme vous souffrez ! s'exclama soudain la voyante. Vous me faites songer à un oiseau blessé, petite.

Le ton était si chaleureux que Faustine pleura à nouveau. La femme repoussa un jeu de cartes et ses autres accessoires.

— Donnez-moi vos mains, que je les tienne dans les miennes.

— Non, ce n'est pas la peine, madame, je dois m'en aller ! protesta la jeune fille. Ou alors faites comme pour les autres clientes…

La Gitane prit la boule de cristal et la regarda d'un air farouche.

— Je vois un beau mariage, deux couples, deux robes blanches, deux bouquets de fleurs d'oranger et…

— Et quoi ? s'écria Faustine.

— Rien de grave ! Vous êtes maîtresse d'école, on dirait… Vous avez perdu votre mère à l'âge de deux ans, deux ans et demi. Oh…

— Quoi encore ? bredouilla la jeune fille, affolée par ce qu'elle venait d'entendre.

— De mauvaises choses rôdent autour de votre foyer, soyez prudente, surtout…

Faustine, exaspérée, posa franchement la question qui la hantait :

— Qui est mon futur mari ? Comment s'appelle-t-il ?

— Vous le savez très bien, il veut travailler au service de la loi, il a les cheveux châtains, un peu roux ! Il vous aime de tout son être, mais…

— Mais quoi ? trépigna Faustine.

Soudain madame Doutchka saisit un foulard et couvrit la boule de cristal. Elle ramassa la pièce et la rangea dans le tiroir de la table.

— C'est terminé, mademoiselle ! Voyez mon sablier, la

partie du haut est vide, le bas contient le sable. La consultation est finie…

— Et si je paie pour continuer ?

— Non, je vous en prie… Il est midi.

La Gitane se leva et fit coulisser un rideau en velours. Le soleil inonda l'intérieur de la roulotte. Elle évitait de regarder sa jeune cliente. Faustine sortit, déçue et plus malheureuse encore. Elle courut presque vers la guérite de la compagnie Cotram. Une silhouette familière lui barrait le passage.

— Matthieu ! dit-elle d'une voix tremblante.

— Eh oui, Matthieu… répéta le jeune homme. Je suis allé à l'orphelinat. Une sœur m'a expliqué que tu prenais le car. Claire m'a écrit. Elle a besoin de moi et de toi. Léon a disparu depuis deux jours. Je devais te l'annoncer avec ménagement. Ma sœur n'a pas osé te prévenir, car il y a pire. Les gendarmes le soupçonnent. Il a pris peur et il a filé, le con… Viens, ma voiture est garée à deux pas d'ici.

Faustine ne trouva rien à répondre. Matthieu portait sa valise. Elle le suivit, frappée de stupeur. Du coup, ses tourments de cœur devinrent dérisoires. A peine assise sur le siège du passager, elle s'exclama, incrédule :

— Léon ! Mais tu sais bien que c'est impossible, Matthieu… Pas lui.

7

Le feu purificateur

— Léon, c'est impossible ! répéta Faustine. Il a pris peur, parce qu'il était accusé à tort. Comment les gendarmes peuvent-ils le soupçonner ? Tout le pays le connaît depuis des années.

Matthieu roulait très lentement, sans desserrer les lèvres. Ils étaient encore en ville. La jeune fille hurla presque :

— Dis quelque chose, enfin ! Tu ne crois pas Léon coupable, quand même ?

— Calme-toi, maugréa-t-il. J'en perds mon latin… Dès que j'ai lu la lettre de Claire, j'ai téléphoné au Moulin.

— Et alors ?

— Eh bien, il y aurait un fait accablant… Je n'en sais pas plus, j'entendais Raymonde pousser des cris déchirants, ma sœur était incapable d'articuler une phrase convenable. Dans un quart d'heure, nous en saurons plus. Tiens, pour toi, j'allais oublier…

Matthieu, tenant le volant d'une seule main, extirpa une enveloppe de la poche de son veston.

— Ah, c'est la fameuse lettre que j'ai attendue toute la semaine ! persifla Faustine. Je n'en veux pas.

— Alors je la jette par la vitre ! dit-il durement.

— Non… Donne… supplia-t-elle.

— Dommage ! La religieuse me l'a confiée avec mission de te la remettre. Elle vient de Bordeaux, d'un certain Denis Giraud.

Le jeune homme, l'air moqueur, agitait l'enveloppe à l'extérieur de la voiture. Faustine, les nerfs à vif, se jeta sur lui au risque de provoquer un accident.

— Rends-la-moi, Matthieu ! Denis, au moins, il m'écrit ! Toi non, espèce de menteur !

La Panhard zigzagua, un camion chargé de bidons klaxonna. Matthieu reprit le contrôle de son véhicule et posa la lettre sur les genoux de Faustine.

— Quelle tigresse ! s'exclama-t-il. Cela dit, un peu pâlotte, la tigresse, les yeux cernés. Tu es malade ?

Elle ne répondit pas, ouvrit son sac et y rangea l'enveloppe. Autour d'eux, les dernières maisons cédaient la place à des prés étoilés de pissenlits, à des bosquets de noisetiers, tandis que des pans de rochers semaient des taches grises dans le paysage verdoyant. Faustine retenait ses larmes.

— Je ne suis pas malade ! répliqua-t-elle en évitant de regarder Matthieu. Je savais qu'il y avait eu des… des… nouveaux incidents au bourg… Cela me terrifie. Si jamais on s'en prenait à Thérèse ! Et je pense à Léon. Pourvu qu'il ne fasse pas de bêtises. Souviens-toi, dimanche dernier tu as remarqué qu'il avait changé depuis son retour. Il pourrait se suicider, comme Gontran, qui n'était peut-être pas du tout coupable.

Le jeune homme devint grave. Il hocha la tête et alluma une cigarette, ce qui causa une seconde embardée de la Panhard.

— Fais attention ! s'écria Faustine.

— Je suis désolé… avoua-t-il, pour ma façon de conduire autant que pour ne pas t'avoir écrit. Je voulais, je t'assure, mais, plus j'y pensais, plus j'avais peur.

Jamais Faustine n'avait ressenti aussi nettement les battements saccadés de son cœur. Cela l'effrayait presque. Si elle ne parlait pas à Matthieu tout de suite, au Moulin, vu la situation, elle n'en aurait plus l'occasion.

— Je crois, moi, commença-t-elle, que tu n'as pas eu le temps, puisque Corentine habite chez toi sans se soucier du scandale. Et à quoi bon te fatiguer, vous allez vous marier, cet été ou avant… Je suis bien renseignée, n'est-ce pas ? Je t'en prie, Matthieu, laisse-moi tranquille avec tes regards insistants, tes déclarations énigmatiques, ta jalousie ! Figure-toi que j'ai consulté une voyante, à la fête foraine. Elle m'a dépeint mon futur mari. Un peu roux, un peu avocat ! Denis... Je n'ai plus le choix. Les dés sont jetés !

Cette fois, Matthieu freina un grand coup. L'automobile s'arrêta dans un crissement de pneus. Faustine faillit se cogner le front au pare-brise. Elle aperçut une mésange, perchée au bout d'un rameau d'aubépine. Cela lui rappela d'autres jours de printemps, à l'époque où elle n'était qu'une fillette sans souci, et elle éclata en sanglots.

— Bon sang ! Qu'est-ce que tu racontes ? hurla-t-il. Qui t'a mis ça dans la tête ? Corentine ? Elle a osé ?

— Mais non... assura Faustine qui pleurait à en perdre haleine. Tout le monde le sait, voilà !

Le moteur eut un hoquet bruyant et se tut. Matthieu prit la jeune fille par l'épaule et l'attira contre lui. Il la sentait fragile, malheureuse.

— Faustine, écoute, ce sont des ragots... D'accord, Corentine et moi, on a une liaison, mais ça, je te l'ai confié. Seulement, nous ne vivons pas ensemble... Elle a passé une nuit dans mon appartement ; mes propriétaires ne l'ont pas su, sinon, je serais à la rue, ou à l'hôtel. Quant à cette histoire de mariage, c'est n'importe quoi ! Je ne lui ai rien promis... Tu m'entends ? Je ne l'épouserai pas !

— Oh si ! gémit-elle. Vous êtes allés trop loin, tous les deux. Quand Bertrand le saura, il te forcera à l'épouser et, si tu as un peu d'honneur, tu le feras.

Matthieu cacha son visage dans les cheveux dorés qui chatouillaient son nez. Les pleurs convulsifs de Faustine l'ébranlaient.

— Qu'est-ce que tu as ? demanda-t-il à son oreille. Tu es jalouse ? Tu pleures aussi fort à l'idée que je sois le mari de Corentine ?

Il fut envahi d'une joie incrédule.

— Nous devons nous dépêcher ! dit-elle en le repoussant. Claire nous attend. Nos sottises ne comptent pas. Fais démarrer la voiture, vite.

— Est-ce que tu m'aimes, Faustine ? questionna-t-il. Si tu m'aimes, dis-le-moi.

Elle nota qu'il avait relâché son étreinte immédiatement et qu'il souriait d'un air timide. Son chagrin prit alors une dimension intolérable. Matthieu ne profitait pas de sa détresse pour lui imposer des baisers ou des caresses, contrairement à Denis. Cependant elle jugeait qu'il était trop tard pour lui avouer ses sentiments, à cause de ce qui s'était passé dans sa chambre, deux jours auparavant. Elle risquait d'être enceinte, elle s'était donnée à un autre. Avec effort, chaque mot la torturant, elle balbutia :

— Bien sûr que je t'aime, mais comme mon grand frère ! Et si je suis contrariée, à propos de Corentine, c'est juste que tu me déçois. Tu la traites d'une manière honteuse, indigne du Matthieu que j'idolâtrais, petite fille.

— Allons, sois franche ! s'écria-t-il. Tu sanglotes, tu trembles… Et ce serait juste en raison de mes frasques ! A d'autres, Faustine !

Matthieu descendit de la voiture, armé de la manivelle. Il relança le moteur et reprit place au volant.

— Tu as deux kilomètres pour parler ! tenta-t-il de plaisanter, mais le cœur n'y était pas.

— Si je pleure, si je tremble, c'est pour des raisons évidentes ! dit-elle. J'ai des élèves, de six à douze ans. Des fillettes qui ont vécu des tragédies, qui sont orphelines… J'ai eu une dure semaine, couronnée par le retour à Puymoyen d'un ignoble individu qui fait ce que tu sais à des adolescentes ! Une lettre de toi ou de papa m'aurait réconfortée, bien sûr. Et vraiment, je m'en fiche, de toi et de Corentine. Sauf que tu as tort de la dénigrer. Elle t'aime.

Faustine se tut. Elle essuya ses joues et ses paupières de son mouchoir parfumé à la lavande. Matthieu se crispa et accéléra. Il était incapable de percevoir si la jeune fille était sincère ou non. Pourtant son instinct lui disait qu'il y avait autre chose.

— Je ne t'ai jamais vue aussi triste ! Pourquoi ? fit-il d'un ton méfiant.

— Denis me manque trop ! jeta Faustine sans se douter de la cruauté de sa réponse. Je voudrais qu'il soit là, près de moi.

Elle mentait et se méprisait de mentir.

— Eh bien, sois rassurée : Corentine m'a dit que son frère rentrait à Ponriant dimanche, pour une durée indéterminée ! C'est sans doute ce qu'il t'annonce dans sa lettre... déclara Matthieu d'un ton froid.

Ensuite il garda le silence jusqu'à Puymoyen.

L'atmosphère qui régnait au Moulin du Loup était si lugubre que les deux jeunes gens, oubliant leurs préoccupations sentimentales, firent front ensemble comme du temps de leur enfance. Les volets étaient fermés, la porte principale aussi, malgré le beau temps. Il n'y avait pas un bruit, pas un signe de vie.

— Regarde ! s'étonna Faustine. La voiture de Bertrand.

Matthieu grimpa en haut du perron et frappa. Claire entrouvrit le battant de quelques centimètres et, reconnaissant son frère, le fit entrer. Elle aperçut Faustine et poussa une plainte désolée :

— Ma chérie, je t'avais demandé de rester en ville...

— Maman, je n'allais pas te laisser seule.

Claire l'étreignit de toutes ses forces et l'embrassa. Elle se jeta dans les bras de son frère.

— Merci d'être là, mon grand... balbutia-t-elle.

La vaste cuisine, plongée dans la pénombre en pleine journée, perdait son allure accueillante. Raymonde était assise à la table, la figure bouffie d'avoir pleuré des heures. Bertrand, lui, faisait les cent pas en fumant un cigare.

— Où sont les enfants ? s'écria la jeune fille. Et Arthur, Loupiote ?

— Bertille a monté tout le monde à Ponriant, expliqua l'avocat.

Faustine constata alors que des carreaux étaient brisés, quatre au total sur chaque fenêtre. Les éclats de verre gisaient par terre. Personne ne les avait balayés.

— Mais que s'est-il passé ? dit-elle. Maman, quelle pauvre mine tu as !

Pour la première fois peut-être, Claire paraissait ternie, dépouillée de sa force intérieure, et ses traits affaissés la vieillissaient.

— Des gens du bourg sont descendus ici… déclara-t-elle. Ils réclamaient Léon, ils avaient des fourches, des fusils. Des femmes ont lancé des pierres dans les vitres. J'ai pu fermer les volets, pendant que Bertrand les raisonnait. Heureusement, les petits étaient déjà en sécurité au domaine.

— En traversant le village, j'ai senti que les esprits s'échauffaient ! précisa l'avocat, très pâle. Nous sommes descendus, Bertille et moi, à deux voitures. Nous voulions emmener Claire et Raymonde ; elles ont refusé. Je suis resté pour les protéger.

— Et il a réussi à calmer ces enragés, je me demande encore comment ! ajouta Claire d'une voix faible. Le fils du vieux Vincent et deux autres hommes de Chamoulard étaient là. Ils ont crié des choses horribles. Et le père de Julie, il parlait de mettre le feu. Mon Dieu, je n'ai jamais eu aussi peur de ma vie. Ils réclamaient Léon et ils paraissaient prêts à le tuer sur place.

— Quelle bande d'imbéciles ! cria Matthieu, hors de lui.

Raymonde se mit à gémir comme une bête à l'agonie. Elle cogna le bois de la table à poings fermés.

— Si c'est vraiment Léon qui a violé toutes ces gosses, je l'étranglerai de mes mains, je vous le jure, Madame ! hurla la servante. Et après, j'irai me noyer dans l'étang de Vœuil, avec César et Thérèse, pour laver notre honte.

Faustine se réfugia près de sa mère. Matthieu se planta en face de Raymonde et la fixa d'un air farouche :

— Dis, tu y crois, au fond de ton cœur ? Raymonde ! Je connais Léon depuis toujours. C'est un brave type, il n'y a pas plus loyal, plus gentil. As-tu une seule preuve que ce soit lui ?

— Je voudrais bien, moi, penser qu'il est innocent ! se lamenta la servante, mais il n'est plus le même depuis la guerre.

Bertrand arrêta ses allées et venues. Il jeta soudain :

— Les gendarmes ont enquêté sur Léon ! Et la rumeur a enflé… Une étincelle et le feu a pris. Une vraie poudrière… L'opinion générale le désignait comme le coupable.

— De quoi s'agit-il ? coupa Matthieu que les métaphores de l'avocat agaçaient.

— Jeudi, un brigadier de police est venu ici. Il avait rendu visite au prétendu patron de Léon en ville. Je dis prétendu parce que le marchand en question n'avait jamais vu Léon qui, du coup, n'avait plus d'alibi. Le brigadier n'a pas eu le temps d'interroger son suspect. Léon s'est sauvé par le cellier en tirant le verrou. Il a dû courir comme un lièvre, les gendarmes ne l'ont pas retrouvé. Et personne ne sait où il est.

Bertrand se tut, embarrassé. Faustine retenait ses larmes. Claire lui caressa la joue.

— Maman ! affirma la jeune fille. Léon n'aurait pas fait de mal à une mouche. C'est un père de famille, c'est notre ami…

— Ma chérie, je ne sais plus… Bertrand estime que les atrocités que l'on endure sur le front, à la guerre, peuvent détraquer le meilleur des hommes. Et sa conduite n'arrange rien. Se sauver comme ça !

— Pas Léon ! protesta Matthieu. Il était prisonnier. Il n'est pas resté longtemps sur le front… Et puis, je ne suis pas devenu fou, moi.

Claire songea que les jeunes gens prenaient le parti de Léon en lui gardant toute leur confiance enfantine. Emue, elle poussa un long soupir d'impuissance.

— Alors, pourquoi s'est-il enfui ? s'exclama-t-elle. Si seulement Léon avait eu une attitude paisible, des explications à donner pour ses escapades nocturnes à Angoulême.

— Donc, l'heure est grave ! trancha Bertrand. Néanmoins, mon intime conviction ne change pas. J'ai du mal à imaginer ce pauvre Léon comme un pervers.

— Le pire, geignit Raymonde, c'est que j'avais asticoté Léon pour qu'il me donne le nom de son patron et, la première fois que les gendarmes m'ont interrogée, au bourg, je leur ai dit monsieur Ratier, marchand de viandes en gros, aux halles. Je ne pouvais pas me douter, moi, que c'étaient des bobards. Oh, je vais en mourir, Madame…

Matthieu décida de prendre les choses en main. Il ouvrit les volets et les fenêtres. Il sortit une bouteille d'eau-de-vie d'un des buffets, ainsi que des verres.

— La panique ne mène pas loin ! déclara-t-il. Et Jean ? Ce serait peut-être le moment qu'il joue le chef de famille… Claire, tu l'as prévenu au moins ?

— J'ai laissé un message à son hôtel… soupira sa sœur.

Bertrand but d'un trait l'alcool que lui avait servi Matthieu. Raymonde l'imita et toussa avant de respirer à fond. Elle n'avait rien mangé depuis la veille et, prise d'une nausée, se leva pour courir aux commodités.

— La pauvre ! dit enfin Faustine. Comme elle doit souffrir !

Claire hocha la tête et se retrouva un verre entre les mains. Elle le rendit à son frère qui insista :

— Si tu te voyais, tu avalerais ça ! On dirait un fantôme…

— Nous ne serons plus jamais heureux, Matthieu ! J'espère toujours une vie paisible et, dès que j'atteins la paix et l'harmonie tant souhaitées, tout s'écroule. C'est un éternel recommencement, je le sais maintenant. Les gendarmes qui sont venus au Moulin me connaissent depuis des années, mais ils me regardaient avec méfiance, je me sentais fautive… j'avais honte. Tous ces hommes en uniforme, avec des pistolets, qui fouillaient nos chambres, le grenier. La mère d'Etiennette, Marguerite, n'a pas pu tenir sa langue. Elle a parlé de notre souterrain à la police. Si tu les avais vus, Matthieu, quand ils ont découvert le puits, l'échelle… J'avais beau mettre en avant Victor Nadaud, les trouvailles archéologiques qu'il a faites chez nous, ils pinçaient les lèvres et me jetaient des coups d'œil soupçonneux.

Bertrand s'était assis, les joues plus roses grâce à l'eau-de-vie.

— Vous n'aviez rien à vous reprocher, Claire, c'est une propriété privée. Vous avez le droit de posséder tous les souterrains que vous voulez !

Faustine entendit un moteur de voiture. Aussitôt une portière claqua.

— Mon Dieu, qu'est-ce que c'est encore ! s'écria Claire.

La jeune fille courut sur le perron et hurla :

— Papa ! C'est papa…

Jean vit Faustine dévaler les marches et se ruer à son cou. Il l'étreignit et l'embrassa sur le front.

— Oh ! Papa ! Quel bonheur, tu es là…

Claire n'y croyait plus. Elle n'osait pas sortir et attendait près de la cheminée. Lorsque son mari entra dans la pièce, elle poussa un cri rauque et fondit en larmes.

— Mon Jean, tu es revenu ! s'écria-t-elle.

— J'ai pris le premier train dès que j'ai su ! dit-il d'un ton chaleureux. Le temps de récupérer ma voiture au garage, et me voilà. Ma Câlinette, tu as l'air d'une enfant perdue.

Elle se réfugia contre lui, les yeux fermés. Jean la serrait de toutes ses forces, la berçant. Matthieu se détourna, prêt à jeter une remarque bien sentie à son beau-frère, mais Faustine lui fit les gros yeux. Raymonde réapparut, livide, marchant à petits pas comme une vieille dame.

— J'ai vu la Peugeot, déclara-t-elle. Faut lui raconter, à Jean, que Léon s'est sauvé.

— Mais je le sais, Raymonde ! protesta ce dernier. Claire l'avait précisé dans son message, d'où ma précipitation. Le crétin, je lui avais pourtant conseillé d'être prudent.

Pour le coup, Faustine s'assit à son tour sur un des bancs.

— Papa ! Tu ne vas pas nous annoncer que tu connais la vérité, que Léon est responsable des vi…

Elle n'osa pas prononcer le mot « viol ». Jean lâcha Claire et leva les bras au ciel :

— Mais Léon est innocent, bon sang ! Est-ce que vous perdez tous l'esprit ? Vous, Bertrand, habitué à fréquenter des criminels, ne me dites pas que vous estimez ce brave gars coupable ?

— Les faits sont là. Léon a menti sur un point ! pesta l'avocat. Vingt gendarmes le recherchent, sans parler des gens du village et du hameau de Chamoulard. Coupable ou non, il est en danger ! Fuir ne plaide pas en sa faveur.

La réponse de Jean les stupéfia tous.

— Ils ne sont pas près de le trouver, notre Léon ! Je vais

aller le chercher, mais d'abord, autant vous dire la vérité. Raymonde, tu ferais mieux de t'asseoir.

Matthieu fronça les sourcils, perplexe. On aurait entendu voler une mouche. Jean se servit de l'alcool et en sirota une gorgée.

— Voyons, ne nous fais pas languir ! protesta Claire.

— C'est que… ce n'est pas facile à dire ! soupira Jean. Et je trahis une promesse. Eh oui, je suis le dernier des imbéciles, mais j'avais juré à Léon de garder le secret. Son secret. César et Thérèse ne sont pas là ?

— Ils sont à Ponriant, papa ! gémit Faustine. Alors, quel secret ?

Raymonde se tordait les mains. Sagement assise comme le lui avait conseillé Jean qu'elle ne quittait pas des yeux, elle n'était qu'affolement, terreur.

— Je veux savoir ! s'écria-t-elle.

Jean s'installa bien en face de la servante.

— Ton mari, qui est mon meilleur ami aussi, se retrouve dans un sale pétrin depuis la guerre… J'étais obligé de venir le défendre, de l'aider à s'en sortir. Remarquez, ajouta-t-il en s'adressant à tous, sans les événements qui mettent le pays en ébullition, nous en serions au même point.

Claire poussa un soupir exaspéré. Jean reprit, embarrassé.

— Raymonde, tu te souviens que Léon était prisonnier en Allemagne dans une ferme, où il s'occupait des cochons ?

Elle approuva sans comprendre le rapport.

— Bon ! reprit Jean. Léon a vécu trois ans dans cette ferme, et c'est long, trois ans. Il travaillait pour une veuve, assez jeune, voire plus jeune que toi… Et elle l'a harcelé pendant des semaines. Un soir, la bière aidant, il a pris la place de l'époux mort à la guerre, dans le lit conjugal.

Raymonde avait une telle expression d'incrédulité, de colère contenue aussi, que Matthieu eut envie de rire en dépit de la gravité de la situation. Soudain, il imagina Léon aux prises avec une fermière autoritaire et dodue. Il ne put s'empêcher de pouffer. Faustine le foudroya du regard.

— Grand sot ! lui lança Claire, furieuse.

— On ne se refait pas ! coupa Jean en haussant les épaules.

Tu peux sortir, Matthieu, si ça t'amuse, le malheur des autres…

— Ne prends pas ce ton avec moi ! gronda le jeune homme qui ne riait plus du tout.

La tension montait. Faustine vit le moment où son père et Matthieu allaient se jeter l'un sur l'autre. Bertrand intervint :

— Venez-en aux faits qui nous intéressent, Jean. Nous sommes tous un peu nerveux…

— Eh bien, cette femme a eu un enfant de Léon. Après l'armistice, Léon lui a annoncé qu'il rentrait chez lui. Il faut la comprendre : elle était désespérée. L'Allemagne a subi aussi les conséquences de la guerre, la misère, les veuves, l'économie en berne. Bref, le beau-frère de Greta – elle s'appelle Greta – l'a chassée de chez elle quand il a su qu'elle avait eu une relation avec un prisonnier français, et un fils. Il récupérait ainsi la ferme et les cochons. Elle écrivait à Léon en poste restante, à Puymoyen, car elle savait un peu de français. Et voilà que la veille de Noël il a reçu une lettre où elle annonçait son arrivée à Angoulême avec le bébé ! Il ne savait plus comment faire. Il en perdait la tête !

— Sa Greta, elle était au courant qu'il avait deux enfants et une épouse en France ? interrogea Raymonde d'une voix dure.

— Oui, dit Jean. Dès son arrivée à la ferme, Léon avait parlé de César, de Thérèse et de toi. Il lui avait montré les photographies qu'il gardait dans son portefeuille. Enfin, pour en revenir à ces derniers mois, il a dû se débrouiller pour lui trouver un logement et les nourrir. Il travaillait vraiment, mais pas aux halles… Dans une usine, la nuit. Il avait si peur de ta réaction, Raymonde, qu'il s'en rendait malade. Il m'a tout avoué un soir, dans mon chai. Il ne faut pas lui en vouloir. Il se disait parfois qu'il ne rentrerait jamais ici, au Moulin. Et si nous avions perdu la guerre, cela aurait été le cas… Je dois raconter la vérité aux gendarmes, ensuite j'irai le chercher.

— Où ? demanda Claire.

Le récit de Jean l'avait rassurée, mais elle ne parvenait pas à y croire. Léon… une double vie… Léon… un enfant illégitime.

— Je suis sûr qu'il se cache chez Greta. Du moins, je l'espère. Dans l'état de panique où il était, il a pu faire une bêtise.

Faustine dissimula son visage entre ses mains. Elle pleurait. Jean l'enlaça tendrement.

— Je vais le ramener chez nous, disculpé et bien vivant, ma chérie ! Ne t'inquiète pas.

— J'aurais aimé rester une toute petite fille ! débita-t-elle entre deux sanglots. Toutes vos histoires me dégoûtent… Léon est comme les autres. Il aurait pu se tenir, quand même ! Ma pauvre Raymonde, je te plains !

Faustine se libéra des bras de son père. En se levant, elle faillit renverser le banc. Elle monta dans sa chambre et claqua la porte.

— Tout ça n'éclaire pas la chose la plus importante ! décréta Bertrand. Léon a désormais un alibi, soit… Mais qui est le violeur ? Ce salaud doit être arrêté. Je penche pour un homme de la région, que nous croisons peut-être tous les jours.

Raymonde paraissait ailleurs. Elle avait les yeux secs, à présent, et ne posait aucune question à Jean. Claire, les jambes coupées par l'émotion et l'épuisement, s'affala près de sa servante. Elle comptait la réconforter.

— Ne cherchez pas à me consoler, Madame ! s'écria Raymonde. Je sais que vous avez pitié de moi, que vous me plaignez, mais, si vous me montrez de l'affection, je me remettrai à pleurnicher, et ça, c'est terminé. Je suis soulagée pour mes petits : leur père n'est pas un sadique. Cela dit, je vais divorcer, même si je dois m'endetter pour le restant de ma vie. Combien ça coûte, un divorce, monsieur Giraud ?

Ebahi, Bertrand se gratta le menton.

— Léon étant grandement fautif, ce sera lui qui s'endettera ! Mais enfin, Raymonde, réfléchissez avant de briser votre ménage…

Matthieu s'éclipsa. Il monta lui aussi à l'étage, sans attirer l'attention de Jean qui se roulait une cigarette debout à une des fenêtres.

« Quel bazar ! songea le jeune homme en ôtant sa veste

et sa cravate une fois dans sa chambre. Léon bourreau des cœurs... »

Il ricana. Toutes ses pensées se concentrèrent bientôt sur Faustine. Il l'avait sentie profondément meurtrie.

« Elle m'a menti. Ce n'est pas à cause de ses élèves ni des viols qu'elle pleurait ! Je la connais, elle a du courage à revendre, de la détermination. Plutôt du genre à se battre au besoin. Elle ne supporte pas l'idée que j'épouse Corentine. Elle est jalouse... »

Il bondit et se glissa dans le couloir. La jeune fille n'avait pas fermé à clef. Elle gisait en travers de son lit, le visage enfoui au creux de l'oreiller.

— Faustine ? dit-il doucement. Tu pleures ?

— Non ! rétorqua-t-elle d'une voix étouffée.

Le jeune homme s'assit au bord du lit et lui tapota l'épaule.

— Que penses-tu des révélations de ton père ? Inattendues, n'est-ce pas...

Elle se retourna, le regard brillant de colère :

— J'en pense que ma décision est prise. Je vais me faire religieuse, voilà ! Je vivrai loin du monde, de ses bassesses, des hommes surtout. Mais attention, Matthieu, j'irai dans un couvent loin d'ici, je ne veux pas me retrouver confrontée à de pauvres petites filles accablées par le destin. C'est fini, j'en ai assez d'être triste...

Les joues brûlantes d'exaspération, Faustine se redressa tout à fait. Matthieu la fixait, stupéfait. Il eut l'intelligence de ne pas la contrarier et déclara posément :

— Vraiment, tu comptes devenir sœur Faustine ? Je ne te savais pas si pieuse. Cela dit, je respecte ton choix... Tu manqueras beaucoup à Claire, quand même, à Thérèse et à César qui, selon moi, vont bientôt être privés de leur père. Je te comprends, va ! L'étalage des plus vils instincts humains, dont tu as été témoin il y a quelques instants, a de quoi effrayer.

Faustine approuva d'un signe de tête. Elle avait envie de se réfugier dans les bras de Matthieu, d'être consolée, mais il gardait ses distances.

— Et à toi, je ne te manquerai pas ? demanda-t-elle tout bas.

— Un peu, mais j'épouserai Corentine, comme prévu. Elle se chargera de me distraire, un bébé, puis deux, trois… Quand je n'en pourrai plus de tous ces nourrissons, je me sauverai du domicile conjugal et, tiens… je me ferai prêtre dans ton couvent, pour te revoir enfin !

La jeune fille éclata de rire, égayée par les mimiques de Matthieu. Elle le retrouvait tel qu'il était jadis, au temps insouciant de leur enfance. Drôle, tendre, complice.

— N'empêche, rétorqua-t-elle, j'étais sérieuse. Je n'ai plus de courage, je t'assure. Léon m'a déçue, et puis il y a autre chose.

— Parle, dit-il d'un ton pressant.

— Une de mes élèves, Angela, m'a confié ce qui la rendait triste et révoltée. Je lui ai promis de ne pas la trahir. Ces enfants viennent de milieux où règnent la misère, la rudesse. Un homme a abusé d'elle ; sa mère s'est jetée sous un train. Je préfère ne pas te donner de détails.

Matthieu eut soudain une expression de profonde compassion qui le rendit encore plus beau aux yeux de Faustine. Il soupira :

— Pauvre gamine, combien elle a dû avoir peur, et souffrir. Je suis sûr que tu as su l'apaiser, lui offrir un peu d'espoir. Mais tu es plus utile à l'orphelinat qu'au fond d'un cloître. Ne prive pas le monde de ta lumière, Faustine…

Elle eut la certitude que jamais Denis n'aurait réagi ainsi, et qu'il était incapable d'une parole aussi touchante.

— Merci, Matthieu, répondit-elle doucement. C'est si gentil, ce que tu viens de dire.

Il tendit la main pour caresser ses cheveux et son front. Elle se perdit au fond de son regard de velours noir, si semblable à celui de Claire. Sans plus réfléchir, Faustine se jeta à son cou pour échapper à la fascination qu'il exerçait sur elle.

— Je t'en prie, serre-moi contre toi, comme avant… J'ai peur, Matthieu.

Il crut réentendre le timbre fluet d'une petite fille qui se blottissait près de lui, les nuits d'orage ou de tempête, en répétant les mêmes mots : « J'ai peur, Matthieu. »

— Là, là, fredonna-t-il, tout va s'arranger ! Tu verras !

Le jeune homme reprenait son rôle de grand frère protecteur. Bizarrement, il n'éprouvait aucun désir, lui qui rêvait sans cesse de Faustine, même lorsqu'il était couché près de Corentine.

— Je me sens un brave chevalier dès que tu es là, contre mon cœur ! tenta-t-il d'expliquer. Le reste du temps, je joue les mauvais bougres…

On frappa à la porte. Affolée, Faustine se dégagea des bras de Matthieu qui se leva très vite du lit. Claire entra.

— Ah ! Vous êtes là, tous les deux… constata-t-elle. Jean est parti à la gendarmerie du bourg. Bertrand nous propose de monter à Ponriant avec lui. Raymonde viendra aussi. Bertille a téléphoné. Elle insiste pour nous inviter à dîner et à dormir.

— Clairette, cela ressemblerait à une fuite ! déclara son frère. Je crois qu'il vaut mieux rester ici avec les enfants et Loupiote. La famille réunie, tu comprends ? Ce sera la meilleure façon de lutter.

— Il a raison ! coupa Faustine. Maman, nous n'allons pas abandonner le Moulin comme s'il était maudit !

— Pourtant… soupira Claire, il m'arrive de le considérer ainsi. D'ailleurs, après avoir été interrogé par la police, William Lancester a jugé bon de séjourner à La Rochelle une semaine… A mon avis, il ne reviendra jamais, et je devrai le rembourser. Tout ira de plus en plus mal, je le sens.

— Ne baisse pas les bras, grande sœur ! lui souffla Matthieu en la prenant par les épaules. Je monte au domaine chercher les petits et je reviens vite. Bien sûr, je préviens Bertrand. Pendant mon absence, raisonne un peu Raymonde…

Il sortit avec un sourire pour Faustine et Claire. La jeune fille étreignit sa mère adoptive et l'embrassa sur la joue.

— Soyons fortes, maman ! Tout à l'heure, j'étais à bout de nerfs, mais je me sens bien, maintenant. Je vais me changer et je ferai du rangement dans la cuisine.

— D'accord ! répliqua Claire. Je descends vite parler à

Raymonde. Avec tout ça, je n'avais pas encore remarqué que Matthieu s'était rasé la moustache… Oh, je suis sotte d'attacher de l'importance à un détail pareil, vu la situation. A tout de suite, ma chérie.

Seule dans sa chambre, Faustine demeura immobile un moment. Depuis midi, dès qu'elle regardait Matthieu, il lui semblait différent.

« C'était ça… il a rasé sa moustache ! Pourquoi ? Juste parce que je le préférais sans… et que je le lui ai dit dimanche dernier… »

Elle déplora encore une fois d'avoir cédé à Denis.

Domaine de Ponriant, même jour

En pénétrant dans le petit salon de Ponriant, Matthieu regretta un peu d'avoir refusé l'invitation de la maîtresse des lieux. Il régnait là une atmosphère sereine, en accord avec des senteurs de sucre chaud. César et Thérèse jouaient aux dominos avec Clara et Arthur. Ils coururent embrasser le visiteur et retournèrent à leur partie. En robe de mousseline verte, ses cheveux de fée irisés par le soleil, Bertille était assise au piano qu'elle effleurait de ses doigts menus.

— Bonjour, Matthieu ! s'écria-t-elle en souriant. Rien de nouveau ?

— Non, tantine ! Je viens chercher César, Thérèse, Arthur… et Loupiote. Pas un de moins, pas un de plus… plaisanta-t-il.

La louve, majestueuse au beau milieu d'un grand tapis d'Orient, était couchée près de Clara.

— Dommage, voulut plaisanter la jeune femme. J'appréciais d'avoir tout ce petit monde. Matthieu, Bertrand est arrivé cinq minutes avant toi. Il m'a avertie que tu venais, mais es-tu certain que les enfants ne seraient pas mieux ici, avec moi ?

Plus bas, elle ajouta :

— Je sais, pour Léon… J'imagine dans quel état se trouve Raymonde. Laisse-les chez nous, je t'en prie ! En plus, Corentine n'est pas là ; ils ne la dérangeront pas. Je suppose que tu la connais assez bien pour savoir qu'elle ne supporte ni les cris ni les galopades dans les couloirs.

La pique discrète mais intentionnelle ne toucha pas le jeune homme. Il était difficile de résister à Bertille. Cependant il se montra inflexible.

— Tantine, je pense que Claire a besoin de leur présence ! insista-t-il. Raymonde aussi. Elles se sentiront tenues de faire bonne figure devant eux. Au fait, où est Bertrand ?

— Il est monté se reposer... Il a la migraine, toujours son œil malade, et nous avons dû retarder l'opération ! lui confia la jeune femme. Tu accepteras bien une tasse de thé. Mireille a fait des beignets.

Ils s'installèrent dans le petit salon, autour d'une table ronde garnie d'un tissu en lin brodé. Les larges prunelles grises de Bertille étudiaient avec fixité le visage de Matthieu. Soudain, elle fit remarquer, très bas :

— J'ai l'impression que César n'est pas bien du tout. Observe-le en douce, il ne rit pas, il ne parle pas...

— Je pense que c'est normal, tantine ! Il a vu les gendarmes chercher son père qui, de son côté, avait détalé dans la nature. Il y a de quoi le rendre malheureux, non ?

La jeune femme insista, l'air grave :

— Je l'ai interrogé, mais je l'intimide. Toi, Matthieu, il te connaît mieux, il t'aime beaucoup. Je t'en prie, puisque tu le ramènes au Moulin, essaie de discuter avec lui. Si vraiment il s'angoisse au sujet de son père, rassure-le. Il me fait de la peine.

Le jeune homme promit d'y veiller.

— Merci, Matthieu ! lui lança Bertille. Que tu es beau ! ajouta-t-elle. Tu as bien fait de te raser la moustache... Don Juan, va !

Elle souriait, mais semblait au bord des larmes. Matthieu songea qu'il n'avait jamais pris conscience avant ce jour de la grâce extrême de cette femme. D'une voix enjôleuse, il répliqua :

— Ah ! Si tu n'étais pas ma chère tantine...

Ils rirent doucement, tous les deux envahis d'une étrange tristesse.

Moulin du Loup, même jour

Claire s'était assise à nouveau près de Raymonde. La servante n'avait pas bougé du banc. Elle restait immobile, les mains jointes posées sur la table.

— Mon Dieu, quelle honte j'endure, Madame ! déclara-t-elle après un long silence. Souvent, je me disais que mon mari ne me ferait pas cocue, parce qu'il n'était pas du genre à ça, et puis, vous êtes d'accord, il n'est pas bel homme, Léon…

— Raymonde, être beau ou non, qu'est-ce que ça change ? Cette femme se sentait seule, avec les mêmes désirs refoulés que nous, pendant la guerre. Je comprends que tu sois déçue, blessée, mais tu dois réfléchir, Bertrand a raison. Tu ne comptes pas divorcer ?

La servante haussa les épaules, le regard lointain.

— Il ne me touchera plus en tout cas ! Dites, Madame, vous vous souvenez, je me suis confiée à vous. Léon, il ne voulait plus… enfin, vous savez. C'était fini. Quand je le provoquais, la nuit, parce que j'ai des besoins moi aussi, il me repoussait. Mais ça ne m'étonne plus, il couchait avec sa Greta, alors ! S'il revient, il ira dormir avec les bêtes, dans le fumier.

— Tu es en colère ! soupira Claire. J'avoue que si Jean m'avait fait le même coup, je le maudirais.

— Eh oui ! s'indigna Raymonde. Je peux tourner la chose dans tous les sens, je n'ai qu'une idée, le foutre dehors avec un coup de pied où je pense ! Je suis restée fidèle, moi, ces quatre ans. Et j'ai failli mourir en mettant au monde mes jumeaux.

La servante hoqueta et fondit en larmes. Le souvenir des petits garçons mort-nés ravivait son chagrin.

— Si vous saviez, Madame, ce que je ressens ! gémit-elle. Léon, j'aurais mieux aimé devenir sa veuve, oui, qu'il soit mort en héros au front. Je porterais son deuil, personne ne se moquerait de moi. Là, les commères vont se régaler, au bourg, avec cette histoire !

— Pour le moment, personne n'est au courant, Raymonde ! coupa Claire. Jean n'ira pas le clamer sur les toits…

— Ah oui ? Et les gendarmes, ils sont prévenus, et ces messieurs de la maréchaussée, ils ont des femmes à qui ils raconteront tout. D'ici demain, je serai la risée du village. Je ferais bien de quitter le pays.

— Tu me laisserais ? s'écria Claire. Depuis vingt ans, nous vivons ensemble ! Tu es mon amie, ma sœur… Oh non, Raymonde, ne pars pas. Tu me briserais le cœur. Et tu exagères. Léon t'a trompée, mais il est vivant. Je suis sûre que c'est toi qu'il aime, autant qu'il aime les enfants que tu lui as donnés.

Les deux femmes se dévisagèrent et elles tombèrent dans les bras l'une de l'autre en pleurant.

— Mes petits ont grandi ici, balbutia la servante. J'étais votre demoiselle d'honneur à vos noces. Bien sûr que je reste avec vous, Madame. Mais vivre avec Léon, ça non, je ne pourrai pas l'endurer. Il a un boulot à l'usine, il n'a qu'à s'installer avec sa Greta.

Claire se leva sans lâcher la main de Raymonde.

— Viens donc, Matthieu ne va pas tarder. Les enfants n'ont pas à pâtir de nos ennuis. Je m'occupe du dîner, une soupe de légumes, du gratin dauphinois. Et je ferai griller du millas. Faustine adore ça.

La servante parut se réveiller. Elle abandonna enfin son siège et lissa son tablier.

— Je me remets au travail, Madame… Le plus rude du choc est passé. Au fait, où est-elle, notre Faustine ?

— Elle devait descendre pour nous aider ! expliqua Claire. Je l'ai sentie bouleversée. As-tu remarqué combien Matthieu et elle sont attachés à Léon ? Mon Dieu, quel gâchis. Sans la guerre, rien ne serait arrivé…

Raymonde approuva, la mine boudeuse.

A l'étage, Faustine s'était enfermée dans la salle de bains. A l'instant précis où elle enfilait une vieille robe en coton, un liquide chaud avait ruisselé entre ses cuisses. La douleur familière en bas de son ventre commençait juste à battre. La jeune fille, qui s'était trempée dans l'eau chaude, en éprouvait un tel soulagement qu'elle riait en silence.

« Je ne suis pas enceinte ! Quelle chance… » se répétait-elle.

Elle s'équipa et ce fut la première fois que les indispositions réservées aux femmes lui semblèrent agréables. Délivrée d'une de ses plus sérieuses angoisses, elle eut plaisir à s'habiller.

Lorsqu'elle déboula dans la cuisine, Claire poussa un cri de surprise :

— Mais, chérie !

Faustine portait un ancien pantalon de son père en velours côtelé et une chemise à rayures dénichée également dans l'armoire de ses parents. Sa chevelure dorée divisée en deux tresses, elle avait une allure particulière, sans rien perdre de son charme.

— Je veux brosser Sirius et nourrir les chèvres ! annonça-t-elle à sa mère. Moi, j'apprécie les pantalons, maman. Je vais lancer la mode bientôt…

Penchée sur le fourneau, Raymonde eut un petit sourire complice. Une idée lumineuse lui traversait l'esprit à la vue de Faustine.

— Tu fais bien de chambouler les habitudes, ma jolie ! approuva-t-elle. Les femmes ont le droit de s'habiller à leur idée, pareil pour la coiffure…

Cinq minutes plus tard, la servante tendait à Claire une paire de ciseaux.

— Madame, coupez-moi donc les cheveux ! C'était sa terreur, à Léon, que je renonce à ma coiffe et que je me déguise comme les gravures de vos magazines. Oui, il disait ça, se déguiser ! Je vais lui apprendre à me ridiculiser…

Faustine et Claire, stupéfaites, se retrouvèrent confrontées à la masse d'un blond sombre des cheveux ondulés de Raymonde. La jeune femme s'était assise sur un tabouret près de la cheminée.

— Coupez vite, Madame ! Au ras de la nuque ! Et demain, je m'épilerai les sourcils. La mère Rigordin vend du maquillage, il faudra m'en acheter. Et vous allez voir, mes robes, mes jupes, je raccourcirai tout. Tout !

La servante vibrait d'une satisfaction vengeresse. Claire fit tomber une première mèche, puis deux, trois. Faustine assistait à l'opération, totalement sidérée.

— Ah ! Je me sens plus légère ! jubilait Raymonde.

— Je ne suis pas coiffeuse ! se plaignit Claire. Tu ne me feras pas de reproches, à la fin, si ça te déplaît…

La séance eut le mérite de divertir les trois femmes. Raymonde passa la main dans son cou et souleva les boucles restantes.

— Alors ? demanda-t-elle. J'ai l'air de quoi ?

— A vrai dire, avoua Faustine, tu es ravissante ! Monte te voir dans ma chambre, j'ai le plus grand miroir.

Il y eut une cavalcade vers l'étage. Claire déclara qu'elle devrait ouvrir un salon à Puymoyen.

— Je n'en reviens pas, Raymonde ! C'est réussi ! Si Jean ne tenait pas tant à mes cheveux, je t'imiterais.

Faustine riait, égayée. Elle entendit un bruit de moteur et courut à sa fenêtre.

— C'est Matthieu et les enfants ! Loupiote court derrière la voiture…

Dans sa hâte d'embrasser Thérèse et Arthur, de se chamailler avec César et de flatter la louve, la jeune fille sortit de la pièce. A chacun de ses séjours au Moulin, elle s'appliquait à établir des rites de tendresse qu'elle estimait indispensables. Et, ce jour-là, elle les voulait assez puissants pour dissiper les ombres qui les menaçaient tous.

Raymonde sortit au soleil et elle accueillit ses enfants en robe bleue. Une auréole de boucles la rajeunissait.

— Maman, tes cheveux ! s'égosilla Thérèse. Mais t'es belle…

César jeta un regard indifférent à sa mère. Matthieu l'épiait. Il en conclut que Bertille avait raison : l'adolescent était pâle et taciturne, ce qui ne lui ressemblait pas. Pendant le trajet de Ponriant au Moulin, le jeune homme s'était empressé d'expliquer à César que son père serait bien vite innocenté.

« Je le savais, moi, que papa n'avait rien fait de mal ! » avait-il grommelé.

S'il n'avait rien caché, la nouvelle aurait dû le soulager davantage.

Voyant les femmes et Thérèse entrer dans la maison, suivies d'Arthur et de Loupiote, Matthieu ouvrit le capot de sa Panhard.

— Eh ! César, ne te sauve pas ! cria-t-il au garçon qui s'éloignait en direction de l'écurie. Si tu veux jeter un coup d'œil à mon moteur… Je vais nettoyer les bougies !

D'abord indécis, César fit demi-tour et rejoignit Matthieu. Il détailla d'un regard plus vif l'intérieur du véhicule.

— Tu sais, j'ai parlé de toi à mon garagiste, la semaine dernière. Il serait d'accord pour te prendre en apprentissage. Il peut te loger. Il a déjà un type de seize ans, un fou de mécanique. Alors, tu es content ?

— Oui, je te remercie, mais faudra que maman accepte ! répondit César d'un ton neutre.

— Moi qui croyais que tu sauterais de joie ! s'écria Matthieu. Tiens, passe-moi la pince, là, dans la mallette.

— Si, ça me fait plaisir… ajouta tout bas l'adolescent.

Ils restèrent silencieux plusieurs minutes. Matthieu replaça les bougies et referma le capot.

— César, ça te dirait de conduire un peu, sur le chemin des Falaises.

— Vrai ? Assis au volant ?

— Evidemment ! Tu verras, ce n'est pas sorcier.

Après quelques secousses et deux arrêts brusques, César parvint à rouler sur un kilomètre au ralenti. Il exultait, ses mèches châtaines en bataille, un sourire ébloui aux lèvres. Matthieu crut voir Léon en plus jeune.

— Allez, freine, débraye, comme je t'ai appris, et on s'arrête deux secondes. Tu te débrouilles bien, un futur champion de la route.

César crispa ses doigts autour du volant. Il redevint sérieux et poussa un grand soupir de tristesse.

— Dis, on est copains, tous les deux ! lança Matthieu. Je t'ai vu naître ou presque. Si tu as des soucis, je suis là. Qu'est-ce qui ne va pas ? Je ne te reconnais plus… Où est passé le plus remuant, le plus bruyant des gars de la vallée ?

L'adolescent se tourna vers lui. Il hésitait encore.

— Tu te sentiras mieux après ! insista Matthieu. Dis-moi ce que tu as sur le cœur ! C'est à cause de ton père, des gendarmes, de tout ce tintouin ? Je t'ai promis que cela allait s'arranger.

— Tu me jures de garder le secret ? chuchota César. Sinon, il fera du mal à Thérèse.

— Qui ? interrogea le jeune homme, tout de suite alarmé.

— Matthieu, je crois que je sais qui c'est, le type... celui des viols... Ma mère, elle m'interdit de prononcer ce mot-là, mais j'en connais pas d'autre.

— Alors c'est très grave, César, si tu le sais et que tu gardes ça pour toi. Il faut coincer ce saligaud. Désolé d'être grossier.

— Oh ça, tu peux... C'est qu'un enfoiré, un fumier, un fils de pute !

Suffoqué par la verdeur des insultes, Matthieu ne sut que répondre. En d'autres circonstances, il aurait grondé César.

— Raconte, se contenta-t-il de dire, ça te soulagera.

— Mais non, j'peux pas ! affirma l'adolescent qui fit le geste d'ouvrir la portière. Surtout pas à toi...

Matthieu le saisit par un bras.

— Maintenant, tu ne peux plus reculer ! trancha-t-il avec un regain d'autorité. Qui est-ce ? Pourquoi, surtout pas à moi ?

César se mit à respirer très vite. Il fit son récit sans lever la tête, d'une voix tremblante.

— Mardi soir, j'avais posé une nasse du côté de Chamoulard. Ma mère, elle me surveille moins que Thérèse. Je file en douce et je vais où j'ai envie, à bicyclette. Le lendemain, avant le jour, je suis retourné examiner mes pièges, même que Loupiote m'avait suivi. Figure-toi que j'ai vu la petite-nièce du vieux Vincent, Elodie. Elle était couchée au pied d'un rocher... son jupon en l'air, et le type, il se reculottait. J'ai compris, va, ce qu'il venait de faire. La lumière était toute bleue, tu sais, juste à l'aube... D'abord, j'ai eu la trouille, la pire de ma vie. Et puis, comme les gens du bourg, y soupçonnaient papa, j'ai pensé à le coincer, le violeur. Je pouvais pas voir sa figure, il avait une sorte de tissu qui le cachait, sauf pour les yeux. Loupiote, elle grognait, alors je lui ai montré le type… elle a foncé dessus, mais elle l'a pas attaqué, elle est revenue. C'était bizarre, ça ! La petite Elodie, je l'aime bien, je l'entendais pleurer… Et…

Matthieu, livide, attendait la suite, envahi d'une fureur immense. Il tapota la joue de César afin de l'encourager.

— Et alors, il m'a vu, le violeur, à cause de Loupiote. Il s'est avancé, il ne marchait pas droit ! Il a pointé un doigt sur moi, et il m'a dit que si je le dénonçais, Thérèse y passerait et qu'il la tuerait. Qu'il me tuerait aussi, et même Faustine.

— Quoi ! hurla Matthieu. L'ordure… ça signifie qu'il nous connaît tous.

— Ben oui, sanglota César. Sûrement, va ! Sa façon de se tenir, sa voix, je peux pas me tromper. C'était Nicolas.

La révélation terrassa Matthieu. Durant quelques secondes, il se reprocha de gober toutes les fadaises de l'adolescent. Cela lui évitait d'affronter la vérité, car César ne mentait pas. Un menteur n'aurait pas claqué des dents, reniflé si fort, malade de chagrin et de révolte.

— Faut pas m'en vouloir, Matthieu ! Je sais bien que c'est ton frère. Et j'ai rien dit à maman ni à Claire. Mais j'arrive plus à dormir, tellement j'ai peur qu'il tue ma sœur.

— Nicolas ! répéta le jeune homme. Non, c'est impossible, pas Nicolas. César, tu n'as aucune preuve que c'est lui !

— Si… Loupiote l'a reconnu, puisqu'elle l'a laissé tranquille. Et quand il parlait, je te dis que c'était sa voix.

— Dans ce cas, il serait fou à lier ! Qu'est-ce qui s'est passé pour qu'il tombe aussi bas ! César, tu dois m'aider à le trouver !

L'adolescent eut un geste d'impuissance.

— Comment veux-tu que je t'aide ? Nicolas, il peut se planquer n'importe où…

Matthieu garda le silence. Il alluma une cigarette, paupières mi-closes. Il devait en avoir le cœur net. Son esprit travaillait à toute vitesse. Plus il réfléchissait, plus il s'affolait. Les falaises abritaient tant de grottes, de galeries. La moindre entrée de caverne pouvait servir d'observatoire et, avec une bonne lampe, il était facile de s'enfoncer loin sous la terre.

L'hiver, la température restait agréable. Mais il ne comprenait pas pourquoi Nicolas – si c'était lui – s'en prenait à des gamines. Encore une fois, il douta.

— César, un détail me manque. Ce type, qu'est-ce qu'il a fait quand Loupiote l'a approché ? Toi, tu étais où ?

— Je m'étais accroupi derrière un buisson. Le type, il n'a même pas eu peur de Loupiote, je t'assure. Peut-être qu'il lui a dit très bas de filer. Cet ordre-là, elle y obéit en un clin d'œil.

Matthieu approuva. Il écarta l'hypothèse de son demi-frère devenu un monstre de perversité. Pourtant, l'homme que César avait surpris semblait bien renseigné sur la famille. Il citait Thérèse, Faustine. Le plus étonnant demeurait l'attitude de la louve. Il insista :

— Loupiote connaissait ce mec, donc…

— T'es triste que ce soit Nicolas ? demanda César.

— Pire que ça ! Si vraiment il s'agit de mon frère, Claire souffrira le martyre, les gens ne nous le pardonneront pas. Autant s'exiler.

Peu à peu, le jeune homme tentait d'accepter l'impossible. Nicolas avait disparu depuis plus d'un an. Il s'était souvent montré bizarre, même enfant. Violent, hargneux, envieux.

— Je dois le trouver ! redit Matthieu.

— Tu es fâché ? souffla César.

— Mais non, le rassura-t-il. Je te remercie de m'avoir parlé.

— Tu jures de pas aller chez les gendarmes, hein ? bredouilla l'adolescent.

— Je te le jure. C'est notre secret. Laisse-moi le volant et viens à ma place. Ce soir, ta sœur et toi, vous dormirez à la maison.

— Qu'est-ce que tu vas faire, Matthieu ?

— J'aviserai ! Pour le moment, on rentre. Claire et Raymonde doivent s'inquiéter.

Matthieu n'avait pas oublié l'histoire de Greta et de son bébé. Il espérait que la servante saurait ménager ses enfants et ne leur annoncerait pas immédiatement la mauvaise nouvelle.

Au Moulin, Faustine les attendait, assise sur le perron. En

la voyant en pantalon avec ses tresses mordorées, Matthieu éprouva une sorte de joie désespérée. Elle était si jolie…

— Vous nous avez faussé compagnie ! déclara-t-elle. Mais je vois clair dans votre jeu ! Toi, César, tu as conduit la Panhard ? Ne nie pas, j'ai tout vu de ma chambre.

L'adolescent acquiesça. Matthieu, lui, huma l'odeur familière de la soupe qui mijotait au coin de la cuisinière, subtil mélange de parfums potagers, poireaux, navets, carottes, oignons, pommes de terre et l'éternelle tige de céleri destinée à relever le goût. Un peu réconforté, il rêva soudain de reculer dans le temps, de dix ans au moins, à l'époque où Nicolas et lui jouaient aux billes dans la cour ou pêchaient des têtards au bord du canal.

— Raymonde prépare du millas ! ajouta la jeune fille. Et papa a téléphoné. Il est avec Léon, en ville. Retour prévu demain matin. Seul défenseur des femmes et des enfants, Matthieu Roy…

Les paroles brèves et explicites de Faustine ressemblaient à un message codé. Il eut un sourire amer. C'était encore un de leurs anciens jeux. Le jeune homme donna une accolade au garçon.

— Tu entends ça, César, ton père va bien.

— Ce que je suis content ! répliqua César d'un ton sincère.

— Ne te réjouis pas ! menaça Faustine, les yeux rieurs. Je t'emmène avec moi. Les bêtes à soigner. Tu viens, Matthieu ?

— Je vous rejoindrai… Commencez sans moi.

Faustine et César donnèrent du grain aux poules et un brouet de son aux canards. Derrière le corps de logis, là où étaient installés les clapiers, ils tombèrent sur Thérèse qui distribuait des épluchures de légumes aux lapins. César se rua vers sa sœur et la secoua par le bras.

— Mais tu es folle ? T'as pas compris ce qu'a dit maman ? T'as pas le droit d'être toute seule dehors…

La fillette lança un regard implorant à Faustine, aussi surprise que César.

— Ton frère a raison, Thété ! C'est dangereux. Où est Loupiote ?

— J'ai demandé la permission à maman, elle m'écoutait

pas, alors j'ai couru. Loupiote, elle ne m'aime plus, elle est toujours couchée aux pieds d'Arthur…

La jeune fille prit la main de Thérèse.

— Reste avec moi. Je dois traire les chèvres, puisque ton père n'est pas là. Le monde pourrait s'arrêter de tourner, il faut traire nos biques, sinon elles seraient malades et nous n'aurions plus de lait ; et, sans lait, plus de fromage.

Il était cinq heures. La lumière déclinait. Faustine apprécia l'intimité de la bergerie, les fragrances de la paille et les bêlements plaintifs des chèvres. César se percha au bord du râtelier, alors que Thérèse se nichait au creux du tas de foin, le long du mur.

— Une petite chanson, ma Thérèse ! dit la jeune fille.

— Non, je suis triste… Papa, il me manque.

— Demain ! Il sera là demain. Sois patiente.

Faustine fredonna le refrain du *Temps des cerises*. Le lait giclait au fond du seau en fer avec un frêle bruit en saccades. Elle appuya son front contre le flanc de la bique.

« Ici, je me sens bien, chez moi, au Moulin… Maman se trompe, ce lieu n'est pas maudit. Un sortilège le protège, le mal s'arrête et rôde alentour… » songea-t-elle.

Sirius passa sa lourde tête entre les piliers en bois qui le séparaient de la bergerie. Le cheval blanc s'ébroua.

— J'arrive ! lui cria Faustine. Patience, mon beau.

La jeune fille n'osait plus monter Sirius, d'un âge respectable, mais elle lui vouait une affection indéfectible, en souvenir de leurs balades hivernales, pendant la guerre. La traite finie, elle se glissa dans sa stalle, changea son eau et lui donna de l'avoine. A chaque instant, elle s'attendait à voir Matthieu la rejoindre, mais il ne venait pas.

— Tant pis ! soupira-t-elle. Les enfants, vous m'aidez à porter le lait. Claire va le mettre à cailler.

— Je ne suis plus un enfant, moi ! maugréa César.

— Excusez-moi, môssieur ! plaisanta Faustine. Si tu es un homme, un costaud, prends les deux bidons !

César s'exécuta. Il se sentait libéré d'un gros poids, de ce terrible secret qui l'oppressait, mais la peur ne le lâchait pas.

Claire, qui les regardait approcher du perron, portait Arthur à son cou. Cela étonna Faustine.

— Il s'est fait mal ? demanda-t-elle à sa mère.

— Non, Matthieu a voulu jouer à la balle dehors avec lui et, d'un seul coup, Arthur s'est mis à hurler et je l'ai vu débouler dans la cuisine pour se jeter contre moi ! expliqua Claire.

— Et où est-il, Matthieu ? interrogea la jeune fille.

— Il est monté à vélo s'acheter des cigarettes au village… Je crois qu'il était vexé d'avoir fait pleurer Arthur. Regarde notre mignon, il tremble de tout son corps. Ah, Matthieu ne sait pas s'y prendre avec les tout-petits, constata Claire.

César se rua à l'intérieur. Malgré ses quatorze ans, il se réfugia dans les bras de Raymonde, qui faillit renverser une casserole de bouillon.

— Eh bien, mon grand ! Qu'est-ce que tu as ?

— Rien, maman… Je suis pressé que papa soit là, comme avant. Dis, t'es drôle avec tes cheveux courts, mais rudement belle.

La servante embrassa son fils.

— Maman, dit encore l'adolescent, Matthieu veut qu'on dorme ici, ce soir, dans la chambre qui est libre.

— Je sais, il m'a prévenue. Je monterai mettre des draps propres tout à l'heure.

— Je t'aiderai, maman.

Raymonde retint un soupir. Déjà, elle pressentait que pour ses deux enfants elle pardonnerait à Léon un jour ou l'autre.

« Il fera ce qu'il veut de sa Greta et de leur bâtard, pensa-t-elle. Moi, il m'a épousée à l'église. Il a intérêt à filer doux une fois qu'il sera de retour. »

Faustine cacha mal sa déception. L'absence de Matthieu dans de telles circonstances l'exaspérait. Elle poussa le fauteuil en osier près d'une fenêtre et guetta son arrivée. Une question la tracassait. Pourquoi avait-il pris une bicyclette et non sa voiture ? Elle n'aurait la réponse que bien plus tard.

Matthieu pédalait comme un forcené. La route étroite et sinueuse qu'il empruntait grimpait dur. Le jeune homme, les nerfs à vif, aurait accompli bien d'autres efforts si cela avait pu le calmer. Il revoyait sans cesse le petit visage d'Arthur, dans la cour. Au début, il avait mis en confiance le garçonnet, grâce à la balle colorée qu'ils se lançaient. Puis il l'avait retenu près de lui dans le but de l'interroger.

Le court dialogue le hantait.

— Dis, Arthur, tu le connais, Nicolas, ton grand frère ?

A ce seul nom, l'enfant avait changé d'attitude : il s'était raidi, bouche bée.

— Nicolas, il venait chez toi ?

Arthur avait commencé à vouloir se dégager. Matthieu le maintenait par le poignet et l'enfant lui avait griffé le dessus de la main, en bégayant :

— Méchant, Nicolas, méchant... Peur...

Et là, il avait hurlé, comme privé de raison, avant de courir vers Claire. Matthieu en tirait des conclusions tragiques.

« Alors c'est bien lui ! Le salaud... Il rôdait dans le pays, et il a abusé de ces pauvres gamines. »

Il se souvenait... Pia, la jeune Italienne de douze ans, Yvonne, qui avait été sauvée in extremis par son père, Marie-Désirée, morte des suites du viol, ensuite Julie, Elodie.

« Il n'y aura pas d'autres victimes ! » se promit-il, haletant.

Il approchait du village de Vœuil. Après l'avoir traversé, il s'enfoncerait dans le vallon humide et sombre. La réaction de panique d'Arthur l'avait tétanisé. Matthieu se rappelait très bien le lieu où habitaient Etiennette et Gontran. Un dimanche, le couple reposant déjà au cimetière, il avait conduit Claire là-bas. Elle souhaitait récupérer les poules, dont Marguerite ne voulait pas. Des volatiles condamnés à mourir de faim, enfermés dans la cour, les ailes coupées.

« Je trouverai peut-être des traces de son passage, une adresse. Personne n'a dû relouer la bicoque, c'était un vrai taudis... »

En sueur, il regrettait le confort de sa Panhard. Mais une automobile, sur les chemins de campagne, ne passait pas inaperçue et Matthieu n'avait pas envie d'être remarqué.

Pourtant une telle rage grondait au fond de lui qu'il aurait pu hurler le prénom de son frère dans l'espoir d'une réponse, d'une rencontre.

« Qu'est-ce que je ferais, si je le voyais ? Bon sang, je voudrais lui parler, au moins, comprendre. Ensuite je le livrerais à la police… »

De temps en temps, il niait en bloc la culpabilité de Nicolas. Ainsi, l'esprit en ébullition, Matthieu se retrouva devant un portillon vétuste, assemblage de planches à demi pourries. La maison, basse, volets clos, lui fit songer à une grosse bête tapie au milieu d'un fouillis de ronces et d'orties. D'un côté, la toiture se soudait au rocher, de courtes falaises grisâtres nappées de lichens.

« Il doit faire sombre là-dedans ! » se dit-il.

La porte était fermée à clef. Matthieu n'osa pas l'enfoncer. Sa quête lui sembla vaine, soudain. L'endroit dégageait une ambiance sinistre. Il contourna la bâtisse et découvrit une fenêtre grillagée, avec une vitre brisée.

« Eh bien, voilà, je vais pouvoir entrer… »

Il arracha le grillage, glissa sa main en prenant garde de ne pas se couper au verre et tourna la poignée. Deux minutes plus tard, il posait pied dans un réduit encombré de bouteilles vides, de cuvettes rouillées, de bidons cabossés. De là, Matthieu eut accès à l'unique pièce du logis, qui empestait le moisi et une autre odeur écœurante. Il alluma son briquet et aperçut un lit garni d'un tas de linges sales. Etiennette avait agonisé ici. Cela le fit frémir. Son regard se porta ensuite sur un lit d'enfant à barreaux métalliques. En imaginant Arthur dans ce décor lugubre et repoussant, le jeune homme eut un élan d'amour pour sa sœur. Claire lui parut semblable à ces anges protecteurs capables d'arracher les innocents aux démons de l'enfer.

Du bout des doigts, il examina une pile de paperasses tavelées de brun ; il souleva un carnet collé à la table par une matière visqueuse.

« Il n'y a rien, rien de rien… »

Par acquit de conscience, Matthieu ouvrit un placard contenant quelques bocaux de cornichons. Il revint sur ses pas et se faufila dans l'appentis attenant, rempli de fagots. La flamme de son briquet vacilla. Il l'éteignit afin d'économiser l'essence, le ralluma aussitôt. Il avait cru voir une porte maçonnée, au cœur du rocher.

« Mais… »

Matthieu actionna le loquet. Dès qu'il poussa le battant, un espace bas de plafond lui apparut, aux allures de caverne, tandis qu'un cri rauque retentissait. Une silhouette gesticula, dans la clarté jaune d'une lampe à pétrole.

— Nicolas ? C'est toi…

En fait, la question était inutile. Il avait reconnu le port de tête de son demi-frère, sa façon de se tenir un peu courbé en avant. Mais le crâne rasé l'intriguait.

— Je sais que c'est toi, Nicolas ! cria Matthieu. Bon sang, sois courageux, regarde-moi en face.

Quelque chose empêchait le jeune homme d'avancer. Toujours le doute, et de la méfiance aussi.

— Reste où tu es ! lança Nicolas d'un ton menaçant. Quel fouineur tu fais… Ce petit couillon de César m'a vendu. T'as amené les flics ?

— Non, je suis seul. Nico, qu'est-ce qui t'a pris ? Je ne peux pas le croire… Dis-moi que ce n'est pas toi qui as violé ces malheureuses gamines ! Je t'en prie.

La voix de Matthieu vibrait d'une douleur enfantine. Soudain il n'y tint plus et se rua vers Nicolas. Il le saisit par les épaules et l'obligea à se retourner. Le faciès monstrueux qu'il devina lui arracha un bref hurlement d'horreur. Au milieu des chairs ravagées, boursouflées, tendues et d'un rouge sombre, les yeux de son frère le fixaient.

— Mon Dieu ! gémit-il.

— Pas beau à voir, hein ? grommela le fils d'Etiennette. T'as gagné la partie pour de bon, va, avec ta gueule d'ange…

Matthieu recula, incrédule, plongé en plein cauchemar. Il s'assit sur une caisse, tête basse, le cœur ravagé.

— Qu'est-ce qui t'est arrivé ? demanda-t-il, violemment ému.

Nicolas restait debout. Il but au goulot une rasade d'alcool.

Son repaire était aménagé. Une paillasse, une malle en guise de table, surchargée de bouteilles et de boîtes de conserve.

— Depuis quand tu te planques ici ? ajouta Matthieu.

— Je suis revenu au pays le lendemain de l'armistice, mais j'ai pas cru utile de vous rendre visite. Ma putain de mère a poussé des cris à réveiller les morts en me voyant dans cet état. Gontran a rigolé. On se comprenait, tous les deux. Il m'a installé ici. C'est un ancien cellier creusé dans la falaise. J'étais au frais, je gênais personne… Ils m'ont nourri. Moi, je filais du fric pour avoir de quoi boire. Y a que ça de vrai, Matthieu, boire un coup et dormir.

— Qu'est-ce qui t'est arrivé ? répéta le jeune homme, que l'élocution pénible de son demi-frère inquiétait.

— Oh… ça t'étonne, hein ? Un règlement de compte, à Paris. Une femme. Une putain de femelle jalouse. J'en voulais plus, elle me rendait la vie infernale. Alors je l'ai corrigée un bon coup. Le lendemain, elle m'a vitriolé. T'as vu, ça ne pardonne pas, ce genre de cochonnerie. J'ai souffert à en crever. Au début, je pensais finir aveugle, mais non… Une semaine après, je l'ai retrouvée, elle et sa sœur de douze ans. J'étais avec des camarades. Elles ont passé un sale quart d'heure.

Matthieu avait envie de se boucher les oreilles. Les propos ânonnés de son demi-frère, sa voix pâteuse, les intonations ridicules, tout le hérissait. Il devinait la suite de l'histoire. La compassion qu'il avait ressentie refluait pour laisser place au dégoût, au mépris.

— Tu as joué les caïds, comme toujours ! s'écria-t-il avec rage. A l'école déjà, tu cognais, tu volais, tu mentais. L'autre jour, tu as osé menacer César et Thérèse. La petite Thérèse. Tu te souviens, on lui a appris à marcher sur le chemin du Moulin. Nicolas, tu aurais dû venir à la maison. Claire t'aurait aidé.

— Parle pas d'elle ! hurla Nicolas. Ferme-la ! Tu vas me donner des leçons de morale, hein ? Tu t'en fous, toi, t'as une figure humaine, un nez, une bouche…

Son instinct poussa Matthieu à se lever. Il échappa de justesse au couteau qu'avait lancé son frère dans sa direction. Nicolas était fou, il évoluait dans un univers de haine, ivre d'une vengeance qu'il n'assouvirait jamais. Il devait faire front, accepter le face-à-face, mais l'aspect de Nicolas l'épouvantait. Maigre, mais encore robuste, il tendait son visage hideux vers lui.

— Dis, Nico, pourquoi tu as violé Pia, et Julie… Marie-Désirée Dampierre est morte ! Tu le sais, ça ? Morte à cause de toi ! Tu n'es qu'un salaud, une bête… et encore, les bêtes ne font pas tant de dégâts.

Matthieu s'enflammait, plein de répugnance au souvenir de ces innocentes violentées. Elles avaient été souillées, brutalisées. Nicolas tituba, un rictus affreux tirant les chairs rongées de sa figure. Il n'avait plus de lèvres et ses dents en paraissaient plus longues.

— J'savais pas… Aussi, elle gueulait si fort, celle-là, que j'ai dû cogner un peu. Bah, elle est au paradis, comme dirait le curé !

— Ecoute, dit fermement Matthieu, tu as assez fait de mal. Tu vas te rendre aux gendarmes. Et tu as besoin d'être soigné. Tu ne serais pas mon frère, je crois que je t'étranglerais de mes mains, Nicolas. Mais tu n'es pas dans ton état normal… Je suis désolé, mon vieux, ça ne peut pas continuer.

Le jeune homme remarqua une provision de bouteilles d'eau-de-vie. Il perdit un temps précieux à se demander comment Nicolas se les procurait. Celui-ci avait sorti un second couteau de sa poche et lui tailladа l'avant-bras.

— J'irai pas en prison, mec ! Allez, viens te battre… T'as jamais été le plus fort, à ce jeu !

Nicolas se précipita sur son demi-frère. Matthieu l'évita et recula. Il pouvait encore s'enfuir, mais il n'y pensa pas une seconde. Il avait l'avantage d'être lucide, en pleine possession de ses moyens.

— Tu me donneras pas aux flics, j'te jure ! hurla Nicolas en le ceinturant.

Ils luttèrent. Matthieu réussit à faire lâcher le couteau à Nicolas et lui décocha un coup de poing dans la poitrine. Les insultes pleuvaient. Les deux jeunes gens cognaient au hasard, esquivaient et se cramponnaient à nouveau. Soudain, Nicolas abandonna et voulut prendre la fuite. Son frère le rattrapa dans l'appentis et le projeta de toutes ses forces contre la cloison qui s'effondra sous le choc.

— Nico ? s'écria Matthieu.

Assommé par la chute d'un chevron, Nicolas ne bougeait plus. La nuit était tombée. Hagard, Matthieu courut chercher la lampe à pétrole. Il revint en la tenant à bout de bras et trébucha contre une grosse planche. Il s'effondra. Le verre de la lampe se brisa. Le feu prit à une vitesse effarante. Les débris de cageots et les fagots bien secs l'alimentèrent.

— Oh non, mon Dieu, non… bredouilla Matthieu qui s'était relevé et fuyait le brasier.

Complètement hébété, il se retrouva sur la route envahie d'herbes sauvages. Il reprit le vélo et le souleva pour s'éloigner plus vite de l'incendie. Une fois en sécurité dans les bois voisins, il assista à la destruction de la masure, qui flambait en illuminant le vallon. Des gens accouraient de Vœuil, des lanternes à la main.

Matthieu resta caché, sans quitter des yeux l'emplacement où gisait Nicolas. Le fils du maître-papetier Colin Roy et de sa servante Etiennette ne devait plus être qu'une dépouille carbonisée.

— Pardonne-moi, petit frère ! sanglota le jeune homme. Pardonne-moi… Je voulais pas ça, mais c'est mieux pour tout le monde… T'iras pas en prison, tu souffriras plus…

Il pleura longtemps. A minuit, alors que la foule curieuse se dispersait, Matthieu, encombré de la bicyclette et d'une vérité inavouable, se fondit entre les arbres et reprit le chemin du Moulin par des sentiers de braconniers.

8

Le poids du secret

Au Moulin, Claire et Faustine avaient attendu en vain le retour de Matthieu pour se mettre à table. Raymonde avait servi la soupe aux enfants.

— Ce n'est pas normal qu'il tarde tant ! disait la jeune fille. Il ne faut pas deux heures pour s'acheter des cigarettes. En plus, il était censé nous protéger…

Epuisée par de mauvaises nuits, Claire n'arrêtait pas de bâiller. Elle avait hâte de se coucher. A huit heures, devant l'inquiétude de sa fille, elle avança une hypothèse.

— Peut-être que Matthieu a rencontré d'anciens camarades, au village, qu'ils ont dîné à l'auberge. Ou bien il sera passé à Ponriant. Corentine a pu rentrer…

Entendre sa mère énoncer si simplement l'évidence – tout le monde considérait les jeunes gens comme fiancés – fit perdre patience à Faustine.

— Même si Corentine est rentrée de Bordeaux, Matthieu devait veiller sur nous ! César, il ne t'a rien dit ? avait demandé la jeune fille à l'adolescent.

— Non, je t'assure, Faustine !

César se tourmentait. Il était persuadé d'une chose : la disparition à vélo de Matthieu avait rapport avec Nicolas. Il se taisait, malade d'anxiété.

Deux fois, Faustine téléphona à Ponriant ; la ligne était occupée. Claire commença à se tracasser.

— C'est vrai qu'il aurait pu nous prévenir ! concéda-t-elle. Mais, à mon avis, ma chérie, il s'agit encore d'un caprice de sa Corentine ! Cette fille le ferait marcher sur les mains. Cela choque Bertille… D'ailleurs, elle n'aime pas Corentine du tout…

Claire jetait des regards rêveurs vers l'escalier. Arthur, qui s'était allongé sur le banc la tête sur les genoux de la jeune femme, selon une habitude établie, somnolait.

— Va te coucher, maman ! soupira Faustine, excédée. Tu dors sur place. Si Matthieu arrive, je réchaufferai son repas.

Avec une expression d'infinie gratitude, Claire monta en portant Arthur sur son dos. Le petit garçon n'avait pas prononcé un mot depuis sa crise de panique dans la cour.

« Demain, je chercherai à savoir ce qui s'est passé ! se disait Claire. Pas maintenant, je suis trop fatiguée. Je n'ai pas dormi depuis quand ? Jeudi ou vendredi ? »

Faustine envoya Thérèse et César au lit avant neuf heures. Ils étaient si contents de passer la nuit dans la maison des Roy qu'ils ne discutèrent pas. Raymonde débarrassa, fit chauffer de l'eau pour la vaisselle et garnit la cuisinière. La jeune fille nettoya la table avec soin, puis elle sortit de son cartable d'institutrice une pile de feuilles de copie.

— Tu comptes travailler ? interrogea la servante.

— Oui, cela m'occupera la tête ! rétorqua Faustine en ajoutant : Franchement, comment faire confiance aux hommes, Raymonde ? Matthieu nous abandonne. Si vraiment c'est à cause de cette grande sauterelle rousse de Corentine, je serais capable de lui flanquer une gifle dès son retour…

Raymonde observa Faustine avec attention.

— Tu pleures ? Ah, si ton Denis était là, ça te consolerait !

— Sans doute ! approuva celle-ci. Mais je ne pleure pas, je suis enrhumée… oui, depuis jeudi…

La servante brassait des idées noires. Elle n'avait pas envie de bavarder et, bientôt, elle alla se coucher à son tour dans l'appartement frais et désert au-dessus de la salle des piles. Là, elle sanglota et injuria Léon jusqu'à en perdre le souffle. Le sommeil la terrassa. Comme Claire, elle n'avait pas beaucoup dormi ces derniers jours.

La grande horloge comtoise sonna une heure. Faustine sursauta. Elle s'était assoupie, les bras croisés sur la table en guise d'oreiller.

« Matthieu n'est pas rentré. Il m'aurait réveillée, autrement… »

La jeune fille rangea ses copies, des rédactions dont chacune lui livrait un peu de l'âme de ses élèves, puis elle s'étira. La porte s'ouvrit sur Matthieu. Il avait une allure si bizarre que Faustine se précipita vers lui, oubliant tous les reproches qu'elle comptait lui faire.

— J'ai vérifié par la fenêtre que tu étais seule ! souffla-t-il. Pas envie de tomber sur Claire…

— Mais qu'est-ce que tu as ? Tu t'es battu ? s'inquiéta-t-elle à la vue de son avant-bras ensanglanté et de ses vêtements froissés qui dégageaient une odeur de fumée.

Elle l'examina mieux et retint un cri :

— Ta mèche, sur le front, elle est brûlée. D'où sors-tu ? Et ta coupure, ça saigne beaucoup.

— Je voudrais du café, Faustine, bien fort, et un coup de gnôle ! dit-il en s'asseyant près de la cheminée, sur un tabouret.

La jeune fille, effarée, s'empressa de réchauffer un fond de café. Elle sortit l'eau-de-vie du buffet et, vite, en porta un verre à Matthieu. Aussitôt elle entreprit, armée d'une cuvette d'eau tiède, d'alcool pharmaceutique et de coton, de nettoyer la blessure.

— Je ne voulais pas me coucher ! expliqua-t-elle tout bas. Pourquoi es-tu parti à bicyclette ? Où étais-tu ? Tu es tombé ?

Il grimaça quand elle tamponna la plaie qui se révéla nette et profonde.

— Il faudrait te recoudre, Matthieu. C'est fait au couteau, ça ?

— Oui ! répondit-il d'une voix tendue. Tu n'as qu'à bien serrer le pansement, ça cicatrisera.

Faustine aperçut un hématome le long de la mâchoire. Elle aurait pu se moquer gentiment, supposer une bataille d'ivrognes sur la place du bourg, mais l'air tragique de

Matthieu la troublait. Il s'était passé quelque chose de grave. Soudain, il lança, sans la regarder :

— Il n'y aura plus de viols. Les filles de la vallée pourront se promener le soir et le matin, quoique les salauds ne manquent pas. Il faut toujours être prudent.

— Matthieu ! Qu'est-ce que tu racontes ? Ils ont arrêté le coupable ? Tu étais au village, les gens voulaient le tuer et il y a eu des bagarres ?

Le jeune homme eut un sourire triste. Faustine n'avait jamais manqué d'imagination. Il hésitait à se confier, mais le poids du secret lui paraissait intolérable. Tous les deux, ils devaient protéger la personne qu'ils chérissaient : Claire.

— Parle donc ! le supplia-t-elle.

— Assieds-toi, là, sur la pierre de l'âtre ! soupira-t-il. Tout a commencé à Ponriant... Tantine m'a dit qu'elle trouvait César préoccupé, taciturne. La balade en voiture, cet après-midi, c'était pour discuter avec lui. Le pauvre gamin s'est décidé et voilà ce que j'ai appris.

Matthieu tenait la main de Faustine. Cette étreinte lui donnait du courage. Il fit un bref récit, mais malgré tout précis et détaillé, terminant par l'incendie qui avait ravagé l'ancienne maison de Gontran et rayé du monde le corps de son demi-frère. La jeune fille avait écouté sans intervenir, de plus en plus pâle.

— Nicolas !

— Oui, mon frère Nicolas ! dit doucement Matthieu, soudain submergé par l'émotion. Je suis rentré ici comme un somnambule et je le voyais sans cesse autour de moi, pas avec sa face affreuse, non, mais les joues roses, intactes, un air malicieux au visage. J'avais des souvenirs qui me ramenaient à l'école et aux étés quand on travaillait du côté de Montmoreau, qu'on faisait les foins. Papa nous avait envoyés au diable, nous trimions de l'aube au soir. On dormait dans un grenier, on fumait en cachette.

Le jeune homme se tut. Il pleurait en cachant son visage de son coude, un geste de petit garçon. Eperdue de chagrin, d'incrédulité aussi, Faustine se mit à genoux et l'enlaça tendrement. Matthieu la serra contre lui, sans cesser de sangloter.

— Il est mort à cause de moi, reprit-il tout bas. Je voulais m'assurer qu'il n'était qu'assommé, mais je suis tombé avec la lampe. Et là, Faustine, j'ai sauvé ma peau. Lui, je l'ai laissé. Je l'ai laissé brûler, parce que je me disais qu'il n'y avait pas d'autre solution. Je te le jure, il m'a lancé un couteau qui m'a raté de peu. Après, il avait l'air d'un fou, il gueulait qu'il n'irait pas en prison. Il m'aurait tué sans remords, lui. Je n'arrivais pas à penser que c'était mon frère, mon Nicolas. C'était le type qui a torturé ces filles.

— Calme-toi, je t'en supplie ! implora Faustine. Je vais te servir un autre café, bien sucré. Tu n'es pas responsable, vous vous battiez. Dis, il était vraiment horrible à voir ?

Elle tentait en vain d'imaginer Nicolas défiguré. Matthieu attendit pour répondre de boire une gorgée de café.

— Une tête monstrueuse... Papa m'avait raconté qu'il avait assisté à une scène terrifiante, une fois qu'il était à Bordeaux pour affaires. Un homme, sûrement un amant éconduit ou jaloux, avait vitriolé une femme, en pleine rue commerçante. Il paraît que la peau brûle, il y a de la mousse rosâtre, le sang, l'eau du corps. C'est de l'acide sulfurique, qui attaque les chairs. Nicolas était plutôt un beau gars. Il n'a pas supporté de voir son reflet dans un miroir. Plus de lèvres, les dents à l'air, les chairs boursouflées, striées. Il a dû haïr toute la gent féminine.

Faustine crut qu'elle allait vomir. Livide, elle s'octroya un verre d'eau-de-vie. Un souvenir lui revint.

— Un soir, à la fin de la guerre, commença-t-elle, Nicolas m'a joué un sale tour. Je sortais, il faisait noir, il m'a prise à la taille et entraînée sous l'appentis. Il m'en disait des choses, et il essayait de... enfin, tu comprends, il voulait coucher avec moi. Heureusement, Claire m'a entendue crier, elle a appelé du perron, et lui, il m'a lâchée.

Matthieu se frotta les yeux. Il considéra Faustine, charmante dans son accoutrement masculin, ses nattes à moitié dénouées sur les épaules.

— Je préfère le savoir ! soupira-t-il. Ça me prouve qu'il

usait de sa force avant, qu'il avait le vice en lui. Bon sang, s'en prendre à toi.

La jeune fille se sentait au-delà de la pudeur et des convenances. Elle avoua d'un coup toutes les tentatives de Nicolas pour la séduire.

— Même quand j'avais douze ans, il me plaquait contre lui, dans les coins sombres. Il soulevait ma jupe, enfin, de drôles de gestes. Je n'osais pas le dénoncer à maman, encore moins à mon père.

— Quel fumier ! pesta Matthieu. S'il avait pu te trouver, ces derniers mois… Oh, mon Dieu, c'est terminé, tu ne risques plus rien, ni Thérèse, ni les autres fillettes de la vallée.

Les jeunes gens discutèrent encore longtemps du sort cruel qui avait changé Nicolas en un sadique privé de tout sens moral. L'horloge égrenait les heures. Enfin Matthieu déclara, d'un ton presque sévère :

— Faustine, nous sommes trois à connaître la vérité. César, toi et moi. César, je le rassurerai demain en lui faisant promettre de se taire. Claire doit tout ignorer, elle ne doit avoir aucun soupçon, jamais. Les gendarmes ont dû rôder du côté de Vœuil, près de cette bicoque. Hélas, ils ne pouvaient pas découvrir la porte dans la falaise. Des fagots la cachaient en partie. Il s'en est fallu de peu que je ne la voie pas. Le bois était de la couleur du rocher. Je suppose que, le jour, Nicolas mettait une barre. De toute façon, la police, dans un premier temps, croyait avoir son coupable avec Gontran. Tu te rends compte, Nicolas n'a pas eu un mot de chagrin, alors que sa mère était morte.

Bouleversée, Faustine approuva en silence.

— Arthur a peut-être vu Nicolas ? gémit-elle. Cela devait l'effrayer, un homme défiguré.

— Oh ça, j'en suis certain. Dès que j'ai prononcé son prénom, Arthur a eu une sorte de crise de nerfs. Alors, promis, Claire ne doit rien savoir. Elle serait trop malheureuse.

Sur ces mots, Matthieu se leva et attira Faustine dans ses bras :

— Il n'y a pas que Claire ! ajouta-t-il. Les gens du pays

nous tiendraient responsables. Déjà qu'ils voulaient écharper ce pauvre Léon. Notre famille serait atteinte, le nom des Roy sali à jamais. Dieu sait pourtant que nous n'avons aucune responsabilité dans tous ces événements !

— Mais les recherches vont continuer ! insinua-t-elle. Et la peur, la panique, la méfiance.

— Non, si les agressions s'arrêtent net, les gendarmes penseront que le type a quitté la région.

Affolée, Faustine le secoua par l'épaule.

— Réfléchis un peu : tu m'as dit que ceux de Vœuil sont venus assez vite, dès que l'incendie s'est déclaré. La gendarmerie sera prévenue, elle fouillera les décombres. Forcément, ils trouveront trace du corps de Nicolas.

— Oui, mais ils ne pourront pas l'identifier. Au pire, ils jugeront que le violeur se cachait là, ou qu'il s'agissait d'un clochard.

La jeune fille secoua la tête, indécise. Tout à coup, elle avisa la mèche rognée par le feu, la chemise maculée de sang.

— Matthieu, si tu veux garder le secret, il faut agir… Enlève tes vêtements, ils sont dans un état lamentable. Tu empestes la fumée. Donne ta veste et ta chemise, monte te changer… Non, attends, je vais couper ta mèche plus courte, et tu devrais te laver.

Ils accomplirent le nécessaire en évitant de faire le moindre bruit. Faustine brûla la chemise ensanglantée dans la cuisinière. Elle alla enfouir la veste au fond du cellier, dans une caisse de chiffons. Ils éteignirent la lampe et se rendirent à l'étage.

— Si je fais couler un bain, chuchota Matthieu, cela risque de réveiller Claire.

— Pas en mettant une serviette de toilette au fond du baquet. Rejoins-moi dans ma chambre, je ferme la tienne à clef. Tu dormiras dans mon lit. D'abord, je vais récupérer de vieux habits à toi. Je les pose devant la porte de la salle de bains.

Il lui lança un regard noyé de gratitude. Faustine emporta

ses souliers pour les frotter à l'aide d'un carré de laine qu'elle utilisait pour dépoussiérer le marbre de sa cheminée.

Seule, elle fut incapable de penser à Nicolas ou de le pleurer. De lui, elle gardait l'image d'un garçon rusé, brutal et jaloux, dont les attouchements la terrifiaient. Pourtant, elle se força à le considérer sous un nouvel aspect.

« C'est lui qui a causé la mort de Marie-Désirée, qui était si douce, si gentille. Et Pia, Elodie et Julie ont dû subir cet acte que Denis m'a imposé. Il paraît que la pauvre Yvonne ne se remet pas de la grande peur qu'elle a eue, le soir où il l'a attaquée », se dit-elle.

Vêtu d'un pantalon trop court et d'une chemise blanche étriquée, Matthieu entra sur la pointe des pieds dans la chambre.

— Faustine, il est plus de quatre heures. Le jour va se lever.

— Tant pis, viens t'allonger près de moi, comme avant ! répliqua-t-elle. C'est tellement horrible, cette histoire. Nous serons bien, tous les deux.

Elle souffla la bougie et se glissa sous l'édredon sans défaire draps et couvertures. Matthieu éprouva une satisfaction animale en s'étirant.

— J'ai mal partout ! avoua-t-il. Mes jambes sont en compote… Je n'avais pas fait de bicyclette depuis des années.

Faustine se pelotonna près de lui, sans le toucher. Il trouva sa main à tâtons et la posa sur son cœur.

— Tu seras assez forte face à Claire ? remarqua-t-il.

— Ne t'inquiète pas. Tu as raison, elle souffrirait le martyre ! reconnut-elle. Mais, un jour ou l'autre, elle s'étonnera que Nicolas ne revienne pas…

— Nous aviserons et nous trouverons une solution. Le pire a été évité ! affirma Matthieu.

Ils parlèrent encore à voix basse, tout proches l'un de l'autre, renouant ainsi avec leurs manies enfantines. Parfois, elle effleurait ses joues à lui, voulant s'assurer qu'il ne pleurait plus.

— Moi, je suis triste, mais tu sais, bizarrement, je ne suis pas si surprise. Nicolas semblait déjà désespéré lorsqu'il a suivi les conseils de Claire et qu'il est parti ! soupira-t-elle.

— Ma sœur a commis une erreur en le poussant à quitter le pays et, justement, si elle apprend la vérité, elle se fera des reproches, elle se jugera coupable de tout. Je ne veux pas, elle mérite de vivre en paix... conclut Matthieu.

— Moi qui t'imaginais à Ponriant avec Corentine ! osa dire Faustine. Mais non, tu cherchais Nicolas.

— Je voulais vous protéger. J'ai eu de la chance, j'ai visé dans le mille du premier coup... Quand même, j'aurais préféré savoir Nicolas en prison ou entre les mains des docteurs. Il était fou, j'en suis sûr, mais on pouvait le soigner... et...

— Chut ! fit la jeune fille. Ne te rends pas malade.

Elle cala sa tête contre l'épaule de Matthieu et passa un bras autour de sa poitrine. Il embrassa ses cheveux au parfum de miel et de lavande.

— Je t'aime tant... dit-il si doucement qu'elle douta d'avoir compris.

Apaisée, envahie d'une torpeur délicieuse, Faustine sombra dans le sommeil. De grosses larmes roulant le long du nez, Matthieu guetta la lente venue de l'aurore, que les oiseaux saluèrent en pépiant de joie.

— Sans toi, confia-t-il tout bas à la jeune fille endormie, j'aurais été le plus malheureux des hommes, cette nuit. Mais tu étais là, près de moi, tu es là... Je t'aime...

Il ferma enfin les yeux.

Claire se leva plus tard que d'ordinaire. A peine éveillée, elle pensa que Jean revenait ce matin avec Léon. La journée serait sans nul doute agitée, voire orageuse. Mais elle se sentait reposée, prête à régler les conflits inévitables.

Arthur dormait à la place de Jean. Elle le contempla en souriant. Une fois dans la cuisine, elle prépara du café et mit du lait à chauffer sans rien noter d'insolite. Faustine avait veillé au moindre détail, rien ne trahissait le retour de Matthieu, sale et blessé. La vaisselle était rangée et le feu vivotait.

— Oh, ces carreaux cassés, il faut vite les changer ! s'exclama-t-elle en examinant les fenêtres. Ce genre de travail revient à Léon…

Raymonde traversait la cour, un panier calé sur la hanche. Elle venait de nourrir le cochon en lui donnant les épluchures de la veille. Claire l'observa, amusée de voir la servante avec ses cheveux courts qui lui faisaient une couronne de boucles mordorées.

— Oh ! Mais…

La jeune femme ne rêvait pas. Raymonde portait une robe qui découvrait ses mollets gainés de bas noirs. La servante entra et suivit le regard de sa patronne :

— Eh oui, je me suis mise à la couture au point du jour. Qu'est-ce que vous en dites, Madame ?

— C'est un peu étrange, avec tes sabots ! s'écria Claire. Au moins, mets tes bottines du dimanche.

Raymonde rétorqua qu'elle n'y manquerait pas. Elles burent un café.

— Le vélo est contre le mur de l'appentis. Votre frère est rentré ! fit remarquer la servante. Mais il était tard, à mon avis.

— A son âge, je ne vais pas le surveiller ! dit Claire. Ma chère Raymonde, je voudrais savoir comment tu vas te comporter face à Léon… Pense à César et à Thérèse. Attends d'être seule avec ton mari pour lui demander des explications. Si tu es froide, boudeuse, passe encore, tes enfants comprendront. Je t'en prie, garde ton calme, et n'oublie pas que tu as prié pendant quatre ans pour le revoir sain et sauf. Dieu t'a exaucée, mais, bon, il y a eu un accident en cours de route…

— Je n'oublie pas, Madame ! renchérit la servante. J'ai beaucoup réfléchi. Léon devra m'écouter, mais pas devant nos gamins. Si j'étais un homme, ça aurait pu m'arriver, ce qu'il lui est arrivé. Cette Allemande-là, elle a profité de lui, parce qu'entre nous, Madame, Léon, il n'est pas bien malin.

La mine frondeuse de Raymonde, d'un caractère emporté et autoritaire, ne rassura pas Claire.

— En tout cas, si tu veux le secouer ou le frapper, emmène-le dehors, loin des regards innocents ! plaisanta la jeune femme avec une pointe d'ironie. Arthur n'a pas besoin d'être confronté à de la violence ni d'entendre crier. Il a eu un cauchemar, cette nuit. Il sanglotait tout endormi.

— Oui, Madame, je saurai me contenir ! promit Raymonde.

César, lui, était déjà levé. Assis en haut de l'escalier, il essayait de comprendre les paroles des deux femmes. Comme la chambre où couchait Matthieu était fermée à clef, il en avait déduit que le jeune homme s'y trouvait.

« Il n'est pas mort, sûr ! se disait-il. Mais je l'attends, faut que je sache s'il a retrouvé Nicolas... Nicolas le saligaud. »

L'adolescent aimait les insultes, tous les mots qui lui étaient interdits. Il se vit penché sur le moteur d'une Peugeot, barbouillé de cambouis – c'était pour lui une image parfaite de la virilité – et, bien sûr, en réparant la voiture, il laissait échapper une série de jurons qui lui vaudrait l'admiration de l'autre apprenti. Il s'ennuyait au Moulin et avait hâte de prendre son envol, de travailler en ville, dans un garage.

Thérèse le trouva en pleine songerie. La fillette tenait sa poupée Bleuette contre son cœur. Coiffée et habillée de sa robe du dimanche, elle décocha un petit coup de pied à son frère :

— Je veux passer, tu me gênes ! Papa revient aujourd'hui. Je vais dehors guetter l'automobile.

En d'autres circonstances, César aurait pincé Thérèse. Il lui chatouilla la joue et s'écarta assez pour libérer la première marche.

— Tu ne vas pas dehors, gronda-t-il. Tu guettes d'une fenêtre.

Très digne, Thérèse descendit sans rien promettre. Sa mère lui servit du chocolat chaud et arrangea le nœud de satin blanc qui ornait une boucle brune. Mais le verdict fut le même.

— Tu ne sors pas, Thété, tu joues ici, ordonna Raymonde.

Claire consola la fillette d'un sourire câlin, en ajoutant :

— Tout à l'heure, tu pourras m'accompagner à la bergerie.

Faustine a fait la traite hier soir ; je m'en occupe ce matin.

Le bruit d'un moteur et de portières claquées réveilla Faustine. Elle aperçut Matthieu couché à ses côtés, tandis que les événements de la nuit lui revenaient en mémoire, accablants, épouvantables. La voix de Jean, dans la cour, la fit bondir.

— Matthieu, vite, file dans ta chambre. Tiens, la clef... Papa est là. S'il te voyait dans mon lit, ce serait le scandale.

Le jeune homme lui jeta un coup d'œil ébahi. Mais il se leva à toute vitesse.

— J'ai l'air de quoi ? demanda-t-il.

— Tu as un gros bleu à la mâchoire. Raconte que tu es tombé de bicyclette, que tu avais rendez-vous avec Corentine, raconte n'importe quoi, mais dépêche-toi.

Par chance, César avait déserté son poste de guet. Claire l'avait envoyé nourrir les volailles. Matthieu put se faufiler dans la chambre. Il ôta ses vêtements et se recoucha, nu entre les draps frais.

« Pas la peine d'assister aux retrouvailles entre Léon et Raymonde ! » pensa-t-il.

Il couvrit son visage de la literie et se repassa image par image le combat avec Nicolas, la cloison de planches qui s'effondrait, son frère face contre terre, inanimé, sa propre chute, le feu dévastateur.

« Feu purificateur, aussi ! songea-t-il. Nicolas Roy a disparu, personne ne saura qu'il n'était qu'un salaud de la pire espèce. Ni ma Clairette ni le petit Arthur, personne... »

Cinq minutes plus tard, dans l'unique but de soutenir Faustine, Matthieu se leva à nouveau. Il dénicha un pantalon en toile confortable et une chemise en lin à sa taille. Le miroir ovale de l'armoire lui montra un jeune homme mal rasé, une mèche un peu trop courte sur le front.

« Bah, ça ira... »

Qu'avait dit Nicolas, déjà ? Il répéta très bas les mots de son frère :

— « Tu as gagné la partie pour de bon, avec ta gueule d'ange ! »

Matthieu fixa son reflet jusqu'à ne plus se reconnaître. Il imagina la brûlure atroce de l'acide attaquant sa chair. Il réprima un frisson.

« Il me faut une cigarette ! » songea-t-il.

Il jura. Son paquet de blondes américaines était resté dans la veste que Faustine avait enfouie sous un tas de chiffons. Résigné à fumer du tabac brun – celui de Jean – il descendit à son tour l'escalier.

Faustine s'était montrée plus rapide. Sa chevelure d'or brossée et juste maintenue par un bandeau noir, en robe grise à fleurettes rouges qui soulignait sa taille fine, ses beaux seins et ses hanches, la jeune fille se tenait debout près de son père. Claire proposait un biscuit à Arthur, assis sur ses genoux. César et Thérèse, plantés devant la cheminée, fixaient le héros de ce dimanche : Léon.

— Eh ! Vous avez le droit de me faire la bise ! bredouilla ce dernier, la figure cramoisie de gêne, sa casquette entre les mains.

— Embrassez votre père ! clama Raymonde. Il ne va pas vous manger. Il est parti deux jours à peine, c'est le même qu'avant…

La servante parlait fort, d'une voix aiguë. Sans tablier ni coiffe, elle arborait des bottines cirées, au-dessous de sa robe raccourcie en cotonnade bleue. Léon n'osait pas la regarder. Il avait vu les boucles au ras de la nuque et l'air furieux de son épouse.

Thérèse avança la première, prête à pleurer. Elle tendit la joue à son père, puis l'étreignit d'un élan désespéré.

— Papa, mon papa…

César s'élança. Léon accueillit ses enfants dans ses bras et les serra le plus fort possible avant d'éclater en sanglots. Matthieu, à ce spectacle, sentit sa gorge se nouer. Faustine essuya des larmes de compassion.

— Eh bien, la famille est réunie ! s'écria Jean. J'ai acheté du mousseux chez madame Rigordin, deux bouteilles. Il faut fêter ça.

— Jean, où as-tu la tête ! s'indigna Claire. Il n'y a rien à fêter, à mon avis.

— Ma tête n'a pas bougé ! répliqua-t-il d'un ton faussement enjoué. Mais j'ai mes raisons. Hein, Léon ? Nous sommes passés à la gendarmerie, à huit heures ce matin. Le brigadier avait le sourire… La vieille maison de Gontran, au fond du vallon de Vœuil, a brûlé hier soir. Ils ont retrouvé un corps et tout le monde suppose qu'il s'agit du type recherché. La suite nous le dira. Mais j'ai envie d'y croire.

Faustine piqua du nez. Matthieu s'accouda à une des fenêtres grandes ouvertes sur les falaises et les arbres au feuillage d'un vert presque fluorescent. César se dégagea de l'étreinte paternelle et, à pas mesurés, il s'approcha du jeune homme. Il l'interrogea d'un regard anxieux.

— Tu n'as plus à avoir peur ! lui confia Matthieu dans le creux de l'oreille. C'était un accident. Mais c'est fini…

D'un mouvement du menton, Raymonde désigna la porte à Léon.

— Madame m'a donné congé, précisa-t-elle. Viens donc faire un tour sur le chemin.

Le couple sortit. Léon marchait en fixant ses chaussures boueuses, terrifié par le silence de sa femme. Elle le conduisit jusqu'au muret du canal. Là, elle s'assit à même le rebord de pierre. Il la regarda enfin.

— T'es rudement jolie, arrangée comme ça ! affirma-t-il. Vrai, ma Raymonde, sans ton tablier et ta coiffe, t'es comme une belle dame.

— Ah ! dit-elle d'un ton amer. Pourtant tu couches avec une autre depuis Noël. Vois-tu, Léon, j'ai eu le temps de réfléchir. Je peux comprendre ce qui s'est passé en Allemagne. Ma mère m'avait prévenue, les hommes sont des benêts, guidés par ce qu'ils ont dans le pantalon… Que ton Allemande tombe enceinte, tu ne pouvais pas le prévoir non plus ! Mais tu la caches à Angoulême et tu t'éreintes au boulot pour les nourrir, elle et son bâtard. Et tu ne me touchais plus, tu m'as même bourré le crâne avec des sottises, que nous n'avions pas besoin d'un autre bébé, que tu avais mal au ventre, au dos… Ça, je ne peux pas te le pardonner. Figure-toi qu'il y a un paquet d'hommes, dans la vallée, qui ne demanderaient pas mieux que de prendre ta place ! Souviens-toi, quand j'allais au bal, ils étaient tous après mes jupons.

Léon n'osait pas s'asseoir près d'elle. Il acheva de réduire en chiffon sa casquette de coutil.

— Avoue donc que tu la préfères, parce qu'elle est plus jeune que moi ! clama Raymonde en roulant des yeux furieux.

— Mais non, poulette, je te jure…

— Ne m'appelle pas poulette, plus jamais ! coupa la servante. J'avais l'intention de divorcer, mais Madame m'a raisonnée. Rapport à nos enfants, je veux bien que tu reviennes au Moulin. Mais si tu promets de ne plus revoir cette fille et son enfant. Elle n'a qu'à se débrouiller, à trouver un autre pigeon que toi !

Léon fit deux pas hésitants. Il avait très soif à cause de l'émotion qui le terrassait. Soudain il s'agenouilla, puis s'assit dans l'herbe aux pieds de Raymonde.

— Je me sens pas bien, avoua-t-il. Je peux pas faire ce que tu veux, ça non. Greta, elle parle un peu le français, seulement elle a très peur des gens. Elle dit que les Allemands ont perdu la guerre, et que dans notre pays on la prendra pour une ennemie, le petit aussi. Elle ne sort pas, je lui apporte ses courses. Ils habitent faubourg Saint-Martin, un garni sous les toits. J'ai pas pu payer quelque chose de mieux… Le gamin avait la colique, la nuit dernière, quand Jeannot a dormi avec nous.

La jeune femme considéra Léon avec dégoût.

— Quoi, Jean t'a vu au lit avec cette fille ?

— Non, Raymonde, j'ai couché sur le plancher, à côté de Jean, qu'est le meilleur ami que je connaisse… Greta, elle dort avec le petit. Thomas, qu'elle l'a baptisé. Elle pensait raconter qu'ils étaient alsaciens, tous les deux. Thomas, c'est un grand saint d'Alsace…

— Je m'en fiche ! tempêta Raymonde. Je ne changerai pas d'opinion. C'est elle ou nous, ta vraie famille.

Léon redressa la tête. Certes, il adorait son épouse. Mais il s'était attaché à Greta et au bébé.

— Ecoute, ma femme, tout le pays est au courant que, dans notre ménage, tu portes la culotte ! commença-t-il. Sans doute que je suis trop niais pour jouer les coqs, mais personne dira de moi que je manque d'honneur. Cette femme, je lui ai causé du tort, je dois réparer. Je la laisserai pas errer sur les routes avec mon fils... Il a dix mois, c'est un peu tôt pour connaître la misère.

Raymonde écoutait, raide, muette de réprobation. Léon ajouta :

— Jean, il a pas pu tout vous expliquer. Elle n'est pas méchante, Greta. Quand on a su que c'était l'armistice, figure-toi qu'elle m'a préparé du linge et garni une valise. Sans son beau-frère qui l'a foutue dehors, elle tiendrait sa ferme, seule avec le petiot. Elle le savait, va, que je me languissais de ma famille. J'avais juste promis de payer une pension pour Thomas, que j'aurais postée chaque mois. C'est pas sa faute à elle si son mari il a été tué à la première grosse bataille. Elle trimait dur à maintenir l'élevage, au début, elle m'a fait de la peine... Après... à force de se croiser dans la maison, au jardin...

— Evite-moi la suite ! gronda la servante. Ce n'était qu'une chienne en chaleur. Elle t'aurait bien gardé là-bas si la France avait perdu la guerre.

— Je t'interdis de l'insulter ! bégaya Léon, au comble de la nervosité. Peut-être qu'elle est allemande, mais ça la rend pas plus mauvaise qu'une autre...

Soudain, Raymonde éclata en sanglots. Elle s'exclama, avec une moue qui l'enlaidissait :

— Va donc la rejoindre, tu l'aimes plus que moi ! Tu n'as qu'à parler aux enfants. César est presque un homme, il ne t'en voudra pas. Ma pauvre Thérèse, tu lui manquais tant, elle sera triste...

Toute la hargne de la jeune femme cédait la place à un

vrai chagrin, doublé d'une vive humiliation. Elle s'imagina condamnée à la solitude du cœur et du corps, des années durant. Malgré ses pleurs convulsifs, elle jetait des coups d'œil à Léon, et elle le trouvait plus beau garçon que par le passé, les cheveux coiffés en arrière, le teint pâle, une expression hardie modelant ses traits émaciés.

— C'est que je t'aime, moi ! bredouilla-t-elle. Je m'en moque, des autres hommes. On était si heureux, avant la guerre. Je t'aurais pardonné, à la fin, je voulais un autre petit.

Léon l'observait, encore prudent. Pour la première fois depuis leur mariage, il était déterminé à ne pas lui obéir.

— Raymonde, je suis navré de te faire souffrir, mais je reviendrai pas sur ce que j'ai décidé. Je garde mon emploi de nuit à l'usine, et je rendrai visite à Greta et au bébé. Quand je te faisais la cour, que j'espérais te marier, tu m'avais dit un jour que j'étais un type loyal, un brave cœur. Je ne peux pas devenir un autre, et me ficher du sort de cette pauvre fille et d'un enfant qu'elle ne voulait pas. J'aurais honte de moi, jusqu'à ma mort. Il y a une chose que je peux te jurer, c'est que je ne couche plus avec elle depuis que je suis de retour en France.

La servante médita la nouvelle. Elle n'était pas obligée d'y croire, mais Léon paraissait sincère, et surtout délivré. Cela devait lui coûter beaucoup de mentir, de ruser pour aller souvent en ville.

— J'ai besoin de réfléchir ! soupira enfin Raymonde. Viens donc, c'était un prétexte, ma journée de congé. Autant rentrer à la maison et déjeuner tous ensemble. Les petits se sont tant tracassés quand tu t'es sauvé devant les gendarmes. Tiens, ça aussi, je l'ai en travers de la gorge, Léon. Tout le monde t'a pris pour le coupable des viols. Nous avons eu la peur de notre vie lorsque les gens du bourg sont venus, qu'ils menaçaient de tout briser. Je voulais me pendre après avoir noyé les enfants.

En entendant cette déclaration qu'il estimait exagérée, Léon retrouva quelques secondes son goût des blagues.

— Eh ! dit-il. T'aurais eu fort à faire pour noyer notre César de force, un gaillard comme lui…

— Bêta ! répliqua-t-elle. Je m'imaginais la scène, voilà.

Une heure plus tard, les deux bouteilles de mousseux vidées, l'ambiance au Moulin du Loup était plus détendue. Claire prévoyait une prochaine réconciliation entre Léon et Raymonde, alors que Jean pensait avoir agi au mieux. César et Thérèse entouraient leur père, comme déterminés à ne plus le laisser partir. Matthieu était le plus morose, même s'il participait aux conversations. Après le café, le jeune homme sortit et se mit au volant de sa Panhard. La mort de Nicolas le hantait. Faustine le rejoignit en lui tendant discrètement son paquet de cigarettes qu'elle avait récupéré au fond de la panière à chiffons.

— Ce soir, je mettrai ta veste dans le coffre de ta voiture, tu la donneras à la blanchisserie, en ville. Elle sera comme neuve.

— Je ne serai pas là ce soir, Faustine ! répondit-il. J'ai besoin d'être seul, ou du moins ailleurs qu'ici. Nicolas et moi, c'était notre maison, notre jardin. Même les falaises, on se disait qu'elles nous appartenaient. J'ai l'impression de l'avoir tué…

La jeune fille lui caressa le front :

— Je me doute de ce que tu endures. Cette nuit, je ne me rendais pas compte. Maintenant je ne pense qu'à ça. J'ai une idée : si tu te confessais au père Jacques ! Il nous connaît depuis l'enfance, cela te soulagerait peut-être.

— Oh non ! Pas le curé ! Pitié ! protesta-t-il.

— Matthieu, tu n'as pas tué Nicolas. C'était un accident. Lui, il t'aurait assassiné sans réfléchir. Bertrand parlerait de légitime défense… Moi, chaque fois que j'ai envie de pleurer en songeant au Nicolas d'avant qui était un peu mon frère, je pense très fort à Pia, à Marie-Désirée, à ces enfants innocentes qui ont subi le pire des outrages. Comment effaceront-elles ces instants de leur mémoire ? Elles ont eu mal, une peur affreuse, et quand elles voudront se marier, plus tard, il y aura ce passé à confier à leur fiancé, puisque les hommes tiennent à épouser des filles…

Matthieu fronça les sourcils et sortit de la Panhard. Il scruta le visage de Faustine.

— Eh bien, finis ta phrase ! répliqua-t-il. Je parie que tu allais dire que les hommes tenaient à épouser des filles vierges !

— Euh… chuchota-t-elle. Bertille me l'a expliqué, je ne sais plus quand !

— Si on aime passionnément quelqu'un ! lui dit-il, la virginité passe au second plan. Enfin, pour ma part, j'estime cette exigence virile très rétrograde, voire archaïque. Ces messieurs ont tous les droits, pas les demoiselles. C'est stupide…

Faustine n'avait pas coutume d'aborder de tels sujets, qui plus est avec un garçon. Elle cherchait une réplique quand Jean l'appela du perron.

— J'arrive, papa ! cria-t-elle. Je t'en supplie, ne pars pas ce soir, tu devais passer plusieurs jours au Moulin ! ajouta-t-elle très bas.

— Peut-être ! Mais Denis arrive aujourd'hui, ainsi que Corentine. Je suis incapable de faire le joli cœur à Ponriant, ni de supporter les bavardages ou les dîners mondains. Sois forte, Faustine, je ne m'absenterai pas longtemps. Et puis, tu as raison, je vais me confesser. Le père Jacques est le seul prêtre que j'admire…

Jean les avait rejoints. Il prit sa fille par le bras :

— Claire a besoin de toi, déclara-t-il. Qu'est-ce que vous complotez, tous les deux ? Tu n'as pas rendez-vous à Ponriant, Matthieu ?

Faustine entraîna son père vers la maison. Elle ne put taire son exaspération :

— Quand même, papa ! J'ai le droit de discuter avec Matthieu. Il a des soucis…

— Vous étiez trop proches l'un de l'autre ! gronda Jean. Ce ne sont pas des manières correctes. Et Denis ? Il n'apprécierait pas vos messes basses.

Faustine s'arrêta et fixa son père dans les yeux :

— Tu es vraiment ridicule ! l'interrompit-elle. Matthieu est quelqu'un de bien. Maman n'a pas tort quand elle prétend que tu le détestes sans aucune raison sérieuse. Nous n'avons pas assez d'ennuis en ce moment ? Tu t'en moquais de ce que je faisais, pendant que tu jouais les journalistes à Paris ! Alors, ne me surveille plus.

Désemparé par la fougue de sa fille, Jean n'osa pas poursuivre le débat.

Quatre jours s'écoulèrent, assez paisibles. Léon reprit la route d'Angoulême tous les soirs, mais il était définitivement innocenté. Seule l'épicière vint présenter ses excuses au Moulin, à bord du camion de livraison que son fils venait d'acheter.

Raymonde travaillait avec une sorte de rage. Elle nettoya la maison de fond en comble, cura la bergerie avec l'aide de César et se lança dans la grande lessive de printemps qui nécessitait l'embauche ponctuelle de deux femmes du bourg.

De la fenêtre, Claire ne perdait rien du spectacle. Le réchaud allumé au milieu de la cour, la lessiveuse en zinc perchée dessus, les discussions animées, le tout orchestré par la danse des torchons ou des taies d'oreillers. La retenue du bief servait de lavoir depuis des siècles. Raymonde et ses compagnes multiplièrent les allers-retours, en poussant une brouette dégoulinante d'eau grise.

Le lendemain matin, Thérèse gambada entre les draps blancs étendus dans un des prés en plein soleil.

La presse locale notifia la découverte d'un corps calciné dans les décombres d'une masure, près du village de Vœuil, et la rumeur se répandit. C'était sûrement les restes du violeur qui devait se terrer là.

Claire s'en persuadait. Elle ne voulait plus entendre parler d'une nouvelle victime. Jean s'était montré très amoureux, dans l'intimité bénie de leur chambre. Comme Arthur paraissait effrayé à l'idée de dormir seul, Faustine l'avait pris avec elle. La jeune fille aimait sentir la présence du petit garçon, la nuit, et ainsi Loupiote montait la garde sur sa carpette en laine rose.

« J'aime avoir un loup au pied de mon lit, répétait-elle en souriant, et le plus mignon des enfants près de moi. »

La vie quotidienne, dans un cadre que le printemps rendait enchanteur, lui convenait. Denis et Corentine avaient retardé la date de leur venue à Ponriant. Cela arrangeait Faustine. Elle n'était pas pressée de revoir son futur fiancé, et elle était contente de savoir Matthieu célibataire... ne fût-ce qu'une semaine.

Le Vendredi saint, Bertille descendit en voiture au Moulin. Elle avança vers le perron, une ombrelle en guise de canne.

— Tantine ! s'écria Faustine en l'embrassant. Tu aurais pu venir nous voir plus tôt.

— J'attendais que l'orage soit passé, l'orage de qui vous savez ! plaisanta la visiteuse, coiffée d'une cloche en paille noire qu'une rose de soie blanche ornait.

Ses cheveux, ondulés et soyeux, dansaient au ras des épaules.

— Oh, princesse, tu as osé ! soupira Claire. Tu as du rouge à lèvres et tu as sacrifié ta chevelure de fée.

— Juste vingt centimètres, avec l'accord de Bertrand. J'ai su que Raymonde avait suivi la mode, alors... Est-ce que je peux déjeuner avec vous ? demanda-t-elle en minaudant.

— Bien sûr ! affirma sa cousine. Mais tu désertes le domaine ? Et Clara ? Ton mari...

Bertille entra dans la vaste cuisine ensoleillée. Sa toilette en soie grise, constellée de perles, ondulait sur son corps menu. Elle portait des escarpins assortis et des bas blancs. Elle dit, sur le ton d'une confidence capitale :

— Je me suis enfuie, Clairette ! Il y a des invités, les de Rustens... Les grands-parents de Corentine et de Denis, accompagnés d'un cousin lointain, un fringant sexagénaire qui voyage toute l'année sur un voilier. Je n'en pouvais plus, ils évoquaient Marie-Virginie en me fixant comme si j'étais une intruse. J'ai inventé une fable... qu'Arthur était malade, que je devais lui apporter de l'aspirine et que je n'avais pas faim. Bertrand a compris, il m'a conseillé de rester près de vous... à voix haute. Et, je vous assure, les de Rustens étaient soulagés, sauf le cousin qui me dévorait des yeux...

Faustine éclata de rire. Bertille lui faisait songer à un oiseau précieux, venu les charmer de son chant.

— Puisque c'est le jour sans viande, Léon m'a rapporté un kilo de filets de merlu des halles et du poisson de mer, déclara Raymonde. Je l'ai poché et je prépare une sauce au beurre avec du persil. Si cela vous convient, madame Giraud !

Bertille tapa du pied.

— Raymonde, ne m'appelle pas ainsi ! Zut ! On se connaît depuis des années.

— Tu ne la feras pas changer ! soupira Claire. Je suis toujours « Madame », alors toi…

Thérèse s'empressa de mettre le couvert en comptant les assiettes tout bas.

— Papa n'est pas là, hein, maman ? interrogea la fillette. Jean non plus ?

— Non, ils ne rentreront que ce soir ! maugréa la servante. A midi, le seul homme à manger avec nous, ce sera César.

Claire était heureuse de partager ce repas avec Bertille. Leur amitié avait résisté à toutes les épreuves. Sa cousine avait le chic pour dépeindre les gens de façon amusante, pour les imiter aussi. Pourtant, sans le vouloir, la maîtresse de Ponriant allait blesser Faustine.

— J'appréhendais ce jour depuis mon mariage avec Bertrand, disait-elle. Un déjeuner de luxe et les de Rustens face à la pécheresse que je suis. Je me demande comment Matthieu a pu séjourner chez eux, à Bordeaux… Enfin, quand je suis sortie du salon, il m'a fait un clin d'œil complice.

Faustine tressaillit. Très vite, elle lança, d'un ton indifférent :

— Matthieu était à Bordeaux ? Et là, il est chez toi…

— Oui, il a conduit Denis et Corentine, mais leur grand-père a fait le voyage en Rolls Royce, une Silver Ghost de 1910, un bijou de la construction automobile[1].

1. La société Rolls Royce a été fondée en 1906. Elle fut rapidement connue et renommée mondialement.

La jeune fille approuva sans poser d'autres questions. Elle était déçue. Matthieu l'avait quittée dimanche, sans même un baiser fraternel. Il prévoyait de se confesser au père Jacques, de passer quelques jours en solitaire.

« Mais non, il s'est empressé de rejoindre Corentine, pensa-t-elle. Moi qui l'attendais avec impatience, qui espérais une lettre, la lettre qu'il devait m'écrire… Pourquoi a-t-il eu besoin de voir cette fille ? »

Faustine était encore innocente quant à certains traits de la nature masculine. Elle ne pouvait pas deviner que le jeune homme usait de Corentine comme d'un alcool fort ou d'un sédatif, et que ce n'était pas une histoire de sentiments.

— Tous ces jeunes gens bien éduqués sont même allés au Cap-Ferret, une pointe de presqu'île sur l'océan Atlantique ! poursuivit Bertille. Matthieu a beaucoup apprécié. Les de Rustens ont une villa là-bas.

« Et il a pu coucher avec elle, songea Faustine. Je suppose que les hommes éprouvent un réel plaisir à faire ça, mais les femmes… »

Vexée et soudain très triste, elle se leva et aida Raymonde à débarrasser la table. La servante lui fit les gros yeux, toujours avide d'efforts et d'occupations, la seule chose qui l'empêchait de ruminer ses idées noires, centrées sur la Trinité Greta, Thomas et Léon.

Après le repas, les deux cousines se promenèrent en tête à tête. Arthur était resté près de Faustine.

— Quelle joie d'être avec toi ! soupira Claire. La semaine dernière, j'ai cru devenir folle.

— Tout est rentré dans l'ordre ! dit Bertille. Les vitres sont remplacées, Léon n'est plus suspecté, et apparemment le brûlé de Vœuil était bien le pervers qui a fait tant de mal depuis novembre.

— Je prie pour cela tous les soirs ! rétorqua Claire. Par contre, entre Léon et Raymonde, cela ne s'arrange pas. Ils ont fait bonne figure dimanche dernier, mais, dès le lendemain, ils se jetaient des regards de haine. Tu comprends, Raymonde exige qu'il ne voie plus cette femme et le bébé. Lui, il prétend qu'il doit veiller sur eux. Il refuse de lâcher son emploi à l'usine. Quant à Greta, étant allemande, elle vit cachée, tremblant de sortir en ville. Je la plains, même si j'aime beaucoup Raymonde… Jean m'a dit que Greta vivait dans un taudis. Hélas ! La situation me paraît sans issue, princesse.

Bertille hocha la tête. Elle s'appuyait au bras droit de Claire, plus grande et solide sur ses jambes.

— J'ai peut-être la solution ! s'écria-t-elle. Ecoute, Clairette, hier matin, Bertrand m'a persuadée d'engager une femme de ménage qui seconderait Mireille. Notre gouvernante souffre de rhumatismes et elle lit tard dans la nuit… Bien sûr, tu connais mon mari, il me laisse choisir ma future employée, qu'il compte loger dans le petit pavillon du parc. Si je prenais cette Greta ?

Claire fronça les sourcils, perplexe.

— Mais elle a son fils… Comment veux-tu qu'elle travaille avec un bébé de dix mois ! C'est l'âge le plus difficile.

— Nous avons tout le matériel, un parc, des jouets, un lit à barreaux ! Et Mireille préférera pouponner que cirer, dépoussiérer ou balayer le perron, répliqua Bertille. Léon sera tranquille de les savoir sous ma protection ! Et il n'ira plus à Angoulême. Raymonde l'aura sous la main. Elle pourrait au moins lui permettre de voir son fils de temps en temps ! Quand je pense que certains époux, à sa place, la feraient taire d'une grande claque.

— Ce n'est pas le genre de Léon ! soupira Claire, prise de gaieté. Imposer sa loi à Raymonde ? Même moi, j'en suis incapable. Mine de rien, elle n'en fait qu'à sa tête.

Les jeunes femmes étaient parvenues devant la maison où aurait dû résider William Lancester. Claire ne voyait jamais sans émotion les murs de pierres dorées et les toits de la grange. Ici avaient vécu Basile et Victor Nadaud.

— C'est là que j'ai vu Jean la première fois ! s'exclama-t-elle.

— Et moi, je me languissais dans mon lit, plongée dans mes romans d'aventures, ajouta Bertille en esquissant un mouvement de la jambe gauche. Et maintenant je peux danser !

— Princesse, tu m'étonneras toujours ! Oh, William est de retour.

Claire avait aperçu une silhouette à la fenêtre de l'étage. Le papetier anglais se pencha et les salua :

— Voici deux jolies dames en promenade ! déclara-t-il galamment. Qu'avez-vous fait de vos enfants, de votre louve ?

— Ils sont restés au Moulin ! répondit Claire avec entrain. Nous avions à discuter en privé, Bertille et moi.

— Oh, désolé, continuez votre discussion ! Je défais mes bagages ! Mes ouvriers seront à pied d'œuvre mardi.

— Alors, à bientôt ! dit Claire.

Elles avancèrent jusqu'au pont. Bertille lança un regard de côté à sa cousine qui souriait encore, la démarche plus vive, les joues un peu roses.

— Si tu n'aimais pas autant Jean, on pourrait croire que tu en pinces pour ce beau Britannique à l'accent caressant ! susurra Bertille.

— Tu as perdu la raison ! J'apprécie William, je l'avoue, car il est poli et sympathique... Et de plus, il m'a sauvée de la ruine.

— Hum !

— Princesse, garde tes « hum », je t'en prie. Tu as lu beaucoup trop de romans d'amour. Aucun homme ne peut rivaliser avec Jean !

— Je n'en doute pas ! persifla Bertille. Pourquoi te défends-tu avec une telle énergie ?

Claire poussa un grand soupir exagéré.

— Tu es toujours la plus forte, à ce jeu, princesse. Mais tu te trompes. Quand Sauvageon est mort, William m'a aidée à l'enterrer, et il est prévenant, d'une extrême gentillesse. Bon, je t'accorde une chose, il a une façon de me regarder assez flatteuse, si bien que j'ai l'impression de rajeunir, d'être encore séduisante.

— Mais tu es superbe, à l'aube de tes quarante ans. Un teint de pêche, des lèvres ensorcelantes et des prunelles de diamant noir. Pauvre Lancester, il a dû succomber à tes attraits.

Elles pouffèrent, pareilles aux adolescentes de jadis. Soudain, Bertille reprit son sérieux et demanda :

— Alors, est-ce que j'engage Greta ? Il faudra que tu en parles à Jean et à Léon. Moi, je me chargerai de Raymonde… Elle devra accepter !

Installée à la table de la cuisine, Faustine faisait répéter les lettres de l'alphabet à Arthur. Elle le trouvait en retard sur le plan du langage et espérait le voir progresser. Raymonde repassait du linge à l'étage ; César et Thérèse avaient reçu l'ordre de nourrir les poules et les chèvres.

— A ! Comme ton prénom, A… Arthur ! disait-elle.

Quelqu'un frappa à l'un des battants de la porte grande ouverte. La jeune fille se retourna et vit Denis, en costume de toile beige, un bouquet de lys à la main.

— Bonjour ! s'écria-t-il. Surprise ?

Faustine se maudissait d'avoir rougi. Elle baissa à nouveau la tête sur la feuille où elle traçait des lettres. Denis était déjà près d'elle ; il l'embrassa sur la joue.

— Toi, mon bonhomme, déclara-t-il, va donc jouer dehors. Je dois parler à ma fiancée.

— Reste ici, Arthur ! coupa Faustine. Nous terminons la leçon.

L'enfant aurait préféré filer avec Loupiote qui sommeillait à ses pieds. Il lança un coup d'œil curieux à Denis.

— B ! clama la jeune institutrice, B, comme bateau.

Denis soupira. D'un geste nerveux, il posa le bouquet enveloppé d'un papier de soie vert devant Faustine. Les fleurs dissimulèrent le travail en cours.

— Bon, nous reprendrons après le goûter, Arthur ! dit-elle d'un ton agacé. Tu peux rejoindre César et Thété. Emmène Loupiote.

Le bambin ne perdit pas une seconde et se rua à l'extérieur. Denis s'assit à côté de Faustine.

— Ma petite chérie, comme j'avais hâte de te revoir ! souffla-t-il à son oreille. Tu es plus belle de jour en jour.

— Tu ne semblais pas vraiment pressé, constata-t-elle.

Tu as patienté une semaine supplémentaire sans grand chagrin...

— Mais je t'avais prévenue, enfin ! Dans la lettre que j'ai envoyée à l'orphelinat... protesta Denis.

— Je ne l'ai même pas ouverte, rétorqua-t-elle. Elle doit se trouver dans mon sac.

Le jeune homme tiqua, étonné. Il croyait de tout son être que Faustine et lui vivaient une passion exaltante depuis des années.

— Qu'est-ce que tu as ? lui dit-il doucement en lui prenant la main. Je t'aime tant. Tu m'as fait le plus beau des cadeaux, et je ne pense plus qu'à ça. Ma petite chérie...

Denis s'assura qu'ils étaient seuls et colla ses lèvres dans le cou de la jeune fille en savourant la chair tiède. Il ajouta, tout bas :

— Tu es fâchée, mais si tu avais lu ma lettre, tu ne serais plus fâchée ; je t'expliquais les raisons de mon retard et je te jurais un amour éternel.

Il était dans la nature de Denis de céder au lyrisme et à l'emphase. Faustine se décida à le regarder bien en face. Elle fut presque choquée de le trouver séduisant. Depuis des jours, elle lui prêtait les traits rudes de Nicolas, associant les deux garçons dans la perversité et la brutalité. Troublée, elle examina la bouche fine et rose, les joues lisses, la chevelure couleur de châtaigne, un peu ondulée, le regard brun clair, pailleté. Elle eut un timide sourire.

— Ah, tu ne boudes plus ! Si nous allions nous promener ! s'écria-t-il avec un clin d'œil. D'abord, mets les fleurs dans l'eau. Je les ai achetées au marché couvert ce matin. Le lys, symbole de la pureté, ton symbole...

La remarque déplut à la jeune fille. Elle se revit couchée en travers d'un lit, dénudée, soumise aux ahans inquiétants de Denis.

— Je ne bougerai pas de la maison ! affirma-t-elle. Maman devrait arriver d'une minute à l'autre avec tantine.

— Oh ! Bertille ! Mes grands-parents sont encore vexés. On n'a jamais vu une maîtresse de maison s'enfuir à l'apéritif. Bonne-maman l'a traitée de « créature ». C'est ainsi qu'elle nomme les prostituées !

— Quel culot ! cria Faustine. Tantine n'est pas une « créature », et ta bonne-maman n'est qu'une andouille. Voilà !

Denis ne s'offusqua pas. Il s'était ennuyé ferme au cours du déjeuner. Et Faustine lui paraissait plus jolie encore en colère.

— Je ne veux pas te contrarier ! dit-il avec douceur. J'ai des choses formidables à te raconter. C'est pour ça que j'ai faussé compagnie à la famille.

— Je t'écoute ! dit-elle.

— Eh bien, mon père adhère à mon projet. Il juge comme moi que cela redonnera son prestige au domaine, et qu'en ces temps de crise économique la terre demeure une valeur sûre. Faustine chérie, me voici promu gentleman-farmer, une expression anglaise qui signifie approximativement : gentilhomme fermier. A la différence que j'exploiterai le sol de mes ancêtres et que le produit de mon labeur me reviendra sans intermédiaire.

La jeune fille découpa un pétale de lys à l'aide de sa plume où il restait un peu d'encre.

— Tu pourrais être plus précis ! soupira-t-elle. Lors de notre dernière rencontre, tu devais être clerc d'huissier, et nous logerions dans un appartement en ville, ce qui me permettait de garder mon poste à l'orphelinat... Tu as changé d'idée ?

Denis passa une main longue et soignée dans ses cheveux. Il jeta un regard protecteur à Faustine :

— C'était une simple théorie, mise à mal par mon nouveau plan. Les chevaux de race vont revenir au domaine, je me lance dans l'élevage, comme le faisait mon oncle Frédéric. Il me faudra aussi un troupeau de moutons pour les pâtures maigres des plateaux. Mon père me confie toutes les responsabilités. J'engagerai des ouvriers agricoles, deux palefreniers, des commis d'écurie, ceux qui nettoient les box et brassent du fumier chaque jour de l'année. Bref, je m'installe... Bonne-maman m'a acheté des bottes en cuir hors de prix et un ensemble en velours. Bon-papa est ravi également. Il m'a encouragé durant la semaine que j'ai passée à Bordeaux. Ponriant représente une mine d'or que nous laissons à l'abandon. Tu me soutiendras, n'est-ce pas ? Et j'ai l'intention de t'offrir une jument d'origine française, de caractère docile. Tu pourras t'adonner aux joies de l'équitation. Nous pouvons nous marier au mois de juin, et ce sera le plus bel été de ma vie.

Faustine se vit galoper sur les chemins du pays. L'existence que lui proposait Denis ne lui déplaisait pas.

— Et mes élèves ? dit-elle d'un ton acerbe.

— Bertille et mon père ont abordé ce point délicat, et sache que je suis disposé à de gros sacrifices. Vu que je serai très occupé du matin au soir, tu pourras passer la semaine en ville, en dormant chez ta tante Blanche, et tu me rejoindras à Ponriant le samedi, pendant les vacances aussi, jusqu'au jour béni où tu attendras un bébé, l'enfant de notre amour !

Denis l'enlaça et, de plus en plus hardi, baisa ses lèvres. La jeune fille tentait de le repousser, quand la voix de Claire s'éleva :

— Attention, les tourtereaux ! Vous êtes pris en flagrant délit...

Le rire en grelot de Bertille ponctua les derniers mots. Elle se rua vers son beau-fils et lui ébouriffa les cheveux.

— Dites-moi, jeune homme ! Qui vous a permis de rendre visite à votre fiancée ? Sans aucun chaperon à l'horizon ?

Raymonde entra à son tour. Elle aimait bien Denis et le salua d'un bonjour retentissant. Il se leva, embarrassé.

— J'avais besoin de discuter avec Faustine ! expliqua-t-il.

— Oh, ces lys ! s'écria Claire. Quelle merveille... Ce parfum ! J'en avais planté, il y a une dizaine d'années, mais ils n'étaient pas aussi somptueux. Tu te souviens, princesse, le long du mur du cellier ? Les lys de la Madone, disait ma mère.

Elle s'empara des fleurs et s'empressa d'en garnir un vase en faïence. En arrangeant le bouquet à sa convenance, elle jetait des œillades satisfaites au fils de Bertrand Giraud. Il était mince, pas très grand, mais d'une élégance discrète.

Selon Basile, l'avocat et Denis avaient hérité du charme et de la finesse de traits de Marianne des Riants, la malheureuse épouse d'Edouard Giraud.

« Si Faustine se marie, elle me manquera. Mais elle sera notre voisine, et elle sera fortunée... » songea-t-elle.

Le jeune homme reprit, d'une voix enjouée :

— Je voulais aussi inviter Faustine à prendre le thé au domaine... Mes grands-parents aimeraient profiter de leur séjour pour faire sa connaissance. Si vous acceptez, Claire...

— Mais bien sûr, Denis ! Ma chérie, monte vite te faire belle, choisis une toilette plus chic.

La jeune fille portait une jupe bleue et un corsage blanc. Elle avait laissé ses cheveux défaits.

— Je suis à mon aise ainsi ! répliqua-t-elle. C'est ma tenue de campagne.

Bertille ne perdait rien de la scène. Encore une fois, elle percevait les réticences de Faustine à l'égard de Denis, que tous considéraient comme son futur époux.

— Une jolie robe sert d'armure ! déclara-t-elle en saisissant le bras de la jeune fille. Viens, je t'accompagne dans ta chambre. Je vais t'aider...

Elles se retrouvèrent seules dans la pièce aux volets mi-clos. Faustine ôta ses vêtements, apparaissant en chemisette de calicot et culotte longue bordée de dentelles.

— Présente-toi comme ça à bon-papa de Rustens, il en aura une attaque ! plaisanta Bertille.

— Oh ! Tantine, toi alors... Je n'ai pas envie d'y aller. Ces gens me font peur. Enfin, disons qu'ils m'intimident.

— De toute façon, à leurs yeux, nous sommes des inférieurs, des paysans aisés. Toi, tu as un atout. A table, Denis a bien insisté sur la branche Dehedin, de riches verriers normands, en prenant soin de cacher le passé de Jean. Sois polie, gracieuse, souris et tais-toi, ils te jugeront adorable.

Bertille explorait le contenu de la penderie. Elle en sortit une robe rose et gris, et l'examina avec une moue de dédain :

— Ma chérie, tout ceci est vraiment démodé... Cependant, je crois que ma toilette inspirée d'une création de Poiret, ce couturier parisien dont je t'ai parlé, les a effrayés. Là-dedans, tu seras parfaite. Je te ferai un chignon haut, ton cou est ravissant.

Faustine enfila la robe et se laissa coiffer. Elle se sentait piégée car, à Ponriant, il y aurait Matthieu et Corentine.

— Je ne suis pas obligée d'y aller, tantine ! maugréa-t-elle.

— Si ! Tu es une personne courageuse, admirable. Nous irons tous les trois, puisque j'ai la voiture. Et puis Bertrand me manque. Ne t'inquiète pas, les de Rustens ne reviendront pas avant ton mariage.

— Si je me marie ! coupa la jeune fille.

— Si tu te maries ! admit Bertille. En effet, tu peux encore refuser ce magnifique parti, ton amoureux depuis quatre ans, si je ne me trompe pas…

— Oh, tantine, je ne sais plus où j'en suis. Quelque chose me préoccupe, mais je ne peux en parler à personne. C'est si gênant !

— Je pense pouvoir tout entendre sans m'évanouir ! plaisanta Bertille. Allez, dis-moi…

— Eh bien, commença Faustine, je dois t'avouer que Denis et moi, depuis Noël 1915, nous sommes souvent embrassés et un peu… touchés.

— Je m'en serais doutée, et ce n'est pas grave.

— Oui, mais, à cette époque au moins, j'éprouvais des sensations agréables, même très agréables, cela me plaisait et… Oh non, je n'ose pas !

Bertille se plaça derrière la jeune fille et lui tapota l'épaule.

— Avec Claire, nous abordions ces sujets sans grande pudeur. Continue, ma chérie.

— Donc, c'était exaltant, j'avais envie de rire ou de pleurer, j'étais certaine d'aimer Denis ! déclara vite Faustine. Mais depuis qu'il est rentré de la guerre, chaque fois qu'il m'embrasse, qu'il me serre contre lui, je ne ressens plus rien, comme si j'étais faite de bois ou de pierre. Si je l'épouse, il faudra que je couche avec lui, et j'ai peur de ne pas apprécier du tout.

Il y eut un court moment de silence. Bertille réfléchissait

afin de répondre d'une manière rassurante aux inquiétudes de Faustine. Tout bas, elle finit par répliquer :

— Peut-être que tu es devenue plus raisonnable, ma chérie, tout simplement. Quand tu avais quinze ans ou seize ans, tu découvrais les mystères de ton corps, le jeu de l'amour, mais tu sortais juste de l'enfance qui ne s'encombre pas de faux-semblants ni de honte. A présent, tu as un métier, un rôle à tenir auprès de tes élèves, et tu ne parviens plus à te détendre lorsque Denis sollicite tes baisers. Tu sais que cela t'engage vis-à-vis de lui, qu'il souhaite se marier et fonder une famille avec toi. Cela t'effraie un peu, je pense… Et reconnais que cet hiver a été pénible, ces histoires de viols dans la vallée, la terreur générale. Tu as pu être impressionnée sans t'en rendre vraiment compte.

Les propos de Bertille réconfortèrent Faustine. Elle demanda encore, d'une petite voix soucieuse :

— Est-ce qu'un mari peut violer sa femme ? Tantine, j'ai confiance en toi. Entre époux, entre fiancés même, si l'homme se montre brutal et profite de sa force, appelle-t-on cela un viol ?

Du coup, Bertille obligea la jeune fille à lui faire face. Elle la contempla de ses yeux gris, d'une transparence étrange :

— Faustine ! Tu as peur de la nuit de noces ? Mais voyons, Denis est un garçon gentil, amoureux, qui n'en sait pas plus que toi dans ce domaine, à mon avis. Il sera attentionné, timide, délicat. Je lui ferai des recommandations si cela te rassure.

— Surtout pas, tantine, je t'en supplie ! Ce serait ridicule ! s'écria Faustine. Non, l'instant venu, je lui confierai mes craintes. Et je suivrai tes conseils : si nous sommes seuls et qu'il m'embrasse, je serai moins sur la défensive.

— Attention, gronda Bertille en riant, ces messieurs se laissent vite emporter par leur fougue. Ne lui accorde rien avant le mariage…

— C'est ce que tu as fait avec Bertrand ? chuchota la jeune fille.

— Euh… non ! Nous, c'était différent. Nous étions plus

âgés. Lui était veuf, et moi, j'étais veuve. On ne peut pas comparer.

Faustine soupira. Bertille lui chatouilla le menton avant de déposer un léger baiser sur sa joue.

— Courage, ma chérie ! Je t'emmène affronter la haute société bordelaise. Montre-leur que tu es une personne exceptionnelle…

Elles se sourirent et quittèrent la chambre.

Domaine de Ponriant, même jour

Faustine accepta volontiers le bras de Denis pour entrer dans le grand salon de Ponriant. Une appréhension inexplicable lui nouait le ventre. Bertrand vint l'embrasser amicalement, mais un autre homme, fort grisonnant, se précipita à son tour et, comme elle lui tendait la main, il la souleva à sa bouche pour un simulacre de baiser.

— Voici donc la ravissante demoiselle qui a conquis le cœur de notre Denis ! déclama-t-il à la cantonade. Je me présente : Hubert Jacques de Rustens, un cousin germain de notre chère Marie-Virginie, disparue bien trop tôt.

La jeune fille, guidée par Denis, se retrouva devant le fauteuil d'une vieille dame aux boucles neigeuses qui portait des lunettes. Vêtue de mauve, un bouquet de violettes artificielles à sa veste, elle resta assise en détaillant l'arrivante des pieds à la tête.

— Ma grand-mère Gersende, souffla le jeune homme.

— Vous enseignez, m'a-t-on dit ! fit la vieille dame. Noble tâche, mais qui ne convient guère à la future épouse d'un propriétaire terrien. Enfin, si cela vous distrait…

— Madame, j'instruis des orphelines, des enfants défavorisées qui auront besoin de travailler une fois adultes. Ce n'est pas une distraction pour moi, mais un engagement ! rétorqua Faustine d'une voix haute et ferme.

Elle était fière de sa réponse, fidèle aux idées de Basile Drujon, l'ancien maître d'école à l'âme rebelle qui lui avait souvent répété que l'instruction était la clef de la liberté individuelle. Un éclat de rire strident tourna ses mots en dérision. Corentine, installée dans une bergère garnie de satin fleuri, feignait encore l'hilarité.

— Avouez qu'elle est comique ! dit-elle en prenant sa famille à témoin. Une brave petite campagnarde à l'assaut de l'ignorance !

Faustine lui décocha un regard méprisant. Comme dans un brouillard, elle devina Matthieu près de la jeune femme.

— Mademoiselle Dumont fait honneur à la gent féminine ! lança une voix grave, un peu tremblante.

Il s'agissait de René-Louis de Rustens, le grand-père de Corentine et de Denis. De son siège, il toisa sa petite-fille :

— Quel intérêt as-tu à te moquer de cette jeune personne bien éduquée et utile à la société contemporaine ? ajouta-t-il. Il paraît évident que mademoiselle a d'autres intérêts que la mode et la parure, ce qui n'est pas ton cas.

C'était un beau vieillard, malgré son crâne chauve et sa peau blême. Ses yeux bleu-vert voletèrent de Corentine à Faustine, heureuse de son intervention.

— Chère enfant, poursuivit-il, je suis content de vous rencontrer. Vous l'ignorez sans doute, mais ma petite-fille Eulalie, qui a pris le voile il y a trois ans, vient de s'embarquer pour le Congo belge comme missionnaire. Elle enseignera la parole du Christ tout en étant infirmière dans un dispensaire. Je l'admire beaucoup. Vous me semblez de la même trempe qu'elle.

René-Louis de Rustens se leva avec effort et s'inclina galamment devant Faustine. Vexée par la diatribe de son grand-père, Corentine se mit à bouder. Mireille servit le thé. C'était une véritable cérémonie : les tasses fines au liseré doré, la théière emmitouflée de satinette rose pour préserver la chaleur de la porcelaine, les cuillères en argent massif et, sur des soucoupes, un assortiment de petits biscuits pareils à des jouets en sucre. La gouvernante adressa un sourire ému à Faustine. Celle-ci aurait de loin préféré déguster un goûter plus ordinaire, dans la vaste cuisine du sous-sol.

« Ces gens sont polis et éloquents, mais ils ont l'air triste et revêche, pensa la jeune fille. Excepté le cousin Hubert, qui aime attirer l'attention. »

La conversation porta uniquement sur les nouveaux projets de Denis. Chacun y allait de son conseil, vantant les mérites des diverses races de chevaux. Gersende de Rustens préconisait les anglo-normands, robustes et élégants, René-Louis n'aimait que les pur-sang anglais. Corentine minaudait, une tasse à la main, en énonçant de courtes phrases à Matthieu, qui affichait une expression impassible. Pas une fois il n'avait cherché le regard de Faustine. Elle ne se souvenait pas de la seconde furtive où ils avaient échangé un baiser de convenance en guise de bonjour.

Assise en retrait de Bertrand, Bertille observait les uns et les autres. Elle prévoyait déjà prétexter une migraine afin d'échapper au dîner. Clara s'était réfugiée sur ses genoux. Un peu sauvage, la fillette aurait bien voulu voir disparaître les invités.

Au bout de dix minutes, le cousin Hubert sortit fumer un cigare. Corentine, qui affectait de fumer des cigarettes américaines, le suivit. René-Louis commença à discuter de placements financiers et des cours de la Bourse avec Bertrand, tandis que Gersende somnolait.

— J'emmène Clara dans le jardin ! annonça Bertille. Elle a besoin de se dégourdir les jambes.

Matthieu se leva et se dirigea vers la bibliothèque, située au bout du petit salon voisin.

« Il est comme chez lui, au domaine ! » soupira Faustine qui, après quelques hésitations, suivit le jeune homme.

Elle le rejoignit dans un angle de la pièce. Il avait ouvert un des meubles vitrés et feuilletait un livre dont la reliure et les pages jaunies attestaient l'ancienneté.

— Comment vas-tu ? demanda-t-elle froidement.

— Et toi ? Présentée à la famille de ton petit Denis... Je comptais passer au Moulin ce soir, ce ne sera pas la peine ! dit-il.

— Matthieu ? gémit-elle. Quand seras-tu capable d'être le même où que tu sois, malgré les gens qui t'entourent.

Ici, tu ne ressembles pas au Matthieu qui est rentré la nuit, blessé, malheureux, tellement humain.

— Chut ! coupa-t-il. Quelqu'un pourrait t'entendre. Corentine ne me lâche pas une minute. A quoi bon me tenir des discours ou me faire la morale ? Je ne suis pas allé me confesser, j'ai pleuré et battu ma coulpe seul, puis j'ai fini par rouler jusqu'à Bordeaux. C'est agréable de s'amuser, de boire, d'oublier certains moments affreux. Je croyais sincèrement que le secret ne serait pas si lourd à porter…

Faustine s'assura que personne ne venait. Elle posa sa main sur l'épaule de Matthieu.

— J'étais prête à t'aider. Moi aussi, je sais la vérité, et tu m'as laissée seule.

— Je suis désolé, affirma-t-il. Ce que j'ai vécu samedi dernier, je parviens mieux à l'occulter près de Corentine, de ses cousines, au bord de l'océan, même ici. J'ai l'impression, si je retourne au Moulin, que la mort de Nicolas va me sauter au visage et que je serai défiguré à mon tour ! Ne m'en veux pas, Faustine. En plus, j'ai fait une bêtise…

— Laquelle ? interrogea la jeune fille très bas.

— René-Louis de Rustens m'a poussé dans mes retranchements quant à l'honneur de sa petite-fille. Pour qu'il me fiche la paix, j'ai promis que nous serions bientôt fiancés, Corentine et moi. Comme tu le disais l'autre jour, les dés sont jetés. Et ne fais pas ces yeux, tout à l'heure, dans le salon, tu étais la parfaite future épouse de Denis Giraud. Essayons d'oublier, Faustine… tout ! Notre enfance, nos sottises d'adolescents, et le reste.

Sur ces mots, Matthieu referma le livre, le tendit à la jeune fille et quitta la bibliothèque. Faustine lut le titre. Son cœur se serra. C'était le roman *Tristan et Iseut*, de l'Allemand Eilhart von Oberg, un texte du Moyen Age.

Elle dut retenir ses larmes. Un quart d'heure plus tard, elle rentrait seule au Moulin, en empruntant un sentier à travers champs.

9

Les épines du printemps

Vallée des Eaux-Claires,
nuit du Vendredi saint au samedi

Faustine fixait le plafond de sa chambre qu'un rayon de lune caressait. Elle avait laissé sa fenêtre ouverte, les volets accrochés au mur. L'air nocturne embaumait grâce aux fragrances du lilas mauve et de la pivoine aux énormes fleurs roses qui poussaient non loin de là. La jeune fille se remémorait les paroles de Matthieu, elle les soupesait et les maudissait.

« Ainsi il sera bientôt fiancé officiellement à Corentine ! songeait-elle. Il ne reviendra pas en arrière, il a fait son choix. Je m'en moque, Denis me plaît. C'est gentil de sa part de m'avoir rattrapée, cet après-midi, pour me raccompagner ici. Il ne comprenait pas pourquoi je pleurais. Mais c'est fini, j'en ai assez d'être triste, de me poser des questions stupides. La Gitane avait raison : il y aura un double mariage à Ponriant. L'idée enchante tantine. Maman aussi, cela l'amuse. »

Une chouette jeta un cri pareil à un aboiement et s'envola du frêne le plus proche. Faustine s'enfouit sous ses draps et ferma les yeux. Elle toucha la bague qui ornait sa main gauche, un saphir serti dans une fleur en brillants sur un anneau d'argent. Denis la lui avait offerte à l'ombre d'un bosquet de saules, au bord de la rivière.

« Et il m'a invitée à visiter un élevage de chevaux, mardi, du côté d'Aubeterre. Je pourrai choisir ma jument. Ce sera mon cadeau de mariage... »

Elle se coucha à plat ventre et arrangea son oreiller.

« Quand Denis m'a embrassée, ce soir, dans l'écurie, il s'est montré très doux. J'avais envie qu'il recommence. Bertille dit vrai, je réfléchis trop. La première fois que l'on couche ensemble, ce n'est peut-être jamais agréable. Denis était bizarre, affolé, brusque. J'aurais dû en parler à tantine... Non, je ne pouvais pas. C'est un secret, encore un secret. »

Exaspérée, Faustine mordilla un ruban de sa chemise de nuit. Arthur ne dormait pas avec elle, et c'était une chance. Le petit garçon avait consenti à réintégrer sa chambre en compagnie de la louve. Claire lui avait affirmé que l'animal veillait sur lui.

« Et si je permettais à Denis de recommencer ! Mais où ? Nous sommes rarement tous les deux. Même mardi, Bertrand vient avec nous. Non, j'attendrai la nuit de noces. »

Faustine fixa de nouveau le plafond. Le visage de Matthieu lui apparut, grave, les traits tirés. Elle secoua la tête.

« Je mélange tout. J'aime tant Matthieu que je crois par moments être amoureuse de lui. Je ne peux pas être amoureuse d'un homme qui peut apprécier une fille aussi sotte et futile que Corentine. Denis, lui, n'aime que moi. Il m'adore, a dit tantine. Matthieu, c'est mon frère, mon meilleur ami. »

Du bout des doigts, elle effleura l'édredon.

« Nous étions allongés là et, ni lui ni moi, nous n'avons ressenti de désir particulier. De toute façon, je ne le perdrai pas de vue, jamais, puisqu'il épouse la sœur de Denis. Quelle famille cela fera ! Nos enfants respectifs seront cousins germains, ils joueront dans le parc de Ponriant... Si seulement Corentine était plus aimable à mon égard. Elle doit me détester. Au fait, pourquoi elle me déteste ? La prochaine fois que je la vois, je lui demanderai ce qu'elle me reproche. Le mieux, ce serait que nous devenions amies ! »

La jeune fille fit la grimace. Elle jugeait la chose impossible.

« Je manque de charité. Corentine a perdu sa mère, une petite sœur et un frère. Bertrand l'a envoyée en pension et elle a été élevée par ses grands-parents, ces dernières années. René-Louis de Rustens m'a l'air d'être quelqu'un de bien, quoique sévère, mais Gersende, son épouse, me fait penser à un bloc de glace. Matthieu a plus de cœur que moi, il a su aimer Corentine malgré son mauvais caractère. Voilà, je deviens raisonnable. Ils feront un couple élégant, des citadins. Denis et moi, nous vivrons dans la vallée, en plein air. »

Faustine se sentit soudain heureuse. L'avenir ne l'inquiétait plus.

Au bout du couloir, dans leur chambre où brûlait une petite chandelle, Jean et Claire bavardaient. Ils étaient entrelacés, nus, jambes mêlées. Elle avait posé sa joue contre son épaule à lui, ils s'embrassaient souvent, dès que l'un ou l'autre se taisait un instant. La clarté jaune lançait des reflets mouvants sur leur chair apaisée.

— Que tu es belle, Câlinette ! soupirait Jean. Je n'arrive pas à croire que tu auras quarante ans cet été.

Il se redressa pour poser des baisers gourmands à la pointe de ses seins. Elle éclata d'un rire bas, qui trahissait son trouble.

— Je veux bien que tu séjournes de temps en temps à Paris, concéda-t-elle, si tu me reviens aussi amoureux.

Elle prit ses lèvres et lui caressa le ventre et les cuisses.

— Sois prudente, Câlinette, sinon je ne réponds pas de moi ! menaça-t-il d'un ton coquin. Trois fois en deux heures, ce ne serait pas correct.

Claire s'éloigna un peu. Jean l'étreignit et frotta son visage dans ses cheveux. Elle se dégagea, haletante :

— Non, cela suffit, monsieur l'étalon. Je n'en peux plus. Je voulais te parler de Faustine, tu ne m'en as pas laissé le temps. As-tu remarqué comme elle était gaie pendant le dîner. Et elle portait une bague magnifique.

— Oui, je m'en suis aperçu ! répondit Jean. Je l'ai même interrogée à ce sujet. Denis la lui a offerte pour leurs fiançailles, et elle a accepté. Ils ont bien raison : pas besoin de cérémonie ou d'un public pour s'aimer.

Claire approuva en silence, avant d'ajouter :

— Je suis rassurée, en fait. Je m'inquiétais pour Faustine, ces derniers jours. Cela dit, nous étions tous bouleversés, vu la gravité de ce qui se passait. Mais elle me paraissait vraiment soucieuse, malheureuse même. Je voulais discuter avec elle, savoir ce qui la tracassait, je n'en ai pas eu l'occasion.

— Nous pouvons être tranquilles, elle sera choyée avec Denis. La vie est étrange, Câlinette. Souviens-toi, quand nous étions si amoureux et que tu devais épouser Frédéric Giraud. Je haïssais le domaine de Ponriant et tous ceux qui y habitaient. Une nuit, j'ai eu envie d'y mettre le feu. Mais Basile m'a remis les idées en place. C'était à l'époque où je me cachais chez lui. Jamais je n'aurais imaginé qu'un jour ma fille épouserait un des héritiers ! Denis a de bons projets, relancer l'élevage de chevaux de race, participer aux courses de galop…

La voix de Jean vibrait d'une satisfaction profonde. Claire le pinça à la taille, sous les draps.

— Et, cerise sur le gâteau, précisa-t-elle, ta fille demeure près de toi, à quelques centaines de mètres à vol d'oiseau. Elle aurait pu s'enticher d'un homme qui vivrait à l'autre bout de la France.

— J'avoue que cela me fait plaisir aussi. Elle nous rendra souvent visite, à cheval peut-être. Denis lui offre une jument, tu es au courant ?

— Bien sûr ! affirma Claire. Faustine me l'a confié tout à l'heure en m'aidant à fermer les volets de la cuisine. Et je suis ravie, je préfère les chevaux aux automobiles, moi. Demain, je voudrais venir avec toi en ville, faire la connaissance de Greta et de Thomas. J'espère qu'elle consentira à travailler à Ponriant. L'offre de Bertille est intéressante.

— Et elle arrange tout le monde : Léon, Raymonde, et nous. Un peu de calme serait le bienvenu.

La chandelle s'éteignit. Jean embrassa sa femme qui lui rendit son baiser avec fougue. Le temps s'abolissait. Ils se sentaient très jeunes, brûlants de désir, comme ils l'étaient jadis sur le sable de la Grotte aux fées.

Dans sa chambre de Ponriant, Corentine touchait son ventre plat. Elle venait de consulter un calendrier, mais elle recomptait encore sur ses doigts le nombre de jours écoulés depuis la folle nuit où Matthieu, ivre, avait oublié de prendre les précautions habituelles.

« Je n'ai aucun signe, rien, pas la moindre petite douleur. Oh, pourvu que je ne sois pas indisposée demain, ni après-demain. »

Jamais une jeune fille de bonne famille, encore célibataire, n'avait souhaité avec tant d'ardeur se retrouver enceinte. Elle baissa la flamme de la lampe à pétrole qui jetait des lueurs roses sur ses draps brodés.

« Déjà, bon-papa a forcé Matthieu à parler fiançailles, se dit-elle tout bas, mais si en plus j'attends un enfant, le mariage sera avancé. Au mois de juin, ce serait parfait. »

Elle secoua ses cheveux coupés au carré, au ras de la nuque. L'air frais dans son cou l'enchanta. La vaste maison était plongée dans le silence. Corentine imagina ses grands-parents au lit, dans l'ancienne chambre de sa mère. Marie-Virginie hantait-elle les lieux ? Eulalie le prétendait.

« Ma sœur a bien fait de devenir religieuse ! songea Corentine. Elle me faisait peur avec ses histoires de fantômes. Elle racontait qu'elle voyait Alphonse dans la nursery, assis au milieu de ses jouets, et Victoire aussi. »

Alphonse n'avait vécu que onze mois. La jeune fille se souvenait trop bien des cris hystériques de sa mère lorsqu'elle avait découvert le bébé mort dans son berceau. Des cris de bête à l'agonie. Pour Victoire, toute la famille était préparée. La fillette toussait beaucoup, elle était maigre et blême.

« Alphonse aurait dix-sept ans, Victoire quatorze. Maman serait peut-être encore vivante, si elle ne les avait pas perdus. Cela lui a ôté tout son courage. Elle s'est laissée mourir. »

Corentine chassa vite ces tristes pensées. Elle prit un carnet et traça l'esquisse d'une robe de mariée à la dernière mode. La toilette dévoilerait ses jambes ; elle porterait des bas de soie d'un blanc nacré.

« Je voudrais de la mousseline, des nuages de mousseline, songea-t-elle. Et un turban tout emperlé. Matthieu sera en gris, un costume à queue-de-pie et un haut-de-forme. Oh, j'aurai un mari superbe. »

Elle admirait le jeune homme, le trouvant d'une beauté rare, d'une infinie séduction. Il lui inspirait une passion jalouse, renouvelée au quotidien, car elle n'était pas sûre de lui plaire vraiment.

— De toute façon, souffla-t-elle, si Matthieu m'idolâtrait, s'il se montrait servile et sot comme Denis devant Faustine, j'en aurais déjà assez de lui.

Personne n'avait dit à Corentine qu'elle aimait les défis et s'exaltait à l'idée de gagner le moindre combat. Seule Claire s'était étonnée de la ressemblance de la jeune fille avec Frédéric Giraud, son oncle. De lui, elle tenait ses yeux verts en amande, sa minceur sportive et son arrogance.

« Où habiterons-nous une fois mariés ? s'interrogea-t-elle en mordillant son crayon de papier. A Bordeaux, ce serait idéal. Enfin, je ferai en sorte que ce soit le plus loin possible d'ici, pour éviter de croiser cette cruche de Faustine. »

Corentine revit l'apparition dans le salon de Faustine vêtue d'une robe désuète, du satin rose à ramages beiges qui moulait sa poitrine bien ronde et marquait sa taille de guêpe soulignée par les hanches un peu larges.

— Ah ! Denis va épouser une bonne poulinière ! persifla-t-elle. Elle fait bien de s'habiller avec des vieilleries, les nouvelles lignes fluides la feraient paraître encore plus dodue. Quelle pimbêche ! Son couplet sur l'éducation des orphelines, superbe ! Bon-papa a mordu à l'hameçon, l'imbécile.

Corentine fit la grimace. Au fond, elle n'avait pu s'empêcher de trouver Faustine gracieuse, très jolie – et digne. Cela renforça son mépris teinté de haine. Son instinct la poussait à se méfier de la jeune institutrice.

« Matthieu n'a pas pris sa défense, heureusement ! songea-t-elle encore. Pourtant je sais qu'il l'aime. Mais comment l'aime-t-il ? Dès que je lui pose la question, il me réplique

que Faustine est sa petite sœur chérie. Je t'en ficherai, moi, des petites sœurs chéries. »

Elle s'allongea, jeta le carnet et le crayon par terre et donna des coups de pied dans ses draps. Matthieu était rentré à Angoulême. Il avait refusé de l'emmener, las, selon lui, de trahir la confiance de Bertrand. Corentine était prête à raconter à son père qu'elle dormirait chez une de ses amies. Le jeune homme avait perdu patience.

— Il ne se débarrassera pas toujours de moi comme ça ! déclara Corentine en éteignant sa lampe.

Dans une chambre voisine, Denis était penché sur un registre aux pages jaunies. Toujours en costume, la chemise entrouverte, il étudiait le nom et les origines des chevaux qui étaient nés à Ponriant ces dernières années et que l'armée française, en juillet 1914, avait réquisitionnés. Cela l'intéressait beaucoup plus que le droit civil ou le code pénal. Deux autres gros cahiers étaient posés au coin de son bureau. Ceux-là concernaient le siècle précédent et ils avaient été tenus par le père de Marianne des Riants.

— Je devrai être à la hauteur de mes prédécesseurs ! soupira-t-il. Cela dit, le plus dur labeur reviendra aux juments et à l'étalon que j'achèterai.

L'idée le fit rire en silence. Il jeta un coup d'œil circulaire à la pièce tapissée de moire brune, aux lambris de chêne sombre. Un lit à baldaquin de velours beige ne parvenait pas à rendre l'endroit plaisant.

« Je dois en parler à Bertille dès demain. Faustine ne peut pas s'installer dans ce décor lugubre. A moins qu'on ne lui attribue une chambre bien à elle. »

Une cigarette aux lèvres, Denis alla examiner une porte double qu'une draperie grise dissimulait. Il se rappela soudain qu'il occupait la chambre de son grand-père Edouard, et que la pièce voisine était en fait l'ancienne chambre de Marianne.

« Voilà la solution ! se réjouit-il. En plus, Faustine avait aimé la chambre quand elle avait essayé une robe de ma grand-mère. C'était avant Noël 1914. »

Il jubila. C'était vraiment judicieux d'utiliser à nouveau cette pièce spacieuse, condamnée depuis plus de vingt ans... Très ému, le jeune homme se mit à faire les cent pas. Il revoyait Faustine à l'ombre des saules, fascinée par la bague nichée dans un écrin de satin rouge.

« Qu'elle est belle, ma petite chérie. »

Denis tenta de ne pas penser à la jeune fille dénudée, livrée à son bon plaisir, au premier étage de la maison des Nadaud, en ville. En la faisant femme, il avait éprouvé une jouissance extrême.

« Oh, j'ai hâte de la tenir contre moi, des jours et des nuits, surtout les nuits... »

Les joues rouges, il se concentra sur le doux visage de madone de Faustine, sur son sourire timide lorsqu'il avait passé la bague à son doigt. Au fond de l'écurie, elle avait accepté de l'embrasser. Il évoqua la saveur de sa bouche, sucrée, chaude. Tout bas, il lui avait demandé pardon. Il se répéta à mi-voix les phrases censées apaiser la rancœur de la jeune fille.

« Ma chérie, j'ai bien réfléchi. Je me suis montré un peu brutal, ce jeudi où tu as consenti à m'aimer. J'étais fou de désir, de passion. Désormais, je saurai te respecter, je serai plus délicat. Je n'ai qu'un rêve : te rendre heureuse jusqu'à l'heure de ma mort ! »

Content de lui, Denis n'avait pas conscience qu'une fois encore il avait abusé d'un lyrisme facile, dans les derniers mots, et que cela agaçait Faustine. Comme elle l'avait remercié avec tendresse, il jugeait avoir fait preuve d'une éloquence exceptionnelle.

Il se replongea dans l'examen des registres du domaine. Son amour pour Faustine le dominait tout entier. A cette heure tardive, Denis s'estimait comblé. Il décida même de renoncer à ses visites galantes au Rempart du Nord.

« Ce sont des dépenses inutiles ! » conclut-il.

Au Moulin, Raymonde feignait de dormir. Elle occupait le lit double avec Thérèse, dans le logement situé au-dessus de la salle des piles. Prétextant un mal de dos, la servante avait consigné son mari sur une étroite paillasse dans la petite pièce voisine. César n'était pas dupe : ses parents étaient en froid. L'adolescent s'en moquait. Au mois de juillet, il entrait en apprentissage comme mécano. Cette perspective le consolait de tout.

— Qu'il fait chaud, déjà ! se plaignit Raymonde.

Thérèse grogna dans son sommeil, car sa mère l'avait repoussée. Léon, lui aussi éveillé, demanda tout bas ce qui n'allait pas.

— Rien, je ne suis pas à mon aise. Dors donc ; tu as tant de travail en retard. Madame est bien bonne de ne pas te foutre à la porte.

Léon ne répondit pas. Son univers familier s'était écroulé. Cela datait de la mobilisation. Sur le front, effrayé par la sauvagerie des batailles et les morts innombrables, il s'était senti perdu. Les jours tranquilles, son modeste bonheur, sa petite famille, tout cela lui semblait dissous au vent des obus et des gaz. Maintenant son épouse devant Dieu le détestait et il y avait un enfant innocent, Thomas, né de ce chaos.

Raymonde pensait également au petit garçon. Devant Claire et Jean, elle avait capitulé avec des sourires polis. Bien sûr, cette Greta et son fils pouvaient habiter le pavillon du parc, à Ponriant. Oui, c'était une solution et madame Bertille était très généreuse.

Au fond, la servante enrageait. L'Allemande envahissait sa vallée, et Léon pourrait voir souvent Thomas, son bâtard.

— Nous, les domestiques, pas moyen de donner notre opinion ! cria-t-elle brusquement, réveillant Thérèse et César.

Léon accourut, pâle et maigre dans son pyjama rayé. Il craqua une allumette et observa sa femme d'un œil inquiet.

— Ma pauvre poulette, tu te tracasses !

— Eh oui, je me tracasse, crétin !

Sa femme se leva et attrapa sa fille par le bras. Comme César venait aussi aux nouvelles, Raymonde hurla :

— Toi, César, couche donc sur la paillasse de ton père. Thérèse, retourne dans ton lit. Tu gigotes tellement que ça me tourne la tête.

— Et où je dors, moi ? bredouilla Léon.

La servante désigna la place laissée libre par Thérèse. Elle se recoucha et tapota l'oreiller.

— Tu dors près de moi, et tu n'as pas intérêt à ronfler…

Léon s'allongea, raide et gêné. Il fit de son mieux pour ne pas effleurer le corps de Raymonde. Elle poussa plusieurs gros soupirs, puis se calma. Ils restèrent ainsi une demi-heure, sans échanger un mot.

— Je voudrais que tu me tiennes la main ! chuchota-t-elle soudain. Quand je me suis mariée, je pensais que je ne serais plus jamais toute seule. Et ça fait des mois que je pleure, à peine au lit…

Attendri, Léon voulut l'embrasser sur la joue, au risque de prendre une gifle. Ses lèvres rencontrèrent celles de sa femme.

— Oh ! Pardon… souffla-t-il.

— Espèce de crétin, dit-elle en l'enlaçant. Je n'ai pas assez d'orgueil, va, et puis je t'aime.

Le sommier grinça jusqu'à minuit.

En traversant le bourg de Puymoyen, Matthieu avait ralenti avant de se garer sur la place. Son départ de Ponriant n'était qu'une fuite. Bertille mettait à sa disposition une chambre mansardée qu'elle avait fait aménager. Il avait décliné son invitation, assurant qu'il reviendrait le dimanche.

Incapable de s'éloigner de la vallée, le jeune homme était entré au Café des Amis où il avait bu deux verres d'alcool. Ensuite, ses pas l'avaient mené vers le raccourci de Claire, ce sentier qui serpentait entre buis et genévriers, qui coupait le plateau aride surplombant les falaises et descendait en méandres serrés vers le Moulin.

La lune était pleine. Sa clarté fantomatique suffisait pour une balade nocturne. Matthieu s'était assis à l'extrémité d'un replat rocheux pour contempler ce paysage qu'il connaissait par cœur : les prés, les champs semés de blé et d'orge, la rivière étroite et vive. Il observa le domaine de Ponriant en face de lui, construit à la même altitude, et la masse imposante des bâtiments du Moulin, en contrebas.

Il vit s'éteindre des lumières et perçut l'envol d'une chouette. Son esprit confus recréait sans cesse la silhouette d'un petit garçon en culottes courtes, un lance-pierre à la main, un canif au fond de la poche : Nicolas.

La face boursouflée de son frère, d'un rouge sombre, hantait Matthieu. Cent fois il l'avait revu le couteau à la main, un rictus affreux le rendant plus effrayant, à cause des dents à fleur de peau.

« Combien de temps ça va durer ? s'interrogea-t-il. Bon sang, je ne peux pas penser à autre chose. »

Le jeune homme s'efforça d'imaginer Corentine à demi nue, telle qu'elle était dans le bois de pins, au bord de l'océan. Ils avaient fait l'amour debout, grisés par le vent du large. Elle était souple, affolée, sans tabou.

« Qu'est-ce qui me retient près d'elle ? se demanda-t-il. Peut-être sa fortune. Après tout, je ne serai pas le premier à joindre l'utile à l'agréable ! »

Bertrand lui avait précisé qu'il donnait à sa fille la grosse maison bourgeoise d'Adélaïde des Riants, Denis disposant de la moitié de Ponriant. Ce monde où l'argent coulait à flots, où la vie se déroulait en dîners, bals, parties de bridge, fascinait Matthieu. Pourtant il se savait différent de ces gens.

« Qu'est-ce qui m'a pris d'annoncer nos fiançailles ? se dit-il. René-Louis a bien manœuvré en me sermonnant, en brandissant l'honneur de sa petite-fille qu'il a élevée. Je devrais être flatté que ce vieux monsieur prétentieux m'accepte dans la famille, moi, un petit ingénieur, non un futur petit ingénieur ! »

Ses yeux, attachés à la silhouette lointaine du domaine, revinrent errer du côté du Moulin. La fenêtre de Faustine était grande ouverte, encadrée du treillis sur lequel grimpait un rosier rouge.

« Si je me fiance à Corentine, je perds la blonde Iseut pour toujours ! » conclut-il.

Il se comparait au Tristan de l'histoire, depuis que lui et Faustine avaient dormi ensemble, chastes et paisibles, séparés par la mort de Nicolas.

— Qui est donc le roi Marc ? s'exclama-t-il, et sa voix grave résonna dans le silence du plateau.

Matthieu réprima un sanglot. Il se souvenait de Basile, leur grand-père de cœur. Les jeudis de pluie, le vieil homme ouvrait un roman et, pour les trois enfants assis à ses pieds, il lisait les aventures des chevaliers de la Table ronde... La belle reine Guenièvre, Lancelot, Perceval... mais aussi Tristan, amoureux d'Iseut à cause d'un philtre ensorcelé qu'ils avaient bu.

Vaguement ivre, désabusé, le jeune homme chercha à qui donner le rôle du roi Marc, l'époux d'Iseut.

— Pas Denis en tout cas, il n'a rien de majestueux. Bertrand, non, c'est un brave type, et il ne se soucie que de Bertille. Jean ! C'est évident, Jean convient tout à fait. Autoritaire, despotique même, un solide gaillard que je verrais bien manier l'épée et pourfendre ses ennemis. Il ne supporte pas que j'approche Faustine. Il me hait. Déjà, il m'a pris ma sœur. Dès qu'il est revenu dans le pays, Claire ne s'est plus occupée de moi. Enfin, elle n'osait pas.

Matthieu parlait bas en gesticulant.

— Si je tentais ma chance auprès de Faustine, dans la mesure où elle se débarrasserait de Denis, Jean ferait barrage. Je suis sûr qu'il n'a que ça en tête, marier sa fille à Giraud pour m'évincer. Et moi, je me laisse impressionner.

Il s'allongea et fixa le ciel étoilé.

— Je l'aime ! cria-t-il. Tu entends, roi Marc, j'aime Iseut la blonde ! Au diable l'honneur, les convenances !

Plus bas, Matthieu ajouta :

— Je vais rompre avec Corentine et je dirai à Faustine ce que je ressens. Bon sang, quel imbécile je fais. Je dois lui dire que je l'aime. Peut-être qu'elle comprendra, qu'elle se jettera à mon cou. Dimanche, oui, dimanche, j'irai au Moulin, et personne ne m'arrêtera. Ah... dimanche, c'est Pâques, les De Rustens vont suivre la messe ! Tantine distribuera des chocolats à Clara et au petit Arthur. Non, je ferais mieux d'attendre dimanche prochain, ou bien la fin des vacances. Cela se passera à Angoulême. J'irai un soir devant l'orphelinat et je lui offrirai une bague.

Matthieu s'endormit les bras en croix. Le froid de l'aube le réveilla. Il reprit le chemin du bourg et se remit au volant. Il gardait un souvenir imprécis de ses divagations de la veille. La seule chose qui s'imposait à lui, c'était sa liaison avec Corentine, qui datait de deux ans. Pouvait-il abandonner la jeune femme ?

Moulin du Loup, vacances de Pâques 1919

Faustine feuilletait un dictionnaire, assise sous la lampe en opaline. Raymonde avait débarrassé la table et préparait de la tisane pour Claire. Harassé par une journée à tailler sa vigne, Jean était monté se coucher. Le temps avait changé depuis le dimanche de Pâques. Au soleil et à l'air tiède avaient succédé des pluies violentes et un vent froid. Les pommiers en fleur avaient souffert de ce brusque revirement du climat.

— Je suis gelée ! déclara soudain la jeune fille. Léon, tu devrais remettre du bois dans la cuisinière.

— Tu ferais mieux de t'habiller plus chaudement ! répliqua Claire. Si tu avais un châle, comme moi, tu ne grelotterais pas. Avec ton corsage en satin, rien d'étonnant si tu es gelée.

Claire nuança son sermon d'un sourire câlin. Elle ne cessait d'admirer sa fille adoptive, vive et intelligente, serviable et tendre.

— Tu vas me manquer quand tu retourneras à Angoulême. Plus que quatre jours, soupira-t-elle.

— Ensuite il y a les grandes vacances, maman, je ne te quitterai pas ! répliqua la jeune fille.

— Cela dépend. Si le mariage se fait cet été ! ajouta Raymonde.

Léon salua la compagnie :

— Je vais au lit. Jeannot et moi, on continue le boulot demain. J'espère qu'il n'y aura pas trop de dégâts : il grêlait à cinq heures.

César et Thérèse étaient au lit. La servante grommela un

bonsoir à son mari. Elle lui imposait le régime de la douche écossaise, soit chaude et gentille, soit revêche et froide.

Les trois femmes se retrouvèrent seules. Raymonde se mit à éplucher des carottes et des navets pour le repas du lendemain, Claire tricota de plus belle en chantonnant. Faustine prenait des notes. Le balancement de l'horloge semblait rythmer la quiétude de la veillée.

— J'ai hâte de revoir ma jument ! dit tout à coup Faustine. Tu es sûre que je l'ai bien choisie, maman ?

— Oui, elle est musclée, docile, et elle a des allures souples. Et cette robe d'un brun roux, les crins noirs ! Une merveille ! assura Claire qui s'était rendue la veille à Ponriant voir l'animal.

Denis avait tenu parole. Malgré les averses, le jeune homme avait emmené sa fiancée près d'Aubeterre pour lui présenter plusieurs juments. L'élue, nommée Junon – l'épouse du dieu Jupiter dans la mythologie romaine – devait sommeiller dans son box au domaine, sur une litière de bonne paille.

— Bertrand m'a donné une selle anglaise presque neuve ! renchérit Faustine. J'aimerais bien avoir une tenue d'équitation, un pantalon. Je ne monterai jamais en amazone.

— Dommage ! dit Claire en riant. Tu aurais pu porter la toilette d'amazone que Frédéric m'avait offerte. Elle est impeccable, emballée de papier de soie dans un carton.

A cet instant précis, quelqu'un frappa à la porte. C'était discret, plus proche d'un grattement que d'un coup.

— Qui est-ce, à cette heure ? s'étonna Raymonde. Personne de connaissance, car ce n'est pas fermé à clef.

Faustine songea à Matthieu, puis elle se raisonna. Il serait déjà entré dans la pièce. Claire se leva et alla ouvrir. Elle ne vit que la nuit noire et pluvieuse.

— Je n'ai pas rêvé, pourtant !

Faustine accourut.

— Nous avons entendu toutes les trois, maman ! Tu es sûre que Loupiote est dans la chambre d'Arthur ?

— Même dans le cas contraire, elle aurait déboulé du perron et nous la verrions, coupa Claire.

Elle avança d'un pas et examina soigneusement le bois de la porte. Elle cria. Faustine suivit son regard et aperçut un corps recroquevillé dans l'encoignure droite de la porte.

— Mais…

La jeune fille s'agenouilla et tira en arrière un carré de tissu détrempé qui couvrait le crâne de l'inconnu. Un visage se tendit vers elle, maculé de boue, livide de froid.

— Angela ? Qu'est-ce que tu fais là ?

— Mademoiselle, ne me grondez pas… balbutia l'adolescente.

— C'est une de tes élèves ? demanda Claire. Fais-la vite entrer, elle claque des dents.

Faustine aida Angela à se redresser et la conduisit près du feu. La situation lui paraissait irréelle.

— Ma pauvre petite ! dit-elle doucement. Raymonde, peux-tu monter me chercher une couverture et du linge de rechange ?

Angela jetait des regards curieux autour d'elle. Après l'obscurité et la pluie battante, la grande cuisine du Moulin lui faisait songer à un refuge lumineux, d'un luxe inouï.

— As-tu faim ? interrogea Claire gentiment.

— Je préfère m'en occuper seule, maman ! déclara Faustine. Il a dû se passer quelque chose de grave. Tu l'intimides.

Un peu vexée, Claire s'éloigna. Elle sortit quand même d'un buffet la boîte à biscuits et une bouteille de limonade. Raymonde rapportait déjà de l'étage la couverture et des habits. Faustine enveloppa Angela du tissu épais et la frictionna.

— Comment es-tu arrivée ici ? dit-elle tout bas. Tu es seule ? C'est vraiment imprudent, et les sœurs doivent être très inquiètes.

L'adolescente avait un regard fixe, comme absent. La servante insista pour lui faire boire du café au lait. Angela avala goulûment le liquide chaud.

— Vas-tu enfin m'expliquer ce qu'il y a ? s'écria Faustine. Allons, ma chérie, je ne te gronderai pas. Tu t'es enfuie ?

Tu voulais me retrouver ? La mère supérieure te punira quand elle saura.

Angela ne répondit pas. Comme Claire et Raymonde se tenaient figées autour du fauteuil, Faustine les dévisagea tour à tour :

— Ce serait mieux si je pouvais discuter avec elle sans témoins. Je suis désolée mais, si nous montons dans ma chambre, elle aura froid.

— D'accord, je vais me coucher, soupira sa mère. Tu devrais en faire autant, Raymonde. Nous sommes de trop.

Faustine fronça les sourcils, prenant conscience qu'elle venait de blesser Claire.

— Maman, excuse-moi ! Mais je suis son institutrice. Je pense qu'elle sera plus à son aise seule avec moi.

Angela changea d'attitude dès que les deux femmes eurent disparu de son champ de vision. Elle dévora Faustine des yeux, avec au fond du regard une expression de désespoir.

— Mademoiselle ! dit-elle avec affolement. Je suis venue vous chercher, je ne connaissais personne d'autre. Christelle va mourir, j'en suis sûre. Elle saigne de la bouche, elle ne tient plus debout.

Accablée par la mauvaise nouvelle, Faustine eut cependant un geste d'impuissance.

— Mais je ne peux rien y faire, Angela ! Les sœurs ont dû appeler un docteur. Il soignera Christelle. Ce n'était pas une raison pour t'enfuir et faire tout ce chemin seule. A quelle heure as-tu quitté l'orphelinat ?

— Pendant la prière de six heures, ce soir ! Je m'étais assise au dernier rang, dans la chapelle, et j'ai pu sortir par la petite porte qui donne dans la rue marchande… J'avais caché mon manteau sous le sapin. Après, j'ai demandé chez un boucher quelle route il fallait prendre. Je lui ai raconté que je devais rendre visite à ma grand-mère qui habitait Puymoyen. Il était gentil, ce monsieur, il m'a donné assez de sous pour prendre le dernier bus. Mais je me suis égarée en cherchant le Moulin. Il faisait nuit et il pleuvait à torrents. Mademoiselle, je voulais juste que vous m'emmeniez chez la grand-mère de Christelle. Elle habite à Garat, sœur Marcedette me l'a dit.

Angela avait parlé très vite, en bredouillant. Faustine tentait de s'y retrouver dans le discours rapide de l'adolescente, qu'elle jugea d'abord incohérent.

— Voyons, calme-toi ! J'ignorais que Christelle avait encore sa grand-mère. Et que vient faire sœur Marcedette dans ton histoire ? Je la croyais très souffrante...

— Vous parlez, pesta Angela, elle était punie, oui ! Enfermée dans l'infirmerie. Je lui ai tout expliqué à travers la porte. Elle m'a conseillé de vous prévenir. Si Christelle ne va pas à l'hôpital, elle sera morte avant le mois prochain. La mère supérieure la trempe dans un baquet d'eau glacée chaque fois qu'elle fait pipi au lit et, comme elle tousse toute la nuit, de plus en plus, ses draps sont mouillés tous les matins. J'ai essayé de le cacher à sœur Marguerite, mais cette fouineuse s'en est aperçue. Elle l'a vite dénoncée et ça a recommencé, la mère supérieure a forcé Christelle à rester en chemisette assise dans un baquet d'eau bien froide, et devant toutes celles de notre dortoir. Ça se passe dans la crypte de la chapelle. Une fois, c'est arrivé à Armelle, qui avait eu ses règles... Elle a dû passer des heures les fesses dans l'eau.

Complètement éberluée, Faustine observa Angela qui serrait les doigts sur sa tasse. L'adolescente n'était pas une menteuse, la jeune fille le savait.

— Tu prétends que la mère supérieure, qui a la charge de toutes ces enfants, utilise des méthodes pareilles ! Ce serait de la barbarie ! J'ai du mal à te croire, Angela.

— C'est la vérité, mademoiselle ! Même que sœur Marcedette, elle était malade à cause de ça. Elle voulait écrire à l'évêque ; la mère supérieure l'a enfermée pour qu'elle réfléchisse. La petite Christelle, je l'aime bien, et je suis sûre qu'elle va mourir si ça continue.

Faustine pensait qu'à plusieurs reprises elle avait jugé la supérieure de l'orphelinat très sévère. Mais ce qu'elle venait d'entendre dépassait tout ce qu'elle aurait pu imaginer. Elle soupira :

— Tu vas enfiler ces vêtements. Ils sont secs et chauds. Ensuite… Ah, je ne sais pas quoi faire ! Demain, je demanderai à mon père de me conduire à Angoulême, et la mère supérieure devra se justifier…

Angela se débarrassa de la couverture et ôta son manteau et son gilet. Tout en se déshabillant, elle déclara, anxieuse :

— Non, pas vous, mademoiselle ! Vous serez renvoyée, et toute la classe sera malheureuse que vous partiez. Il faut prévenir la grand-mère de Christelle, qu'elle la reprenne et l'emmène à l'hôpital. Comme ça, elle n'ira plus dans le baquet d'eau glacée.

Faustine aida l'adolescente à se changer, mais ses mains tremblaient de nervosité. Elle pinça Angela sans le vouloir.

— Pardon, ma chérie ! Tu as bien fait de venir. Je ne supporterai pas de travailler dans un établissement où l'on martyrise les enfants.

— Alors, vous allez nous quitter ! gémit Angela.

— Nous verrons, ne t'inquiète pas, je ne vous abandonnerai pas. Quelle heure est-il ? Neuf heures et demie… Nous ne pouvons pas déranger la grand-mère de Christelle si tard. Le temps de faire la route, de lui expliquer les raisons de notre visite… Ecoute, tu vas dormir avec moi et, demain matin, je réveillerai mon père avant l'aube. Nous partirons en voiture dès six heures, d'accord ?

Angela hocha la tête. D'une voix tremblante, elle soupira :

— Oui, mais Christelle aura sali ses draps, et elle sera encore punie.

— Nous arriverons à temps, je te le promets ! affirma Faustine. Bon, si tu mangeais un peu, maintenant. Toi qui rêvais de connaître le Moulin du Loup, tu y es… Tu as vu ma mère adoptive, Claire, et…

— Elle est belle, votre maman ! coupa Angela. Et puis, elle a l'air gentille.

— Oh ça, il n'y a pas plus gentille. L'autre personne, c'était notre servante Raymonde, que nous considérons comme une amie. Elle est entrée au service de la famille à quatorze ans.

— Je croyais que c'était votre tante, enfin une dame de chez vous.

— Tu ne te trompais guère, dit Faustine en souriant. Elle a deux enfants, César qui aura bientôt quinze ans, et Thérèse qui a neuf ans.

— Et vous n'avez pas de frère, vous ? interrogea l'adolescente.

Faustine coupait du pain, elle sortait le beurrier et des tranches de jambon sec du garde-manger.

— J'ai grandi en compagnie de deux garçons : Matthieu... et... et Nicolas. Je les prenais pour mes frères, mais nous ne sommes pas du même sang. Ils sont un peu plus âgés que moi.

— Et la louve grise, mademoiselle ? Elle n'est plus là ?

— Loupiote dort au pied du lit d'un petit garçon, Arthur, qui est le demi-frère de Claire. Sa mère est morte cet hiver. Oh, tu peux plisser le bout du nez, c'est un peu compliqué, n'est-ce pas ? Tiens, régale-toi, je monte chercher la louve. Comme ça, tu l'auras vue.

Faustine grimpa un escalier situé au fond de la vaste pièce. Angela, une fois seule, admira les buffets cirés, les bouquets de lilas, les ustensiles en cuivre brillant.

« Il doit faire bon vivre ici ! » remarqua-t-elle en mordant dans une tartine de beurre.

Quelqu'un entra en tapant ses sabots sur la pierre du seuil. Effarée, Angela avala de travers et se mit à tousser. Une voix jeune s'éleva :

— Ben, tu es qui, toi ?

En chaussettes, César se précipita vers l'adolescente et frappa deux petites tapes sèches entre ses omoplates. La quinte cessa aussitôt.

— Merci ! s'exclama Angela. Je suis une élève de mademoiselle Dumont.

La réponse ne surprit guère César. Il haussa les épaules :

— Ma mère veut à tout prix de la limonade, elle meurt de soif, qu'elle dit... J'savais pas que Faustine donnait des leçons si tard. Hé ! Tu as un de mes vieux gilets sur le dos.

— J'ai fait le chemin depuis le bourg sous la pluie. Ta mère m'a prêté des habits, expliqua-t-elle.

— Ah ! Tu as croisé ma mère !

Faustine était de retour, tenant la louve par son collier. Elle s'empressa d'expédier César chez lui.

— Il est gentil aussi, ce garçon ! déclara Angela.

— En principe, nous essayons d'être charitables et aimables. Ma mère éduque tout son monde ainsi ! précisa la jeune institutrice.

Loupiote renifla la jupe de laine que portait Angela, puis elle posa sa belle tête sur les genoux de l'inconnue.

— Tu peux la caresser, ma chérie, elle te trouve à son goût, plaisanta Faustine sans gaieté.

La mince figure d'Angela, où se lisait une détresse sans âge, la bouleversait. Elle imagina la fuite de l'orpheline, son voyage en car, suivi d'une errance sûrement affolée dans la nuit.

« Si je pouvais ouvrir une école près du Moulin, pour ces pauvres fillettes. Je n'ai même pas envie de retourner à l'orphelinat, maintenant, mais je ne peux pas les laisser. Je m'étais promis de les mener toutes au certificat d'études. Pourtant, avec la fortune des Giraud, ce serait possible de créer une sorte d'asile que je dirigerais, où j'enseignerais… »

Angela, rassasiée, cligna des paupières. Elle continuait à flatter Loupiote qui lui léchait le poignet de temps en temps.

— Tu es fatiguée, viens, nous allons nous coucher ! murmura Faustine. Tu as été très courageuse de venir jusqu'ici pour aider une de tes camarades. Surtout la petite Christelle. Elle est si fragile et menue.

Elles montèrent. Faustine avait l'impression d'évoluer en plein cauchemar. La mère supérieure n'était qu'une sadique. Combien de gens dissimulaient-ils ainsi leurs pires instincts de domination, de cruauté ? Une religieuse !

Révoltée, la jeune fille étreignit Angela dans l'ombre du couloir. Enfin elles entrèrent dans la chambre qu'une veilleuse à pétrole éclairait faiblement.

— Nous n'avons qu'à nous glisser sous l'édredon, toutes

les deux. Le poêle ne fonctionne plus, il faisait si chaud la semaine dernière. Nous n'aurons pas froid, va.

Angela tombait de sommeil. Elle se blottit contre la jeune fille.

— C'est la première fois que je suis heureuse depuis longtemps, mademoiselle ! avoua-t-elle.

— Dors, ma chérie !

La voix de Faustine avait perdu son assurance et sa fermeté. Elle aurait pu pleurer des heures sur la misère de ces enfants livrées au bon vouloir des uns et des autres.

— Papa ! Papa, réveille-toi...

Faustine secouait Jean par l'épaule. Son père dormait torse nu et cela gênait la jeune fille. A ses côtés, Claire disparaissait sous le drap. Seule une mèche brune sur l'oreiller trahissait sa présence.

— Mais, qu'est-ce qui se passe ? bégaya Jean en ouvrant les yeux.

— J'ai besoin de toi, papa ! Je t'en prie, lève-toi vite, je t'expliquerai en bas. Il y a du café chaud.

Jean jeta un regard à la pendulette murale. Il sursauta :

— Enfin, Faustine, il n'est pas six heures du matin.

— Je t'attends à la cuisine, c'est très grave ! dit-elle en sortant de la chambre.

Quand il descendit, en pantalon de velours et chemise blanche, Raymonde donnait de la brioche à une fille brune, de douze ans environ. Faustine buvait un verre de lait.

— Ah, papa ! s'écria-t-elle. Je te présente Angela, une de mes élèves. Je voudrais que tu nous conduises à Garat. Je crois que c'est vers Sainte-Catherine. Il faut suivre la route de Périgueux.

— Bonjour, mademoiselle ! maugréa Jean, un peu agacé d'avoir été tiré du lit. Je parie qu'il s'agit d'une fugitive ! Tu as tort de l'aider !

— Je crois que tu as vécu la même situation ! lança sa fille durement, et que maman t'a aidé. Viens dehors, je te prie.

Faustine se montrait d'une autorité impressionnante. Jean

la suivit sur le perron. En quelques minutes, il sut la vérité et poussa un juron.

— Bon sang ! Moi qui avais confiance en ces femmes ! Je les prenais pour des saintes... Tu dois dénoncer cette mère supérieure à je ne sais qui ! L'évêché ou le pape.

— Il faut surtout sauver Christelle, papa. Je ne respirerai à mon aise qu'en la sachant à l'hôpital.

— Eh bien, allons-y !

Faustine embrassa son père et ils rentrèrent ensemble dans la maison. Angela sirotait du lait chaud. La servante n'avait posé aucune question indiscrète, mais elle affichait une mine boudeuse.

— Raymonde ! lui dit la jeune fille. Tu préviendras maman que nous sommes partis très tôt. A ce soir.

A deux heures de l'après-midi, Jean et Faustine arpentaient un couloir de l'hôpital Beaulieu d'Angoulême, tandis qu'une femme vêtue de noir, maigre et la face sillonnée de rides, patientait sur un banc. Simone Moreau n'arrêtait pas de pleurer. Elle nourrissait ses lapins quand un homme et une jolie jeune personne étaient venus la saluer et lui parler de sa petite-fille Christelle. Elle avait dû déballer sa pauvreté, suite au décès de son mari victime de la grippe espagnole, comme les parents de l'enfant.

« Je n'avais quasi rien pour la nourrir, cette gamine. Pourtant je l'aurais bien gardée avec moi. Que voulez-vous, je fais des lessives pour l'épouse du docteur du village, mais je gagne à peine de quoi me payer de la chicorée et un bout de lard le dimanche. »

Jean l'écoutait, nerveux, une cigarette aux lèvres. Il était né dans la misère. Sa mère, issue d'un milieu aisé, en était morte. Les années qu'il avait passées, promu riche héritier grâce à sa sœur Blanche, lui laissaient un goût amer. Seul Basile Drujon avait raison. Le vieil anarchiste s'était battu aux côtés de Louise Michel, pendant la Commune, pour une société plus juste. A présent, Jean avait perdu son capital. Claire avait dû louer le Moulin à Lancester. Il regrettait de ne pas pouvoir aider Simone Moreau et tous les indigents de la terre.

Pourtant il s'était surpris à déclarer, dans la cour boueuse de la petite maison, à Garat :

« Reprenez Christelle quand elle sera guérie. Nous vous aiderons. »

Faustine avait serré la main de Jean, très émue. Angela attendait dans la voiture, malade d'anxiété à l'idée de retourner à l'orphelinat. Pendant que Simone Moreau mettait des chaussures propres et fermait sa porte, Jean avait établi un plan.

« Toi, Angela, tu diras une partie de la vérité. Tu t'es enfuie pour prévenir la grand-mère de Christelle de son état, les saignements de la bouche, le bain glacé. Madame Moreau prendra la petite et nous les conduirons à l'hôpital. Faustine ne doit pas être mêlée à ça, sinon elle perdrait son poste. Et tu ne le souhaites pas.

— Oh non, monsieur… »

L'adolescente avait donc accepté, tout en prévoyant qu'elle écoperait d'une punition exemplaire. Simone Moreau, une fois dans la confidence, avait commencé à pleurer.

Tout s'était déroulé selon leurs prévisions. La mère supérieure avait confié Christelle à sa grand-mère, et la vieille femme, protégeant de son bras la fillette, avait trottiné jusqu'à la Peugeot de Jean, garée derrière l'église Saint-Martial. Ils s'étaient alors rendus à l'hôpital. Quant à Angela, d'après les dires de Simone, une religieuse l'avait sermonnée et emmenée vers l'étage.

Faustine s'inquiétait, en attendant le résultat de l'examen que pratiquait un des médecins de l'hôpital.

— Pourvu qu'Angela ne soit pas fouettée ou privée de nourriture ! chuchota-t-elle en fixant son père.

— C'est une dure à cuire, ma chérie ! répliqua Jean. Je les reconnais vite, les rebelles, les assoiffés de justice. Tu reprends la classe lundi prochain. Tu pourras veiller sur elle.

Un docteur en blouse blanche les rejoignit. Simone Moreau se leva et vint écouter.

— C'est vous, la grand-mère ? demanda l'homme. Votre

petite-fille est atteinte de tuberculose. Nous devons la garder plusieurs semaines.

— Mais elle va guérir ? interrogea Faustine au bord des larmes.

— Je ne peux pas me prononcer pour le moment. Elle est très faible, sous-alimentée de surcroît. Si la fièvre baisse, elle a quelques chances.

Simone Moreau recula en faisant le signe de croix. Faustine tint à l'accompagner au chevet de la fillette. Il y avait huit lits dans la pièce tout en longueur.

Christelle semblait dormir. Elle ouvrit les yeux dès que sa grand-mère lui prit la main.

— Mémé, je suis contente, tu es là. Et toi aussi, mademoiselle…

La petite malade en oubliait le vouvoiement habituel. Faustine l'embrassa sur le front. La peau était brûlante. A la commissure des lèvres, la jeune fille vit un peu de sang séché. Soudain elle comprit : Christelle était condamnée. Jamais la santé ne reviendrait dans cette frêle charpente de six ans. Elle dut faire un effort surhumain pour ne pas pleurer.

— Et Angela, mademoiselle ? Je le savais, qu'elle partait chez vous. Elle m'avait promis. La mère supérieure va la punir.

— Peut-être pas, ma mignonne. Tu dois te reposer, à présent. Tu ne risques rien ici. Je veillerai sur tes camarades.

Faustine dut s'en aller. Simone Moreau lui assura qu'elle passerait au moins trois jours près de l'enfant, quitte à dormir sur une chaise.

— Je reviendrai très vite ! promit la jeune fille. Demain, sans doute.

Pendant le trajet du retour, Jean fit un discours virulent à sa fille. Ce genre de choses ne devait pas se reproduire, alors que des notables versaient des subsides à l'orphelinat dans le but d'assurer une existence convenable aux pensionnaires.

— Je vais écrire un article, Faustine ! Et le chef de la rédaction, qui a des convictions socialistes, le publiera. La mère supérieure ferait bien de prendre le large.

— Je ne crois pas que ce soit une bonne idée, papa. Les autres sœurs ne sont pas forcément coupables. Si la presse s'en mêle, cela causera un scandale. L'orphelinat pourrait fermer. Je t'en prie, il vaut mieux que je reprenne la classe et, quand j'aurai parlé à sœur Marcedette, j'aviserai. Avec le clergé, il faut être prudent. Imagine, si l'évêque approuve ces méthodes disciplinaires… Je pourrai peut-être raisonner la supérieure, lui expliquer que les châtiments corporels ne font qu'endurcir les fortes natures.

— Ah oui ! persifla Jean. N'empêche, ta bonne sœur, elle a torturé la plus faible de ses orphelines. Tiens, ça me dégoûte. Tu devrais briguer un poste dans l'enseignement public, une école de campagne, et ne pas retourner là-bas.

— J'ai une autre idée ! répliqua sa fille. Roule un peu plus vite, je dois aller à Ponriant pour discuter avec Bertrand et Denis. Tu pourras me déposer au domaine, je rentrerai à pied. Toi, tu iras raconter à maman toute l'histoire.

Bertille fut surprise de voir Faustine dans le hall. La jeune fille lui rendait rarement visite sans la prévenir.

— Qu'est-ce qui t'amène, ma chérie ?

— Une affaire sérieuse, tantine.

— Tu veux surtout revoir ta jument ? Denis l'a mise au pré ce matin, derrière l'écurie.

— Non, je voudrais parler à Bertrand et à mon fiancé.

Faustine s'obligeait à désigner ainsi le jeune homme. Plus elle le dirait, plus elle serait persuadée que les dés étaient jetés, comme le prétendait Matthieu. Bertille virevolta et appela son mari. Elle expliqua :

— Il est à l'étage ! Denis ne doit pas être loin non plus. Il a beaucoup de travail.

Une jeune femme en tablier blanc et petite coiffe assortie traversa le salon, un plumeau à la main. Elle était de forte corpulence et ses cheveux châtains composaient une longue tresse brillante. Faustine lui trouva un air mélancolique et le teint sanguin.

— C'est la fameuse Greta de Léon ! dit Bertille tout bas. Elle a pris ses fonctions hier matin.

— Oh ! Qu'elle a l'air triste…

— Mireille garde le bébé, Thomas, à la cuisine, avec l'aide de ma Clara. Il n'est pas très éveillé. On l'assied au milieu du parc avec des jouets, il ne bouge plus. Et, d'un seul coup, il se couche sur la couverture et il s'endort... Je te laisse, voilà Bertrand et Denis. Mais tu me tiendras au courant, j'ai horreur des conspirations !

Bertille ponctua sa déclaration d'un rire cristallin. Les encombrants de Rustens étaient repartis pour Bordeaux, et Corentine les avait suivis. La maîtresse de Ponriant reprenait vie et gaieté.

L'avocat et son fils, tous deux ravis de la visite de Faustine, la saluèrent avec effusion, notamment Denis.

— Viens au salon, s'écria le jeune homme. Rien de grave, au moins, tu as une petite frimousse inquiète.

— J'ai besoin d'un conseil, enfin, d'un avis sensé ! déclara-t-elle. Mais c'est difficile de vous présenter mon projet, vous allez me prendre pour une écervelée.

Bertrand décida qu'ils seraient plus tranquilles dans son bureau. Le cadre sobre et le côté solennel aidèrent la jeune fille à s'exprimer.

— Denis, cela devrait te plaire, mon idée ! commença-t-elle. Si je pouvais la réaliser, je ne serais plus tenue d'exercer en ville. J'ai pensé à ouvrir une école indépendante, enfin, pas vraiment une école, plutôt un orphelinat avec une classe et un ouvroir, ici, sur les terres du Moulin ou de Ponriant.

— Continuez, ma chère Faustine ! lança Bertrand.

— Oui, nous t'écoutons attentivement ! renchérit Denis.

— Eh bien, je ne sais pas du tout combien coûterait la construction d'un bâtiment neuf, équipé de dortoirs et d'un réfectoire, dit-elle, rose d'exaltation, mais ce serait sûrement très cher. Il y a une autre solution : rénover une maison déjà bâtie. J'ai songé au logis du Mesnier, sur la berge droite de la rivière, à deux kilomètres. J'y suis allée fureter avec Thérèse un dimanche, à bicyclette. On voit encore les traces d'un grand jardin potager à l'abandon, la toiture semble solide, il y a une grange et des dépendances.

L'endroit m'avait beaucoup plu. Hélas, les propriétaires sont décédés depuis dix ans, et je me demande qui en a hérité...

Bertrand jouait avec un coupe-papier en ivoire. Il en tapota le bois verni de son large bureau.

— Il se trouve, Faustine, que j'ai racheté ce logis il y a trois ans, sans but précis ou peut-être en prévision de la dot de Clara. Certes, je n'ai pas entrepris de travaux de réfection, mais il m'appartient. Cela dit, une chose me tracasse. Pourquoi voulez-vous fonder une école pour orphelines ?

La jeune fille, enthousiasmée par la nouvelle, raconta en vibrant d'émotion les heures éprouvantes qu'elle venait de vivre, de l'arrivée d'Angela aux moments passés près de la petite Christelle à l'hôpital. Denis l'écouta sans jamais paraître bouleversé. Bertrand, lui, eut la même réaction que Jean.

— C'est inadmissible ! clama-t-il. Mon Dieu, comment une sœur peut-elle trahir sans scrupules la parole du Christ ? Je suis outré... Ne vous en faites pas, Faustine, j'agirai avec d'extrêmes précautions, mais la mère supérieure va plier bagage. J'entretiens d'excellentes relations avec monseigneur Duvergne. Il sera averti et prendra les mesures nécessaires.

— C'est très aimable de votre part ! soupira Faustine. Si les enfants ne subissent plus de telles punitions, je peux tenir jusqu'au dernier trimestre. Mais je n'ai plus envie de rester encore quatre ans chez les sœurs. Par chance, j'ai eu cette idée, que je vous ai soumise. Je suis prête à faire la classe de façon bénévole. Pour les repas, dans un premier temps, les deux potagers du Moulin peuvent fournir les légumes, et maman me cédera des œufs et du fromage. Nous ne sommes plus si nombreux à table. Vous me jugez folle, n'est-ce pas ?

Denis devança son père :

— Je trouve ton idée judicieuse et novatrice ! Nous aurons sans peine du personnel, et tu pourrais rentrer tous les soirs ici.

— Je vais y réfléchir ! assura l'avocat. Et préparer un devis. Bertille sera de bon conseil également. A présent, ma chère Faustine, puis-je vous offrir une tasse de thé ou un verre de cidre...

Dès qu'elle sut le sujet de l'entretien, Bertille s'enflamma. Faustine devenait l'ange gardien de fillettes désespérées. Il fallait sur-le-champ entreprendre les travaux au logis du Mesnier.

— Bertrand, ce sera une bonne action, une merveilleuse manière d'investir ton argent ! s'écria-t-elle. Oh, j'adore déjà cette école, ce refuge pour orphelines. Tout devra être en place pour le mois d'octobre, et pourquoi pas avant, en septembre !

L'avocat se mit à rire sans bruit. Il saisit au vol les doigts diaphanes de son épouse et les porta à ses lèvres.

— Ma princesse ! Que ta volonté soit exaucée ! Vous entendez, Faustine, votre cause est gagnée ! On ne refuse rien aux fées, ni à leur nièce. Demain matin, nous irons ensemble arpenter votre futur établissement.

La jeune fille se jeta au cou de Bertille ; malgré sa timidité, elle alla embrasser Bertrand. Denis attendait son tour. Elle se pencha et déposa un baiser sur sa joue.

— J'ai hâte d'être ta femme ! chuchota-t-elle ensuite à son oreille.

Jamais Faustine n'aurait cru régler si vite un problème d'une telle importance à ses yeux. Elle quitta le domaine apaisée. Denis avait proposé de la raccompagner, mais elle préférait marcher seule, des rêves de justice plein la tête. Le jeune homme n'insista pas. Il savourait la certitude de leur prochaine union.

« Je prendrai Angela avec moi, et Armelle, Nadine ! se disait-elle. Je ne sais pas quelles sont les démarches à entreprendre, mais Bertrand m'aidera, là aussi. Quel homme formidable, et c'est mon futur beau-père. Qu'il est généreux et charmant… Pourvu que Christelle guérisse. Tiens, je pourrai engager sa grand-mère aux cuisines. La pauvre femme paraît fragile, mais ce sont les privations. Bien nourrie, moins esseulée, elle reprendra des forces. »

Claire guettait son retour. Dès qu'elle la vit traverser la cour pavée rendue glissante par l'humidité elle se rua sur le perron.

— Maman ! s'écria Faustine. Si tu savais la nouvelle !

Ce soir-là, il y eut un auditoire recueilli autour de la jeune fille : Raymonde, Léon, César, Thérèse, Jean et Claire. Le dîner fut consacré à l'organisation de l'orphelinat du Mesnier.

— Je suis fier de toi, conclut Jean. Et j'en connais un qui serait content, c'est notre vieil ami Basile.

Claire approuva d'un sourire la déclaration de son mari.

— Oh oui, il serait aux anges, souffla-t-elle enfin.

Faustine se coucha dans un état d'excitation épuisant. Elle aurait aimé abolir les semaines, les mois indispensables à la concrétisation de son idée. Ce formidable projet balayait ses doutes et ses angoisses quant à la mort de Nicolas et aux humeurs changeantes du beau Matthieu. La jeune fille n'aspirait plus qu'à faire le bien, à se rendre utile, et à donner de l'affection aux plus démunies, ces enfants sans famille que le destin lui confierait.

Elle s'endormit tard dans la nuit, après avoir embrassé plusieurs fois sa bague de fiançailles.

Orphelinat Saint-Martial, avril 1919

Faustine venait d'entrer dans la salle de classe. Elle avait croisé dans le couloir la si discrète sœur Marie-François, qui lui avait lancé un regard gêné. La jeune institutrice disposa son plumier et ses livres sur le pupitre.

Des bruits de voix retentirent ainsi que des claquements de talons. Ses élèves arrivaient. Une silhouette imposante s'encadra dans la porte restée ouverte. La mère supérieure, le teint jaune, salua Faustine d'un sourire pincé.

— Bonjour, mademoiselle Dumont ! J'espère que vous avez bien profité de votre congé.

Angela marcha à petits pas vers sa place. Elle gardait la tête baissée. Faustine reprenait possession de chaque minois timide, des chevelures blondes ou brunes, des boucles rousses de Nadine.

— Silence, mesdemoiselles ! ordonna la supérieure.

Aucune fille n'osa s'asseoir. Faustine, elle, observait les traits rudes de la religieuse en songeant à la petite Christelle. Elle lui avait rendu visite la veille, à l'hôpital. Bien que préparée à affronter la mère supérieure, des bouffées de colère lui brûlaient les joues. Cette femme avait pu assister sans émotion au spectacle d'une fillette malade, plongée dans l'eau froide. Elle la considéra comme un monstre privé de cœur. Ce qui suivit n'arrangea rien.

— Mademoiselle Dumont, mes enfants, j'ai une triste nouvelle à vous annoncer ! dit bien fort la supérieure. Notre chère Christelle s'est éteinte durant la nuit. Votre camarade, gravement atteinte de phtisie, a rendu son âme à Dieu, Notre-Seigneur, et cela malgré les soins que le docteur lui a prodigués. Nous prierons pour elle ce soir.

Faustine sentit ses jambes trembler. Elle s'appuya au dossier de sa chaise et ferma les yeux. Elle revoyait la petite malade, éblouie de recevoir des cadeaux, des bonbons à la vanille, un chat en peluche blanche, un livre de contes. La jeune fille avait choisi avec soin chacun des présents, et maintenant ils ne servaient plus à rien.

« Au moins, elle aura été heureuse quelques heures ! » songea-t-elle.

La supérieure sortit et claqua la porte. Ce fut un concert de sanglots dans la classe, éclatant avec la soudaineté d'un orage.

— Je vous en prie, s'écria Faustine, calmez-vous. Nous aimions beaucoup Christelle, et je suis aussi triste que vous. Je ne peux pas vous autoriser à exprimer votre chagrin à haute voix, mais je connais un autre moyen. Vous allez écrire une rédaction, qui sera un portrait de Christelle, son physique et son caractère. Ainsi, nous lui rendrons hommage et…

Angela renifla. Elle chercha le regard de son institutrice pour trouver un peu de réconfort, mais elle vit pâlir la jeune fille, qui tremblait de tout son corps. Faustine ne pouvait pas continuer. Les mots mouraient sur ses lèvres, le sentiment d'écœurement qu'elle éprouvait la terrassait. Elle pleura à son tour, cachant son visage entre ses bras repliés.

— Je suis désolée, balbutia-t-elle. Oui, je suis désolée, je n'ai pas pu sauver Christelle…

Nadine abandonna son pupitre et courut consoler la jeune fille. Armelle se précipita elle aussi, puis Angela. Les autres élèves s'avancèrent et se regroupèrent.

— Mademoiselle, ce n'est pas votre faute ! dit Marie.

Faustine se reprit. Elle ne devait pas flancher. Angela lui caressa la main.

— J'ai une idée, mademoiselle ! dit-elle doucement. Si vous nous racontiez l'histoire de Loupiote, votre louve. J'en ai parlé aux autres. Et vous savez, je n'ai pas été punie du tout.

— C'est un peu triste aussi, Angela ! protesta-t-elle.

Pourtant Faustine se décida. Entourée des orphelines, elle évoqua le vieux Sauvageon, sa rencontre avec une louve un soir de neige et la naissance de leurs louveteaux. C'était inconvenant, sous le toit d'un établissement religieux, mais elle s'en moquait. Jusqu'à l'heure du déjeuner, elle conta en détail la vie et les occupations de Loupiote, son attachement au petit Arthur. Vite, elle termina son récit :

— Et le mois prochain, qui sera le joli mois de mai, la belle Loupiote mettra au monde les descendants de Sauvageon.

Elle avait oublié que la louve attendait des petits.

— Je les prendrai en photo et je vous montrerai les clichés. Allons, en rang dans le couloir. A l'odeur qui vient jusqu'à nous, je pense que sœur Marie-François a cuisiné du chou farci.

La mère supérieure ne se montra pas au déjeuner. Faustine nota que les religieuses évitaient son regard et ne discutaient pas entre elles. Elles vaquaient à leurs occupations dans des bruissements de robes, les cornettes blanches dissimulant leurs visages. Comme sœur Marguerite passait près d'elle, la jeune fille l'arrêta par la manche.

— Comment va sœur Marcedette ? lui demanda-t-elle. Son état s'est-il amélioré ?

— Oui, mais elle garde encore le lit, mademoiselle.

La tension qui régnait dans l'orphelinat était palpable. Un vent de panique soufflait à cause du décès de Christelle. Soudain Faustine jugea le silence tacite des religieuses intolérable. Elle se leva et alla frapper à la porte de la supérieure.

La grande femme était assise derrière son bureau, un chapelet entre les doigts. Elle cria « Entrez », puis fit mine de reprendre ses prières.

— Madame ! s'exclama la jeune fille. J'ai à vous parler.

— Je vous écoute, mademoiselle Dumont. Mais rien ne vous dispense de m'appeler « ma Mère ».

— Oh, je crois avoir toujours respecté les règles disciplinaires de votre congrégation, et justement je préfère être franche. Je suis au courant des punitions odieuses que vous avez infligées à Christelle, une enfant de six ans, qui en est morte ! Comment allez-vous dormir en paix après ce drame ?

La supérieure plissa les paupières pour examiner le beau visage tendu par la colère de son interlocutrice.

— Vous vous égarez, mademoiselle ! Il s'agit d'un remède efficace contre l'incontinence nocturne dont souffrait Christelle. Elle salissait ses draps chaque nuit, ces derniers temps, et je ne pouvais pas l'accepter. Où voyez-vous une punition odieuse ? L'eau bien froide a des vertus que vous ignorez, à mon avis. De plus, des docteurs pratiquant tous les ans une visite médicale ici même, la tuberculose dont souffrait l'enfant avait été détectée. La petite était condamnée.

Faustine approcha du bureau. Elle avait envie de frapper la religieuse.

— Vous le saviez ? Et vous avez osé la laisser des heures à moitié nue dans l'eau froide ! C'est un crime, madame. Si j'avais pu me douter que vous traitiez aussi mal ces fillettes, j'aurais refusé le poste…

— Mais soyez tranquille, dès maintenant, je vous congédie. Vous venez de vous montrer insolente, insultante. Je trouverai une personne plus compétente et moins sensible ! déclara sèchement la religieuse. De surcroît, je sais que vous êtes trop affectueuse avec certaines élèves, les plus âgées. Par mesure de prudence, je comptais vous renvoyer.

La jeune fille se mit à sourire. Elle avait toute confiance en Bertrand Giraud et ne se laissa pas impressionner.

— Madame, j'ai obtenu ce poste grâce à l'adjoint au maire, un bon ami de ma tante Blanche Dehedin-Nadaud. Ce serait à lui de me signifier un congé définitif. En attendant, je reste ici. Mes élèves obtiennent de bonnes notes et je n'ai jamais manqué à mes devoirs d'enseignante. Vous n'avez aucun grief sérieux à mon encontre, et je peux vous assurer que vous quitterez la congrégation avant moi.

La mère supérieure roulait des yeux effarés. La jeune institutrice paraissait posséder des appuis dans la haute société angoumoisine.

— Enfin, ma chère enfant, tout ceci n'est qu'un malentendu ! bredouilla-t-elle, dépouillée de son arrogance. Jamais je n'ai souhaité la mort de Christelle.

— Dans ce cas, libérez sœur Marcedette ! coupa Faustine. Elle me semblait vraiment dévouée à vos orphelines.

La jeune fille sortit et referma la porte sans bruit. Elle était infiniment soulagée. Cela ne ressusciterait pas Christelle, mais la terrible religieuse n'oserait peut-être plus employer ses méthodes barbares.

Le lendemain matin, l'orphelinat Saint-Martial reçut la visite de monseigneur Duvergne, escorté de l'adjoint au maire. Une heure après leur passage, la mère supérieure sortait en toute discrétion de l'établissement, une valise à la main. L'évêque s'était entretenu avec sœur Marcedette et l'avait ensuite nommée directrice des lieux jusqu'à l'arrivée d'une nouvelle supérieure, qu'il choisirait pour ses qualités de cœur, et non de rigueur.

Faustine conta toute l'affaire à sa tante Blanche et à Victor Nadaud.

— J'ai écrit à Bertrand Giraud pour le remercier de son soutien ! confia-t-elle au couple en guise de conclusion. Mes élèves n'ont plus rien à craindre.

La jeune fille passa le samedi au Moulin. Jean et Claire furent navrés d'apprendre la mort de la petite Christelle. César lui demanda des nouvelles d'Angela.

— Elle est rudement mignonne ! avoua-t-il.

— Révise plutôt pour ton certificat d'études ! Tu l'as raté deux fois, déjà. Tu ne seras pas apprenti mécano sans ce diplôme, lui serina-t-elle. Et ne pense pas déjà aux filles…

Une autre semaine s'écoula, très paisible. La sœur Marcedette appréciait beaucoup la jeune institutrice, et toutes deux s'appliquèrent à faire oublier aux orphelines les sévices de la mère supérieure.

Faustine pensait sans cesse au logis du Mesnier, qu'elle avait visité en compagnie de Bertrand, de Bertille et de Denis. En imagination, elle barbouillait de plâtre immaculé les murs jaunis et lézardés, disposait des lits en cuivre, cirait les tables du futur réfectoire. Cela l'obsédait en l'amusant.

Le vendredi, Matthieu l'attendait devant la porte de l'orphelinat. Elle était sortie en retard pour préparer les leçons du lundi dans sa classe. Revoir le jeune homme lui causa un léger choc au cœur. Sa moustache avait repoussé, il portait un costume trois pièces en cotonnade beige et un chapeau assorti.

— Bonsoir, Faustine, lui dit-il en l'embrassant.

— Tu viens me chercher pour me conduire au Moulin ? s'écria-t-elle d'un ton faussement gai.

— Non, pas vraiment. Je dois te parler.

— Eh bien, accompagne-moi rue de l'Evêché, je prendrai le car demain matin. J'avais promis à tante Blanche de lui montrer les rédactions de mes élèves. Cela dit, j'aurais été contente de rentrer à la maison tout de suite.

Matthieu bredouilla un « désolé ». Ils marchèrent sans échanger un mot jusqu'au jardin de l'hôtel de ville.

— Je croyais que tu voulais me parler ! dit-elle enfin. Où étais-tu tout ce temps ? J'ai eu de gros soucis.

— Je sais, coupa Matthieu. J'étais à Ponriant hier. Bertille m'a tout raconté. Je te félicite, d'ailleurs, pour ton idée d'école.

Ils s'arrêtèrent près du bassin. La fontaine ruisselait avec un murmure de source.

— Depuis plusieurs jours, lança-t-il d'une voix rauque, je projetais de t'attendre devant l'orphelinat, de te confier quelque chose. J'ai manqué de courage, car je ne suis qu'un imbécile. Maintenant, j'ai autre chose à t'annoncer : Corentine est enceinte. J'ai dû m'expliquer avec son père et, s'il prétend comprendre la situation, il m'a sermonné comme il se doit. Bref, nous avons décidé d'une date pour le mariage, le 20 juin. Bien sûr, Denis assistait à la fin de l'entretien, ainsi que Bertille, et ils ont prévu vos noces le même jour. Il faudra publier les bans.

Faustine alla s'asseoir sur le banc le plus proche.

— Et tu es venu juste pour me dire ça ? s'écria-t-elle. La date ! Le bébé…

— Je considère cela important, non ? Je suis honnête : Corentine porte mon enfant, je dois l'épouser. Mais, sans cette grossesse, jamais je ne l'aurais fait.

Matthieu tourna les talons et s'éloigna à grandes enjambées. Très secouée, la jeune fille ne bougea pas.

« Qu'est-ce que ça change, au fond ? s'interrogea-t-elle. C'était prévu, pour Denis et moi. Corentine et lui, je m'en doutais. »

Elle comprenait pourtant que Matthieu souffrait. Vite, Faustine se leva et courut derrière lui. Elle le rattrapa au moment où il ouvrait un des portillons métalliques du vaste jardin.

— Matthieu ! implora-t-elle en le retenant par le coude.

Il lui fit face, ses yeux sombres embués de larmes. Faustine en perdit la tête. Elle se jeta à son cou et se blottit contre lui.

— Je ne veux pas que tu sois malheureux ! gémit-elle.

Il se pencha un peu, hésita une seconde, puis l'embrassa sur la bouche. Leurs lèvres étaient tièdes, d'une douceur de pétale. Le baiser devint ardent, avide. Ils partageaient une joie intense, proche de la douleur, parce que désormais interdite.

— Je n'aime que toi ! avoua Matthieu en reculant. C'est ça que je voulais te dire. Mais je n'ai plus le droit de rêver. Je vais payer cher mes erreurs.

Il lui caressa la joue et s'empressa de quitter le jardin. Faustine ne tenta pas de le suivre. Elle frissonna. L'ombre de l'ancien château médiéval abritant la mairie la glaçait.

— Moi aussi, je n'aime que toi ! chuchota-t-elle.

10

Les tristes noces

Vallée des Eaux-Claires,
premier dimanche de juin 1919

Claire avait réussi le tour de force de faire une promenade en solitaire. C'était sa saison de prédilection, où elle cueillait les plantes dotées de vertus médicinales. Cela ne l'ennuyait jamais d'emmener les enfants mais, Clara étant au Moulin, Arthur préférait jouer avec la fillette. Quant à Thérèse, elle n'aurait manqué pour rien au monde le conciliabule féminin qui se tenait autour d'une pile de magazines de mode. Bertille s'était invitée à déjeuner dans le but de proposer à Faustine plusieurs modèles de robe de mariée.

L'air chaud embaumait, le soleil rendait transparentes les jeunes feuilles des arbres, d'un vert tendre. Claire balançait son panier avec au cœur un tel sentiment de jeunesse qu'elle s'étonnait.

— J'ai l'impression d'être encore une adolescente ! chantonna-t-elle. Pourtant, peut-être que dans un an je serai déjà grand-mère.

Elle approchait de la maison de William Lancester. Le dimanche, le papetier anglais faisait arrêter toute activité au Moulin. Ses ouvriers, dont certains logeaient sur place, étaient en repos, comme les piles à maillets. Cela déconcertait Claire, car son père Colin ne chômait pas ce jour-là.

Avant de marcher jusqu'à la porte entrouverte, elle orna son corsage blanc d'une fleur de bouton-d'or.

« Bertille dirait encore que je joue les coquettes », songea-t-elle en souriant.

Durant tout le mois de mai, William s'était montré un voisin aimable et serviable. Il ne manquait pas de la saluer le matin et le soir, et il acceptait de temps en temps un verre de vin ou une part de gâteau.

— Les gens considèrent impossible l'amitié entre un homme et une femme ! se dit-elle à mi-voix. Heureusement, pour une fois, Jean est de mon côté. Il n'éprouve aucune jalousie à l'égard de William et il a bien raison. De toute façon, mon cher mari est toujours par monts et par vaux.

Elle frappa à l'une des fenêtres. William apparut aussitôt et, heureux de la voir, il se précipita afin de l'accueillir.

— Entrez, Claire, je vous en prie ! Quelle bonne surprise. Je viens juste de faire du thé. Vous allez en prendre une tasse avec moi.

Le papetier, très élégant dans une large blouse de lin beige et le pantalon assorti, rejeta en arrière ses mèches argentées.

— Vous feriez le bonheur d'un peintre, Claire, s'écria-t-il, avec ce panier en osier débordant de fleurs et d'herbes sauvages, vos cheveux bruns en cascade et le rose de votre jupe, le blanc du corsage, dans ce cadre de verdure !

— Chut ! fit-elle, ravie. Vous finirez par me rendre prétentieuse ! Ce sont mes vêtements de campagne, usés et démodés.

Elle parcourut l'unique pièce du rez-de-chaussée, qui avait beaucoup changé depuis l'époque de Basile. La terre battue était remplacée par un plancher en chêne clair, les murs étaient enduits d'un plâtre lisse repeint en ocre jaune. Des rideaux en mousseline ivoire voilaient la lumière vive de l'après-midi. Elle vit soudain, sur la table ronde, un plateau garni d'un tissu brodé, des tasses en porcelaine de Chine et une théière en argent.

— C'est très joli, il y a même des ramequins de confiture et un pot de lait ! soupira-t-elle. Oh, vous attendiez peut-être quelqu'un !

Lancester eut l'air surpris.

— Non, je vous assure ! Je prépare le plateau du thé ainsi, chaque jour, pour moi seul. Une habitude qui m'est chère.

Claire prit place, enchantée. William la servit avec délicatesse.

— Alors, ces préparatifs pour le double mariage ? demanda-t-il. Ce n'est pas trop compliqué ?

— Si tout le monde se mettait d'accord sur le menu, les toilettes et les personnes à inviter, je ne m'enfuirais pas dans les champs ! avoua-t-elle. Ma cousine tient conseil, aujourd'hui. Mais si je suis ici, c'est pour vous transmettre une invitation, justement. Nous comptons sur vous, William.

— Oh ! Vraiment ! Je suis touché.

— J'avoue que j'appréhende un peu cet événement. Pour ma part, dit-elle d'un ton de confidence, je regrette de m'être enthousiasmée si vite. Je jugeais une double cérémonie plus émouvante et, en fait, les Giraud estimaient que ce serait plus économique. Même ma fille m'a seriné son désir de ne pas jeter l'argent par les fenêtres. Sur le plan pratique, cependant, cela multiplie les petits soucis d'organisation.

William écoutait, plus sensible à la voix chantante de Claire qu'à ses mots. Elle ajouta :

— Bizarrement, Faustine paraît plus intéressée par la rénovation du logis du Mesnier que par son mariage. Elle se rend là-bas tous les matins pour surveiller le travail des maçons et des menuisiers.

— C'est un beau projet ! concéda le papetier. Ouvrir une école privée destinée à des orphelines… Votre fille n'aurait pas pu réaliser son rêve si elle n'épousait pas un des plus riches héritiers de la région.

— Eh oui, les femmes dépendent bien souvent de la générosité masculine, car, sans vous, je serais dans l'impossibilité de participer aux frais de la noce. Je vous dois tant, cher ami. Grâce à vous, le moulin de notre famille renaît. Le matin, je guette chaque bruit venant de la salle des piles, et des ailes d'anges flottent à nouveau sur les étendoirs.

Claire adressa un sourire radieux à son hôte qui la fixa un instant avec une expression d'adoration. Très vite, il baissa les yeux. La jeune femme avait néanmoins capté cet éclat de passion et elle but une gorgée de thé pour se donner contenance. William reprit la conversation d'un air détaché.

— J'admire la volonté de votre fille. Vous lui direz que je suis prêt à fournir à son école du papier de dessin. Je lance la production et, dans ces cas-là, il y a souvent des chutes, des feuilles invendables que je lui offrirai. Les enfants se moquent de la qualité quand il s'agit de peinturlurer !

— Tout à fait, c'est très gentil ! répondit-elle.

Elle se leva, mal à l'aise. Leur intimité l'embarrassait. Elle aurait aimé bavarder encore avec Lancester, mais, soudain alarmée par ce qu'elle ressentait, Claire préféra s'en aller.

— Déjà ! s'écria-t-il. Je comprends, vous redoutez les commérages. C'est bien ce mot que votre servante utilisait l'autre soir ? Je ne le connaissais pas.

— Oui, les commérages… Ils causent parfois bien du tort à des gens innocents ! répliqua-t-elle.

— Comme à votre domestique Léon ! Quand je pense à ce que vous m'avez raconté, vos vitres brisées et tous ces hommes armés de fourche et de faux. Si seulement j'avais été là pour vous défendre !

Claire eut un geste apaisant.

— Bertrand Giraud a su les impressionner. Il est connu ici, et respecté. Vous auriez pu prendre un mauvais coup, puisque vous êtes un étranger. N'en parlons plus, cela date de deux mois. Et les gendarmes ont la conviction, à présent, que l'homme de Vœuil qui a péri dans l'incendie était bien le responsable de ces crimes odieux.

William approuva d'un signe de tête. Il la raccompagna sur le chemin, à l'ombre des grands frênes. Une brise légère, rafraîchissante, agitait les buissons.

— J'ai su par César que votre mari est reparti pour Paris, dit-il doucement. Vous devez vous sentir seule en son absence ?

— Oh non ! protesta-t-elle. Faustine vient tous les samedis, et j'ai à m'occuper du petit Arthur. Je lui apprends l'alphabet et les chiffres. De plus, il y a Raymonde, Léon, les visites de ma cousine. Ne vous inquiétez pas pour moi. Je ne m'ennuie pas.

Claire s'éloigna d'un pas rapide en agitant la main. William resta immobile à la regarder disparaître au premier virage. Il rentra chez lui à la fois heureux et malheureux.

« Quelle joie de la contempler, de discuter avec elle... et quelle douleur de la savoir mariée, amoureuse de cet homme qui ne la mérite pas », pensa-t-il avec amertume.

Mais il n'aurait renoncé à ces tourments à aucun prix.

Claire traversa la cour du Moulin. Des rires résonnaient dans la cuisine, ainsi que des discussions animées. Par les fenêtres ouvertes, elle aperçut Bertille qui gesticulait.

« Elles n'ont pas fini le débat. Je m'accorde encore quelques minutes de calme, songea-t-elle. Je vais voir Loupiote, elle n'a peut-être plus d'eau. »

La louve avait mis au monde six petits, dont trois étaient morts à peine nés malgré les efforts de Claire pour les ranimer. Depuis la nuit de la naissance, l'animal disposait d'un ancien toit à cochons garni de paille. Claire avait interdit à quiconque d'y pénétrer. Après avoir montré aux enfants les minuscules louveteaux, d'un brun gris, elle avait donné ses consignes :

« Je ne veux pas que Loupiote soit dérangée sans arrêt ! Elle a besoin de calme et elle doit se sentir en sécurité. Je serai la seule à lui porter de la nourriture et à changer sa gamelle d'eau. »

La maternité avait ranimé l'instinct sauvage de la louve, et elle grognait, même si Claire voulait la caresser. Tenir l'animal à l'écart lui semblait prudent.

— Alors, ma belle ! dit-elle doucement en entrebâillant la porte.

Les petits tétaient goulûment, Loupiote gisait sur le flanc, paupières mi-closes, comme plongée dans une parfaite béatitude.

— Je te laisse ! dit Claire. Tu as de l'eau. Tu auras de la bonne viande ce soir.

Elle referma, émue par l'expression de la louve. Cela éveillait au plus profond de son corps de femme le chagrin lancinant de ne pas avoir eu d'enfant. Jamais elle n'offrirait son sein à un nourrisson, jamais elle ne connaîtrait le bonheur primitif de Loupiote.

« Même Bertille a eu un bébé, elle a nourri Clara. Et elle avait déjà trente-huit ans révolus. C'est injuste. »

Claire se consola en se rappelant les mois passés à veiller sur Matthieu, poupon chétif, ou sur Nicolas, que sa mère Etiennette lui confiait souvent.

— Faustine avait deux ans et quelques mois, en arrivant chez nous ! se remémora-t-elle. Dommage, j'aurais tant aimé avoir une petite fille comme elle. Mais elle est devenue ma fille. Je lui ai vraiment servi de mère. Pourtant, j'ai l'impression qu'elle me cache quelque chose, comme si toutes ces années de complicité n'avaient servi à rien. J'ai beau la harceler, elle prétend que tout va bien.

— Ohé, maman ! cria Faustine du perron, tu parles toute seule ? Je te cherchais et je te vois déambuler en marmonnant comme un vieux barbon !

— Quoi ! Moi, un vieux barbon ? s'exclama Claire. Attends un peu…

Elle grimpa les marches menant au perron au pas de course, attrapa sa fille adoptive par la taille et la pinça. Thérèse s'en mêla avec des cris aigus. Elle brandissait une page de magazine.

— Claire, ça y est ! On a choisi la robe ! La robe de Faustine… mais Faustine, elle l'aime pas !

Affalée dans le fauteuil en osier, Bertille sirotait de la citronnade. Arthur et Clara l'éventaient à l'aide d'un carton plié en accordéon.

— Je n'en peux plus, Clairette ! soupira la maîtresse de Ponriant. Faustine me rendra folle, rien ne lui plaît. Elle n'a qu'à se marier toute nue…

Raymonde poussa un « oh » scandalisé. César pouffa de rire, les joues cramoisies.

— Princesse, tu n'as pas honte ! s'offusqua Claire, amusée. Expliquez-moi ce qui se passe.

— Il se passe que mademoiselle Dumont, austère institutrice de dix-neuf ans, refuse toutes nos propositions de toilette nuptiale ! répondit Bertille.

La jeune fille reprit sa place sur un des bancs. Claire examina attentivement la robe que lui montrait Thérèse. C'était un modèle très moderne. Le bas de la jupe frôlait le mollet. Sa taille basse était soulignée d'une ceinture et son voile en soie tombait aux épaules.

— A part la couleur blanche, cela ne ressemble pas du tout à une robe de mariée ! protesta Claire. J'imaginais une tenue splendide, avec des perles, des broderies, des dentelles.

— Elle aura l'air d'un chou à la crème si tu l'attifes ainsi ! cria Bertille. C'est un mariage double. Il faudrait que Corentine et Faustine portent des toilettes assorties. Différentes, bien sûr, mais assorties.

— Je ne comprends pas ton allusion au sujet du chou à la crème ! protesta Claire.

— C'est simple, Faustine est lumineuse, dorée, épanouie ; enfin, disons plus en chair que Corentine. Elle sera avantagée par une robe sobre et élégante.

La principale intéressée poussa un soupir excédé.

— Quand aurez-vous fini de parler de moi comme si je n'étais pas là ! Je ne savais pas que c'était aussi pénible, d'organiser un mariage. Je n'en peux plus. D'abord, tantine, je trouve mes rondeurs bien placées et plus jolies que les os saillants de mademoiselle Corentine !

Bertille ouvrit un cahier. Sans se soucier de Faustine, elle lut à voix haute :

— Alors, révisons la liste des invités. La famille de Rustens, René-Louis, Gersende, cousin Hubert, Athénaïs, la meilleure amie de Corentine, Patrice, l'unique ami de Matthieu dans son école d'ingénieurs, les inévitables notables de Puymoyen, monsieur le maire et son épouse, notre jeune docteur Claudin, un cœur à prendre, un confrère de Bertrand et sa jeune femme, Blanche et Victor, bien sûr, William Lancester, Léon, Raymonde, et les quatre mariés !

Claire soupira, attristée :

— C'est le désert de notre côté ! La famille Roy a disparu de la surface du globe ! Je dois absolument retrouver Nicolas. Jean a fait passer des communiqués dans trois quotidiens, mais sans résultat.

Faustine piqua du nez et fit mine de se passionner pour les évolutions d'une fourmi qui s'était égarée sur la table. Elle se mit à rêver d'un miracle. L'homme défiguré dans l'abri de la falaise n'était pas Nicolas, le feu n'avait pas consumé son corps. Et s'il réapparaissait, le visage intact, lavé de tout crime. Combien de fois depuis le terrible récit de Matthieu avait-elle imaginé le retour du fils de Colin Roy et d'Etiennette ? Presque chaque jour.

— Et si Nicolas était parti en Amérique ! déclara soudain César, il peut pas lire les journaux français. Peut-être qu'il reviendra dans dix ans, ou vingt ans, très riche. Moi, je m'en souviens, il voulait aller en Amérique. Il me le disait souvent.

Claire fixa l'adolescent d'un air perplexe.

— Pourquoi tu ne me l'as jamais dit, alors ? s'étonna-t-elle. Tu penses qu'il pourrait se trouver à l'étranger, y vivre ? Sais-tu autre chose, César ?

— Non, Claire. C'est l'heure de rentrer les biques, j'y vais.

Faustine adressa un sourire apitoyé au garçon. Matthieu lui avait raconté les circonstances de la mort de Nicolas. César venait d'essayer, à sa manière, de rassurer Claire en utilisant ce que l'on appelait un pieux mensonge.

« Pauvre maman ! songea-t-elle. Si elle savait la vérité, comme elle souffrirait. Nous avons peut-être tort de garder un secret aussi grave. »

Raymonde posa un pichet de cidre au milieu de la table.

— Ne nous mettez pas sur la liste des invités, madame Bertille ! dit-elle sèchement. J'irai à l'église, pour ne pas vexer Faustine, mais le banquet a lieu au domaine, et je ne peux pas mettre les pieds là-haut, vous savez pourquoi…

La servante se détourna. Elle faisait allusion à la présence de Greta, qui servirait les convives.

— Raymonde, tu viendras au repas ! s'écria Faustine. S'il

le faut, je demanderai à Denis d'engager du personnel au bourg. Et qui tu sais restera aux cuisines...

— Ce n'est pas la peine ! trancha la servante. Tu crois que je serais à mon aise, assise parmi des gens de la bonne société. Les de Rustens et le maire, le docteur. Non, pas question ! Après la cérémonie, Léon et moi, nous redescendrons au Moulin. Lui non plus n'ira pas chez madame Bertille.

Thérèse sentit le vent tourner. Elle s'était beaucoup amusée jusqu'à présent, mais la figure froide de sa mère ne présageait rien de bon.

— Je vais aider César pour les bêtes. Je porterai les épluchures de midi aux lapins.

— Tu peux emmener Arthur et Clara ! suggéra Bertille. Ils pourront se dégourdir les jambes. Cela fait deux heures qu'ils sont sages comme des images. Merci, Thété.

Les enfants sortis, Claire fit signe à Raymonde de venir près d'elle. Lui prenant la main, elle fit remarquer :

— Fais un effort, pour Faustine...

— Le pape lui-même me supplierait, je ne céderais pas. Le beau monde, ce n'est pas pour moi !

— Tu exagères ! pesta Bertille. Léon n'a vu le petit Thomas qu'une seule fois depuis que Greta travaille à Ponriant. L'enfant est innocent, lui, et dans les deux sens du terme, à mon avis.

— Léon n'a pas besoin de voir son bâtard ! jeta la servante d'un ton méprisant. Je lui fabrique un autre fils, légitime, lui, qui sera malin et costaud.

Raymonde était enceinte de deux mois. Elle toucha son ventre et sortit, un panier à la main.

— Je vais au jardin, je surveillerai les gamins au passage.

Faustine haussa les épaules.

— N'insistez plus, je la comprends ! conclut la jeune fille. Moi-même, face aux grands-parents de Denis, je me sentais gênée. Et il y a le problème de Greta...

— Si Léon et Raymonde ne viennent pas au banquet, nous serons dix-sept ! soupira Bertille. Mireille fera déjeuner les enfants sur une table particulière, dans le petit salon. Dix-sept, un nombre impair, cela me déplaît.

— Il suffirait que le docteur Claudin ait une cavalière ! rétorqua Claire. Je le lui ferai savoir. Bon, finissons-en, princesse. Et le menu ?

Bertille repoussa cahier et crayon :

— Le menu, nous l'établirons cette semaine. Pour le moment, l'ennui, c'est que ta fille ne trouve aucune robe à son goût ! Faustine préfère les pantalons et les chemises masculines, plus pratiques.

La conversation reprit. Bertille évoqua le choix des véhicules qui conduiraient les deux couples à l'église.

— Corentine exige la Rolls Silver Ghost de son grand-père, ornée de vraies roses blanches et de lys... Faustine désire une calèche tirée par des chevaux noirs, décorée de bouquets de marguerites.

— Tantine, tu déformes mes propos. Je n'ai jamais parlé de chevaux noirs ! C'est Denis qui proposait ça. Je l'ai raisonné.

Claire se prit le visage entre les mains. Après un moment de réflexion, elle ajouta, taquine :

— Rien ne sera assorti, selon moi, vu le caractère si différent des deux filles. Et Matthieu, qu'en pense-t-il ?

— Tu oublies qu'il voyage encore pendant dix jours, ma Clairette ! soupira Bertille. En tant que futurs ingénieurs, ses collègues et lui vont voir des barrages, des ponts, je ne sais où, la Creuse, la Dordogne. La fée électricité se développe. Il faut de l'énergie à la France. A ce sujet, Bertrand m'a promis que nous serions bientôt reliés à une ligne électrique. J'illuminerai tout le domaine, les écuries, les granges, la maison de la cave au grenier. Hélas ! Pour le soir des noces, nous n'aurons que des bougies et des lampes à pétrole, mais attention : des centaines de bougies, des dizaines de lampes dans le parc.

Faustine perdit le fil de la discussion. Elle n'avait pas revu Matthieu depuis leur baiser dans le jardin de l'hôtel de ville. A quoi bon ! Elle l'aurait détesté de ne pas épouser Corentine, qui attendait un enfant de lui. Cela ressemblait à une équation mathématique. Le jeune homme était obligé de se marier avec cette fille, si bien que Faustine, elle, n'avait plus qu'à lier son sort à Denis.

« Nous devrons être très courageux, le jour des noces ! se dit-elle pleine de mélancolie. Il lui jurera fidélité et amour devant Dieu, ils s'embrasseront. Lui me verra échanger les anneaux avec Denis, et l'embrasser aussi. Mais peut-être que ce ne sera pas si difficile. Au fond, nous avons pu nous tromper tous les deux, ce baiser ne signifiait rien de sérieux. Le temps aidant, il aimera vraiment Corentine, et j'aimerai Denis. Je suis très attachée à lui, déjà. Il est devenu si gentil, si patient. »

Elle revit son fiancé arpentant le parc abandonné du logis du Mesnier, coupant les ronces pour dégager un vieux bassin en pierre. Comme elle montait sa jument tous les samedis, Denis l'escortait, perché sur un hongre à la robe brune, aussi sage qu'un mouton. Ils se promenaient ensemble et bavardaient. Le souvenir d'un galop le long d'un bois de sapins lui revint. Ils avaient fait la course et ils s'étaient arrêtés dans une clairière. Leurs chevaux broutaient et ils avaient évoqué la monte en amazone de jadis. Depuis la guerre, les femmes chevauchaient à califourchon, en pantalon d'équitation, et cela ne scandalisait plus personne.

— Bertille, maman ! J'ai une idée, une merveilleuse idée ! s'écria-t-elle soudain.

— Nous t'écoutons, ma chérie ! répliqua Claire.

— J'ai la solution, et ce sera très original, le cortège et le reste ! débita Faustine très vite. Les mariés en automobile peuvent s'habiller à la mode, mais moi, je voudrais une robe faite exactement sur le modèle d'une tenue d'amazone, et en satin blanc. On pourrait s'inspirer de ton ancienne toilette, maman, que Frédéric t'avait offerte. Ce serait magnifique ! Et j'irai à l'église sur Junon, je lui mettrai ta selle d'amazone, bien sûr ! Oui, à cheval. Denis aussi. Nous suivrons la voiture à une distance prudente.

Claire fronça les sourcils. Bertille en resta bouche bée. Cela ne dura pas. Elle poussa un cri d'extase :

— Faustine, c'est une idée extraordinaire ! Ce sera

superbe, si chic ! Il faudra faire beaucoup de photographies ; tant pis pour les dépenses. Clairette, je t'en prie, cours chercher ta fameuse tenue d'amazone ! Demain Bertrand me conduira en ville, chez ma couturière qui reproduira la façon. Tu me rejoindras après l'école, Faustine, pour les mesures. Cela t'ira à merveille, une tenue d'amazone bien coupée, moulante, et un long foulard de mousseline noué à ton chapeau. Mais quel tissu ? Du satin blanc ? Ou de la soie brochée, plutôt une teinte ivoire…

— Ah non ! Du blanc ! s'insurgea Claire. La couleur blanche est symbole de la pureté de la mariée, ainsi que les fleurs d'oranger…

— Alors, autant choisir du rouge ou du noir pour la robe de Corentine ! coupa Faustine avec colère. Elle est enceinte, et ne me faites pas croire que vous n'étiez pas au courant !

La repartie sidéra les deux femmes. Elles observèrent la jeune fille avec le même air interloqué. Pourtant, seule Bertille perçut une note de vraie douleur dans la voix de Faustine.

— Bien, je vais chercher ma tenue ! décida Claire, effarée.

Faustine l'entendit soupirer : « Eh bien, ça alors ! » Bertille lui fit les gros yeux, en chuchotant :

— Bravo, chérie, je te signale que ta mère l'ignorait. Je voulais lui annoncer la nouvelle avec ménagement. Quand même, il s'agit de son futur neveu ou de sa future nièce, qui portera le nom des Roy. Et ce n'est pas très gentil vis-à-vis de Corentine, de trahir son état. Dans ces cas-là, la discrétion est de mise.

— Je suis désolée, tantine ! J'ai parlé sans réfléchir !

— Faustine, tu as eu une drôle de réaction. Je veux bien mettre cela sur le compte de votre inimitié, à Corentine et toi, mais t'emporter ainsi !

— Tantine, cette fille a piégé Matthieu. Elle cherchait comment se faire épouser et elle a réussi. Je trouve cela navrant.

Faustine se tut, consciente d'aborder un sujet dangereux.

— Qu'est-ce que cela peut bien te faire ? s'écria Bertille en la fixant.

— Matthieu est un peu mon frère. J'ai peur qu'il ne soit pas heureux.

Claire descendait l'escalier, un grand carton sous le bras et un chapeau à la main. Elle semblait désemparée.

— Sincèrement, je tombe des nues ! Matthieu va être papa. Je suppose que c'était un secret bien gardé ! Tu aurais pu me prévenir, princesse…

— Corentine m'a interdit d'en parler. J'avais promis de ne rien dire !

— Alors, pourquoi le savais-tu, Faustine ?

— J'avais deviné, figurez-vous ! hurla la jeune fille. Ce sont des choses qui arrivent quand on couche ensemble depuis deux ans. Et ça, tout le village s'en régale. Personne ne sera dupe, à l'église, et je crois que Corentine s'en fiche ! Voilà ! Et moi aussi, je m'en moque ! Au moins, Denis n'est pas obligé de m'épouser, lui ! Cela fait une sacrée différence.

Faustine se leva en renversant le banc dans sa précipitation et courut se réfugier dans sa chambre.

— La pauvre ! dit Claire. Tous ces préparatifs la rendent nerveuse. Elle doit appréhender sa vie de femme qui commencera bientôt.

— Sans doute, répliqua sa cousine. Ce sont les nerfs.

Bertille n'en pensait pas un mot. Elle entrevoyait une partie de la vérité et cela lui faisait l'effet d'avoir à marcher dorénavant sur un terrain miné.

Claire se servit du cidre, l'air songeuse. Après un temps de silence, elle déclara, soulagée :

— J'étais certaine que Faustine se faisait du souci, mais je me demandais pourquoi. J'ai enfin compris. Elle est si droite, si loyale et tellement proche de Matthieu, que cette histoire l'a choquée. Je veux dire, le fait que Corentine se marie enceinte.

Encore une fois – et cela se produisait de plus en plus souvent – Bertille s'étonna du manque d'intuition de sa cousine en ce qui concernait Faustine ou Raymonde. Claire pressentait l'approche d'un orage ou de la neige, elle connaissait les habitudes des animaux des bois, elle excellait dans la science des plantes mais, sur le chapitre de l'âme humaine, elle avait quelques lacunes.

« En fait, à nous deux, nous ferions une entité féminine parfaite ! songea Bertille avec ironie. J'ai l'impression que ma chère Clairette vit dans un autre monde, ces derniers mois. »

A sa grande surprise, Claire déclara tout bas :

— Tu dois me juger bien distraite ou négligente, princesse. Je t'avouerai que j'ai enduré trop d'épreuves, juste après cette maudite guerre. En ce moment, j'ai besoin de solitude, de tranquillité, de sérénité. Tous ces enfants qui deviennent adultes, qui passent par les mêmes doutes, les mêmes émotions que nous à leur âge, cela me donne envie de fuir, comme pour ne pas vieillir.

— Ce doit être un peu de nostalgie, le regret de ta jeunesse, qui n'a pas été très gaie, conclut Bertille. Tu as beaucoup souffert, aussi.

Claire ouvrit le carton et en sortit sa tenue d'amazone. La vue de la veste cintrée, de la longue jupe à plis amples et de l'écharpe qu'elle nouait à son cou lui fit mal au cœur.

— A l'époque où je portais ces vêtements, j'étais profondément désespérée ! dit-elle. Frédéric me rendait la vie impossible. Oh, ma princesse, j'en ai assez. Viens, allons rejoindre les enfants. Il fait moins chaud, je sens d'ici le parfum des rosiers et des lys.

— Tu ne montes pas consoler Faustine ? s'inquiéta sa cousine.

— Elle se calmera plus vite si je ne l'ennuie pas avec des questions inutiles ! rétorqua Claire. Je la connais. Ce soir, elle sera toute gaie, puisque son Denis vient dîner.

Bertille prit son bras et la suivit dehors. La perspective du double mariage ne l'enchantait plus du tout.

Moulin du Loup, 15 juin 1919

« Plus que cinq jours ! » pensa Faustine en contemplant une page de cahier où elle avait griffonné une sorte de calendrier qui lui servait de compte à rebours. Je suis en vacances… et bientôt mariée à Denis.

La jeune fille avait quitté définitivement l'orphelinat Saint-Martial. Il y avait eu une enquête, une nouvelle mère supérieure avait été nommée, et cette femme, aux allures douces et au visage empreint de bonté, gérerait sûrement l'établissement dans le respect des enfants. Sa première mesure avait été de supprimer la classe unique. Les fillettes suivraient désormais les cours de l'école Condorcet, dans un quartier voisin.

Assise en fine chemisette sur son lit, les volets mi-clos tant il faisait chaud, Faustine leva les yeux sur la magnifique toilette d'amazone suspendue à un cintre, près de l'armoire. La couturière de Bertille avait fait des prodiges. C'était une reproduction sublimée de la tenue de Claire. Au tissu solide et marron succédait un satin léger, moiré, d'un blanc ivoire. Les boutons en nacre représentaient des fleurs.

Elle l'avait essayée au réveil, et son reflet dans le miroir l'avait ravie.

« Denis aura la surprise. Même s'il sait que je vais au village à cheval, il ignore tout de ma robe. Et cela l'intrigue. »

On frappa. Thérèse se rua dans la chambre, la mine réjouie :

— Faustine, vite, Bertille est là. Avec la couturière ! Tu n'as pas entendu la voiture ? Nous allons essayer nos robes, Angela et moi ! Tu viens, je t'en prie…

— J'arrive, Thété. Le temps d'enfiler une jupe et un corsage.

L'ordre du cortège était enfin déterminé. Arthur et Clara, en costumes assortis – de la percale rose et gris – tiendraient le voile de Corentine, un flot interminable de mousseline qui s'échapperait d'un turban orné d'une plume. Faustine avait eu droit à la description détaillée de la toilette de la jeune femme grâce aux bavardages de Bertille. Celle-ci avait même lancé, comme une boutade :

« Faustine et Denis seront l'emblème du siècle dernier,

Corentine et Matthieu celui de l'avenir. Bref, le classique et le moderne. »

Thérèse et Angela seraient les demoiselles d'honneur de Faustine. L'orpheline croyait rêver. Depuis deux jours, elle habitait le Moulin. Plus jamais elle ne retournerait chez les sœurs de la Sagesse. César, qui la suivait partout, avait joué les confidents.

« Mademoiselle Dumont est mon ange gardien ! avait-elle dit à l'adolescent. A la rentrée, je vais dans l'école toute neuve qu'elle dirigera, tu sais, au logis du Mesnier. Je l'aiderai à s'occuper des plus petites, et la grand-mère de Christelle travaillera aux cuisines. En plus, je passe tout l'été avec vous. »

César avait souri, aussi content qu'elle. Ils avaient un an de différence, et surtout il la trouvait très jolie, malgré la cicatrice sur son front. Faustine s'était tellement attachée à son élève, une des plus douées à son avis, qu'elle l'avait prise sous son aile. Il avait fallu des courriers administratifs, des démarches appuyées par Bertrand Giraud. Désormais, Angela était sous la tutelle de son institutrice et, comble de joie, elle était demoiselle d'honneur.

— Alors, comment sont ces robes ? s'écria Faustine en embrassant Bertille.

Toute la gent féminine s'était à nouveau réunie dans la cuisine : Raymonde, Claire, la couturière, Bertille, Thérèse, et enfin Angela, les yeux brillants d'exaltation.

— Vite, tantine, montre-leur ! s'impatienta la jeune fille.

— Oui, princesse, tu les fais languir ! renchérit Claire.

— Eh bien, nos demoiselles d'honneur seront de la même taille, grâce à ces ravissants escarpins faits sur mesure. Un talon plus haut pour Thérèse, et très peu de talon pour Angela. Je les coifferai de la même façon, une natte dans le dos, comme Faustine, mais les cheveux seront entrelacés de rubans et de fleurs en crépon.

Les deux paires de chaussures, à elles seules, provoquèrent des exclamations admiratives. En cuir fin couvert de soie rose, elles s'ornaient d'une boucle en métal doré.

— Et maintenant, déclara Bertille avec un rire malicieux,

voici les robes. Il faut les essayer pour que madame Sorgna fasse les retouches immédiatement.

Elle déplia le papier qui enveloppait les toilettes en soie rose.

— Mettez-vous en chemise, les filles ! ordonna-t-elle.

— Et si César entrait ? s'inquiéta Angela. Ou monsieur Dumont, ou Léon ?

— Ils ne vont pas se trouver mal ! ronchonna la servante.

— Je ferme à clef tout de suite ! dit Claire. Si un monsieur se présente, il ira faire un tour.

La couturière aida Thérèse à passer le modèle, car il restait des épingles. Bertille vint au secours d'Angela. Quand elles furent habillées, Claire s'exclama :

— Vraiment ravissant ! Tu as un talent pour la mode, princesse.

Les demoiselles d'honneur durent tournoyer, les bras écartés du corps. Leurs robes évoquaient, par la ligne sobre et cintrée, la tenue d'amazone de la mariée, mais avec une jupe ample et bouffante. Le corsage à manches longues imitait une veste décolletée, fermée par une ligne de petits boutons dorés.

— C'est trop joli ! soupira Faustine. Mes chéries, vous serez magnifiques.

Elle embrassa d'abord Angela, puis Thérèse. Soudain, l'orpheline se mit à pleurer, se cachant derrière ses cheveux bruns et bouclés.

— Mais qu'est-ce que tu as ? demanda la jeune fille.

— Je suis trop heureuse, mademoiselle ! sanglota Angela. Ma robe, elle est si belle, si douce. Jamais j'aurais cru que j'en porterais une si belle un jour… Jamais.

Faustine serra l'adolescente dans ses bras un long moment. Elle lui tendit un mouchoir en déclarant :

— Maman et moi, nous savons coudre. Tu seras toujours bien habillée, Angela, et tu apprendras à te faire des robes. Dans mon école, il y aura des heures consacrées à la couture, avec madame Claire Dumont comme professeur. Allez, sèche tes larmes, tu risques de tacher ta toilette.

— Merci, mademoiselle.

L'incident fut clos, mais il laissa au cœur de chacune, de la plus jeune, Thérèse, à la plus âgée, madame Sorgna, une vive émotion.

— On ne va pas toutes pleurer ! protesta Raymonde. Je vous prépare un bon goûter, des fruits au sirop et du fromage frais.

Domaine de Ponriant, même jour, même heure

Bertrand et Corentine étaient seuls dans le salon, dont les larges persiennes étaient accrochées. La demeure semblait plongée dans une léthargie née de la chaleur et du calme. Clara faisait la sieste. Mireille astiquait l'argenterie dans la cuisine lumineuse, pendant que Greta frottait elle aussi un plat gigantesque aux bordures ouvragées. Le petit Thomas dormait au milieu de son parc en bois.

L'avocat consultait un dossier d'une dizaine de pages. Il lisait à voix basse certaines phrases, mordillait son crayon, soupirait. Sa fille, allongée sur une banquette en tapisserie, un coussin sous la tête, jouait avec les bracelets entourant son poignet gauche.

— Où as-tu caché Matthieu ? demanda soudain Bertrand. Je l'ai aperçu pendant le déjeuner, ensuite plus personne.

— Je l'ai envoyé en ville. J'avais besoin de poudre de riz, celle que j'achète au Bon Marché. Il connaît la marque. De toute façon, c'est la plus chère, il ne peut pas se tromper.

Bertrand dévisagea Corentine. Elle se fardait beaucoup, fière du trait brun remplaçant ses sourcils épilés une fois par semaine. Ses lèvres minces étaient brillantes d'un rouge artificiel.

— Si tu veux mon opinion, Corentine, le maquillage dont tu vantes les mérites te gâche le teint, dit-il sans grande gentillesse. Le jour du mariage, tu devrais t'abstenir. Vêtue de blanc, si tu as la figure poudrée et du rouge, tu auras juste l'air d'un pierrot de bazar.

La jeune femme eut un léger rire moqueur. Son père n'y connaissait rien. Elle abandonna ses bracelets pour agiter le collier de perles d'une longueur extravagante qui reposait entre ses seins. On appelait ça un « sautoir ».

— Mon cher papa, tu m'as légué ton teint de rouquin, les taches qui vont avec et des cheveux un peu ternes. Coupés, ils ont plus de volume, et la poudre égalise les nuances de ma peau. Matthieu ne s'en plaint pas, lui.

L'avocat esquissa une grimace. Il se sentait démuni et sot face à sa fille. Corentine le déroutait. Elle était froide et brusque, secrète.

— En tout cas, ajouta-t-il sans vraiment réfléchir, ton fiancé n'est guère empressé. La noce approche, et vous êtes distants, je trouve. Il ne te démontre pas beaucoup d'affection, et en fait toi non plus.

— Nous appartenons à une catégorie de gens qui n'aiment pas se donner en spectacle ! coupa Corentine. Excuse-moi, mais vos câlins et roucoulades, à Bertille et toi, sont d'un ridicule !

— Je te défends de nous juger ! s'écria-t-il.

— Sache, papa, que si Matthieu se comportait en toutou, comme le fait Denis avec Faustine, je ne l'épouserais pas. J'apprécie sa façon d'être. C'est un homme qui ne se laisse pas dominer…

Bertrand balaya l'air d'un geste qui signifiait : « Cela ne me regarde pas. » Déjà, de savoir sa fille enceinte l'embarrassait. Il n'osait plus la toucher ni l'embrasser. C'était une adulte, à présent.

— Changeons de sujet, alors ! dit-il assez fort. Tu t'accommodes d'un fiancé bourru et glacial, à ta guise. Je tenais à te faire part de mes dispositions.

Aussitôt la jeune femme se redressa, très intéressée. Elle lança cependant une plaisanterie :

— Es-tu à l'article de la mort ? J'espère que tu as déshérité ta femme et Clara…

— Tu n'es pas drôle du tout, Corentine ! rétorqua-t-il. Bref, venons-en aux choses sérieuses. Hier soir, pendant le dîner, tu harcelais Matthieu pour décider du lieu où vous installer. Si cela te convient, je t'annonce que tu peux jouir dès maintenant de la maison de ma grand-tante Adélaïde des Riants. C'est un immeuble de valeur, que le notaire qualifie d'hôtel particulier, situé en pleine ville. Considère-le comme ta dot. Denis, lui, disposera du domaine par moitié. Je compte agrandir au sud, faire bâtir une aile avec une cuisine indépendante, un salon et trois chambres. Quant à Clara, à sa majorité elle sera propriétaire du logis du Mesnier.

Corentine fixait son père avec attention.

— Je n'ai aucun souvenir de cette maison ! Tu aurais pu m'en parler ce matin, je serais allée à Angoulême avec Matthieu et nous l'aurions visitée.

L'avocat se leva et sortit un trousseau de clefs de sa poche. Il les tendit à sa fille.

— Tiens, vous pouvez y faire un tour avant le mariage. Je te signale qu'il reste là-bas tous les meubles de ton arrière-grand-tante, des pièces uniques souvent, qui valent une petite fortune. Il en est de même pour la vaisselle et les bibelots. Ah, j'oubliais, il y a un très beau jardin : des hortensias roses, des bosquets d'acanthes, des rosiers centenaires, un bassin, une fontaine et des colonnes importées de la Rome antique, des vestiges. Et tant de buis, de lauriers-cerises et de lilas.

Bertrand se détourna. D'un doigt il appuya un peu sur le rond en cuir qui protégeait son œil malade. Il repoussait sans cesse la date de l'opération, malgré les migraines dont il souffrait. La douleur s'était réveillée à l'instant.

« Oui, il y a un très beau jardin ! répéta-t-il intérieurement. Et Corentine ne saura jamais que c'est près du banc en fer forgé, à l'ombre du sapin, que j'ai aimé Bertille pour la première fois. »

Il porta une main à son front. Il revoyait la femme qu'il adorait, âgée de vingt-cinq ans, une créature féerique de cristal, de lait, dans l'ombre des feuillages.

« Elle n'a pas perdu sa grâce ni sa lumière ! songea-t-il. Quelle chance j'ai, et combien je l'aime. »

— Papa ! Tu es sûr que ça va ? s'alarma Corentine.

— Ce n'est rien. Par ces chaleurs, mes yeux me font mal. Je vais prendre de l'aspirine et monter m'allonger.

Il la rassura d'un sourire distrait et se dirigea vers le hall. Sa fille le rattrapa et lui prit le bras.

— Je t'accompagne en haut, papa ! insista-t-elle. J'ai mauvais caractère, tu me l'as assez dit, mais je t'aime. J'ai déjà perdu maman, je voudrais bien profiter de toi de longues années encore. Et je te remercie, pour la maison. Elle me plaira...

— Je l'espère, ma Coco ! Tu te souviens, je te surnommais ainsi quand tu n'étais qu'un bout de chou, soupira l'avocat. Ah, je n'ai pas été un père attentif, toujours à droite ou à gauche, à cause de ma charge à la cour. Eulalie est devenue missionnaire, et toi et Denis, vous vous mariez... Parfois, je me demande si, l'un et l'autre, vous n'auriez pas dû chercher l'amour un peu plus loin. Tu ne trouves pas cela étrange, que vous épousiez respectivement Faustine et Matthieu, qui ont grandi au Moulin, des voisins, des amis. Sans oublier que Claire a vécu ici, soumise à la cruauté de mon frère et de Pernelle.

Tout en discutant, Bertrand et Corentine étaient arrivés au premier étage. La jeune femme avoua à son père :

— Je n'aimerai jamais quelqu'un d'autre que Matthieu. Bon-papa m'a présentée à la moitié des jeunes héritiers bordelais, des beaux, des laids, des intelligents, des imbéciles. Aucun ne m'a séduite.

— Dans ce cas, je te donne ma bénédiction, conclut l'avocat. De plus, je suis assez content d'être grand-père.

Corentine eut un sourire forcé et, vite, déposa un baiser sur la joue paternelle.

— Repose-toi bien, papa ! dit-elle en s'éloignant vers sa propre chambre.

Elle voulait admirer sa toilette de noces, enfilée sur un mannequin de couturière.

« Je serai plus belle que Faustine ! Après le mariage, je réglerai mes comptes avec tous ces gens, Bertille la première. »

Si Bertrand avait vu l'expression haineuse de Corentine pendant qu'elle prononçait ces mots, il en aurait appris long sur ses facultés de dissimulation. Depuis trois semaines, la jeune femme tempérait ses colères et retenait les paroles blessantes. Tous la jugeaient heureuse, apaisée, mais une jalousie dévastatrice couvait au fond de son cœur. Elle avait accepté le double mariage pour une seule raison : ce serait la meilleure occasion d'éclipser Faustine, d'être plus élégante, plus admirée, et surtout de prouver que Matthieu lui appartenait.

Moulin du Loup, 19 juin 1919

Faustine et Angela étaient allongées sur une couverture, dans un petit pré entouré de haies de noisetiers. La fenaison battait son plein dans la vallée. En cette fin d'après-midi, le vent chaud leur apportait des parfums délicieux d'herbe juste coupée et de fleurs sauvages exhalant au soleil leur ultime senteur.

— Vous devez avoir peur, mademoiselle, pour demain ? s'exclama Angela. Moi, je ne me marie pas, mais je suis tout émue quand même.

— Je n'ai pas peur ! répliqua la jeune fille. Mais ce sera une journée épuisante. Ma mère ne sait plus où donner de la tête, tante Bertille non plus. Peut-être que cela va te surprendre, mais j'aurais préféré un mariage beaucoup plus simple.

L'adolescente observa le visage de son institutrice. Elle chercha en vain sur ses traits la joie et l'impatience que l'on prête aux futures épouses.

— Je le trouve très gentil et beau garçon, votre fiancé… Dites, mademoiselle, vous l'aimez vraiment, votre fiancé ? Oh, excusez-moi, ce n'est pas poli, de vous demander ça.

Faustine se mit à rire doucement, les yeux perdus dans l'azur d'un bleu pâle.

— Tu as le droit de m'interroger, Angela. Sais-tu que je n'ai jamais eu d'amies, des amies d'école ou de lycée. Avec toi, je me sens bien. Nous discutons de beaucoup de choses, déjà. Bon, tu me parlais de Denis. Bien sûr que je l'aime. Il avait ton âge, treize ans, quand je l'ai embrassé pour la première fois !

— Embrassé… sur la bouche ? chuchota l'adolescente.

— Oui ! Pendant la guerre, il habitait chez nous, au Moulin. Il était amoureux de moi, et comme il me plaisait, nous rêvions de nous marier. Et demain, c'est le grand jour.

Angela était ravie de la discussion. Elle attrapa sans se lever un panier en osier d'où elle sortit une bouteille de limonade et deux gobelets.

— Vous en voulez, mademoiselle ?

— Pas tout de suite ! répondit Faustine en se couchant à plat ventre.

Un moment, elle cacha son visage entre ses bras ; prête à pleurer, elle craignait d'inquiéter sa protégée. Angela était au paradis après avoir connu la rigueur de l'orphelinat, le viol et le deuil. Comment Faustine pourrait-elle lui confier la vérité ? Pourtant, demain, son cœur se briserait.

— Dites, mademoiselle, la future femme de Matthieu, elle est aussi belle que vous ?

La question aggrava le tourment de Faustine. Sans changer de position, elle marmonna un « oui ».

— Je ne vous crois pas ! claironna Angela. Aucune fille n'est plus belle que vous. D'abord, je n'aime pas son prénom. Corentine !

— Patience, tu la verras demain !

Faustine gardait les yeux fermés. Elle n'avait pas revu Matthieu depuis deux mois, mais elle sentait, entre sa chair et son corset, la piqûre d'une feuille de papier pliée en six. Le matin même, le facteur lui avait remis une lettre. L'adresse et son nom étaient tapés à la machine à écrire. A l'intérieur, pas de courrier, ni de message. Juste une vieille chanson recopiée à la main. Elle avait reconnu l'écriture du jeune homme. Le texte datait de plusieurs siècles ; un violoneux en avait joué l'air un soir de bal, au village : *Les Tristes Noces*. Raymonde la chantait parfois, pendant les veillées d'hiver. Des bribes de couplets, des passages précis, hantaient Faustine.

Qui veut ouïr chanson, chansonnette nouvelle, c'est d'un jeune garçon, et d'une demoiselle, ont fait l'amour sept ans, sept ans sans en rien dire, mais au bout de sept ans, le galant se marie.

Tenez, ma mie, tenez, voici la départie... à une autre que vous, mon père me marie !

Celle que vous prenez, est-elle si jolie ? Pas si jolie que vous, mais elle est bien plus riche, la belle, en vous priant, viendrez-vous à mes noces...

La belle n'y a manqué, s'est fait faire trois robes, l'une de satin blanc... l'autre de satin rose, et l'autre de drap d'or, pour marquer qu'elle est noble.

Du plus loin qu'on la voit, voici la mariée... La mariée ne suis, je suis la délaissée... L'amant qui la salue, la prend par sa main blanche, la prend pour faire un tour, un petit tour de danse.

O musicien français, toi qui joues bien les danses, oh joue-moi-z-en donc une, que ma mie puisse comprendre... Au premier tour qu'elle fait, la belle tombe morte...

Si mourez pour m'amour moi je meurs pour le vôtre... Il a pris son couteau, se le plante en les côtes. Les gens s'en vont disant :

Mon Dieu, les tristes noces, ah les pauvres enfants... tous deux morts d'amourette, tous deux morts d'amourette.

Sur la tombe du garçon, on y mit une épine, sur la tombe de la belle, on y mit une olive, l'olive poussa si haut qu'elle embrassa l'épine...

En bas de la chanson, Matthieu avait ajouté : « Un peu comme dans l'histoire de Tristan et de la blonde Iseut. »

« Oh, il n'avait pas besoin de m'écrire autre chose ! pensa-t-elle en contenant ses larmes. Il m'aime de toute son âme, à l'en croire. Et moi aussi, je l'aime. »

Faustine avait failli dix fois annuler son mariage, par souci d'honnêteté. Jamais elle n'empêcherait celui de Corentine et de Matthieu, à cause de l'enfant qu'ils attendaient, mais trahir à ce point la confiance de Denis la rendait malade de honte. Personne ne pouvait l'aider, surtout pas Angela.

« Matthieu exagère de m'avoir envoyé cette lettre. Il se doutait bien que cela me torturerait ! se dit-elle encore. Il est trop tard pour reculer ; je serai heureuse près de Denis, et puis après l'été, j'ouvre mon école. Et je dois ce bonheur à ma future belle-famille. »

Elle se consola de son mieux. Claire lui avait annoncé que le couple habiterait Angoulême, dans une grande demeure bourgeoise.

« Pas si jolie que vous, mais elle est bien plus riche. »

— Mademoiselle ? Vous dormez ? s'écria Angela.

— Mais non, ma chérie ! répliqua Faustine en s'asseyant, les joues un peu rouges.

— J'aime bien quand vous m'appelez comme ça, « ma chérie » ! répondit l'adolescente. Votre mère le dit souvent, à Thérèse, à vous, à madame Bertille, la princesse.

Pour oublier son chagrin et son angoisse, Faustine raconta à l'orpheline l'histoire de Bertille. Après avoir écouté les malheurs passés de cette femme qu'elle trouvait aussi bizarre que magnifique, Angela s'imagina un avenir extraordinaire. Elle en tirait une leçon : on pouvait devenir orpheline et infirme, se marier quand même à un homme riche, puis à un autre homme encore plus riche, guérir d'une maladie affreuse – les jambes paralysées, cela semblait un sort redoutable –, vivre enfin dans un château et rester belle à plus de quarante ans.

— Et pourquoi on la surnomme princesse ? demanda-t-elle enfin.

— Je te montrerai un vieux livre de contes de fées, qui appartient à ma mère adoptive. Un dessin représente une princesse endormie, et elle ressemble beaucoup à Bertille.

Faustine s'allongea de nouveau. Angela l'imita. Elles regardèrent en silence des nuages blancs défiler très lentement et des hirondelles sillonner le ciel de plus en plus pâle. Au loin, des bœufs meuglaient, des hommes criaient. Le parfum de l'herbe fauchée devenait plus grisant encore.

« Si j'épousais Matthieu demain, pensait Faustine, combien je serais heureuse ! Tout me ravirait, suivre le cortège à son bras, savourer le banquet à ses côtés, saluer nos invités ! J'aurais dû le comprendre bien avant, il y a un an, ou six mois. »

« Mademoiselle Dumont a l'air triste, tellement triste... ! songeait Angela. Pourquoi ? »

L'adolescente réfléchissait. Avec ses camarades, du moins celles de son âge, elle avait souvent évoqué en sourdine, pendant les promenades ou les récréations, les mystères honteux de l'amour, dont l'acte en lui-même, qui vous faisait tomber enceinte. Tomber était le terme exact car, si cela arrivait en dehors du mariage, le déshonneur vous frappait.

Angela osa se souvenir des étreintes brutales et rapides que lui imposait l'amant de sa mère. Elle avait eu très mal, et du sang entre les cuisses. Mademoiselle Dumont redoutait peut-être ce qui se passerait durant la nuit de noces.

« Je ne peux pas lui parler de ça ! Elle serait gênée, et moi aussi. »

Mais dans le but de réconforter la future mariée, l'orpheline fit, d'une petite voix :

— Monsieur Denis n'est pas méchant, n'ayez pas peur.

Faustine devina ce qu'elle tentait de lui dire. Bouleversée, elle attira Angela contre son épaule.

— Sois tranquille, ma chérie, tout ira bien ! affirma-t-elle.

Domaine de Ponriant, même jour

Matthieu logeait dans une chambre mansardée de Ponriant. Par la fenêtre donnant sur le toit d'ardoise, le jeune homme apercevait des prés et la lisière de la forêt. Des chevaux galopaient, menés par un étalon à la robe rousse.

Des bruits lui parvenaient du rez-de-chaussée, malgré la distance. Un orchestre engagé par Bertille répétait les morceaux qui seraient joués pendant le bal.

« Je devrais descendre et filer un billet de dix francs à l'un des musiciens, qu'il joue *Les Tristes Noces* pendant le banquet. Bah, peu de gens connaissent cette vieille chanson. »

Il alluma une cigarette, alors qu'il venait d'en éteindre une. Ses nerfs le trahissaient.

« Je n'ai pas vu Faustine depuis la fin d'avril, et demain elle sera là, prête à s'unir à ce crétin de Denis, se dit-il. Ils vont prononcer les vœux rituels devant le père Jacques, et je ferai la même chose. C'est stupide, jurer fidélité à Corentine alors que je la trompe en esprit à chaque fois qu'elle m'approche. Mais il y a cet enfant, qui n'a rien demandé, lui. Je dois me faire à l'idée, je vais être père. »

Quelqu'un frappa. Matthieu ouvrit la porte et ne fut pas surpris de voir Corentine. Elle ondula des hanches, ce qui agita la soie verte de sa robe.

— Alors, monsieur joue les ermites ? lança-t-elle. Tu es enfermé ici depuis deux heures… Je peux entrer ?

— Nous avons été sommés de nous conduire correctement jusqu'à la nuit de noces, ma chère ! rétorqua-t-il avec ironie. Tu ne devrais pas me rendre visite.

La jeune femme le repoussa et se glissa dans la chambre. Elle tourna le verrou et enlaça son fiancé.

— Mon père est parti en ville, Bertille donne son bain à Clara. Denis joue les palefreniers aux écuries. Personne ne saura que je suis là, près de toi.

Paupières mi-closes, lèvres luisantes de fard, elle se serra contre lui, le regard voilé par le désir.

— J'ai envie de toi, Matthieu.

— Non, pas maintenant ! protesta-t-il. J'aurais l'impression de berner mon futur beau-père. Et puis, un brin de chasteté ne nous fera pas de mal.

Corentine s'assit au bord du lit et releva lentement sa robe, ce qui dévoila ses jambes minces gainées de soie grise. Les jarretelles noires tranchaient sur la chair nacrée du haut de ses cuisses. Soudain elle se renversa en arrière. C'était une invite sans équivoque. Matthieu, obsédé par Faustine, eut un geste exaspéré :

— Quand même, n'en fais pas trop ! lança-t-il avec froideur. Non, c'est non.

Elle se redressa, pâle de colère, et tapa du pied sur le parquet.

— Tu as toujours un prétexte pour dire non, ces dernières semaines. Si tu n'as pas bu suffisamment, on ne fait pas l'amour. Qu'est-ce qui te prend ?

— Il me prend que tu es enceinte, tu attends un bébé, et cela me gêne... Je ne sais pas si c'est recommandé de coucher ensemble, dans ton état, voilà !

Rassurée, la jeune femme se recoucha, une jambe repliée pour mieux exhiber sa fine culotte en dentelle.

— Ah ! C'était ça ! Matthieu, mon amour, je n'ai même pas de ventre, il n'y a aucun risque. Il faut juste être délicat.

— En somme, je n'ai aucune preuve que tu sois enceinte ! soupira-t-il. Les chattes, les chiennes, une fois pleines, ne sont plus en chaleur ! Toi, si.

— Espèce de goujat ! s'écria-t-elle en se levant prestement. Ne me compare pas à une bête !

Corentine faillit gifler son amant. Elle le toisa, folle de rage, mais un peu triste au fond.

— C'est la veille de notre mariage ! répliqua-t-elle. Je pouvais espérer de la tendresse, des baisers en cachette. Si tu savais combien je t'aime, Matthieu, tu aurais pitié de moi. Comment oses-tu penser que je te mens ? Il y a des signes qui ne trompent pas. J'ai eu un malaise, l'autre jour, au Bon Marché, tu te souviens ? Le docteur l'a confirmé, je suis enceinte de trois mois. Touche mon ventre.

Elle s'accrocha à lui, le visage implorant. Il eut honte et céda d'un coup.

— Pardonne-moi, je suis à cran ! Toute cette agitation, tes grands-parents qui vont arriver... soupira-t-il.

Il la serra dans ses bras et embrassa son front. Corentine retint un gémissement de bonheur. Elle l'entraîna vers le lit, haletante. Matthieu perçut son parfum musqué, enivrant, et il s'affola. Elle ôta sa robe. Ce corps mince et ferme, d'une sensualité exacerbée, lui appartenait. Il pouvait en disposer à loisir, à n'importe quelle heure. Les petits seins aux mamelons bruns, les cuisses longilignes et musclées, les bras menus, le ventre lisse.

Leur étreinte fut brève, presque violente. Corentine planta

ses ongles dans le dos de Matthieu et laissa échapper un cri de jouissance qu'il étouffa d'une main sur sa bouche.

Pendant qu'il se rhabillait, la jeune femme resta comme écartelée sur la courtepointe en satin rouge. Elle n'ouvrit pas les yeux tout de suite. Ce n'était guère le moment, mais elle songeait à Faustine et à Denis. Sûre de son pouvoir sur Matthieu, elle déclara enfin, en le fixant :

— Mon petit frère m'a appris quelque chose, hier soir...

— Ah ! Et quoi donc ? Il s'est vanté de ses escapades au Rempart du Nord, chez les putes ? ironisa-t-il. Avec un peu de chance, il a attrapé la syphilis, et il ne craint pas de contaminer sa future épouse...

Corentine remit sa robe avec un sourire en coin.

— Tu es bien informé, mieux que moi ! dit-elle. Mais je ne te crois pas. Denis m'a juré qu'il était puceau quand il a couché avec Faustine. Les idiots, ils ont dû avoir du mal à se donner du plaisir. Des novices...

Matthieu se sentit envahi d'un froid insupportable. La révélation le blessait. Cela lui faisait l'effet d'un seau d'eau sale lancé sur la jeune fille qu'il idolâtrait pour sa sagesse.

— Ton frère s'est vanté ! gronda-t-il. Je connais Faustine, elle ne souhaitait pas brûler les étapes.

— J'avoue que cela m'a étonnée ! persifla Corentine. Mais j'ai des détails. C'est arrivé un jeudi matin, chez Blanche Nadaud qui s'était absentée avec son mari. Denis avait rendez-vous avec sa dulcinée, et comme ils étaient seuls, sans surveillance ; ils en ont vite profité. Peut-être qu'elle est enceinte, elle aussi.

Abasourdi, Matthieu tourna le dos à sa fiancée et se posta à la fenêtre. Il alluma une autre cigarette.

« Un peu plus tôt, un peu plus tard ! pensait-il. Qu'est-ce que cela change ? Sans doute, elle l'aime vraiment, et je me suis trompé sur toute la ligne. Elle n'a jamais été jalouse de Corentine. Je suis son frère. Il n'y a pas de Tristan, ni d'Iseut... »

— Matthieu ? appela la jeune femme.

Il lui fit face, un large sourire aux lèvres. Au prix d'un effort surhumain, il réussissait à paraître indifférent.

— Va te rafraîchir un peu ! s'exclama-t-il. Je descends dans le parc.

— Surtout, ne dis pas à Denis que j'ai révélé son secret. C'était un aveu, une confidence ! insista-t-elle.

— Ne t'inquiète pas, j'ai d'autres chats à fouetter. Bertille a sûrement besoin d'aide.

Il sortit de la pièce, les mains dans les poches de son pantalon. L'envie le démangeait de trouver Denis et de lui casser la figure. L'héritier de Ponriant serait vilain à voir, à son mariage. Puis il se dit que cela ferait de la peine à Faustine.

« Cela ne me concerne plus ! » se répétait-il.

Bertille avait fort à faire pour gérer l'organisation des festivités. Elle parcourait les deux salons et le hall, recevait les serveuses et les musiciens, donnait des ordres à Mireille et à Greta. Matthieu la surprit en train de rectifier l'ordonnance d'un énorme bouquet de roses blanches qui, encadré de chandeliers en argent massif, trônerait au centre de la table.

Il eut un élan de compassion à la vue de cette femme à la silhouette d'adolescente qui s'appuyait à une fine canne en ébène ouvragée.

— Pauvre tantine ! s'écria-t-il. Tu aurais dû accepter l'aide de Claire et de Léon.

— Non, pas question ! coupa-t-elle en le défiant d'un regard joyeux. Je voulais que la décoration de Ponriant soit une surprise pour Faustine et Claire. Et tu sais bien que Léon n'a pas le droit de s'approcher du domaine. Raymonde est devenue une vraie harpie. Ce pauvre homme ne voit pas grandir son fils.

Plus bas, elle ajouta, en saisissant le poignet de Matthieu :

— Je t'avouerai que le petit Thomas n'est pas en avance. A son âge, il devrait tenir debout, mais non, il demeure assis du matin au soir, et il dort beaucoup.

— Qu'est-ce que ça signifie, d'après toi ? s'étonna le jeune homme.

— Il est lent, pas du tout éveillé, reprit Bertille. J'en ai parlé, sans le dire à la mère, au docteur Claudin. Il m'a expliqué que certains bébés souffrent d'un manque d'oxygène à la naissance, quand l'accouchement dure trop longtemps, et qu'ils sont simplets ensuite.

Matthieu roula des yeux effarés.

— Je croyais que c'était naturel et facile de mettre des enfants au monde ! dit-il tout bas.

— Cela dépend des cas ! Oh ! Je suis désolée, je n'aurais pas dû te parler de ça. Tu vas être papa bientôt ! Ecoute, souvent, il n'y a aucun problème. J'ai eu Clara à un âge respectable, presque quarante ans, et tout s'est bien passé.

— Les fées usent de sortilèges pour damer le pion aux mortels ! plaisanta Matthieu. Toi, tu ne pouvais qu'engendrer une autre fée...

Bertille jubila. Elle caressa la joue de ce grand gaillard brun qui lui faisait si souvent songer à Claire.

— Merci, c'est un adorable compliment ! répliqua-t-elle. Alors, comment trouves-tu la maison ? Superbe, n'est-ce pas ?

Matthieu prit la peine d'étudier le cadre qui l'entourait. Il découvrit des profusions de bouquets de lys, de roses, de marguerites. Les lustres en cristal, soigneusement astiqués, attendaient, garnis de bougies, leur heure de gloire. Des pièces de soie rose et or étaient torsadées en guirlandes et ornaient les plafonds et les murs.

— L'orchestre jouera sur la terrasse et, surprise, Bertrand a engagé un artificier... Je ne devais pas le dire, mais cela me démangeait. Ce sera magnifique, un feu d'artifice.

Le jeune homme baissa la tête. Il avait envie de s'enfuir au bout du monde, en Chine ou en Patagonie. Endurer de telles réjouissances, le cœur malade d'amour pour Faustine, lui paraissait intolérable. Bertille remarqua son expression sombre et le tremblement de ses lèvres. Les angoisses qu'elle refoulait depuis trois semaines revinrent en force.

— Matthieu, interrogea-t-elle doucement, qu'est-ce que tu as ?

— Mais rien, tantine ! affirma-t-il en affichant un sourire

d'enfant. Tu me connais, je suis un peu sauvage. Certes, j'ai eu ma période dandy, les sorties, les cafés, les fêtes. Cependant, un petit mariage intime ne m'aurait pas déplu. Là, je serai sous les feux de la rampe du matin au soir, et cela me rend nerveux...

— C'est vraiment ça ? insista-t-elle.

— Oui, tantine ! Même si, je peux te le dire à toi, rien qu'à toi, je n'étais pas préparé à convoler si vite, si jeune. Je me voyais bien en célibataire endurci.

Bertille fronça les sourcils en pointant un index accusateur sur la poitrine de Matthieu.

— Dans ce cas, mon pauvre garçon, il fallait faire attention et ne pas succomber aux charmes de Corentine, ni la mettre dans une situation très embarrassante. De toute façon, tu n'as plus le choix !

— Je le sais, ça... soupira-t-il. Mais j'ai gagné une des plus belles baraques d'Angoulême, et un rejeton qui portera le nom de mon père.

Matthieu se tut. Le soleil couchant irradiait les vitres des portes-fenêtres, embrasant l'argenterie et les pendeloques des lustres.

« Demain soir, à la même heure, se dit-il, je serai marié à Corentine... et Faustine sera la femme de Denis. Ils coucheront dans le même lit des années, il lui fera des enfants. »

Il eut à nouveau une pulsion de violence. Courir jusqu'aux écuries, régler son compte à Denis. Il le haïssait, à cet instant. Ce n'était pas seulement parce qu'il épousait la jeune fille. Matthieu jugeait méprisable le fait d'avoir fréquenté des prostituées tout en étant fiancé à Faustine.

— Voudrais-tu un bon cognac ? proposa Bertille.

— Oh oui, tantine, et même deux ou trois, cela me donnera du courage.

Elle lui tendit une carafe et un verre, une question cruciale au bord des lèvres. Le retour de Bertrand l'empêcha de la poser. Attendrissant avec son air d'amoureux transi et son bandeau de cuir sur l'œil, son mari lui tendait les bras.

— Ma princesse, je n'en peux plus ! reconnut l'avocat. Mais le dernier détail est réglé.

Le couple s'étreignit, échangeant un court baiser passionné. Matthieu avait reculé dans l'ombre du petit salon.

« Eux, au moins, ils ne trichent pas, ils s'aiment vraiment ! » songea-t-il.

Déposant la carafe et le verre vide sur une desserte, le jeune homme se glissa sur la terrasse et dévala le grand escalier en pierre. Personne ne le vit traverser le parc, puis les prés alentour d'une démarche hasardeuse.

Moulin du Loup, même soir, le 19 juin 1919

La famille Roy-Dumont était à table. Claire avait décidé de dîner tôt pour se coucher encore plus tôt, puisque le lever, le lendemain, jour des noces, était prévu à cinq heures.

— La cérémonie religieuse a lieu à dix heures, déclara Faustine, l'engagement civil à onze heures, à la mairie. Le cortège doit quitter Ponriant à neuf heures et demie, dernier délai. Nous pouvions mettre les réveils un peu plus tard, maman.

— Ah non, je dois me préparer. Léon et les enfants auront à soigner les bêtes avant de s'habiller ! rétorqua Claire. Il faut atteler aussi le cabriolet, et je dois toiletter Sirius avant.

Jean but un verre de vin. En chemise déboutonnée sur son gilet de corps, les cheveux en bataille, il paraissait très jeune.

— Etant donné que je suis rentré hier de Paris, commença-t-il, et que j'ai eu droit à un chapelet de reproches, répétez-moi bien mon rôle. Je conduis le cabriolet et ma fille jusqu'au domaine.

— Mais non, Jean ! s'exclama Claire. Si tu mènes la voiture à cheval, qui conduira l'automobile ? Tu es le seul à savoir.

— César est capable de mener Sirius, qui connaît son métier ! dit Faustine avec un soupir. Je serai fière de l'avoir pour écuyer…

— Nous ne sommes plus au temps des chevaliers ! coupa Claire. Pourtant il n'y a pas d'autre solution.

Angela et Thérèse, assises côte à côte, pouffèrent. Les deux filles, malgré leur différence d'âge, s'entendaient à merveille. Cachées dans le grenier, elles complotaient et échangeaient des confidences. Demoiselles d'honneur de Faustine, elles se sentaient presque sœurs après une semaine à partager l'ancienne chambre de Matthieu. César se disant amoureux d'Angela, cela entraînait des situations exaltantes, des billets doux qui circulaient d'un bout à l'autre de la maison.

— Ces jeunes filles sont bien bruyantes ! déclara Jean en feignant la colère. Vite, qu'elles terminent leur assiette, et au lit.

Faustine regarda son père. Il était de très bonne humeur. Dans la force de l'âge, il possédait un rare pouvoir de séduction qui la frappait pour la première fois.

« Je comprends enfin pourquoi Claire l'a aimé avec tant de passion. Et elle l'aime encore ! » pensa-t-elle, le cœur serré.

Léon écoutait les discussions, une grimace amère au visage. Le domestique blagueur et jovial de naguère avait beaucoup changé. Il se montrait taciturne, renfermé, comme un assassin terrassé par le poids de son crime. Raymonde le traitait à l'égal d'un pantin qu'elle aurait acheté pour se distraire.

Ce soir-là, cependant, Léon prit la parole, à voix basse :

— J'oserai pas te parler à la sortie de l'église, Faustine. Aussi, je te souhaite bien du bonheur avec ton mari, qu'est un brave petit gars…

— Merci, Léon, tu es gentil ! répondit la jeune fille.

— Du bonheur, elle en aura à condition de prendre les rênes dès demain, et de ne plus les lâcher ! fit remarquer la servante, qui débarrassait la table.

— Le mariage n'est pas une guerre, Raymonde ! protesta Claire. Et quand on pardonne, il faut pardonner vraiment.

C'était un conseil proche de l'avertissement. En cette période de fête, les remarques acariâtres de Raymonde gâchaient l'ambiance.

— Bien, Madame ! rétorqua celle-ci. Je m'en souviendrai.

Faustine faisait des boulettes de mie de pain, qu'elle écrasait ensuite de ses ongles. Sans enthousiasme, elle ajouta :

— Je me demande si je m'habille ici ou à Ponriant ! Si je mets ma robe, papa n'aura pas la surprise. Ni Denis : il me verra de loin quand nous remonterons l'allée du domaine.

— Mais je préfère avoir la surprise demain matin, ici, chez nous, ma Faustine ! déclara Jean. Tu descendras l'escalier, plus belle qu'une reine, et j'en profiterai à mon aise.

— Jean a raison, dit Claire, tu ferais mieux de te préparer dans ta chambre. Il y aura beaucoup de monde, à Ponriant ! Et surtout, n'oublie pas ton sourire… C'est vrai, Faustine, tu as une tête ! J'imaginais cette soirée autrement, des chansons, des rires…

— Laisse-la, Câlinette ! s'écria Jean. Je te rappelle que tu n'étais pas à prendre avec des pincettes, la veille de notre mariage. Une boule de nerfs.

César, qui était sorti vérifier l'eau des chèvres, rentra en tapant ses sabots contre la marche en pierre du seuil.

— Les biques ont bu, Claire ! claironna l'adolescent. La vieille Fifi avait renversé le baquet, comme d'habitude.

— Merci, César, répondit la jeune femme. J'ai une grande nouvelle à t'apprendre : tu conduiras le cabriolet. En costume, avec le chapeau et la cravate. C'est un honneur, dis donc, d'emmener la mariée à Ponriant.

— Sûr, je suis content ! bredouilla César. Mais je vais crever de chaud, attifé comme ça.

Angela eut un rire en grelot, imitée par Thérèse. Elles dégustaient le plus lentement possible leur part de clafoutis aux cerises, pour ne rien perdre de la conversation.

— C'est le moment d'aller chercher Loupiote et ses petits ! dit Claire en jetant un œil sur l'horloge. Arthur, tu peux sortir la gamelle de viande du cellier.

Depuis quatre jours, la louve, redevenue amicale, venait manger dans la cuisine, suivie par ses trois rejetons qui marchaient de leur mieux, s'étalant souvent sur le ventre. Le spectacle réjouissait toute la famille.

— Dépêchez-vous, les enfants ! cria Jean. Ce soir, je choisis le petit que nous gardons.

— Pas déjà, mon Jean ! dit Claire.

Mais elle l'embrassa, comblée par sa présence chaleureuse. Bertille avait réservé un des louveteaux. William Lancester était tenté par l'unique femelle.

Faustine accompagna Thérèse et Angela jusqu'au perron. Elle les regarda traverser la cour. César vint alors lui parler à l'oreille, si bas que la jeune fille eut du mal à comprendre.

— Matthieu veut te parler. Il t'attend derrière les étendoirs. Il rôdait autour des bâtiments et, dès qu'il m'a vu, il m'a demandé de te prévenir en douce.

Elle devint toute rouge.

— Dis à mes parents que je suis à l'écurie ! répliqua-t-elle aussi bas. Je ne serai pas longue.

L'adolescent hocha la tête. Préoccupé par ses propres histoires d'amour, il croyait que ce rendez-vous secret avait un rapport avec la mort de Nicolas. Un peu inquiet, il s'attarda en haut des marches.

Il faisait presque nuit. L'air était d'une suavité grisante. Toutes les fleurs des bois, des prairies et des jardins, gorgées de soleil et de chaleur, exhalaient leurs parfums, vivifiés par la fraîcheur du soir. De gros hannetons voletaient avec un bourdonnement sourd, les chouettes s'appelaient dans les saules bordant la rivière. Des nuées d'étoiles parsemaient le ciel d'un bleu sombre.

Faustine courut jusqu'aux étendoirs en espérant que personne ne la verrait, surtout pas Angela ou Thérèse. Elle contourna le bâtiment et aperçut une silhouette immobile ainsi que le rond orange d'une cigarette incandescente.

« Je n'aurais pas dû venir ! » se reprocha-t-elle.

Matthieu s'avança à grands pas. Il avait une telle expression tragique qu'elle prit peur.

— Pourquoi es-tu là ? demanda-t-elle, affolée.

— Je voulais te revoir avant demain, avant le mariage, le double mariage ! rectifia-t-il.

— Tu pouvais passer à la maison ! Claire a trouvé cela bizarre, que tu ne lui rendes pas visite une seule fois. Elle sait, pour le bébé…

— Bon sang ! Qui a vendu la mèche ? maugréa-t-il.

— Moi ! jeta Faustine durement. Claire était bouleversée.

Ils se dévisageaient dans la pénombre mauve, semblables à des ennemis qui allaient se battre.

— Eh bien, secret pour secret, j'ai une question à te poser ? As-tu déjà couché avec Denis ?

Faustine recula, effrayée par l'air menaçant de Matthieu. Il s'était souvent montré d'une jalousie extrême quand ils étaient enfants.

— Je n'ai pas de comptes à te rendre ! répliqua-t-elle. Dès que tu es tombé entre les griffes de Corentine, et c'était avant la guerre, tu t'es moqué de moi, tu m'as traitée de gamine. D'ailleurs, tiens, je te redonne ta chanson qui est stupide…

Elle sortit de son corsage la feuille de papier pliée en six, se rua sur Matthieu et tenta de la lui loger dans le creux de la main droite.

— Tiens, je n'en veux pas, de ton brouillon mal écrit ! Tu n'as qu'une envie, depuis des années, me torturer, me faire du mal ! balbutia-t-elle, prête à sangloter. Je te hais, Matthieu, je te hais !

Il la reçut contre lui, tremblante et en larmes. Elle le cognait de ses poings fermés ou le secouait par son col de chemise.

— Que j'aie couché ou non avec Denis, bégaya-t-elle, tu n'en as rien à dire, tu entends ? Demain soir, et tous les autres soirs, je coucherai près de lui. Il fera ce qu'il veut, comme toi, comme tous les hommes. Tu n'avais pas besoin de faire ce bébé à Corentine. Tu l'as fait exprès, juste pour me provoquer, et…

La jeune fille pleurait si fort qu'elle ne pouvait rien ajouter. Matthieu la berça dans ses bras en luttant de toute sa volonté pour ne pas l'embrasser à pleine bouche.

— Qu'est-ce que ça change, que je t'aime ? dit-elle en suffoquant de chagrin. Tu l'épouses demain… C'est sérieux, un mariage, cela représente un serment devant Dieu, devant nos deux familles. Alors, fiche-moi la paix, ne m'approche plus, plus jamais ! Reste en ville, moi je vivrai ici, à Ponriant, avec Denis.

— Faustine, du calme, chuchota-t-il. Par pitié, arrête. Je souffre autant que toi. Si tu rentres dans cet état, Claire comprendra, ton père aussi.

— Et alors ? Tu as peur du scandale, c'est ça ? gémit-elle. Tu perdrais la belle maison bourgeoise, les meubles, la dot. Et si je disais la vérité, demain, à l'église, si je hurlais que je t'aime, que tu m'aimes…

— Tu ferais beaucoup de malheureux, toi la première ! Dis, est-ce que tu es enceinte ? Bertrand a précipité la date du mariage à cause de Corentine, mais toi, tu pouvais retarder la noce.

Elle le fixait, avide de le contempler, d'inscrire ses traits dans sa mémoire.

— Si c'est Denis qui a raconté des bêtises à sa sœur, rétorqua-t-elle, je le déteste. Non, je n'attends pas d'enfant. Mais cela amusait tout le monde de nous marier le même jour. Ce sera trop dur, Matthieu, je vais en mourir.

Faustine l'étreignit, se rassasiant de le tenir entre ses mains, d'éprouver le contact de son corps d'homme. Soudain elle avoua, presque hébétée de douleur :

— Il m'a forcée, Matthieu, un jeudi matin, chez ma tante. Juste avant ce samedi où tu m'as ramenée au Moulin, quand Léon était soupçonné par les gendarmes et qu'il s'était enfui. Je ne sais toujours pas pourquoi je l'ai laissé faire ; il m'avait annoncé que Corentine dormait chez toi, qu'elle ne te quittait plus. J'étais foudroyée. Lui, il m'a ôté ma robe, il était comme fou. Et j'ai eu mal, très mal, c'était affreux, oui, c'était répugnant. J'ai saigné… Depuis, je refuse qu'il me touche.

Soulagée de confier enfin à quelqu'un cet épisode qui l'avait marquée dans sa chair de vierge, Faustine renifla et sécha ses joues à l'aide de son mouchoir. Matthieu gardait le silence, pétrifié.

— Bon sang, le salaud ! Je vais le réduire en miettes ! dit-il enfin d'un ton vengeur.

La jeune fille s'accrocha à lui, caressant son cou et ses cheveux.

— Non, je t'en supplie, ne fais pas ça ! Matthieu, ce

serait terrible, pour Claire, pour Bertrand et les enfants. Angela est si contente. Nous n'avons pas le choix ! Déjà, je me sens mieux parce que j'ai pu en parler. Ce n'est pas sa faute, à Denis, il me désirait depuis si longtemps. Je te jure que ça ira, maintenant, il l'a promis, il fera attention. Matthieu, n'aie pas cet air-là. Oh, j'ai eu tort de te le dire… Embrasse-moi encore, je t'en prie, une dernière fois.

Il poussa un cri de révolte, l'enlaça et couvrit son visage de petits baisers. Il plongea ses doigts dans ses longs cheveux blonds en cherchant ses lèvres. Ils ne pouvaient plus se séparer, rendus fous de plaisir par ce seul baiser ardent et tendre. Faustine prit la mesure de ce qu'elle abandonnait, Matthieu aussi et cela l'atteignait en plein cœur.

— Ma petite chérie, ma Faustine adorée ! gémit-il. Tu méritais d'être respectée, choyée. J'ai toujours voulu te protéger, et ce type t'a forcée.

— Laisse-le tranquille, sinon ce sera pire, implora-t-elle. Voilà, c'est fini, nous deux. Tant pis, va. Demain j'aurai du courage en me souvenant de ce soir, de toi.

Un appel retentit, une voix forte et grave. Jean appelait sa fille.

— Oh, c'est papa ! Je dois y aller. Matthieu, pardonne-moi.

— Non, toi, pardonne-moi. J'ai eu tort, tellement tort de coucher avec Corentine, de lui donner une place dans ma vie. Faustine…

Elle s'éloignait en courant. Il la vit disparaître à l'angle du bâtiment.

11

Ainsi soit-il

Jean scrutait la cour envahie de nuit. Il aperçut une robe claire et l'éclat d'une chevelure dorée. Sa fille apparut dans le halo de la lanterne extérieure.

— Faustine ? Où étais-tu partie ? hurla-t-il. Je t'ai cherchée à l'écurie, tu n'y étais pas.

La jeune fille s'avança vers la maison. Elle avait conscience de ses joues en feu et de ses paupières meurtries par les larmes.

— Excuse-moi, papa ! cria-t-elle. J'étais si nerveuse, à cause de tous ces préparatifs, je me suis réfugiée en haut des étendoirs et j'ai pleuré un bon coup. C'est un conseil de Bertille, et ça marche, je me sens beaucoup mieux.

Jean dévala les marches et la serra contre lui.

— Mais tu as manqué les pitreries des bébés de Loupiote ! dit-il gentiment. La petite femelle a plongé le nez dans la gamelle d'eau, elle l'a renversée et elle pataugeait au milieu de la flaque. C'était d'un comique ! Ma fille chérie, tu meurs de peur à l'idée d'être le point de mire de tout le pays, demain... Claire se morfondait, sans toi.

Certains sujets lui semblaient embarrassants.

— Ta mère discutera avec toi, tout à l'heure, quand tu seras au lit, ajouta-t-il. Ce n'est pas facile pour un père de te confier à un autre homme. Tu es très jeune encore, même si tu es institutrice.

Faustine répondit d'un sourire crispé. Jean la chatouilla à la taille. Elle fit un bond de côté.

— Papa ! Si je ris, je risque de me remettre à pleurer ! C'est mauvais pour les nerfs, les chatouilles.

Raymonde et Léon sortaient de la maison avec César. Ils se saluèrent.

— Nous montons nous coucher. Bonsoir ! dit la servante. A demain matin, Faustine ! Je te ferai un café bien noir pour te donner des forces.

La jeune fille remercia d'un signe de tête. Elle avait l'impression d'agir en somnambule. Claire et les deux filles papotaient sous la lampe. Loupiote était couchée sur un tapis, ses petits pendus à ses tétines.

— Oh, ma belle ! soupira Faustine. Tu as du travail, avec ces affamés.

Elle s'assit sur la pierre de l'âtre et se mit à caresser la louve. Un peu désemparé par la mine de sa fille, Jean se gratta le menton.

— Bien, je vais au lit ! annonça-t-il.

— Bonne nuit, papa !

Claire expédia Angela et Thérèse dans leur chambre. Elles vinrent embrasser la future mariée.

— Mais vous avez pleuré, mademoiselle ! constata Angela.

— Je change de vie à partir de demain ! répliqua Faustine. Je suis heureuse, mais anxieuse. Ne t'inquiète pas.

Thérèse entraîna l'orpheline. Dans l'escalier, elle confia, à sa nouvelle amie :

— Maman a dit que les mariées pleurent toujours à l'église ! Faustine, elle pleure avant, par précaution.

Angela approuva, mais elle avait de sérieux doutes.

Le lendemain matin, Claire se leva avec le jour. Elle désirait mettre le Moulin dans un ordre parfait, et ensuite se laver et s'habiller.

« Nous rentrerons tard dans la nuit, songeait-elle, et bien fatigués. »

Faustine, échevelée, descendit la première, en peignoir de satin. Elle avait très bien dormi, à sa grande surprise. A partir de cet instant, et il en fut de même pour Corentine,

Matthieu et Denis, elle fut prise dans un tourbillon incessant, au rythme d'une agitation fébrile.

— Bois vite le café que Raymonde a préparé, lui dit sa mère. Jean ne va pas tarder.

Comme la servante était déjà partie nourrir la volaille et les chèvres, Claire s'assit près de la jeune fille.

— Hier soir, je devais te parler ! commença-t-elle. Ton père me l'a demandé. Je sais, ma douce chérie, que tu n'ignores rien des choses de la vie, car ici, à la campagne, on ne peut qu'en être témoin, et les gens en discutent sans grande gêne. Mais tu te maries, donc tu vas partager la vie de Denis, et ton père se tracassait. Il craint que tu sois surprise par... par ce qui doit se passer entre un homme et une femme pendant la nuit de noces et...

Claire, les joues plus roses, bredouillait. Faustine lui lança un regard apitoyé.

— Maman, ce n'est pas la peine de me mettre en garde ni de me rassurer. Bertille m'a expliqué.

Faustine mentait un peu. S'il était vrai qu'elle avait eu avec Bertille des conversations assez intimes, jamais elles n'avaient abordé ce sujet-là.

— Ah, tant mieux. Ecoute, quand on est très amoureuse, même si la jeune femme ressent une certaine douleur, le bonheur de s'offrir à celui que l'on aime fait vite oublier ce désagrément. Et, crois-moi, cela devient un élément important de la solidité d'un couple, cette entente-là, ces joies que l'on partage.

— Je t'en prie, tais-toi, maman ! soupira Faustine. Je suis touchée que tu prennes le temps de me dire tout ça, mais je m'en doutais.

Pendant quelques secondes, Claire s'interrogea. Peut-être que les deux tourtereaux avaient déjà couché ensemble. Mais elle aurait bien été la dernière à s'en indigner, puisqu'à dix-sept ans elle s'était donnée à Jean, consentante et ravie.

— Dans ce cas, je me tais, dit-elle en souriant.

Cependant, elle prit sa fille adoptive dans ses bras. Réconfortée par la tendresse immuable de Claire, Faustine se laissa bercer.

— Je t'aime tant, ma chérie. Tu es mon enfant, ma précieuse enfant. Et je te souhaite d'être très heureuse.

— Merci, maman…

— Tu es sûre de toi ? ajouta Claire sans réfléchir. Jean m'a confié que tu avais pleuré, hier soir.

— C'était nerveux, mais je me sens prête. J'ai passé une bonne nuit.

Elles bavardèrent paisiblement en sirotant leur café. Jean les rejoignit. Angela, Thérèse, Léon et César se présentèrent plus tard, affamés. Ils avaient nettoyé le cabriolet et brossé Sirius, si bien que Claire gagnait du temps pour coiffer les demoiselles d'honneur selon les consignes de Bertille.

— A toi de monter t'habiller, Faustine ! s'écria Jean à huit heures.

— N'oublie pas de te raser, toi ! rétorqua la jeune fille sur le même ton.

— Je ferais mieux de t'aider, Faustine, dit soudain Claire. Raymonde peut s'occuper des filles.

— Mais nos robes sont en haut ! hurla Thérèse. On monte toutes dans la chambre de la mariée.

Il y eut une cavalcade et des rires. A partir de cet instant, Faustine se prépara pour son mariage avec le sérieux et l'efficacité qu'elle aurait montrés avant un examen. Une petite phrase obsessionnelle la hantait une fois de plus : *les dés sont jetés*.

Au domaine de Ponriant, pris dans un engrenage identique, Matthieu était entre les mains de Bertille, qui rectifiait sa cravate en soie beige ou pommadait ses cheveux bruns, tout ceci sous l'œil moqueur de Patrice, son ami de l'école d'ingénieurs et son témoin.

— Tu es superbe ! disait-elle en vérifiant encore une fois le moindre détail. Si ton père te voyait !

C'était une parole à double tranchant. Matthieu n'avait jamais pardonné à Colin Roy, maître-papetier, de s'être suicidé pendant la guerre. Il gardait cette blessure secrète, car il était d'une nature renfermée et passionnée.

— J'ai hâte de voir ta future femme ! s'exclama Patrice dans le but de détendre l'atmosphère.

— Si tu étais arrivé à l'heure hier soir, tu aurais fait sa connaissance pendant le dîner ! rétorqua Matthieu.

— Vous serez époustouflé, dit Bertille. C'est une jeune personne très originale, qui suit la mode de près.

A l'étage, Athénaïs, la seule fille qui avait su rester amie avec Corentine, examinait son reflet dans une psyché placée en face des fenêtres, ce qui garantissait le meilleur éclairage. Originaire de Bordeaux, elle avait la peau mate, dorée, des cheveux noirs très raides coupés au carré et des yeux en amande d'un brun profond. Toute vêtue de moire jaune, les bras nus mais parés de plusieurs bracelets, elle exhibait des mollets un peu ronds, moulés de soie blanche.

— Nous serons les plus chics ! dit-elle à Corentine, aux prises avec le turban de soie beige alourdi d'un semis de perles blanches.

— Viens m'aider au lieu de t'admirer ! pesta-t-elle. Tu es prête, toi.

Athénaïs poussa un soupir amusé et se pencha sur les boucles rousses de la mariée, qui effleuraient la nuque.

— Ne sois pas si nerveuse ! lui souffla-t-elle. Tu es sublime, Coco ! La mode prône les corps minces comme le tien. Et ta robe est un bijou.

— Jamais je n'aurais dû accepter le principe du double mariage ! maugréa la jeune femme. En plus, je ne sais pas comment sera habillée cette paysanne de Faustine ! Quand tu la verras…

— A quoi ressemble-t-elle, en vrai ? pouffa Athénaïs.

— A une vache normande, de gros yeux bleus exorbités, une face lourde, des rondeurs partout ! débita Corentine avec délectation. Je suis sûre qu'elle va se présenter noyée dans des froufrous couleur crème de lait.

Athénaïs plissa le nez et alluma une cigarette. En un tour de main, elle avait parfaitement coiffé son amie du turban.

— Attendons un peu pour fixer le voile, sinon tu ne pourras plus bouger ! conseilla-t-elle. Dis, Coco, pourquoi tu la détestes autant, cette Faustine ?

— Cela date de plusieurs années. Elle m'a toujours exaspérée ! Ce n'est qu'une gourde, une prétentieuse, tu vois ;

le genre institutrice convenable. N'empêche, Denis a réussi à la culbuter.

On frappait. Les deux filles se turent aussitôt.

— Corentine, c'est Denis. Je dois me soumettre à ton jugement, ordre de belle-maman.

Exaspérée, Corentine cria à son frère d'entrer. Elle l'aurait frappé lorsqu'il appelait Bertille ainsi. Denis fit son apparition en habit à queue-de-pie en velours léger d'un gris pâle. Il portait une chemise à jabot d'un blanc pur, des chaussures noir et blanc à boutons et un chapeau haut de forme également gris. Une fine moustache châtaine ornait sa lèvre supérieure ; sa chevelure souple était fraîchement pommadée.

— Eh bien, tu n'es pas mal ! conclut Corentine. Mais ton costume est bizarre, un peu excentrique.

— Hé ! hé ! s'enorgueillit-il. Aucun détail n'est laissé au hasard, tu ne sauras rien de plus, miss !

Intriguée, Corentine tournoya devant Denis :

— Et moi ? Ma robe est la reproduction exacte d'un modèle de Paul Poiret, le chantre des lignes fluides et pures.

Le tissu soyeux suivait le moindre mouvement de la jeune femme, harmonie d'arabesques beiges et roses sur un fond ivoire, jusqu'aux chevilles gainées de soie rose.

— Mais tu n'es pas en blanc ! s'effara son frère.

— Mon voile est blanc, idiot ! dit-elle durement. Cela suffira. Et puis, je me fiche bien de choquer les vieilles commères du bourg.

— A ta guise ! répliqua Denis en s'enfuyant.

Il savourait à l'avance le triomphe de Faustine. Il n'avait pas vu sa toilette, mais il était certain que sa fiancée serait plus élégante et plus éblouissante que sa chipie de sœur.

Au Moulin, la tension montait. Angela et Thérèse étaient prêtes. Porter enfin leurs robes de fête les assagissait. Elles ne cessaient de se contempler dans le miroir de la chambre de Claire, elles tentaient des révérences inspirées des gravures de leur livre d'histoire. Toutes deux coiffées d'une natte entrelacée de rubans roses et or, une couronne de fleurs en tissu de même couleur autour du front, elles étaient ravissantes. Jean vint les effaroucher :

— Sortez de là, mes mignonnes, je dois m'habiller !

Il avait opté pour un habit trois pièces noir, une chemise blanche et un nœud papillon. Soigneusement rasé, il lissa sa moustache brune et tapota son canotier. Il voulait faire honneur à sa fille. Claire déboula, le front moite de sueur.

— Mon Dieu, Jean, il n'est pas neuf heures et il fait déjà une chaleur d'étuve. Faustine en perd la tête. Elle prétend qu'elle sera rouge tomate en arrivant à l'église, qu'elle va s'évanouir. Pourtant, la couturière a tout prévu, la petite veste cintrée de sa tenue cache un bustier sans manches, avec un voile de dentelle sur le décolleté.

— Tiens, plaisanta Jean, ça me rappelle un bon souvenir... Câlinette, ne t'affole pas. Toi aussi, le soir des noces, tu étais plus impudique qu'à l'église, grâce aux ruses des couturières, ces agents du diable !

Il l'attrapa par la taille en riant et la fit virevolter. Elle avait ôté en vitesse sa vieille robe de travail, du coton bleu délavé, et se retrouvait en chemisette brodée et culotte.

— Jean ! Je dois mettre ma robe et me coiffer. Je serai encore la dernière prête, parce que je m'occupe de tout le monde. Lâche-moi !

— Un baiser, alors ! D'ailleurs, tu es très belle comme ça.

Elle l'embrassa à la hâte et lui échappa.

— Sors d'ici, va raisonner ta fille, que je puisse m'habiller tranquille.

Une fois seule, Claire poussa un soupir excédé. Elle courut à son armoire et sortit de la penderie une très belle robe longue. Grâce à l'argent que lui avait avancé William en paiement d'une année de loyer, elle s'était autorisé une folie. Emue, elle enfila le vêtement acheté dans une boutique de confection d'Angoulême.

Si le rose pâle qu'elle affectionnait dans sa jeunesse ne convenait plus à ses trente-neuf ans, Claire avait succombé à un autre rose plus soutenu, proche du rouge. Bertille, experte en teintes, lui avait dit qu'il s'agissait de la couleur nommée « bois de rose ». Plus mince que par le passé, elle se jugea fort élégante dans sa robe, un modèle cintré en mousseline. Le décolleté dégageait les épaules, mais une étole assortie, nouée ou portée en châle, permettait de rester pudique.

« Je mettrai le collier de perles que Jean m'avait offert à Noël, il y a douze ans déjà. Il est tellement beau, et ce sont de véritables perles fines. Il vaut une fortune, mais je ne le vendrai jamais, même si j'étais ruinée pour de bon. »

Claire tressa ensuite ses cheveux et les épingla autour de son front comme une couronne sombre et brillante. Cela dégageait son cou et lui donnait un port de tête altier. Dans les nattes, elle piqua une à une des aiguilles serties d'une grosse perle, dont l'éclat était ravivé par le noir de sa chevelure.

« Voilà ! se dit-elle. Je suis un peu à la mode tout en restant classique. »

Jean fut ébloui quand elle descendit l'escalier. Raymonde et Léon poussèrent un cri de surprise.

— Eh bien, Madame, on dirait une princesse ! affirma la servante.

— Vous ne ferez pas honte à m'selle Faustine, sûr ! renchérit Léon.

— Où est-elle ? demanda Claire, heureuse de son effet sur son mari et sur le couple.

— Avec Angela et Thérèse, toujours là-haut à trépigner et à enrager ! dit Jean. Je crois que tu vas devoir remonter, je n'ai rien pu faire. Elle m'a interdit d'entrer dans sa chambre.

Au même instant, les demoiselles d'honneur, surexcitées, dévalèrent les marches.

— Elle arrive ! Faustine arrive ! crièrent-elles d'une seule voix.

Des pas résonnèrent dans le couloir du premier étage. Jean et Claire se serrèrent l'un contre l'autre, impatients d'admirer la future mariée. Léon et Raymonde guettaient eux aussi.

Enfin, ils aperçurent une silhouette lumineuse. Faustine leur apparut…

Matthieu et Denis avaient pris l'habitude de s'éviter. Ce souci devint une obsession le matin du grand jour. Cela tenait surtout à l'attitude de Matthieu, qui lançait des regards noirs à son futur beau-frère, regards pleins de mépris et d'animosité dont Bertille s'alarmait.

La maîtresse de Ponriant était prête depuis l'aube. Accoutumée à porter des toilettes luxueuses, elle pouvait se livrer à de nombreuses activités sans être gênée par ses bijoux ou les tissus fragiles. Là encore, en longue robe droite, un fourreau de taffetas argenté, elle préparait des tartines de confiture à sa fille dans la cuisine.

Mireille la sermonna :

— Quand même, Madame, je m'en serais chargée ! Si vous salissez votre belle robe, il faudra vous changer.

— Cela me détend, Mireille. Et Clara était affamée. Avec tous nos invités, il ne lui restait plus de brioches.

Assise à table devant son bol de café, Greta fixait son fils. A peine levé, Thomas s'était rendormi. Au milieu de ses jouets, sur la couverture bleue qui tapissait le fond du parc en bois, il ressemblait à un poupon abandonné.

— Bien, s'écria Bertille, donnez son lait chaud à Clara, je dois parler à mon mari.

Elle quitta la pièce et traversa le hall. Les de Rustens s'étaient rassemblés sur la terrasse pour mieux guetter l'arrivée des gens du Moulin. Des sièges en osier garnis de coussins y étaient disposés. Les trois automobiles qui conduiraient la famille à Puymoyen rutilaient au soleil, chromes étincelants, la carrosserie décorée de bouquets de fleurs et de rubans blancs.

— Avez-vous vu Bertrand ? leur demanda Bertille.

— Non, ma très chère ! répondit vite le cousin Hubert.

— Tant pis ! répliqua-t-elle en faisant demi-tour.

Elle parcourut les salons, la bibliothèque, le boudoir. Bertille s'appuyait dès qu'elle le pouvait aux dossiers des chaises et des fauteuils, au mur s'il le fallait. Bertrand sortit soudain de son bureau, qu'elle avait cru fermé à clef.

— Ma princesse, tu es toute pâle ! s'exclama-t-il. Qu'est-ce que tu as ?

Elle se jeta dans ses bras, immédiatement réconfortée de le toucher, de le sentir aussi bienveillant, toujours amoureux.

— J'ai deux soucis, dit-elle très bas. D'abord, Matthieu m'inquiète. Il a l'air d'un condamné à mort, pas d'un fiancé euphorique. Je pense qu'ils se sont querellés, lui et Denis, car il suit ton fils des yeux avec insistance.

— Bon, je vais aller discuter avec Matthieu, savoir ce qui se passe. Et le second souci ? demanda-t-il avec tendresse.

— Je ne trouve plus aucune de mes ombrelles, celles que j'utilise comme cannes, et aucune canne non plus, même la jolie, très chic, que tu m'as offerte, en ébène incrustée d'émail. Je ne tiendrai pas jusqu'à midi... Il faut marcher de l'église à la mairie !

— Tu en as trop fait ces derniers jours, ma petite fée ! Je vais retrouver tes ombrelles et tes cannes. Jamais elles n'ont disparu. Il n'y a pas de raison que cela arrive précisément aujourd'hui... Greta a pu les ranger on ne sait où ! Au pire, je ne te quitterai pas et tu te tiendras à mon bras. Ta coiffure est un chef-d'œuvre. Ce filet de strass qui retient en arrière tes boucles couleur de lune ! Tu veux savoir la vérité, tu éclipseras les mariées.

— Mon amour ! dit-elle tendrement.

A l'étage, Corentine et Athénaïs riaient à en perdre haleine. Pendant que Mireille servait le petit déjeuner, les deux amies avaient pu dérober à Bertille les trois ombrelles confectionnées pour elle par un artisan angoumoisin, ainsi que ses deux cannes. Le tout était caché dans la penderie dotée d'une serrure.

— La boiteuse sera bien ennuyée ! se réjouit Corentine en dissimulant la clef au fond d'un vase où agonisait une rose. Madame se déhanchera à loisir devant l'église et sur la place.

— Là, tu lui as joué un sale tour, à ta belle-mère, mais j'avoue que c'est de bonne guerre, après ce que tu m'as raconté hier soir, répliqua Athénaïs.

— Elle n'a pas fini de souffrir, fais-moi confiance ! affirma la jeune femme qui soutenait son voile de tulle d'une main gantée de dentelle. Je sais maintenant que cette putain a causé la mort de ma mère.

Corentine regarda sa pendule et reprit sa respiration.

— Dans dix minutes, tu feras la connaissance de Faustine la vache normande ! dit-elle. Il est temps de descendre rejoindre mes grands-parents.

Elles vérifièrent encore une fois leur maquillage et sortirent de la chambre.

Bertrand avait entraîné Matthieu dans son bureau. L'avocat y gardait les alliances et, sous prétexte de les confier à son futur gendre, il s'attarda.

— Un cognac, jeune homme, avant le début des festivités ?

— De l'alcool à neuf heures du matin ! s'étonna Matthieu. Non, merci.

— Bertille te décrit aussi sombre et sinistre qu'un condamné à mort ; tu as donc droit à un cognac et à une cigarette, ou un cigare, voulut blaguer Bertrand. Voyons, Matthieu, qu'est-ce qui te tracasse ? Je pense que Denis est en cause. Je ne suis pas idiot. Pendant le dîner, hier soir, tu as été hargneux à son égard. Sans compter que Corentine frisait la crise de nerfs parce que tu avais disparu une heure.

— Je vous demande pardon, Bertrand ! répliqua Matthieu. Cela ne se produira plus. J'ai manqué de tact et je le regrette. On ne commande pas ses sympathies ou ses antipathies, et je serai franc avec vous : oui, Denis m'insupporte et c'est réciproque. Dès que je prends la parole, il arbore un sourire moqueur, et j'ai l'impression d'être un crétin.

— Je n'avais pas remarqué ! rétorqua l'avocat. Allons, soyons un peu sérieux. A mon avis, nous sommes tous tendus et fatigués. Bertille davantage, même, à cause de tous les efforts qu'elle a fournis. Au fait, tu n'aurais pas vu une de ses cannes, ou son ombrelle blanche ? Sans appui, marcher l'épuise très vite. Et, comble de malchance, elle n'en trouve plus aucune.

Le jeune homme parut sincèrement ennuyé. Il avait pour Bertille une profonde affection.

— Interrogez Corentine ! insinua-t-il.

— Quoi ? Tu la soupçonnes d'une telle méchanceté un jour pareil ? s'insurgea Bertrand. Bon sang, si tu la juges aussi mal, pourquoi l'épouses-tu ?

— Elle porte mon enfant ! jeta sèchement Matthieu. Vous aviez oublié ce détail ? Pas moi !

Sur ces mots, il sortit du bureau sans avoir bu de cognac ni fumé de cigare. Bertrand poussa un soupir navré.

— Quel gâchis ! dit-il tristement.

Personne n'aurait empêché Mireille d'assister à l'arrivée de Faustine, « sa belle demoiselle ». Elle la surnommait ainsi depuis ce Noël 1915 où la jeune fille lui avait proposé d'apprendre à lire.

— Les voilà ! s'extasia la vieille gouvernante en joignant les mains de ravissement.

Seul René-Louis de Rustens l'entendit. Il jugeait incongrue la présence de la domestique sur la terrasse, parmi la famille, mais, sous l'égide de Bertrand Giraud et de sa fantasque épouse, la bienséance et les traditions battaient de l'aile.

Le cabriolet décoré de bouquets de marguerites et de lierre, tiré par Sirius, remontait l'allée centrale du parc. Une automobile le suivait. César redressa fièrement la tête, les guides en main. L'adolescent était anxieux.

— Tu as vu, Faustine, tous ces gens en haut des marches ! Je serai obligé de leur serrer la main ?

— Surtout pas, répliqua la jeune fille. Un petit signe de tête suffira.

Son cœur battait à grands coups affolés. Son supplice commençait ; elle allait être confrontée toute la journée à Corentine et à Matthieu.

Elle reconnut malgré la distance René-Louis de Rustens et sa femme Gersende, le cousin Hubert, puis Corentine, coiffée d'un extravagant turban scintillant, Denis, arborant un chapeau gris, Bertille pareille à une fée nimbée d'argent et la petite Clara. Un jeune homme à la stature imposante lui était inconnu, ainsi qu'une fille vêtue de jaune.

— Oh, Mireille me fait signe ! bredouilla-t-elle. César, arrête le cabriolet bien avant le bas des marches… Place-toi près de la porte des écuries. Si tout est réglé comme prévu, les palefreniers doivent bientôt sortir ma jument sellée et le cheval de Denis.

— D'accord, répondit César.

Jean se gara à quelques mètres de la Rolls Silver Ghost qu'il dévora des yeux. Jamais il n'avait pu admirer de près une voiture aussi prestigieuse. Claire le rappela à l'ordre.

— Tu devrais sortir et m'ouvrir la portière, Jean. On dirait un gosse devant un beau jouet.

César, lui, n'avait pas besoin d'être sermonné. Il aidait Faustine à mettre pied à terre. La jeune fille, consciente d'être le centre de tous les regards, s'appliqua à se tenir bien droite, la tête haute.

— Dieu, qu'elle est belle ! déclara Mireille.

Bertille souriait de plaisir. L'originalité de la toilette d'amazone en satin ivoire suffoquait ceux qui l'entouraient. Athénaïs lança un coup d'œil perplexe à Corentine, pâle de colère. Faustine Dumont, à première vue, n'était ni pataude ni grosse. Denis, fasciné, riait en silence. Sa fiancée resplendissait.

Suivie de ses parents et de ses demoiselles d'honneur, Faustine se dirigea vers le grand escalier. Elle commença à monter les larges marches de calcaire avec la légèreté et la grâce d'une danseuse. La pureté de ligne de sa robe moulait son jeune corps parfait, lui faisant une taille de guêpe et des seins de déesse grecque. Sa superbe chevelure blonde, en vagues souples, ruisselait dans son dos, juste nouée par un ruban sur la nuque. En cela, la jeune fille avait désobéi aux conseils de Bertille qui prônait une natte. Un petit chapeau assorti à sa robe ombrageait son visage de madone, et ses yeux bleus paraissaient immenses sous les cils drus et dorés.

Hubert de Rustens, lui, se pencha vers Bertrand et demanda :

— Qui est cette femme brune, cher ami ? Quelle beauté ! Une reine antique… Et quelle allure…

Bertille répliqua assez fort :

— Mais c'est ma cousine Claire, Hubert, la mère de Faustine.

Les deux familles échangèrent les politesses usuelles sur la terrasse. Gersende de Rustens resta assise – elle se déplaçait avec peine – et cela lui permit d'étudier à son aise la surprenante toilette de Faustine. Peu à peu, un sourire égaya sa vieille face austère.

— Une amazone de satin ivoire ! s'écria-t-elle d'une voix enjouée. Mademoiselle, vous ne pouviez pas mieux choisir. La mode actuelle raccourcit les cheveux, les jupes, et peut-être les idées de certaines jeunes filles. Pas vous ! Félicitations, cette robe vous sied à merveille, audacieuse mais fidèle à nos passions du siècle dernier, les chevaux.

Faustine, qui évitait soigneusement de regarder Matthieu, s'empressa de remercier la grand-mère de Denis. Escortée de son amie, Corentine s'éloigna au bout de la terrasse.

— Maintenant, maugréa-t-elle, bonne-maman la complimente alors qu'elle se plaignait de ses basses origines il y a deux mois.

— Désolée, Coco, mais Faustine ne correspond pas au portrait que tu m'en as fait. D'accord, elle semble sortir d'une gravure du Second Empire, cela dit…

— Un mot de plus et tu peux plier bagage ! menaça Corentine.

Un bruit de sabots détourna l'attention d'Athénaïs. Les palefreniers sortaient les chevaux de l'écurie. Des fleurs blanches étaient accrochées à leur bride, et leur crinière arborait un savant tressage.

Bertille invita tout le monde à rejoindre les voitures.

— C'est l'heure de partir pour l'église, précisa-t-elle.

Matthieu discutait avec Patrice, qui ne quittait pas Faustine des yeux.

— Eh bien, ta vallée perdue cache de vraies splendeurs ! remarqua-t-il. Ta Corentine est ravissante, mais ta sœur adoptive est d'une beauté… Ce regard bleu, ces formes.

— Tais-toi ! intima Matthieu. Si on t'entendait. Et puis, ce n'est pas ma sœur.

— Désolé, bredouilla Patrice, douché par le ton sec de son ami.

A cet instant, Faustine se retourna et fixa Matthieu. La jeune fille était aux prises avec le cousin Hubert qui, déjà, tenait le bras de Claire. Le regard qu'ils échangèrent les rendit semblables à des bêtes prises au piège.

Denis brisa le sortilège. Il effleura les doigts de Faustine en lui désignant les chevaux. Le jeune couple descendit l'escalier et, en quelques secondes, il se mit en selle.

— Ah, je comprends mieux ! déclara René-Louis de Rustens en s'installant au volant de sa Rolls. La petite Faustine monte en amazone.

— Denis sera heureux auprès d'une jeune personne aussi accomplie ! répliqua Gersende.

Matthieu et Corentine venaient de s'asseoir sur la banquette arrière. La splendide automobile était décapotable. La jeune femme s'enveloppa de son voile de tulle, en plusieurs tours tant il était long. Son fin visage anguleux, très pâle, exprimait une sorte de détresse. Seules les boucles rousses donnaient un peu de couleur à sa toilette.

— Madame Claire Dumont m'a ébloui ! ajouta René-Louis. Mon cher Matthieu, vous auriez pu nous présenter votre sœur aînée lors de notre dernier séjour.

— Excusez-moi de ne pas y avoir pensé ! bredouilla le jeune homme.

Devant les voitures dont le moteur ronronnait sourdement, la jument de Faustine caracolait. La jeune fille s'était habituée à la selle d'amazone, si différente d'une selle ordinaire, grâce aux conseils avisés de Claire. Ses efforts étaient récompensés, car le contraste entre la lumineuse cavalière et sa monture à la robe sombre était saisissant. Denis, tout vêtu de gris perle et de blanc, avait aussi fière allure sur le hongre de grande taille qu'il dirigeait d'une seule main.

— Cela me rappelle ma jeunesse ! soupira Gersende. Vous vous souvenez, René-Louis, nos galops dans la forêt landaise.

— Bien sûr, ma chère.

Corentine retint un cri de rage. Elle chercha le soutien de Matthieu, qui devait juger ridicule, lui aussi, la mise en scène de Denis et de Faustine, mais le jeune homme avait un air hébété, comme un boxeur sonné par un coup trop violent.

— Tu as un malaise ? dit-elle d'un ton scandalisé. Enfin, qu'est-ce que ça signifie ?

— Rien, je suis affamé, et j'ai bu trop de café ! souffla-t-il. Pas la peine d'en faire un scandale.

Le cortège se mettait en route. Bertrand avait à bord de la Panhard son épouse et leur fille, Clara, ainsi que Patrice. Le cousin Hubert conduisait une De Dion-Bouton noire, qui abritait Athénaïs et César. Jean et Claire reprirent avec eux Thérèse et Angela. Eblouies par la magnificence du domaine de Ponriant, les deux filles bavardaient à mi-voix.

— Alors, mademoiselle Dumont va habiter cette immense maison ? disait Angela.

— Mais oui, et elle m'invitera à prendre le thé, le jeudi. J'espère qu'elle viendra quand même au Moulin…

— L'autre mariée est jolie, ajouta l'orpheline, mais moins que mademoiselle. Beaucoup moins.

— En plus, c'est une teigne. Ma mère me l'a dit ! affirma Thérèse.

Claire avait perçu quelques mots. Mais elle ne s'en mêla pas. Elle ne pouvait quitter du regard la silhouette altière de Faustine, qui menait le cortège, sa longue écharpe flottant au vent.

— Une vraie trouvaille, cette tenue ! s'exclama Jean. Et tu as vu comme elle se tient bien en selle… Quand je pense qu'elle est née dans une modeste ferme normande, d'un père en cavale, et que le destin l'a bénie. Tu te rends compte, Câlinette, ma fille vivra à Ponriant, elle pourra se promener à cheval et, en plus, elle ouvre sa propre école.

— C'est beaucoup de chance, mais Faustine le mérite ! renchérit Claire. Oh, regarde, des gens la saluent.

Ils approchaient du pont et les habitants de Chamoulard s'étaient regroupés là afin de jouir du spectacle de la noce.

Des enfants agitaient des fleurs qu'ils venaient de cueillir. Un peu plus haut, au bord de la route grimpant vers le bourg, des paysannes en coiffe immaculée tendaient le cou, perchées sur le talus. Le passage de Faustine en toilette nacrée, montant en amazone, provoqua des vivats et des applaudissements.

Très peu prêtaient attention aux personnes assises dans les voitures, même si la Silver Ghost suscitait des soupirs extasiés.

Faustine se sentait mieux. Elle souriait et saluait d'un signe de la main. Loin de songer à l'imminence de son mariage, elle se concentrait sur la rentrée prochaine, sur ses futures élèves et sur le matériel à trier pendant l'été en compagnie d'Angela et de Thérèse.

— Tu es d'une beauté sublime ! lui dit Denis dont le cheval frôlait sa jument. J'ai hâte d'être à ce soir ! ajouta-t-il. Et demain, nous partons pour le bassin d'Arcachon. Ma Faustine adorée, je ne pense qu'à ça, toutes ces nuits en amoureux, tous les deux…

Reprise d'une angoisse viscérale, elle ne répondit pas. Bertille avait eu le temps de lui dire, en la croisant devant l'écurie, que Matthieu et Corentine passeraient leur lune de miel à Paris.

« Je voudrais tant être heureuse à l'idée de mon voyage de noces ! se dit-elle. Paris, cela m'aurait plu, même si je suis contente de revoir l'océan. »

La jeune fille devina soudain, après un dernier virage, les toits de Puymoyen et le clocher carré de l'église. Elle rassembla toute sa volonté.

« Je ne peux plus flancher… Et Matthieu, que ressent-il, lui ? »

Tout au fond de son cœur soumis à rude épreuve, Faustine espérait un miracle, de ceux qui ne se produisent jamais. Elle imagina Matthieu descendant de la Rolls et mettant fin à cette tragédie en hurlant la vérité.

Mais il n'en fut rien. Devant l'église et sur la place patientaient les autres invités, ainsi que les gens de Puymoyen. Depuis des années, les Roy et les Giraud représentaient les deux familles les plus influentes du pays. Le double mariage attirait les curieux, les amis et une ribambelle de jeunes filles que l'événement faisait rêver.

Faustine reconnut Blanche Dehedin et son époux Victor, ébahis par son apparition à cheval. Près du couple se tenait William Lancester, d'une élégance toute britannique. Léon et Raymonde lui firent signe, tandis qu'Arthur, perché sur les épaules du domestique, riait de joie. Claire avait confié le petit garçon à sa servante, jugeant que monter à pied au village le calmerait. Il était excité et turbulent depuis la veille.

— Tout le monde nous attendait ! remarqua Jean.

— Oui, le docteur Claudin discute avec monsieur le maire et j'ai vu Marguerite, juste à côté de Léon. Bien sûr, elle fait mine de s'intéresser à Arthur, alors qu'elle refuse de le garder, ne serait-ce qu'une matinée. C'est pourtant son petit-fils...

Claire se tut. Elle déplora l'absence de Nicolas, dont le silence l'inquiétait. Chaque fois qu'elle croisait la mère d'Etiennette, elle pensait à son demi-frère et cela l'attristait.

— Câlinette, nous marions Faustine ; n'aie pas cet air morose ! déclara Jean.

— Tu as raison. Que la fête commence !

Cependant, la vision de l'église, de son porche voûté et des tilleuls de la place la ramenait irrésistiblement en arrière. Elle se souvint de son premier mariage avec Frédéric Giraud et tressaillit.

« Combien j'étais malheureuse, désespérée ! Je pleurais encore Jean que je croyais noyé, et je me liais à un homme que je n'aimais pas. Je m'étais promise à lui en échange de la vie de Sauvageon... »

Elle pensa à ses véritables noces, au bras de Jean. Là, elle avait éprouvé un bonheur infini. Pas une seconde elle ne soupçonna que sa fille adoptive endurait un tourment proche du sien, à vingt ans de distance.

— Claire ! s'écria Blanche qui la regardait descendre de voiture. Que vous êtes chic ! Mieux encore, vous êtes impériale ! Quant à Faustine, j'en suis bouche bée.

— Merci ! Je vous retourne le compliment. Ce bleu vous va à ravir !

La sœur jumelle de Jean eut un soupir comblé avant de se jeter dans les bras de son frère. Claire en profita pour aller saluer William Lancester, resté à l'écart. Il parut surpris. En fait, il la cherchait des yeux dans la foule, en vain.

— Ma chère Claire ! Oh, vous êtes magnifique ! Cette coiffure, cette robe ! Un modèle de Worth[1] ?

— Non, une imitation si réussie que j'ai osé l'acheter ! dit-elle avec un brin de coquetterie.

— Et vous avez eu raison ! renchérit le papetier. J'ai pu admirer votre fille sur son cheval, dans cette extraordinaire tenue d'amazone. Il faut photographier cela, absolument…

— C'est prévu, mais au domaine de Ponriant, dans le parc.

A quelques dizaines de mètres, René-Louis de Rustens garait sa luxueuse automobile à l'ombre d'un cèdre. Corentine s'empressa de sortir et s'appuya au capot. La cloche de l'église sonna à la volée.

— Vite, gémit la jeune femme. Où sont les enfants qui tiennent mon voile ? Bertille arrive avec Clara, mais l'autre ?

— L'autre se nomme Arthur ! précisa Matthieu, le teint cireux. Sois courtoise, je te prie. Tu es observée.

La jeune femme s'approcha de lui. Ses yeux verts avaient une expression douloureuse.

— Tu pourrais au moins faire semblant ! souffla-t-elle. Je comprends bien des choses, aujourd'hui. Tu t'es servi de moi, rien de plus. J'ai satisfait toutes tes fantaisies, mais tu n'as qu'une envie, t'enfuir.

— Oh, pitié, pas de drame ! répliqua Matthieu. N'exagère pas. Je ne suis pas croyant, j'ai horreur de la foule et des politesses. Un mariage civil discret m'aurait suffi.

Apitoyé par la détresse de Corentine, il lui caressa la joue et l'embrassa sur la bouche. Tout de suite rassurée, elle s'accrocha à son bras. Faustine, encore en selle, avait

1. Maison de couture anglaise.

vu la scène. Glacée malgré la chaleur, elle décida de rayer Matthieu de sa vie.

« Peut-être qu'il m'aime, mais il l'aime aussi, elle. Ils sont amants depuis des années, elle porte son enfant. Moi, j'ai Denis, il me chérira, et j'oublierai. »

Denis, qui avait confié son cheval à un de ses palefreniers venu à bicyclette pour s'acquitter de son travail, aida sa fiancée à descendre de Junon. De l'intérieur de l'église retentirent les accords de la marche nuptiale de Richard Wagner, qui présidait à la plupart des cérémonies de mariage.

— Vite, Faustine ! s'écria Claire. Tu passes en premier. Jean, prends-lui le bras. Et toi, Denis, dépêche-toi, tu attends la mariée devant l'autel.

— Je sais, je sais ! bredouilla le jeune homme, rose d'émotion.

— Nous aurions dû répéter ! protesta Faustine, au bord des larmes. Je ne voulais pas être la première… D'abord Matthieu et Corentine sont plus âgés, ils n'ont qu'à y aller, eux !

— Ma chérie, en voilà des enfantillages ! gronda Jean. Viens, c'est le moment. Angela, Thérèse, vous êtes prêtes ?

— Oui, monsieur ! dit l'orpheline, son bouquet de roses à la main droite.

Thérèse riait, tellement contente qu'elle trépignait. Raymonde la secoua :

— Veux-tu te calmer ! Tu dois sourire, mais ne te mets pas à danser la gigue !

Faustine remontait l'allée, consciente jusqu'au malaise de la présence de Corentine trois mètres derrière elle, au bras de Bertrand. La musique résonnait, puissante et solennelle. Comme dans un brouillard, la jeune fille aperçut des bouquets de lys gigantesques, des roses par dizaines, les cierges étincelants. Mais devant l'autel se tenait Matthieu, non loin de Denis.

« Et si je rejoignais celui que j'aime vraiment, songeat-elle. Il me regarde, c'est moi qu'il fixe, et non Corentine. Il ne faut pas, j'épouse Denis, oui, Denis, je dois regarder Denis, lui sourire… »

De sa place, à l'abri de la rambarde en bois verni séparant les notables de l'assistance, Bertille lisait sur le visage tendu de Faustine une poignante expression de tristesse. Matthieu avait le même air figé ; il ressemblait à une statue au regard brillant.

« Alors, ils s'aiment, pensa-t-elle. Quand l'ont-ils compris vraiment ? Oh, les pauvres enfants… »

Cela lui paraissait évident et les preuves ne manquaient pas : le peu d'intérêt de Faustine pour sa robe de mariée, les préparatifs de la fête, ses silences, ses colères ; du côté de Matthieu, sa hargne anormale à l'égard de Denis, son mutisme, son teint livide d'homme touché au cœur.

« Mais il est trop tard ! se dit encore Bertille. Et Corentine est enceinte… »

Dès que la musique se tut, le père Jacques officia avec un bon sourire. Il célébra d'abord l'union de Faustine Dumont et de Denis Giraud. La jeune fille prêta serment d'un « oui » à peine audible ; son fiancé clama son accord. Ils passèrent les anneaux sertis de diamants. Matthieu avait détourné la tête et observait le Christ en croix se dressant sur une colonne voisine.

Entraînée par l'inévitable, Faustine ne résistait plus. Elle se liait à Denis, au nom d'une amourette d'adolescents que ni l'un ni l'autre n'avait su reconsidérer. L'esprit vide, elle consentait et suivait le cours de son destin.

Ce fut le tour de Corentine et de Matthieu. Ce dernier se jura de tourner la page, de ne plus aimer Faustine. Pourtant, il savait très bien que les sentiments ne se commandent pas.

Arthur et Clara se trémoussaient au bout du voile de tulle, pouffant et grimaçant. Assise au bord de l'allée, Claire les tança à voix basse. Jean, lui, contemplait sa fille, immobile près de son mari. Pendant qu'il la menait à l'autel, il avait revu sa naissance, sous le toit de chaume des Chabin, en Normandie, et ses premiers pas dans le verger fleuri.

« Mon enfant, ma beauté ! se disait-il. Comme tu étais grave, à mon bras, et tremblante. Tu es une femme désormais, et l'avenir t'appartient. Sois heureuse. »

Il en aurait pleuré. Claire lui prit la main.

— C'était bouleversant, n'est-ce pas ? remarqua-t-elle.

— Oui, vivement le banquet, tenta-t-il de plaisanter.

Entre le prêtre et Matthieu, il y eut avant la bénédiction rituelle, un échange de regards intenses. Le père Jacques gardait tant de secrets affreux, depuis qu'il veillait sur les paroissiens de la vallée et du bourg. Confronté au beau visage viril de Matthieu Roy qui s'était confessé à lui au mois d'avril, le religieux retint un soupir de lassitude. Ce jeune homme-là devait souffrir de cacher la mort de son demi-frère Nicolas, devenu un monstre de perversité. Et avant Matthieu, il avait écouté tant de récits d'adultères, de trahisons entre parents ou amis, d'avortements, de suicides déguisés en décès naturels.

Les Giraud faisaient partie du lot. Le père Jacques n'avait rien oublié des frasques de Frédéric, dont la cruauté avait causé la mort de Catherine, la sœur de Raymonde. Contre son gré, alors qu'il voulait prononcer l'amen traditionnel, l'assistance l'entendit déclarer, d'un ton accablé :

— Ainsi soit-il.

Les enfants de chœur sursautèrent ; l'un d'eux gloussa. Madame Vignier, l'épouse du maire, préposée à l'harmonium depuis des années, s'empressa de rejouer la marche nuptiale.

Corentine put enfin respirer. Tête haute, elle se pendit au bras de Matthieu pour suivre l'allée, retrouver le soleil. Elle jubilait, stupéfaite d'avoir réussi.

« C'est mon mari, à présent, il ne peut plus me quitter ! » songeait-elle.

Sa toilette à la dernière mode suscitait autant de curiosité éblouie que l'amazone en satin ivoire. Les vieilles du village tendaient le cou pour mieux voir les mariées, si différentes mais d'une élégance rare.

Corentine regarda soudain en arrière et dévisagea Faustine qui affichait un air rêveur. Denis saluait avec des manières de prince un peu ridicules.

« Mon petit frère a ce qu'il voulait ! songea-t-elle. Il la tiendra à l'écart de Matthieu, sa blonde opulente, comme il me le disait l'autre soir. »

La cérémonie civile fut assez brève et moins éprouvante. Sous l'œil perplexe des parents respectifs, le maire crut bon de faire un petit discours pour la terminer :

— Mes chers amis, Jean et Claire, Bertrand et madame Giraud, comment exprimer le grand bonheur de voir vos deux familles enfin réunies par la force de l'amour que se portent vos enfants. Je ne peux que souhaiter à nos deux jeunes couples le plus grand bonheur possible, et de nombreux enfants qui seront autant de futurs citoyens exemplaires pour notre patrie.

Corentine eut soudain très soif. Elle crut voir des myriades de taches brunes devant elle et leva la main. L'instant suivant, elle s'effondrait mollement aux pieds de Jean. Bertrand se précipita, ainsi que Denis.

— Il lui faut de l'air ! dit l'avocat. Matthieu, aide-moi, emmenons-la dehors.

Le jeune marié souleva sa femme et sortit. René-Louis et Gersende de Rustens échangèrent un coup d'œil réprobateur. Ils n'étaient pas dupes de l'état de leur petite-fille.

Le docteur Claudin, invité à la noce, accourut. Il tapota les joues de Corentine et chercha son pouls, mais elle reprenait déjà connaissance.

— Ce n'est rien, bredouilla-t-elle, juste un étourdissement. Je mange si peu le matin.

— Il faut vous nourrir, madame ! recommanda le médecin. Vous savez pourquoi…

Matthieu rapportait un verre de limonade que le patron du Café des Amis offrait à la mariée. Après cet incident, Bertrand et Claire convièrent leurs invités à rejoindre le domaine de Ponriant.

— Une collation est prévue dans notre parc, précisa Bertille, ainsi qu'une séance de photographie. Chacun pourra s'il le désire se reposer avant le banquet, qui sera suivi d'un bal.

Le cortège se reforma, toujours mené par Faustine et Denis qui s'étaient remis en selle. Outre la Peugeot de Jean, trois voitures suivaient : les amis de l'avocat, Victor Nadaud et Blanche, et le docteur Claudin accompagné de sa sœur, une jeune fille de dix-sept ans qui était ravie de l'aubaine. Lancester, venu à pied, était monté dans le véhicule du médecin.

— Quand même ! dit Claire à Jean. Je ne m'habitue pas à vos automobiles. Je préférais les calèches. Avoue que ce serait plus joli. William est de mon avis, d'ailleurs…

— Dans ce cas, répliqua Jean, pourquoi s'est-il acheté un camion flambant neuf, une marque américaine. Personnellement, si je pouvais conduire la Silver Ghost de monsieur de Rustens, je serais aux anges.

— Oh toi, tu ne jures que par les automobiles ! soupira-t-elle. Enfin, c'est fait, Faustine porte le nom des Giraud.

— Et Corentine, celui des Roy ! Je ne sais pas si cela aurait plu à ton père.

A l'arrière, Angela écoutait. Thérèse croquait un caramel que lui avait donné sa grand-mère Jeanne à la sortie de l'église. L'orpheline brûlait maintenant d'impatience de visiter Ponriant.

— J'en ai, de la chance ! confia-t-elle à Thérèse. Dis, tu crois que nous aussi nous pourrons danser ce soir.

— Avec qui ? minauda la fillette.

— César a promis de m'inviter ! lança fièrement Angela ; et elle rosit de plaisir.

Elles se sourirent, plus complices que jamais.

Faustine se laissait bercer par le pas régulier de sa jument. Il faisait très chaud et elle avait hâte d'ôter sa veste, de sentir un peu d'air sur ses bras et ses épaules. Denis l'observait. Il lui fit remarquer :

— Tu seras au frais, à Ponriant, ma chère petite épouse.

Elle répondit, un brin moqueuse :

— Quand tu parles comme ça, on dirait un vieux barbon paternel, non un jeune marié de vingt ans.

— Peu importe l'âge, notre vie de couple commence. Je compte veiller sur toi et te choyer ! répondit Denis, vexé.

Il songeait à la surprise qui attendait Faustine. Bertille avait aménagé pour elle l'ancienne chambre de Marianne dans des tons roses et beiges : une débauche de tissus précieux à motifs fleuris. Même le mobilier avait été remplacé.

— Ne boude pas, souffla-t-elle, sinon je pars au galop et tu ne me rattraperas jamais.

Il haussa les épaules, déconcerté. Faustine lui semblait bizarre, exaltée, nerveuse. Quand ils s'étaient embrassés, dans l'église, elle avait même eu un petit mouvement de recul.

— Ce n'est pas le moment de jouer ! coupa-t-il. Tu te comportes comme une gamine.

Elle ne lui adressa plus la parole jusqu'aux écuries.

Depuis qu'elle était devenue la maîtresse de Ponriant, Bertille pouvait donner libre cours à son sens inné du décor, de la fête. Sur la vaste pelouse, près d'un bosquet de buis, un dais blanc rayé d'or était tendu. La toile agrémentée de voilages protégeait une table où Mireille et Greta avaient disposé des boissons fraîches, des sucreries et des bouquets de roses. Des chaises longues garnies de coussins invitaient à se délasser à l'ombre des arbres.

Faustine confia sa jument à un palefrenier et se dirigea vers le lieu où était prévue la séance de photographie. Matthieu et Corentine posèrent les premiers, en couple, puis entourés des deux familles et des invités. Puis ce fut Denis et Faustine. Quand le photographe signifia que c'était terminé, la jeune fille se précipita vers le dais et la collation préparée. Elle mourait de soif. Dès qu'elle eut avalé un verre de citronnade, Bertille la fit pivoter en riant.

— Ma chérie, toi, tu devrais aller te rafraîchir dans une des chambres. Je dirais même que tu n'as pas le choix.

— Mais, tantine, j'ai envie de parler à mes parents. Je n'ai pas pu les approcher depuis l'église.

— Accorde-nous quelques instants, à Denis et à moi...

Elle les suivit à travers le hall. Par la porte-fenêtre donnant sur les deux salons, elle aperçut la belle ordonnance de la table du dîner où éclataient des chandeliers étincelants et une profusion de fleurs blanches.

— Tantine, c'est si beau !

— Ce sera bien plus joli ce soir, à l'heure du bal, protesta Bertille. Faustine, tu veux bien me prendre le bras pour monter. J'ai perdu ma canne préférée, et même mes ombrelles.

— Bien sûr… dit la jeune mariée.

Denis ne voulait rien perdre de la surprise qu'aurait sa femme en découvrant sa chambre. Il décida même d'ouvrir la porte et d'entrer le premier afin de l'accueillir avec une courbette :

— Si madame souhaite s'installer ! déclara-t-il d'un air réjoui.

— Denis et moi, nous avons pensé que tu serais contente d'avoir un endroit bien à toi, plus féminin et plus agréable que la pièce voisine au décor lugubre à mon goût ! expliqua Bertille. Là où dort ton mari, je voulais dire.

— C'est ravissant ! affirma Faustine. Je ne m'en doutais pas du tout. Et ce sont mes couleurs favorites ! Tout est choisi avec goût, le lit en cuivre, le baldaquin… Merci, tantine !

Elle embrassa Bertille qui la poussa vers le jeune homme :

— Tu peux remercier ton mari ; il a présidé à l'aménagement. Je vous laisse un peu seuls.

— Tu n'as pas besoin de mon aide ? s'inquiéta Faustine.

— Non, je fais un petit tour dans mes appartements pour me repoudrer le nez et m'allonger cinq minutes.

La porte se referma. Denis s'approcha de Faustine et l'enlaça.

— Alors, ça te plaît ?

— Oh oui, beaucoup ! Merci.

Il l'aida à ôter la veste cintrée. Elle lui apparut moulée dans le bustier brodé, la naissance des seins voilée de dentelles, mais les épaules et les bras dénudés.

— Quel soulagement ! soupira-t-elle. J'avais si chaud.

— Tu as ta salle de bains personnelle ! ajouta Denis, émoustillé par la chair dorée qu'il effleurait du bout des doigts. D'abord, je voudrais un baiser, un vrai.

Denis la serra plus fort et prit ses lèvres.

— J'ai envie de toi, si tu savais, avoua-t-il. Je ne pense à rien d'autre, te revoir toute nue, ma chérie, ma beauté.

— Cette nuit, tu dois patienter jusqu'à cette nuit ! bredouilla-t-elle en se dégageant de son étreinte. Ne m'en veux pas, j'ai peur de froisser ma robe.

Il recula, une expression avide l'enlaidissant. Faustine le regardait, prise de panique. Denis ne lui plaisait plus du tout. Elle ne comprenait pas. Comment avait-elle pu se croire amoureuse de lui, et surtout consentir à ce mariage stupide ?

— Pourquoi as-tu cet air-là ? demanda-t-elle presque durement. Tu ressembles à Loupiote quand elle veut un os.

Denis fut stupéfait. Il secoua la tête, avant d'éclater de rire :

— Mais enfin, Faustine ! Je t'admirais… Nous sommes mariés, je t'aime, et je suis pressé de… de…

— De coucher avec moi ? dit-elle.

— Eh oui, je garde un souvenir merveilleux de notre première fois, tout en restant sur ma faim.

Elle se détourna, faisant mine d'examiner les bibelots disposés sur la cheminée en marbre rose.

« Dans quoi je m'engage ? songea-t-elle. Je n'aime pas sa façon d'évoquer ce sujet-là ; il est direct, impudique. Cela lui paraît normal et, en fait, il a raison, il n'y a rien de plus normal que de coucher avec son mari. »

— Si je pouvais rester seule un moment ? supplia-t-elle. Descends, je te promets de vite te rejoindre.

— D'accord, je te laisse.

Denis était à peine sorti qu'elle tourna le verrou. L'idée folle de s'enfuir la tenta.

« J'ai de l'argent dans une banque d'Angoulême. Si je prends le vélo de César, des vêtements ordinaires au Moulin, je pourrai monter dans n'importe quel train. Je trouverai du travail, je me cacherai. »

Faustine retenait des sanglots de désespoir. Quelqu'un frappa doucement à la porte. Claire l'appelait.

— Maman, entre ! s'écria-t-elle en déverrouillant.

— J'étais dans le secret, pour ta chambre ! précisa Claire.

Je suis venue la voir. Les hommes discutent politique, les dames se reposent. Le repas commence dans une heure.

Soudain, elle dévisagea sa fille adoptive.

— Mais tu as envie de pleurer ? constata-t-elle, sidérée.

— Ce sont mes nerfs, maman ! répondit-elle en se réfugiant dans ses bras. Et la chaleur, la nouveauté… Je quitte le Moulin, je vous quitte tous, je ne me sens pas prête. J'étais heureuse, grâce à mon école, ma jument, et tous ces cadeaux, mais j'ai peur ! Vous allez me manquer, toi, papa, Raymonde, Léon, les enfants, Loupiote…

Envahie du même chagrin, Claire la berça.

— Ma chérie, nous ne serons pas loin, tu pourras nous rendre visite tous les jours ! soupira-t-elle. C'est vrai que le changement a de quoi te bouleverser. Pauvre mignonne !

La jeune mariée, l'air hagarde, alla s'asseoir sur son lit. Elle avait failli avouer la véritable cause de ses larmes. Cela l'aurait délivrée de pouvoir dire la vérité : elle aimait Matthieu et non Denis. Cependant, Claire lui parut d'une telle beauté paisible, enchantée de ces noces luxueuses au domaine, qu'elle décida de se taire.

— Ne t'en fais pas, maman ! Je vais me reprendre, me contrôler. Une chance que Bertrand et Bertille ont limité le nombre des invités. Tu me connais, je ne suis pas à l'aise dans le monde. Va t'amuser, je t'en prie. Tu es très belle et je suis fière de toi. Cousin Hubert te dévore des yeux, et William Lancester aussi.

— Chut ! fit Claire, flattée. Je me moque de ces messieurs, mon Jean est le plus séduisant de tous.

— J'avoue que papa a une prestance unique ! remarqua Faustine. Ne t'en fais pas pour moi, va le rejoindre.

La porte se referma encore une fois. Pendant plus d'un quart d'heure, Faustine s'adressa des reproches et se traita d'écervelée, de capricieuse, d'ingrate. Elle passa en revue les nombreuses qualités de Denis, sa générosité, notamment.

« Je devrais avoir honte de le rejeter ainsi ! finit-elle par penser. A partir de maintenant, je lui témoignerai de la tendresse, du désir. »

Lorsqu'elle se décida à regagner le rez-de-chaussée, les

convives se mettaient à table. Mireille la saisit par le bras, dans le hall.

— Ma belle demoiselle ! déclara la gouvernante. Je tenais à vous féliciter et à vous embrasser, avec votre permission. Je suis tellement heureuse de vous savoir installée à Ponriant.

La jeune fille se pencha et étreignit la vieille femme.

— Moi aussi, je suis heureuse, Mireille. Je vais pouvoir profiter de votre présence, de votre gentillesse. Nous causerons littérature. Et je m'occuperai plus souvent de Clara, qui est une enfant très éveillée.

Mireille arbora un sourire extatique. Le bonheur naïf de son ancienne élève vint à bout des angoisses de Faustine. Elle entra dans le salon, acclamée par tous. Assise à gauche de Bertrand et à droite de Denis, elle se concentra sur la lecture du menu.

Truffes en papillotes
Foie gras sur canapés
Aspic de volaille sauce verte
Rissoles de fromage
Faisans sauce veneur
Cèpes et jardinière de légumes
Sorbets au cassis
Pièce montée

La liste était impressionnante. Bientôt débuta l'interminable défilé des mets annoncés, tous plus savoureux les uns que les autres. Le champagne coula à flots, ainsi que des cuvées d'exception, de grands crus bordelais offerts par René-Louis de Rustens. Corentine, placée en face de son père, avait enlevé son turban extravagant. Un petit diadème en strass scintillait parmi ses boucles rousses. Les joues roses, les yeux verts pétillants de satisfaction, elle parlait beaucoup et assez fort. Matthieu buvait au même rythme, ce qui tourmentait Bertille. Elle craignait le pire.

Le banquet dura plus de quatre heures, sans incident. Les persiennes mi-closes, l'arrivée d'une cohorte de nuages permit d'allumer les centaines de bougies avant le crépuscule.

A une autre table, César, Angela et Thérèse se régalaient en surveillant Arthur et Clara, toujours prêts à trouver une bêtise. Mireille les servait avec de bons rires joyeux, car elle aimait la jeunesse, comme elle le répétait.

Deux jeunes femmes du bourg s'affairaient, transportant les compotiers, les lourds plats d'argent, les carafes d'eau. Personne ne vit la fameuse Greta, « l'Allemande », consignée aux cuisines.

Faustine écoutait d'une oreille distraite les conversations, fort animées. Sa tante Blanche monopolisa l'attention en racontant l'expédition archéologique qu'elle avait faite avec Victor au Pérou. Gersende égrena ses souvenirs de cavalière, du temps qu'elle était jeune fille et qu'elle habitait un château aux environs de Libourne. Jean suscita de l'intérêt grâce à des révélations insolites sur le milieu de la presse parisienne. Puis ce fut le tour des avocats : Bertrand et son confrère du barreau évoquèrent leurs plaidoiries les plus ardues.

Corentine, bien renseignée, résista à la tentation de citer le procès de Jean Dumont. Elle redoutait la colère de Matthieu, malgré l'animosité manifeste qui existait entre les deux hommes.

« Il me dirait ensuite que je visais Faustine en attaquant notre ancien forçat ! Non, j'ai mieux à faire. Et puis au fond, Jean ne mérite pas ça. C'est un être particulier, fort, ardent. Plus jeune, il aurait pu me séduire… »

Parfois, le regard sombre de Matthieu accrochait celui de Faustine, d'un bleu limpide. Ils avaient alors tous deux l'impression de sombrer, d'être le jeu d'une illusion qui les séparerait contre leur volonté.

Durant tout le repas, l'orchestre engagé par Bertrand avait joué des mélodies classiques et des ouvertures d'opérette. Quand la pièce montée fut découpée et presque terminée, Bertille, secondée par Mireille, se leva et ouvrit grand les persiennes.

— Place à la danse, déclara-t-elle.

Les deux portes-fenêtres du salon donnant sur la vaste terrasse, les convives aperçurent les musiciens et, tout le long de la balustrade, des lampes en cristal en forme de fleurs qui abritaient des bougies.

Matthieu marmonna une excuse à l'oreille de Corentine et sortit d'un pas hésitant. Elle le vit s'affaler sur un des sièges en osier et allumer une cigarette. Patrice le rejoignit, ainsi que Jean. Denis préféra s'attarder à table. Il caressa la main de Faustine.

— Tu n'as pas oublié ? demanda-t-il.

— Quoi donc ? soupira-t-elle, un peu ivre.

— Demain matin, cousin Hubert nous emmène dans la villa de mes grands-parents, sur le bassin d'Arcachon. Tu devrais préparer tes bagages.

— Mais ils sont prêts ! protesta-t-elle. Je crois qu'ils sont dans la voiture de mon père.

Denis la prit par l'épaule, l'attira vers lui et l'embrassa. Tout bas, il ajouta :

— Nous pourrions monter quelques minutes, ma chérie !

— Et le bal, nos invités ? Bertille a parlé d'une autre surprise, tout à l'heure.

— Pour danser, tu devrais changer de robe ; celle-ci est étroite, elle te gênera. Monte discrètement, je te rejoins. J'ai fait porter tes malles dans ta chambre.

Faustine luttait contre la colère qui l'envahissait. Denis exagérait. Elle comprenait très bien ce qu'il espérait. Appartenait-il à l'espèce animale pour montrer une telle impatience, presque irraisonnée ?

— Je danserai dans cette tenue ! s'entêta-t-elle.

— Rien qu'avec moi, alors ! Jure-le ! intima-t-il en la fixant.

— Tu as trop bu de champagne, Denis ! dit-elle. Prends un café, il est excellent. La mariée doit danser avec son père, son beau-père et les autres hommes.

Elle se leva. Corentine ouvrait le bal avec Patrice, sur l'air sempiternel du *Beau Danube bleu* de Strauss. Claire entraîna Jean qui ronchonnait tout bas, étant très maladroit en la matière. Denis déboula sur la piste délimitée par un immense tapis.

— Accorde-moi au moins cette valse ! quémanda-t-il en la prenant à la taille.

Malgré son état d'ébriété, Denis se révéla un bon partenaire. Il savait danser et souriait à Faustine. La lumière dorée des lustres faisait scintiller la robe de satin de la jeune fille, son teint de pêche et ses lèvres d'un rose exquis. Le décor tournait autour d'eux, les guirlandes de tissu soyeux irisé, les grands bouquets de lys, les pendeloques de cristal, les illuminations de la terrasse.

Victor avait invité Athénaïs et elle riait aux éclats. Blanche, superbe dans sa large robe d'un bleu intense, exhibait sa gorge laiteuse aux bras de Bertrand. Assis près de Bertille, William observait les évolutions des valseurs.

— Vous ne dansez pas, chère amie ? lui avait-il demandé.

— Non, ce plaisir m'est interdit, précisa-t-elle en désignant ses jambes d'un coup d'œil. Mais tout est magnifique, exactement comme je le souhaitais. Regardez, ces clartés mouvantes, ces reflets sur les murs, et la musique. Le violoniste est un virtuose, le pianiste aussi. Surtout, faites vite danser ma cousine, sinon elle sera sollicitée toute la soirée. Claire valse à merveille, mais Jean déteste la danse.

Les couples se formaient, se séparaient, se reformaient. Bertille tapait du pied en cadence, rassurant Bertrand lorsqu'il passait devant elle avec sa cavalière. Après Blanche, l'avocat fit danser Athénaïs, Corentine, Claire, l'épouse de son confrère, une jolie femme brune qui souriait un peu sottement.

Matthieu s'obstinait à demeurer assis sur la terrasse, comme les grands-parents de Corentine et de Denis, mais pour une tout autre raison. René-Louis et Gersende de Rustens, de leurs fauteuils, pouvaient profiter du bal, le jeune homme, lui, observait le spectacle qui se déroulait sur la pelouse. César et Angela s'essayaient à la valse, piétinant gaiement l'herbe humide de rosée, tandis que Thérèse faisait une ronde avec Arthur et Clara.

Les enfants avaient fui la maison et le voisinage des

adultes. Ils savouraient la fête à leur façon. La plus heureuse était Angela, qui admirait en tournant la façade aux fenêtres innombrables – à son avis –, la cime des sapins et des chênes, les lumières de la balustrade. Pour l'orpheline, l'aventure tenait du conte de fées. La vaisselle splendide, les verres ouvragés, les fleurs par centaines, les meubles gigantesques et brillants, les robes si élégantes des femmes, tout l'émerveillait.

« Comme ils ont de la chance ! pensait Matthieu. Ils sont encore capables de jouer, de rêver. »

Corentine le secoua par l'épaule :

— Mon amour, souffla-t-elle, tu ne m'as pas encore invitée à danser.

— Je ne tiens pas debout ! dit-il tout bas. Les bons vins, le champagne... Je te couvrirais de ridicule.

Elle lui tendit une tasse de café en remuant ses boucles :

— Allons, dépêche-toi ! insista-t-elle. Je t'en prie. Tu me dois une valse. Et puis c'est stupide de rester à l'écart.

— Je viens, laisse-moi un peu de temps encore.

Corentine s'éloigna, la bouche pincée. L'orchestre changea soudain de registre. Les accords d'un fox-trot endiablé retentirent. Athénaïs saisit Denis par le bras.

— Enfin, du rythme ! s'exclama-t-elle.

La danse provenait de la lointaine Amérique et seuls Corentine, son amie et Denis la connaissaient bien. Cependant Claire et Blanche se lancèrent, imitant les jeunes gens. William en exécuta une avec Athénaïs, dont la jupe légère dévoilait des jambes parfaites à chaque figure.

Matthieu avait vidé le contenu de la tasse par-dessus la balustrade. A présent, César, Angela et Thérèse, stupéfaits par la nouveauté de la musique, improvisaient une sorte de danse sauvage.

Au bout d'un quart d'heure, Gersende exigea le retour des valses et, très digne, abandonna le confort de son siège pour évoluer lentement au bras de son mari. C'était l'air de la *Veuve joyeuse* suivi d'une autre valse viennoise. Faustine, qui n'avait pas osé tenter le fox-trot, fit quelques pas sur la terrasse. Matthieu la vit aussitôt et se leva.

— Un petit tour de danse ? proposa-t-il.

Elle accepta d'un signe de tête, juste dans le but de sentir ses mains sur son corps, d'être près de lui. Ils se déplaçaient avec lenteur, la mine grave.

— Alors, dit-elle d'une petite voix, c'est maintenant que je tombe morte, et que tu te plantes un couteau dans les côtes…

Il comprit. Faustine faisait allusion à la chanson *Les Tristes Noces*.

— Si j'avais le couteau, répliqua-t-il, je serais tenté. Mais tu ne meurs pas, tu vis, et je souffre le martyre. Je n'en peux plus. Nous allons partir avant minuit, Corentine et moi. Nous dormirons à l'hôtel, pas ici en tout cas. Je serais incapable de passer la nuit sous ce toit, en sachant que toi… toi et Denis…

Faustine lui lança un regard affolé. Elle le guida vers une partie plus sombre de la terrasse.

— Moi aussi je souffre, Matthieu. J'ai eu si mal au cœur, à l'église, je ne croyais pas que c'était possible, une douleur pareille.

— C'est ma faute ! gémit-il en la serrant davantage contre lui. J'ai tout gâché. Pardonne-moi.

Elle s'apprêtait à répondre quand un sifflement de plus en plus rapide résonna, suivi d'une explosion. Une clarté verte les inonda soudain.

— Un feu d'artifice ! hurla Thérèse.

Les danseurs, aussi bien que les bavards occupés à siroter une liqueur, se ruèrent vers la terrasse pour s'appuyer à la balustrade. Matthieu et Faustine se séparèrent. Une autre fusée fut lancée, puis une troisième. De larges étoiles aux branches interminables fleurissaient dans le ciel nocturne. Arthur et Clara, blottis contre César, applaudissaient en criant à chaque fois.

Claire prit la main de Jean. Elle venait de danser avec William et luttait contre un trouble insidieux. Le papetier anglais avait une manière de la regarder qui la bouleversait.

Enfin le parc s'illumina grâce à la magie savante des artificiers. Des gerbes de clarté argentée s'élevèrent pour retomber en ruissellements scintillants. Soutenue par Bertrand, Bertille souriait d'un air ébloui.

Denis parvint à se glisser près de Faustine, qu'il entoura d'un bras protecteur. Elle sursauta, murmura une excuse.

— C'est merveilleux, lui dit-elle tout bas. Les enfants sont comblés. Surtout Angela.

— Qui est Angela ? s'étonna-t-il. Une invitée que je n'aurais pas vue ?

La jeune fille soupira. Elle avait parlé à Denis de l'orpheline qui passerait l'été au Moulin, mais il devait être distrait ou s'en moquer. La dernière fusée dessina une longue flèche orange et s'effaça en étincelles jaunes. A la faveur de la luminosité dorée, tous virent une des automobiles démarrer et rouler au ralenti vers la grille. C'était la Panhard de Matthieu.

— Oh ! Les coquins ! s'exclama Athénaïs. Ils ont filé en douce pendant le feu d'artifice. Corentine m'a dit au revoir.

— C'était prévu, sans doute ! renchérit Patrice. J'ai porté leurs valises.

Denis annonça qu'il fallait trinquer à ce départ prémédité et s'éloigna pour demander un magnum de champagne. Il y eut des éclats de rire complices, des plaisanteries polies sur l'impatience des jeunes mariés le soir de leurs noces. Faustine crut qu'elle allait vraiment mourir. La musique reprit. Une main lui caressa la joue.

— Allons, du cran ! chuchota une voix familière.

C'était Bertille. La jeune fille la dévisagea, effarée à l'idée de s'être trahie.

— Tantine...

— Chut, ne dis rien. Je sais. Ecoute, c'est un tango ! Cousin Hubert danse le tango comme personne. Il va t'apprendre.

— Je n'ai pas envie, s'excusa Faustine. Il est parti.

— Non, « ils » sont partis. Et cela vaut mieux pour tout le monde.

Faustine approuva en silence. Sa nouvelle vie commençait.

12

Les ardeurs de l'été

Faustine s'étira. Des senteurs marines lui parvenaient par la fenêtre ouverte, l'odeur du sable humide et des algues brunes surchauffés par le soleil, ainsi que la fragrance particulière des pins entourant la grande maison de style baroque.

Il faisait déjà chaud. La jeune femme était nue. Elle était un peu lasse, aussi. Dans le cabinet de toilette contigu, Denis chantonnait en se rasant. Après dix jours passés au bord de l'océan, ils repartaient le lendemain pour la vallée des Eaux-Claires et le domaine de Ponriant.

— Nous viendrons chaque année ici, à la même époque, en souvenir ! claironna Denis. L'air salin est excellent pour la santé. Bon-papa m'a confié qu'il nous lègue la villa, à Corentine et à moi. Eulalie refuse tout bien matériel, ce qui se comprend, puisqu'elle est missionnaire.

Pendant cette lune de miel, Faustine avait appris à connaître Denis, résolument impudique, bon vivant, et jamais rassasié de bagatelle. Il disait « bagatelle » pour définir d'interminables relations sexuelles, à n'importe quelle heure du jour ou de la nuit.

Là encore, le jeune homme revint dans la chambre en tenue d'Adam, la feuille de vigne en moins. Il avait un corps mince, la peau très blanche, ainsi qu'une légère toison châtain-roux sur le torse et le bas du ventre.

— Alors, ma petite femme ? Encore fatiguée ?

D'un geste instinctif, Faustine tira vite le drap sur elle jusqu'à ses épaules.

— Je vais prendre un bain et m'habiller ! dit-elle. C'est bientôt l'heure de déjeuner.

Ils avaient prévu de déguster des moules à la crème dans une baraque peinte en vert, sur le front de mer. Malgré son côté rustique, les gens huppés de Bordeaux fréquentaient l'établissement avec assiduité, pour son allure pittoresque et l'excellence de ses fruits de mer.

Denis se jeta sur le lit, baissa le drap et contempla Faustine. La blondeur de ses longs cheveux semblait dorer sa peau mate au grain fin.

— Demain, au domaine, je devrai reprendre le travail, déclara-t-il. Acheter des poulinières, surveiller l'état des prés. Toi, tu vas te consacrer à l'aménagement de ton école. Nous aurons moins de temps pour la bagatelle.

— Je t'en prie, pas maintenant, Denis. Déjà, tu m'as réveillée rien que pour ça, ce matin.

Elle fit une tentative pour se lever, mais il la força à rester allongée. La jeune femme avait fini par éprouver du plaisir et, la nuit précédente, sa jouissance avait été intense, surprenante. Cependant, à peine remise de ce bouleversement inouï, Faustine avait pensé à Matthieu et elle avait sangloté sans pouvoir s'arrêter. Aux questions inquiètes de son jeune et fougueux mari, elle avait répondu : « J'ai ressenti des choses trop fortes ; je suis tellement heureuse que je pleure… » Comment avouer qu'elle aurait voulu éprouver de telles joies dans les bras de Matthieu, pour se blottir ensuite contre lui, entendre sa chère voix dire des mots d'amour. Denis avait plaisanté, plutôt fier de ses prouesses : « En voilà une drôle de réaction ! »

— Et zut ! s'écria le jeune homme, au moment de la pénétrer, car elle avait capitulé sous ses baisers. Je n'ai plus de capotes anglaises. Je ferai attention, ne t'inquiète pas.

D'un commun accord, le couple avait décidé de retarder le plus longtemps possible la venue d'un bébé, chacun pour des raisons différentes.

« La grossesse me cause un malaise, ma chérie ! avait expliqué Denis. Ma mère était souvent enceinte et elle se plaignait du dos. Je n'aimais pas voir son ventre gonfler, oui, cela me répugnait. Et ensuite, elle donnait le sein, ses vêtements sentaient le lait caillé, malgré tous les soins apportés à son linge. Nous sommes jeunes ; prenons du bon temps, sans marmot à bercer qui hurle toute la nuit. Tant pis pour notre salut éternel, car c'est péché de gaspiller la semence virile, tous les curés le prétendent. Le but du mariage est la procréation, mais on s'en fiche. »

Cela convenait à Faustine, tant elle avait hâte de diriger son école privée, de recevoir les orphelines que l'Assistance publique lui confierait et d'enseigner sans craindre la surveillance d'un supérieur.

« Je veux des enfants, avait-elle affirmé à Denis, mais pas tout de suite. »

Leur prise de position se répandait en France depuis le début du siècle. Le nombre des naissances diminuait, ce qui permettait un recul de la misère dans bien des foyers. Les uns pratiquaient le coït interrompu, les autres usaient de capotes anglaises, souvent surnommées « condoms ».

Mais la grande guerre avait fait tant de morts que les mœurs se libéraient. Il fallait vivre, et même revivre, danser, jeter aux orties corsets et préjugés. Les Années folles commençaient, bousculant les critères de la mode, et aussi de l'amour.

Faustine retint un soupir de soulagement. Les capotes en latex qu'utilisait Denis gâchaient une partie du plaisir. Déjà, durant leur nuit de noces à Ponriant, ces objets peu souples et vite irritants avaient rendu l'acte physique douloureux, pour la jeune femme seulement. Très peu enclin au romantisme, Denis remédiait à cet inconvénient au gré de son inspiration. En prévision de leurs ébats, il avait même graissé de vaseline une dizaine de préservatifs.

— Ma chérie, mon amour ! gémit-il. Que c'était bon !

Il se retira et se coucha à plat ventre avec un sourire béat. Faustine en profita pour quitter le lit, ramassa la serviette de toilette où son mari avait répandu sa semence et la mit dans la panière à linge sale. Une jeune fille veillait au ménage, et préparait les repas quand ils préféraient dîner ou déjeuner sur la terrasse.

Dix minutes plus tard, lavée à grande eau et les cheveux coiffés en chignon, Faustine enfila une longue robe bleue ; elle mit des sandales en cuir et un chapeau de paille.

— Denis, j'ai envie de me promener un peu jusqu'au port de plaisance. J'achèterai des babioles pour les enfants ! J'ai vu ce que je voulais dans une des boutiques, hier.

— Les enfants ? Arthur et Clara ?

— Il y a aussi César, Thérèse et Angela. J'ai promis de leur rapporter un petit cadeau. Je marcherai jusqu'au Cap pour dire au revoir à l'océan. J'adore les grosses vagues et la marée qui monte.

La villa se trouvait sur le bassin d'Arcachon, mais un chemin d'une centaine de mètres, dans les bois de pins, rejoignait la côte située face au large, beaucoup moins fréquentée et plus dangereuse.

— Sois prudente, quand même ! J'ai repéré des types à l'air louche, là-bas. Tu m'entends, Faustine ? Je ne devrais pas te laisser déambuler seule. Et, à mon humble avis, César et sa sœur ne sont plus des gosses. Ni ton Angela.

— Dans ce cas, lève-toi et accompagne-moi ! dit-elle d'un ton agacé. Ensuite nous irons directement manger des moules.

— Non, je suis épuisé. Autant rester ici, nous irons ce soir à la baraque verte, après notre dernier bain de mer.

La jeune femme prit son sac en tapisserie et son ombrelle. Elle descendit au rez-de-chaussée, composé d'une cuisine, d'un salon ainsi que d'une vaste salle à manger et communiquant avec une terrasse. C'était l'endroit favori de Faustine. Des lauriers-roses y poussaient dans de gros pots en céramique verte, et un parasol rayé ombrageait une table en fer et quatre chaises.

— Monique, je reviens dans une heure ou deux. Monsieur et moi, nous déjeunerons là.

La domestique, brune, petite et ronde, hocha la tête. Elle avait seize ans et un caractère docile. Sanglée dans un tablier blanc, un foulard noué sur ses cheveux frisés, elle lavait le carrelage.

— Bien, Madame. J'vous ferai des filets de merlu et des pommes de terre vapeur.

— D'accord, merci, Monique.

Personne n'aurait pu obliger Faustine à traiter de haut une employée de maison. Les leçons du vieux Basile ne s'effaceraient jamais de son esprit : « Tous les hommes naissent égaux en droit… »

Elle traversa le jardin et franchit le portillon. Le moindre moment de liberté, de solitude l'enchantait. Si Denis s'autorisait une sieste tous les après-midi, Faustine s'empressait de marcher sur la plage, de ramasser des coquillages polis par les vagues. La brise soufflant de l'océan apaisait le chagrin tenace dont elle ne guérissait pas. Mais la douleur d'avoir renoncé à Matthieu s'estompait. En personne lucide et raisonnable, la jeune femme se résignait. Elle avait épousé un garçon loyal, amoureux, généreux, qui respectait ses idées ou, du moins, s'efforçait de les respecter.

« Souvent, Denis adopte ma façon de penser juste pour me plaire ! se dit-elle. Mon affection à l'égard d'Angela l'irrite, ma gentillesse avec les domestiques, aussi. Nous n'avons pas été élevés dans le même milieu, il a des principes qui me paraissent idiots. »

Faustine suscitait beaucoup d'intérêt parmi la gent masculine de la petite ville où s'était établi un port de plaisance. Un marchand d'huîtres la héla, vantant sa marchandise. Deux jeunes gens élégants, en costume de toile blanche, se retournèrent à plusieurs reprises tandis qu'elle examinait les diverses breloques et les bibelots en vente dans une des boutiques. Le thème maritime s'imposait. Elle se montra économe. Denis distribuait les billets de banque avec insouciance, mais elle, peu habituée à la richesse, s'effarait de chaque dépense.

Enfin, elle se retrouva à la pointe du Cap-Ferret. Des vagues énormes déferlaient avant de se briser contre la dune. Sa robe plaquée au corps par le vent et les embruns, elle s'assit dans un creux de sable pour admirer à son aise le spectacle grandiose de l'océan déchaîné.

Pendant ce temps, à la villa, Denis avait poussé Monique

dans le placard à balais. Elle n'osait pas refuser. Il levait sa jupe et prenait son plaisir sans se soucier des conséquences. Cela se produisait chaque fois que Faustine partait se promener seule. Il n'en concevait aucune honte, se trouvant de nombreuses excuses. Jamais sa jeune épouse n'aurait accepté les positions ou les caresses qu'il appréciait. Sous son visage mutin et gracieux, Denis ressemblait beaucoup à son oncle Frédéric.

Moulin du Loup, 2 juillet 1919

Claire frappa du poing sur la table, incapable de se calmer. Jean, la mine désolée d'un gamin pris en faute, sursauta.

— Câlinette, ne sois pas fâchée ! Voyons, réfléchis… Je n'abandonne pas le verger, ni les vignes. Léon a promis de s'en occuper avec le type que j'ai engagé.

— Tu le savais donc, et tu as préparé ton plan dans mon dos, en cachette ! J'espérais que tu passerais l'été avec moi ! gémit sa femme. Quelle engeance, ce téléphone ! J'aurais dû couper les fils ! Personne ne t'aurait appelé !

— Monsieur Messon n'est pas un imbécile ; il aurait envoyé un télégramme. Claire, je ne peux pas rater une chance pareille. Je serai payé, et mes articles paraîtront cet automne. Enfin, ça ne te coûte rien, tous mes frais sont à la charge du journal.

— Tu te fiches des terres que je t'ai offertes pour notre mariage, et tu te fiches de moi. En plus, tu dois prendre le train demain, alors que nous avions prévu d'aller chercher Faustine et Denis à la gare.

— Bertrand ira à notre place…

— Mais qu'est-ce qui t'a pris, de devenir journaliste ? hurla-t-elle en pleurant. Tu ne verras même pas ta fille qui rentre de voyage de noces ! Quel bon père de famille, vraiment !

La querelle durait depuis une heure. Raymonde avait vite emmené les enfants au jardin potager. César bêchait une plate-bande réservée aux carottes et aux navets, Angela arrachait des mauvaises herbes. Thérèse était de corvée d'arrosage, secondée par Arthur.

— Quand Madame est en colère, on dirait qu'il fait orage ! soupira la servante, qui cueillait des haricots. Mais je la comprends. Jean finira par s'installer on ne sait où, à Paris peut-être.

Angela, un foulard en coton sur les cheveux, donna son avis :

— Moi, j'ai hâte que mademoiselle revienne !

— Il faut dire madame, maintenant ! rectifia Thérèse. Faustine est mariée, alors on dit madame.

— Tais-toi donc, au lieu de jouer les malignes ! coupa Raymonde. Angela travaille deux fois plus que toi, et elle écrit mieux ; ne l'agace pas avec tes bêtises.

Des cris retentirent en provenance de la maison. Un ouvrier sortit de la salle des piles et observa les environs.

— Madame ne se met jamais dans un état pareil, constata la servante. Si môssieur Lancester l'entend, il va mettre son grain de sel.

— Mais il peut pas entendre, maman ! protesta César. Sa nouvelle machine à papier fait trop de raffut. Pire qu'une locomotive…

L'adolescent reçut une gifle. Raymonde le jugeait insolent, depuis quelques jours. César, vexé d'avoir été frappé comme un gamin devant Angela, jeta la bêche et s'en alla, les mains dans les poches.

— J'ai pas besoin de m'éreinter à retourner la terre, puisque je vais apprendre la mécanique bientôt ! déclara-t-il.

— Attends que je raconte ça à ton père ! s'exclama Raymonde. D'abord, où il est encore, Léon ?

— Dans la vigne de monsieur Jean ! répondit Angela. Il devait la sulfater…

— Merci, jeune fille ! répliqua la servante en se redressant. Oh, j'ai mal au dos à force de me pencher.

Angela lança un coup d'œil discret à la silhouette de Raymonde. Le large tablier en toile grise bombait un peu, à hauteur du ventre.

— Allez vous asseoir, proposa l'orpheline, je peux cueillir les haricots.

— Ce n'est pas de refus, ma mignonne... Toi, au moins, tu gagnes ton pain.

Postée à l'une des fenêtres de la cuisine, Claire perçut le rire du petit Arthur. Thérèse venait de lui lancer de l'eau.

— Jean, comment peux-tu nous laisser ? demanda-t-elle. C'est l'été, les récoltes sont prometteuses. Tu me brises le cœur !

Il la rejoignit et voulut l'enlacer. Elle se dégagea.

— Non, pas de minauderies ! Un beau jour, tu ne reviendras pas. Tu es bel homme, et je suppose que tu en croises, des jolies filles qui te font les yeux doux.

Jean la prit de force dans ses bras. Il chuchota, en frottant sa joue contre la sienne :

— Tu n'as pas à être jalouse, Câlinette ! Je m'en moque, des autres femmes. Je t'aime toujours autant. Ce qui m'intéresse, c'est ce métier. Et si j'étais marin, hein, tu serais bien obligée de m'attendre pendant des mois.

Elle sanglotait en le serrant très fort.

— Justement, tu n'es pas marin, et Dieu merci ! Je ne veux pas t'empêcher d'écrire des articles, mais tu n'as qu'à travailler ici, au Moulin. Je t'en supplie, ne va pas à Bruxelles.

Il la dévisagea, surpris de son entêtement. Claire, d'ordinaire, ne réagissait pas ainsi. Elle préparait sa valise, repassait ses chemises, se montrait douce et passionnée parce qu'ils se séparaient.

— Claire, là je ne comprends plus rien ! rétorqua-t-il. Tu m'as dit souvent que tu ne t'ennuyais pas sans moi. Que tu pouvais dormir avec Arthur, rendre visite à Bertille, et que tu appréciais nos retrouvailles. Tu te souviens de ça ?

— Oui, reconnut-elle, mais cette fois, tu t'absentes six semaines, et c'est long, très long. J'ai l'impression que tu n'es pas heureux chez nous, que tu nous fuis.

Il l'entraîna vers un des bancs, s'assit et l'attira sur ses genoux. D'une voix persuasive, en accompagnant ses mots de baisers, Jean affirma qu'elle se trompait.

— Câlinette, j'ai eu une enfance tourmentée, j'ai enduré le pire à l'âge de César. Grâce à toi et à Basile, je suis instruit, libre, honnête citoyen. Avoir la chance de partager mes idées, de rencontrer d'autres hommes qui veulent changer la société, cela me plaît. A mon retour de la guerre, j'étais dur, révolté, et là, oui, j'avais envie de m'enfuir. A présent, je me sens bien. J'ai même eu la tentation d'entrer en religion. Bref, je cherchais ma voie. Je l'ai trouvée et elle est différente de ce que tu souhaitais. Pourtant, tu dois me croire, je t'aime de toute mon âme. En septembre, je veillerai en personne à la fabrication du cidre et du vin. Aie confiance.

Claire poussa un gros soupir. Elle capitulait.

— Je t'attendrai, souffla-t-elle. Faustine compte sur moi pour l'école ; elle veut planter des fleurs et des légumes, et nous devons confectionner des édredons. Mais quand même, tu me manqueras.

Jean s'empara de ses lèvres, dont il adorait la couleur, un rouge cerise tentant.

— Tu es belle, Claire, je ne risque pas de t'oublier ! dit-il tout bas. Le jour du mariage, tu as ébloui tous les invités dans ta robe… coquine ; elle était de la couleur de ta bouche, cette robe.

— Beau parleur ! ronchonna-t-elle. Tu m'embobines, voilà !

— Cette nuit, je ferai mieux encore, je te prouverai à quel point je t'aime.

Il scella sa promesse d'un second baiser. Claire ferma les yeux. Elle souriait, se croyant soudain plus forte face à ce qui la menaçait.

Vallée des Eaux-Claires, 3 juillet 1919

Bertrand roulait doucement. La voiture aborda le dernier virage avant la portion de route menant au pont. Assis près de son père, Denis jeta un regard de défi à la vallée qui s'étendait devant eux.

— La plage a ses charmes, et la mer aussi, mais ce paysage me plaît davantage, déclara-t-il en souriant.

A l'arrière, Claire approuva en serrant plus fort la main de Faustine. Le retour de sa fille la réconfortait.

— Bertrand est si gentil ! expliqua-t-elle. Il a klaxonné dans la cour du Moulin, et il m'a crié : « Claire, je passe vous prendre pour aller à la gare chercher nos tourtereaux... »

Faustine se réfugia dans les bras de sa mère adoptive. Revoir la vallée et les toitures de Ponriant étincelantes au soleil estival la bouleversait.

— Ma chérie, reprit Claire, tu as un teint superbe. Ce hâle te rend encore plus jolie.

— Quand même, papa exagère ! maugréa la jeune femme. Partir sans me dire au revoir. Il pouvait patienter.

— Je suis navrée pour toi, mais tu le connais, il fallait qu'il monte dans le premier train pour Paris, à six heures, alors que toi et Denis vous arriviez à midi. Raymonde a cuisiné du chou farci, et j'ai fait un clafoutis.

Denis se retourna, l'air contrarié :

— Mais Claire, nous déjeunons à Ponriant ! Faustine n'habite plus le Moulin, il me semble !

— Ne sois pas sot ! coupa Bertrand. Tu parles à Claire comme si elle était devenue gâteuse. Et figure-toi que j'ai accepté l'invitation, car je raffole du chou farci. Bertille se repose, elle est très fatiguée. C'était un restaurant en ville ou le repas concocté par Raymonde.

— Tantine ? Qu'est-ce qu'elle a ? s'inquiéta Faustine.

— Des migraines et des vertiges ! expliqua l'avocat. Le docteur Claudin lui a prescrit un médicament et du repos, beaucoup de repos. C'est peut-être en rapport avec cette histoire bizarre, la disparition de ses ombrelles et de ses cannes. Elle a forcé sur sa hanche, ce qui lui a causé de vives douleurs. Enfin, depuis j'ai racheté une canne entièrement sculptée. De plus, Corentine séjourne à Ponriant et, vu son état, elle épuiserait un régiment de bonne volonté.

Bertrand suivait le chemin des Falaises. Désappointée par la nouvelle, Faustine puisa du courage dans l'odeur familière que dégageaient les pans de rocher chauffés par l'été, les buis sombres et les giroflées jaunes en fleur sur le moindre replat de pierres grises.

Ce jour-là, elle eut l'impression d'appartenir à la vallée et d'être accueillie par les bosquets de saules et le chant de la rivière.

— Et Matthieu ? interrogea Denis.

— Embauché sur un chantier, en Corrèze ! soupira Bertrand. Ils ne sont même pas allés à Paris. Ta sœur te donnera des précisions.

Léon avait calé sa bicyclette contre l'enceinte du parc de Ponriant. Le pavillon où logeait Greta était tout proche. Il monta sur le cadre de l'engin. Il posa un pied sur la selle, l'autre sur le porte-bagages, et s'accouda sur le faîte du mur. Là, il se mit à siffler. C'était la bonne heure.

La fenêtre donnant à l'arrière du petit bâtiment s'ouvrit. La face ronde de la domestique apparut, éclairée d'un large sourire.

— J'arrive ! murmura-t-elle.

L'instant suivant, Greta trottinait entre les sapins, son bébé dans les bras. Elle marcha jusqu'au mur.

— Coucou, Thomas ! chantonna Léon, les larmes aux yeux.

— Regarde, ton papa est venu te dire bonjour ! lui souffla Greta doucement.

L'enfant dodelina de la tête, sans manifester d'intérêt. Léon l'observait, envahi d'une profonde compassion. Jamais César ou Thérèse n'avaient eu ce masque impassible, ces gestes lents.

— Tu as un peu de temps ? dit-il soudain.

— Oui, madame Bertille se repose, madame Corentine aussi, et Mireille n'a pas besoin de moi avant le goûter.

Greta parlait bas, en scandant les mots, mais son accent pouvait passer pour alsacien. Après s'être assuré que personne ne rôdait dans les environs, Léon se hissa à la force des bras sur le mur, il fit une pause à califourchon et sauta de l'autre côté. La jeune femme recula, toute surprise.

— Y a pas de mal à vous rendre visite, et pourtant je dois me cacher ! se lamenta-t-il. J'ai pas embrassé mon fils depuis deux mois. Je peux le prendre ?

Elle lui tendit le lourd poupon qui se laissa manipuler sans manifester aucune crainte, aucune joie non plus.

— Dieu nous a punis, constata Léon. Ce pauvre petiot est demeuré, comme disait ma mère.

Il se signa très vite, puis chatouilla et embrassa Thomas. Greta se dandinait, émue, en jetant des coups d'œil inquiets vers la façade de Ponriant.

— Je ne suis pas bien heureuse, dans ce pays ! déclara-t-elle d'un ton résigné. J'aurais dû rester chez nous...

— Mais tu es logée, nourrie, et tu touches des gages ! s'étonna Léon. Quand même, je connais madame Bertille, elle n'est pas méchante. Dis, tu es mieux installée ici qu'en ville.

Greta hocha la tête. Le pavillon comportait une cuisine, une grande chambre, un cabinet d'aisances et une cave.

— Je dois m'en aller, ma pauvre amie ! soupira le domestique. Si ma femme ne me voit pas rentrer à l'heure, elle me chantera pouilles !

Léon considéra un instant la jeune femme. Il se souvint de leur existence en Allemagne, au fond d'un vallon boisé, seuls dans une vaste bâtisse flanquée de la porcherie. Greta n'était pas une beauté, surtout comparée à Raymonde, mais elle avait su se montrer douce, affectueuse.

— Je t'aimais en vrai, du temps qu'on vivait ensemble ! reconnut-il sans la regarder en face. Si la guerre avait duré, on serait toujours là-bas. Mais que veux-tu... Je me dois à ma famille légitime et à mes patrons.

Elle saisit Thomas par la taille et le cala sur sa hanche. L'enfant, pris de somnolence, bavait. Léon escalada le mur et dégringola de l'autre côté. Ayant regagné le pavillon, Greta coucha son fils. Les yeux fixés à une des poutres de la pièce où était rivé un gros crochet en acier, elle lui chantonna une berceuse en allemand. Souvent, l'exilée imaginait qu'elle passait une corde là-haut et se pendait. Cela la consolait, comme si elle connaissait un bon remède à ses souffrances.

Moulin du Loup, 18 juillet 1919

Claire tricotait, assise près d'une fenêtre de la cuisine. De là, elle avait vue sur la porte de la salle commune, remise en fonction par William Lancester. Ses ouvriers y déjeunaient, comme ceux de Colin Roy le faisaient vingt ans auparavant.

De longues tables sorties d'un des greniers avaient repris leur rôle une fois lavées au savon noir et encaustiquées. Selon l'accord passé au printemps, Raymonde préparait des repas chauds que les hommes venaient chercher. Chaque matin, Thérèse se chargeait d'écrire le menu sur une ardoise qu'elle accrochait à l'un des volets.

« Aujourd'hui, c'est du chou farci ! » songea Claire en comptant ses mailles.

La servante s'était levée à l'aube afin de mener à bien l'élaboration de ce repas. Les femmes de la région, depuis des siècles, suivaient une recette qu'elles tenaient de leur mère ou de leur grand-mère. Raymonde, pour sa part, faisait une farce à base de restes de viande soigneusement hachés. Elle y ajoutait de l'ail pilé, du persil émincé, des lardons et de la mie de pain liée au jaune d'œuf. Le plus délicat était de disposer cette farce entre les feuilles tendres du chou, qu'il fallait rabattre une à une. Enfin, on ficelait le tout, et le légume, qui avait doublé de volume, mijotait dans du bouillon. Pour l'heure, quatre choux cuisaient, l'un d'eux étant destiné à la table familiale.

« J'espère que Jean m'écrira, pensa Claire, alanguie par la chaleur. Il avait promis, mais je n'ai toujours rien reçu. »

Elle entendit un bruit de pas dans la cour et vite tourna la tête. William marchait vers le portail. Il était encombré d'une caisse en bois qu'il alla déposer dans la benne de son camion. Il revint, repoussant en arrière à deux mains sa chevelure raide, entre le gris et le châtain. Elle l'observait souvent ainsi en se cachant derrière le rideau en macramé.

Plus les jours s'écoulaient, plus Lancester la fascinait. D'abord, Claire s'était crue victime d'une vague ressemblance, le papetier anglais ayant des manies et une allure qui lui rappelaient son père, Colin. Mais elle était surtout sensible à ses manières raffinées, à sa voix très douce, à son regard limpide.

Le soir du double mariage, ils avaient dansé tous les deux. Claire ne pouvait pas oublier combien il lui plaisait, alors, dans la lumière dorée des bougies et des lanternes.

« Il est si grand ; je me sens toute petite près de lui. Et il était d'une élégance pour les noces de Faustine. »

Elle se répétait tous les compliments dont il la gratifiait. A écouter Lancester, Claire était une femme exceptionnelle. Petit à petit, elle cédait à sa séduction bien réelle et guettait son passage dans la cour, espérant ses visites. Depuis le départ de Jean, cependant, elle l'évitait.

L'horloge sonna midi. Claire se leva brusquement.

« Je suis sotte, à la fin ! Quand mon mari est là, je fais moins d'embarras. Je vais aller prévenir les ouvriers que le repas sera bientôt prêt. »

Angela, Thérèse et César étaient au logis du Mesnier, où ils aidaient Faustine à jardiner. Arthur avait voulu les accompagner.

« Après tout, ce n'est pas ma faute si je me retrouve seule la plupart du temps ! » pensa encore Claire.

Elle vérifia sa coiffure et son teint dans le miroir accroché près de la porte principale. Couchée devant la cheminée, à l'endroit exact où le vieux Sauvageon s'installait, Loupiote, escortée de ses trois rejetons, fit mine de la suivre. Les louveteaux commençaient à se montrer turbulents. Ils jouaient entre eux jusqu'à l'épuisement et ils avaient déjà déchiqueté une serpillière.

— Non, ma belle, tu restes à la maison ! ordonna la jeune femme.

Elle dévala l'escalier du perron et se dirigea vers la salle commune. Raymonde mettait le couvert. Elle en était à disposer des carafes de vin coupé d'eau.

— Ah ! Madame… s'écria la servante. J'ai presque fini.

Léon casse la croûte au Mesnier, avec les enfants. Faustine voulait des plants de tomate ; il va les planter à la fraîche.

— Je sais tout ça, Raymonde ! répondit-elle gentiment.

Sortant du petit bureau adjacent, William fit son apparition. Il s'illumina dès qu'il découvrit Claire.

— Ma chère amie, qu'est-ce qui vous amène ? dit-il aussitôt.

— Rien de précis. J'avais envie de voir un peu d'animation et d'annoncer que les choux farcis fleurent bon !

— Venez admirer la nouvelle machine à papier dans ce cas ! Elle fonctionne depuis un mois, et vous n'avez pas encore assisté à ses performances.

Il lui proposa son bras, mais elle n'osa pas accepter. Déçu, il la guida vers la salle des piles.

— Regardez, Claire ! Gain de temps, gain d'argent. Grâce à la machine, j'emploie deux fois moins d'ouvriers et je peux maintenir la fabrication du papier de tradition.

Il faisait sombre et chaud. Les piles à maillets se levaient et s'abaissaient à un rythme familier. Claire avait envie de fermer les yeux. Elle se croyait revenue des années en arrière : mêmes odeurs fortes, mêmes bruits de rouages et d'eau ruisselante. L'élément nouveau, c'était l'énorme machine en mouvement. La pâte à papier s'écoulait sur un tapis roulant constitué d'un tamis et remplissait des formes à une vitesse révolutionnaire.

— Je n'apprécie guère le progrès ! affirma-t-elle en s'éloignant. Pardonnez-moi, ce n'est guère aimable. Je déplore l'essor de l'automobile, du téléphone. Savez-vous la nouvelle ? L'électricité sera bientôt à Ponriant, et ma cousine insiste pour que la ligne desserve le Moulin.

— Ce serait formidable ! s'exclama William.

Elle haussa les épaules et lui lança un coup d'œil vexé. Ils quittèrent les bâtiments par une étroite porte donnant sur la rivière. Claire gardait ses distances, mais il la rattrapa en deux enjambées.

— Si cela vous déplaît tant, refusez ! rétorqua-t-il.

Lancester contemplait le profil féminin dont il avait appris tous les charmes. Il savourait le sourire un peu triste des lèvres sensuelles, d'un rose sombre. Un grain de beauté à la base du cou charmant le ravissait.

— Claire ! Vous êtes contrariée… C'est à cause de votre mari ? Pourquoi vous abandonne-t-il ainsi !

C'était maladroit d'évoquer Jean alors qu'ils se trouvaient en tête à tête.

— William, je suis contente pour mon mari. Le journalisme le passionne. Ne vous souciez pas de moi.

Il approuva en silence. Claire le dévisagea sans dire un mot. L'ombre des murs paraissait délicieuse, contrastant avec le blanc éblouissant des falaises au soleil. Ils restèrent quelques minutes face à face, tous deux troublés. Un busard volait haut dans le ciel, des abeilles bourdonnaient près d'un tilleul.

« Je dois m'enfuir ! pensait-elle. Sinon, je vais me réfugier dans ses bras. »

Elle rêvait de toucher ses joues lisses, de respirer le délicat parfum de lavande qu'il dégageait.

— Claire… chuchota-t-il.

Il la serra contre lui au moment même où elle voulait échapper au sortilège de sa présence. C'était bon et rassurant, le corps d'un homme près du sien, sa respiration paisible, ses mains plaquées dans son dos. La douceur de William l'aidait à occulter les airs tragiques de Faustine, les caprices d'Arthur, la monotonie des travaux ménagers, la lente course des heures dans la maison trop vide.

Pourtant elle parvint à le repousser.

— Excusez-moi, dit-il très bas. J'ai cru que…

— Vous aviez raison ! coupa-t-elle. J'avais besoin de vous, mais cela ne doit pas se reproduire. Jamais, vous m'entendez, jamais ! Jean me fait confiance, il vous estime. Je ne vous approcherai plus tant que mon mari sera absent.

Claire partit en courant, déboula dans la cour et grimpa le perron. Elle aurait souhaité se consumer de honte, de remords, mais elle ne regrettait rien.

« A quoi bon me tourmenter ? s'interrogea-t-elle. Il ne m'a pas embrassée, ni caressée. Si c'était mon frère, il aurait le droit de m'enlacer. »

Elle se mentait à elle-même. Dépitée, elle se servit un verre de vin et l'avala d'un trait.

« Mon Dieu, qu'est-ce qui m'arrive ? J'aime Jean de toute mon âme, mais je désire William. »

Raymonde entra à son tour et lui lança un regard soupçonneux.

— Où étiez-vous passée, Madame ? demanda-t-elle.

— Je me promenais ! Tu me surveilles maintenant ?

Claire avait rarement parlé aussi durement à Raymonde. Elle s'en aperçut et tout de suite se jugea méprisable. Le mal était fait.

— Je voulais pas vous offenser ! répliqua la servante d'un ton amer. C'était pas votre domestique, qui vous causait, mais votre amie. Les gens du bourg racontent de drôles de choses sur vous et monsieur Lancester ; si vous tenez à votre réputation, promenez-vous donc avec les enfants ou votre cousine !

Raymonde sortit un chou de la marmite, le réserva dans un plat, puis elle empoigna le récipient et fit demi-tour. De la salle commune provenaient l'écho des discussions propres à l'heure du repas, le tintement des carafes.

Claire prit son chapeau de paille et un panier. Elle griffonna un mot sur une feuille de cahier : « Je vais au logis du Mesnier rejoindre Faustine et Léon. A ce soir. »

Elle enferma Loupiote et ses petits dans le cellier, et quitta le Moulin le plus vite possible.

Logis du Mesnier, même jour

— Venez voir, tous ! hurlait Thérèse. Il y a une plante bizarre, là !

— C'est de la rhubarbe, maligne, protesta Léon, trois beaux pieds de rhubarbe. N'ameute pas la vallée pour autant…

Faustine posa sa serpette et accourut. La mise en œuvre d'un beau potager destiné à nourrir en grande partie ses futures pensionnaires l'amusait beaucoup. Elle se pencha sur les larges feuilles d'un vert sombre, incurvées au bout de tiges épaisses et rougeâtres.

— Formidable ! s'écria-t-elle. Il n'y a jamais eu de rhubarbe au Moulin. Il faut bien la désherber, sarcler la terre autour et arracher les liserons.

— A quoi ça sert, la bubarbe ? bredouilla Arthur.

— On peut faire des confitures avec, des tartes et des compotes ! répliqua la jeune femme. Mais c'est de la rhubarbe, pas de la bubarbe, coquin.

Assise à l'ombre d'un très vieux pommier, Angela observait la scène. Depuis son retour de voyage, Faustine affectionnait une tenue qui, selon l'orpheline, lui allait à merveille. Elle portait une culotte d'équitation beige, des guêtres en cuir fauve, des bottillons, ainsi qu'une chemise blanche à manches courtes. Sa longue chevelure blonde était nattée dans le dos en une seule tresse épaisse comme une corde.

« Aussi, elle est toujours à cheval ! songea l'adolescente. Elle fait une balade le matin, une le soir, et elle surveille les travaux. Mais à Ponriant, à l'heure du dîner, je suis sûre qu'elle met une belle robe, bleue comme ses yeux... Peut-être pas. Elle a l'air si triste. »

Faustine devenait une idole pour Angela. Elle lui devait ces jours enchanteurs à la campagne, la certitude de rester à ses côtés, de recevoir longtemps des rations de tendresse et de gentillesse.

« Bientôt, je lui montrerai mon cahier. J'espère qu'elle sera contente ! »

L'orpheline jeta un regard perplexe à une besace en tissu fleuri où elle rangeait ses trésors : le fameux cahier où elle écrivait en détail son emploi du temps, assorti d'anecdotes sur la vie dans la vallée, un peigne en écaille que lui avait offert Claire, un petit flacon d'eau de Cologne, cadeau de César, et des fleurs séchées, cueillies pendant les expéditions du Moulin au logis du Mesnier.

— A quoi penses-tu, Angela ? demanda Faustine qui trouvait une expression étrange à sa protégée.

— Oh, à vous, mademoiselle, enfin, madame...

— Je t'ai suppliée de m'appeler par mon prénom ! Angela, fais un effort ! insista la jeune femme.

— Promis, j'essaierai.

Léon reprit la bêche. Il avait presque fini de retourner une immense plate-bande. L'écho d'une galopade retentit. Corentine et Denis passèrent à vive allure sur le chemin voisin. Malgré les mises en garde du docteur Claudin et de Bertrand, l'épouse de Matthieu montait régulièrement une jument grise au caractère indocile.

« Que cherche-t-elle ? s'étonna Faustine. Bertille pense que c'est juste par jalousie, pour m'imiter. »

La jeune femme poussa un soupir. A cause de Corentine, son existence au domaine débutait dans une atmosphère pesante. La future mère se montrait capricieuse, désordonnée, exigeante.

— Tiens ! cria César, qui fauchait des ronces. On a de la visite ! Ohé, Claire !

Faustine aperçut sa mère adoptive au bout de l'allée. Elle lui fit signe de couper à travers un pré en friche.

— Viens par là, maman ! C'est plus court.

Déjà Arthur gambadait à la rencontre de Claire. Faustine attendit, tout heureuse. Les deux femmes s'étreignirent en riant de joie.

— Maman, tu es folle, il fait si chaud ! Tu vas piqueniquer avec nous.

— A condition de ne pas vous priver ! De toute façon, je n'ai pas très faim.

L'arrivée impromptue de Claire réjouissait la petite troupe. Léon sortit du ruisseau les bouteilles de cidre et de limonade, Angela s'empressa de tendre la nappe sur l'herbe et de présenter les tranches de pain, le saucisson et les deux pots de rillettes. Thérèse disposa les fruits et la boîte en fer contenant les biscuits.

Ce fut un repas très gai, même si Claire remarqua un pli de chagrin à la bouche de Léon, jadis tellement blagueur, et une sourde douleur dans les beaux yeux de Faustine.

— Alors, où en êtes-vous de ce potager ? interrogea-t-elle à la fin du déjeuner.

— Dame, j'vais repiquer les tomates ce soir, répondit Léon, et demain je pourrai planter des pommes de terre.

— César a nettoyé les alentours du puits et semé des belles-de-nuit, ajouta Faustine.

— Et à l'intérieur des bâtiments ? reprit Claire. Pendant ton séjour à la mer, je sais que des ouvriers ont réparé le toit, mais Bertrand jugeait les planchers en mauvais état.

— Dans une des chambres seulement, précisa la jeune femme. Mais, début août, les plâtres seront faits et il y aura des volets neufs. La salle de classe est terminée ; il manque les pupitres.

Elles discutèrent longuement des travaux de couture. Claire tenait à confectionner des rideaux et des taies d'oreiller.

— Je suis si fière de toi, ma chérie ! confia-t-elle à Faustine. Tu as eu une merveilleuse idée. Evidemment, sans le soutien et la générosité des Giraud, tu n'aurais pas pu la mener à terme. Mais nous formons à présent une grande famille, et le renom de ta fondation sera bénéfique à tous. Car il faut dire une « fondation ». J'ai lu ça dans le journal.

Faustine répondit d'un sourire gêné. Après quelques jours de mariage, elle avait l'impression de payer très cher la réalisation de ce projet. Il lui fallait endurer le mépris de Corentine et la frénésie sexuelle de Denis. Avant de s'endormir, elle déplorait de s'être sacrifiée.

« J'aurais dû solliciter un poste dans une classe du pays ou même garder ma place à l'orphelinat. Je serais libre et j'aurais pu rencontrer un homme capable de me faire oublier Matthieu », se disait-elle dans ces moments-là.

— Est-ce que tu as des soucis ? l'interrogea Claire. Tu ris beaucoup moins, depuis ton mariage, et tu as maigri.

— Je vais bien, maman ! coupa Faustine. Si j'ai perdu un peu de poids, c'est sans doute à force de m'activer et de monter Junon. Et, par ces chaleurs, je n'ai jamais eu d'appétit.

Avant de rentrer au Moulin, Claire parcourut le logis. Il comportait une grande cuisine dotée d'une cheminée monumentale et, de l'autre côté du couloir, une pièce aussi vaste.

— Ce sera le réfectoire. J'ai commandé de la vaisselle bon marché à Angoulême.

Elles passèrent ensuite dans le futur bureau d'accueil, un espace assez restreint, mais qui pourrait abriter un meuble ou quelques chaises. Elles visitèrent la salle de classe, peinte en blanc, au plancher neuf. Une porte double donnait sur une autre pièce.

— Ici, ce sera la bibliothèque, avec deux grandes étagères pour ranger les ouvrages et des tables pour étudier. Bertrand m'a dit de choisir tous les livres que je voulais à Ponriant.

L'imposante demeure, moins spacieuse cependant que le domaine des Giraud, possédait plusieurs chambres divisées par un couloir. Claire fit la moue :

— Les gens qui ont bâti le logis devaient apprécier une architecture simple. Regarde, les portes sont situées en face les unes des autres. On dirait une caserne.

Faustine éclata de rire.

— Maman ! Tout l'étage a été réaménagé selon mes directives. Je désirais loger mes pensionnaires trois par trois, et non par six comme à Saint-Martial.

Claire se mit à rire aussi. Elle embrassa sa fille avec douceur.

— Quand Léon aura bêché tout le jardin, je viendrai repiquer des plantes médicinales, de l'hysope, du romarin, de la sauge, de la menthe et du thym. Ton école pourra servir de modèle, ma chérie ! Réfléchis dès maintenant, il faudra lui trouver un nom…

— J'ai une petite idée, mais rien de précis encore.

Une heure plus tard, Claire reprit le chemin du Moulin avec Arthur et Thérèse. Elle avait décidé de consacrer la majeure partie de l'été à seconder Faustine dans ses bonnes œuvres.

« Ainsi, je ne serai pas tentée de m'approcher de William, et le temps passera plus vite. Quand Jean rentrera, tout s'arrangera ! »

Claire aurait été bien en peine d'expliquer à quiconque l'attirance qu'elle éprouvait pour le papetier. Tout en sachant que seule Bertille pouvait recueillir ses confidences et discuter du problème à sa façon directe, elle n'osait pas en parler à sa cousine. En gardant son secret, elle lui donnait de l'importance et, telle une adolescente, elle plongeait sans cesse dans de coupables rêveries.

Domaine de Ponriant, même jour,
sept heures du soir

Faustine venait de faire une promenade à cheval. Après une journée passée au logis du Mesnier, galoper sur le chemin de Chamoulard l'avait épuisée. C'était le but recherché : la fatigue, le sommeil profond, et surtout ne pas penser à Matthieu. Elle était à peine dans le hall que Bertille l'appela du salon :

— Enfin, tu es là ! soupira la maîtresse de maison, allongée sur une banquette en velours garnie de coussins.

— Bonsoir, tantine ! Je monte me changer et je reviens vite.

— Je t'en prie, viens bavarder un peu, tant que nous sommes tranquilles ! supplia Bertille tout bas. Corentine se repose à l'étage ; Mireille fait dîner Clara… Où en est ton potager ? Raconte ! J'aurais aimé participer à tout ça, mais je me sens vraiment faible.

Faustine s'approcha, un peu échevelée, et s'assit au chevet de sa tante.

— Fin prêt, grâce à Léon. Et maman nous a rendu visite, vers midi. Je l'ai trouvée étrange, tantine. A la fois gaie et triste.

— Tiens, tiens ! plaisanta Bertille. Cela me rappelle quelqu'un que j'adore, une certaine Faustine. Allons, si ta mère a des raisons de s'ennuyer, puisque ton père l'abandonne sans scrupules, toi, tu devrais être aux anges.

— Mais je le suis, tantine… Disons que je m'inquiète au sujet de mon école. Je crains de vous avoir ruinés, Bertrand et toi.

Bertille se redressa un peu et fronça les sourcils :

— Qui pourrait ruiner la famille Giraud ? Ni toi ni moi !

Bon, je suis peu charitable de te retenir. Tu dois avoir chaud dans cet affreux pantalon d'équitation. Ce soir, nous sommes entre femmes : Bertrand et Denis sont en Dordogne, chez un éleveur de pur-sang arabes. Ils dorment là-bas. Au fait, sais-tu qui a téléphoné ?

— Non…

— Matthieu ! Il annonce son retour pour la fin du mois. Du coup, Corentine s'est enfermée dans sa chambre, vexée à mort ! Elle lui a raccroché au nez. Elle l'attendait plus tôt.

Faustine resta impassible. Elle plaignait sincèrement la jeune femme malgré tout.

— Je la comprends, Bertille. Ils sont juste mariés et déjà séparés.

— Toi alors, tu me surprendras toujours ! répliqua Bertille. Une véritable chrétienne : tu reçois des coups mais tu tends l'autre joue… tu sais, comme dans la parabole. Tu crois que je suis aveugle ? Tu n'es pas heureuse. Et si tu ne chasses pas une certaine personne de ton cœur, tu ne seras jamais heureuse.

Sidérée par cette pique, Faustine eut un air d'enfant pris en faute. Elle baissa la tête et marmonna une vague protestation avant de dire, d'une voix tremblante :

— Que faire, tantine ? Je me suis répété que j'aimais Denis, que nous formerions un couple solide. Rien ne se passe comme prévu. Si Denis était différent, au moins…

Faustine se mit à pleurer. Depuis le jour du double mariage, elle avait lutté contre le désespoir. Bertille venait de raviver son chagrin.

— Ma petite chérie, tu souffres ! dit-elle avec compassion.

— Oui, mais j'en ai honte ! Regarde autour de nous, tantine ! Nous habitons une sorte de château, chacun s'évertue à nous combler de bienfaits, et je me torture l'esprit et le corps. Denis n'a qu'un an de plus que moi ; pourtant, souvent il me traite comme une gamine et, d'un autre côté, il abuse de ses prérogatives de mari. Je n'en peux plus de supporter ça. Voilà, je te l'ai dit, tant pis. Tu te rends compte, cela va durer encore des années, je l'ai épousé.

Haletante, Faustine fixa Bertille avec une expression de panique.

— C'est à ce point ? s'inquiéta celle-ci. J'ai vécu la même situation, à l'époque où j'étais amoureuse de Bertrand et que je partageais le lit de Guillaume. Le mal vient de là, Faustine. Si tu aimais Denis, je t'assure que son assiduité ne te dérangerait pas. Cela dit, je ne vois pas de solution. Quelle poisse !

L'exclamation véhémente redonna du courage à Faustine. Elle répéta :

— Oui, quelle poisse, je ne m'en sortirai pas. Mais cela m'a soulagée de t'en parler. Ne t'inquiète pas. Maintenant, je monte me changer, sinon j'aurai droit aux remarques méprisantes de Corentine, à table.

— Oh, une chose est sûre, elle nous déteste ! déclara Bertille. Fais-toi belle, en tout cas, il ne faut pas perdre la face. De plus, le divorce existe. Tu n'es pas obligée de te contraindre.

— Ce serait ingrat de ma part de quitter Denis. Il serait trop malheureux. Et papa ne comprendrait pas. Non, je vais faire des efforts. Avec le temps, je m'habituerai.

Bertille eut une moue dubitative. Faustine lui envoya un baiser du bout des doigts et grimpa à l'étage.

A l'heure du repas, Corentine fit savoir par Greta qu'elle dînerait seule dans sa chambre. Une fois Clara couchée, Bertille et Faustine, baignées de l'air frais du soir, purent partager une légère collation sur la terrasse. Le crépuscule leur paraissait d'une douceur inouïe : chants d'oiseaux, parfums de roses et de miel, ciel parme. Elles réussirent à discuter de choses agréables, de l'école, des chevaux, de leurs jeux de petites filles.

A dix heures et demie, Faustine accompagna Bertille jusqu'à sa porte.

— Bonne nuit, tantine…

— Bonne nuit, ma chérie. Profite de l'absence de Denis pour réfléchir. Rien ne changera, ici.

— Je le sais, hélas ! admit Faustine.

Elle longea le couloir. Au moment où elle ouvrait sa chambre, Greta surgit d'un recoin sombre.

— Madame Faustine, madame Corentine veut vous voir, balbutia la bonne en roulant des yeux hagards.

— C'est une erreur, enfin ! Et je n'ai pas envie de la voir, moi. Elle n'avait qu'à descendre dîner avec nous.

— Je vous en prie, Madame. Elle est très malade ! gémit Greta.

— Autant prévenir le docteur ! soupira Faustine. Qu'est-ce qu'elle a ? Je ne suis pas à ses ordres...

— Elle a besoin de vous ! bégaya la domestique, de plus en plus nerveuse.

Agacée par la singularité de cette démarche, Faustine entra chez Corentine. Il faisait sombre dans la pièce où flottait une odeur déplaisante. A la faible clarté d'une unique bougie, la jeune femme se tordait sur son lit.

— Faustine, aide-moi, aie pitié, j'ai trop mal...

L'intonation plaintive, plus que les mots, alarma Faustine. Corentine devait effectivement souffrir le martyre pour se montrer si familière.

— Pourquoi moi ! s'insurgea-t-elle. Il te faut un médecin. Où as-tu mal ?

— Au ventre !

Faustine pensa à une crise d'appendicite, dont les conséquences pouvaient se révéler dramatiques. Elle approcha du lit et toucha le front de sa rivale.

— Tu as de la fièvre... Je vais téléphoner au docteur Claudin. Il sera là en dix minutes.

Le visage crispé de douleur, Corentine saisit Faustine au poignet. En hoquetant des sanglots retenus, elle dit soudain :

— Je suis allée chez une faiseuse d'anges, hier, à Torsac, pour me débarrasser du bébé. Elle a utilisé une aiguille à tricoter. Depuis j'ai mal, j'ai perdu beaucoup de sang. Je ne veux pas mourir...

Epouvantée par ce qu'elle venait d'entendre, Faustine s'indigna :

— Comment as-tu pu faire une chose pareille ? Tu dois aller à l'hôpital, je ne peux pas te soigner.

— Je t'en prie ! Mon père ne doit pas le savoir, ni Bertille. Personne. Je dirai que j'ai fait une fausse couche. Greta a changé mes draps et mon linge de corps, mais ça saigne toujours. J'ai peur.

Les mains posées sur son ventre, Corentine se remit à geindre. Faustine réfléchissait. L'avortement était une pratique dangereuse et punie par la loi.

— Calme-toi ! lui dit-elle doucement. Tu es en sueur, je vais ouvrir ta fenêtre. Il faut prévenir le docteur.

— Non, je t'en supplie. Va chercher la sage-femme du bourg, madame Colette… C'est sa faute, elle a refusé de me donner des tisanes et elle m'a envoyée chez cette sorcière, à Torsac.

Les doigts de la jeune femme serrèrent plus fort le bras de Faustine. Au prix d'un effort surhumain, elle parvint à s'asseoir.

— Denis m'aurait aidée, lui, mais il n'est pas là.

Les cheveux plaqués sur les joues, la bouche grimaçante, Corentine était effrayante. Faustine s'affola :

— D'accord, je vais chercher madame Colette… A cheval, j'en ai pour un quart d'heure. Greta est sûrement dans le couloir. Elle restera près de toi.

Terrassée par la souffrance, Corentine accepta d'un signe. Faustine sortit et poussa Greta dans la pièce. La bonne tremblait de tout son corps. Il fallait agir au plus vite. Se changer encore une fois, courir à l'écurie, trouver le bon harnachement malgré la pénombre.

« Elle a tué l'enfant de Matthieu, elle a tué l'enfant de Matthieu ! »

Ce leitmotiv obsédait la cavalière, qui poussait sa jument vers Puymoyen. Il lui paraissait monstrueux de détruire un petit être innocent. Les causes réelles de cet acte odieux lui échappaient. Plus tard, elle chercherait à comprendre.

Faustine n'oublierait jamais son expédition au clair de lune, le bruit des sabots contre la terre desséchée, les battements désordonnés de son cœur. Hantée par la vision de Corentine agonisante, elle agissait dans un état de somnambulisme.

La sage-femme habitait une petite maison basse sur la route de Dirac. De la lumière filtrait entre les volets.

— Madame Colette, ouvrez ! Vite, c'est Faustine.

— Qu'est-ce qui se passe ?

— Ma belle-sœur, Corentine ! Elle perd son bébé.

— J'arrive. Retourne donc, je te suis à vélo.

A soixante ans, cette énergique personne ne craignait pas de rendre visite à ses patientes perchée sur un vieil engin rouillé.

La grande maison était silencieuse. Apparemment Bertille n'avait rien entendu. Faustine se précipita au chevet de Corentine. Elle croyait la haïr pour toutes les brimades subies, les moqueries, mais à présent sa rancœur fondait. Couchée sur le côté, la jeune femme râlait. Greta avait disparu.

— Corentine ? Parle-moi ! Tu as encore mal ?

— Oh oui, gémit celle-ci en pleurant. C'est de pire en pire. J'ai congédié Greta : elle ne faisait que prier.

— Madame Colette arrive. J'ai laissé la porte du hall grande ouverte. Elle a sûrement des remèdes efficaces. Il te faudrait un fébrifuge, un calmant aussi. Maman saurait te soigner ; je devrais peut-être la prévenir.

— Non, pas Claire ! Si elle devine ce que j'ai fait, elle dira la vérité à Matthieu. Jure-moi de garder le secret, jure-le !

Faustine soupira. Combien de secrets affreux serait-elle tenue de cacher aux siens ? Déjà, les crimes de Nicolas et les circonstances de sa mort lui pesaient beaucoup.

— Je ne jurerai pas, Corentine. Mais je ne dirai rien à Matthieu, car il serait triste.

Quelqu'un marchait dans le couloir. Faustine se précipita et fut soulagée de reconnaître madame Colette. La sage-femme exigea davantage de lumière en repoussant les draps.

— Je dois vous examiner… déclara-t-elle. Toi, Faustine, si tu pouvais m'apporter une cuvette d'eau froide, du coton et l'alcool, j'en aurai sans doute besoin.

— Bien sûr.

Effarée par la tache de sang qui souillait le lit de Corentine, elle alla chercher le nécessaire dans son propre cabinet de toilette. Il lui semblait qu'une malédiction s'acharnait sur la famille Giraud. Les pensées se bousculaient dans sa tête.

« Frédéric, le premier mari de Claire, le frère de Bertrand, avait attrapé la rage et s'est suicidé. Il paraît qu'il était d'un caractère violent et qu'il courait après toutes les filles de la région. Denis s'emporte vite aussi ; parfois il me fait peur quand il frappe les chevaux. Et Corentine, ses manières d'insulter poliment Bertille ou moi, son indifférence avec les enfants… Pourquoi a-t-elle tué son bébé ? »

Ces questions la taraudaient. Elle s'empressa néanmoins de retourner au chevet de sa belle-sœur en évitant de la regarder.

— Plus de peur que de mal ! précisa madame Colette. La vieille Maria n'y voit pas clair, ma parole. Elle a blessé l'intérieur du ventre, mais n'a touché aucune zone vitale. Je vais désinfecter et panser madame correctement. Pour la douleur, il faudrait du laudanum.

— Mon frère en a dans sa chambre ! répondit Corentine. Mais il ferme le meuble à clef. Il y a d'autres produits dangereux, réservés aux chevaux. Un placard mural peint en gris.

— Je ne vais pas forcer la serrure ! s'écria Faustine. Denis ne m'a jamais mise au courant.

— Il range la clef sous la pendule de la cheminée ! gémit Corentine. Je t'en prie, vas-y. Je lui expliquerai.

Faustine se retrouva dans la pièce où dormait Denis. Elle alluma une lampe à pétrole. Les boiseries sombres et les meubles en ébène la rebutaient. Un lit très haut fermé de rideaux marron occupait un des angles. La jeune femme frémit de colère. La veille, son mari l'avait entraînée de force à l'abri des tentures. Elle protestait, pressée de se rendre au logis du Mesnier, mais Denis avait perdu patience. Empoignant ses cheveux, il s'était arrangé pour la prendre debout contre un des piliers, avec une rudesse de soldat. Elle s'était sentie humiliée, salie.

« Bon sang, tu deviens froide comme une couleuvre ! » avait-il riposté, furieux.

La métamorphose de Denis inquiétait vraiment Faustine.

« Trois semaines de mariage, et déjà il ne me témoigne

plus de tendresse. La seule chose qui compte, c'est sa saleté de bagatelle ! »

Elle trouva la clef et ouvrit le placard. Des flacons s'alignaient sur une des étagères. Au moment où elle prenait le laudanum, son regard erra un peu plus bas. Elle aperçut un revolver.

— Une arme ? Mais pour quoi faire ?

Désemparée, elle referma prestement et sortit. Madame Colette veillait la malade qui se plaignait toujours.

— Ah, tu as trouvé ! A la bonne heure ! murmura la sage-femme.

Elle en donna deux cuillerées à Corentine et ajouta :

— Maintenant, il faut vous reposer, rester allongée plusieurs jours. Et surtout boire du bouillon et manger de la viande. Vous êtes très affaiblie, à cause de tout le sang perdu. Soyez tranquille, je dirai comme vous qu'il s'agissait d'une fausse couche.

Corentine battit des paupières. Elle n'avait qu'une envie : s'endormir. En voulant prendre une chaise, Faustine faillit renverser la grosse cuvette en émail pleine d'eau rougie. Une chose étrange gisait au fond du liquide.

— C'était un petit gars ! précisa la sage-femme qui avait suivi son regard.

— Oh ! Mon Dieu ! Quelle horreur ! bredouilla Faustine.

Elle dut se ruer dans le cabinet de toilette. Là, elle vomit à deux reprises avant de pleurer convulsivement.

Madame Colette la rejoignit. Avec une tendresse bourrue, elle lui nettoya le visage et lui tapota le dos :

— Ah, ce n'est pas beau à voir. Ta belle-sœur m'a tannée pour se débarrasser du bébé. Ça dure depuis le début du mois. A mon avis, elle n'a jamais eu l'intention de le mettre au monde, ce petiot. Tu me comprends, Faustine ? C'était un moyen de se faire épouser. Depuis, l'enfant ne comptait plus.

— Non, je ne vous crois pas ! sanglota la jeune femme. Il y a une autre raison.

— Va savoir ! Je lui ai donné l'adresse de la vieille Maria. Je pouvais pas prévoir que ça tournerait mal ! En tout cas, si le docteur l'examine, il ne sera pas dupe ; si la fièvre continue, reviens me chercher. Je vais vider la cuvette dans vos « water-closets », comme ils disent, ici.

— D'accord !

Faustine était livide. Elle aurait donné cher pour confier l'épouse de Matthieu à Greta ou à Mireille. Mais, consciente de n'avoir pas le choix, elle poussa un fauteuil près du lit et s'installa le mieux possible. La lumière rose de l'aurore la réveilla.

— Quand même ! dit Corentine qui l'observait. J'aurais pu mourir, tu dormais en paix. J'ai faim.

— Alors tu te sens mieux ? balbutia la garde-malade, hébétée de sommeil.

— Oui ! Je veux du café au lait et des brioches.

— Ce sera du bouillon de viande, d'abord ! trancha Faustine d'un ton sec. Et tu peux le demander poliment. Je ne suis pas à ton service.

Corentine avait piètre allure, les cheveux poisseux, le teint blême. Elle passa un doigt sur ses lèvres desséchées.

— Désolée, j'ai du mal à parler. La soif...

Faustine descendit aux cuisines et disposa sur un grand plateau tout ce qu'elle trouvait de tentant : des biscuits, du flan, de la confiture. Elle fit chauffer du potage et du café sur le réchaud à alcool équipé de deux brûleurs. La gouvernante ne préparerait le petit déjeuner qu'une heure plus tard.

Pourtant, elle croisa Mireille dans l'escalier.

— Eh bien, ma belle demoiselle, vous avez une grosse faim, de si bon matin !

— Oui, tout le monde trouve que je maigris. J'ai décidé de manger un peu plus.

Faustine continua à monter sans ralentir. La situation l'exaspérait. Pendant des mois, elle avait pris soin d'éviter Corentine, et le sort les confrontait, les enfermait dans une même pièce.

— Voilà, tu vas pouvoir reprendre des forces ! déclara-t-elle en posant le plateau sur une commode.

— Il faudrait que tu m'aides à m'asseoir ! soupira la malade.

Envahie d'une répulsion involontaire, la jeune femme

s'exécuta. Elle fut surprise de la minceur de Corentine, dont les os saillaient dans le dos et sous les seins.

« Je touche le corps que Matthieu a si souvent touché. Ils ont conçu un enfant ensemble ! songeait-elle. Il l'a vue nue, livrée à ses caresses à lui, à son sexe d'homme. »

Vite, Faustine arrangea les oreillers et les draps. Elle cala le plateau.

— Je suis obligée de te remercier ! dit Corentine. Tu es aux petits soins, mais cela ne me surprend pas, tu es comme Claire, dévouée, généreuse…

— Si tu n'as pas envie de me dire merci, je m'en fiche ! coupa Faustine. Quand même, cette nuit tu semblais à l'agonie, et déjà tu as repris du poil de la bête.

Corentine fronça le nez avec une mine scandalisée :

— Du poil de la bête ! susurra-t-elle. Voici une expression typique de nos campagnes. Mais elle me correspond, n'est-ce pas ?

Sous le verbiage ironique, Faustine essayait de discerner la vraie personnalité de cette longue fille émaciée qui paraissait faite de haine et de mépris sous sa couronne de boucles rousses. Elle se servit une tasse de café et en but une gorgée.

— Corentine, commença-t-elle en tournant la tasse entre ses mains, je te connais peu et c'est réciproque. Mais j'estime avoir le droit de comprendre. Pourquoi as-tu fait ça ? L'avortement est un acte grave et, selon moi, criminel. C'était un petit garçon, et il avait le droit de vivre. Matthieu aurait eu un fils. Tu en as décidé autrement. Je préfère être franche, cela me révolte.

— C'est ta faute, de toute façon ! répondit Corentine. Oui, pas la peine de jouer les saintes-nitouches. Tu voulais m'éloigner de Matthieu, le garder pour toi, alors que tu couchais avec mon frère. J'ai réussi à tomber enceinte pour qu'il m'épouse. Seulement, Matthieu, ce bébé le gênait. Il ne voulait plus faire l'amour et ça, pas question. Maintenant, quand il rentrera, tout sera comme avant. D'abord, comment sais-tu que c'était un garçon ?

Faustine hésitait. Elle se souvenait des leçons de morale

de Basile, son grand-père d'adoption. L'ancien instituteur lui avait appris que la méchanceté est souvent inutile, qu'elle finit un jour ou l'autre par atteindre celui qui en use. Au moment d'évoquer le minuscule bébé ensanglanté, gisant dans la cuvette, elle rétorqua :

— Madame Colette a dit ça. Peu importe que ce soit une fille ou un garçon, tu ferais bien de te confesser dès que tu seras guérie.

— Je ne crains ni Dieu ni diable ! répliqua Corentine d'une voix moins ferme. Et puis, tiens, je t'ai raconté des sottises. Ce n'est pas ta faute. Je ne veux pas de bébé, jamais. J'ai eu assez mal cette nuit. Et m'exhiber avec un gros ventre, avoir du lait, non. Matthieu était prêt à élever son enfant, mais, au fond, les gosses le dérangent. Tu ne sais pas tout. Au mois d'août, nous partons en Espagne. Son premier poste sur un chantier important, la construction d'un pont en métal. Nous aurons une maison avec des palmiers et un patio. J'ai vu les photographies. Je ne m'imaginais pas enceinte là-bas, alors que nous aurons une vie mondaine palpitante.

Cette fois, Faustine bondit de sa chaise. Le manque total de sens moral de Corentine la répugnait.

— Je ne veux plus avoir affaire à toi ! s'écria-t-elle. Débrouille-toi avec tes mensonges et tes idées ignobles. Je plains Matthieu. Oh oui, je le plains ! Il ne méritait pas une femme dans ton genre.

Corentine eut un sourire hautain. Elle lui jeta, à la figure :

— Tu crois qu'il lui fallait une intrigante à ton image ? Tu as bien manœuvré, va : mon père te porte aux nues et mon idiot de frère dilapide sa fortune pour te plaire. Mais tu n'auras jamais Matthieu, tant que je serai vivante !

Avant de sortir, Faustine dévisagea sa rivale :

— Dans ce cas, j'aurais dû te laisser mourir cette nuit ! Je suis trop stupide, sans doute. Au revoir… Je vais t'envoyer Greta, qu'elle te lave et te coiffe. Moi, j'en ai assez entendu.

La porte claqua. Corentine balança le plateau par terre et se mit à pleurer.

Domaine de Ponriant, 23 juillet 1919

Sans quitter le lit, Corentine joua son rôle à la perfection. Elle annonça la nouvelle de sa fausse couche avec des sanglots discrets et des regrets pudiques. Bertrand se montra attentif et rassurant.

— Ce n'est que partie remise, ma pauvre chérie ! Quand je pense que j'étais absent et que tu as souffert le martyre.

Denis jugea l'incident inintéressant, mais il aimait sa sœur et lui consacra du temps. Le soir, il bavardait avec elle et la défiait au jeu d'échecs ou aux dames. Bertille fut sincèrement émue. Elle offrit à sa belle-fille un de ses bijoux et reprocha à Faustine de ne pas l'avoir réveillée la nuit du drame.

— Tu étais très fatiguée, tantine, et Bertrand m'avait bien recommandé de te ménager ! dit-elle en manière d'excuse.

— J'ai fait de nombreuses fausses couches. J'aurais pu être utile ! répliqua Bertille.

Faustine était loyale. Elle ne comptait pas révéler le secret de sa belle-sœur et elle profita de la situation pour se rendre au Moulin le plus souvent possible. Claire était très affectée. Elle aurait choyé de tout son cœur l'enfant de Matthieu et elle déplorait l'incident.

Ce soir-là, en voyant sa fille descendre de cheval au milieu de la cour, elle courut à sa rencontre.

— Ah, tu abandonnes une fois de plus le foyer conjugal ! s'exclama-t-elle. Faustine, que va dire Denis ? Je suis toujours ravie de te recevoir à la maison, mais tu es mariée !

— Maman, qu'est-ce qui te prend ? J'ai prévenu Bertille et Denis. Ils sont les premiers à me conseiller de dîner ici. Je suis allée jusqu'au bourg de Dirac, ma promenade habituelle, et j'étais toute contente de manger avec toi et les enfants !

Claire accompagna la jeune femme jusqu'à l'écurie. Le vieux Sirius salua la jument d'un hennissement strident.

— Ne te vexe pas, Faustine, mais j'ai beaucoup réfléchi. Toi aussi, tu devrais témoigner de l'amitié à Corentine, vu les circonstances. Elle doit être si triste. Perdre son enfant, à quatre mois de grossesse, c'est une tragédie. Matthieu aurait d'ailleurs pu s'arranger pour rentrer…

Faustine remarqua la nervosité de sa mère. Un détail la frappa : Claire portait une jolie robe en cotonnade aux motifs fleuris et des chaussures en cuir fin, de même qu'un chapeau neuf dont la voilette était relevée.

— Tu es élégante, dis donc ! voulut-elle plaisanter. C'est pour traire les chèvres ?

— Oh, je t'en prie ! Ne te moque pas de moi ! coupa Claire. En fait, je ne reste pas à la maison. William m'a invitée à passer la soirée en ville. Nous dînons dans une auberge, près de la papeterie de Nersac. Il m'a vue si bouleversée par cette histoire de fausse couche, qu'il a jugé que cela me changerait les idées. Je m'apprêtais à le rejoindre.

Stupéfaite, Faustine débarrassa sa jument de la selle et de la bride. Elle lui donna du foin et alla remplir un seau d'eau fraîche, tout ceci sans dire un seul mot à sa mère adoptive.

— Ma chérie ! soupira Claire. La tête que tu fais ! Tu es fâchée ? J'ai le droit de me distraire. Ecoute un peu ton père quand il raconte sa vie parisienne ! Lui aussi il va au restaurant, au café. Le monde entier s'amuse après cette horrible guerre mondiale, et moi je me morfonds entre quatre murs.

— Maman, sortir avec un homme qui n'est pas ton mari, ce n'est pas très correct. Papa et toi, depuis mes douze ans, vous me brandissez vos convenances, vos principes. Et d'un coup, tout vole en éclats ! Mon père disparaît des semaines, et toi, tu flirtes avec cet Anglais.

Faustine dut se taire, au bord des larmes. Elle avait tant besoin de la douceur attentive de Claire, de sa disponibilité.

— Je ne flirte pas avec William ! lança celle-ci sèchement. C'est un ami. De toute façon, je redoutais ce genre de scène. Tu me crois capable de trahir la confiance de Jean ? Je ne suis pas une écervelée !

— Qui s'occupe d'Angela et d'Arthur ? questionna Faustine au lieu de répondre.

— Raymonde et Léon, comme toujours ! Ils sont tous partis à la cabane du verger, celle de ton père, pour pique-niquer et pêcher l'écrevisse. Va les rejoindre, cela leur fera plaisir.

— Si j'ai bien compris, maman, je te dérange ! dit la jeune femme. Tu aurais dû me téléphoner à Ponriant ! J'avais surtout besoin de calme, de l'air de chez nous. Mais ce n'est pas grave, pars t'amuser, tu as raison.

Claire nota la voix tremblante de sa fille et sa pâleur.

— Non, je n'en ai plus envie, puisque tu es là. Nous allons passer la soirée ensemble. J'irai dîner à l'auberge une autre fois, ou avec ton père. Tu es plus importante que tout.

Faustine contempla sa mère adoptive, qui renonçait si vite à une sortie qui devait l'enchanter.

— Maman, je t'en prie, ne t'inquiète pas. Je suis à cran, ces derniers jours. Je vais grignoter quelque chose, jouer avec Loupiote et ses petits, et je rentrerai au domaine.

Ce fut au tour de Claire d'observer Faustine. Depuis son mariage, la jeune femme semblait porter tous les fardeaux de la terre sur ses épaules amincies. Ses grands yeux bleus avaient une expression résignée.

— Tu ne prends pas soin de toi, ma petite chérie ! déclara-t-elle. Tu montes beaucoup trop à cheval, aussi. Regarde ce qui est arrivé à Corentine, avec cette manie de galoper matin et soir. Bertrand pense que cela a provoqué cette fausse couche. Sois prudente, tu pourrais bientôt être enceinte…

— Nous en reparlerons. Va vite, maman ! Je t'assure que je suis ravie d'avoir la maison pour moi seule.

Faustine dut discuter encore quelques minutes. Claire s'éloigna enfin sur le chemin des Falaises. Dès que sa silhouette colorée disparut au premier virage, la jeune femme traversa la cour, prit la clef cachée sous un pot de fleurs et se réfugia près de Loupiote, qui l'accueillit en gémissant de joie.

— Ma belle louve, toi tu as le cœur en paix, toi tu protèges tes enfants, les petits de mon cher Sauvageon… Ma belle âme farouche !

Elle s'allongea à même le sol pavé de dalles rouges et posa sa joue sur le flanc de l'animal. Les louveteaux l'escaladèrent, lui mordillant les cheveux. Faustine les flatta, sous le regard doré de Loupiote.

Matthieu la découvrit ainsi, couchée à plat ventre devant la cheminée, en pantalon et chemise, un petit loup assis au milieu du dos, un autre entre ses genoux, le troisième occupé à ronger une de ses bottes. Elle ne l'avait pas entendu entrer. Il siffla l'air du *Temps des cerises*, la chanson favorite de Basile.

Faustine se retourna. Elle crut rêver et ferma les yeux une seconde. Quand elle les rouvrit, Matthieu était encore là.

— Qu'est-ce que tu as fait de la famille ? demanda-t-il tout bas. Je viens d'arriver dans la vallée et j'ai eu l'idée de passer embrasser Claire. Mais il n'y a personne... que toi !

— Oui, il n'y a que moi, souffla-t-elle en se relevant. Tu as prévenu Corentine de ton retour ?

— Je n'ai pas pris cette peine, vu qu'elle est clouée au lit ! Je savais où la trouver, n'est-ce pas ? Je parie ma Panhard que ce pauvre bébé n'est pas mort tout seul. Et j'ai peur de ma réaction quand je la verrai tricher et mentir.

Il referma la porte et tourna le verrou. La bouche sèche, les jambes tremblantes, Faustine guettait le moindre de ses gestes. Dans la pénombre de la pièce, Matthieu ressemblait à une apparition. Elle se rassasiait de son visage et de sa silhouette : les cheveux noirs souples et brillants, le profil altier, les avant-bras musclés dénudés par les manches de la chemise retroussées jusqu'aux coudes. Il s'approcha et lui caressa la joue.

— Alors, la lune de miel, l'océan ? interrogea-t-il d'une drôle de voix rauque.

— Chut, ne dis rien ! supplia-t-elle. Cela ne compte pas.

Faustine se jeta contre lui et l'enlaça de toutes ses forces. De son corps d'homme émanaient chaleur, sécurité et tendresse.

— Je ne suis bien que là, dit-elle, là, dans tes bras. Matthieu, tu me manquais tant.

Il chercha ses lèvres en la serrant plus fort. Sans se désunir un instant, ils montèrent à l'étage et s'enfermèrent dans la chambre de Faustine. La fenêtre était ouverte, les volets mi-clos. Le soleil se couchait, enflammant les falaises. Les merles chantaient encore dans le grand frêne voisin.

— C'est maintenant, ma nuit de noces ! dit tendrement la jeune femme.

Matthieu la souleva et la déposa sur le lit.

13

Tristan et Iseut

Matthieu chassa de son esprit toutes les idées ordinaires d'une société rigide, les doutes et les risques encourus. Il voyait un signe dans le hasard qui avait conduit Faustine au Moulin du Loup, un soir où ses occupants l'avaient déserté, un soir où il s'y arrêtait sans but précis. La vieille et chère maison semblait leur donner sa bénédiction, cette maison qui les avait vus grandir, se prendre la main pour la première fois, jouer à l'ombre de ses murs. Entre deux baisers, il se confiait à la jeune femme dont le sourire ébloui le comblait d'un bonheur amer.

— Je ne pensais qu'à toi depuis cet affreux mariage. J'ai accepté ce travail en Corrèze pour m'éloigner de ma prétendue épouse. J'étais malheureux, si tu savais…

— Oh, je sais ! Je n'ai rien pu apprécier, ni la plage ni les balades en barque, et surtout pas les nuits ! avoua Faustine.

Matthieu effleura d'un doigt son nez fin et son menton. Il descendit le long du cou et s'attarda à l'échancrure du corsage blanc, mis à mal par les louveteaux. Il n'osait pas s'autoriser des gestes plus virils, certain que Faustine avait souffert de la maladresse imbécile de Denis.

— Je pourrais rester jusqu'à l'aube à te contempler ! dit-il. Ma jolie cavalière, ma louve blonde.

— Moi, une louve ? pouffa-t-elle.

— Qui se couche devant l'âtre, de tout son long, la tête enfouie dans la fourrure de Loupiote ? murmura-t-il gentiment. C'est mon amour, mon seul grand amour !

Faustine sentit des larmes de joie lui piquer les yeux. Elle prit entre ses mains le visage de Matthieu en le fixant d'un air extatique.

— Nous avons fait une terrible erreur ! soupira-t-elle. Je refusais de comprendre combien je t'aimais.

— Evidemment, Claire nous serinait que nous étions frère et sœur, et patati et patata, répliqua le jeune homme.

Elle se redressa et déboutonna son corsage. Matthieu retint son souffle.

— Que fais-tu ? demanda-t-il.

— Je cours à la salle de bains me doucher. J'ai l'impression d'être une créature mi-cheval mi-fauve, et comme tu n'es ni palefrenier ni dompteur, je préfère reprendre mon apparence féminine en me savonnant.

Avec un sourire exalté, Matthieu se débarrassa de sa chemise.

— Je viens ! L'eau nous lavera de nos péchés respectifs.

Faustine courut comme une folle au bout du couloir. Vite, elle ôta ses bottes et ses vêtements. Debout dans la baignoire, elle fit couler de l'eau fraîche. Il entra et se figea, frappé d'émerveillement devant la beauté de son corps. Mille fois, il avait tenté d'imaginer Faustine toute nue, mais la réalité dépassait ses rêves. Elle avait des seins ronds un peu lourds, une taille très fine, des hanches rondes et une chute de dos digne d'une statue antique. Les cuisses fuselées et les fesses hautes et fermes paraissaient sculptées dans une matière dorée.

— Je peux mourir ! gémit-il.

— Ce n'est pas le moment ! souffla-t-elle, le regard plein de défi.

Il se déshabilla et la rejoignit, attendri parce qu'elle avait détourné la tête au moment où il enjambait le rebord de la baignoire, le sexe tendu d'excitation.

— N'aie pas peur, ma Faustine ! Je ne te forcerai jamais, à rien, jamais ! Déjà, je suis au paradis.

Elle se plaqua contre lui et, tout de suite ruisselant d'eau froide, il eut le sentiment d'un baptême païen qui les unissait au mépris des lois humaines.

Faustine se perdit dans cette étreinte. Elle effaça Denis, les sanglots étouffés au cœur de la nuit, les souffrances de son cœur malmené. Une alchimie inespérée lui restituait l'élan délicieux de ses premiers émois adolescents. Son sang circulait enfin à son aise, la pointe de ses seins se dressait, son ventre se nouait d'un désir intense.

A tâtons, elle ferma le robinet. Matthieu l'emporta vers la chambre. Rien ne l'empêcherait de savourer ces instants où elle s'abandonnait, avide, entièrement consentante. Il parcourut son corps de baisers légers, caressant ses formes parfaites à pleines mains.

— Tes cheveux, ta bouche, ton front… chuchotait-il. Ce grain de beauté, là, je ne le connaissais pas… Ton ventre adoré, tes épaules de reine.

Les mots la grisaient autant que les caresses. Elle s'enhardit à le toucher. Des étincelles semblaient sourdre de la peau de Matthieu, qui embrasaient la sienne. Elle remercia la pénombre complice, la lune qui se levait et soulignait de reflets argentés le dos de son amant, les cuisses couvertes d'un duvet brun, ses lèvres charnues dont elle adorait le contact chaud et doux. Il s'enfonça en elle très lentement, en lui répétant qu'il l'aimait. Faustine poussa un cri de pure extase, submergée par un plaisir inconnu qui ne cessa de croître, de l'emmener au-delà du monde réel. Elle serra Matthieu de toutes ses forces, cramponnée à lui, pesante et saisie d'un délire sensuel, alors qu'elle s'envolait, libérée de tous ses chagrins.

Il refusa de se retirer prudemment. La passion profonde qu'il éprouvait à son égard ne s'encombrait pas de raisonnements vains. Ils furent longs à reprendre pied dans le quotidien, où l'un et l'autre avaient un mari et une épouse respectifs.

— Ma blonde Iseut ! balbutia enfin Matthieu.

— Tristan… mon bien-aimé ! répondit-elle.

Cela ressemblait à une bravade puérile. Pourtant, ils se jugeaient en aussi mauvaise posture que les amants réprouvés de la légende.

Nersac, même soir

Claire dégustait une matelote de poisson de rivière, brochet, anguille, perche et sandre. William veillait à lui servir un vin blanc sec et frais. L'auberge disposait d'une terrasse couverte d'une tonnelle qu'un chèvrefeuille centenaire envahissait. Aux piliers de bois ouvragés étaient suspendus des lampions multicolores. Des grenouilles chantaient quelque part, dans les champs voisins. Non loin de là, le fleuve Charente coulait paisiblement.

— L'endroit me plaît beaucoup ! reconnut Claire en souriant. C'est vraiment gentil de m'avoir invitée.

William la couvait d'un regard ardent. Elle ne s'en offusquait plus, grisée par le vin et le charme des lieux.

— Avec vous, tout devient plaisir ! déclara le papetier à voix basse. J'espère que vous ne regrettez pas votre choix, je veux dire, entre votre fille et moi.

— Oh, c'était un manque de chance ! affirma Claire. Faustine paraissait bien triste et, pour être franche, je n'ai pas la conscience tranquille. Mais elle a insisté pour ne pas me priver de cette sortie.

— C'est une jeune personne très dévouée ! concéda William. Cela dit, vous avez le droit de vous amuser, comme vous le répétiez pendant le trajet. J'ai cru dix fois que j'allais devoir vous reconduire au Moulin.

Claire éclata de rire. Effectivement, à peine assise dans la voiture de Lancester, elle songeait à retourner près de Faustine.

— Que voulez-vous ! Je n'ai pas eu d'enfant bien à moi, mais tous ceux que le destin m'a confiés me sont précieux. Quant à ma fille, je m'inquiète pour elle. Peut-être que, si j'avais passé la soirée en sa compagnie, j'aurais su ce qui la tracasse.

— Pourquoi vous inquiéter ? interrogea-t-il. Elle a un mari amoureux, une demeure magnifique, des chevaux, et son école à diriger dès la rentrée.

— Justement, répliqua Claire, je lui trouve un air affligé, même quand elle sourit. Ce n'est pas normal.

Une serveuse vint apporter du pain et une carafe d'eau. William alluma un cigare en admirant, les paupières mi-closes, la façon dont Claire penchait la tête, comment la naissance de sa gorge frémissait lorsqu'elle respirait un peu vite.

— Je suis le plus heureux des hommes, ce soir ! avoua-t-il. Et vous, vous êtes la plus belle femme de France.

— Oh ! Quel flatteur invétéré vous faites ! Si vous m'aviez vue jeune fille, là, oui, je devais être belle. Mais à quarante ans…

William se pencha un peu au-dessus de la table et lui prit la main.

— Si je vous avais rencontrée jeune fille, je vous aurais enlevée et enfermée en haut d'une tour. Ne vous trompez pas, cela n'a aucun rapport avec votre âge. Je vous aurais ravie au monde entier avant qu'un autre homme le fasse. A présent, je ne peux plus rien contre le sort. Vous appartenez à votre mari, mais, si vous étiez d'accord, je me sens capable de vous enlever ce soir même !

Ce discours audacieux gêna Claire. Elle baissa le nez sur son assiette. William exagérait.

— Je n'appartiens à personne ! déclara-t-elle soudain. Une épouse n'est pas un objet que l'on garde à sa disposition. Je sais que la morale actuelle fait de la femme un être soumis à son mari, qui ne peut même pas voter, mais je me suis toujours battue pour mes idées ou mes désirs.

Lancester perçut sa contrariété.

— Pardonnez-moi, ma chère amie ! Accusons le vin blanc et notre isolement. Nous sommes les seuls clients, et je me suis laissé emporter.

Claire réfléchissait. Pouvait-elle en vouloir à William d'exprimer sans détour ses sentiments ? Le ton pouvait de plus passer pour une plaisanterie galante. Elle le dévisagea attentivement, dans l'espoir de comprendre enfin pourquoi il la séduisait autant.

« On dirait le contraire de Jean : grand et mince, alors que mon Jean me dépasse à peine d'une tête et s'épaissit.

Et William se rase. Cela doit être agréable de l'embrasser, pas de moustache qui pique. »

— Qu'est-ce qui vous donne cet air coquin ? s'écria Lancester.

— Oh rien, je suis folle ! C'est le vin, vous avez raison. Commandons du café. J'aimerais me promener au bord du fleuve, au clair de lune.

— Ce sera très romantique, trop peut-être ! soupira-t-il.

Pas une seconde, le papetier ne soupçonna ce qui l'attendait. En dépit de sa sagesse et de son amour pour Jean, Claire se livrait à des songeries insolites.

« Je n'ai connu que Frédéric et Jean. L'un était brutal et égoïste, l'autre m'a comblée et me comble toujours. Mais, si je fais le compte, Jean n'a jamais été très fidèle. Il aimait quand même Germaine, la mère de Faustine, et quand il a travaillé sur ce barrage, après son procès, il allait chez les prostituées. Pendant la guerre aussi. Et il y a eu Térésa, l'Espagnole. J'ai cru en mourir lorsqu'il l'a amenée au Moulin. Il osait l'embrasser devant moi. Je pourrais bien accorder un baiser à William. Il serait tellement content. »

Lancester régla la note. Claire se leva et marcha dans l'allée de l'auberge. Elle avait envie de chanter, de danser. Le tissu de sa robe frôlait son corps comme une caresse subtile. La lune se reflétait sur les eaux profondes de la Charente, en bas de la colline.

« Une rebelle, disait de moi mon cher Basile ! Il avait raison, j'aime braver les interdits, j'ai soif de liberté. Jean aussi. Je lui accorde ce qu'il souhaite, je le laisse voyager. Qui saura ce que je fais ici ? Personne. »

A quelques kilomètres de là à vol d'oiseau, Matthieu et Faustine étaient allongés dans les bras l'un de l'autre, nus comme Adam et Eve. Après l'euphorie de leur première étreinte, ils discutaient, tous deux accablés par un avenir qui les effrayait. Avec la jouissance véritable, le cœur et le corps transportés d'un même plaisir éblouissant, la jeune femme découvrait la jalousie.

— Si nous reprenons notre vie de couple, chacun de

notre côté, tu vas coucher avec Corentine, soupira-t-elle, et je ne le supporterai pas.

— Et moi ? dit-il. Te savoir livrée à Denis va me rendre fou ! Bon sang, je pourrais le tuer. J'ignorais la haine avant le jour de ce fichu double mariage…

— Mais nous n'avons pas le choix ! gémit-elle. Il paraît que tu as un poste en Espagne, Corentine me l'a appris. Tu ne pourras pas lui résister, puisqu'elle te plaisait, avant.

Matthieu alluma une cigarette et déposa un baiser sur le front de Faustine. Elle était un peu naïve, sur le plan des relations entre hommes et femmes, et il s'attendrissait.

— Faustine, un garçon, dès qu'il atteint quinze ans, obéit à l'instinct viril qui le domine. J'étais comme un jeune chien fou, et Corentine ne valait guère mieux. Elle a répondu à mes avances, j'en ai profité. J'aurais dû la quitter avant la guerre mais, au retour, j'ai cédé encore une fois. Je t'aimais déjà, pourtant, je t'ai toujours aimée. Tu me semblais inaccessible, pure, innocente. Quelque part, je me sentais plus mûr que toi. Denis avait moins de scrupules, ce porc !

Il serra les poings dans la pénombre.

— Je vais divorcer ! annonça-t-il. Et toi aussi. Cela coûtera cher ? Tant pis. Je t'emmènerai à l'étranger, je travaillerai dur.

La jeune femme se vit déjà dans une ville inconnue, au bout du monde. Elle dormirait près de Matthieu chaque nuit, ils pourraient s'aimer à leur guise. La chute de cette fantasque illusion fut rapide.

— Je ne peux pas partir, Matthieu. Et mon école ! L'Assistance publique doit me confier huit orphelines, dont deux infirmes. Angela m'aidera, et j'ai engagé la grand-mère de la petite Christelle. En plus, je dois tout à Bertrand ! Il a dépensé une fortune pour les travaux, les pupitres, le chauffage central. Si je te suivais à l'étranger, j'aurais trop honte. Si je divorce, je ne pourrai pas m'installer au logis du Mesnier, profiter des bontés de mon ancien beau-père, à cent mètres de Denis.

Sa voix tremblait. Ce n'était pas du chagrin, mais du désir. Elle percevait le contact de Matthieu, l'odeur de sa chair et, la seule chose qui la préoccupait soudain, c'était de succomber à nouveau au plaisir, de le sentir s'agiter en elle. Mais les heures s'écoulaient. Léon et Raymonde allaient rentrer avec les enfants, peut-être Claire aussi.

— Sous cet angle, en effet, il n'y a pas d'issue ! répondit Matthieu après un silence songeur. Tu es condamnée à passer ta vie à Ponriant, près d'un type que tu n'aimes pas. Renoncer à ton école serait trop pénible, n'est-ce pas ? Je me le reprocherais si je t'y obligeais...

Faustine fondit en larmes, désespérée.

— Alors, tout va recommencer ! Tu vas vivre avec Corentine, et moi avec Denis. Oh ! Je ne veux plus qu'il me touche. Matthieu, il me dégoûte, ce n'est pas sa faute !

Le jeune homme poussa un cri de rage. Faustine le couvrit de baisers. Il la renversa en arrière pour scruter son visage en pleurs. Sans perdre de temps en préliminaires, il la pénétra sans la quitter des yeux, attentif à la montée de sa jouissance. Elle haletait, criait son amour, son bonheur, riait et gémissait. Il s'abîma en elle, à demi fou d'adoration.

— Viens, on s'enfuit ! supplia-t-il. La voiture est garée dans le chemin. Dans une heure, nous serons loin. Si tu rentres au domaine, je m'en vais et je ne reviendrai jamais.

— Non, je t'en prie ! balbutia-t-elle. Tout mais pas ça ! Nous devons être courageux. Je serai forte, maintenant que nous sommes ensemble. Tristan et Iseut, tu te souviens ? Eux aussi, le destin les frappait, ils n'avaient pas le droit de s'aimer. Nous avons commis une erreur, il faut la payer, même très cher. Ecoute, Matthieu, sois patient. Donnons-nous quelques mois. Une fois que mon école sera ouverte et fonctionnera, je peux trouver une personne de confiance pour la diriger à ma place et verser un loyer à Bertrand. Nous n'avons qu'à nous dire que c'est un jeu, une épreuve. Je saurai que tu couches avec ta femme par devoir, et que cela ne t'empêche pas de m'aimer, et tu dois penser la même chose vis-à-vis de Denis.

Faustine se leva sans attendre de réponse et sortit de la pièce. Son cœur battait si fort que c'en était douloureux. Elle se rhabilla dans la salle de bains, enfilant ses bottes en dernier. Le miroir lui renvoya l'image d'une belle fille aux joues rouges et aux lèvres meurtries. Vite, elle s'aspergea d'eau froide.

Matthieu la rejoignit, la mine désappointée. Il boucla la ceinture de son pantalon et boutonna sa chemise.

— Tu crois qu'il n'y a pas d'autre solution ? demanda-t-il. Sois franche, Faustine : Corentine a-t-elle vraiment fait une fausse couche ?

Elle refusa de lui mentir et, le plus brièvement possible, lui raconta ce qui s'était passé.

— Je n'avais rien promis ! ajouta-t-elle. Tu as le droit de savoir ça. Mais au fond, j'ai pitié de Corentine. Je crois qu'elle n'a pas eu une enfance heureuse, comme Denis. Cela les a rendus cruels et égoïstes. Pardonne-lui !

D'un geste lent, Matthieu l'attira sur son épaule.

— Et qui t'a rendue si angélique ? Tu as été sincère, je t'en remercie. Toi aussi, tu as le droit de savoir une chose. Alors que vous étiez fiancés, Denis fréquentait les prostituées du Rempart du Nord, en ville. Je l'ai surpris entrant dans le pire lupanar du quartier. C'était à l'époque où je t'ai conseillé de le faire mariner, de ne pas coucher avec lui. J'avais peur que tu sois contaminée : on attrape de sales maladies dans ce genre de lieu.

Faustine était sidérée. Elle pensait de bonne foi que Denis avait perdu son pucelage le même jour qu'elle, chez sa tante Blanche.

— Il couchait avec des… Tu crois qu'il continue ? Il va souvent à Angoulême ! Ce serait une cause de divorce valable ? Bertrand me soutiendrait.

Matthieu l'embrassa et la berça contre lui.

— Un avortement constitue également un sérieux motif de divorce, mais, comme je me sens responsable, je n'ai pas l'intention d'abattre cette carte-là. Le soir de nos noces, nous avons dormi en ville, dans la maison d'Adélaïde des Riants. J'ai repoussé Corentine, j'étais trop malheureux, à cause de toi. Elle est devenue folle de colère, et je l'ai insultée. Je lui ai sorti ses quatre vérités, et la plus grave, c'est que je l'ai accusée d'avoir eu cet enfant uniquement pour me piéger. Bref, elle a boudé une semaine et nous ne sommes pas allés à Paris. Au fond, je sais que j'ai raison. La preuve, elle te l'a avoué.

— Cela ne te rend pas responsable ! s'indigna Faustine.

— Si je l'aimais comme elle m'aime, si j'avais pu la chérir et me réjouir de cette grossesse, Corentine n'aurait pas agi ainsi.

Ils entendirent sonner dix heures au clocher du bourg et, au rez-de-chaussée, l'horloge se mit en branle.

— Je dois rentrer ! dit la jeune femme. Tu n'as qu'à laisser passer un peu de temps et arriver à Ponriant, l'air de rien. Moi, je vais seller Junon et couper par un sentier dans les prés.

— En somme, la fortune des Giraud nous tient tous les deux. Sans l'appui de Bertrand, je n'aurais pas eu ce poste en Corrèze, ni en Espagne. Et tu ne pourrais pas ouvrir ton école.

— Maintenant, je regrette ! affirma-t-elle. J'y ai pensé souvent. Je pouvais enseigner dans un village ou une institution privée, sans épouser Denis.

Ils auraient pu remettre le destin en question toute la nuit. Matthieu l'aida à ranger le lit et ils descendirent dans la cuisine. Malgré tout, ils éprouvaient une sorte de fierté enfantine d'avoir pu s'aimer enfin. Le souvenir de ce soir d'été ne les quitterait jamais.

— Pars ! lui dit-il. Je reste un peu ici. Et si Claire revient, je lui raconterai que j'ai bu un café en l'attendant. Où est-elle, déjà ? Avec les autres, à la pêche aux écrevisses ?

Faustine lui avait expliqué très vite pourquoi le Moulin était désert.

— Non, William Lancester l'a emmenée dîner je ne sais où ! Moi qui la désapprouvais. Heureusement qu'elle s'est absentée.

Elle noua ses mains autour du cou de Matthieu et se hissa sur la pointe des pieds pour l'embrasser sur la bouche.

— Tant que tu séjournes au domaine, nous pouvons réussir à nous voir en cachette ! suggéra-t-elle.

— Tu ferais ça ? s'étonna-t-il. Dans ce cas, je retarde mon départ.

Il l'étreignit, la serrant si fort qu'elle perdit le souffle. Enfin ils durent s'éloigner l'un de l'autre.

— A demain, à bientôt ! cria-t-elle en dévalant le perron.

Claire s'était assise sur une large pierre posée au milieu de la berge. Le vent nocturne agitait les feuilles des peupliers. William marchait au bord du fleuve en jetant des petits cailloux dans l'eau.

— Vous semblez fâché ! lui dit-elle.

— Quelle idée ! répondit-il. Je me tiens à l'écart de vous. N'importe quel homme bien constitué se méfie de ses instincts après un repas arrosé de bon vin en compagnie d'une femme ravissante. Alors, se promener tous les deux au clair de lune ! Je tiens à me conduire en gentleman.

Claire se leva et rejoignit le papetier qui s'obstinait à lui tourner le dos.

— William ! chuchota-t-elle.

Il lui fit face, le regard brillant.

— Vous souhaitez rentrer ? Allons-y, bredouilla-t-il. Ne jouez pas avec moi, ma belle amie. Je vous aime trop. Vous l'aviez compris, que je vous aimais ?

Elle hocha la tête, brusquement dégrisée. William paraissait fragile et mal à l'aise. Pourtant, il lui plaisait davantage encore. Elle se souvint du matin ensoleillé où il l'avait enlacée derrière le Moulin. L'envie de le toucher, de sentir son parfum, sa chaleur d'homme la faisaient trembler. Il le devina.

— Petite folle ! soupira-t-il en la prenant par la taille.

Leurs lèvres se trouvèrent, timides, d'abord chastes. C'était si nouveau, tellement étrange d'embrasser quelqu'un d'autre que Jean ! Claire en fut bouleversée. Elle resta dans ses bras, mais mit fin au baiser.

— Pourquoi êtes-vous venu dans la vallée ? demanda-t-elle d'un ton surpris. Ma vie était toute tracée, près de mon mari. Dès que je vous ai vu, il s'est passé quelque chose… comme si j'avais besoin de vous, comme si vous étiez là pour moi.

— Quand Bertrand m'a parlé de vous, à Londres, j'ai créé un personnage selon ses descriptions, et j'avais peur d'être déçu le jour où je devais visiter le Moulin. Mais vous êtes sortie de la maison en robe rose ; vos cheveux noirs scintillaient, votre bouche souriait, et je me suis senti perdu. Le coup de foudre existe, Claire, j'en suis un vivant exemple. J'ai lutté contre la passion que je ressentais et, à présent, cela ne fait qu'empirer. En plus, votre mari vous délaisse, vous, une femme que je voudrais choyer, couvrir de cadeaux !

— Vous m'avez déjà donné beaucoup ! répliqua-t-elle. Grâce à vous, j'ai échappé à la ruine. Quant à mon mari, il a besoin de sa liberté, il doit faire ses preuves. Ne le jugez pas.

Claire avait toujours démontré une intelligence aiguë en ce qui la concernait. Envers sa famille, elle pouvait être aveuglée par une foi crédule, une certaine distraction due aux priorités qu'elle se fixait, comme l'éducation des plus petits ou les soins du ménage. Pour cette raison, elle n'avait pas eu conscience du désespoir de Faustine. Mais, confrontée à William, elle pensa avec une lucidité presque cruelle qu'il l'aimait vraiment, alors qu'elle se contentait de le désirer. Son cœur de femme appartenait à Jean.

— Pardonnez-moi ! s'écria-t-elle. Je ne veux pas vous faire souffrir. Je me suis prise au jeu de vos compliments, de votre admiration pour moi. C'est bien féminin ! Jamais je ne cesserai d'aimer mon mari. Je l'ai connu quand j'avais dix-sept ans. A quoi bon vous embrasser, vous accorder un peu de moi ? J'ai eu tort !

D'habitude, Claire savait où se réfugier. Elle montait dans sa chambre ou fuyait dans la bergerie. Au bord du fleuve, contrainte de rentrer au Moulin en automobile avec William, elle dut rester près de lui.

— Vous êtes droite, honnête ! soupira-t-il en la libérant. Ne vous tracassez pas, votre amitié me suffira, le bonheur de vous apercevoir ou de boire le thé ensemble. J'ai eu un baiser, je ne croyais pas obtenir une telle faveur un jour.

Depuis la mort atroce de mon épouse, je n'avais pas tenu une femme dans mes bras. J'aimais tant Janet.

— Vraiment ? C'est tout à votre honneur.

Elle n'osa pas préciser que bien peu d'hommes, hormis les prêtres, s'accommodaient d'une chasteté prolongée.

— Nous devrions nous mettre en route ! dit-elle. Sinon, Raymonde n'osera pas se coucher, même si Angela a l'âge de veiller sur Arthur.

William approuva d'un signe de tête résigné. Il lui saisit la main droite, la porta à ses lèvres et la couvrit de petits baisers.

— Désormais, déclara-t-il, nous éviterons ce genre de soirée. Je serai juste votre voisin, votre ami. Quoi qu'il m'en coûte !

Claire faillit le contredire, se jeter à son cou, s'offrir à lui sur l'herbe fraîche. Sa nature ardente se manifestait. Jeune fille, elle avait étonné Jean, tant elle ne craignait pas de se montrer nue, de se livrer à tous les délires que provoque le plaisir partagé.

— Que voulez-vous de moi en vérité ? demanda-t-elle. J'ai été franche, à vous de l'être…

Lancester leva les yeux au ciel, stupéfié par la mise en demeure. Très bas, il déclara, embarrassé :

— Si vous étiez veuve ou divorcée, je vous proposerais le mariage, et mon seul souci serait de vous rendre heureuse. Cela signifierait une vie de couple, dormir à vos côtés, et la joie de vous prouver combien je vous aime. Vous me comprenez, n'est-ce pas ? Hélas, vous êtes mariée ; je n'espère qu'une tendre amitié, pouvoir bavarder, avoir le bonheur de vous contempler chaque jour. Ce baiser entre nous, il doit rester le seul, sinon…

Le papetier, fort ému, en perdait son excellent français. Claire s'adressa des reproches. Elle torturait cet homme.

« Je voudrais faire l'amour avec lui, là, tout de suite. Mais il aura sans doute envie de recommencer, et moi aussi. Cela finirait mal, et j'aurais trahi Jean pour un coup de sang. »

— Vous avez raison, rentrons vite et soyons les meilleurs amis du monde… soupira-t-elle.

Pendant tout le trajet, elle fut silencieuse. William l'observait souvent d'un air soucieux. Lorsqu'il longea le chemin des Falaises, Claire lui demanda de la déposer devant chez lui et non au Moulin.

— Je terminerai le trajet à pied ; marcher me fera du bien ! La plus grande partie de mon existence s'est jouée entre ces deux maisons. Je connais chaque caillou du sol.

Elle avait pris un ton mélancolique. Le papetier éteignit le moteur.

— Bonne nuit, chère Claire.

Il descendit ouvrir sa portière et l'aida à sortir comme l'eût fait tout galant homme. Elle devina son visage dans l'ombre et l'éclat de son regard transparent.

— Au revoir, William ! dit-elle en retenant des larmes de dépit.

Soudain elle l'enlaça et frotta sa joue contre sa chemise en lin. Le parfum de lavande et de citron qu'elle affectionnait lui fit perdre la tête. Ils s'embrassèrent de nouveau, avec plus de passion. Un bruit de moteur les arracha à leur baiser. Des phares apparurent, pareils à de gros yeux jaunes.

— Mon Dieu, qui est-ce ? s'inquiéta Claire. Jean, peut-être ? La voiture vient du Moulin.

Affolée, elle baissa sa voilette et recula précipitamment loin de William. L'automobile roulait au ralenti. Le conducteur s'arrêta à hauteur du couple.

— Eh bien, sœurette ? claironna Matthieu, une cigarette au coin de la bouche. En voilà des mœurs débridées ? Raymonde et Léon ont ramené les enfants. Ils t'attendent tous. La pêche a été bonne ! Bonsoir, monsieur Lancester !

L'Anglais salua d'un marmonnement confus. A cet instant, il maudissait de tout cœur le frère de Claire, qui avait mis fin à un moment de communion inespéré et fort à son goût.

— Matthieu ? s'étonna Claire avec un entrain exagéré. Tu es passé au Moulin ! Quel dommage ! Pour une fois que j'acceptais une invitation à dîner de notre voisin.

— Ouais ! répliqua le jeune homme. Ne regrette surtout

rien ; je n'avais pas le temps de m'attarder. Je reviendrai te voir demain.

Il démarra en la saluant d'un clin d'œil. Claire suivit la Panhard d'un regard perplexe.

— Que va-t-il s'imaginer ? murmura-t-elle. Il nous a peut-être vus !

— Il serait capable d'en parler à votre mari ? s'alarma William. Dans ce cas, je prendrai la faute sur moi, je dirai que je vous ai forcé la main sous l'empire de l'alcool.

— Ce ne sera pas la peine. Mon frère déteste Jean depuis son enfance. S'il se doute de quelque chose, il doit jubiler.

La magie du désir et de la nuit d'été s'était dissipée. Claire tapota l'épaule de William et s'en alla d'un pas rapide.

Faustine dessella Junon et lui donna une ration de foin. A cette heure tardive, les palefreniers dormaient. La jeune femme agissait dans un état second. Sans cesse, elle revivait les moments d'extrême jouissance qu'elle avait connus avec Matthieu. Des sensations, des images tournaient dans son esprit. Son corps lui paraissait neuf, différent, plus doux, plus ferme, intensément présent. Elle souffrait déjà de l'absence du jeune homme.

« Denis voudra coucher avec moi, se disait-elle. Je refuserai, au moins ce soir. Je lui dirai que je suis indisposée... Non, c'était la semaine dernière, il ne me croira pas. Je dois trouver une excuse, pour Matthieu, pour mon amour, mon véritable amour. »

Elle sortit des écuries, tellement heureuse de ce qui s'était passé au Moulin qu'elle aurait voulu ne jamais atteindre Ponriant. Les fenêtres du salon resplendissaient dans l'obscurité.

— Courage ! soupira Faustine. Il y aura Bertrand, Denis, Bertille, peut-être, si elle n'est pas couchée.

La jeune femme n'avait pas songé à Corentine. La convalescente était allongée sur la confortable chaise longue d'intérieur recouverte de chintz fleuri. Une couverture sur les jambes, un foulard noué en turban sur ses cheveux roux, elle fumait une cigarette américaine en feuilletant une revue de mode.

L'avocat et Denis jouaient aux échecs sur un guéridon. Les lustres en cristal, garnis de vingt bougies, dispensaient une clarté très douce, ainsi que les lampes à pétrole.

— Bonsoir ! lança Faustine.

Corentine lui lança un regard incisif, comme si elle la suspectait d'un acte répréhensible.

— Bonsoir, mon enfant ! plaisanta Bertrand. Vous n'avez pas peur de faire une mauvaise rencontre en chevauchant au clair de lune ?

— Non, pas du tout ! répliqua-t-elle. Au moins, les taons et autres bestioles n'agacent pas Junon. C'est une jument formidable, mais les insectes la rendent nerveuse.

Denis poussa un pion sur l'échiquier en décochant une œillade vexée à sa jeune épouse :

— Où étais-tu ? demanda-t-il. J'ai téléphoné au Moulin, personne n'a répondu.

Faustine se pencha sur un compotier rempli de raisins secs et de noisettes décortiquées. Elle répondit d'un ton neutre une demi-vérité :

— Claire était sortie avec William Lancester, alors que Léon et Raymonde avaient emmené les enfants pêcher l'écrevisse. J'ai pu m'amuser avec les petits de Loupiote et manger un morceau. Je suis repartie à cheval pour prolonger ma balade jusqu'à Chamoulard, et même au-delà. Que voulez-vous, je deviens une passionnée d'équitation.

Corentine éclata de rire, en persiflant :

— C'est l'instinct paysan qui refait surface ! Faustine se croit une excellente cavalière, alors que sa position et ses façons de tenir les rênes laissent à désirer.

— A ta place, coupa la jeune femme, je m'abstiendrais de me taquiner. Je pourrais te critiquer, moi aussi, sur certains aspects où tu laisses à désirer.

Bertrand toussota et déplaça son roi d'un air concentré.

— Mes chères filles, s'écria-t-il, pouvons-nous finir cette partie dans le calme, Denis et moi ? A vous écouter, on se croirait dans une cour d'école.

Faustine s'assit dans un fauteuil et grignota des fruits secs. Elle détaillait Corentine en essayant vainement d'éprouver du remords. La femme de Matthieu, bien que malade, s'était maquillée avec soin : un trait de crayon gras pour souligner l'arc des sourcils épilés, de la poudre de riz, du rouge gras et brillant sur les lèvres. Un collier de perles vertes s'accordait à sa robe en soie. Des boucles d'oreilles assorties dansaient autour de son cou menu.

« Elle est quand même très jolie, s'alarma Faustine. Et si chic, toujours élégante. Elle a raison, je fais paysanne comparée à elle. »

Denis s'écria soudain :

— Echec et mat, papa ! La partie est finie. Je suis éreinté. Je vais me coucher. Corentine, tu veux que je t'aide à monter ?

— Non, merci… Je n'ai pas sommeil. Je me repose depuis cinq jours, sais-tu ? Ma belle-sœur me fera la conversation, ou mon cher père !

Bertrand se servit de la tisane. Il considéra Faustine avec douceur.

— Voulez-vous une tasse de tilleul ? dit-il tout aussi gentiment.

— Volontiers. Bertille s'est mise au lit très tôt ! s'étonna la jeune femme en sucrant l'infusion.

— Oui, et avec Clara, qui se plaignait du ventre. Notre fille est un peu casse-cou ; elle est tombée sur la terrasse avant le dîner. Je crois que c'est une des premières fois où elle a un « bobo », comme dit Bertille. La petite princesse a obtenu le droit de dormir près de sa maman.

Chacun des mots de Bertrand, pourtant habitué à plaider, cédait à la mièvrerie dont peut faire preuve un père et époux attendri par sa famille. Corentine soupira bien fort, afin de montrer que cela l'exaspérait. Faustine jugea cela touchant.

— J'espère qu'elle ira mieux demain ! dit-elle. Clara est si mignonne, et téméraire. Elle me réclamait un poney, hier.

— Oh, elle devra patienter ! affirma l'avocat. Un poney ! A son âge, c'est trop dangereux.

Une voiture remontait l'allée. Les gravillons crissèrent sous un coup de frein assez brusque.

— Qui est-ce ? interrogea Corentine.

Faustine sentit son cœur battre plus vite. Elle termina sa tisane, marcha jusqu'à une des fenêtres et déclara du ton le plus paisible qu'elle put :

— Tiens, c'est Matthieu ! Eh bien, je monte également. Vous serez plus tranquilles pour discuter.

Elle se rua dans le hall et grimpa l'escalier au tapis rouge et aux baguettes dorées, tandis que Matthieu, lui, gravissait sans hâte le grand escalier d'honneur en pierres blanches. Elle entra vite dans sa chambre et tira le verrou. Denis occupait son lit, torse nu. Il lisait un manuel traitant de l'élevage des moutons.

— Tu n'étais pas pressée de me rejoindre, toi ! maugréa-t-il.

— Mais, Denis, qu'est-ce que tu fais là ? Je suis épuisée. Je préfère que tu ailles chez toi.

— J'en ai assez de cette histoire de « chacun sa chambre » !

Il abandonna sa lecture et la fixa avec un sourire moqueur. En le regardant, elle pensa à ce que lui avait appris Matthieu au sujet des prostituées. Saisie d'un profond dégoût, elle resta plantée au pied du lit sans même ôter ses bottes.

— Dors ici si tu veux, lança-t-elle, mais je ne pourrai pas te satisfaire. Je n'ai pas osé en parler devant ton père et ta sœur, mais, pendant ma promenade à cheval, Junon s'est emballée... Elle a sauté un tronc d'arbre. Cela m'a déséquilibrée, et j'ai heurté le pommeau de la selle, à un endroit sensible. Je souffre beaucoup. Tu comprends, c'est là, en bas du ventre... même un peu plus bas.

Denis semblait incrédule. Il jeta soudain le manuel au sol avec une violence inattendue. Il croisa les bras.

— Il ne manquait plus que ça ! Qu'est-ce que je fais, moi ? pesta-t-il. Bon sang, à quoi bon se marier si on ne peut pas prendre son plaisir quand on veut ! Approche.

Faustine recula et s'appuya au mur. Denis lui faisait peur. Au-delà de son amour pour un autre, elle cherchait en vain à retrouver le garçon affectueux et respectueux de jadis.

— Tu peux t'abstenir quelques jours ! dit-elle tout bas. Denis, je suis navrée de cet accident. Et si j'étais enceinte, tu ne pourrais pas te passer de moi non plus ?

Sa voix chevrotait. Elle luttait contre une crise de sanglots due à ses nerfs exaltés.

— Je t'ai épousé, ajouta-t-elle, parce que j'aimais le Denis d'avant la guerre, celui qui me jurait de me protéger, de me chérir. Tu me disais de si jolies choses, tu m'offrais des fleurs des champs. Tu as changé, je ne te reconnais plus.

Il devint attentif et baissa la tête en observant ses mains. Faustine souhaita de tout son cœur l'avoir ému.

— Avant la guerre, commença-t-il, je n'étais qu'un gosse amoureux. Sur le front, j'ai mûri, je suis devenu un homme. Tu ferais bien de m'imiter, de devenir une vraie femme au lieu de jouer les gamines effarouchées ! Je t'ai donné mon nom et une partie de ma fortune, j'ai renoncé à mes études de droit pour toi. A présent, je veux réussir, produire des chevaux d'exception, et pas des carnes capricieuses. Je te protégerai, je te chérirai, mais en contrepartie, j'estime avoir le droit de coucher avec toi aussi souvent que nécessaire. Va chercher de la pommade analgésique dans mon placard pour ton « bobo », comme dit mon père. Le pauvre, Corentine a raison, il sombre dans le ridicule.

Effarée, Faustine supposa que Denis avait bu. Il se montrait rarement aussi méprisant, aussi vulgaire. Elle dut se contenir pour ne pas lui jeter à la figure ses fréquentations honteuses du Rempart du Nord. Une idée la terrifia. Il dévoilait sa nature profonde : une tendance à la cruauté gratuite et à la hargne.

— Vraiment, tu fais la paire, avec ta sœur ! répliqua-t-elle avec furie. Bertrand est quelqu'un de merveilleux, sensible et bon. Je t'interdis de le critiquer ainsi.

Denis haussa les épaules. Très loin, au plus profond de son âme, sa conscience lui soufflait de faire marche arrière, de faire taire la fureur qui courait dans ses veines. Pour ne plus entendre ce signal d'alarme, il dit, d'un ton rude :

— Déshabille-toi et viens au lit ! Si tu as mal où je pense, tu n'as rien aux mains ni à la bouche…

— Comment ? s'écria-t-elle. Espèce de malade ! Tu sais bien que je refuse de faire ce genre de choses.

Il repoussa le drap et se leva, entièrement nu. La vue de Faustine et de son visage d'ange offensé le rendait fou. Il pressentait un danger, un élément nouveau qu'il devait anéantir.

— Viens ou alors… menaça-t-il, la main prête à frapper.

« Je vais hurler ! songea-t-elle. Appeler au secours ! Matthieu montera, il me sauvera. »

Mais il y avait Clara endormie et Bertille. Causer un tel scandale en pleine nuit lui sembla indécent.

— Denis, par pitié, calme-toi ! implora-t-elle. Tu n'es pas dans ton état normal. Je suis sûre que demain tu regretteras de m'avoir traitée comme ça. Avoue que tu as bu ? Il ne faut pas boire. Ton oncle Frédéric était très violent, une fois ivre. Claire me l'a dit.

— Ah ! La belle affaire ! ricana-t-il. Et ta Claire, elle t'a raconté aussi que ta chère tantine Bertille a causé la mort de ma mère ? Corentine a le temps de fouiner. Elle en sait, des choses ! Mon père pratiquait l'adultère avec madame Bertille Dancourt, bien avant le décès de son épouse. Bravo ! Moi qui avais de l'affection pour ma belle-mère, ce n'est qu'une putain comme les autres.

Il hoqueta et tapa du poing le battant de l'armoire.

— Je l'ignorais ! affirma-t-elle. Mais quelles preuves as-tu ? Comment ta sœur ose-t-elle dire ça, après des années… Elle détruirait tout sur son passage si elle le pouvait.

— J'ai posé la question à mon père, et monsieur n'a pas nié du tout. Je comprends mieux la sévérité, la tristesse de ma mère. Elle souffrait.

Denis baissa le bras et sa respiration s'apaisa. Faustine lui caressa le front, apitoyée malgré son angoisse. Elle l'avait trompé, elle aussi, et bien avant de coucher avec Matthieu. Depuis des années, elle trichait.

— Je te laisse, bredouilla-t-il. Oui, j'ai abusé du cognac. Chez les gens de la bonne société, on encaisse les coups sans se fâcher. L'alcool, ça aide.

Denis ramassa son pyjama sur le tapis et en enfila le

pantalon. Il sortit par la porte qui communiquait avec sa propre chambre et tourna la clef, dès qu'il fut dans la pièce contiguë. Faustine se souvint du revolver rangé au fond du placard à médicaments.

« Et s'il se suicidait ? Mais non, pourquoi le ferait-il ? Tous les couples se querellent, et j'ai réussi à le raisonner. Quand même, cette histoire de Bertille qui aurait trompé son mari, je n'y crois pas. »

Elle se mit nue, passa une chemise fine et éteignit la lampe. Enfin elle ouvrit sa fenêtre, avide d'air frais, de la paix infinie du parc bleui par la lune. Des voix lui parvinrent, montant du salon. Matthieu et Corentine discutaient, et le ton n'était pas tendre.

— Quelle vie ! soupira la jeune femme en se couchant.

Cela lui évita de voir Denis, cinq minutes plus tard, qui marchait vers le pavillon où logeait Greta.

— Nous veillerons jusqu'à l'aube s'il le faut, disait Matthieu, mais tu avoueras ton crime ! Oui ou non, as-tu provoqué un avortement ? J'étais le père de ce bébé, je suis en droit de savoir la vérité.

Corentine ne lâchait pas prise. Le jeune homme la questionnait depuis vingt minutes, mais elle niait toujours, ignorant que Faustine l'avait trahie. Bertrand les avait laissés seuls. L'avocat se doutait que le couple avait besoin d'intimité.

— Je te répète que j'ai fait une fausse couche ! répliqua-t-elle. Mon seul tort, c'est d'être montée à cheval. Tu n'as pas à me le reprocher, puisque tu m'as déposée ici comme un objet inutile. Je m'ennuyais et j'ai eu envie de suivre mon frère quand il entraînait ses pur-sang. Je te rappelle qu'à Bordeaux je participais à des concours hippiques ; je faisais de l'obstacle. Je n'allais pas renoncer à un sport distrayant ! Je connais des femmes enceintes de six mois qui pratiquent l'équitation.

Matthieu arpentait le salon. Il harcelait Corentine par esprit de vengeance. Son amour pour Faustine le consolait de tout, mais, en homme épris de justice, l'assassinat de son enfant, issu de sa semence, de sa chair, le révoltait.

— Je suppose que tu as consulté le docteur Claudin ! demanda-t-il. Dans ce cas, il pourra m'expliquer les causes réelles de ta fausse couche.

— Il était trop tard ! hurla Corentine. Faustine a dû se rabattre sur madame Colette, la sage-femme. Elle a mis au monde des centaines de bébés, toi notamment. Elle m'a raconté ta naissance en luttant contre l'hémorragie qui aurait pu me tuer. J'ai eu plus de chance que ta mère, Hortense, c'est bien ça ? Elle est morte pour que tu vives !

Outré, Matthieu arrêta ses va-et-vient.

— Je le sais, figure-toi, pas la peine de retourner le couteau dans la plaie ! cria-t-il. Les vieilles grenouilles de bénitier, au bourg, marmonnaient sur mon passage que j'étais un enfant maudit, que j'avais pris la vie de ma mère. Ce sont des conneries ! Beaucoup de femmes meurent en couches.

— Tu devrais donc te réjouir pour moi ! répondit Corentine. Cette grossesse ne se déroulait peut-être pas normalement, et mon corps a rejeté un élément nocif.

— Le seul élément nocif, ici, c'est toi ! coupa-t-il. Demain, je téléphonerai à Claudin, qu'il vienne t'examiner et me donner sa version des faits. Je te préviens, si j'ai la preuve que tu as causé cet avortement, nous divorcerons à tes torts. Tu m'as dupé sur toute la ligne, Corentine. D'abord, tu tombes enceinte alors que je prenais maintes précautions ; ensuite, dès que tu portes mon nom, tu perds le bébé.

La jeune femme se sentait mal, et ce n'était pas de la comédie. Elle n'avait pas songé au divorce, certaine que Matthieu trouvait des avantages dans leur union et qu'il l'aimait malgré leurs incessantes disputes.

— Tu n'oserais pas me quitter après un mois seulement ? gémit-elle d'une voix douce. Nous aurons un autre enfant, plus tard. Matthieu, j'étais si heureuse de partir avec toi pour l'Espagne. Je te jure sur la tête de mon père que je n'ai pas provoqué ça.

— Pauvre Bertrand ! ironisa-t-il. Nous n'allons pas réveiller toute la famille avec nos prises de bec. Je vais t'aider à regagner ta chambre ; moi, je dormirai au second étage, dans ma mansarde de célibataire.

— Je peux me passer de ton aide, puisque tu me détestes ! déclara Corentine.

— Ne sois pas sotte, si tu avais un malaise ou un souci de santé, je serais responsable. Et je ne suis pas un monstre. Tu as mauvaise mine.

Il la prit par la taille. Elle s'accrocha à son bras.

« Si j'étais en état de le séduire, il capitulerait vite ! songeait-elle. Je le connais, il ne résiste pas à certaines avances. »

Corentine méprisa la faiblesse de son corps de femme, qui ne lui était d'aucune utilité ce soir-là. Toujours incommodée par les suites naturelles de son acte, elle cherchait déjà un plan pour récupérer son mari.

Une fois couchée, elle pleura de rage et d'anxiété. Jamais elle ne pourrait vivre sans Matthieu. A quelques dizaines de mètres, Faustine sanglotait aussi en pensant exactement la même chose.

Les murs séculaires du domaine de Ponriant portaient l'empreinte de beaucoup d'autres larmes féminines. Marianne Giraud, à bout d'humiliations, de violences, de rêves impossibles, avait connu sous ce toit le pire des désespoirs. En deuil de Jean et livrée aux brutalités de Frédéric, Claire aussi étouffait ses pleurs sous les draps. Marie-Virginie, au seuil de l'agonie et bien avant, s'était épanchée dans des mouchoirs de batiste parfois souillés de sang.

Seule Bertille reposait en paix, une main diaphane nichée sous les cheveux de sa fille, la joue de Bertrand effleurant son épaule. Mais, depuis longtemps, les gens de la vallée la comparaient à une fée des anciennes légendes. Or, les fées usent de pouvoirs mystérieux et, lorsqu'elles habitent un lieu, celui-ci les épargne, aussi maléfique soit-il.

Domaine de Ponriant, 24 juillet 1919

Faustine fut réveillée par des coups frénétiques à sa porte. Elle reconnut la voix rauque de Maurice, un palefrenier âgé de seize ans, très attaché aux chevaux.

— Madame ! Madame ! Vite !

Elle se leva et courut ouvrir, se moquant bien d'être en chemise de nuit et d'exhiber ainsi la majeure partie de son corps.

— Qu'est-ce qui se passe, Maurice ?

L'adolescent roulait des yeux affolés :

— Monsieur Denis, il veut abattre votre jument ! Il a un revolver à la main, et pour l'heure il la frappe. La pauvre Junon, elle comprend pas ce qui lui arrive.

— Préviens monsieur Bertrand, c'est le seul qui pourra le raisonner. File, fais ce que tu peux ! Je t'en prie, Maurice…

Faustine enfila une robe toute droite et des chaussures en toile. Elle courut le long du couloir et dévala l'escalier avec une telle hâte qu'elle faillit rater les dernières marches. Son esprit fonctionnait à toute vitesse : elle cherchait à comprendre ce qui changeait Denis en brute.

En traversant la cour pour atteindre l'écurie, Faustine aperçut un attroupement silencieux. Il y avait là Mireille, Greta qui portait son fils sur le bras, les deux autres palefreniers et le régisseur. Tous regardaient dans la même direction. La jeune femme vit Denis. Il se tenait au milieu d'un petit pré situé à l'arrière de la sellerie.

— Arrête ! hurla-t-elle.

Son mari fouettait la jument à l'aide d'une chambrière qui claquait avec un bruit sinistre sur son grand corps brun, moite de sueur.

La voix de Faustine vrilla l'air, Denis suspendit son geste. Elle vit l'arme dans sa main gauche.

— Je t'en prie, ne la tue pas ! cria-t-elle. Tu me l'as offerte, je l'aime beaucoup… Denis, jette ce revolver.

— Non ! clama-t-il. Cette rosse s'est emballée, hier, d'après toi. Tu aurais pu avoir un accident. Je ne garderai ici que des chevaux parfaits ! Je ne veux pas créer des lignées tarées !

La jeune femme se glissa sous la clôture en fil de fer. Elle s'avança vers son mari. L'herbe était trempée par la rosée, le soleil brillait. Pourtant Faustine vivait un cauchemar.

Denis pointa l'arme sur la tête de la jument. Elle se cabra, comme si son instinct la mettait en garde. Bertrand et Matthieu accouraient.

— As-tu perdu la raison ! hurla l'avocat.

Faustine saisit Denis par le coude. Tout son être se révulsait à l'idée de voir Junon s'effondrer, mortellement blessée par une balle. Le coup partit. La détonation résonna dans l'air tiède du matin. La jument se démenait tant au bout de la longe que le projectile ne l'avait pas touchée.

— Tu as tiré ! s'écria Faustine. Tu as osé tirer !

Bertrand les avait rejoints. Il gifla son fils à la volée, deux fois. Denis jeta l'arme au loin.

— Vous n'êtes que des amateurs ! Tous ! déclara-t-il. Papa, cette bête est vicieuse, indocile. Et toi, Faustine, tu n'as pas plus de cervelle qu'un moineau. Ta carne est sauvée, mais je la vendrai à la première occasion. Cela t'évitera des soucis de santé !

Il lâcha la longe, épousseta sa veste en lin beige d'un revers de main et quitta le pré. En passant devant Matthieu, dont il ignorait le retour, Denis lança froidement :

— Tiens, tu es là, toi ? Tu aurais dû t'en mêler, me désarmer et jouer les héros !

— Pauvre mec ! souffla Matthieu.

La consternation régnait alentour. Maurice tremblait de peur rétrospective, tandis que les autres palefreniers discutaient à voix basse avec le régisseur. Tous avaient une bonne place à Ponriant et craignaient de la perdre en exprimant leur opinion. Mireille secouait son chignon gris, la mine déconfite. Elle avait veillé sur Denis pendant des années et déplorait sa conduite. Greta semblait la plus affligée. Elle fixait la jument, encore terrifiée, qui caracolait. L'animal avait subi la violence du jeune maître, et elle le plaignait. Durant la nuit, la domestique s'était soumise au désir de cet homme. Elle n'avait pas eu le choix, il menaçait de la renvoyer.

— Je suis désolé, Faustine ! disait Bertrand. Est-ce vrai, que Junon vous a mise en danger hier ? Et de quels ennuis de santé parlait mon fils ?

— Ce n'est pas grave du tout, répliqua-t-elle. Rien qui puisse justifier de l'abattre.

La jeune femme était livide. Ses jambes la soutenaient à peine. Elle croisa soudain le regard sombre de Matthieu. Il tentait de la réconforter à distance en souriant gentiment.

— Vous claquez des dents, ma pauvre enfant ! reprit l'avocat. C'est le choc, ça n'a rien d'étonnant. Denis pourrait se contrôler. Il faut croire que l'hérédité ne l'a pas gâté. Venez, je vous raccompagne. Maurice ! Rentre la jument au box, et frictionne-la bien. Elle est en sueur.

Faustine aurait voulu caresser Junon, la rassurer, mais Bertrand l'en empêcha. Il ne savait plus à qui se fier.

— Je vais vous servir un bon café ! promit la gouvernante. Moi aussi, je suis toute retournée…

Matthieu aurait volontiers pris la place de Bertrand dans l'espoir d'approcher Faustine. Il se contenta de les suivre. L'incident était clos, en apparence, mais il obsédait le jeune homme.

« Nous devons divorcer tous les deux, songeait-il. Ça ne peut pas continuer, cette mascarade ! Denis n'est qu'un salaud. »

— Je passerai la journée au Moulin, avec maman ! expliquait Faustine à son beau-père. Ne m'en veuillez pas, Bertrand, mais je suis bouleversée. Si Maurice ne m'avait pas prévenue, Junon serait morte à l'heure qu'il est. Je préfère la savoir au Moulin, Léon en prendra soin. Le vieux Sirius aura de la compagnie.

— Faites à votre idée, chère petite ! Cette bête vous appartient.

Bertrand l'installa à la grande table de la salle à manger. Greta disposait les bols et les couverts. La bonne avait posé Thomas dans son parc, à la cuisine. Elle redescendit chercher la confiture, le beurre et le lait chaud, et remonta en haletant, car elle avait pris du poids.

— Vous porterez un plateau à madame ! lui dit l'avocat. Avec un chocolat tiède pour mademoiselle Clara. N'oubliez pas les brioches.

— Oui, Monsieur.

Faustine retint un soupir. Elle évitait de regarder Matthieu qui s'était assis en face d'elle.

— Comment se porte Corentine ? demanda Bertrand à son gendre.

— Elle dort, sans doute ! répondit-il d'un ton calme. Le docteur vient l'examiner à onze heures. Je tenais à le consulter.

Tout en restant debout, Bertrand avala une tasse de café. Il s'excusa avec un sourire poli.

— Vous lui demanderez de voir Clara, ensuite ! Cela nous rassurera, Bertille et moi, quant à cette chute d'hier. A présent, mon devoir de père est de trouver Denis et de le sermonner. Je ne peux pas tolérer de telles scènes chez moi.

Il sortit. Mireille fit son apparition. Ce chassé-croisé donna à Faustine l'impression de participer contre son gré à une mauvaise pièce de théâtre.

— Alors, ma belle demoiselle ! s'écria la gouvernante. Vous avez repris un peu de couleurs aux joues. Mangez donc, cela vous remettra sur pied.

Matthieu demanda du thé. La vieille femme s'empressa de faire demi-tour.

— Faustine ! appela-t-il très bas. Courage ! On peut se voir cet après-midi ? Je veux te parler.

Sans lever les yeux, elle murmura :

— A la Grotte aux fées, à cinq heures. Je t'attendrai.

— Je viendrai, sois sans crainte.

Elle redressa la tête et posa sur lui ses prunelles bleues voilées par l'angoisse. Il articula en silence, du bout des lèvres, un « je t'aime ». Bertrand revenait déjà. A peine entré dans la pièce, il leur annonça que Denis s'était enfermé dans sa chambre.

— Il vous présente ses excuses, Faustine, et vous

conseille même de séjourner un jour ou deux près de Claire. Pardonnez-lui, mon fils devient impulsif et coléreux. Pendant votre absence, je tâcherai de le raisonner. Il vous aime.

L'avocat n'ajouta pas qu'il aurait volontiers débarrassé le domaine de ses deux grands enfants, qui y semaient la discorde et l'animosité. Son unique préoccupation était de couler des jours paisibles en compagnie de Bertille et de Clara. Son bonheur conjugal lui importait beaucoup et, pour l'instant, il le jugeait compromis. Mais c'était un homme d'honneur. Il assumerait ses devoirs de chef de famille.

— Dans ce cas, dit Faustine, je monte rassembler quelques affaires. Soyez gentil de prévenir tantine, je n'en ai pas le cœur.

Matthieu la salua d'un signe amical. Il alluma une cigarette et en proposa une à Bertrand qui accepta malgré l'heure matinale.

— Qualifions cet été 1919 de très orageux ! conclut l'avocat.

— Oui, et il n'est pas terminé ! renchérit le jeune homme.

Vingt minutes plus tard, Faustine franchissait la grille de Ponriant. Elle portait un large sac de toile en bandoulière et menait Junon en longe. La jument humait le vent chaud ; sa longue crinière dansait sur son encolure musclée.

La jeune femme avait refusé d'être escortée. Elle avait besoin de marcher, de savourer sa liberté provisoire. La journée à venir lui paraissait pleine de promesses et de joies infinies.

Joachim Claudin était un timide habitué du domaine. Il avait été invité au double mariage et se demandait encore pourquoi. Depuis un mois, Bertille l'avait consulté trois fois. Malgré cela, il s'étonnait encore du luxueux intérieur de Ponriant. Il serra la main de Matthieu, qui le fit entrer dans la chambre de Corentine. Le jeune docteur visitait plus les fermes et les gens du bourg que la riche famille Giraud. Il crut bon de plaisanter :

— Une chance qu'il ne pleut pas ! Je suis souvent en godillots boueux. Je n'aurais pas aimé salir vos parquets.

Matthieu haussa les épaules en désignant le lit au dossier ouvragé dans lequel trônait Corentine. Elle n'avait pas eu le temps de se maquiller, et ses cheveux décoiffés auréolaient d'or roux son visage très fin.

— Mon épouse, dit le jeune homme. Mais vous la connaissez…

— Enchanté de vous revoir, madame ! marmonna le médecin, subitement intimidé sous le regard vert de sa patiente. Votre mari m'a informé de votre état ; les suites d'une fausse couche, c'est bien ça ?

— Oui, docteur ! bredouilla-t-elle.

— Une minute, coupa Matthieu. Autant être franc, docteur, je soupçonne ma femme d'avoir eu recours à l'avortement, auquel cas je demanderai le divorce, ce que vous comprendrez. La sage-femme du bourg, Colette Tuilier, est la seule à l'avoir soignée. J'aimerais connaître votre avis. Madame Bertille Giraud, avec qui je me suis entretenu ce matin très tôt, a fait de nombreuses fausses couches. Certes, elle admet que cela cause un état de faiblesse et des douleurs au ventre, mais, d'après les témoins, mon épouse a eu une forte fièvre et des souffrances violentes.

Joachim Claudin ouvrit sa mallette d'un air effaré. Il se sentit piégé.

— Si j'avais été consulté au moment de l'accident, j'aurais pu donner un diagnostic plus sérieux. Combien de jours se sont écoulés ?

— Six jours, docteur, murmura Corentine.

Elle jaugeait l'inconnu avec une expression de victime, afin de l'attendrir le plus vite possible.

— Bien, je vais devoir procéder à un examen approfondi. Je pense que vous devriez nous laisser, monsieur, intima le médecin, agacé d'avoir à se prononcer dans une situation aussi épineuse.

Matthieu hocha la tête et sortit. La jeune femme repoussa

draps et couvertures d'un geste tremblant. Elle ne portait qu'une chemise de nuit à bretelles, composée en grande partie de bandes de dentelle.

— Quelle position dois-je prendre, docteur ? demanda-t-elle, intimidée. Ces examens sont tellement gênants !

— Allongez-vous sur le dos, les jambes repliées. Je vais devoir utiliser un spéculum, un appareil qui n'a pas de barbare que le nom. Ce ne sera pas agréable.

Corentine se recroquevilla sur le côté. D'une petite voix apeurée, elle murmura :

— Docteur, ne me touchez pas, c'est inutile et je ne le supporterai pas... Oui, j'ai avorté intentionnellement, sur les conseils de cette madame Colette, qui m'a envoyée chez une femme affreuse, la vieille Maria. Mais je l'ai fait par désespoir, car je perdais du sang. Tout a commencé à la suite d'une chute de cheval. Or, mon mari est capable d'une telle rudesse à mon égard que j'ai craint le pire. Je souffrais tant, j'étais persuadée que l'enfant était mort. Je vous en supplie, ne me trahissez pas. J'aime mon époux malgré ce qu'il me fait endurer. S'il obtient le divorce, je mettrai fin à mes jours !

Joachim remonta le drap. Il ne voyait plus en Corentine qu'une frêle personne, trop mince et le teint cireux. Il en oubliait la créature arrogante et très élégante qu'il avait admirée le jour des noces.

— Aucun homme ne vaut que l'on se suicide, madame ! dit-il tout bas. Vous êtes jeune, et si fragile ! Je suis un ardent défenseur de la cause féminine. Pendant la guerre, sans toutes ces femmes qui ont pris le relais dans les usines et les entreprises, que serait devenu notre pays ? Vous n'êtes pas la première à agir sous l'empire de la frayeur, à confier son corps à des sorcières malpropres !

Corentine essuya une larme. Elle ne pensait pas le médecin si facile à berner.

— Mais vous l'avez entendu ! ajouta-t-elle. Il divorcera, il me traînera en justice. Mes parents et mes grands-parents me renieront en me considérant comme une criminelle. S'ils savaient la vérité, le martyre que je subis !

La jeune femme se mit à sangloter. Le docteur lui prit la main et serra les doigts menus.

— Vos nerfs sont malades ! déclara-t-il. Madame, je suis navré de vous voir soumise à une telle épreuve.

— Le plus grave, balbutia-t-elle, c'est que la nuit où j'ai cru mourir tant je souffrais, j'ai appelé au secours ma belle-sœur. Je délirais, j'avais la fièvre. J'ai tenu des propos incohérents, je lui ai confié mon crime sans oser expliquer la vraie raison. Elle a dû me dénoncer, car je lui faisais horreur. Je n'ai personne pour m'aider ou me protéger. Mon mari me frappera… sauf si vous lui affirmez que c'est bien une fausse couche.

Corentine se redressa brusquement, se cramponnant au bras de Claudin. Elle le suppliait en silence, vivante image de la plus profonde détresse.

— Je veux rester sa femme, je l'aime de toute mon âme. J'aurais préféré rencontrer un homme bon et compréhensif dans votre genre, mais j'étais sa maîtresse depuis des années, je lui avais tout donné de moi et il se moquait. Vous étiez à nos noces, vous avez pu remarquer de quelle façon il m'évitait.

Troublé, le médecin marmonna :

— Il a consenti au mariage à cause de l'enfant ! Alors qu'il aurait dû réparer ses torts bien avant.

— C'est cela, docteur. Maintenant, il n'aura pas de mal à me nuire, à me discréditer. Il a usé de moi et à présent il souhaite ma mort.

Elle s'allongea à nouveau, secouée de frissons convaincants. Claudin alla s'asseoir à une table en marqueterie près de la fenêtre et rédigea une prescription. Dans le couloir, Matthieu s'impatientait. Il frappa à la porte. Corentine poussa un gémissement de terreur.

— Je vais parler à monsieur Roy ! dit le médecin d'un ton net. Vous avez grand besoin de repos. Il ne doit pas vous importuner.

— Oh merci, merci, chuchota-t-elle. Vous reviendrez, n'est-ce pas ?

— Bien sûr, d'ici là, gardez le lit.

Joachim adressa un sourire chaleureux à sa patiente. Il avait une vague envie de l'appeler « ma petite fille » et de la consoler. La compassion qu'il éprouvait lui insuffla un courage tout neuf.

— Monsieur ! dit-il à Matthieu en l'entraînant vers le palier. Je vous conseille de ménager votre épouse. Elle se remet difficilement de sa fausse couche, un incident très pénible sur le plan physique et psychique. Oui, vous m'avez bien entendu, je n'ai trouvé aucune trace d'avortement, ni blessure, ni autres signes manifestes. Elle perdait du sang depuis votre départ, début juillet, ce qui atteste un rejet naturel du fœtus. La nuit où la sage-femme est intervenue, ma patiente avait une forte fièvre. Cela provoque de graves délires. Je repasserai demain l'examiner. Il ne lui faut aucune contrariété, mais du repos et de l'affection.

Stupéfait, Matthieu ne sut que répondre. Claudin en profita pour conclure, l'air hostile :

— Sa santé m'inquiète. Laissez-la donc en paix ! Au revoir, monsieur ! Je rends maintenant visite à madame Giraud et à sa fille.

— Ma tante vous attend... soupira le jeune homme. La quatrième porte sur votre droite.

— Je sais, merci ! maugréa le médecin.

Matthieu s'empressa d'entrer sans bruit dans la chambre de Corentine. Elle dormait. Il fit demi-tour et referma avec délicatesse. La jeune femme guettait le bruit de la poignée. Elle souleva les paupières. Elle revit le beau visage de Joachim Claudin, ses cheveux blonds, épais et ondulés, et elle crut sentir la douceur de ses mains.

« Je le reverrai demain », songea-t-elle en se lovant dans le nid chaud des draps, comme une chatte dolente pressée de panser ses plaies.

Son imagination se mit à battre la campagne sur les traces du jeune médecin. Sous ses allures libérées, Corentine n'avait eu qu'un seul amant : Matthieu. Ce dernier la traitait avec un tel mépris depuis son retour qu'elle ressentait à son égard un début de haine, proche parente de l'amour fou, comme chacun le sait. Elle s'interrogea, curieuse.

« Comment ce beau garçon est-il, une fois nu ? Je parie que le corps féminin n'a pas de secrets pour lui ! »

Elle eut hâte, soudain, d'être au lendemain.

Moulin du Loup, 24 juillet 1919

Faustine trouva la cour déserte. Il faisait déjà si chaud en cette fin de matinée qu'elle se précipita dans l'écurie après avoir déposé son sac sur un muret. Sirius mâchonnait du foin, bien au frais. Claire veillait sur le confort de son cheval : il allait au pré le soir, lorsque les mouches et les taons ne pouvaient plus le harceler

— Salut, mon beau ! claironna la jeune femme. Junon vient en pension chez toi.

Les deux bêtes se connaissaient. A chaque visite, Faustine attachait sa jument près de Sirius. En chantonnant, elle installa Junon dans une stalle, y mit de la paille et lui donna du foin. Elle sortit chercher de l'eau.

Le soleil brûlait sa peau mate, un vent d'orage soulevait le bas de sa robe bleue à pois blancs. Ici, les falaises se dressaient, toutes proches, et la pierre calcaire, fleurie de giroflées jaunes, exhalait un parfum familier qui ravissait Faustine. Elle appréciait les ardeurs de l'été. Elle était familière avec la moindre bosse des vieux pavés de la cour.

William Lancester avait fait poser un robinet près de la salle commune. Faustine l'utilisa pour remplir le seau en zinc. Quelqu'un sortit et poussa un cri de joie :

— Mademoiselle ! Chic alors !

C'était Angela, un foulard blanc noué sur la tête, en jupe et corsage jaunes. L'orpheline avait les mains blanches de farine.

— Angela ! Tu cuisines ?

— Oui, Raymonde m'apprend à faire des beignets. Nous les mettrons à frire pour le goûter, quand la pâte aura bien levé. Je vais vous aider ; c'est lourd, ce seau.

Faustine accepta. Elles trottinèrent, le récipient penchant

un peu, l'une étant plus grande que l'autre. De l'eau glacée éclaboussait leurs chevilles.

— Vous venez nous chercher pour travailler à l'école ? demanda l'adolescente. Votre maman est à l'étage, elle coud les taies d'oreiller et des ourlets aux draps. Oh ! Les édredons sont magnifiques, de plusieurs couleurs. Cela s'appelle du pa... du patvork, je ne sais plus !

— Du patchwork ! rectifia Faustine. Une jolie manière d'employer des chutes de tissu.

— Oh oui, il y en a de l'uni, du fleuri, du rayé ! Pourtant, l'ensemble est superbe.

La joie de l'orpheline, ses joues pleines et son sourire radieux furent un vrai réconfort pour la jeune femme. Une douleur aussi. Elle rêvait de quitter Denis, mais si elle divorçait il fallait renoncer à ouvrir son école.

— En fait, je prends deux jours de vacances au Moulin. Je veux profiter de vous tous.

Elles entrèrent dans l'écurie. Faustine cajola longuement sa jument en lui parlant très bas.

— Ne crains rien, ma belle, tu es en sécurité.

Léon se dressa sur le seuil en contre-jour. Il ôta sa casquette pour saluer.

— Eh, Faustine ! En voilà une bonne surprise ! Je curais la bergerie avec César ; on pue le fumier à cent mètres. Ma Thérèse promène les biques. Si tu voyais le tableau, elle a emmené Arthur, la Loupiote aussi et ses petits ; ça cavalait de partout.

— J'espère assister au retour de la bergère, dans ce cas ! pouffa la jeune femme.

Elle se sentait sauvée, revenue dans le cercle magique de sa maison, de sa famille. Il ne manquait que Matthieu... et Jean.

« Quoi qu'il arrive dans l'avenir, se dit-elle, papa ne tolérera jamais notre amour. Il s'y opposera. Non, il n'a pas le droit. »

Angela lui prit la main. Elles traversèrent la cour. De la salle des piles leur parvenaient le ronronnement d'une machine et les éclats de voix des ouvriers. Faustine jeta un œil du côté des étendoirs : de larges feuilles blanches séchaient, par centaines.

— Maman doit se réjouir ! bredouilla-t-elle.

— Que dites-vous ? s'écria Angela.

— Je pensais que ma mère était sûrement contente de voir notre Moulin en activité. Ce lieu a une longue histoire, ma chérie ! Tu aimes toujours que je t'appelle ainsi ?

— Oui, mademoiselle ! Et moi je préfère vous dire mademoiselle, et pas madame.

— D'accord !

Dans la cuisine, Raymonde surveillait une fricassée de cèpes et de lardons. Dans une jatte en terre, des œufs fouettés annonçaient une omelette.

— Ah, Faustine ! s'exclama la servante.

La bonne humeur évidente de Raymonde rassura la jeune femme. Elle souhaitait passer des heures paisibles, ce qui n'était pas toujours le cas si Léon avait le malheur d'agacer son épouse dont le ventre s'arrondissait.

— Manges-tu chez nous ? interrogea celle-ci.

— Oui, ma Raymonde, et je dîne aussi. Je suis en vacances. Je reste au moins trois jours.

— Tu t'es fâchée avec ton mari ? Dame, si vous ne tenez pas un mois ensemble, ça n'annonce rien de bon !

Faustine ne répondit pas. Elle monta embrasser Claire. La chambre de sa mère, voilée de mousseline rose, était plongée dans une douce atmosphère, tiède et silencieuse.

— Maman ! Toujours au travail…

Claire était concentrée sur le pan de tissu qu'elle ourlait. Elle était assise devant une splendide machine à coudre, en acier peint en noir que décoraient des arabesques dorées, des fleurs et des oiseaux. Son pied actionnait un pédalier plat en fer forgé. Jean la lui avait offerte à l'époque où il avait hérité des Dehedin.

— Oh, Faustine… Une minute, que j'arrête mon fil ! Denis est là ? J'espère que vous déjeunez avec nous.

La jeune femme retint un soupir. Elle aurait du mal à oublier qu'elle avait épousé Denis Giraud. Pour une fois, elle décida d'être sincère.

— Je suis seule, maman ! Nous avons eu une grave querelle, Denis et moi. Je voulais t'en parler, te demander conseil. En fait, je ne le reconnais plus. Il a tellement changé.

Claire dégagea la pièce de linge et la plia. Faustine s'aperçut tout à coup que sa mère adoptive aussi semblait transfigurée. Sa longue chevelure noire, brillante comme les ailes des corbeaux, croulait dans son dos, juste retenue par un lien de satin blanc. Elle portait un corsage au décolleté audacieux qui marquait sa taille. Une chaîne en or fin scintillait sur sa gorge hâlée par le soleil.

— Si papa te voyait aussi belle, plaisanta Faustine, il rentrerait en courant.

— Peut-être ! répliqua Claire en souriant. Hélas, ton père m'a écrit une longue lettre pour m'expliquer qu'il était obligé de prolonger son séjour. Un nouveau contrat, enfin, à le lire, on croirait que la presse belge et française ne peut plus fonctionner sans Jean Dumont. Il me charge d'engager deux ouvriers agricoles pour récolter les pommes.

Le ton était un peu amer. Faustine jugea cela normal. Elle attira Claire dans ses bras.

— Je suis désolée, maman ! Tu es déçue. Il sera là pour vendanger ses vignes au moins ?

— Nous verrons. Ne t'inquiète pas, je m'arrangerai. Dis-moi vite ce qui se passe, avec Denis.

Faustine hésitait, craignant soudain une séparation à l'amiable entre ses parents. D'une voix tendue, elle demanda :

— Vous vous aimez encore ? Papa reviendra ? J'ai trouvé bizarre, hier soir, que tu sortes avec Lancester.

— Que vas-tu imaginer ? s'écria Claire. J'ai l'impression que tu brouilles les cartes. Alors, qu'a fait Denis ?

— Il voulait tuer Junon, ma jument ! gémit Faustine. Un palefrenier m'a prévenue. C'était horrible, maman, il frappait cette pauvre bête qui ne comprenait pas.

Pour Claire, brutaliser un animal était odieux. Elle pâlit et attira sa fille vers le lit.

— Asseyons-nous et raconte-moi tout en détail.

La jeune femme dut respecter la version qu'elle avait établie, comme quoi elle avait été déséquilibrée et souffrait à un endroit précis après avoir heurté le pommeau de la selle.

— J'ai dû refuser à Denis ce qu'il exige sans cesse, et cela l'a rendu furieux. Il s'est vengé sur ma jument. Il boit beaucoup, en plus.

Une image fulgurante s'imposa à Claire : Frédéric Giraud, son premier mari, toujours un verre de cognac à la main, quand ce n'était pas une bouteille. Elle revit avec une précision terrifiante ses yeux verts de félin, sa mâchoire crispée lorsqu'il la battait.

— Mon Dieu… soupira-t-elle. Certains hommes ne supportent pas l'alcool. Denis a dû hériter ça de son oncle et de son grand-père Edouard. Quelle pitié ! Mais enfin, pourquoi boit-il ? Un si brave garçon qui a tout pour être heureux. Tu te souviens, il aimait tant loger au Moulin, veiller avec nous. Vous êtes à peine revenus de votre voyage de noces, et déjà rien ne va plus. Je me disais aussi, tu avais l'air triste.

Ce fut au tour de Claire de consoler Faustine. Elle caressait ses cheveux nattés et ses joues.

— Ecoute, puisque Bertrand compte le rappeler à l'ordre, je crois que Denis va regretter son attitude et implorer ton pardon. Je lui parlerai également. Peut-être que sa violence de ce matin, cette idée de tuer Junon, était due à une réaction de peur rétrospective. Il a craint pour ta vie. A cheval, certains accidents sont mortels.

Faustine se détesta de mentir à sa mère. Elle déplorait d'avoir inventé ce stratagème la veille, dans le seul but de ne pas coucher avec son mari.

— Maman, tu as entendu ce que j'ai dit à l'instant ? souffla-t-elle.

— Oui, quand tu disais : « Ce qu'il exige sans cesse » !

Claire n'avait jamais abordé ce sujet avec sa fille. Elle franchit le pas dans l'espoir de réconcilier le jeune couple.

— Tu devrais être flattée qu'il te prouve son amour ! remarqua-t-elle, très gênée. Avec Jean, les premiers temps, c'était ainsi. Et je ne m'en plaignais pas. Mais tu peux être d'une nature différente ! Cela te déplaît, tu éprouves un peu de dégoût ?

— Oui, c'est exactement ça, maman ! répondit Faustine qui avait failli crier : « Avec Denis, oui ! »

C'eût été signifier qu'elle avait eu une autre expérience. Du coup, elle devint prudente et se promit de peser ses mots.

— Tu dois te détendre dans ces moments-là ! recommanda Claire. Je vais te faire une confidence. Lorsque j'ai épousé Frédéric, je croyais que Jean était mort. Tu connais l'histoire… J'étais désespérée avant la nuit de noces. Je me répétais que j'allais trahir la mémoire de Jean, le tromper. J'avais l'impression d'être une coquille vide, de me vendre, aussi. Au début, j'étais révulsée, une fois au lit. Pourtant, peu à peu, j'ai eu du plaisir avec lui. A mon avis, si Frédéric avait survécu, je l'aurais aimé. Pas comme Jean, ça c'était impossible, mais d'une autre manière. Aie confiance, ma chérie, bientôt tout ira mieux, avec de la volonté et de la tendresse. Et toi, tu n'as pas un autre amour dans le cœur. Bertille pourrait t'éclairer sur ce point ; elle a dû supporter Guillaume des années alors qu'elle était amoureuse de Bertrand.

Cela rappela à Faustine l'accusation de Denis. Elle demanda :

— Est-ce vrai que tantine a été la maîtresse de Bertrand, du vivant de Marie-Virginie ?

— Qui t'a dit ça ? s'offusqua Claire.

— Corentine le prétend ! Et Denis a interrogé son père, qui n'a pas nié la chose.

Une galopade dans le couloir les interrompit. Arthur tambourinait à la porte, en hurlant :

— Le repas est prêt, faut descendre manger ! Raymonde l'a dit !

Elles rejoignirent le petit garçon. Il tendit les bras à Faustine qui le souleva et l'embrassa sur le front.

— Tu es gentille, maman ! s'écria-t-elle. Assez bavardé, je n'ai pas encore vu Thérèse et César. A table !

14

Sous l'orage

Faustine fit honneur au repas, même si elle n'avait pas très faim. C'était si agréable de se retrouver en compagnie de César et d'Angela – ces deux-là semblaient s'apprécier –, de Thérèse au rire en grelot, du petit Arthur à la frimousse d'ange. Raymonde et Léon avaient l'air réconciliés. Claire présidait en bout de table, un peu songeuse mais pleine d'entrain.

Au moment de découper le gâteau à la crème de lait que la servante s'était empressée de mettre à cuire, William Lancester fit son entrée. En tunique bleu foncé et simple pantalon de coutil, le papetier anglais, les cheveux attachés sur la nuque, salua la famille.

— Je viens pour le dessert, puisque mademoiselle Thérèse m'a transmis l'invitation ce matin.

La fillette éclata de rire, contente du « mademoiselle ». William s'assit sur un des bancs, près de César. Faustine marmonna un bonjour. Elle se méfiait de cet homme. Il ne fallait pas être devin pour voir qu'il faisait la cour à Claire.

— Vous prendrez du café, William ? demanda celle-ci.

— Une petite tasse, et je retournerai au travail… J'élabore un papier à dessin résistant mais léger. J'ai des commandes, en droite ligne de Londres.

« Il finira par tourner la tête de maman, pensa Faustine. Il est séduisant, instruit, galant, original, et surtout il est là ! Papa exagère de s'absenter des mois. »

Malgré son bon sens, la jeune femme ne pouvait pas

comparer sa situation à celle de ses parents. A son idée, Claire et Jean s'adoraient, ils étaient liés par une passion profonde, admirable.

« Si j'ai trompé Denis, c'est par amour, le même genre d'amour. On nous a séparés, Matthieu et moi, et nous en souffrons. William s'attaque à un couple marié depuis des années. Je devrais prévenir papa. Pourtant, maman resplendit, elle a rajeuni ! Et Lancester a remis le Moulin en marche, il nous a sauvés de la ruine. Je ferais mieux de ne pas m'en mêler. J'ai bien assez de soucis. En tout cas, les hommes riches se croient tout permis, ils se ruinent pour les femmes qu'ils veulent, ensuite ils leur reprochent d'avoir agi par intérêt. Je dois tant d'argent aux Giraud que j'ai perdu ma liberté. »

Elle sortit avec Angela. Il faisait encore plus chaud. Des abeilles vinrent tourner autour d'elles.

— Il y aura de l'orage ce soir ! dit l'adolescente. Raymonde me l'a appris. Si les guêpes, les frelons et les abeilles s'affolent, l'orage menace. Venez, mademoiselle, je veux vous montrer mon coin secret !

Angela grimpa l'escalier menant aux étendoirs sans lâcher la main de la jeune femme. Elles longèrent un des couloirs, délimité par l'alignement des feuilles en train de sécher. Le décor prenait une note fantastique, tandis que l'air dégageait une touffeur tiède, due à l'évaporation de l'eau. Contre le mur du fond, Faustine aperçut une caisse posée à l'envers et un vieux coussin.

— Je viens ici, pour écrire ! expliqua Angela en s'agenouillant.

Elle sortit de la caisse, ouverte sur un des côtés, un épais cahier, un encrier et un plumier.

— J'entends tout ce qui se passe et, en m'approchant des créneaux, je peux voir dans la cour et derrière la salle des piles.

— Ce ne sont pas des créneaux de château fort ! soupira Faustine, attendrie.

— Je sais, mais ça y ressemble. J'imagine que ce sont des

remparts. Vous voulez regarder mon cahier ? Je n'ai jamais osé vous le montrer.

La jeune femme accepta, intriguée. Elle utilisa la caisse comme siège. D'un œil sagace d'institutrice, Faustine parcourut les pages. Angela s'appliquait à tracer de belles majuscules. Selon l'histoire qu'elle narrait, de jolis dessins coloriés ornaient le texte.

— Ce sont tes dessins aussi ? s'étonna-t-elle.

— Oui, pourquoi ?

— Ils sont fidèles à la réalité, ma chérie, et parfaitement exécutés. Tiens, ces fleurs de liseron, là, on les dirait vraies. Et l'arrosoir de maman, il y a des reflets, tu as rendu la couleur du métal !

Faustine se tut, soudain accaparée par le récit du double mariage. Angela s'était surpassée pour décrire la magnificence du feu d'artifice. La jeune femme lut à voix haute : « Et les fusées colorées décoraient le ciel noir de leurs arabesques. Les murs pâles du vieux domaine en étaient éclaboussés comme d'un incendie. »

— Angela, tu es vraiment douée ! En plus, il n'y a pas une faute d'orthographe. Tu voudrais bien me prêter ton cahier jusqu'à demain, je le lirai ce soir, dans mon lit...

— Oh oui, ça me fait plaisir, mais parfois, j'écris ce que je pense des gens ; ce n'est pas toujours gentil. Enfin, ça dépend pour qui...

— Ne t'inquiète pas, tu as le droit d'exprimer tes idées. Promets-moi de continuer, Angela ! Il faut que tu entres à l'Ecole normale. Je t'aiderai.

Elles quittèrent les étendoirs, plus amies que jamais. Raymonde allait étendre une petite lessive près du canal ; elles l'accompagnèrent.

— Je suis si contente que tu dormes à la maison ce soir, dit la servante à Faustine. Je vais te préparer un bon dîner.

— Je voudrais de la soupe au vermicelle, Raymonde, implora la jeune femme en riant, comme quand j'étais petite. Et du jambon grillé avec des haricots ; tu en as en conserve.

Thérèse et Arthur ramassaient de l'herbe pour les lapins :

pissenlits, séneçons, plantains. Ils enfouissaient leur récolte dans un grand sac en toile qui avait contenu de l'orge, jadis.

— Je me sens mieux ici qu'à Ponriant ! déclara Faustine.

Un vent brûlant soufflait, le ciel se couvrait. Claire les rejoignit.

— Nous allons avoir une bonne pluie ! dit-elle en scrutant les nuages. Moi qui ai envoyé Léon et César à Chamoulard, faucher le verger de Jean. Nous ne pourrons même pas récupérer le foin… Je suis allée rendre visite à ta jument, Faustine. Je lui ai donné du pain dur et un sucre.

— Merci, maman !

Plus bas, Claire ajouta, en entraînant sa fille à l'écart :

— J'ai passé une pommade de ma composition sur ses contusions. Elle avait une coupure à la croupe. Denis a vraiment frappé comme un fou. Je ne le croyais pas capable d'une telle violence. Cela me tracasse pour toi. On dirait que tu me parles d'un autre homme. Es-tu sûre qu'il n'est pas atteint de troubles mentaux ?

Faustine haussa les épaules. Elle ne voulait pas penser à ça.

— Mais non, c'était une crise de colère. N'en parlons plus, je suis si heureuse, ici.

Un vol de corneilles survola les toits du Moulin avec des cris rauques. Une rafale plus forte que les autres balaya la cour et le jardin, en soulevant de la terre sèche et des brins d'herbe. Les feuilles blanches des étendoirs s'agitèrent mollement.

— Autant rentrer à l'abri ! recommanda Claire. Les enfants, filez ! Il y a des beignets pour le goûter.

Angela prit le bras de Faustine. Elles retrouvèrent la grande cuisine, et Loupiote leur fit la fête. Les louveteaux dormaient, épuisés par la promenade. Les chèvres les avaient chargés plusieurs fois. Ils avaient beaucoup couru pour éviter un coup de corne.

— Maman, interrogea la jeune femme, à qui les donneras-tu ?

— Eh bien, répondit Claire, je garde un mâle, celui qui a une minuscule tache blanche sous le ventre, un souvenir de Moïse, sans doute. Bertille prend la femelle, finalement, car William n'en veut plus. Il a raison : nous sommes si proches voisins, ce serait difficile à gérer.

— J'aurais bien adopté le second mâle, dans ce cas. Je voudrais qu'il devienne le gardien de mon école, expliqua Faustine.

— Pourquoi pas ? Si tu le dresses avec fermeté dès le début.

Loupiote quémanda une caresse. Angela s'assit au bord de l'âtre et, doucement, flatta la belle tête de l'animal. Raymonde ranima la cuisinière pour faire chauffer l'huile.

« Comment vais-je réussir à sortir un peu avant cinq heures ? se demanda Faustine. Si j'annonce que je vais me balader, Angela et Thérèse voudront me suivre. Et Matthieu, ce sera encore plus compliqué pour lui… »

Avant le goûter, elle monta dans sa chambre ranger en lieu sûr le cahier de l'orpheline. Elle considéra le lit impeccable, la fenêtre, la lampe de la table de chevet. C'était pourtant là qu'ils s'étaient aimés, nus, confiants, tellement heureux.

« Nous étions éblouis, émerveillés ! » se souvint-elle, envahie d'un trouble délicieux.

Faustine eut un sourire rêveur. Même si la vie les séparait, elle pourrait chérir ces instants où Matthieu l'étreignait, la couvrait de baisers. Impatiente, anxieuse aussi, elle mit une de ses anciennes robes en cotonnade fleurie après avoir ôté ses sous-vêtements. Un gilet cacha la pointe de ses seins. Cela lui rappela un autre soir d'été.

« J'avais donné rendez-vous à Denis derrière l'écurie de Ponriant parce qu'il partait à la guerre. Je voulais m'offrir à lui, et être nue sous une robe me paraissait grisant. Mais c'est Nicolas qui en a profité, il a essayé de coucher avec moi. Nicolas… Et maman le croit encore vivant. »

Elle dut s'asseoir au bord de son lit, bouleversée. Le destin menait le jeu. Nicolas était mort dans les flammes, défiguré par une femme jalouse, et elle aurait voulu s'enfuir au bout du monde pour ne plus subir la frénésie amoureuse de Denis.

Un roulement terrifiant ébranla l'air chaud. Le tonnerre gronda si fort que le plancher vibra. Faustine essuya son front moite à l'aide d'un mouchoir.

— Qu'il pleuve ! soupira-t-elle. Qu'il pleuve enfin !

Un autre grondement lancinant résonna dans la vallée. Elle descendit. L'ambiance était encore plus étouffante. Occupée à frire les beignets, Raymonde était écarlate.

— Ma pauvre ! lui dit-elle. Comme tu as chaud.

Claire disposait sur la table des verres et des assiettes. Léon et César entrèrent au pas de course.

— Valait mieux rentrer ! cria Léon. Ça va péter d'une seconde à l'autre. J'ai laissé les outils dans le cabanon. Si ça se calme, j'y retournerai. Tiens, on a croisé Matthieu au pont, il partait en ville.

— Ouais, renchérit César, même que sa Panhard, elle faisait un drôle de bruit sous le capot !

— Ecoutez le futur mécano ! plaisanta Claire.

Faustine avait ressenti un choc au cœur. Matthieu ne serait pas au rendez-vous. Mais elle se raisonna. Peut-être qu'il laisserait sa voiture au bourg pour rejoindre la Grotte aux fées par le plateau. Il avait dû inventer un prétexte pour quitter le domaine.

« J'irai malgré tout ! » se promit-elle. Mais elle était contrariée et reposa le beignet qu'elle mangeait.

Le téléphone sonna et tout le monde sursauta. Les gens du Moulin ne s'habituaient pas à ce bruit-là.

— Je réponds ! s'écria-t-elle en bondissant de sa chaise.

C'était Bertille, qui souhaitait précisément parler à Faustine. La jeune femme écouta en marmonnant des oui et des non.

« Ma chérie, tu n'es pas trop secouée par ce qui est arrivé ce matin ? Bertrand a pu mettre les choses au point avec Denis. Je t'assure que ton mari paraît désolé. Il t'envoie des baisers. Rentre vite, tu nous manques. Enfin, fais comme prévu, reste ce soir avec Claire, et demain soir également. Faustine, tu dois lui pardonner, il n'est pas le seul responsable de la situation. »

La jeune femme murmura encore un oui avant de raccrocher. Claire la fixait, les sourcils froncés :

— Rien de grave, ma chérie ? Qui était-ce ?

— C'était Denis ! mentit Faustine avec aplomb. Il voudrait juste me présenter des excuses. Il m'attend sur le chemin des Falaises, vers cinq heures. Je vais y aller, mais je reviens ici ensuite.

Thérèse et Angela poussèrent un cri de déception.

— Oh, les filles, je ne m'absente pas longtemps ! protesta-t-elle. Ce soir, nous jouerons à la belote.

— Oui, ne l'ennuyez pas ! gronda Claire. Va vite, Faustine, sinon tu seras en retard.

— D'accord, à tout à l'heure.

La jeune femme sortit en refermant la porte. Des ouvriers qui fumaient devant la salle des piles, histoire de prendre l'air, la saluèrent. Très loin, un éclair zébra le ciel ; l'orage revenait. Des coups de tonnerre assourdissants retentirent. La pluie s'abattit, de grosses gouttes tièdes qui parurent exquises à Faustine.

Elle franchit le portail et marcha le plus vite possible. Il pleuvait dru, à présent.

« Comme c'est bon, cette eau fraîche sur moi... » songea-t-elle en contemplant les falaises. Des choucas et des corbeaux voletaient le long des pans de roche, les buis sombres brillaient déjà, vernis par l'averse. « Pourvu que Matthieu soit là ! Il faut qu'il vienne. »

Elle abandonna le chemin pour grimper le talus couvert d'une herbe très fine et rase. Des chardons poussaient par endroits, des touffes de ronces. Faustine souriait, heureuse de son escapade. La pluie ravivait tous les parfums de la terre, ceux des plantes, surtout. Cette exhalaison l'enivrait plus que du vin.

Au Moulin, Claire avait envoyé Angela fermer la fenêtre de sa chambre. L'adolescente s'attarda à observer le paysage qui lui était devenu familier. Elle vouait aux grandes falaises une sorte d'affection respectueuse, pour leur présence immuable et, dans son cahier, elle les avait comparées à des sentinelles de pierre.

« Oh ! Quelqu'un monte jusqu'à la Grotte aux fées. C'est mademoiselle. »

Les cheveux blonds et la robe claire ne laissaient aucun doute. Angela s'étonna. Où était Denis ? Soudain elle distingua une silhouette masculine, à l'entrée de l'étroite caverne. Un homme brun, élancé. Il saisissait les mains de Faustine, l'attirait derrière un pan de roche.

« Matthieu ! » se dit Angela, stupéfaite.

L'adolescente ferma la fenêtre avec l'impression de pénétrer dans un monde interdit. De retour dans la cuisine, elle reprit la lecture d'un roman commencé la veille, *Le Capitaine Fracasse* de Théophile Gautier, que Claire lui avait conseillé.

Le couple ne se savait pas épié. Matthieu admirait Faustine dont la robe trempée soulignait le moindre détail du corps.

— Tu as pu venir ! dit-il. Je craignais un contretemps, un problème.

— Moi aussi, surtout quand Léon m'a appris que tu partais en ville !

Matthieu la serra contre lui avec une infinie tendresse. Il embrassa son front, ses joues, puis sa bouche.

— C'était une ruse de guerre, ma douce Iseut ! J'ai garé ma voiture près de l'école et j'ai dévalé le raccourci avant de couper à travers le plateau. Pour redescendre ici, j'ai sauté, au risque de me casser une jambe.

— Tu es fou ! chuchota-t-elle tout en savourant le contact de leurs deux corps aussi bien que le son de la voix de Matthieu.

Il la berçait d'un mouvement imperceptible, sans manifester un désir immédiat. Cela rassurait Faustine qui, de son côté, sentait des frémissements de joie parcourir ses veines et accélérer les battements de son cœur.

— Oh, ce matin ! déclara-t-il. J'ai cru que j'allais me jeter sur Denis et le rouer de coups. Est-ce qu'il te traite comme cette pauvre jument ?

— Non, affirma-t-elle. Mais la veille, nous nous étions querellés. En plus, il était ivre. Je ne voulais pas coucher avec lui, tu comprends. J'ai inventé une indisposition, due à ma promenade à cheval. Denis était si contrarié qu'il a décidé de tuer Junon. J'ai peur, Matthieu, ce n'est pas un comportement normal. Claire pense qu'il a hérité de son grand-père Edouard et de son oncle Frédéric. Je m'en moque, moi, je ne veux plus qu'il me touche !

— Viens, asseyons-nous ! déclara le jeune homme.

Ils s'installèrent du mieux qu'ils purent sur le lit de sable et de gravier, le dos à la roche.

— Faustine, dit-il gravement, j'ai une mauvaise nouvelle. Le docteur Claudin nie la possibilité d'un avortement et il refuse de témoigner contre Corentine. Elle a dû l'embobiner ou lui promettre de l'argent. Je n'ai aucun motif de divorce. Et je suis obligé d'accepter ce poste en Espagne. Nous partirons dès qu'elle sera guérie.

Le « nous » fit tressaillir la jeune femme. Elle dévisagea Matthieu :

— Alors tu vas vivre à ses côtés, dormir avec elle ! Et moi, je dois retourner près de Denis !

— Tiens quelques mois seulement, et je trouverai une solution ! coupa Matthieu. Si je divorce à mes frais, il me faut de l'argent. Toi aussi tu dois quitter ton mari de pacotille, ce paquet de nerfs sans aucune moralité.

Faustine ferma les yeux en se blottissant contre l'épaule de son amant. L'avenir lui apparaissait très sombre.

— Je ne pourrai jamais le supporter ! gémit-elle.

— Dis la vérité à Bertille, qui préviendra Bertrand. Ce n'est pas un père aveuglé par l'amour filial, et il t'admire. Une séparation officielle est possible ; tu pourrais habiter une des chambres de ton école.

— Je crois que tantine a deviné, pour nous, dès le soir du mariage.

— Alors, elle nous aidera.

Matthieu l'étreignit plus fort. Elle chercha ses lèvres, qui étaient charnues et douces. Leur baiser eut une saveur de paradis. Ils ne s'en lassaient pas, reprenaient leur souffle et recommençaient. Il perdit le contrôle de lui-même le premier. Il caressa ses seins.

— Mais... tu n'as rien sous ta robe !

— Non, rien du tout ! rougit-elle.

Avec une exclamation sourde, il frotta son visage contre sa poitrine moulée par le tissu. Elle crut s'évanouir de bonheur. En tremblant, il voulut déboutonner l'échancrure du vêtement.

— Pas la peine ! balbutia-t-elle. Je l'enlève...

Elle se mit à genoux près de lui et se débarrassa de la robe, non sans mal, tant elle collait à ses formes. Matthieu l'aida. Elle lui apparut toute dorée, sa chevelure blonde plaquée sur ses épaules.

— Oh, tu es belle, mais belle ! Mon amour...

Il l'assit à califourchon sur son ventre, lui faisant un dossier de ses jambes repliées. Ainsi, la jeune femme était très proche de lui, exposée à ses caresses. Ils s'embrassèrent à nouveau, mais Matthieu en profita pour libérer son sexe tendu et le guider vers l'intimité brûlante de Faustine. Elle retint un cri de surprise, teinté d'une avidité ravie. Très vite, ils assouvirent le désir qui les égarait. Serrée dans ses bras, elle geignit d'extase.

— Pardonne-moi ! lui confia Matthieu avec un sourire taquin. Je t'ai imposé ça parce que tu es une bonne cavalière !

— Coquin ! pouffa-t-elle. Cela m'a plu, mais il me manquait des éperons.

— Quoi, des éperons ! Pour moi ?

Il la souleva et la força à s'allonger sur le sable. Elle sursauta, tant le sol lui sembla froid. Matthieu se coucha à ses côtés et la chatouilla. Ils chahutèrent si bien qu'au bout de cinq minutes le même désir lancinant les reprit. Cette fois, le jeune homme adopta une position classique, qui lui permit de suivre les expressions d'adoration s'épanouissant sur les traits enfiévrés de sa bien-aimée. Il guettait les sourires étonnés, le battement des paupières, le frémissement des lèvres d'un rose vif. Il dut fermer les yeux afin de savourer sa propre jouissance.

Ils restèrent un long moment silencieux, enlacés. La pluie redoublait de violence.

— Si on vivait ici, toujours ! dit soudain Matthieu. Je

chasserais des lapins et des grenouilles, tu cueillerais des mûres, des fraises des bois.

— Comme les hommes de la préhistoire ! soupira Faustine. Tu te souviens, Victor Nadaud nous faisait rêver en nous parlant d'eux.

— Je me souviens de tout, dit-il encore, de tes nattes, de tes mollets égratignés quand nous allions à la pêche aux écrevisses. Tiens, je me souviens aussi du jour où Bertrand devait me conduire en ville parce que j'allais être pensionnaire.

— Oh oui, tu t'étais enfui, tu t'étais caché dans le souterrain, et Sauvageon t'a retrouvé. Tu aurais pu mourir de faim et de soif : tu t'étais égaré au fond d'une des grottes.

— J'avais fait ça pour ne pas te quitter ! avoua Matthieu. La seule chose qui m'importait, c'était de rester au Moulin, avec toi.

Faustine l'embrassa en lui caressant le front et les cheveux. Elle l'aimait tant à cet instant qu'elle eut envie de pleurer.

— Je n'ai pas de souvenirs sans toi ! déclara-t-elle.

Matthieu lui sourit. Il se rhabilla, s'assit de nouveau et alluma une cigarette. Les mêmes questions le hantaient. Comment se libérer de Corentine, comment libérer Faustine de Denis ?

— Je me demande vraiment ce qui nous a pris d'épouser le frère et la sœur Giraud ! pesta-t-il en écrasant son mégot. Je me suis fait piéger à cause de sa grossesse, mais toi…

— Moi, Denis m'avait eue vierge, je me sentais liée à lui, et j'ai cru que je l'aimais un peu, puisque de toute façon tu devais te marier avec Corentine qui était enceinte.

— Ah ! soupira-t-il. On peut tourner le problème dans tous les sens, il n'y a pas de solution. C'est aussi triste et fatal que l'amour de Tristan et Iseut. Et le roi Marc n'est pas encore là pour réclamer justice…

— Qui vois-tu dans le rôle du roi Marc ? interrogea-t-elle.

— Ton père ! S'il m'avait apprécié, ne serait-ce qu'une fois, nous aurions pu être ensemble.

Attristée, Faustine remit sa robe. Matthieu disait la vérité.

Jean avait dressé un mur de méfiance, voire de haine, qui l'avait éloignée du jeune homme.

— Papa jugeait formidable que j'épouse Denis ! concéda-t-elle. J'entrais dans une famille très riche, je vivais à Ponriant. Mais je n'ai jamais été dupe : je savais qu'il voulait surtout m'éloigner de toi. Quel gâchis ! Je t'ai toujours aimé.

Matthieu ne pouvait pas la lâcher. Ils étaient debout, étroitement liés, et se dévoraient des yeux. Pendant des années, ils avaient lutté contre leurs sentiments et, en les découvrant si forts, si vrais, ils ne comprenaient plus pourquoi ils se retrouvaient condamnés à souffrir ainsi.

— Faustine, je t'aime tant ! Malgré les épreuves qui nous attendent, je suis heureux, oh oui, parce que tu m'as prouvé ton amour, que nous avons eu ces moments tous les deux, avoua-t-il. Je n'ai pas envie de te laisser.

— Reviens demain soir, mais tard, quand il fera nuit. Au Moulin, tout le monde se couche vers dix heures. Si tu peux revenir ici un peu avant minuit, je serai là, à t'attendre, dit-elle d'un ton persuasif.

— D'accord ! souffla-t-il. J'inventerai un prétexte, ou bien j'irai à Angoulême, je raconterai que je dîne chez Patrice, et je viendrai te rejoindre avant de rentrer au domaine. De toute façon, nous faisons chambre à part, Corentine et moi. Elle prend des comprimés pour dormir que lui a prescrits le médecin. Mon petit cœur, ne t'inquiète pas, je viendrai. Si j'apportais du champagne, des couvertures et des biscuits de Reims, les roses avec du sucre glace que tu adorais petite.

— Oui, s'il te plaît, et moi je prendrai des bougies. Ce sera la plus belle fête de ma vie.

Ils s'embrassèrent encore, longuement, en se tenant les mains.

— Pars en premier ! dit-il. Je te contemplerai de loin, quand tu marcheras sur le chemin. L'orage s'est calmé, il ne tombe que de la bruine.

Faustine descendit le talus sans un regard en arrière, pour ne pas faire demi-tour. Matthieu, appuyé à une énorme souche de lierre, alluma une cigarette. Ils ignoraient tous les deux que la Grotte aux fées avait abrité jadis un autre couple : Claire et Jean. C'était vingt-deux ans auparavant ; lui fuyait la police, elle sortait en cachette la nuit dès que ses parents dormaient.

Domaine de Ponriant, même jour, même heure

Bertrand et Denis étaient assis face à face, dans le bureau de l'avocat. Le jeune homme avait demandé à son père un entretien après les nombreux sermons reçus.

— Eh bien, je t'écoute, mon fils ! Est-ce que par hasard tu n'aurais pas compris ce que je t'ai dit avant le déjeuner ?

— Ce n'est pas ça, papa ! coupa Denis d'un ton sec. Tu m'as accablé de reproches, tu m'as presque insulté. Mais si j'aime toujours ma femme, qui est très jeune comme tu me l'as répété, je tenais à préciser que j'étais déçu. Je ne pouvais pas aborder ce sujet devant la petite Clara… et Bertille.

Il avait souligné le prénom de sa belle-mère avec une note de mépris.

— Mon épouse t'a déplu également ? avança Bertrand.

— Je ne tiens pas à en discuter maintenant. Si tu es en paix avec ta conscience à l'égard de ma pauvre maman, tant mieux !

L'avocat sentit sa patience s'effriter. Il soupira, excédé.

— Je te préviens, ne dis pas de mal de Bertille ! Tu ne peux pas comprendre ce qu'il y a entre nous, encore moins la juger.

— Bien sûr, papa ! ironisa Denis. Passons donc sur le sujet. Je te disais que j'étais déçu. Voilà, vous aimez tous Faustine pour ses qualités indéniables. Cependant, elle se comporte en gamine en ce qui concerne notre vie privée et j'espérais autre chose.

Bertrand l'interrompit d'un geste.

— Une minute, Denis ! Penses-tu vraiment que j'ai à t'écouter ? Tu n'as pas une once de pudeur, ou quoi ? Certes, vous vivez sous mon toit, mais je n'ai pas à être informé de ce qui se passe dans vos chambres. Bon sang, Faustine a dix-neuf ans, toi bientôt vingt et un ! Vous n'étiez majeurs ni l'un ni l'autre le jour des noces. Je suppose que tu as plus d'expérience qu'elle, mais c'est à toi, justement, de te montrer patient, doux et tendre ! Une jeune fille n'est pas une jument que l'on fouette pour obtenir sa soumission ! Petit crétin, va ! Qu'est-ce qui t'arrive ? Tu te crois tout-puissant grâce aux chevaux que tu dresses ? Je t'ai vu à l'œuvre, tout à l'heure, sur cet étalon gris… Continue à le brutaliser comme ça, il te jettera au sol ! Ton oncle Frédéric, réputé violent et gros buveur, était plus délicat avec ses bêtes.

— D'accord, j'ai compris ! tempêta Denis. Vous êtes tous contre moi ! Je travaille dur pour redorer le blason de l'élevage Giraud, ça ne compte pas. Un mot encore : je me suis marié dans l'espoir d'avoir une femme amoureuse au lit, une femme qui m'aime, désireuse de me combler. Faustine m'exaspère, elle me rend mauvais à jouer les effarouchées. Dès que je la vois, je me mets en colère.

Bertrand se leva. Il en avait assez entendu. L'envie de gifler son fils le démangeait.

— Eh bien, dans ce cas, ne la regarde pas, ou prends une douche glacée. Voyons, Denis ! Faustine est belle, intelligente, dévouée. De quoi te plains-tu, à la fin ? Sois franc, as-tu connu une autre fille avant elle ?

Denis hésitait à dire la vérité. Pourtant, par orgueil, il avoua :

— Je craignais d'être ridicule si j'étais puceau à mon mariage ! Comme Faustine était sérieuse sur ce plan, j'ai pris l'habitude de fréquenter les dames du Rempart du Nord. Bon-papa me versait une petite pension pour mes distractions. Ce sont des lieux corrects, propres, je t'assure, et j'ai acquis là-bas une certaine renommée. Je choisissais les plus jeunes, les plus jolies, et elles m'accueillaient avec enthousiasme.

Cette fois, l'avocat cogna le poing fermé sur son bureau en chêne massif. L'air suffisant de son fils, le sourire égrillard qu'il arborait, tout cela le révoltait.

— Mon pauvre Denis, que tu es fat et sot ! gronda-t-il. Ces filles, tu les payais, elles n'avaient pas le choix. Ce sont des pratiques courantes chez les bourgeois, de chercher ailleurs des plaisirs inédits, mais à ton âge ! Et tu t'en vantes… J'espère vraiment que tu n'y mets plus les pieds. La syphilis se contracte dans ce genre d'endroit, et c'est une maladie mortelle, contagieuse en plus. Elle te ruine le corps et te rend fou, à la longue.

Le jeune homme parut effrayé. Il baissa la tête et détailla ses habits et ses mains comme pour déceler les signes du fléau.

— Tu dois changer de conduite, trancha Bertrand, car tu as épousé Faustine, tu lui as juré fidélité et amour. Maintenant, laisse-moi, je suis fatigué de tes bêtises.

Denis lutta en vain contre la fureur qui l'envahissait. Du revers de la main, il balaya tout ce qui se trouvait sur le meuble le séparant de son père : le téléphone, l'écritoire, l'encrier, le presse-papiers en bronze représentant un cheval cabré.

— Et toi ! hurla-t-il en bondissant de son siège. Tu n'avais peut-être pas juré fidélité à maman ! Tu as beau jeu de me lancer la pierre, alors que tu couchais avec Bertille pendant que ma mère mourait de chagrin ici, à Ponriant. Tu pratiquais l'adultère, tu te foutais bien de nous, tes enfants !

L'avocat recula, surpris par ce déferlement de haine. Denis était affreux à voir, le visage convulsé, blême, les yeux exorbités.

— Tu n'as même pas nié quand je t'ai interrogé ! ajouta le jeune homme. Toi, tu as des excuses, sans doute, pas moi ! Si tu veux le savoir, ça me coûte de dormir chez toi, de manger en compagnie de ton ancienne maîtresse. Une chance que maman soit morte, vous avez pu légitimer vos amours ! Normal, un maître du barreau, le respectable monsieur Giraud !

— Tais-toi ! cria Bertrand. Sors de mon bureau ! Hors de ma vue !

Denis s'en alla en claquant la porte si fort que Mireille perçut le choc de la cuisine. La vieille femme se signa. Greta, qui épluchait des pommes de terre, courba le dos.

Le soir, quand elle entra dans le pavillon, la bonne chercha comment bloquer la porte. Il y avait des traces de verrou, mais il avait été arraché depuis longtemps. Greta poussa une commode devant le battant.

C'était une jeune femme au cœur simple. Elle regrettait son existence en Allemagne. Là-bas, elle s'était mariée avec un éleveur de cochons. La maison basse en lisière d'un bois de sapins lui plaisait. Mais la guerre était venue. Son jeune époux avait été tué dans la Marne. Greta avait beaucoup pleuré, elle avait travaillé dur, jusqu'à l'arrivée d'un prisonnier français, Léon. Au début, elle s'en méfiait. Au fil des semaines, elle s'était habituée à lui. Il la faisait rire en baragouinant un mélange d'allemand et de français. Le soir, il jouait de l'harmonica. Un mois de juin, elle était montée le rejoindre dans le grenier à foin, seulement vêtue d'une chemisette bleue très légère. Léon était doux, gentil, tendre. Elle savait qu'il était marié, en France, mais ils éprouvaient le besoin de se donner de la tendresse. Et puis, il était parti. La suite lui faisait l'effet d'un cauchemar. Revenu du front, son beau-frère l'avait chassée ; elle était partie pour Angoulême, certaine que Léon la protégerait.

Maintenant, elle devait travailler dans la grande maison des Giraud qui étaient de braves gens. Greta économisait ses gages – elle était nourrie et logée – et ne dépensait rien. Elle devait élever son fils, qui avait le cerveau malade.

Elle n'osa pas se déshabiller. Thomas dormait. A dix heures, on frappa. D'abord à la porte, puis à la fenêtre. Greta claquait des dents. D'un coup, la commode avança avec un drôle de tremblement. Denis apparut. Il avait une bouteille de champagne à la main, la chemise déboutonnée, les cheveux hirsutes.

— Eh, la Boche, on va trinquer un coup, nous deux !

Elle fit non de la tête en montrant d'un signe du menton le lit en fer où était couché le bébé. Denis haussa les épaules.

— Ton bâtard est encore plus crétin que moi ! Tu entends ça, mon père m'a traité de crétin... Allez, sois mignonne, Greta !

Il insistait sur le mot « Greta » en scandant les deux syllabes. Elle se leva, prise de panique, et ôta son boléro noir.

Il valait mieux se laisser faire. Il s'en irait une fois satisfait. Pourtant elle bredouilla, en s'appliquant à bien articuler :

— Ce n'est pas bien, Monsieur ! Je suis une fille sérieuse.

— Ah oui, sérieuse comme les autres ! pouffa Denis, ivre mort. Dis, le gosse, là, tu l'as pas fabriqué en faisant tes prières ! C'est pas celui de ton mari, hein, Léon t'a arrangé ça.

Le jeune homme s'affala sur une chaise.

— Fais-moi une petite gâterie ! exigea-t-il d'une voix pâteuse. Sinon je te fous dehors !

— C'est madame Bertille qui m'a engagée, pas vous ! protesta Greta. Madame ne me chassera pas. Elle est contente de moi.

— Ah ! Elle sera moins contente quand je lui raconterai que tu as volé ses ombrelles, ses cannes, et peut-être de l'argenterie. Viens là, bourrique !

La jeune bonne tremblait des pieds à la tête. Elle aimait bien, jusqu'à présent, vivre à Ponriant. Léon n'était pas loin, même si désormais il restait fidèle à son épouse Raymonde.

— Monsieur, je ne sais pas ce que c'est, une gâterie.

Denis fit sauter le bouchon du champagne. Il but au goulot. Le bruit avait réveillé Thomas. Le petit, dans ces cas-là, ne pleurait pas. Il s'asseyait et regardait la flamme de la chandelle. Affolée, Greta approcha de la chaise.

— Je vais te montrer ce que je veux. Après, je te ficherai la paix ! Que veux-tu, ma femme n'aime pas s'amuser.

Greta comprit très vite, guidée par les gestes brutaux du jeune homme. Elle s'exécuta, honteuse, sous l'œil morne de son fils, qui semblait ne rien voir. Denis rajusta son pantalon d'équitation. Il se gratifia d'une nouvelle rasade à même le goulot avant de se relever en titubant.

— Tiens, je te laisse la bouteille ! Tu l'as méritée.

Le cauchemar de Greta commençait.

Domaine de Ponriant, même soir

Bertille lisait, assise contre un mur d'oreillers douillets. Bertrand était allongé près d'elle, un foulard noir posé sur les yeux. Il venait d'ôter le bandeau en cuir qui protégeait son œil malade. La lumière rose de la lampe à pétrole lui paraissait trop forte.

— Veux-tu que j'éteigne ? demanda-t-elle. Tu souffres encore, mon cher amour.

— Mais non, continue ton roman, je me repose ! Clara n'était pas trop déçue de dormir à nouveau dans sa chambre ? interrogea-t-il.

— J'ai laissé une veilleuse et elle est entourée de ses poupées. Ne t'inquiète pas.

L'avocat soupira. C'était un long soupir anxieux qui trahissait sa profonde lassitude. Bertille referma son livre et le déposa sur la table de chevet. Elle se tourna vers son mari :

— Tu te tracasses pour Denis ? s'enquit-elle doucement.

— Oh oui ! On le dirait pris de folie, et je n'ai pas d'explication. Ou alors je ne connaissais pas mon fils. Il nous a tous leurrés sur sa vraie nature. S'il n'avait pas épousé Faustine, je l'enverrais au diable faire les quatre cents coups ! Peut-être qu'au retour il serait assagi. En plus, Corentine lui monte la tête. Je n'ai pas osé t'en parler, mais ma fille, apparemment, a découvert que nous avions eu une liaison du vivant de Marie-Virginie. Denis m'accuse presque d'avoir causé la mort de sa mère !

Navrée, Bertille éteignit la lampe. Elle se blottit contre Bertrand.

— Ce n'est pas toi qu'ils accusent, tous les deux, mais moi, la tentatrice. J'ai remarqué des petites choses, destinées à me blesser. Tes pauvres enfants se fatiguent en vain ; ils ignorent que je suis forgée en acier !

Elle tentait de plaisanter, mais l'état de mélancolie de Bertrand la préoccupait.

— Que t'ont-ils fait, ces imbéciles ! Vas-y, dis-moi !

— Oh, ma boîte à couture vidée de son contenu dans le

feu ; mon thé salé et non sucré, l'autre jour, et mes comprimés contre la migraine ont disparu ; un de mes ouvrages préférés, de Victor Hugo, dont les pages sont lacérées. C'est la guerre, mais je tiens bon. Ils ne s'attaqueront pas à ce que j'ai de plus précieux, toi et Clara. Ce sont des gamineries stupides dans le but de me contrarier. Je fais celle qui ne s'aperçoit de rien.

— Ma princesse ! s'émut Bertrand. Et tu ne te plaignais pas. Ils mériteraient de plier bagage. D'abord, Corentine a une maison, et plus grande, plus belle que celle-ci. En ville de surcroît ! Bon sang, elle pourrait régner sur la vie mondaine angoumoisine, organiser des repas, suivre les bals ! Je les aime, pourtant. Seule Eulalie a dû hériter du tempérament généreux et spirituel de maman. Si tu l'avais connue, Marianne des Riants. Au bourg, chacun vénère encore son souvenir.

Bertille caressa le front de son mari. Elle essaya de le rassurer.

— Cela passera, mon amour ! Dès qu'elle sera rétablie, Corentine suivra Matthieu en Espagne. Je m'inquiète davantage pour Denis. Je sens que Faustine n'est pas heureuse ; elle a la mine d'un petit animal des bois mis en cage.

Bertrand esquissa un sourire dans la pénombre. La comparaison le touchait.

— J'ai beaucoup d'affection pour elle ! avoua-t-il. Si ma fille avait la moitié de ses qualités, combien je serais heureux.

— Il fallait confier Corentine à Claire dès son jeune âge. Ma cousine est une excellente éducatrice ! répondit Bertille.

— Dis donc, Claire a souvent gardé Denis, et le résultat n'est guère brillant, ironisa-t-il gentiment.

— Je crois que ton fils se venge de quelque chose, mais de quoi ! répliqua-t-elle. Mireille m'a raconté que l'ancienne gouvernante, Pernelle, était très brutale avec lui quand il était petit. Elle le fouettait au martinet, l'enfermait dans la cave.

— J'étais souvent absent, concéda l'avocat. Et Eulalie plaidait la cause de son frère. Marie-Virginie me répétait que c'était un enfant têtu et désobéissant. Je ne m'en mêlais pas. Je pensais trop à toi, je préférais passer le maximum de temps à Angoulême parce que tu y vivais...

D'un geste passionné, il la serra contre son épaule. Bertille réfléchissait, accablée de remords.

— Nous sommes tous deux responsables du mauvais caractère de Denis, de sa violence ! déclara-t-elle après un long silence. Claire m'a téléphoné aujourd'hui. Elle souhaite discuter avec lui, le raisonner. Ton fils la respecte, tandis qu'il nous méprise. Elle peut avoir une bonne influence.

— Mumm...

Bertrand s'endormait. Elle l'embrassa sur la joue et guetta sa respiration de plus en plus régulière.

« Est-ce que je dois lui dire ce que je sais ? songea-t-elle. Le drame de ces doubles noces ? Matthieu aime Faustine, et c'est réciproque. Je suis sûre qu'ils ont sauté le pas. Comment réparer les dégâts ? »

Malgré son angoisse, Bertille finit par s'endormir aussi.

Moulin du Loup, même soir

Claire contemplait Arthur dont le sommeil paisible la réconfortait. Le petit garçon suçait son pouce. Il avait la peau très blanche et des boucles de soie blonde.

— Et toi aussi, quand tu seras grand, chuchota-t-elle, tu me cacheras tes pensées, tes chagrins.

Elle pensait à Faustine. Sa fille était rentrée de son rendez-vous avec Denis, son prétendu rendez-vous, dans un état d'exaltation étrange. Elle riait beaucoup en pinçant la taille de Thérèse. Au dîner, elle n'avait rien avalé. Mais il y avait bien pire. Pendant son absence, Claire s'était décidée à appeler le domaine, et elle avait tout de suite eu Bertille au bout du fil.

« Une chance que nos jeunes mariés se revoient, cet après-midi, après cette terrible querelle ! avait dit Claire. Denis a choisi la meilleure solution en venant présenter des excuses ! »

Sa cousine avait répliqué aussitôt :

« Denis, mais il est à cheval, je le vois d'ici, par la fenêtre ! A quelle heure avaient-ils rendez-vous ? »

Désemparée, incrédule, Claire s'était lancée dans des explications très vagues.

« J'ai dû mal comprendre ; ils se sont déjà vus ou ils vont se voir ! Peut-être aussi que Faustine avait envie de prendre l'air, sans personne pour l'accompagner. »

Bertille avait dit la même chose, sans insister sur l'impossibilité de cette rencontre : Denis n'avait pas quitté Ponriant. Matthieu, par contre, était parti en voiture.

Claire souffla la bougie. Le noir ne l'apaisa pas. Elle n'avait pas osé interroger sa fille devant tout le monde.

« Où est-elle allée ? Sous la pluie ! Pourquoi était-elle si gaie au retour, comme délivrée d'un fardeau ? Mon Dieu, si elle avait un autre homme dans sa vie ! Non, pas après un mois de mariage. Ma pauvre chérie, elle a pu courir jusqu'au logis du Mesnier, vérifier l'avancée des travaux. Moi aussi, j'aimais me promener en solitaire, pour rêvasser, faire le point. Demain, je lui parlerai. »

Elle pensa à Jean. Il lui manquait souvent, mais beaucoup moins que prévu. Pendant des années, Claire s'était dévouée à ses parents, à ses frères, à ceux que le destin lui confiait. Son amour pour Jean servait de toile de fond. Il était si présent et si fort qu'elle se sentait reliée à son mari quand il était loin. Pour la première fois, elle apprenait à être heureuse sans lui, et cela la tourmentait.

« J'ai envie de le revoir, qu'il soit là, à mes côtés. Pourtant, j'apprécie ma liberté. »

Lucide, honnête, elle ne se berçait pas d'illusions. William comblait le vide laissé par son mari. Les attentions constantes du papetier, ses sourires, ses visites brèves mais fréquentes pimentaient cette période de son existence.

« Si William n'était pas là, je me morfondrais sans Jean. Je serais même malade de jalousie à l'idée qu'il puisse rencontrer une femme plus jeune, plus moderne... C'est le grand mot à la mode : « moderne ». Il faut couper ses cheveux et ses jupes, utiliser le téléphone, faire installer l'électricité. Et plus de chevaux ni de calèches, mais des automobiles, des camions... »

Claire soupira en posant la main sur le bras menu de

son demi-frère. Elle bénissait la Providence qui lui avait redonné ce petit garçon lumineux, intelligent et tendre. Cela l'amena à évoquer Angela. Déjà, elle s'attachait à l'adolescente. Faustine lui avait raconté son triste passé.

« Tous ces enfants rejetés, abandonnés, privés de soins et de conseils ! Les malheureux. Les adultes les ont trahis, reniés. »

Elle associa Angela aux victimes du pervers dont les crimes avaient souillé la vallée. Leurs prénoms tournaient dans son esprit : Pia, Yvonne, Marie-Désirée qui en était morte, et Julie, Elodie...

— Demain, sans faute, je parlerai à Faustine... Pour Angela aussi ! se promit-elle à mi-voix.

Moulin du Loup, 25 juillet 1919

Ce n'était pas facile d'éloigner de Faustine les quatre enfants qui l'entouraient dès l'heure du petit déjeuner. Claire envoya César nourrir les chèvres et elle expédia Angela et Thérèse au potager avec mission de cueillir des haricots verts. Les deux filles emmenèrent Arthur, qui devrait arroser les semis de salade.

Raymonde s'installa dehors, à l'ombre du poirier de la cour. Elle tricotait des brassières en laine. Le bébé viendrait au monde en janvier ; il fallait prévoir un trousseau chaud et pratique. Léon, lui, s'occupait de Junon et de Sirius.

— Je vais remonter faire mon lit, maman ! annonça Faustine en quittant la table.

— Attends un peu ! dit sa mère. Tu n'as même pas bu ton café.

— Il est trop fort ! protesta la jeune femme.

— J'ai à te parler. En tête à tête ! N'aie pas cet air méfiant. Dans certains cas, une mise au point s'impose.

— Oh, que tu es sérieuse, soudain ! soupira Faustine, inquiète.

— Ecoute-moi ! dit Claire. Je crois que tu as des ennuis, mais tu n'es pas obligée de me mentir. Hier, tu n'as pas vu Denis, car j'ai téléphoné au domaine et ton mari était à cheval, Bertille le voyait de la fenêtre. A cinq heures, justement. J'aimerais savoir ce que tu as fait, même si j'imagine que tu t'es promenée, seule, pour réfléchir.

Faustine aurait voulu répondre la vérité, mais elle jugea la chose impossible. Cela lui coûtait de tromper sa mère.

— C'est ça, maman, je ne me sentais pas bien, j'étais oppressée. Marcher sous la pluie m'a calmée. J'étais au logis du Mesnier. Et puis, à la fin, arrêtez de me surveiller, Bertille et toi.

Claire perdit patience. Elle posa son bol de lait et essuya ses lèvres d'un coin de serviette.

— Ma chérie, nous sommes bien obligées ! Tu as inventé de toutes pièces ce rendez-vous ! Pourquoi ? Personne ici ne t'aurait empêchée de sortir une heure, si tu en avais envie. J'ai l'impression que tu es malheureuse et je me demande pourquoi. Quelle est la vraie raison ?

— Maman, je t'en prie, pas aujourd'hui. Je me repose, dans ma famille. Je voudrais en profiter.

La jeune femme opposait à sa mère un visage fermé, une moue boudeuse. L'amour révélé lui conférait une ténacité nouvelle. Chaque instant avec Matthieu était précieux. Elle préserverait leur secret à n'importe quel prix.

— Faustine, qu'est-ce qui te prend ? Tu n'as jamais eu un ton aussi dur envers moi, constata Claire.

— Je suis désolée, mais à peine debout je subis un interrogatoire comme si j'étais coupable de quelque chose ! cria Faustine en se levant. Ce n'est pas agréable. Je ne te demande pas ce que tu fais, toi, à rendre visite dix fois par jour à William Lancester.

Claire haussa les épaules, vexée. Elle ne s'attendait pas à une telle pique de la part de sa fille.

— Très bien, soupira-t-elle. Je ne me mêlerai plus de ta vie privée. Je voulais t'entretenir d'un autre sujet important, si tu as une minute à m'accorder.

— Eh bien, vas-y ! J'ai l'intention de mettre Junon au pré avec Sirius. Le petit pré derrière les bambous : l'herbe est magnifique et il y a de l'ombre. Ils pourront boire au ruisseau. Mais ce n'est pas urgent.

Faustine avait les mains crispées sur le dossier d'un fauteuil. Elle regrettait déjà sa saute d'humeur. L'air blessé de sa mère lui donnait de vifs remords. Elle s'excusa :

— Pardon, maman ! Je suis trop nerveuse, ces jours-ci. Qu'est-ce que tu voulais me dire ?

— C'est à propos d'Angela ! commença Claire, qui évitait de regarder la jeune femme.

— Elle te dérange, elle te cause du souci ? s'écria Faustine. En septembre, elle logera à l'école, ne t'en fais pas. Oh ! J'ai peut-être oublié de te verser sa pension, comme convenu.

— Je me fiche bien de ta pension. J'avais refusé cet argent ! coupa Claire d'un ton ferme. Et Angela ne me dérange pas, loin de là. C'est une enfant très intelligente, serviable, travailleuse. Je me suis attachée à elle. Comment t'expliquer ce que je ressens... Chaque fois que je pense à ce qu'elle a vécu, être abusée par le souteneur de sa mère, j'en suis malade. Bref, je voudrais l'adopter. Cela va te surprendre, je suppose. Je sais que tu as obtenu sa tutelle jusqu'à sa majorité, mais je voudrais qu'elle puisse m'appeler maman, qu'elle considère cette maison comme la sienne. En fait, elle deviendrait ta jeune sœur.

Faustine resta sidérée un bon moment. Puis elle fondit en larmes devant cette belle femme de quarante ans qui ne songeait qu'à faire le bien autour d'elle, à recueillir et à protéger, que ce soit un enfant, un louveteau ou un cheval. Elle savait que Claire avait tenté d'apitoyer Raymonde sur le sort du petit Thomas, un simple d'esprit, pour permettre à Léon de voir son fils plus souvent.

— Maman ! s'exclama-t-elle en s'asseyant sur le banc, tout près d'elle. Maman, tu es la meilleure personne du monde. Je te demande pardon, je suis mauvaise, moi.

Claire la prit dans ses bras. Elle était profondément soulagée de retrouver sa Faustine douce et tendre.

— Tu souffres, et cela te rend dure ! Là, là, c'est fini.

— Et papa ? bredouilla la jeune femme. Tu ne peux pas décider d'adopter Angela sans son accord !

— Je lui ai écrit pour lui demander son avis, mais je sais qu'il acceptera. Jean a changé depuis qu'il peut voyager, écrire, lire son nom en bas des articles. Ton père se bat pour les enfants envoyés en colonie pénitentiaire, pour les indigents, les infirmes de la guerre. Si tu ne t'opposes pas à mon projet, je verrai Bertrand pour régler les formalités administratives.

Claire se tut un instant, avant de rire tout bas :

— Si je suivais mon cœur, Faustine, j'ouvrirais un orphelinat, moi aussi. Je ne peux pas supporter la souffrance des innocents, enfants ou animaux. Je la lis dans leurs yeux. Oh, comment te dire ! Si tu avais vu le regard de la belle louve que le garde champêtre a tuée devant moi. La compagne de Sauvageon pressentait sa mort, mais elle restait digne.

Des larmes mouillèrent les joues de pêche de Claire.

— C'était il y a plus de dix ans, mais je m'en souviens avec une précision intacte ! Je regarde toujours la grotte où le drame s'est passé avec un frisson de révolte.

— Est-ce que c'est arrivé dans la Grotte aux fées ? demanda Faustine.

— Non, et heureusement. La Grotte aux fées demeure un lieu béni, où rien de triste ne peut se produire. Je la connais bien. Jadis, un énorme lierre en cachait l'entrée. Victor Nadaud et ses collègues préhistoriens l'ont coupé pour mieux fouiller le sol. Cela m'agaçait un peu…

— Pourquoi ? s'étonna la jeune femme, la tête appuyée à l'épaule de sa mère adoptive.

— Ah ! Je ne devrais pas te raconter ça. Mais la première fois que j'ai… enfin que ton père et moi, nous avons… tu me comprends… c'était dans la Grotte aux fées. Jean s'y cachait quand la police le traquait. Et là-bas aussi, Basile l'a retrouvé à demi évanoui parce qu'il avait entaillé son bras pour effacer le matricule de la colonie pénitentiaire. Quelle époque !

Faustine observait le visage de Claire. L'émotion affleurait sur ses traits, sur sa bouche sensible et charmeuse, sur son grand front toujours lisse.

— Maman, tu sembles avoir la nostalgie de ce temps-là ? Je me trompe ?

— Oh ! Qui ne regrette pas sa jeunesse, sa toute prime

jeunesse ? On vibre d'espoir, de passion, on croit mourir si l'on ne rejoint pas l'être aimé, le corps enflammé d'un brasier qui vous prend tout entier...

Claire éclata de rire. Elle caressa la joue de sa fille.

— Tu es tellement plus sage que moi, Faustine. Pourtant, je t'ai élevée sans sévérité... alors que ma mère, Hortense, était d'une rigueur difficile à supporter.

La jeune femme se releva et prit la main de Claire.

— Accompagne-moi à l'écurie, et jusqu'au pré. Tu tiens Sirius, je me charge de ma jument.

Elles lâchèrent les chevaux du même geste délicat. Délivrées de leurs licols, les deux bêtes partirent au galop, crinière au vent. Malgré son âge avancé, Sirius avait fière allure. Junon s'accorda quelques ruades de gaieté.

— Regarde-la ! dit Faustine. Elle se plaît, chez nous.

— Le destin est étrange, quand même ! déclara sa mère adoptive. Frédéric m'avait offert Sirius quelques mois après notre mariage. C'est le seul cadeau, avec la tenue d'amazone, que j'ai gardé de ma vie à Ponriant. Toi, c'est Denis qui t'a donné Junon.

« Et si je divorce, je devrai la laisser à Denis ! pensa Faustine. Elle a de très bonnes origines, sûrement, il compte la faire pouliner un jour. »

Angela les rejoignit en courant, un panier d'osier calé contre sa hanche.

— Claire ! Mademoiselle ! Est-ce qu'il y a assez de haricots ?

— Pour ce soir, oui, répondit Claire. Mais il faudra continuer la cueillette, car je vais en mettre en bocaux.

D'un regard, Faustine sollicita la permission de Claire qui hocha la tête. La jeune femme attira l'orpheline près d'elle.

— Ma chérie ! déclara-t-elle. J'ai deux choses à te dire. D'abord j'ai lu ton cahier hier soir, et je suis enthousiaste. *La Chronique du Moulin du Loup*, par Angela ! Une réussite.

Claire fronça les sourcils, intriguée.

— De quoi parlez-vous ? demanda-t-elle.

— Angela a un don pour l'écriture. Elle note dans un cahier toutes les anecdotes qui se passent ici, ses sensations, ses idées.

— J'aurai le droit de le lire, moi aussi, ce cahier ?

— Bien sûr, madame Claire ! claironna l'adolescente.

— Ensuite, reprit Faustine, ma mère m'a parlé tout à l'heure et, si tu acceptes, elle voudrait t'adopter. Tu pourrais l'appeler maman, et tu serais ma sœur.

— Si tu veux bien, Angela ! murmura Claire.

L'orpheline dévisagea tour à tour Faustine et Claire. Elle restait bouche bée, les yeux brillants de larmes contenues, les mains nouées dans son dos.

— Moi ! Vous voulez m'adopter… moi ? bredouilla-t-elle. Ce serait ma maison, le Moulin ? Bien sûr que je veux, mais c'est impossible ! Pourquoi vous feriez ça ?

Claire referma doucement ses bras sur le corps frêle d'Angela. Elle déposa un baiser sur sa joue, puis sur la cicatrice de son front.

— Tu es chez toi, ma chérie ! dit-elle, la voix nouée par l'émotion.

Faustine avait du mal à ne pas sangloter. Heureusement, Thérèse et Arthur déboulèrent, leurs habits trempés. Ils s'étaient arrosés avec l'eau du robinet.

La journée fut un enchantement. Raymonde céda à la bonne humeur générale et servit au goûter de la compote de poires sucrée au miel. Faustine et Claire se lancèrent dans une liste d'objets divers destinés à agrémenter la chambre d'Angela. L'adolescente était dans un état d'exaltation qui touchait toute la famille. Elle embrassait la servante et se précipitait pour l'aider. Elle dessina un éléphant afin de distraire Arthur.

— Elle me ressemble un peu, cette enfant ! confia Claire à Faustine. Ses cheveux noirs, sa peau mate et ses yeux noirs ! Et c'est une lectrice acharnée.

Reprise par l'atmosphère paisible et chaleureuse de son foyer, la jeune femme n'avait plus du tout envie de rentrer au domaine le lendemain.

« Pourtant, il le faudra bien ! se dit-elle au coucher du soleil. Mais, auparavant, je reverrai Matthieu cette nuit. »

Après le dîner, Angela vint avec elle donner de l'eau aux chevaux, qui resteraient au pré jusqu'au matin.

— Je suis vraiment contente, mademoiselle ! lui confia l'orpheline. Ce qui m'arrive, c'est merveilleux, comme dans les contes de fées ou dans les livres de la comtesse de Ségur.

— Oui, mais tu dois m'appeler Faustine, puisque je suis presque ta grande sœur.

Angela approuva, l'air soucieuse. La jeune femme s'inquiéta :

— Qu'est-ce que tu as, ma chérie ?

— Oh, j'ai commis une mauvaise action, et je n'ose pas vous l'avouer.

— Dis-moi, je suis sûre que ce n'est pas grave !

— Si, je vous ai vue entrer dans une grotte, hier après-midi, et j'ai vu aussi monsieur Matthieu. Il vous tenait les mains… J'ai vite refermé la fenêtre ! Je n'ai rien raconté à personne.

Du coup, Faustine s'assit dans l'herbe, très embarrassée. Angela se jeta à genoux devant elle.

— Je vous demande pardon, mademoiselle… euh… Faustine.

— Ecoute, Angela, je dois te confier un secret. Je crois que tu as l'âge de comprendre. Mon mari, Denis, m'a fait beaucoup de peine, hier matin. Tu le sais, il voulait tuer ma jument, il l'a frappée. Matthieu a grandi ici, près de moi. Il m'a toujours protégée et consolée. J'aurais pu le rencontrer, hier, juste pour être consolée ou rassurée. Seulement, je ne veux pas te mentir. Le jour de mon mariage, il s'est passé une chose affreuse. Je me suis aperçue que j'aimais Matthieu, de tout mon cœur, et pas Denis. Maintenant, nous souffrons tous. C'est un secret très grave, et je compte sur toi pour le garder. Tu ne dois pas en parler, même pas à Thérèse, ni à César.

Bouleversée, Angela arracha une touffe de plantains et déchiqueta les feuilles de ses ongles. Elle confessa à Faustine :

— César, il s'en doutait. Avant vos noces… Il m'avait dit que vous devriez épouser Matthieu parce qu'il vous aimait bien plus que monsieur Denis. Et moi aussi, je préfère Matthieu. Il est gentil, lui.

L'aveu spontané de l'adolescente conforta Faustine dans ce sentiment de catastrophe irréversible qui l'oppressait.

— Tout le monde nous considérait comme frère et sœur, sauf mon père ! soupira la jeune femme. Oh, cela me soulage de pouvoir t'en parler.

Angela ne posa pas de questions inutiles. Elle se jeta au cou de Faustine et demeura ainsi, la joue contre sa joue.

— Soyez courageuse, cela s'arrangera. Je vous jure de ne rien dire, jamais.

— Merci, ma chérie, je te fais confiance.

Elles se sourirent et rentrèrent d'un pas tranquille au Moulin.

L'horloge avait sonné les douze coups de minuit, dont l'écho métallique s'attardait dans le silence de la maison. Faustine se tenait sur le perron, prête à refermer la porte derrière elle. Elle était en retard, mais la veillée s'était prolongée. César avait proposé une belote à Thérèse et Angela, Claire feuilletait de vieux almanachs. Les discussions allaient bon train, chacun commentant la prochaine adoption d'Angela et son entrée dans la famille.

Ce coup de théâtre inattendu avait troublé Faustine. Elle aurait voulu profiter de la joie ambiante sans arrière-pensée, se sentir en accord avec la vie qu'elle s'était choisie, celle d'une jeune institutrice éprise de justice, mariée à un homme fortuné.

« Si je n'aimais pas tant Matthieu, je resterais là-haut, dans ma chambre, sans courir à notre rendez-vous. Si Denis ne s'était pas montré aussi brutal, aussi vicieux, je serais heureuse de le retrouver demain... » songea-t-elle en descendant le perron, inquiète du bruit qu'avait fait le loquet.

Elle s'éloigna d'un pas rapide, le cœur surexcité par le côté interdit de son escapade et la conscience soudaine qu'elle allait revoir Matthieu, le toucher, se donner à lui. A cette idée, son ventre se noua : un spasme délicieux ! Le désir l'envahissait, impatient, tout-puissant.

Un quartier de lune suffisait à l'éclairer. Elle crut deviner parmi le gris sombre des falaises un éclat jaune, une lueur furtive. Vite, elle grimpa le talus, juste vêtue d'une robe légère et d'un châle en soie.

Des lapins de garenne détalèrent à son approche ; au loin une chouette hulula. Faustine s'arrêta un instant pour reprendre son souffle. Il y avait bien de la lumière dans la Grotte aux fées. Une crainte irraisonnée la saisit.

« Peut-être que ce n'est pas Matthieu mais un rôdeur, ou alors Denis est là avec le père Jacques et Bertrand... Ils vont me blâmer, me forcer à avouer ma faute ! Angela me mépriserait si elle savait, et maman... »

Prête à s'enfuir, la jeune femme fit un effort de logique. Que feraient tous ces gens ici, à cette heure tardive. Comme prévenu de ses hésitations, Matthieu apparut, une lanterne à la main.

— Faustine ? appela-t-il. Ah, c'est toi, j'entendais du bruit, et tu ne venais pas.

Il l'aida à franchir un replat rocheux, et elle fut tout de suite réconfortée par la chaleur de ses doigts sur sa hanche.

— Regarde ! lui dit-il tendrement.

Faustine vit un lit improvisé, constitué de plusieurs couvertures et d'un édredon, une caisse servant de table, garnie de pâtisseries, de biscuits de Reims, d'une bouteille de champagne et d'un chandelier. Un bouquet de roses jaunes trônait près des coupes en cristal.

— Oh, que c'est joli ! s'écria-t-elle. Tu es fou. Comment as-tu apporté toutes ces choses ?

— Je suis là depuis huit heures du soir ; j'ai eu le temps ! avoua-t-il en l'étreignant. Je n'en pouvais plus de t'espérer, de te guetter.

Matthieu se pencha un peu et la contempla de tout près : à la clarté des bougies, la peau de Faustine prenait une teinte dorée, ses cheveux irradiaient des étincelles de soleil, ses lèvres humides avaient le rose vif des fraises. Elle le fixait de ses larges yeux bleus voilés d'une fièvre langoureuse.

— Ma beauté, mon trésor ! chuchota-t-il. Je ne pense qu'à toi, à ta voix, à ton sourire, à tout le reste. Ne te vexe pas, si je n'éprouvais pour toi que du désir, ce serait plus simple, et je ne serais pas là. Je t'aime tant, avec mon corps, mon cœur, mon âme. Et je me déteste d'avoir tout gâché.

Elle le serra dans ses bras, le plus fort possible.

— Chut, ne dis pas ça ! Matthieu, tu n'es pas coupable, pas plus que moi. Nous avons cru agir au mieux, selon notre morale. Peu importe, nous sommes ensemble maintenant.

Elle contourna la caisse et s'allongea sur le lit moelleux. Sa robe voleta, retombant plus haut que les genoux et dévoilant ses jambes gracieuses. Il désigna le champagne :

— Je t'offre une coupe ?

— Après... dit-elle en souriant.

Matthieu ôta sa chemise, son pantalon et son caleçon court. Nu comme Adam au paradis, il se dressa devant le halo des chandelles, puis aussi vite il s'étendit près de Faustine. Elle eut le temps de songer que c'était un très bel homme, mince et musclé, la peau mate, les cuisses robustes. Sa respiration se précipita. Il caressa ses seins en retenant un gémissement de plaisir.

La jeune femme le laissa déboutonner son corsage et faire glisser le tissu jusqu'à ses pieds. Il put admirer à son aise le ventre à peine bombé, souligné de la toison blonde qui protégeait le lieu de toutes ses délices.

L'imminence de leur jouissance partagée le rendait muet. Il parcourut son corps de baisers, mordilla les mamelons dressés, frotta son front contre sa taille marquée par les hanches rondes. Ensuite ils perdirent la perception de ce qui les entourait, entêtés à se donner du plaisir, à s'enlacer, à se confondre, moites de sueur, haletants. Plus aucun geste ne gênait Faustine, impudique et farouche. Matthieu ne cessait de s'étonner de son audace, des mots qu'elle osait balbutier.

Ils somnolèrent quelques minutes, une fois foudroyés par une extase indicible. Elle s'éveilla, éblouie, stupéfaite.

« Comment est-ce possible, songeait-elle, d'atteindre un tel bonheur, des sensations aussi intenses. Je croyais m'envoler, planer en haut du ciel, mon corps et le sien s'accordaient si bien, j'aurais pu mourir, oui, mourir d'une félicité inouïe. Cela ne ressemble en rien à la joie brève et confuse que Denis me procurait. »

Matthieu s'appuya sur un coude et la regarda avec une expression d'amour infini qui la fit trembler d'émotion.

— Tu as froid, mon petit cœur ? s'inquiéta-t-il.

— Non, c'est ce que je lis dans tes yeux ! Je t'aime tellement, mon Tristan, mon Matthieu.

— Cette fois, il nous faut du champagne, assura-t-il, et des biscuits. Tu étais vraiment une louve sous ton ravissant corps de sirène. Je suis épuisé.

Ils rirent en silence. Faustine dégusta les gâteaux secs et le vin pétillant d'une fraîcheur vivifiante. Matthieu l'admirait, radieux, avec l'air qu'il avait enfant lorsqu'elle se régalait d'un sucre d'orge.

— Nous sommes des renégats, des parias de l'amour ! déclara-t-elle en levant son verre.

Elle était un peu ivre. Il versa le reste de sa coupe sur ses seins et entreprit de lécher les dernières gouttes de champagne. Un délire sensuel les terrassa. Matthieu la pénétra à plusieurs reprises. Elle refusait de le lâcher. Ils dormaient un quart d'heure, se réveillaient étroitement liés, se retrouvaient, criaient ensemble.

Une luminosité orange les surprit en pleine joute amoureuse. C'était l'aurore incendiant la vallée. Des écharpes de brume montaient de la rivière. Le coq du Moulin chanta.

— Oh non ! Matthieu, le jour se lève ! geignit Faustine. Je dois partir. Si Claire me cherche... Et Raymonde, elle sera debout, elle me verra rentrer.

Ils tressaillirent, car ils étaient nus et une brise froide les frôla. Dégrisé, Matthieu l'aida à s'habiller. Il la rassura à voix basse.

— N'aie pas peur, il est très tôt, quatre heures peut-être. Si tu vois quelqu'un, raconte que tu es sortie te promener...

— Mais c'est déjà fini ! J'avais tant de choses à te dire ! Matthieu, je ne peux pas te quitter, ça non, je ne peux pas.

Ils se mirent debout, las, titubants, endoloris. Faustine se blottit contre son amant et l'embrassa comme une folle.

— Je ne rentre pas au domaine, je vais passer deux jours en ville, chez Patrice. Après, c'est le départ pour l'Espagne,

Barcelone, dit Matthieu d'un ton tragique. Je t'écrirai au logis du Mesnier, d'accord ? Sois courageuse et, je t'en supplie, ne le laisse plus te toucher. J'en deviendrai malade, fou...

— Denis ? bredouilla-t-elle. Comment veux-tu ? Je serai obligée, surtout s'il fait des efforts, s'il redevient lui-même.

Elle enfila ses chaussures, livide de chagrin. Matthieu ajouta, très embarrassé :

— Faustine, je dois te dire autre chose. Je me suis conduit en imbécile orgueilleux, comme si j'étais certain de t'enlever, de te garder la vie durant. Je n'ai pris aucune précaution, voilà, et il se pourrait que tu sois enceinte. Si cela arrive, envoie-moi un télégramme, je reviendrai. C'est pour ça aussi que je ne veux pas qu'il couche avec toi. Jamais je ne saurai de qui est l'enfant.

La nouvelle causa un choc à la jeune femme. Elle entrevit une impasse encore plus cruelle que les précédentes.

— Matthieu, je n'y ai pas pensé, moi non plus ! Mon Dieu, si j'attends un bébé de toi, je m'enfuirai. Oh, pars tranquille, Denis ne m'aura plus, je te le promets.

Il la serra contre son cœur, couvrant son visage de baisers. Elle lui lança un dernier regard désespéré et descendit le talus trempé de rosée. Sur le chemin, elle courut, les cheveux défaits, sa robe mal reboutonnée.

Matthieu la suivit des yeux. Appuyé au rocher, il pleurait.

Faustine ralentit près du portail du Moulin. William Lancester arrivait à bicyclette. Une casquette de toile beige sur la tête, il sifflait une ballade irlandaise.

Affolée, la jeune femme voulut s'élancer dans la cour pour se cacher sous l'appentis. Léon apparut, une hotte remplie de bûches sur le dos.

Elle prit le parti de ne pas bouger, feignant de nouer son châle sur sa poitrine. Le papetier freina un grand coup, surpris de la voir de si bon matin.

— Bonjour, Faustine ! Déjà à courir la campagne.

— Oui, j'adore l'aube, fit-elle remarquer.

Les ouvriers logeant dans la grange de Lancester suivaient, leur gamelle à la main. Chaussés de lourds godillots, ils discutaient entre eux. Il y eut un bruit de loquet. Loupiote sortit sur le perron en jappant, vite entourée par ses petits. Raymonde les poussa du pied pour aller vider une cuvette par-dessus le muret.

« Je dois rentrer, se dit Faustine. Après tout, Matthieu a raison, j'ai le droit de me lever la première et de me promener. Pourvu que maman soit encore au lit. »

La jeune femme se dirigea d'un pas mal assuré vers la maison. Elle salua Léon d'un petit signe de la main et gravit les marches menant au perron, sous le regard curieux, incisif de la servante.

— Tiens donc, d'où sors-tu ? s'écria Raymonde.

— J'étouffais dans ma chambre ; j'ai fait un tour, répondit-elle.

Faustine avait l'impression d'être encore toute nue, exposée à la suspicion de Raymonde. Celle-ci remarqua les lèvres meurtries, le corsage fermé à la hâte sous le châle froissé.

— Le café est chaud ! maugréa-t-elle. Tu devrais en boire, cela te fera du bien.

— Merci, Raymonde, je préfère me recoucher un peu, j'ai les pieds trempés.

Elle ne respira vraiment que dans sa chambre fermée à clef. Claire n'avait rien vu. Dégagée de ce souci, Faustine s'allongea, la figure enfouie dans son oreiller. Et là, elle sanglota longtemps. Vivre loin de Matthieu, désormais, lui apparaissait comme une épreuve insupportable.

Dans la cuisine, Raymonde s'était assise dans le fauteuil en osier. Le bébé venait de s'agiter. Elle massa son ventre, l'air soucieuse. Elle s'y connaissait suffisamment en amour.

« Faustine en avait une drôle, de mine ! Avec qui fricote-t-elle ? Pas son mari, ça non. M'est avis qu'il porte des cornes, le jeune monsieur Giraud. Je ferais bien de tenir ma langue, les affaires de la petite, elles ne me concernent pas. Quand même, si Madame apprenait que sa fille revient à l'aube… Non, je ne lui dirai rien. Pauvre Faustine, elle a bien raison. Mais avec qui ? »

15

Egarements

Domaine de Ponriant, 26 juillet 1919

Faustine mit pied à terre près de l'écurie. Junon lança un hennissement inquiet. La jument se souvenait des coups reçus et de la peur éprouvée.

— Je sais, tu n'avais pas envie de revenir, moi non plus ! chuchota la jeune femme en desserrant la sangle.

Elle avait pris la vieille selle du Moulin.

Maurice accourut. Le jeune palefrenier salua en ôtant son chapeau de paille.

— Bonsoir, madame ! Je vais m'occuper de Junon, n'ayez crainte.

— Merci, Maurice.

C'était le moment le plus pénible. Il lui fallait reprendre sa place à Ponriant. Faustine marcha vers le grand escalier de pierres blanches taillées dans les carrières de Saint-Même, au bord du fleuve Charente. Elle retrouverait les rires argentins de la petite Clara, la tendre affection de Bertille, la gentillesse de Bertrand et de Mireille, mais il y aurait Denis.

La vieille gouvernante l'accueillit dès le hall. De ses mains ridées, elle se cramponna à ses épaules.

— Ah, ma chère demoiselle est de retour ! Je me tracassais, moi, de votre brouille avec monsieur Denis. Le thé est servi. Vous souhaitez monter vous changer, sans doute.

— Non, Mireille, je reste comme ça ! répliqua Faustine avec indifférence.

Elle avait emprunté un pantalon en velours dans la garde-robe de son père, ainsi qu'une chemise à carreaux. Deux nattes tombaient sur sa poitrine. Son apparition dans le grand salon fit sensation. Corentine, à demi allongée sur la banquette de repos de plus en plus encombrée de coussins, l'examina des pieds à la tête avant de hausser les sourcils. Bertille, dans une somptueuse robe de mousseline grise, donnait un biscuit à Clara, assise sur ses genoux. Bertrand feuilletait un catalogue de meubles.

— Bonsoir, tantine, dit Faustine en prenant place sur une chaise. Bonsoir à tous.

L'avocat se leva et vint l'embrasser. Bertille lui adressa un baiser du bout des doigts.

— En voici une tenue ! s'étonna la maîtresse de Ponriant. As-tu trouvé du travail au Moulin, sous la férule de Lancester ?

— Non, tantine, mais je suis à mon aise ainsi, répondit la jeune femme. Ce sont de vieux vêtements de mon père.

Elle se demandait où était Denis. Corentine la renseigna :

— Ton mari vient de partir. A cheval, bien sûr. Vous auriez pu vous croiser. Comment va ta famille ?

Cette soudaine amabilité surprit Faustine. Elle accepta une tasse de thé avant d'annoncer, d'un ton neutre :

— Claire a l'intention d'adopter Angela. Les enfants vont bien.

— Et Arthur ? interrogea Clara de sa petite voix flûtée. Je voudrais le voir, Arthur.

— Eh bien, nous inviterons Claire à déjeuner demain, dit Bertille. Il serait temps aussi de prendre notre bébé chien.

— Ce n'est pas un bébé chien, mais un loup ! fit remarquer Corentine. Je trouve cette idée stupide. Ces bêtes peuvent devenir dangereuses. Je n'en veux pas dans la maison.

Après un long silence, Bertrand ajouta :

— Il me semble que tu pars en Espagne avec Matthieu. Je ne vois pas en quoi un chiot de deux mois te dérangera ? Tu seras à plus de mille kilomètres.

— Papa, je ne m'en vais plus ! coupa Corentine. Le docteur Claudin me déconseille vivement le climat espagnol après l'épreuve que j'ai subie. Je suis encore très faible. J'ai tardé à vous l'annoncer, mais voilà, c'est fait.

Bertille retint un soupir. La présence de sa belle-fille lui pesait et elle avait hâte de la voir déguerpir. Imaginer les mois d'été en sa compagnie l'effarait.

— Et j'ai décidé de m'installer dans le pavillon du parc, poursuivit la convalescente. Je compte aussi inviter Athénaïs. Logées dans une maisonnette sous les sapins, ce sera drôle, nous jouerons aux aventurières. Un de ses cousins vit à Angoulême, il a une voiture. Il a promis de nous emmener en promenade.

Faustine éprouvait une joie fiévreuse. Elle n'avait entendu qu'une chose : Matthieu irait seul en Espagne. Malgré le silence interloqué de son père et de sa belle-mère, Corentine continuait à organiser son existence à Ponriant.

— Cela ne vous dérange pas, Bertille, mon projet ? disait-elle. Bien sûr, il faudra aménager au mieux. Et faire un grand ménage, avant. Je voudrais des moustiquaires, comme dans les pays chauds, un salon de jardin en rotin et de la vaisselle neuve. J'enverrai quelqu'un en ville prendre des affaires chez moi.

Le « chez moi » désignait la somptueuse demeure d'Adélaïde des Riants dont la jeune femme avait hérité.

— Et où dois-je coucher Greta ? demanda sèchement Bertille. Elle était à son aise, là-bas, avec son fils.

— C'est vrai, ça ! renchérit l'avocat.

— Oh, ce n'est qu'une bonne après tout ! s'écria Corentine en levant les yeux au ciel. Il y a bien assez de chambres au second étage. Elle sera plus près de Mireille, le service traînera moins. Je la trouve idiote, cette Allemande. Il n'y a que vous deux pour engager une fille qui aurait dû rester hors de nos frontières. Vous avez beau affirmer qu'elle est alsacienne, les gens doivent se douter…

— Tais-toi ! dit soudain Faustine, le visage durci par la colère. Elle est veuve de guerre ; son enfant a un grave retard mental. Elle a droit à notre compassion, allemande ou alsacienne, ou chinoise même !

— Excusez-moi, sœur Faustine ! persifla Corentine. J'oubliais que nous vivons auprès d'une bonne âme, dévouée à toutes les causes perdues.

La petite Clara écoutait et observait. Elle n'aimait pas sa demi-sœur aux boucles rousses.

— T'es méchante ! lui lança-t-elle tout à coup.

Bertille la gronda. Corentine se leva en riant et monta dans sa chambre.

— Vous direz à Mireille de m'apporter le dîner. Vous me fatiguez tous, surtout cette gosse.

— Je pense que ce serait déjà une bénédiction de savoir Corentine au fond du parc ! pesta Bertrand. Je m'occuperai de cette affaire dès demain.

Faustine emmena Clara dans la bibliothèque. Elles avaient leurs habitudes.

— Je vais te lire une histoire, d'accord ? dit-elle à l'enfant.

— Oh oui, et je me mets sur tes genoux. L'histoire de la Belle au bois dormant.

— Si cela te fait plaisir.

La jeune femme embrassa les cheveux de soie blonde de la fillette ; elle respira son parfum de savon et de lait. Elle se préparait, apaisée par le contact innocent de Clara, à affronter Denis.

Il rentra à sept heures du soir, en bottes poussiéreuses, le visage rougi par la chaleur. La grande maison semblait déserte. Mireille se précipita et lui proposa de la limonade fraîche.

— Non, sans façon, je préfère un cognac. Où sont-ils tous passés ?

— Madame et Monsieur sont en haut avec mademoiselle Clara. Votre sœur s'est mise au lit, elle est encore très lasse. Et votre Faustine prend un bain.

Denis fronça les sourcils. Le ton familier de la vieille gouvernante l'irritait.

— Mireille ! Je ne suis plus le gamin que tu couvais. Je te prie d'appeler ma femme « Madame ».

— Oh ! Cela en ferait, des « Madame », dans ce cas. Vous

ne sauriez plus de qui je parle. Vous me faites de la peine, monsieur Denis, à être aussi arrogant. Tant pis si je vous agace, mais ça n'arrange rien, vos nouvelles manières !

Le jeune homme se servit un verre d'alcool. Il jeta sa veste sur un fauteuil et toisa Mireille d'un air outré.

— Je me passerai de tes conseils ! Plus personne ne me donnera d'ordres, ni de coups. Retiens ça ! J'ai passé mon enfance à courber l'échine et à obéir. C'est terminé.

La gouvernante trottina vers ses cuisines. Elle essuya du coin d'un torchon les larmes qui coulaient contre son gré. Greta moulinait de la viande blanche pour farcir un canard.

— Le jeune monsieur est là ? demanda tout bas la bonne.

— Oui, tu as entendu comment il me rabroue ? renifla Mireille, bouleversée.

Greta ne connaissait pas le mot « rabrouer ». Elle hocha la tête, pleine d'appréhension.

« S'il revient ce soir, songea-t-elle, je me pendrai… Non, mon petit serait triste. Mon pauvre Thomas… »

Denis, lui, se rua à l'étage. Il entra sans frapper dans la salle de bains attenante à la chambre de Faustine. La jeune femme frottait ses cheveux mouillés dans une serviette de toilette. Un tissu bleu moulait son corps, drapé sur les seins.

— Bonsoir, ma chère ! dit-il. Quel joli spectacle.

Elle se redressa et recula.

— Bonsoir, tu viens me présenter des excuses ? Il paraît que tu regrettes ta conduite !

— Evidemment que je regrette. Pardon, Faustine, j'ai eu tort. A l'avenir, j'essaierai de ne plus m'emporter ainsi. Mon père et moi, nous avons beaucoup discuté. Je crois que mes nouvelles activités, le grand air, l'équitation, les rencontres avec d'autres éleveurs, tout ceci m'a forgé une personnalité plus forte et un peu rude. Je n'étais pas destiné à croupir dans une officine de juriste.

Tout en discourant, Denis se rapprochait de sa belle épouse. Elle était si tentante, à demi nue.

— Laisse-moi ! intima-t-elle. Je dois m'habiller pour le dîner. J'accepte tes excuses et je te pardonne. Mais je te préviens, je suis encore fâchée, et je refuse de coucher avec toi. C'est une punition, si tu veux. Plus tard, nous verrons. Pour l'instant, cela me dégoûte, oui, ne fais pas cette mine, je n'ai pas envie. Prends une maîtresse, je t'y autorise.

Faustine comprit qu'elle se montrait maladroite à l'air offensé de son mari.

— Ce n'est pas très correct de la part d'une catholique de me jeter dans les bras d'une autre ! constata-t-il. Nous avons prêté serment, fidélité, amour et tout le reste.

— Ce ne sont que des mots, Denis ! Tu sais très bien que je ne suis guère croyante, et toi encore moins. Et puis j'ai appris une chose qui ne me pousse pas à la « bagatelle », comme tu dis si bien. Il paraît que tu fréquentais un bordel du Rempart du Nord pendant nos fiançailles. Tu peux sûrement comprendre ma décision.

Le jeune homme ne s'attendait pas à ça. Il pâlit et tourna le dos à Faustine. Il cherchait qui avait pu le trahir.

— Qui te l'a dit ? maugréa-t-il en lui faisant face à nouveau.

— Peu importe, je suis au courant ! Et tu ne nies même pas… Alors, dispense-moi de tes sermons ! cria-t-elle en passant dans sa chambre.

Elle claqua la porte et tourna la clef.

« Il est sidéré, bien embarrassé ! Tant mieux ! » se dit-elle.

Pas un instant Faustine ne soupçonna qu'en agissant de la sorte elle poussait Denis sur une pente dangereuse. Pourtant, au dîner, il fut courtois et il raconta des anecdotes amusantes. Bertille eut la politesse d'en rire, Bertrand aussi.

Il monta se coucher le premier. Faustine se résigna à regagner sa chambre. Elle craignait une querelle. Corentine reconnut son pas le long du couloir et l'appela.

— Qu'est-ce que tu veux ?

— Juste un petit service ! J'ai très mal au dos et au ventre. Je ne guéris pas vite. Comme Greta a fini son service, pourrais-tu me donner un de mes châles, celui en laine, sur l'étagère de mon armoire, à gauche. Je suis gelée.

Corentine avait remonté ses draps jusqu'au menton. Elle était vraiment très blanche. Faustine s'inquiéta :

— Tu es sûre que ça va ?

— Mais oui ! Au fait, je ne t'ai pas remerciée de ton aide, la nuit où j'ai cru mourir. Tu l'ignores encore, le docteur Claudin m'a examinée après ma fausse couche et il m'a expliqué les causes de mon état. J'avais une forte fièvre, je délirais. Je ne sais pas ce que j'ai pu te raconter. En tout cas, c'était une fausse couche, rien d'autre.

Faustine approuva en silence. Elle ne tenait pas à batailler. Corentine était très rusée. Elle ouvrit le meuble et chercha le châle. Son regard accrocha, dans la penderie, le tissu fleuri d'une des ombrelles de Bertille. Elle la prit, faisant tomber les cannes en ébène.

— C'était toi ! s'indigna-t-elle. Tantine s'est tellement tracassée d'avoir égaré ses cannes et ses ombrelles ! Corentine, es-tu devenue folle ? Quel âge as-tu ? C'est mesquin, odieux !

Corentine ne protesta pas. Elle déclara d'une voix étrange, pareille à celle d'une enfant au bord des larmes :

— J'ai le droit de me venger un peu ! Bertille a provoqué la mort de ma mère. Si tu veux lire le journal de maman, tu comprendras. Cette femme n'est qu'une intrigante, une arriviste. Elle n'a eu de cesse de mettre mon père dans son lit, alors qu'elle était mariée. Je voulais qu'elle boite le jour des noces, histoire de l'humilier. Je l'aimais, ma mère. Elle pleurait toujours, incapable de s'occuper de nous. Son agonie a été épouvantable. J'étais trop jeune pour deviner ce qui la rongeait. Je hais ta tante et je déteste mon père.

Faustine replaça les objets au fond de la penderie. Vaguement apitoyée, elle dévisagea sa belle-sœur.

— Tu devrais essayer de leur pardonner ! dit-elle enfin. Je connais bien Bertille, et tu ne réussiras jamais à l'humilier. Elle a souffert également. Elle était infirme. Et je sais qu'elle adorait Bertrand depuis son adolescence. L'amour est plus puissant que la raison et que les convenances.

Corentine écoutait, intriguée. Les paroles de Faustine éveillaient un écho timide dans son cœur. Depuis la première visite de Joachim Claudin, la malade pensait plus souvent au jeune docteur qu'à Matthieu.

— Tiens, prends ton châle ! soupira Faustine.

— Merci ! Je vais réfléchir à ce que tu m'as dit !

A minuit, plus aucune lumière ne brillait derrière les persiennes du domaine. Denis n'avait pas besoin de lampe. L'allée de sable blanc s'étendait devant lui et les murs clairs du pavillon luisaient sous la lune.

Assis sur la dernière marche du perron, le jeune homme buvait de l'eau-de-vie au goulot d'une bouteille. Il revoyait les seins lourds de Greta, les mamelons bruns, la courbure du dos, les fesses potelées. Il savourait l'instant où il allait la plier à ses désirs. La peur dans ses yeux, sa soumission terrorisée, ses gémissements de honte, tout le comblait.

Il se leva, fin prêt à lutiner la bonne à sa façon. Faustine pouvait dormir tranquille.

Moulin du Loup, 8 août 1919

Claire guettait le facteur. Le ciel était dégagé et d'un bleu pâle. L'air était plus frais que les jours précédents.

— J'espère que Jean m'aura répondu cette fois ! se disait-elle à mi-voix. J'ai besoin de son accord pour l'adoption d'Angela. Je dois même attendre son retour, puisqu'il aura des papiers à signer lui aussi.

L'orpheline était partie rejoindre Faustine au logis du Mesnier, avec Thérèse et Arthur. Raymonde leur avait préparé un pique-nique royal : deux terrines de rillettes, un saucisson, des radis, un ramequin de beurre, du pain cuit la veille, de la limonade et un gâteau de Savoie.

La servante venait juste de monter dans son logement pour faire son repassage, tandis que Léon et César sulfataient la vigne de Jean. Claire évitait de regarder du côté de la salle des piles. William sortait souvent admirer les jeux de lumière sur les falaises. Il se tenait debout, une épaule contre le mur, en espérant apercevoir la femme dont il rêvait. Aujourd'hui, le papetier viendrait déjeuner et, pareille à une adolescente romantique, Claire aurait aimé être seule avec lui.

Un grincement de freins retentit près du portail. Bruno Turaud, le facteur, cala sa bicyclette contre un des piliers et apparut enfin. Dès qu'il vit Claire accoudée à la fenêtre, il la salua en soulevant sa casquette.

— Bien le bonjour, madame ! claironna-t-il.

— Avez-vous une lettre de Belgique ? demanda-t-elle en le voyant fouiller sa sacoche.

— Ah non, z'avez du courrier, mais il vient pas de loin, de Vœuil ! Votre mari vous écrira bientôt, vous faites pas de mouron.

— Merci, monsieur Turaud ! Un petit verre de frênette ?

— C'est pas de refus. J'ai le gosier sec avec ce soleil.

Claire servit l'homme qui, à peine désaltéré, reprit son chemin. Elle étudia l'enveloppe d'un air perplexe. L'écriture semblait laborieuse, et il y avait quelque chose en métal à l'intérieur.

« Qu'est-ce que c'est ? »

Elle ouvrit et extirpa une feuille de cahier pliée en quatre. Avant de lire le contenu, elle prit la chaîne en or et le pendentif qu'on lui envoyait. Sans avoir à retourner la médaille de saint Christophe, elle sut. Au dos était gravé : « Nicolas Roy ».

Claire dut s'asseoir, le cœur serré. Elle ne comprenait pas.

« Papa lui avait offert cette médaille au début de la guerre parce qu'il ne serait pas mobilisé et qu'il en avait honte », se rappela-t-elle.

Elle revit son demi-frère, vexé, furieux – il avait toujours eu mauvais caractère – alors qu'il acceptait le cadeau des mains de Colin. Elle crut même entendre le maître-papetier dire, de sa belle voix grave : « Saint Christophe protège les voyageurs ; c'est aussi un saint qui aurait porté l'enfant Jésus sur son dos. Prends-le comme modèle, tu remplaceras, en restant ici, tous les hommes qui ont dû abandonner leur famille, leur troupeau ou leurs champs. »

— Nicolas ! s'étonna-t-elle. Mais où est-il ? Et si c'était lui, la lettre.

Claire se décida à déchiffrer le message d'une orthographe douteuse et maculé de taches d'encre. Elle lut à voix basse :

« Chère madame Roy-Dumont, j'ai eu votre adresse par l'institutrice qui connaît votre fille Faustine. Je suis ouvrier agricole et, avec ma femme, j'habite une caverne bien confortable, que monsieur le maire de Vœuil nous a prêtée. C'est à côté de la maison qui a brûlé au printemps, où, paraît-il, logeait une parente à vous, Etiennette Roy. J'ai trouvé ce pendentif en curant la grotte qui était bien sale et, à cause du nom, monsieur le maire et moi-même, nous avons cru utile de vous l'expédier, car ça doit appartenir à quelqu'un de votre famille. »

Tout d'abord, Claire se contenta de soupirer, déçue. Nicolas avait donc rendu visite à sa mère sans venir jusqu'au Moulin. Sans doute avait-il oublié sa médaille.

— Pauvres gens, ils se sont donné du mal. J'irai les remercier. Ils vivent dans une caverne ! Mais je n'ai rien vu de tel quand je suis allée voir Etiennette. Enfin, le facteur de Vœuil les trouvera forcément.

Claire resta longtemps assise dans le fauteuil en osier, les pieds calés sous le ventre de Loupiote. La louve dormait beaucoup, comme épuisée par l'agitation de ses deux rejetons mâles. La petite femelle faisait la joie de Clara, à Ponriant.

— C'est étrange, ça ! marmonna-t-elle. Nicolas paraît nous renier, nous effacer de son existence. Il pourrait s'être installé dans un village voisin, je ne le saurais pas.

Elle gardait une vive affection au turbulent personnage. Comme Matthieu et Faustine, elle l'avait vu grandir.

« J'ai soigné ses coupures, ses quintes de toux, je lui ai appris les lettres de l'alphabet, je plaçais une pièce en argent sous son oreiller quand il perdait ses dents de lait. Mon petit Nicolas… » pensa-t-elle, attendrie.

William frappa au battant de la porte poussé contre le mur. L'été, la maison restait ouverte au vent, au soleil, au parfum des roses.

— Entrez, mon ami ! s'écria-t-elle. Je suis triste, si vous saviez.

— Qui vous cause des ennuis ? répliqua le papetier.

Claire lui montra la lettre et la médaille en évoquant très vite le départ de Nicolas à la fin de la guerre.

— Il reviendra un jour, chère Claire. Il faut bien que jeunesse se passe, dit-on.

— Il m'aimait beaucoup ! répliqua-t-elle. Oh, William ! Je sais que je vous ai invité à déjeuner, mais j'ai besoin de me changer les idées. Si vous êtes disponible, bien sûr, j'aimerais rendre visite à ces gens, et ensuite nous pourrions pique-niquer au bord de la rivière !

— Ah, que vous êtes cruelle ! plaisanta-t-il. Les bords de rivière me rappellent des souvenirs délicieux.

Lancester faisait allusion à leur premier baiser, près du fleuve. Elle lui lança un regard sévère, tout de suite adouci d'un sourire.

— Nous avons promis d'oublier ! dit-elle. Vous êtes incorrigible. Alors, acceptez-vous ?

— Comment refuser, Claire ?

Elle se jeta dans les préparatifs du panier en énumérant ce qu'elle rangeait à l'intérieur :

— Bon, du pain, du fromage, des pommes, une bouteille de vin blanc, une bouteille de frênette, un bocal de pâté. Vous m'offrirez un café chez vous, au retour.

William était ravi. Il courut prévenir ses ouvriers qu'il s'absentait jusqu'à trois heures de l'après-midi. Prête à partir, Claire se heurta à Raymonde qui entrait.

— Eh bien, Madame ! Vous voilà pressée ! Je prépare le repas, pour midi, c'est ça ?

— Inutile, Raymonde ! coupa Claire. Enfin si, sers les ouvriers qui n'ont pas leur gamelle, et mange ce que tu veux. Je sors.

La servante retint sa patronne par le bras :

— Vous devriez faire attention, Madame ! Les gens causent, au bourg. Jean qui ne revient pas, et vous êtes toujours avec l'Anglais ! Tout va de travers, dans cette famille !

— Une autre fois, soupira Claire. Tu me feras un sermon demain. Je t'expliquerai. William me conduit à Vœuil.

Claire se rua dehors, son chapeau de paille à la main, le

panier sur le bras. Elle portait une simple jupe de coton et un léger corsage ; ses cheveux étaient défaits.

— Et William par-ci, William par-là ! fit Raymonde. Madame perd la tête. Je l'ai connue plus sérieuse.

Ils furent vite arrivés dans le vallon étroit, encaissé dans des pans de roches sombres. C'était une sorte d'impasse naturelle où coulait un mince ruisseau bordé d'angéliques et de roseaux. William gara son automobile à quelques mètres des ruines de la maison.

— Je suis navrée, dit Claire, l'endroit n'est pas gai. Si vous aviez vu l'état de cette pauvre baraque. Et mon ancienne belle-mère, plus jeune que moi de deux ans, partageait ce taudis avec son amant, un certain Gontran, une brute.

— Le petit Arthur vivait là ? s'offusqua le papetier, impressionné.

C'était un esthète, un homme raffiné. Imaginer un enfant et une femme dans ce paysage austère à la végétation exubérante le désolait autant que la vue des poutres noires et charbonneuses, ainsi que des pans de murs déjà envahis par les ronces.

— Oui, avoua Claire. Oh, quand je l'ai vu dans ce lit aux linges souillés, attaché avec des lanières ! Il portait des traces de coups. Un angelot en plein enfer !

Elle regrettait soudain d'être venue. Tout n'était que chaos : le poulailler s'était effondré, amas de tôles rouillées ; entre les décombres se devinait la carcasse d'un sommier.

— Vous êtes certaine que des gens habitent un lieu aussi sinistre ? s'étonna William.

— Ce doit être récent, ils n'ont pas nettoyé… Si, regardez, il y a un sentier dans les orties. Attendez-moi, j'y vais seule, et je ne compte pas m'attarder.

— Je ferais mieux de vous accompagner. Sait-on jamais ! protesta-t-il.

— Oh non, vous êtes trop chic, trop élégant, vous les intimideriez.

Claire descendit de voiture et se faufila au milieu des orties, des plantes urticantes, certes, mais qu'elle affectionnait pour leurs nombreuses vertus ; elle évoquait en pensée le fameux purin d'ortie qu'elle préparait pour fumer le sol au pied des rosiers et des lilas.

Elle marcha bientôt dans de la terre mêlée de cendres et de débris de tuiles.

« L'homme qui est mort brûlé dans l'incendie gisait peut-être ici ! songea-t-elle. C'était un criminel, il a provoqué la mort de Marie-Désirée, et je n'ose pas concevoir de quelle manière. Mais il a eu une fin atroce. »

Claire devina enfin un assemblage de planches chaulées, rabattu contre le rocher, qui pouvait être la porte d'une grotte aménagée. Dans cette région où les falaises calcaires abritaient de nombreuses cavités, il était courant d'utiliser certaines cavernes sèches en guise d'étable, de bergerie et même de maison. Ces habitats troglodytes se retrouvaient aussi sous le plateau d'Angoulême, vieille cité bâtie sur un promontoire.

— Il y a quelqu'un ? questionna-t-elle en avançant encore.

Une femme apparut, un foulard crasseux cachant ses cheveux. La face tannée par le soleil, elle était vêtue d'un chemisier en piteux état et d'une jupe en loques, les pieds nus dans des sabots. Des poules déambulaient alentour.

— Je suis madame Roy, dit Claire gentiment à l'inconnue. Vous m'avez écrit et envoyé une médaille. Elle appartient à l'un de mes frères. Je suis venue vous remercier.

— C'est mon mari qui a eu l'idée. Entrez donc !

Claire la suivit en observant les lieux. Elle aperçut une table, deux chaises et un matelas posé sur des nattes en raphia. Le plafond irrégulier était très bas. L'ensemble dégageait une impression de misère profonde. Cependant, le sol était balayé et un bouquet de bleuets décorait une caisse disposée près d'une fenêtre taillée dans la pierre.

— On est à notre aise, ici ! déclara la femme. J'ai un réchaud pour la cuisine, mais j'ai point de café à vous offrir.

— Ce n'est pas grave, je vous assure ! affirma Claire.

Elle restait plantée au milieu de la grotte, pleine de compassion à l'égard du couple qui se réjouissait de pouvoir au moins disposer de ce logement rudimentaire.

— Ainsi, vous avez trouvé la médaille, la chaîne… avança-t-elle.

— Oui, madame, tenez, là-bas, au fond ! Comme disait mon mari, quelqu'un s'était installé là, avant nous. Il y avait une paillasse contre le rocher. Une valise aussi, avec des affaires. Le maire a dit qu'on pouvait les prendre. Du linge de qualité, du linge d'homme. Mon mari était gâté…

Claire approuva en parcourant des yeux le sol de terre battue. La femme se tordait les mains, l'air gênée.

— Alors, c'est-y votre frère qui habitait ici ? Parce que vous n'avez pas l'air dans le besoin.

— Oh, c'est une longue histoire ! soupira Claire. Nicolas Roy est mon demi-frère, le fils d'une jeune personne, Etiennette, qui avait épousé mon père. Elle logeait dans la maison que l'incendie a détruite. C'était après qu'elle est devenue veuve.

— Eh ! Je comprends mieux. Ce gars venait voir sa mère ; elle devait manquer de place et il couchait là.

Claire éprouvait une angoisse sourde, inexplicable. Elle se mit à trembler de nervosité.

— Vous n'avez trouvé que la chaîne ? interrogea-t-elle. Rien d'autre ?

— Le maire a raconté à mon mari que les gendarmes avaient ramassé un couteau, une belle lame, une arme de voyou, d'après eux. Et moi, le jour où j'ai balayé, comme je grattais dur, j'ai récupéré un tube de pommade. Tenez, il est là, dans la caisse. Elle me sert de bahut.

La femme tendit un tube presque neuf. C'était un onguent pour les brûlures. Claire le lui rendit après l'avoir examiné.

— Gardez-le, cela peut vous servir. Un ami m'attend. Je vous laisse à votre ménage, madame, bredouilla-t-elle en reculant.

Elle songea soudain que ces gens auraient apprécié un cadeau.

— La semaine prochaine, je vous ferai porter par mon domestique des bricoles qui ne me servent plus. Une étagère, un placard, et j'ajouterai un bocal de confits et du miel.

— Merci bien ! Dame, y a pas beaucoup de personnes aussi aimables que vous, ça non.

Elles se serrèrent la main. Claire se hâta de traverser le carré d'orties. Un doute effrayant l'envahissait.

« Et si c'était Nicolas, le corps découvert carbonisé ! se dit-elle. Nicolas et non le pervers qui a torturé ces fillettes ! Mais, dans ce cas, pourquoi les viols se sont-ils arrêtés aussitôt ? Cela dit, la police enquêtait partout, et le coupable a pu filer de peur d'être appréhendé. »

William remarqua immédiatement son expression soucieuse. Il l'aida à s'asseoir dans la voiture.

— Qu'avez-vous, Claire ? Vous êtes livide !

— Cet endroit m'oppresse ! répondit-elle. Ces ruines, ces bouts de bois noircis, et cette pauvre femme qui vit dans une sorte d'étable ! Je ne peux pas croire que Nicolas préférait séjourner ici, alors qu'au Moulin il avait tout le confort possible, et notre affection en plus.

— N'y pensez plus, ma chère petite amie ! J'étais si content de notre expédition. Je parie que vous n'avez plus faim.

Elle eut un sourire forcé, hésitant à lui confier la folle théorie qui l'obsédait.

— William, je peux bien vous le dire, j'ai imaginé quelque chose. Nous sommes si proches, vous et moi. Depuis des mois, nous partageons chagrins et joies. Eh bien, je me demande si ce n'est pas mon frère qui est mort dans l'incendie. Cela résoudrait bien des questions. Pourquoi n'a-t-il pas donné signe de vie, même à l'occasion du mariage de Faustine dont toute la région parlait ? Et sa médaille ? Je suis sûre qu'il vivait près de sa mère. Etiennette était d'une telle jalousie : elle l'aura éloigné de nous. Mais si c'est le cas, le coupable court toujours.

— Allons pique-niquer, nous en discuterons ! affirma-t-il.

Lancester roulait vite pour retrouver une route plus riante, que le soleil inonderait. Il s'engagea sur un large chemin pavé semé de touffes d'herbe.

— Où sommes-nous ? s'écria Claire.

— J'ai fait un détour pour trouver un joli coin. Voyez ces prairies, ces peupliers, la vue est dégagée.

Chaque pré, ombragé par des rangées d'arbres, s'avérait tentant. William s'arrêta près d'un petit pont. Claire descendit vite du véhicule et inspecta le terrain.

— Ce n'est pas humide, il n'y a pas de chardons ni de ronces. Cela me plaît, dit-elle avec une gaieté factice.

Elle prit une couverture sur la banquette arrière, l'étendit sur l'herbe et s'allongea. Ses nerfs la trahissaient. Tout se mêlait dans sa tête : la lettre, la visite de la caverne aménagée, le décor nouveau. William apporta le panier et déboucha le vin.

— Vous devez boire un peu. Cela remet des émotions ! déclara-t-il. Vous avez un défaut, ma chère Claire, vous ne pensez jamais à vous. Il faut savoir se distraire, faire confiance à l'avenir. Votre Nicolas bourlingue à l'étranger, il est trop occupé pour écrire. Et les hommes n'aiment pas écrire.

— J'en sais quelque chose ! soupira-t-elle. Mon mari m'avait promis des piles de lettres. Je n'en ai reçu que trois, trop brèves à mon goût.

William lui tendit un gobelet. Claire se redressa sur un coude et vida d'un trait le vin blanc, sec et frais.

— Vous avez raison, ça me détend !

Il lui servit une autre rasade. Elle but aussi rapidement. Prise de vertige, elle se recoucha, le visage tourné vers le ciel.

— Comme je suis bien, tout à coup ! William, allongez-vous aussi ! Regardez, c'est drôle. Je vois les feuilles des arbres, si vertes sur le bleu du ciel, et des hirondelles. Tiens, une alouette. Et la rivière chante. Papa me disait ça, quand j'étais fillette. « Les rivières chantent pour nous, les papetiers. »

Lancester s'était couché, mais il fixait le profil de Claire. Il admirait la finesse de son nez petit et droit, le dessin de ses lèvres, le front haut, la souplesse des cheveux d'un brun très sombre. Il osa détailler son décolleté, la peau d'une chaude couleur nacrée, la veine qui palpitait à son cou et la naissance de la poitrine. Soudain, elle pleura sans bruit, sans une grimace. De grosses larmes coulaient vers sa tempe et se perdaient sur la couverture.

— William, je voudrais que la vie soit simple, bonne ! Mais mon cœur n'est jamais en paix. Je m'inquiète pour ma fille, pour Nicolas, je crains sans cesse pour les enfants. Et le temps passe plus vite que jadis. Je m'occupe moins de mes plantes et de mes tisanes, je ne lis plus. William, je suis si triste !

Il s'approcha de Claire, se pencha un peu et déposa un baiser sur sa bouche entrouverte. Il faisait chaud sans excès ; un vent léger les baignait de senteurs champêtres. Elle ferma les yeux. Le vin l'avait enivrée. Les années s'abolissaient, l'importance de ceux qu'elle chérissait aussi. Son corps avait soif de plaisir, de caresses. Ses bras se nouèrent sur la nuque du papetier, affolé par sa reddition inespérée. Il la sentait offerte et consentante. Pour une fois, il oublia d'être calme et pondéré. La belle femme qu'il tenait sous lui n'avait pas envie d'un homme tiède ou prudent. Le désir qu'elle exprimait était vieux comme le monde, et très simple. Il retroussa sa jupe, aventura ses doigts dans la fente de la culotte en dentelle et explora tout de suite son intimité ardente et moite.

Elle déboutonna son corsage tout en l'embrassant goulûment. William pétrit ses seins à pleines mains, les téta, les lécha. Il n'avait plus rien de l'élégant personnage au flegme britannique. Haletant, les prunelles voilées d'une jouissance sauvage, il prit possession de Claire, d'un seul élan forcené. Elle hurla et cela la libérait de plusieurs mois à endurer les silences de Jean, aussi bien que les bouderies de Raymonde, les terreurs nocturnes d'Arthur, les nuits passées à méditer l'horreur des viols commis dans sa vallée.

— Puis-je ? interrogea soudain Lancester, l'air égaré, en se retirant de son corps.

— Mais oui, je suis stérile ! gémit-elle. Viens, viens donc.

Elle se tendit vers lui et le ceintura de ses jambes. Le soleil sur ses cuisses était chaud. Une frénésie décuplée par l'odeur de la menthe qu'ils devaient froisser sous la couverture mena Claire à un paroxysme de jouissance. William crut atteindre le sommet du plaisir sexuel. Il retomba à ses côtés, à bout de souffle.

— Mon bel amour… s'extasia-t-il.

A peine comblé, il voulut la contempler. Elle se laissa observer, et les yeux clairs de son amant, rivés à ses mamelons durcis, à son ventre, à sa toison brune et frisée, la firent s'abandonner toute, comme s'il la pénétrait à nouveau. Elle secouait la tête et respirait très vite. Il se jeta sur elle, heureux à en crier. Soudain le ronronnement d'un moteur les arracha à leur étreinte juste terminée. William se rajusta en vitesse et arrangea les vêtements de Claire. Ils s'assirent en faisant semblant de fouiller le panier.

Un camion passa sur le chemin. Le chauffeur klaxonna. C'était l'épicier ambulant de Puymoyen, le neveu de madame Rigordin, la plus bavarde des femmes du bourg depuis qu'elle était à la retraite. Les conversations dans sa boutique lui manquaient tant qu'elle calait une chaise sur la place et rameutait ses commères.

— S'il m'a reconnue, je suis perdue ! s'effraya Claire.

— Je vous cachais, avec vos cheveux sur la figure. Il vous a prise pour une jeune fille que je courtisais.

Elle éclata de rire, but encore du vin et s'écria :

— Oh, je m'en moque, après tout. Qu'il raconte ce qu'il veut, je nierai. J'espère qu'il était trop loin pour jouir de la scène.

— Claire ! Je suis scandalisé ! plaisanta le papetier. Une dame comme vous, tenir de tels propos. Mon Dieu, je vous adore !

Elle se sentait mieux, soulagée du désir que lui inspirait William depuis des mois. Même si elle pressentait de futures épreuves, Claire avait repris des forces. Elle rit encore, rose et dorée dans la lumière de midi.

— J'ai très faim ! avoua-t-elle.

Il lui coupa du pain et du fromage. Entre chaque bouchée, ils échangeaient un baiser complice. Pas une seconde Claire n'avait pensé à Jean.

En arrivant dans la cour du Moulin, Claire prit enfin conscience de ce qu'elle avait fait. Le cadre familier où toute son existence s'était déroulée lui parut plein d'un silence réprobateur.

« Oh ! J'ai trompé Jean, j'ai couché avec William. Comment ai-je pu ? » se demanda-t-elle.

Le papetier lui ouvrit la portière, l'aida à descendre et saisit le panier qu'il s'apprêtait à porter.

— Donnez-le-moi ! dit-elle. Et retournez vite au travail. Je vous remercie, c'était très agréable, ce déjeuner sur l'herbe. Tant pis pour le café, j'ai la migraine.

— Claire, vous regrettez, je le sens bien, affirma-t-il.

— Chut, laissez-moi, Raymonde doit nous épier !

Elle grimpa les marches et s'arrêta un instant sur le perron. Sans rien oublier de ce qu'elle venait de vivre, Claire décida qu'elle était innocente.

« Et zut ! Jean ne m'écrit plus, il ne s'inquiète pas de nous tous. J'ai pris du plaisir comme il le faisait pendant la guerre. Je ne recommencerai pas, jamais. Personne ne le saura, surtout pas Jean. »

Assise à la grande table, la servante écossait des petits pois. Elle lança un coup d'œil ironique à sa patronne, mais ne broncha pas.

— Je monte me reposer, Raymonde, le bruit du moteur m'a rendue malade, l'odeur d'essence. Je déteste ces machines.

— Ah ça, je vous l'ai souvent dit, Madame, que c'était mauvais pour la santé.

Claire se réfugia dans sa chambre. Elle détailla tous les meubles et objets : le métier à tisser un peu encombrant, la colossale armoire en noyer, le lit en cuivre, le tapis rouge et or, les rideaux de percale fleurie, sa machine à coudre. Ici, la présence de Jean s'imposait : elle alla fixer sa photographie qu'elle avait fait encadrer. Il souriait, dardant sur elle ses magnifiques yeux bleus ourlés de cils noirs. Ses cheveux bruns légèrement ondulés avaient accroché des éclats de lumière : la couleur sépia les faisait paraître plus clairs qu'en réalité.

— Mon Jean, je t'aime ! dit-elle très bas. Tu me manques, j'ai envie de te revoir. Depuis des semaines, je n'entends plus ta voix ni ton rire.

Elle éclata en sanglots, effrayée de s'être offerte à un autre avec tant d'impudeur et de démesure.

« Je devais ressembler à une chatte en chaleur », songea-t-elle, les joues en feu.

Pourtant, malgré l'incohérence de ses pensées, elle n'éprouvait aucun remords sincère.

« Disons que je me suis accordé un plaisir, comme si j'avais acheté une robe neuve ou dégusté une pâtisserie fine en ville. Cela ne se reproduira pas, j'y veillerai. William comprendra. Mais il m'aime, lui, il risque de s'emballer, de parler divorce. Non, jamais je ne quitterai mon Jean. Cet homme me plaisait, voilà tout. Ces messieurs, eux, ont tous les droits. S'ils prennent une maîtresse, on en plaisante ; si une femme esseulée se permet un écart de conduite, on la rabaisse. Basile m'aurait défendue, lui. Oui, il m'aurait comprise. »

Elle ne cessait de marmonner face au portrait de son mari. Avec l'idée bien féminine qu'elle se laverait ainsi de son péché, Claire alla dans la salle de bains et, usant un savon de Chypre, passa une demi-heure dans l'eau tiède.

« Je n'ai rien fait de mal. Ce pique-nique était une compensation à tous mes malheurs. »

Claire mit une robe de coton beige et rose, et natta ses longs cheveux mouillés. L'histoire du médaillon revint la tourmenter.

« Il faudrait interroger des gens de Vœuil, savoir s'ils n'ont pas vu Nicolas. A la prochaine visite de Faustine, je lui en parlerai. »

Elle se décida à descendre à la cuisine. Une marmite en fonte mijotait sur la cuisinière. Raymonde coupait de fines tranches de lard. Léon et César prenaient leur goûter, du lait chaud et du millas sauté à la poêle.

— Bonjour, m'dame Claire ! claironna le domestique, les traits tirés et le teint blafard. Je vous dis bonjour, car je vous ai pas vue ce matin.

— Tu n'es pas souffrant, Léon ? fit-elle.

— Non, M'dame, vous en faites pas.

César adressa un sourire réjoui à Claire. Une moustache naissante perlée de gouttelettes de lait lui donnait un drôle d'air.

— Je me dépêche, expliqua-t-il, parce qu'après goûter je vais rejoindre les filles au Mesnier. Faustine a besoin de moi pour sarcler les bordures de massifs.

Claire s'attabla aussi et se servit du café. Raymonde s'exclama :

— Je l'avais fait pour vous, Madame. Il doit être froid, à présent.

— Non, il est tiède et délicieux. J'avais promis de te dire où j'allais, Raymonde. Figure-toi que j'ai reçu une lettre bizarre, ce matin.

Elle leur raconta la teneur du courrier et sa visite au couple qui lui avait écrit.

— Je compte sur toi, Léon, pour apporter à ces personnes quelques petits meubles et de quoi faire un bon dîner. Tu atteleras Sirius. Cela te rappellera le bon vieux temps, sans automobile ni vélo. César, tu m'as déjà accompagnée là-bas ; tu iras avec ton père. César, tu m'écoutes ? insista Claire.

L'adolescent gardait la tête baissée sur son bol. Il la redressa, blanc comme un linge, le regard dilaté.

— Oui, Claire...

— Mais qu'est-ce que tu as ? s'étonna-t-elle. Toi, tu me caches quelque chose ! Tu as revu Nicolas, c'est ça ?

— Non, je te jure. Je l'ai jamais revu, Nicolas !

— Ne jure pas, grand idiot ! tonna Raymonde, prête à gifler son fils.

Léon assistait à la scène sans réagir. Il se fichait bien de Nicolas, du médaillon et du reste. Deux jours plus tôt, il avait voulu prendre des nouvelles de Greta. En escaladant le mur derrière le pavillon de Ponriant, il avait aperçu deux jeunes femmes en robe de soie, coiffées de turbans. Elles prenaient le thé, alanguies sur des chaises longues en rotin. Il s'agissait de Corentine et d'Athénaïs. Il ne savait pas qu'il y avait eu du remue-ménage au domaine. La fille brune, devinant sa casquette parmi les feuillages, s'était mise à rire :

« Nous sommes épiées, Coco ! »

Il s'était enfui, très inquiet au sujet de Greta. Et là, morose, il n'avait pas osé rendre visite à Faustine au logis du Mesnier afin de savoir où logeaient la bonne et son fils. César devenait un soutien, un ami. Il devait se charger d'interroger la jeune femme.

— File donc, fiston ! déclara-t-il. Tu reviendras avec les petites et Arthur.

— Il ne filera pas ! cria Claire. Je veux savoir pourquoi il a fait cette tête tragique dès que j'ai parlé de Nicolas. César, tu sais quelque chose et tu vas me le dire.

L'adolescent se leva brusquement et, empoignant son béret, il se rua dehors. Tous trois le virent par la fenêtre détaler sur le chemin des Falaises.

— Quelle obéissance ! soupira Claire.

— Je lui tirerai les oreilles, Madame ! assura Raymonde.

— Il est un peu grand pour ça, non ? balbutia Léon. Foutez-lui la paix, à mon gosse. Il serait temps que Jean se pointe, tiens. Il se la coule douce, lui, à *Brusselles*.

Claire se calma. Léon lui paraissait prêt à pleurer. Elle chaussa ses bottillons et prit son chapeau.

— On dit *Bruxelles*, et non *Brusselles*, Léon. Bien ! Je vais au Mesnier voir ma fille. J'emmène Loupiote et ses petits.

Le couple ne répondit pas.

C'était l'heure préférée de Claire, quand le soleil déclinait en teintant d'un or scintillant les pans de falaises. Merles et mésanges s'agitaient dans les haies au bord de la rivière. La terre exhalait une douce odeur de menthe et de thym.

« J'agis en dépit du bon sens en ce moment ! Je dois reprendre une ligne de conduite exemplaire. »

Elle n'avait pensé qu'à William Lancester, ces dernières semaines.

« J'aimais être courtisée, désirée. J'étais tendue vers un seul but : cet homme si différent de Jean. »

Très lucide, Claire comprit alors que sa volonté d'adopter Angela trahissait un besoin désespéré de ne pas être seule, de pouvoir profiter de la présence de l'orpheline, comme un rempart contre la tentation.

« Maintenant, j'ai eu ce que je souhaitais. Ma fièvre est retombée pour de bon. »

Avec une vague nostalgie, Claire accepta l'évidence. Son caprice assouvi, elle n'avait pour le papetier anglais qu'une profonde amitié mêlée de tendresse.

Loupiote folâtrait devant elle, suivie de près par ses petits qui s'intéressaient à tout : les papillons, une libellule, les odeurs de mulot dans l'herbe.

« C'est la vraie vie, ça ! se réjouit Claire en contemplant les prairies et le grand frêne du pont couronné de feu par le soleil. Mes loups, mes enfants ; je rendrai Angela heureuse, je la chérirai, je soignerai les blessures que la vie lui a faites. »

Pleine de bonnes résolutions, elle s'engagea dans l'allée menant au logis du Mesnier, dont l'allure avait bien changé. La façade s'ornait de volets neufs, peints en vert pastel ; les carreaux des fenêtres étincelaient de propreté.

« Mais il y a du nouveau ! » constata Claire.

Au-dessus de la porte principale en chêne soigneusement décapé et verni, une large pancarte retenue par de gros clous ronds indiquait le nom de l'école : « Institution Giraud ».

Faustine poussait une brouette remplie de terre. En apercevant sa mère, elle lâcha prise et courut à sa rencontre.

— Maman, quelle bonne surprise ! As-tu vu le jardin, il a changé ! Plus une mauvaise herbe.

A moins d'être aveugle, Claire ne pouvait que remarquer à quel point les traits de la jeune femme étaient livides et imprégnés d'une expression de panique. Assis sous un des tilleuls, César les observait.

— Bonsoir, ma chérie. Tu en as, une mine affolée. Rien de grave ?

— Mais non, protesta-t-elle. Angela et Thérèse sont à l'intérieur. Elles cirent le plancher de l'étage. Arthur fait briller avec les patins en laine. Nous nous sommes régalés avec le casse-croûte de midi.

Faustine s'accroupit pour caresser un des louveteaux, celui qui avait le pelage le plus foncé.

— C'est le mien, mon Tristan ! Tu me diras quand je peux le prendre pour de bon. La grand-mère de Christelle viendra s'installer après le 15 août. Ce serait parfait vers cette date, il ne serait pas seul le soir.

La jeune femme parlait vite et beaucoup. Cela attisa les soupçons de sa mère qui s'écria :

— Faustine, relève-toi et regarde-moi bien en face ! Toi et César, vous tentez de me dissimuler quelque chose au sujet de Nicolas. Je suppose qu'il t'a raconté, pour le médaillon…

— Euh… oui, brièvement ! répliqua-t-elle. A priori, ce n'est guère surprenant : Nicolas devait séjourner chez Etiennette, et il aura oublié son pendentif.

— Ainsi qu'une pommade pour les brûlures, ajouta Claire. Quand j'ai raconté ça devant César, il a plongé dans son bol. Ensuite, il s'est enfui. Je pense, moi, que vous avez vu Nicolas et qu'il m'en veut de je-ne-sais-quoi, qu'il refuse de revenir dans sa famille. Il aurait pu travailler au Moulin, le diriger même. C'était le seul qui souhaitait succéder à papa.

Le discours véhément de Claire aggrava l'angoisse de Faustine. Pendant plusieurs minutes, elle resta muette et immobile. Amaigrie, les cheveux noués en chignon, en pantalon de toile et chemisette, elle avait l'air d'une fillette terrifiée. Dans son esprit défilaient des constats accablants : Matthieu était parti en Espagne dix jours auparavant ; elle ne l'avait pas revu depuis leur nuit dans la Grotte aux fées. Denis continuait à boire. Elle l'entendait monter au second étage, le soir ; il rendait visite à la pauvre Greta. Cela se passait dans le plus parfait silence. Elle n'osait pas en parler à Bertille, affaiblie par des vertiges et des douleurs dans la hanche. Corentine et Athénaïs jouaient les exilées au fond du parc, obligeant Mireille et Greta à les servir quatre fois par jour. Bertrand essayait de pallier tous ces bouleversements. Il était épuisé.

— Faustine ! insista Claire, cinglante. Je t'ai posé une question, j'attends une réponse.

— Maman, je n'ai jamais revu Nicolas ! César non plus.

Tu nous interroges comme si nous étions coupables. Avoue que c'est gênant.

Claire parcourait les allées juste tracées du potager. Les plants de pomme de terre pointaient de jeunes feuilles d'un vert sombre, les carottes arboraient des étoiles dentelées de végétation. Faustine la suivait en cherchant comment préserver le lourd secret qu'elle partageait avec Matthieu et César.

— Je vois ce que je vois ! renchérit Claire. Vos mines à tous les deux, comme si j'avais posé le pied sur une bombe et que vous n'osiez pas me prévenir. Je peux encaisser un nouveau coup. Si mon frère, que j'ai élevé et choyé me déteste à cause de la fin tragique de sa mère, je m'inclinerai. Mais je saurai qu'il est en vie ! Cela compte, pour moi. Sais-tu, ma chérie, que j'ai imaginé une chose atroce. Si c'était Nicolas, l'homme découvert brûlé dans les décombres ?

Faustine devint toute rouge, cette fois. Elle bredouilla :

— Maman, cela signifierait que c'était Nicolas, le fou sadique qui a fait tant de mal à ces enfants...

— Absolument pas ! Ce criminel a dû quitter le pays. Demain, j'irai au bourg discuter avec le brigadier.

— Non ! cria Faustine. A quoi bon ! Il ne te dira rien de neuf, médaillon ou pas. Cette affaire est terminée, pas la peine de remuer tout ça.

Claire s'appuya à un tronc d'arbre. Son cœur cognait fort dans sa poitrine. Elle avait perçu dans le « non » anxieux de sa fille une sorte d'aveu involontaire.

— Faustine, si Nicolas est mort, j'ai le droit de le savoir.

La jeune femme soupira. Elle avait promis à Matthieu de protéger Claire.

— Maman, tu te trompes ! commença-t-elle. César t'a paru bizarre, d'accord, il a fait une bêtise et n'avait pas la conscience tranquille. C'était en rapport avec Nicolas, oui, il a retrouvé dans le grenier un couteau qui appartenait à Nicolas... et je lui ai conseillé de le remettre à sa place. Il est venu se confier à moi, et toi, tu arrives à l'improviste, l'œil inquisiteur. J'étais affolée. Sois tranquille, un jour, nous aurons des nouvelles de Nicolas. Regarde, j'ai semé des capucines. Elles ont déjà poussé de vingt centimètres ! Et demain matin on me livre les pupitres. J'ai hâte de faire la classe.

Claire consentit à sourire. Elle désigna la pancarte.

— Pourquoi as-tu donné ce nom de Giraud à ton école ? Tu m'avais annoncé l'autre jour que tu voulais honorer la mémoire de la petite Christelle en utilisant son prénom : l'institution Christelle…

— J'ai renoncé, maman ! Sans la famille Giraud, cet endroit serait resté à l'abandon et je n'aurais rien pu entreprendre. C'est une façon de remercier Bertrand. Nous étions peut-être des gens aisés, par le passé, mais nous dépendons maintenant de la fortune des autres. Sans Lancester, le Moulin ne tournerait pas. Sans les Giraud, je devrais enseigner dans une école de campagne ou en ville. Cela dit, j'espère être à la hauteur.

— Tu le seras, ma chérie ! répondit Claire. Je vais rentrer. Appelle les enfants.

Entendre prononcer le nom de Lancester l'avait embarrassée. En caressant la joue de Faustine, elle songea au papetier.

« Je l'ai récompensé pour sa générosité ! ironisa-t-elle. Je ne vaux pas mieux que les courtisanes de jadis. »

Avant de quitter le logis, Claire serra le bras de sa fille :

— Je t'en prie, Faustine, ne sois pas lâche. Si tu sais la vérité au sujet de Nicolas, parle. Prends ton temps, mais parle.

La jeune femme se retrouva seule. Angela lui adressa un dernier signe de la main, Thérèse lui envoya un baiser. Arthur gambadait, entouré des petits loups. César avait filé.

« Je dois remonter au domaine ! pensa Faustine. Maman, j'aurais tellement voulu que tu m'emmènes aussi, j'aurais voulu tout te raconter et pleurer des heures, blottie contre toi ! »

Domaine de Ponriant, même soir

Il était onze heures du soir. Greta regardait son fils endormi. Elle avait fermé son lit-cage en fer d'un rideau.

C'était une précaution dérisoire, Thomas posant sur le monde un œil sans expression. Le jeune monsieur allait venir, la bonne le savait.

Elle était en chemise de nuit, pieds nus. On lui avait repris le pavillon si agréable, on lui avait supprimé la possibilité de cuisiner pour son enfant, de le promener sous les sapins en espérant une visite de Léon, perché en haut du mur d'enceinte. La chambre où elle logeait était assez grande, mais elle lui faisait l'effet d'une prison.

Greta regrettait l'Allemagne, les immenses forêts à l'ombre fraîche. Elle aurait donné beaucoup pour revoir le ruisseau bondissant sur les rochers, et même les cochons rose et noir de l'élevage familial. Souvent, pendant que le jeune monsieur s'escrimait à jouir, la bonne imaginait son retour. Elle se mettrait à genoux devant son beau-frère, elle le supplierait de la recueillir. C'était une fille croyante et le péché l'effrayait. Son beau-frère était célibataire ; il voudrait peut-être l'épouser.

La porte s'ouvrit. Denis ne frappait même pas. Il apparut, les cheveux en bataille, la chemise déboutonnée, en simple caleçon. A ses yeux troubles, elle sut qu'il avait bu, et beaucoup.

— Alors, Greta ! Tu te languissais de moi ? Ma chère petite femme me tient la dragée haute. Eh oui ! Ça continue, pas moyen de l'amadouer. Mais tu veux que je te dise ? Je te préfère, parce que tu ne fais pas de manières.

Il lui tapa les fesses et pinça ses seins à travers le tissu.

— Enlève ton torchon, que je te voie.

Greta baissa la tête. Elle entrait dans la ferme en Allemagne, en robe de mariée. Ses ustensiles de cuisine l'avaient attendue, elle les astiquerait et, comme avant, elle préparerait la pâtée des cochons : des navets cuits et du pain trempé. Durant la journée, les bêtes se nourriraient dehors, dans les bois.

— Vas-tu obéir, bourrique ! gronda Denis. A poil !

Il lui tira les cheveux et l'entraîna vers le lit. Elle résista, prête à hurler.

— Je ne veux plus, monsieur Denis ! Vous m'avez fait mal, hier soir. J'irai en enfer à cause de vous.

Le jeune homme eut un rire bas, méprisant. Il ôta son caleçon et exhiba son sexe.

— Viens là, je suis à point. Vois-tu, Greta, je me lève à l'aube, je dois dormir et cuver mon cognac. Dépêche-toi et je te fous la paix.

Elle recula, en larmes. Denis enragea. Contraint à la discrétion, il maudissait sa sœur d'avoir accaparé le pavillon, où il était plus tranquille pour s'amuser.

— Ne me provoque pas, bécasse. Tu en profites, hein, parce que je ne peux pas gueuler ni te frapper. J'ai d'autres moyens, va.

Il alluma une cigarette – il en avait un paquet dans la poche de sa chemise – et souffla sur l'extrémité embrasée. Enfin il se releva et s'approcha de la bonne. Sans hésiter un instant, il appuya le bout incandescent dans la chair du bras dodu qu'il maintenait d'une poigne autoritaire.

Greta se mordit les lèvres au sang pour ne pas hurler de douleur. Sa soumission et sa peur d'être renvoyée n'eurent plus de poids, soudain. Elle était au-delà du monde quotidien raisonnable. Denis la brûla une seconde fois, sous l'oreille. Puis il jeta la cigarette, déchira sa chemise de nuit, tenta de la pénétrer en l'obligeant à se pencher. Elle lui tournait le dos, le visage en pleurs. Sur la table de toilette où elle dut poser ses mains pour prendre appui, il y avait une paire de longs ciseaux effilés. Madame Bertille les lui avait donnés. Greta voulait raccourcir ses longues nattes couleur de châtaigne.

Faustine ne pouvait pas dormir. Elle guettait les bruits de la nuit, sa fenêtre étant grande ouverte. Le concert des hulottes apaisait sa tristesse. Elle se reprochait de mentir à Claire, de détester les rictus satisfaits de celui qui était son mari.

« Quand je pense qu'il est encore monté chez Greta ! se dit-elle en tremblant de nervosité. Que faire ? Si je le dénonce, cette malheureuse jeune femme sera jugée responsable, officiellement, même si tantine et Bertrand font un esclandre à Denis. Et vis-à-vis de Mireille et de Léon, elle aura honte que cela se sache. Avec quelle attitude Léon l'apprendra-t-il ? »

Tout à coup, elle s'estima d'une intolérable lâcheté. En se refusant à Denis, en le laissant coucher avec la bonne qui semblait désespérée, elle se comportait en égoïste.

« Je supporte la situation parce que cela me permet d'être fidèle à Matthieu. Cela ne concerne pas tantine ni Bertrand, mais moi seule. Denis doit cesser d'importuner Greta. Il n'a qu'à retourner se soulager au Rempart du Nord. »

Faustine se mit à pleurer. Elle n'avait plus aucun courage. La joie qu'aurait dû lui donner la mise en route de son école était ternie par un chagrin lancinant. Matthieu lui manquait trop. Jamais ils ne seraient réunis, libres de s'aimer.

Elle sanglota longtemps. Des bruits dans la chambre de Denis la firent sursauter. On brassait des tiroirs, on heurtait un meuble.

« Voilà, il revient se mettre au lit, satisfait ! pensa-t-elle. Je devrais me lever, aller l'insulter, le gifler. Demain, je lui parlerai, et à maman aussi. Je n'en peux plus, du mensonge. C'est simple, demain je dirai à Denis que j'aime Matthieu, que nous devons divorcer, les uns et les autres, comme nous nous sommes mariés. Un double divorce et ce sera fini, cette affreuse comédie. »

Un peu réconfortée à cette idée, la jeune femme s'endormit enfin.

Elle se réveilla à huit heures. Ce n'était pas fréquent. Aussitôt elle entendit des cris et des hennissements aigus.

« Qu'est-ce qui se passe ? »

Immédiatement, Faustine pensa à sa jument. Denis avait sans doute décidé de la torturer à nouveau. Elle enfila un peignoir en satin bleu, courut le long du couloir, descendit l'escalier et sortit sur le perron. Elle vit Bertrand dans la cour d'honneur et, près du bassin dont la fontaine chantonnait, les palefreniers et les commis d'écurie, tous réunis. Dans un pré, l'étalon gris galopait à vive allure. Denis était cramponné à son encolure, dans une position bizarre.

— Madame ! hurla Maurice qui se précipitait vers elle. Monsieur a perdu la raison ! Ce matin, Brancor l'a mordu au poignet. Monsieur l'a cogné avec un gourdin, il l'a conduit dehors, et il le monte à cru ! Mais il l'éperonne, voyez, les flancs saignent déjà.

Le grand cheval fonçait au hasard, les yeux révulsés. Denis paraissait prêt à tomber, à demi penché sur le côté.

— Mon Dieu, Bertrand ! s'écria-t-elle en se jetant sur son beau-père. Il faut arrêter ça !

— Et comment, ma pauvre enfant ? Cet animal est furieux, terrorisé. J'ai crié dix fois à mon fils de sauter, de le laisser aller.

— Il sait bien que Brancor ne supporte pas les éperons ! gémit Faustine.

L'étalon galopait plus vite. Il obliqua, sauta brusquement la barrière pour revenir vers l'écurie. Ses sabots résonnaient sur le sol pavé. Le chef des palefreniers agita les bras dans l'espoir de ralentir la course du cheval. Brancor pila des quatre fers et se cabra. Denis lâcha la crinière et tomba lourdement au sol. Tous les hommes présents se mirent à gesticuler, tandis que Bertrand essayait d'approcher son fils. Mais l'étalon connaissait son bourreau. Il se dressa de toute sa hauteur et commença à frapper de ses antérieurs le corps inanimé de Denis.

Faustine poussa un hurlement d'horreur. Corentine et Athénaïs arrivaient en courant. Bertille descendait l'escalier le plus vite possible.

— Attention ! s'égosilla Maurice. Reculez, mesdames !

Brancor décocha un dernier coup à sa victime avant de piaffer nerveusement et de rentrer seul dans le bâtiment abritant les box et le grain.

— Abattez cette bête ! ordonna Bertrand. Et téléphonez à Claudin, vite, c'est urgent…

L'avocat s'agenouilla près de Denis et retourna son corps avec l'aide d'un employé. La chemise du jeune homme était maculée de sang, les pavés aussi. Le blessé respirait faiblement.

— Mon frère ! Mon petit frère ! sanglota Corentine.

Une profonde consternation se lisait sur tous les visages. Epouvantée, Faustine claquait des dents.

— Il faudrait le porter dans son lit ! parvint-elle à dire.

Les palefreniers soulevèrent Denis avec précaution. Mais sa tête bascula en arrière. Il venait de mourir sans avoir repris connaissance. Bertille, blême et tremblante, demeura à l'écart.

— Tantine, il est mort ! s'écria Faustine en la prenant aux épaules.

— C'est une tragédie ! gémit-elle. Pardonne-moi, je débite une banalité. J'ai confié Clara à Mireille : il faut emmener ma fille au Moulin. Je ne veux pas qu'elle assiste à tout ceci.

Bertille s'effondra dans les bras de Faustine. Elle s'était évanouie. La jeune femme l'allongea sur l'herbe.

« Moi aussi, tantine, je voudrais perdre conscience, ne plus rien voir ni entendre. Tu as de la chance. »

Les minutes qui suivirent semblèrent à Faustine empreintes de larmes, de plaintes et de lamentations. Couchée sur le corps de son frère, Corentine sanglotait. Athénaïs tentait en vain de la relever. Bertrand donnait des ordres. L'un d'eux revenait toujours :

« Allez-vous abattre cette bête ! »

Faustine s'approcha de son beau-père. L'avocat lui parut vieilli de plusieurs années.

— Bertrand, je vous en prie, ne faites pas tuer Brancor ! Il n'est pas dangereux. Vous avez été témoin de l'accident ! L'étalon était rendu furieux par la douleur et la peur… Vendez-le, mais à quoi bon l'abattre !

— Il tuera encore ! Vous l'avez vu, Faustine ? Il a martelé mon fils de ses sabots. Si je le vends et qu'il attaque quelqu'un d'autre, je serai responsable. Rentrez à la maison ! Où est Bertille ?

Bertrand aperçut alors une silhouette blanche coiffée de cheveux blonds, en apparence inerte. Il étouffa un cri déchirant et se rua vers son épouse.

— Elle s'est trouvée mal, n'ayez pas peur ! dit Faustine.

Trois coups de feu en enfilade la pétrifièrent. Elle courut

dans l'écurie. Corentine redonnait un fusil de chasse à l'un des commis. L'étalon gisait dans la paille, foudroyé par les balles tirées en plein cœur.

— Mon frère est vengé ! clama Corentine.

Faustine la regarda, qui s'en allait, droite et digne. En retenant ses larmes, elle se réfugia au fond de la stalle de Junon. Sa jument, terrifiée par les détonations, l'accueillit d'un bref cri inquiet.

— Là, ma belle, là… Ne crains rien.

La jeune femme ressortit. Elle avait chaud et froid, ses oreilles sifflaient, des taches brunes brouillaient sa vision. Maurice la soutint in extremis.

— Madame, je suis navré, venez vous asseoir, venez.

Le jeune palefrenier l'installa sur une caisse contenant des harnais. Faustine cala sa tête contre le mur.

— J'ai soif, j'ai très soif ! déclara-t-elle en tremblant.

Il lui donna à boire, l'écurie étant équipée d'un robinet et de gobelets en émail.

— Maurice, chuchota-t-elle une fois désaltérée, rendez-nous service, allez voir Mireille, dites-lui avec ménagement ce qui est arrivé. Vous conduirez mademoiselle Clara au Moulin. Vous leur direz que je suis veuve, à eux aussi.

Une heure plus tard, en présence de Corentine, de Faustine, de l'avocat et de Claire venue en voiture grâce à William Lancester, le docteur Claudin examina le corps de Denis Giraud dans le petit salon. Clara avait été confiée à Raymonde et aux enfants.

Le médecin avait jeté par terre la chemise ensanglantée et il déroulait un épais pansement à hauteur de la poitrine. Un pesant silence présidait à ses moindres gestes. Tous découvrirent une plaie profonde sous le mamelon droit. La peau alentour était souillée de sang.

— Il me semble, monsieur Giraud, que votre fils n'est pas mort des coups portés par le cheval. Voyez, c'est une blessure faite avec un objet pointu et coupant. Il y a eu hémorragie. Votre fils s'est soigné seul, il a pansé la plaie. C'était fort imprudent. Le poumon a été perforé. Au moment de l'accident, ce jeune homme devait être dans un état de faiblesse extrême, ce qui expliquerait sa chute. Il aurait dû être hospitalisé.

Joachim Claudin parlait bas et il paraissait très ému. En fait, il souffrait pour Corentine, qui à peine remise d'une fausse couche périlleuse, perdait un frère bien-aimé.

Bertrand secoua la tête, incrédule. Il ne pouvait détacher ses yeux de la poitrine livide de son enfant, dont le cœur ne battrait plus jamais.

— Docteur, il allait fêter ses vingt et un ans ce mois-ci. Ce n'était qu'un gosse.

L'avocat pleura sans bruit. Faustine, hébétée, vint le réconforter en lui caressant l'épaule. Bertrand se retourna brusquement et la poussa vers son bureau qui était contigu à la pièce. Il claqua la porte.

— Faustine ! Soyez honnête. Est-ce vous qui avez frappé mon fils ? Je sais qu'il buvait trop, il a pu vous brutaliser, et vous avez essayé de vous défendre.

La jeune femme vacilla sous l'accusation. Elle ne trouvait pas ses mots tout en sachant que sa réaction la désignait comme fautive.

— Mais non, Bertrand ! dit-elle enfin. Hier soir, Denis est monté se coucher et je ne l'ai pas vu, ensuite. Puisque vous me soupçonnez, je suis tenue de vous révéler une chose que je taisais, par pudeur. Depuis que… mon mari avait voulu tuer Junon, je me refusais à lui, j'étais trop en colère. Et je pense qu'il rejoignait Greta, la nuit.

— Oh ! Mon Dieu ! bredouilla-t-il. Greta ! Mais où est-elle, celle-ci, je ne l'ai pas vue de la matinée.

Bertrand sortit au pas de course, traversa les deux salons et commença à grimper l'escalier. Faustine le suivit. Mireille, qui apportait une cuvette d'eau au médecin, faillit lâcher le récipient. L'avocat s'arrêta un instant :

— Mireille, où est Greta ? Avec vous, en cuisine ?

— Non, Monsieur, je ne l'ai pas vue. Elle n'est pas descendue encore et, vrai, ce n'est pas dans ses habitudes.

Il se rua à l'assaut des marches, tandis que Faustine tentait de le rattraper.

— Bertrand, pardonnez-moi, je n'osais pas vous l'avouer.

Ils entrèrent ensemble dans la chambre mansardée, au second étage. Le tableau était significatif : le lit de la bonne était souillé de taches de sang. Au sol gisait la paire de ciseaux, elle aussi sanglante. Le lit du petit Thomas était vide, le placard, béant. La table de toilette était renversée, la cuvette en porcelaine, brisée.

Faustine étouffa un cri. L'avocat vacilla sur ses jambes. Il n'eut aucun mal à imaginer la scène. Denis, ivre, avait outrepassé ses prérogatives qui, déjà, n'avaient pas lieu d'être, et la bonne, affolée, s'était défendue avec une arme de fortune.

— Elle a dû s'enfuir aussitôt ! souffla la jeune femme. Je me souviens, maintenant, j'ai entendu Denis s'agiter dans sa chambre : il ouvrait des tiroirs, il a bousculé un meuble.

La moindre parole lui paraissait vaine, confrontée au désastre.

— Quelle idée aussi de vous refuser à mon fils, à peine mariée ? hurla Bertrand, malade de chagrin. Pourquoi l'avez-vous épousé, si vous ne l'aimiez pas assez pour coucher avec lui ! Denis s'était confié à moi sur ce point. Navré de vous ramener sur terre, Faustine, mais un homme sain et jeune a des besoins exigeants qu'il vous appartenait de satisfaire. Si vous n'aviez pas failli, j'en suis sûr, mon fils n'aurait pas abusé de Greta.

Révoltée d'être mise en cause, Faustine s'écria :

— Et parce que je ne voulais pas coucher avec lui avant le mariage, comme toute fille sérieuse, il avait raison de fréquenter des prostituées ? Dites-le donc ! Il a eu raison aussi de me forcer, un matin, en profitant de l'absence de ma tante. J'étais vierge, j'avais peur, mais il m'a prise contre mon gré. Il était brutal, sans aucun souci de me préparer.

La jeune femme fondit en larmes. Bertille entra à son tour. Elle avait écouté la discussion du couloir.

— Princesse, hoqueta Bertrand, princesse, je suis maudit… Je paye mes fautes.

Il tomba à genoux et appuya son visage contre son ventre.

Bertille effleura ses cheveux d'un roux grisonnant. Les sanglots de son mari vibraient en elle, douloureux. Faustine les laissa seuls. Sur le palier du premier étage, vaste et décoré de miroirs vénitiens, elle se jeta au cou de Claire qui venait aux nouvelles.

— Maman, c'est affreux. Bertrand me croyait capable de tuer son fils... Maman, je veux m'en aller d'ici, par pitié. J'abandonne tout, tant pis pour mon école. Il m'a accusée !

— Ma chérie, Bertrand était en état de choc. Il ne comprenait pas, comme nous tous. Que s'est-il passé ?

— Monte dans la chambre de Greta, tu verras... La bonne s'est enfuie.

Faustine s'assit sur une marche et cacha son visage dans ses bras repliés. Claire dit, très bas :

— Si elle a disparu, elle a signé son crime. Mais elle a laissé son enfant dans la cuisine. Thomas dormait au fond de son parc, dissimulé sous une couverture. Mireille n'avait pas fait attention à lui. Il aurait pu mourir étouffé.

— Sûrement, c'est ce qu'elle voulait, balbutia la jeune femme sans relever la tête. Tout le monde deviendrait fou, ici.

Claire trouva Bertille et Bertrand assis au bord du lit défait. Ils avaient tiré un pan de couverture pour ne pas être en contact avec les draps. Elle observa les lieux ; le décor parlait de lui-même.

— Il faut appeler les gendarmes ! soupira-t-elle. Retrouver Greta. Savez-vous que son fils est en bas avec Mireille ? Elle l'a abandonné.

— Je ne tiens pas à salir notre nom ! rétorqua l'avocat. Bertille a su me raisonner. Mon fils n'était qu'une brute avinée, un individu de la race de mon frère Frédéric, qui a dû vous tourmenter à son aise, ma pauvre Claire. Pas de gendarmes. Nos employés ignorent que Denis était blessé et avait perdu tant de sang. Son décès restera un accident dû à un étalon fou de douleur et de peur. D'autres éleveurs ont connu un sort similaire.

— Enfin, Bertrand, s'offusqua-t-elle. Et toi, Bertille, vous ne pouvez pas laisser filer la vraie coupable.

L'avocat leva sur elle le regard morne de son œil valide.

— Denis était un client assidu des dames du Rempart du Nord, pendant ses fiançailles. Il couchait avec Greta, sûrement en exerçant un chantage, car cette fille me paraissait sérieuse et très croyante. Faustine vient de m'apprendre que Denis l'avait forcée, avant les noces. La malheureuse, je comprends mieux ses réticences, sa peine devant l'échec de leur si brève union. Abritons-nous derrière les apparences afin de préserver la réputation de mon fils et de notre famille. Le docteur Claudin ne parlera pas ; il se pâme dès qu'il voit Corentine. Je le paierai s'il le faut !

— Bertrand ! protesta Claire. Je ne vous reconnais plus, vous, un homme de loi.

— La loi est faite pour être malléable. Ma position me permet de sauver notre honneur. Denis sera enterré dignement et, quant à Greta, je m'en moque. Subir les outrages d'un patron, je peux concevoir à quel point c'est humiliant. Croyez-moi, Claire, je côtoie la bassesse humaine dans mon métier. Les misérables domestiques, surtout les bonnes, meurent des suites d'un avortement ou se suicident, enceintes de leur maître. Je ne cautionnerai jamais le comportement vicieux de Denis, mais je ne tiens pas à l'ébruiter. Je ne changerai pas d'avis.

Bertille l'embrassa sur la joue et étreignit sa main.

— Tu agis au mieux, mon amour ! approuva-t-elle.

— Dans ce cas, ajouta Claire, présente tes excuses à Faustine. Elle est désespérée que vous l'ayez soupçonnée. Il faudra également songer au sort de Thomas. L'enfant est simple d'esprit, il faudrait le conduire à l'Assistance publique. Je ne peux pas m'en charger à cause de Raymonde. Léon vit l'échine courbée devant sa femme. Si je prenais le petit au Moulin, ce serait relancer la guerre.

Ils discutèrent encore un long moment. Faustine n'avait pas bougé du palier. Un cheminement se faisait dans ses pensées, les mots de l'avocat semaient leur venin.

« J'ai tué Denis en l'envoyant harceler Greta, j'ai tué Denis en le privant de mon amour. Je l'ai trahi, méprisé, trompé. A sa place, j'aurais souffert aussi. Je vais supplier Bertrand de me laisser diriger l'école. Je recueillerai Thomas. Je dois expier, expier des années. Tout est de ma faute. Greta s'est peut-être tuée, car c'était une bonne mère et elle a laissé son enfant. Nous retrouverons son corps bientôt, et ce sera ma seconde victime. Je porterai le deuil de Denis des années, et jamais, jamais je ne reverrai Matthieu. Ce sera ma punition ! »

Faustine se leva. Elle alla dans sa chambre et fouilla son armoire.

— Je n'ai pas de vêtements noirs ! gémit-elle.

Une heure plus tard, aidée par Mireille, elle enfila une jupe noire appartenant à Marie-Virginie et un corsage de même couleur que la gouvernante lui prêtait.

« Monsieur Denis n'est plus, répétait la vieille femme. Je n'ai plus qu'à mourir à mon tour. »

Le domaine de Ponriant ferma ses volets et ses portes. Dans un pré, les palefreniers ensevelissaient le corps de l'étalon après l'avoir couvert de chaux vive.

Corentine raccompagna le docteur Claudin à sa voiture. Il la regardait avec une compassion sincère.

— Un mois après ses noces, nota le médecin. Quel sort funeste ! Je trouve votre père bien indulgent pour cette bonne, la laisser courir alors qu'elle a blessé votre frère.

— Je vous en supplie, dit-elle, respectez notre décision afin d'éviter le scandale. J'ignore pourquoi Denis buvait autant, jusqu'à perdre le contrôle de ses actes, mais cette fille s'est défendue. Certains hommes de notre famille ont eu une conduite que je réprouve tels mon oncle Frédéric et mon grand-père Edouard. Ils avaient dans le pays une réputation effroyable. Par pitié, Joachim, oubliez la blessure de mon frère. L'étalon l'a tué, voilà ce que sauront les gens.

La jeune femme, sans maquillage, ses boucles rousses serrées par un bandeau de soie, était toujours en robe de chambre de satin vert décoré de broderies rouge et noir. Le teint blême et très maigre, elle paraissait d'une beauté parfaite au docteur.

— S'il était en mon pouvoir de vous consoler, d'effacer ce drame ! chuchota-t-il. Qu'allez-vous faire après les obsèques ? Votre mari va revenir, sans doute.

— Il y a des chances, mais je compte divorcer ! répondit Corentine. Matthieu m'a traitée en meurtrière, alors que vous me savez innocente. Il serait content de me livrer à la justice, mais je n'ai pas avorté, je n'ai pas à être jugée ou punie. Savez-vous pourquoi je reste ici, dans le pavillon du parc ?

— Non ! s'étonna Claudin.

— Je possède à Angoulême une magnifique demeure, un hôtel particulier avec un jardin et une fortune en meubles. Mais je n'ai pas le courage de m'éloigner de vous. Quand le clocher du bourg sonne l'Angélus, je sais que vous l'entendez aussi. Et si je me sens lasse, je peux vous appeler.

Ils s'arrêtèrent près de la voiture du médecin. Corentine l'attira derrière le bâtiment de la sellerie.

— Je croyais naïvement, cher Joachim, que je serais la femme d'un seul homme, Matthieu. Il m'a déçue. Je tolérais son autorité et ses railleries de peur de le perdre. Il ne m'aime pas, je l'ai compris… Mais vous, dès que vous me souriez, je ressens la chaleur de votre affection, et vous êtes si compréhensif. Un soir, oh, je suis folle, j'ai osé imaginer une autre existence. Vous ouvriez un cabinet médical en ville, dans cette maison trop grande que j'ai, et nous étions mariés. Je vous aidais, nous recevions beaucoup. Matthieu a horreur du monde et des fêtes. C'est un paysan, un sauvage.

Le jeune médecin fronça les sourcils. Il jugeait plutôt l'époux de Corentine très élégant et raffiné, en apparence instruit et poli. Il le revit le jour des noces, sombre et taciturne, toujours loin de la foule ou des invités.

— Je vous en supplie, sauvez-moi, Joachim ! gémit Corentine en lui prenant les mains. Sans vous, je n'aurai plus la force de vivre.

Il tressaillit de tout son corps. L'amour lui tendait enfin les bras, et il avait le minois pathétique d'une riche héritière.

16

Repentirs

Greta voyageait en troisième classe. Elle avait économisé ses quatre mois de gages et s'en félicitait. Le train approchait de Tours et il faisait un doux soleil derrière la vitre. La jeune femme ne savait pas lire le français. Dans chaque gare, d'abord celle de Vœuil, puis celle d'Angoulême, elle avait demandé des renseignements. Son accent aux sonorités germaniques irritait, cela se devinait aux airs suspicieux, aux regards assombris.

Elle s'empressait de dire : « Réfugiée alsacienne, je suis une réfugiée alsacienne. »

Alors seulement on consentait à lui parler. Elle avait aperçu des gendarmes avant de monter dans le wagon qui l'emporterait vers Paris. A demi folle de peur, Greta s'était faite toute petite, au fond d'un compartiment envahi par une famille entière, les parents et leurs quatre enfants. A Paris, elle devrait acheter un billet pour Stuttgart.

Les yeux fermés, elle ne pensait qu'au jeune monsieur. Elle l'avait frappé de toutes ses forces, avec les ciseaux utilisés comme un poignard. Après, il tenait sa poitrine à pleines mains, couché sur son lit à elle. Il se relevait, titubant, en la fixant avec une haine mortelle. Les mots résonnaient encore en elle : « Sale putain de Boche, ordure, roulure, grosse vache ! » Il était sorti. Thomas ne se réveillait pas. Greta avait ramassé ses quelques affaires et bouclé sa valise. Vite, elle avait descendu son fils aux cuisines et l'avait installé dans son parc. C'était une décision sage, à son avis. Si la police la retrouvait, elle irait en prison.

« Mireille et madame Faustine ne l'abandonneront pas. Ce sont de bonnes personnes. Hans ne voudrait pas de Thomas, le fils d'un soldat français. »

Greta s'endormit, totalement épuisée par son expédition. Thomas vivait dans un autre monde. Elle ne lui manquerait jamais.

Domaine de Ponriant, 9 août 1919

Faustine s'était réfugiée dans sa chambre. Elle n'arrivait pas à pleurer et se le reprochait. Cela lui paraissait insupportable, de croiser Bertrand ou Bertille, Athénaïs ou Corentine. La mort brutale d'un jeune homme en pleine vigueur était une aberration et elle ne parvenait pas à y croire.

« Si je lui avais demandé ce qui se passait, cette nuit, Denis aurait pu être sauvé. Tout est ma faute. »

Ce sentiment de culpabilité la rendait d'une faiblesse extrême. Plus elle pensait au déroulement des événements, plus elle s'accusait. On toqua à sa porte. Elle répondit :

— Entrez.

C'était Claire, une expression douce et tendre sur le visage.

— Ma chérie, comme tu dois souffrir ! Je m'inquiétais.

La jeune femme, assise au bord de son lit, lui tendit la main. Claire prit place à ses côtés et l'attira dans ses bras.

— Je suis là, ma petite fille, courage. Tu vis une terrible épreuve. Ton mari vient de mourir, et en même temps tu découvres qu'il te trompait avec la bonne. C'est si banal, dans les familles bourgeoises, mais cela demeure intolérable pour les épouses. J'appréciais Denis, je l'ai connu enfant. Oh ! Je le revois, pendant une messe de minuit, vous regardiez la crèche tous les deux, il avait l'air déjà amoureux de toi, alors que vous n'aviez que sept ou huit ans.

Les paroles de Claire berçaient la détresse de Faustine.

Elle se souvenait très bien de ce soir-là. Denis avait essayé de lui prendre la main, alors qu'elle admirait les santons. Matthieu s'était interposé entre eux. Jean l'avait traité d'imbécile, devinant la jalousie de son très jeune beau-frère.

« Toujours Matthieu pour écarter Denis de moi ! Il a réussi, ah, il se réjouira », songea Faustine, éperdue de désespoir.

— Tu dois pardonner à ton mari, reprit Claire. Je réprouve sa conduite, vous étiez juste mariés, mais il faut que tu chérisses les moments de bonheur que vous avez partagés.

— Maman, coupa Faustine, je t'en prie, arrête ! Les seuls instants de joie que m'a donnés Denis, ils datent de plusieurs années, tiens, en 1915 précisément, pendant les vacances de Noël. Après la guerre, quand il est revenu, c'était différent, je ne peux pas t'expliquer pourquoi.

— Tu es choquée, bouleversée, reprit sa mère. Nous le sommes tous. En fait, je voudrais te consoler, te réconforter, mais j'ai l'impression de t'agacer. Bertrand m'a demandé de monter envoyer un télégramme à Matthieu pour le prévenir, ainsi qu'à Jean. Ils doivent absolument rentrer pour l'enterrement. Figure-toi que Greta a coupé les fils du téléphone avant de s'enfuir. Cette fille a semé le malheur.

Faustine avait envie de se boucher les oreilles. Elle ne voulait plus de faux-semblants, de concessions aux convenances.

— Maman, par pitié, on dirait Jeanne, oui, la mère de Raymonde, quand elle nous raconte ses idioties. Greta s'est défendue et je la comprends. La seule responsable de la mort de Denis, c'est moi ! hurla Faustine, les nerfs à vif. Mais il ne faut pas jeter la pierre à cette pauvre Greta, obligée de céder à un homme.

Claire baissa la tête. Elle se rappela soudain les étranges propos de Bertrand dans la chambre de la bonne.

— Denis t'a violentée, toi aussi, c'est ça ? Avant vos noces…

— Un peu, oui ! Même si je l'avais aimé, cela n'aurait pas été agréable.

— Pourquoi tu ne m'as rien dit ? protesta Claire. Et pourquoi dis-tu ça, « si tu l'avais aimé » ? Epouse-t-on quelqu'un sans amour.

— Tu l'as fait, toi ! lui rappela la jeune femme. Frédéric, tu n'as pas oublié !

— Je t'ai expliqué dix fois dans quelles circonstances, rétorqua Claire, affolée.

— Ecoute, maman, si Denis a pu abuser de moi, c'était tout bêtement parce que je venais d'apprendre une chose qui me brisait le cœur. Oh, je ne veux pas t'en parler. A cette époque, tu avais d'autres soucis : la police recherchait Léon.

Soudain Faustine se leva. Glacée malgré la chaleur, elle prit un châle.

— Viens, maman, je t'accompagne au bourg. Moi aussi, j'ai un télégramme à envoyer. Et c'est urgent. Cela me fera du bien de marcher.

— Tu ne peux pas, ma chérie ! Enfin, ta place est en bas, près du corps de… de ton mari.

— Si je passe la journée à regarder le cadavre de Denis, je ferai une bêtise, maman ! gémit la jeune femme.

L'initiative de Faustine n'engendra pourtant aucune remarque. Bertrand trouvait un dérivatif à sa peine en s'occupant d'organiser la toilette de son fils et les obsèques. Bertille s'habillait. Corentine, droite et austère, se tenait au chevet de son frère. Athénaïs s'était proposée pour seconder Mireille. La vieille femme était si triste qu'elle travaillait en sanglotant bruyamment, ce qui exaspérait tout le monde.

L'avocat demanda à Claire de prévenir le maire.

— Enfin, faites au mieux, chère amie. La nouvelle de l'accident a dû se répandre, déjà ! dit-il.

— Soyez tranquille, Bertrand, je respecterai votre décision.

Toute vêtue de noir, Faustine évitait le regard de son beau-père. Il s'en aperçut :

— Voyons, pauvre enfant, n'ayez pas cette mine craintive ! s'écria-t-il. Je me suis emporté, ce matin, je vous en demande pardon. J'avais l'esprit à l'envers, la douleur, le chagrin, l'horreur de cette mort. Je suis navré.

La jeune femme fondit en larmes et dévala le grand escalier d'honneur. Claire confia à l'avocat :

— Elle a besoin de pleurer, de marcher. Je vais la rassurer…

— Dites-lui combien je regrette ! ajouta Bertrand.

— Oui, bien sûr…

Claire coupa à travers la pelouse pour rattraper sa fille adoptive avant la grille. Elles avancèrent côte à côte, mais à un rythme si rapide que discuter s'avéra impossible. A l'entrée du village, la route étant pentue, Faustine fit une pause. Elle respirait précipitamment.

— Eh bien, soupira sa mère. Quel marathon !

— Excuse-moi, dit la jeune femme. Si j'avais pu courir, je l'aurais fait. Je veux voir mon père. Il me manque. S'il reçoit le télégramme très vite, il peut arriver dans la nuit.

— Sans doute, ou au plus tard demain midi ! assura Claire.

Toutes deux se sentaient dans un état second. Chacun de leurs gestes, chacune de leurs paroles devenait insolite. Faustine déclara, d'un ton enfantin :

— Maman, je voudrais effacer ces derniers mois, être encore au Moulin. J'avais peur de Denis, j'appréhendais le soir, je savais qu'il rendait visite à Greta, et je n'ai rien fait, rien dit. Maman, je t'ai menti. Je n'arrête pas de te mentir.

Claire observa les alentours. Le vieux Robert se tenait devant sa porte, à cent mètres de là. Elle s'attendait au pire. Sa fille allait peut-être lui avouer un acte criminel. Ses jambes se mirent à trembler.

— Ma chérie, nous sommes ridicules. J'entends des gens, sur la place. Nous ne pouvons pas rester plantées sur la route, face à face.

— Après, je n'aurai plus le courage ! confessa Faustine.

Le clocher sonna onze heures. Des pigeons traversèrent le ciel d'un bleu limpide. Claire reprit sa marche.

— Viens, allons dans l'église, dit-elle.

Le sanctuaire était désert. Sur l'autel, des bouquets de roses rouges voisinaient avec les gerbes de marguerites. Des cierges se consumaient devant la statue de la Vierge Marie.

Faustine choisit le banc le plus proche de la porte. Claire s'assit près d'elle.

— Alors, dis-moi, je suis anxieuse, à présent !

— D'abord, je te demande pardon, maman, pour mes mensonges. Ensuite, euh, ensuite...

La jeune femme s'imagina au bord d'un fleuve plein de remous, aux eaux boueuses et glauques, où elle se noierait dès le premier mot. Elle devait plonger, se résigner au chaos qui suivrait.

— Faustine ! supplia Claire. Aie confiance en moi, je t'aiderai quoi que tu aies fait. Si c'est toi qui as blessé Denis, ton père et moi nous te soutiendrons, il y aura des circonstances atténuantes.

— Oh, maman, toi aussi tu me crois capable d'un geste pareil ! Non, ce n'est pas ça ! Alors tu n'as rien vu, rien deviné ? J'aime Matthieu, voilà. Je l'aime vraiment, lui, de toute mon âme, de tout mon être, et je l'ai compris avant d'épouser Denis. Et il m'aime depuis toujours. Seulement, c'est fini. Notre amour a tué, notre amour est odieux.

Claire en resta bouche bée. Elle avait eu sa part d'incertitudes, de rêveries absurdes, ces derniers temps, et la déclaration de sa fille lui parut incongrue.

— Mais je le sais, que vous vous aimez beaucoup, balbutia-t-elle. Tu te fais des idées, cela n'a rien à voir avec la mort de Denis ! Enfin, je ne comprends pas, Corentine et Matthieu entretenaient une liaison depuis longtemps, ils attendaient un bébé. Tu es en pleine crise de nerfs, ma chérie. Tu mélanges tout.

Ce fut au tour de Faustine de craindre pour la raison de sa mère. Elle respira profondément, avant d'ajouter :

— Je suis dans un état normal ! C'est toi qui refuses d'entendre la vérité. J'aimais Matthieu, mais comme il était obligé de se marier avec Corentine à cause du bébé, j'ai cru que je serais heureuse près de Denis, à Ponriant. Matthieu et moi avons couché ensemble, maman, dans la Grotte aux fées, et dans ma chambre du Moulin, il y a quelques jours, avant son départ en Espagne. Et il n'y a pas que ça, nous t'avons caché autre chose. C'est bien Nicolas qui a brûlé dans l'incendie, à Vœuil, et c'est Nicolas aussi qui a violé Pia, agressé Yvonne et causé la mort de Marie-Désirée. Il avait été défiguré au vitriol, il buvait et ils se sont battus, Matthieu et lui…

Faustine poursuivit son récit. Elle continuait, malgré le vertige qui l'assaillait. Claire tomba à genoux et appuya son front à la planchette du prie-Dieu. Elle se mordit les lèvres pour ne pas hurler. Le goût du sang lui donna la nausée.

— Pardon, maman, pardon ! gémit Faustine en lui caressant l'épaule.

Claire se redressa, livide. A la volée, elle gifla la jeune femme, trois grandes claques sonores.

— Matthieu s'est confessé au père Jacques, qui a promis de dire des messes et de prier pour le salut de Nicolas. Nous voulions te protéger, t'épargner du chagrin, bredouilla encore Faustine, les joues marbrées de stries roses. C'était notre seul souci, maman, que tu ne saches jamais, parce que nous t'adorons, que tu es bonne, toi, loyale et honnête.

Epouvantée par ces révélations, Claire se revit les jupes retroussées, offerte à William Lancester. L'image de Pia lui revint en mémoire, quand elle la lavait dans la baignoire. L'innocence meurtrie, souillée. La honte de l'adolescente menue et soumise à son sort.

— Si je l'avais su, que c'était lui, je crois que je l'aurais cherché et tué de mes mains ! gronda-t-elle, les yeux écarquillés et brillants. Mon Dieu, je ne serai plus jamais en paix, jamais.

Faustine pleurait sans bruit, infiniment soulagée, résignée à une existence d'expiation. Toute joie lui serait interdite, désormais, comme le moindre bonheur.

— Je ne vaux pas mieux que toi, ma fille ! dit-elle d'une voix dure. Tiens-toi loin de Matthieu. Et je préfère éviter de le rencontrer. Pas pour sa conduite vis-à-vis de Nicolas, mais pour le mal qu'il nous a fait à tous. Quand Jean saura…

— Non, je t'en supplie, ne dis rien à papa, pour Matthieu et moi. Je le laisse à Corentine, qu'ils s'en aillent tous les deux ! J'ai été punie, tu vois. Denis est mort. Il ne méritait pas ça. Personne ne mérite de mourir aussi jeune. Si je marchais vite, tout à l'heure, ce n'était pas pour prévenir papa, non. Je voulais envoyer un télégramme à Matthieu, moi aussi, pour lui dire de ne pas venir, pas avant plusieurs semaines, le temps que je trouve un endroit où je travaillerai, loin d'ici. Je ne veux pas le voir, crois-moi.

— C'est une sage décision, Faustine ! coupa Claire. J'espère que Bertille et Bertrand ne sauront jamais la vérité. Pour Nicolas, plus un mot, plus une allusion. Dans un an, je raconterai que j'ai reçu une lettre m'annonçant son décès à l'étranger. Nos deux familles sont salies. Je voudrais mourir aussi, là, maintenant. Viens, debout, dépêchons-nous. Les télégrammes, il faut les envoyer... Et si mon frère s'obstine à venir aux obsèques, tu t'enfermeras dans ta chambre. Je lui expliquerai qu'il n'a plus à t'approcher.

Faustine approuva. Claire n'était plus la même. Sa douceur, sa lumière, sa tendresse, tout cela avait été balayé, détruit.

Domaine de Ponriant, même jour

De retour à Ponriant, Faustine remonta dans sa chambre. Claire ne lui avait pas adressé la parole pendant le trajet du retour. Sa mère adoptive marchait devant elle, les bras croisés sur sa poitrine, lui présentant un dos méprisant, de l'avis de la jeune femme qui se sentait la plus ignoble créature du monde.

Une atmosphère tragique pesait sur la vaste demeure assombrie par les rideaux tirés et les persiennes closes. Faustine se coucha et pleura jusqu'à perdre tout repère d'heure et de lieu. Elle avait mis le verrou et, quand Mireille voulut lui apporter de la tisane, elle répondit qu'elle n'avait envie de rien. Les mots du télégramme l'obsédaient : « *Matthieu, Denis est mort. Ne viens pas si tu m'aimes. Ne reviens pas avant un mois. Ensuite j'aurai disparu. Tout est ma faute.* »

Elle essayait de l'imaginer dans une ville d'Espagne, un pays dont elle ignorait tout. Il devait faire très chaud,

Matthieu portait sans doute une chemise blanche qui mettait en valeur sa carnation mate et ses cheveux très bruns. Ils avaient connu un tel bonheur ensemble !

« Je n'oublierai pas, mais j'ai honte, j'ai tellement honte. »

La journée s'écoula. Personne ne se préoccupait de Faustine. Bertille surveillait Bertrand, qui l'inquiétait. Les tempes broyées par la migraine, son mari était exalté, contenant ses larmes. Il devait faire rétablir la ligne téléphonique et prévenir la famille de Rustens. Corentine s'était retirée dans le pavillon avec Athénaïs. Elles comptaient veiller Denis toute la nuit et prenaient du repos.

Claire avait investi les cuisines afin de consoler Mireille et de veiller sur Thomas. Le fils de Greta, à quinze mois, pouvait rester allongé sans manifester d'impatience ou d'ennui. C'était un gros poupon presque chauve qui bavait beaucoup. Son plus grand progrès était de se tenir assis, si on l'aidait à prendre une position confortable.

— Qu'est-ce que tu vas devenir, toi ? soupira Claire, apitoyée par l'enfant.

— Il est simple d'esprit, rétorqua Mireille. Ce sera un fier travail pour le rendre propre, et pour qu'il marche.

— Quand même, abandonner son bébé ! renchérit Claire. Vous connaissez la situation. Son père n'est pas loin, pourtant, mais, comme il s'agit d'un fils illégitime, Léon n'osera pas s'en charger. Et sa femme refuserait, de toute façon.

Mireille proposa du café. Claire accepta. Elle en avait bien besoin. Elles burent en silence, mais la gouvernante essuyait sans cesse les larmes qui ruisselaient le long de son nez.

— Excusez-moi, madame, j'en suis malade, de cette vilaine histoire. Si quelqu'un peut pleurer monsieur Denis, c'est bien moi. Quand j'ai pris mon service, il allait encore à l'école du bourg. Et onze ans plus tard je le vois raide mort. C'était un brave petit, avant. Il mangeait là avec moi, il n'aimait pas les étages. Il m'en racontait des choses, sur Pernelle et sur sa propre mère, la première épouse de monsieur Bertrand. Elles s'entendaient toutes deux pour le punir et le fouetter au martinet. Traiter des gamins de la sorte, ça les rend mauvais, voilà ce que je dis.

Claire écoutait et approuvait. Elle songeait qu'aucune méthode d'éducation ne donne de bons fruits. Nicolas, sur qui elle avait veillé, s'était jeté dans la débauche et le crime, Matthieu et Faustine avaient osé lui mentir et tromper leurs conjoints respectifs un mois après un double mariage qui avait coûté une fortune.

« Que deviendra Arthur ? s'interrogea-t-elle, pétrie d'amertume. Je ferais mieux de le mettre pensionnaire chez les jésuites, à Bordeaux. »

Elle était encore trop en colère pour souffrir.

Bertille les rejoignit. La maîtresse de maison portait une robe grise d'une sobriété surprenante. Elle avait coiffé ses cheveux blonds en chignon et serrait un châle de soie bariolée sur ses minces épaules.

— Ah, du café, dit-elle. J'ai senti l'odeur depuis le salon et j'en rêvais. Le maire est arrivé, ainsi que le père Jacques. Ils discutent des obsèques avec Bertrand. Je n'étais pas utile.

Bertille observa sa cousine. Claire lui parut plus froide qu'affligée.

— Ma Clairette, tu es sous le choc, toi aussi ! avança-t-elle.

— Certes, il y a de quoi. Le malheur s'abat sur nous tous.

Mireille préféra les laisser en tête à tête. Elle s'esquiva, aussi discrète qu'une souris, et monta au second étage, dans sa chambre.

— Claire ! Qu'est-ce que tu as ? demanda aussitôt Bertille. Je sais que les circonstances ne poussent pas à la gaieté, loin de là, mais ce matin, tu n'avais pas cet air outragé.

— A ma place, princesse, comment réagirais-tu ? s'écria-t-elle. Imagine un peu Clara mariée à un homme qui l'a forcée avant le mariage et qui ensuite trousse sa bonne.

Bertille avait un instinct à fleur de peau. Elle posa sa tasse en dévisageant sa cousine.

— Ce n'est pas ça, et tu le sais très bien. Tu voudrais me donner le change ! A ce jeu-là, tu es nulle, Clairette.

Tu es montée au village avec Faustine, vous avez peut-être parlé de certaines choses ?

Claire se retourna, blanche de rage :

— De quoi ? Nous avons rédigé les télégrammes et nous sommes rentrées.

— Faustine ne t'a rien avoué, au sujet de Matthieu ? fit remarquer Bertille.

— Alors tu étais au courant, toi, et tu ne m'as pas avertie ! gronda Claire. Je ne suis guère pratiquante et je vais peu à la messe, mais quand même, Bertille, bafouer ainsi le sacrement du mariage, se moquer du péché !

Du coup, Bertille resta un moment silencieuse. Apparemment, Claire en savait plus qu'elle.

— Ils ont couché ensemble, reprit sa cousine, alors que cette pauvre Corentine relevait d'une fausse couche et que Denis s'échinait à lancer son élevage…

— … et à culbuter Greta, à fréquenter les prostituées ! persifla Bertille. Attention, Claire, ne te méprends pas. Je suis horrifiée par la mort de mon beau-fils et je le plains de tout cœur, mais je ne vais pas me voiler la face, ni le porter aux nues ni le considérer comme un ange parce qu'il est mort. Je vivais ici, près de ta fille, et je me doutais qu'elle endurait un calvaire. Un jeune homme vigoureux, pris de boisson, habitué aux filles que l'on paie n'est pas forcément un amant romantique et délicat.

— Tais-toi ! cria Claire. Mon Dieu, tais-toi. Vous me faites honte, tous. Et de moi aussi, j'ai honte. Jean va rentrer et je devrai lui mentir à mon tour. Je suis pire que les autres. Pourtant, dans l'église ce matin, après avoir entendu la confession de Faustine, je l'ai giflée de toutes mes forces, et j'avais envie de la frapper davantage. Mais c'était à moi que j'en voulais, parce que je n'avais rien vu, rien deviné. A cause d'une lubie d'adolescente…

Bertille comprit tout de suite. Elle répliqua :

— A cause de William ? Tu avais le droit d'être entourée, admirée par un homme galant et instruit.

— Je n'avais pas le droit de m'offrir à lui avec autant d'impudeur qu'une chienne. Voilà, tu es contente ? Ma fille ne peut pas se conduire correctement, puisque celle qui l'a élevée n'est qu'une catin de la pire espèce. Faustine et moi, nous avons sali le nom de Jean, nous l'avons dupé. Il me quittera et maudira son enfant.

Claire se cacha le visage entre les mains, dans l'attitude d'une pleureuse antique. Bertille, un peu surprise, lui tapota le dos.

— Ne tombe pas dans le mélodrame. Nous ne sommes plus au Moyen Age, Clairette. A quoi bon briser ton ménage ? Aimes-tu moins ton mari ? Cela m'étonnerait de toi. Tu as succombé à la cour pressante de Lancester, et je suis sûre que tu as pris ça à la légère. Mais dès que Faustine t'a avoué son amour pour Matthieu et sa faute, leur faute à tous les deux, tu as sombré dans le repentir, comme confrontée à ta propre erreur ! Seulement, tu en fais trop à mon goût. Jean n'a rien besoin de savoir. Surtout en ce qui concerne sa fille. Elle est assez grande pour lui dire les choses, si elle le juge nécessaire. L'amour charnel, la passion, les baisers, pourquoi les condamne-t-on ? Denis a peut-être suivi ses pulsions parce qu'il était en sursis, si jeune. La mort seule est grave et irréversible. La perte des êtres chers. Et le mariage, les serments ! Combien de bons catholiques les respectent, ces engagements ? Pour la plupart des gens, la femme doit rester chez elle, à enfanter, à cuisiner, à nettoyer. L'homme peut coucher à droite et à gauche, on le plaint, accusant son épouse de ne pas le satisfaire. Basile nous manque, ses discours féministes aussi.

— Tu le remplaces à merveille ! s'exclama Claire, troublée. Tu militeras bientôt pour le droit de vote des femmes !

— Qui sait ? se récria Bertille. C'est inadmissible de nous interdire les urnes, l'accès à la politique. Cela veut dire que les ministres, les députés, le président de la République, tous nous considèrent plus sottes que ces messieurs qui déblatèrent dans les cafés en jouant au billard.

— Bertille, est-ce le moment ? Tu cherches à me distraire, mais je ne changerai pas d'idée.

Sa cousine se leva et s'appuya à la table, une main posée en étoile sur le bois peint. Avec ses cheveux presque blancs à force d'être blonds, son beau et mince visage et sa robe de moine, Bertille ressemblait cette fois à un ange exterminateur, venu sur terre répandre la justice. Elle dit très bas, d'un ton ferme :

— As-tu effacé notre jeunesse, nos rêves ? Tu vas oublier cette époque où l'on serait mortes plutôt que de renoncer à l'amour, au véritable amour ! Comment as-tu pu être aveugle à ce point, au sujet de Matthieu et de Faustine ? Le jour des noces, ils avaient des mines de suppliciés. Il suffisait de les observer un peu. Et toi, tu acceptes tout de Jean, et pire, tu as tout accepté par le passé, ses infidélités, ses cruautés et, pour une partie de jambes en l'air avec un type fou de toi, tu es prête à détruire un foyer, une famille ? Claire, redeviens toi-même : ma Clairette de jadis, celle qui se voyait en aventurière sur les traces du comte de Monte-Cristo ou du capitaine Fracasse ! Ne juge pas si sévèrement ta fille, et ne te juge pas, toi…

L'irruption de la brune Athénaïs la fit taire. La jeune fille les regarda tour à tour, avant de marmonner :

— J'ai l'impression de déranger ? Corentine désirait de l'aspirine. Elle a très mal à la tête. Je ne sais pas où vous rangez la pharmacie.

— Ah ! Vous ne savez pas, alors que vous séjournez ici depuis une semaine ? lança Bertille. La pharmacie se trouve dans le bureau de mon mari, mais il y a un tube d'aspirine par là, dans le tiroir de gauche du vaisselier.

— Merci, madame, excusez-moi ! répliqua Athénaïs avec un petit sourire moqueur.

Elle les salua d'un signe de tête et ressortit. Claire poussa un gros soupir, en chuchotant :

— Elle a dû écouter une partie de ta diatribe ! Bravo, Corentine saura la vérité sur son mari et sur moi.

— Mais non, je ne parlais pas fort. Claire, je t'en prie, dans l'épreuve que nous traversons tous, si tu n'es pas là pour nous soutenir, nous accorder ta chaleur et ta douceur, ce sera désespérant.

Bertille s'assit, épuisée. Elle tremblait de nervosité. Ce furent la lassitude de ses traits altiers et la peur dans ses larges prunelles grises qui eurent raison de la fureur de Claire.

— Princesse, tu es une excellente avocate, souffla-t-elle en serrant les mains de sa cousine dans les siennes. Soit, les péchés d'amour ne sont pas si graves, comparés à la mort. Mais je m'en veux tellement, pour Faustine. Il y a quelques mois, je pouvais encore la dissuader d'épouser Denis ou discuter avec Matthieu de ses sentiments. Mon frère m'a vraiment tenue à l'écart de sa vie. Je savais que Corentine et lui étaient très proches, enfin, qu'ils couchaient ensemble, mais là encore, je n'ai pas estimé nécessaire de faire la loi. Le résultat n'est guère brillant : ma fille est veuve à vingt ans et Denis est mort.

— Et Corentine n'est plus enceinte ! ajouta Bertille. Selon Matthieu, elle l'a piégé avec cette grossesse. Je ne serais pas étonnée qu'ils divorcent. De plus, j'ai remarqué une chose : Corentine fait les yeux doux au jeune et très beau docteur Claudin.

Claire en tomba des nues.

— Mais elle adorait Matthieu ! dit-elle.

— Oui, à sa façon ! répliqua sa cousine. Possessive, capricieuse, sensuelle… et orgueilleuse. Comme Matthieu n'a pas été très gentil après la fausse couche, mademoiselle a décidé de le rejeter dans les ténèbres et de séduire le médecin.

— C'est bien triste, tout ceci ! soupira encore Claire. Je vais aller au Moulin donner des nouvelles. Raymonde devrait garder Clara jusqu'à l'enterrement, tu ne crois pas ?

— Bien sûr, elle est trop petite pour voir Denis dans cet état. Tu reviens vite, Clairette ? implora Bertille.

— Oui, pour le dîner. Dis à Faustine que je l'aime…

Sur ces mots, Claire embrassa Bertille sur la joue et s'en alla à pied, en simple robe de cotonnade fleurie. Elle traversa une prairie semée de coquelicots et de bleuets. Elle cueillit une marguerite. Les toits du Moulin du Loup se rapprochaient. Elle regarda en arrière, vers la masse blanche de Ponriant, perchée sur l'étalement du plateau rocheux, face aux falaises.

— Seule Bertille peut supporter les maléfices du domaine !

déclara-t-elle bien haut. Moi, je dépérissais, là-haut, comme Faustine.

Moulin du Loup, même jour

Claire avait entraîné Léon dans son ancien atelier, converti en bureau pour Jean. Tout était en place, la machine à écrire, les calepins à reliure, des piles de journaux. Le domestique tenait sa casquette entre ses mains. Elle vit des cheveux argentés parmi sa tignasse d'un blond roux.

— Mon pauvre Léon, j'ai une mauvaise nouvelle.

— Dites, madame Claire, et faites vite. Rien qu'à voir votre mine, j'ai l'estomac noué.

— Greta s'est enfuie après avoir mortellement blessé Denis Giraud. Elle a laissé Thomas au domaine. Je suis un peu brutale, excuse-moi.

Léon dut s'asseoir. Il courba le dos, accablé. Claire s'installa près de lui.

— Je suis désolée, vraiment !

Il avait envie de pleurer. D'une voix basse un peu éraillée, il marmonna :

— Si une brave fille comme Greta a fait ça, elle avait une bonne raison. Ce petit saligaud voulait coucher avec elle, sûr…

— Oui, il a dû insister et elle s'est défendue. Je te dis ça en confidence, mon Léon, car Bertrand tient à garder le secret. Cela devient notre lot, dans la famille, des secrets, encore des secrets. Si tu savais. Officiellement, Denis s'est tué à cheval. L'honneur est sauf. En fait, la blessure était très grave, des ciseaux… Cela évite à Greta d'être poursuivie et arrêtée, puisque Bertrand ne porte pas plainte et n'a pas prévenu les gendarmes.

Léon se frotta les yeux. Il fouilla sa poche, sortit son paquet de tabac gris et se roula une cigarette.

— Et mon petiot, il est resté là-haut, chez les rupins ? Ils vont le foutre à l'Assistance publique, mon gosse… Il a payé pour mes fautes, Thomas. Le bon Dieu lui a ôté l'intelligence.

Claire étreignit le poing serré de Léon. Elle éprouvait une profonde compassion pour lui.

— Tu te souviens, dit-elle, du jour où tu as débarqué au Moulin, en gilet rayé de marin, avec un béret sur la tête ? Tu étais si gai, si vif et blagueur. Raymonde a eu le béguin aussitôt, selon ses propres mots. Faustine avait deux ans, à cette époque, et je ne la connaissais pas encore. J'étais jeune, je croyais Jean perdu à tout jamais pour moi. La vie est ainsi faite, Léon, une succession de joies et de chagrins, de paix et de bouleversements. J'ai été durement secouée, ce matin : la mort de Denis, et d'autres choses. Je ferai mon possible pour t'aider. Hélas, je ne peux pas prendre Thomas ici : Raymonde partirait avec Thérèse et César.

— Oh ça, déjà qu'elle me traite souvent comme un chien ! Faut lui en parler, pourtant. Elle est pas au courant, mais je l'ai légitimé, mon gars, à Angoulême. Il porte mon nom, c'est pas un bâtard. Ma pauvre Greta et moi, nous étions bons amis. Savez, madame Claire, parfois je calais mon vélo contre le mur du parc, derrière le pavillon, et on causait. Si j'avais le temps, et elle aussi, je la rejoignais et je câlinais le petit. Mais, parole d'honneur, nous n'avons plus fauté, ça non.

— Cette maudite guerre a tout détruit ! s'écria Claire. Tout. Mon père s'est suicidé et Nicolas a disparu. Mon Dieu, comme je regrette de l'avoir poussé à voyager, à quitter la vallée. J'aurais dû le garder près de moi pour le surveiller.

Léon éteignit son mégot en l'écrasant par terre. Il scruta le visage de Claire, sans comprendre pourquoi elle se lamentait sur Nicolas tout à coup.

— Et nos jeunes gens qui sont allés se battre ont changé aussi ! reprit-elle. Denis a dû prendre de néfastes habitudes pendant ses permissions ; Matthieu s'est lié avec Corentine sûrement parce qu'il voulait vivre un peu avant de rejoindre le front. La guerre a tué des millions d'hommes, Léon, de l'âge de Denis ou plus jeunes même.

— J'peux pas dire le contraire, Madame ! bredouilla-t-il d'un ton chagrin. Pareil pour moi et Greta. J'étais au fond d'un pays étranger, un coin de forêt, cinquante cochons, et une jolie veuve qui avait besoin de réconfort. J'aurais jamais trompé Raymonde si j'étais resté au Moulin. Dites, Greta, elle a pu se pendre dans un bois de chez nous ! Faudrait faire des recherches. Ce serait pas juste, ça, qu'elle se supprime.

— Eh bien, va, mon ami ! soupira Claire. Cherche-la, si cela peut te rassurer. Nous trouverons la meilleure solution, pour Thomas.

Léon la remercia et partit immédiatement. Claire dut expliquer à sa servante tout ce qui s'était passé. Elle ne pouvait pas lui mentir au sujet de Greta. Elle l'entraîna dans le cellier.

— Qu'elle crève en enfer, la Boche ! maugréa Raymonde. C'est pas une femme, ça, d'abandonner son gamin. Ne comptez pas que je l'élève, celui-là !

— Je m'en doute, mais tu ne dois pas en parler au village, ni à ta mère. J'ai promis à Bertrand de taire cette affaire ! insista Claire.

— Madame, réfléchissez donc : personne n'a su que Léon avait ramené son Allemande. Je n'ai pas intérêt à clamer ça sur tous les toits. Encore moins à ma mère. J'ai ma fierté !

— D'accord, répondit Claire, je te fais confiance.

Elles revinrent dans la cuisine. Angela lisait une histoire à Clara et à Arthur, assis près de la cheminée sur des petits tabourets qui dataient du siècle précédent. Thérèse épluchait des pommes de terre. Loupiote somnolait, entourée de ses louveteaux.

« Ma chère maison ! se dit Claire. Ici, mes peines s'envolent, je me sens protégée. Bertille m'a évité d'agir bêtement. Jean ne saura jamais ce que j'ai fait. Je le dois à ces enfants qui ont un refuge chez nous. Je le dois à ma famille. Et, pour Nicolas non plus, je ne dirai rien. Matthieu et Faustine ont voulu m'épargner. J'aurais sûrement agi comme eux si j'avais été confrontée à mon frère changé en un monstre de haine et de perversité. Marie-Désirée est morte, une fleur fauchée. Mon Dieu, quelle abomination. Le nom des Roy ne mérite pas d'être souillé par la faute d'un seul. Et il a payé ses crimes… »

Elle tenterait à l'avenir de chérir le souvenir du petit Nicolas, sans l'associer à l'odieux sadique qui avait endeuillé sa chère vallée.

— Vous êtes bien silencieuse, Madame ! s'exclama Raymonde. Et notre Faustine, comment endure-t-elle tout ce drame ? La pauvrette, il faut qu'elle revienne habiter ici, après l'enterrement.

— Nous verrons, coupa Claire. Elle est très choquée. Je remonte au domaine. Veillez bien sur Clara. Angela, je te la confie. Dors avec elle et, si elle réclame sa mère, téléphone-nous, la ligne est rétablie.

— Oui, madame ! s'écria l'orpheline, toute contente.

— Tu m'appelles encore madame ?

— Oh, pardon… Oui, maman. Vous embrasserez Faustine de ma part, s'il vous plaît. C'est terrible, l'accident de son mari.

Claire se mit à pleurer. Elle attira l'adolescente dans ses bras et la serra contre son cœur.

— J'aime tant que l'on m'appelle « maman » ! lui dit-elle tout bas. Et je suis heureuse de t'avoir, ma chérie.

Offrir un foyer, une famille à cette enfant éprouvée par l'existence lui parut soudain plus important que tout le reste. Il lui restait une autre visite. Elle monta prendre quelques affaires pour la nuit et se rendit chez William Lancester.

Le papetier anglais était assis près de la fenêtre. Il avait confié l'encollage de dix rames de papier à dessin à ses hommes. La mort de Denis Giraud le bouleversait. Il ne fut pas vraiment surpris de voir Claire entrer.

— Bonsoir, William ! dit-elle doucement.

— Bonsoir, mon amie.

— Jean va rentrer pour les obsèques. Je voulais vous demander de…

William se leva et l'arrêta d'un geste.

— Non, trancha-t-il, je sais ce que vous voulez me dire.

Vous allez tous vivre une période de deuil où je n'ai pas ma place. Je pourrais me tenir à l'écart, mais Jean m'apprécie. Il venait souvent bavarder avec moi. J'ai des torts envers lui. Je préfère m'effacer. Ma décision est prise, Claire. Ce soir, mes ouvriers et moi, nous serons à jour pour les commandes en cours. Je pars demain matin pour Londres. J'ai l'intention de proposer à l'un de mes anciens contremaîtres un poste avantageux au Moulin. C'est un homme sérieux et compétent qui a une épouse et deux enfants. Je reviendrai, mais j'ignore quand.

— Où irez-vous ? s'inquiéta-t-elle.

— Au Québec, peut-être. Ou en Finlande. Je vous écrirai, je vous raconterai mes pérégrinations. Thérèse aura de jolis timbres pour sa collection.

William la regardait, très ému. Il s'imprégnait de sa beauté si particulière, faite de spiritualité, d'énergie et de douceur. Il gravait dans sa mémoire le dessin de sa bouche et de son nez ; il subissait encore une fois la gravité des yeux si bruns qu'ils paraissaient noirs. Du velours noir.

— Claire, je vous aime de tout mon cœur. Soyez heureuse, et ne regrettez rien, surtout. Vous m'avez donné tant de joie.

Elle se réfugia dans ses bras et pleura de fatigue et de tendresse. Il caressa ses cheveux attachés sur la nuque par un ruban de serge.

— Je suis triste que vous partiez. Ce sera bizarre de ne plus vous rencontrer sur le chemin, de ne plus vous apercevoir devant la salle des piles…

— Il le faut, Claire. Mais nous nous reverrons, assagis, de vrais amis, délivrés de la tentation. Je penserai à vous sans cesse ; vous serez près de moi.

Elle recula en souriant.

— Merci, mon cher ami ! Au revoir.

Vite, Claire recula et sortit. Elle s'éloigna d'un pas rapide en direction du pont. L'étrangeté de cette journée lui apparut : le feu croisé des mensonges dévoilés, des secrets révélés, et d'autres mensonges à faire, d'autres secrets. Jean allait revenir, William quittait la vallée.

« Jean, dépêche-toi, je t'en prie ! supplia-t-elle. Jean, si tu étais là, je me sentirais plus forte. J'ai besoin de toi, mon Jean, mon amour. »

Elle entendit un bruit de moteur. Une automobile descendait la route du bourg. Claire tressaillit, prête à croire au miracle.

« Que je suis sotte ! Il ne sera là que demain ! »

Pourtant c'était sa voiture qui freinait en soulevant des gerbes de poussière jaune. C'était lui qui ouvrait la portière et courait vers elle.

— Claire, Claire…

Elle lui tendit les bras et se jeta contre son corps en l'enlaçant. En une seconde, il reprenait consistance, elle voyait le regard bleu magnétique et percevait son odeur, savon de Chypre et tabac. Il la berçait et la couvrait de baisers.

— Câlinette ! Pardon, ma douce chérie.

— Mais… tu n'as pas pu avoir le télégramme et être déjà là ? s'étonna-t-elle.

— Si ! répliqua Jean. C'est le progrès, le fabuleux progrès. Un de mes collègues, à Bruxelles, pilote un avion. Il m'a embarqué et déposé à Poitiers. De là, j'ai pris le train. J'ai gagné plusieurs heures. Un détour par le garage qui garde ma voiture, et me voici.

— En avion ! répéta Claire, stupéfaite. Ne me dis pas que tu es monté dans un de ces engins ! C'est très dangereux, je ne comprends même pas comment ils peuvent voler ! Oh, Jean.

Ils se dévisagèrent, éperdus de soulagement. Elle avait oublié combien il était séduisant. Lui, il la trouvait plus belle que jamais, elle avait l'air très jeune, fragile.

— Faustine tient le coup ? interrogea-t-il.

— Je me hâtais de retourner au domaine pour m'occuper d'elle. Mais tu seras le meilleur soutien dans ces circonstances affreuses. Jean, je t'appelais, en marchant, je priais pour te revoir, et tu es là…

— Je suis là jusqu'à Noël, voire mars prochain ! affirma-t-il. Je t'expliquerai pourquoi. Et je rapporte un petit pactole, et des commandes de cidre Jean Dumont.

Claire ferma les yeux un instant pour savourer la nouvelle. Jean avait beaucoup de choses à apprendre, et ils ne retrouveraient pas tout de suite leur paisible vie quotidienne, mais à deux, ils viendraient à bout des épreuves et des chagrins.

— Nous allons aller à Ponriant voir ce pauvre Denis et soutenir ma fille ! dit doucement Jean.

Elle resta blottie contre lui durant le court trajet en se demandant quelle mouche l'avait piquée pour qu'elle cède à William. Seul Jean comptait. Elle lui raconta brièvement les circonstances exactes de la mort de Denis.

Domaine de Ponriant, même jour

Faustine s'était endormie. Elle sursauta et reprit conscience de la réalité : elle était à Ponriant, Denis était mort et quelqu'un tambourinait à sa porte.

— Qui est là ? bredouilla-t-elle. Je veux être seule !

— Ouvre, Faustine ! fit une voix grave.

— Papa !

La jeune femme bondit de son lit et courut déverrouiller. Son père entra. Elle se pendit à son cou et éclata en sanglots.

— Là, là, ma petite fille, là, c'est fini, je suis de retour.

Claire s'avança. Elle contemplait la scène, rassurée. Faustine serrait Jean convulsivement, avec des gémissements de bébé.

— Je vous laisse, souffla-t-elle en refermant la porte.

Le couloir éclairé par trois lampes à pétrole gigantesques rutilait de tableaux aux cadres dorés, d'un épais tapis rouge vermillon et de tentures d'un jaune safran. Ce décor luxueux qui datait du temps de Frédéric lui rappela de mauvais souvenirs. Elle descendit au salon. Pendant son absence, le corps de Denis avait été installé dans le petit salon contigu et, comme par magie, la pièce s'était remplie de fleurs blanches. Corentine semblait prier au chevet de son frère. Bertrand était là également, assis sur une chaise. Bertille et Mireille allumaient des cierges. Athénaïs observait la face blême du cadavre.

Un léger dîner fut servi vers huit heures sur la terrasse. Personne n'avait d'appétit. La veillée mortuaire commença. Faustine et Jean étaient toujours dans la chambre, au premier étage. Bertille échangeait des regards perplexes avec Claire.

A neuf heures, le docteur Claudin se présenta. Il souhaitait se joindre à la famille jusqu'à minuit. Corentine plaça un fauteuil pour lui, tout près du sien.

— Matthieu ne viendra pas ! déclara-t-elle. A six heures, j'étais encore au pavillon et on m'a porté un télégramme.

Elle sortit le message de sa manche où il était plié en quatre et lut :

— « Je vous adresse à tous mes plus sincères condoléances. Impossible faire le voyage. Matthieu Roy. » C'est bref et explicite ! précisa-t-elle à l'intention de l'assistance médusée.

— Le goujat ! tempêta Bertrand. Bon sang, tu as perdu un frère, et moi un fils. Faustine est veuve. Le goujat.

— Courage ! chuchota Claudin à Corentine. Ce n'est qu'un mufle.

Claire baissa la tête sans faire de commentaires. Bertille proposa de lire des poèmes, dont la musicalité et le lyrisme apaiseraient l'âme de tous, y compris celle de Denis.

Jean apparut au même instant. Il était livide, avait les mâchoires crispées. Le coup d'œil qu'il lança à la dépouille de son gendre passa inaperçu, par chance.

— Ma fille a la migraine ! annonça-t-il. Et elle se repose. Puis-je avoir un remontant ?

Cette question singulière, vu l'ambiance lugubre, eut le mérite de provoquer une agitation salutaire. Content de revoir Jean qu'il appréciait, Bertrand décida de boire un cognac lui aussi. Mireille jugea bon de servir des biscuits. Athénaïs se dévoua et alla aux cuisines préparer de la tisane.

Rassérénée par une infusion de tilleul sucrée au miel, Bertille prit quelques ouvrages dans la bibliothèque. De sa voix haute et bien timbrée, elle commença à lire des poèmes. Claire lui succéda, et même Corentine, dont le calme et la sérénité surprenaient.

De sa chambre, Faustine percevait l'écho de la veillée. Elle n'avait pas la migraine. Mais affronter la vision de Denis en costume, cravaté, les cheveux pommadés, comme le lui avait décrit Jean, lui semblait insurmontable. Un couinement déçu la tira de son inertie désespérée. La petite louve que Bertille avait prise au domaine était en train de mordiller le pan du couvre-lit. L'animal, dont personne ne se souciait, avait réussi à trouver le chemin de sa chambre et à s'y glisser sans attirer l'attention.

— Oh, Lilas, coquine, tu t'ennuyais !

Faustine la prit dans ses bras. Lilas, baptisée ainsi par Clara, entreprit de lui lécher le visage. Satisfaite, elle se pelotonna bientôt au creux de l'édredon et s'endormit. La jeune femme cala sa joue contre la petite femelle. L'odeur de son poil gris et la chaleur qu'elle dégageait lui rappelaient son enfance, quand elle se blottissait près de Sauvageon. C'était un brin de l'âme du Moulin du Loup qui était venu jusqu'à elle pour la réconforter et lui redonner du courage.

— Dors, Lilas, je suis si contente que tu sois là.

Elle fixait le plafond dont les moulures de plâtre représentaient des feuilles d'acanthe et des grappes de fruit. Jean savait la vérité sur son court mariage.

« La vérité sur Denis, pas sur moi ! soupira-t-elle. A quoi bon parler de Matthieu ! Je ne veux pas le revoir, jamais ! »

Jean l'avait surtout cajolée et bercée en lui répétant qu'elle n'avait rien à se reprocher. Il lui manquait un élément capital, sinon il eût tenu d'autres propos.

A minuit, Claire frappa à sa porte.

— Je t'apporte du bouillon et des tartines de pâté, ma chérie ! Ouvre, je t'en prie.

— Entre, souffla la jeune femme.

Faustine mangea sa collation sous le regard adouci de sa mère. Claire venait se réconcilier, cela se devinait à ses sourires attendris.

— Je ne suis pas très fière de toi, mais je te comprends, ma mignonne, déclara-t-elle en soupirant. Jésus a dit : « Que celui qui n'a jamais péché lui jette la première pierre ! » C'était au sujet de Marie Madeleine, la femme adultère.

— Je sais, maman.

— Bertille m'a fait réfléchir, ajouta Claire. J'ai eu la réaction d'une sainte femme très âgée qui voudrait donner l'exemple. Pardonne-moi, je ne suis pas le pape pour juger ou accuser. Je peux commettre des erreurs, moi aussi.

— Matthieu, ce n'était pas une erreur ! Nous avons eu tort tous les deux, ça oui. Il luttait contre l'amour qu'il avait pour moi, et je faisais la même chose. On nous avait tellement répété que nous étions comme frère et sœur, qu'une fille et un garçon élevés ensemble ne peuvent pas former un bon couple. Et puis, Corentine ne le lâchait pas. Elle voulait l'épouser. Peu importe, maintenant je l'ai perdu pour toujours.

Claire lui caressa la joue, apitoyée :

— Pas de grands mots, tu ignores ce que l'avenir te réserve. D'après Bertille, Corentine souhaiterait divorcer et elle aurait le béguin pour Joachim Claudin.

Dans la clarté rose et or de la lampe de chevet, Faustine avait l'air d'une enfant malade. Echevelée, auréolée de mèches souples, les yeux meurtris, elle frissonnait, enveloppée d'un châle en laine.

— Ce n'est pas le problème. Même si Matthieu divorçait, je refuserais de le rencontrer. Denis est mort et je pense que je suis responsable. Bertrand me l'a jeté à la figure, une épouse a des devoirs. A force de repousser mon mari, je l'ai incité à chercher ailleurs ce que je ne lui offrais pas. Et s'il buvait, c'était de chagrin, j'en suis sûre. Sa mère ne l'aimait guère ; la gouvernante, Pernelle, le martyrisait. Moi, il m'adorait depuis des années. Il était si gentil, pendant nos fiançailles, il venait m'aider au logis du Mesnier, il m'a acheté Junon. Je porte son deuil et la seule manière de payer mes fautes c'est de lui rester fidèle, de travailler dur. Je vais m'en aller. Je demanderai un poste dans une ville lointaine, à Lyon ou à Paris.

— Si Matthieu t'aime autant que tu le prétends, il te retrouvera où que tu sois ! dit Claire. Pas tout de suite, mais plus tard. Et ton père ? Lui as-tu avoué ce qui s'était passé ?

— Avec Denis, oui. Mais ce que j'ai vécu près de Matthieu,

mes deux jours de bonheur, je veux les garder dans mon cœur. Les gens, s'ils savaient, saliraient ces souvenirs-là, les plus précieux de ma vie.

— Ma chérie, tu es si jeune encore ! Ne parle pas comme ça ! Ta vie n'est pas terminée, elle commence tout juste. Tu as souffert. Ces noces que nous avons organisées ont viré au cauchemar, mais le temps guérit tant de blessures.

Faustine secoua la tête. Elle n'imaginait pas retrouver un jour la gaieté et la sérénité. Claire s'approcha, la débarrassa du plateau et la prit dans ses bras.

— Les gifles, c'était surtout à cause de Nicolas ! dit-elle à sa fille. J'étais dans une colère folle. Il faut me comprendre : j'apprenais que mon frère ne faisait qu'un avec ce pervers qui… oh ! Je ne sais pas si je m'en remettrai, de cette sinistre histoire. Heureusement, Jean est revenu, et il ne s'en ira pas avant le printemps prochain. Tu devrais dormir, ma chérie, comme la petite Lilas qui a su te rejoindre dans cette immense maison.

Faustine s'allongea, à bout de forces. Claire éteignit la lampe et ouvrit la fenêtre.

« Ma fille de cœur, mon enfant… songea-t-elle en regardant le ciel étoilé. Je ne croyais pas, en la prenant sous mon aile, que son destin serait si chaotique. »

Domaine de Ponriant, 13 août 1919

Faustine attendait Bertrand. Elle avait sollicité un entretien, comme une cliente l'eût fait auprès d'un avocat. La jeune femme habitait encore Ponriant. Assise dans un fauteuil en cuir, toute vêtue de noir, elle examinait d'un œil distrait les peintures qui ornaient les murs en lambris de chêne sombre. Certaines représentaient des chevaux, d'autres des paysages de la région.

Denis Giraud avait été enterré l'avant-veille, dans la plus stricte intimité. Seuls René-Louis et Gersende de Rustens avaient assisté aux obsèques du côté de la famille bordelaise. Blanche Dehedin et son époux Victor Nadaud étaient présents, pleins de compassion pour la jeune femme qui n'avait pas relevé sa voilette en tulle noir de toute la cérémonie. L'absence de Matthieu avait choqué les grands-parents de Denis, ainsi que le père Jacques. Corentine, les yeux secs, portait une superbe robe de soie grise, et une écharpe de même couleur voilait ses cheveux flamboyants.

« Il y avait aussi ma chère Angela, qui me tenait la main, songeait Faustine, Léon, Raymonde et les enfants, le docteur Claudin. William Lancester a quitté le pays, m'a dit maman. Il aurait pu venir à l'église, au moins. »

Un bruit de pas la fit sursauter. Bertrand entra et s'assit en face d'elle, de l'autre côté du lourd bureau verni.

— Je vous écoute, mon enfant ! dit-il avec une profonde lassitude. Je suppose que vous désirez rentrer au Moulin, près de vos parents.

— Non, répondit-elle très vite. J'ai beaucoup réfléchi, Bertrand, et je m'estime coupable en grande partie de ce qui est arrivé.

Il voulut l'interrompre, mais elle continua en le fixant d'un air suppliant.

— Je vous connais ! s'écria-t-elle. Vous êtes bon et généreux, et vous allez me dire que vous regrettez chacune de vos paroles, que je dois les imputer à la profonde douleur qui vous frappait. Mais vous aviez raison sur un point : j'aurais dû témoigner de l'amour et de la tendresse à mon mari, et vous mettre au courant de ses faits et gestes. La mort de Denis m'a brisée, Bertrand. Il avait presque mon âge, nous étions amis depuis l'école communale. Je présume que vous aurez du mal à tolérer ma présence au domaine, désormais. Je vais donc passer une semaine dans ma famille, ensuite je logerai dans une pension, à Angoulême, le temps d'obtenir un poste d'institutrice ou de surveillante, le plus loin possible d'ici. Je suis désolée pour les frais que vous avez engagés, je veux dire, au logis du Mesnier. Tous ces travaux, les achats de mobilier. Cependant, vous pourriez louer la maison ou la revendre. Cela vous dédommagera.

L'avocat jouait avec un coupe-papier en cuivre. Il hochait la tête au rythme des mots de la jeune femme. Soudain il ôta le bandeau en cuir qui protégeait son œil endommagé par l'explosion d'un obus. Faustine fut surprise ; elle ne l'avait jamais vu ainsi. Mais son regard était tendre, un peu narquois.

— Vos yeux vont mieux ? balbutia-t-elle.

— Un peu ! soupira-t-il. Avez-vous fini ?

— Oui, souffla-t-elle.

— Bien ! Je crois que l'émotion vous égare, Faustine. J'avais cru comprendre que vous aviez obtenu la tutelle d'Angela, que vous deviez la préparer au concours d'entrée à l'école normale ?

— Maman va l'adopter ; elle y veillera, murmura la jeune femme.

— Et les trois autres orphelines qui étaient inscrites, celles pour qui j'ai envoyé tous ces courriers ? reprit l'avocat. Elles sont encore à Saint-Martial, et sûrement pressées de vous revoir. Il me semble que la grand-mère de la petite Christelle prend ses fonctions fin août ?

— Hélas, oui ! bredouilla Faustine, désemparée. Oh, Bertrand, je vous avouerai que je comptais vous supplier de me laisser diriger l'école, malgré la mort de Denis. Mais vos reproches justifiés quant à ma conduite, la douleur de Corentine, le mépris que j'ai lu dans le regard de Gersende de Rustens, tout ceci m'a montré la seule solution convenable. Je dois disparaître de la région, renoncer à mon école. Je suis navrée !

Bertrand lâcha le coupe-papier et alluma un cigare. La fumée opaque, gris-bleu, s'envola aussitôt par la fenêtre grande ouverte.

— Pour qui me prenez-vous, mon enfant ? demanda l'avocat.

— Mais… je ne sais pas, vous étiez mon beau-père, vous l'êtes encore, d'ailleurs, chuchota-t-elle.

— Mon métier a un mot d'ordre : la justice ! déclara Bertrand. Au nom de quelle loi archaïque je vous sommerais de vous exiler, en dépit de la profonde affection que j'ai pour vous. Faustine, nous sommes tous durement éprouvés, mais gardons l'esprit cartésien. La mort de Denis ne doit rien changer à vos projets, à moins que vous n'y renonciez de votre plein gré. Quant à vos scrupules, je peux les apaiser. Le logis du Mesnier avait besoin d'être restauré, la toiture et les planchers menaçaient de s'écrouler. Votre œuvre de bienfaisance pourra peser dans la balance divine, n'est-ce pas ? Mon fils m'accusait d'avoir causé le décès de ma première femme, Marie-Virginie. Il prétendait qu'elle s'est laissée agoniser de désespoir. Cela m'a tourmenté, ces derniers jours. Mais j'adorais Bertille, je ne pouvais pas lutter contre cet amour. Les prêtres nous disent que le repentir nous lave de nos péchés, et, certes, je me repens en ce moment. Comment savoir si nous tous, les Roy, les Giraud, nous ne sommes pas pris dans un engrenage de malheur à cause de nos fautes secrètes. Allons, ne faites pas cette mine apeurée, vous n'avez que dix-neuf ans. Je parle pour nous, les anciens.

Bertrand plaisantait, un sourire amer aux lèvres. Faustine ne répondit pas. Pourtant, elle prenait pour elle le discours de l'avocat.

— Bref, ajouta-t-il, je pense qu'en ouvrant votre école comme prévu vous trouverez un exutoire à votre chagrin, ainsi qu'à l'humiliation que vous a imposée mon fils. Vous ne pouvez pas abandonner, ma chère enfant. De plus, le logis étant situé à égale distance du Moulin et de Ponriant, vous pouvez choisir où habiter. Personnellement, je serais content que vous demeuriez avec nous, au domaine. Bertille vous dirait la même chose.

— Si vous m'autorisez à rester et à diriger l'école, je le ferai ! bredouilla la jeune femme. Je vivrai où vous voudrez. Je m'occuperai de Thomas.

Bertrand remit son bandeau. Il observait Faustine avec angoisse.

— Qu'avez-vous, à la fin ? s'exclama-t-il. Je n'ordonne rien, je n'ai pas à décider de votre vie ! Quant à Thomas, je préfère ne plus le voir chez moi. Si vous pouvez le prendre en charge… Je n'arrête pas de penser au geste meurtrier de cette Greta, que j'avais prise ici par bonté d'âme. Pourquoi n'a-t-elle pas hurlé de toutes ses forces ? Je serais monté l'aider et cela m'aurait permis de surprendre Denis ! Elle pouvait s'enfuir de la chambre et alerter tout le monde. Mais prendre les ciseaux, les lui planter dans la poitrine ! Il y avait là une volonté de l'anéantir ! Et Denis qui n'a pas cru nécessaire d'appeler un docteur, ou moi, son père ! J'aurais pu évaluer la gravité de la plaie. Pauvre gamin, il n'a pas eu de chance depuis sa naissance. C'est le troisième de mes enfants que j'enterre. D'abord le petit Alphonse, puis Victoire qui était si douce. J'espère que ma merveilleuse Clara a hérité de la vitalité mystérieuse de sa mère…

— Ne craignez rien, dit Faustine. Bertille est de taille à vaincre le malheur. Bertrand, je vous remercie de votre bonté et de votre compréhension. Je reste… Je logerai au Mesnier, dans la grande chambre de l'angle. Me permettez-vous d'emmener Junon ? Elle y sera à son aise : l'écurie comporte deux stalles et il y a des prés dans les environs qui appartiennent à ma mère.

— Junon est à vous ! coupa l'avocat. Je n'ai rien à vous permettre ! Bon sang, petite, vous me faites peur. On dirait que vous n'avez plus votre libre arbitre ! Montez vous reposer et manger un peu. Vous êtes aussi maigre que ma fille.

Bertrand se leva le premier. Il contourna son bureau et obligea Faustine à se redresser. Là, il la prit dans ses bras en lui tapotant le dos d'une main paternelle.

— Je vous aime beaucoup, mon enfant, et Denis vous aimait.

— Je n'en doute pas, balbutia-t-elle, prête à pleurer.

Il l'accompagna jusqu'à la porte en songeant qu'elle n'avait pas besoin d'apprendre la vérité. Il resterait le seul à savoir que le jeune homme lui avait confié sa déception quant à son mariage, peu de temps avant sa mort.

Faustine regagna sa chambre, soulagée et mélancolique.

« Mon beau-père a raison, se disait-elle. Je dois ouvrir l'école en septembre. Je me dévouerai corps et âme à mes pensionnaires. »

Malgré tout, la jeune femme redoutait cet avenir-là, entre le Moulin et le domaine, à cause de Matthieu qui n'aurait aucun mal à la revoir. Elle risquait de le croiser souvent.

« Non, il n'approchera pas du Mesnier. Je lui écrirai, il devra s'incliner et disparaître de ma vie. Nous avons fait assez de dégâts. »

Elle considérait sa malle ouverte, à demi remplie de vêtements, quand on frappa. C'était Corentine. Sa belle-sœur lui adressa un mince sourire crispé.

— Je voulais te parler. Mon père vient de m'annoncer que tu habiterais le logis, enfin ton espèce d'école pour orphelines.

— Oui, en effet.

— Faustine, lui révéla la visiteuse d'un ton moins acerbe, je venais te dire que j'entame une procédure de divorce pour incompatibilité d'humeur. J'ai eu une longue discussion avec Matthieu au téléphone. Il est d'accord, bien sûr. Ce n'est pas un caprice de ma part, mais de l'honnêteté.

— Je n'ai jamais rien entendu d'aussi stupide ! s'écria Faustine. Tu l'aimes trop pour renoncer à lui. Tu agis sous le coup du chagrin, de la colère. Matthieu est tout pour toi. Tu n'avais qu'un but, l'épouser, et cela depuis des années.

Corentine haussa les épaules et s'assit sur le lit. Elle semblait calme, presque amicale.

— Oui, je l'aimais, enfin je croyais l'aimer à la folie ! soupira-t-elle. Avant la guerre, je le voyais rarement, en cachette. Nous passions une heure ensemble sans jamais beaucoup discuter. Après, j'ai fait mon possible pour passer plus de temps près de lui ; j'ai exigé quelques nuits, des dîners, et ces vacances au Cap-Ferret. Mais cela restait des rendez-vous discrets, des escapades. Oui, le beau Matthieu me fascinait, comme une citadelle imprenable dont je devais abattre les défenses pour la conquérir. Il ne m'a jamais dit qu'il m'aimait, jamais, et, après ma fausse couche j'ai compris qu'il me méprisait, que je n'avais été qu'un jouet. Il me désirait, certes, mais le désir ne suffit pas. Le jour du mariage, crois-moi, j'étais malheureuse. Cela n'a fait qu'empirer. Nous avons séjourné en ville, dans la grande maison des Riants, et il refusait toutes mes propositions. Pas de repas mondain, pas de sorties, pas de restaurant ni de théâtre. Il tournait en rond dans sa cage dorée. Un ours, un sauvage, un étranger. Un soir, j'ai pleuré, seule dans ma chambre. Matthieu n'était qu'un mirage qui m'échapperait toujours.

Prompte à la compassion, Faustine vint s'asseoir près de la jeune femme.

— Je suis désolée pour toi, lui dit-elle sincèrement.

— Dans ces conditions, je ne pouvais pas garder l'enfant ! ajouta Corentine. Tu me connais, les bébés, les bambins me hérissent, même le mien. Le docteur pense que j'ai peur d'être mère. Il prétend que j'ai été marquée par la perte de mon petit frère Alphonse et de ma jeune sœur. Joachim Claudin a su m'écouter et me consoler. Avec lui, j'ai ressenti quelque chose de neuf. La confiance, la complicité, le plaisir de discuter, de partager ses idées. Il m'inspire de la tendresse, je suis rassurée quand il est à mes côtés. Et il me plaît infiniment. Je ne suis pas idiote. Matthieu t'aime depuis toujours. J'étais jalouse à en mourir. Chaque fois qu'il parlait de toi, sa voix changeait.

— Là, tu te trompes ! protesta Faustine. S'il m'aime, c'est comme une sœur. J'étais mariée à ton frère, ne l'oublie pas.

Corentine la dévisagea d'un air ironique. Ses prunelles vertes étincelaient.

— Ma pauvre Faustine, tu n'es pas douée pour le mensonge. Si Matthieu t'aimait comme une sœur, il serait venu à l'enterrement de Denis. Son absence était révélatrice. Il ne pouvait pas assister aux obsèques, la mine réjouie, parce qu'il te savait enfin libérée de mon frère qu'il haïssait. Ecoute, je suis venue faire la paix avec toi. Je n'ai pas été facile à vivre et je t'ai accablée de reproches et d'insultes. Denis est mort, et j'en souffre terriblement. Je vais m'installer à Angoulême, essayer de me distraire. J'aspire à une nouvelle vie, et pour cela je devais te demander pardon. Explique à Bertille pourquoi j'étais si dure, si mauvaise. Je ne lui en veux plus, mais je ne tiens pas à battre ma coulpe devant elle. Nous sommes de la même trempe, elle et moi, alors…

Corentine saisit l'épaule de Faustine et l'embrassa sur la joue. Elle se releva, mince et souple dans sa robe noire.

— Je laisse mon armoire ouverte ; tu rendras ses cannes et ses ombrelles à ta chère tantine.

Faustine acquiesça de la tête. La reddition de Corentine, son geste d'amitié – cette bise légère sur sa joue – la stupéfiaient.

— Sois heureuse ! cria-t-elle à sa belle-sœur.

La porte s'était refermée, mais Corentine avait entendu et souriait en s'éloignant le long du couloir.

Faustine décida d'emménager au logis du Mesnier le lendemain. Les palefreniers chargèrent ses malles à l'arrière d'une camionnette, le dernier achat de Denis.

— Que vont devenir les chevaux ? demanda la jeune femme au régisseur. Je n'ai pas osé poser la question à mon beau-père.

— Il compte les revendre, madame. Les hommes préposés aux écuries ont reçu leur congé et le solde de leurs gages. Monsieur Giraud garde les moutons pour entretenir les terres.

Bertille assistait aux préparatifs. Il tombait une pluie fine. Clara était assise sur la première marche du grand escalier, la petite louve sur ses genoux. Une automobile arrivait. C'était Jean, accompagné de César. Ils venaient aider Faustine.

— Papa, tu es en retard ! constata la jeune femme. Bertrand me donne un lit en cuivre et la literie. Il faudrait les descendre du grenier.

— Tu peux quand même m'embrasser ! s'écria Jean.

Il n'aimait pas la voir tout en noir. Sa fille lui paraissait encore plus belle, mais d'une tristesse affligeante.

Faustine les suivit jusque dans le hall. Bertille la rejoignit, l'air soucieuse.

— Ma chérie, j'aurais préféré que tu restes avec nous. Tu vas te sentir seule, au Mesnier. Surtout, viens dîner ou déjeuner souvent, tu ne nous dérangeras jamais.

— Oui, tantine, ne t'inquiète pas. J'ai besoin de solitude, je veux réfléchir à tout ce qui s'est passé. Et je ne serai pas seule longtemps. Madame Moreau, la grand-mère de Christelle, arrive dans une semaine. Un de ses voisins la conduira. Je dois voler de mes propres ailes, n'est-ce pas ? Et expier, expier ! gémit-elle.

— Oh ! Ne dis pas ça, par pitié. A ce compte, je n'aurais qu'à entrer au couvent et me flageller des années ! chuchota Bertille. Claire m'a tout raconté, pour Matthieu. C'était inévitable. Certaines amours sont plus fortes que tout, ma chérie.

Ces mots résonnaient encore dans l'esprit de la jeune femme tandis qu'elle arpentait la vaste pièce située à l'angle du logis, où elle dormirait et corrigerait les cahiers de ses élèves. Jean faisait les cent pas, une moue aux lèvres.

— C'est froid, vide, sinistre ! déclara-t-il. Tu serais mieux au Moulin, Faustine !

— Papa, je décorerai... Je n'ai pas déballé mes malles, ni les caisses.

— Eh oui, Jean, les filles, ça s'y connaît en jolies choses ! renchérit César, encombré du matelas.

Jean alluma une cigarette et s'assit sur l'appui d'une des fenêtres. Il y en avait deux, une ouverte à l'est, l'autre au sud. Il jeta un œil pessimiste sur la haute cheminée au manteau de marbre noir, sur le plancher neuf. Les murs nus enduits à la chaux l'oppressaient.

— Pourquoi ne pas tapisser, avec un beau papier à motifs, et coller une frise au ras du plafond, comme dans ta chambre du Moulin ? demanda-t-il. Il manque des rideaux en dentelle, des rideaux plus épais pour l'hiver.

— Oui, papa ! Je pensais installer l'infirmerie ici, avec un lit d'appoint et des placards. Je verrai plus tard ! coupa Faustine.

— Et que vas-tu manger ? Les cuisines sont superbes, rien n'a servi, mais le buffet est vide.

— Je n'ai pas faim, et Mireille m'a donné du pain et de la confiture. Cela me suffira !

Deux des palefreniers entrèrent ; ils apportaient les montants et le sommier métallique du lit.

— Merci beaucoup, leur dit-elle. Vous pouvez nous laisser, mon père m'aidera à monter les caisses.

Jean joua les grands seigneurs et leur cala une pièce dans la main. Ils partirent en saluant, contents de l'aubaine. César, vigoureux et énergique, redescendit chercher la literie.

— Papa, ne te vexe pas, mais je terminerai seule. Je dois ranger, m'habituer à ma nouvelle maison. Si tu veux me rendre service, tu devrais décrocher la pancarte et la repeindre. J'ai une meilleure idée que « Institution Giraud ». Si maman et toi pouviez inscrire à la place : « Institution Marianne-des-Riants », cela ferait plaisir à Bertrand. Je lui dois tant. Il paraît qu'il ressemble beaucoup à sa mère, la même générosité, une vaste culture.

— Je n'en sais rien, je n'ai pas eu l'honneur de connaître cette dame ! répliqua Jean.

— Basile l'a aimée passionnément, papa. Ainsi, je lui rends hommage à lui aussi.

— Ouais, marmonna Jean, encore une histoire d'adultère, c'est de famille. Marianne, puis son petit-fils.

La jeune femme vérifia si César n'était pas dans le couloir. Elle dit très bas, d'un ton dur :

— Et toi, tu n'as jamais trompé Claire ?

— Non ! Enfin, si, pendant la guerre, dans les bordels itinérants destinés aux pauvres poilus. Mais c'était différent. Et je ne tiens pas à en parler avec toi.

— C'était différent parce que tu es un homme ? Mais pourquoi as-tu jugé si sévèrement Denis ? Il se comportait comme toi, en mâle incapable de résister à ses pulsions viriles !

Muet de stupeur, Jean ne sut que répondre. Il ne l'avait pas vue devenir une femme, capable d'aborder des sujets qui lui étaient interdits du temps de son adolescence.

— Fichue guerre ! soupira-t-il. J'avais quitté une fillette de quatorze ans ; je me retrouve avec une féministe de vingt ans ! Ecoute-moi, Faustine : la véritable infidélité, ce n'est pas forcément de coucher avec quelqu'un d'autre que son conjoint. Le corps nous joue des tours. Je n'ai jamais aimé une autre femme que Claire depuis que nous sommes mariés. Mon cœur lui appartient. J'aurais eu l'impression de la tromper vraiment si j'avais été amoureux d'une autre, ça oui. Même en Belgique, je ne pensais qu'à elle.

Faustine se détourna, sortit un napperon de sa malle et le posa sur la cheminée. Elle partageait l'opinion de son père et cela confortait son sentiment de culpabilité.

« Moi, quand j'étais dans les bras de Denis, j'avais envie de pleurer, tellement j'aurais voulu être avec Matthieu. »

César réapparut, une caisse sur le dos. Jean et lui montèrent le lit et posèrent le matelas.

— Merci, je n'ai plus besoin d'aide à présent ! déclara-t-elle d'une voix lasse. Je me coucherai tôt ce soir.

— Bien. Madame la directrice nous congédie, César ! plaisanta Jean. En route. Bonsoir, madame la directrice.

— Papa, ne te moque pas. J'aimerais être seule, voilà tout.

César fila le premier. Jean lui permit de conduire la voiture jusqu'au Moulin. De la fenêtre, Faustine les regarda s'éloigner. Lorsqu'ils eurent disparu, elle contempla le jardin d'agrément semé de timides fleurs orange, soucis et capucines, et le potager aux plates-bandes délimitées par des arceaux d'osier. Le grand tilleul, puissant et élégant, à la ramure d'un vert acide, abritait une nuée d'oiseaux. Elle entendait leurs trilles sans les apercevoir.

— Je vivrai là des années, j'aurai mes habitudes ! assura-t-elle. Je mènerai une existence saine et régulière, ponctuée par le travail, les sorties éducatives avec mes élèves et les repas…

Dans un silence que troublait seulement le bruit léger de ses pas, la jeune femme aménagea sa chambre. Elle fit son lit et le garnit de l'édredon en satin rouge venant du Moulin. Des bibelots trouvèrent leur place sur la cheminée. Un placard mural, en bois peint – du gris clair – lui servit d'armoire et de penderie.

« J'aimerais bien avoir un piano, ici. Papa a raison, c'est un peu vide. Je n'ai qu'une commode, celle que Bertille m'avait offerte. »

Elle n'avait rien emporté de Ponriant, sauf le minimum. Sa chambre au domaine resterait telle quelle.

Elle installa sa lampe de chevet.

— Le soir, une fois couchée, je lirai beaucoup ! dit-elle, et sa voix résonnait dans le logis désert.

Faustine visita les six autres pièces de l'étage comportant chacune trois lits couverts d'une courtepointe en patchwork et protégés d'une moustiquaire en tulle blanc, comme dans les pays chauds. Au bout du couloir, elle inspecta les deux salles d'eau et les commodités.

« Comme c'est confortable et pratique ! Bertrand a dépensé sans compter. Nous avons même le chauffage central et, en octobre, nous aurons l'électricité. »

La vaste maison sentait la peinture et le bois neuf. Faustine descendit et parcourut le rez-de-chaussée. Il y faisait sombre. Le ciel s'était couvert de nuages plus denses. A la bruine succédait une pluie drue.

— Ah, ma salle de classe ! s'écria-t-elle, gênée par l'écho de ses propres mots.

Rien ne manquait : l'estrade et son bureau, un tableau noir à trois panneaux, dont deux amovibles, un autre tableau, vert celui-ci, dressé près d'une fenêtre. Des rangées de pupitres en chêne clair s'alignaient. La jeune femme ouvrit une jolie armoire peinte en jaune et fit le compte des plumiers, des boîtes de craie, de la réserve de crayons, de buvards et de cahiers.

« Je recevrai les livres le mois prochain ! »

Songeuse, impressionnée par sa solitude, Faustine s'assit sur la chaise paillée qui lui était réservée. Elle imagina les visages de ses pensionnaires et elle crut entendre leurs rires et leurs chants.

« J'ai hâte qu'elles soient là ! Il y aura de l'agitation, des bousculades, des querelles. »

Elle se promit d'être une enseignante ferme, autoritaire, mais compréhensive et patiente.

« Je suis bien prétentieuse ! songea-t-elle d'un coup. Je n'ai guère d'expérience et je vais diriger une institution. »

L'ampleur de la tâche l'effrayait un peu. Mais elle y voyait un défi, une gageure à gagner.

« Je serai tellement occupée et sollicitée que j'oublierai vite Matthieu. Une institutrice doit faire passer son métier avant tout le reste. La directrice de l'école normale nous le répétait. »

Prise de remords parce qu'elle avait encore évoqué le jeune homme, Faustine se mit à parler tout haut. Elle s'adressait à Denis :

— Si tu me vois, si tu m'entends, Denis, je te demande pardon pour t'avoir si mal aimé. Et je te pardonne. Tu étais malheureux, à cause de moi, de mes silences, de mes refus, alors tu as bu, tu as cherché à t'étourdir en galopant le plus vite possible sur tes chevaux, en couchant avec d'autres femmes. Pardon, Denis, je ne voulais pas que tu meures.

Elle ne put continuer et éclata en gros sanglots enfantins. Son mari de vingt ans reposait au cimetière, ses chairs livides se décomposaient déjà. Il n'avait pas eu le temps de jouir de la vie ni de s'assagir. A petits pas peureux, Faustine quitta la salle de classe. Elle n'avait qu'une poignée de bougies pour toute la soirée. Le réfectoire où trônaient deux longues tables cirées flanquées de chaises lui parut sinistre, autant que l'immense cuisine.

Vite, elle alluma une chandelle et chercha en vain une petite lampe à pétrole qu'elle était sûre d'avoir préparée le matin.

« Je n'ai qu'à faire du feu dans la cuisinière, un petit feu. Je crois que Mireille m'a donné du thé aussi. »

Le vent sifflait, les vitres se perlaient de gouttes de pluie. Un volet claqua. Faustine s'exhorta au courage.

« Ce sera plus gai, ensuite, avec les enfants et madame Simone. »

La jeune femme n'était pas accoutumée à vivre seule. Elle avait grandi au Moulin du Loup où régnait toujours une animation rassurante : le va-et-vient des véhicules de livraison, les éclats de voix des ouvriers, les visites des clients, sans compter la famille, Jean et Claire, Basile, Colin Roy,

Etiennette, Nicolas, Raymonde et Léon, Thérèse, César, Arthur…

Terrifiée par l'obscurité et le grincement des arbres que l'orage secouait, elle les revit tous. A une époque, sa tante Blanche logeait également au Moulin.

— Et il y avait Matthieu, gémit-elle en se débattant avec une feuille de journal humide et des allumettes. Combien de fois j'ai couru en cachette des parents me réfugier dans son lit. Il me serrait fort contre lui, il jurait de me protéger des loups errants, les sauvages, pas les nôtres, il me racontait des histoires où les enfants sont plus malins que les grands.

Faustine hoquetait et essuyait son nez larmoyant. Un avenir sans Matthieu lui paraissait vide de sens, aussi vide que sa belle institution pétrie de silence et d'ombres inquiétantes. Brusquement, un joyeux tintamarre éclata dans le vestibule carrelé de pavés rouges. La porte s'ouvrit sur la luminosité de plusieurs lanternes.

— Surprise ! claironna Thérèse, chargée d'une marmite oblongue.

Derrière la fillette se tenaient Claire, un foulard trempé sur la tête, et Jean, hilare, Léon et Raymonde, César qui brandissait un panier ventru d'où dépassaient des goulots de bouteilles. Angela pointa son minois en montrant un cabas agité de mouvements insolites. Arthur sautait d'excitation sur place.

— Mais… vous êtes venus à pied par ce temps ! s'étonna Faustine.

Elle se releva, et ils l'observèrent avec tendresse. Elle leur paraissait si menue et fragile dans ses habits de deuil, des mèches blondes ondulant sur son front, et ses grands yeux bleus noyés de larmes. C'était comme dans un rêve. La jeune femme cédait à la terreur, livrée à ses regrets et à ses remords, et ils étaient apparus, ceux qui lui manquaient tant.

— Comme c'est gentil ! Je ne m'en sortais pas, sans vous tous ! avoua-t-elle.

— On va manger chez toi ! s'écria Thérèse, exaltée.

— Et, ne t'en fais pas, ajouta Claire, nous nous sommes

serrés dans la voiture de Jean. Elle est garée devant la porte. Tu n'as pas entendu le moteur ?

— Mais non ! répondit Faustine en se jetant dans les bras de sa mère.

Raymonde lui caressa la joue, Léon lui pinça le menton. Jean lui décochait des coups d'œil triomphants. Il le savait bien, lui, son père, qu'ils devaient voler à son secours. Angela posa le cabas, y plongea les mains et en extirpa le louveteau que Faustine avait choisi.

— Voilà le gardien de l'école ! annonça l'adolescente en soulevant en l'air le petit animal.

La jeune femme l'attrapa et le caressa.

— Il faut que je lui trouve un nom ! remarqua-t-elle.

En quelques minutes, le logis du Mesnier devint un havre de paix et de gaieté. Raymonde alluma la cuisinière dont les flammes jetèrent des reflets dorés sur les casseroles, les couteaux et les autres ustensiles encore miroitants de propreté. Léon disposa les bougies et les lanternes sur les étagères. Thérèse sortit d'un seau un magnifique bouquet de roses et de lupins qui décora la table, une carafe servant de vase.

César joua un air d'harmonica, tandis que Claire mettait le couvert et présentait les victuailles cuisinées par Raymonde. Un pâté en croûte, des radis croquants, des tranches de jambon sec d'un carmin appétissant, du beurre, des fromages de chèvre de sa fabrication, un énorme pain, et un gros gâteau à la farine de maïs nappé de sucre glace. Un sifflement s'élevait d'une bouilloire en aluminium.

— Je mets un bon café en route ! dit la servante.

— Oh oui, du café ! se réjouit Faustine.

Elle aurait souhaité participer à la mise en place du dîner, mais on la dissuadait d'un geste ou d'un sourire à la moindre initiative.

Elle se consacra à son louveteau, qui déambulait dans la pièce en reniflant le sol, le pied des meubles et les murs. Il remuait la queue, jappait, piquait une pointe de vitesse, revenait vers sa maîtresse.

Jean déboucha les bouteilles de cidre et de vin blanc.

— Alors, Faustine ! avança-t-il d'un air satisfait. As-tu tiré profit de ta solitude ?

— Oui, papa ! J'ai compris que je n'étais qu'une vaniteuse ! Mon idée de passer ma première soirée ici sans vous ne tenait pas debout. Tiens, si je l'appelais Galopin, ce petit fou... mon loup ! Il vient de marquer son territoire. Thérèse, je t'en prie, apporte-moi le balai et la serpillière.

— Galopin, cela lui va bien maintenant parce qu'il est tout jeune et aime s'amuser, mais, quand il sera grand et majestueux, il en perdra son prestige de fils de Sauvageon ! affirma Claire.

— Et Tristan ? reprit Faustine. Qu'est-ce que vous en pensez, Tristan, comme dans la légende...

— C'est triste, ce nom ! soupira Angela, déçue.

— Dans ce cas, tu serais la blonde Iseut ! déclara Jean, féru de Moyen Age.

— Et toi, le roi Marc ! rétorqua la jeune femme, le regard voilé d'une vague amertume.

Son père éclata de rire. Il lui tendit un verre de cidre.

— Tu me compares à ce vieux roi jaloux ! Mais je n'ai pas l'intention de te séparer de ton louveteau, au contraire ! Il faisait trop de bêtises à la maison. Il a mangé un de mes bottillons d'hiver. Si, si, je t'assure, il ne reste que l'endroit où l'on crochète les lacets. Plus de semelle ni de bon cuir.

— Faites à votre goût, mademoiselle Faustine ! clama Léon, de fort bonne humeur. C'est vrai, ça, moi je trouve ce nom joli. Tristan...

— Et Médor ! proposa Raymonde, qui massa son ventre de plus en plus rond.

— Médor, non, j'aime pas ! cria Arthur. Moi, je veux Tristan, comme Faussine.

— Faustine ! hurla Thérèse.

— Du calme, les enfants ! coupa Claire. Nous pouvons nous mettre à table.

— Madame la directrice, à vous l'honneur ! claironna Jean en désignant une place à sa fille.

— Papa, tu es incorrigible ! répliqua-t-elle. Gare à tes oreilles, je sais les tirer.

Les discussions allèrent bon train, les rires des enfants retentirent, égayant les lieux. Angela posait un regard enchanté sur chaque chose, car elle serait souvent près de Faustine, ici, à l'école. César raconta ses progrès dans l'art de conduire une automobile, malgré son jeune âge, et Léon fit le pitre en jonglant avec des pommes.

Personne n'avait oublié la mort de Denis ni l'acte répréhensible de Greta, mais, pour un soir, ils cédaient au bonheur d'être réunis, de réconforter leur précieuse Faustine. Elle le devinait, s'abandonnait à la joie ambiante, écoutait et interrogeait.

Après le dessert, Jean décida de faire visiter l'institution. Raymonde n'y était jamais venue et Léon avait surtout travaillé au jardin. Claire resta avec sa fille.

— Ma chérie, au moins tu as les joues roses et tu as bien mangé.

— C'était une merveilleuse surprise, maman ! J'étais transie de froid et de peur. Vous avoir tous près de moi, quel soulagement. Même Léon avait l'air content.

— Je ne voulais pas aborder le sujet, souffla Claire, mais il est tranquillisé sur le sort de Greta. Il était sûr qu'elle avait mis fin à ses jours, dans un bois de la vallée. Il a poussé ses recherches jusqu'à la gare d'Angoulême. Un des cheminots a vu la fugitive, à l'aube du jour tragique. Elle lui a demandé un renseignement. Tout concorde, la description, l'accent allemand. Léon pense qu'elle est rentrée dans son pays pour reprendre son travail à la ferme, chez son beau-frère.

— Eh bien, tant mieux ! répliqua Faustine. Ce n'est qu'une victime de la brutalité des hommes. Je sais à quel point Denis pouvait être odieux et… irrespectueux.

Claire étreignait la main de sa fille.

— Et toi, m'a confié Bertille au téléphone, tu t'es engagée à recueillir le petit Thomas…

— Oui, maman ! C'est normal, je le dois à Bertrand qui n'a pas envie de voir ce pauvre enfant chez lui. J'irai le chercher dès que madame Moreau sera là.

La grand-mère de Christelle, cette fillette morte à cause

de la dureté d'une religieuse, avait promis, dans un courrier, de s'occuper avec soin de Thomas.

— Demain, ajouta Faustine, Maurice – c'est un des palefreniers – m'amènera ma jument. La stalle est prête, de la belle paille, du foin dans le râtelier, et dix boisseaux d'avoine. Je te rendrai visite à cheval.

Claire retint un soupir. Elle dit très vite, d'une voix tendue :

— Et Matthieu ? T'a-t-il écrit ?

— Ne t'inquiète pas, maman, s'il le fait, je ne lirai pas sa lettre. Parlons d'autre chose, je t'en prie. Il me faudrait des rideaux pour ma chambre. Des courts en macramé et des longs, plus épais.

Jusqu'au retour de Jean et de sa troupe de curieux, les deux femmes causèrent tissus et dentelles, rédactions et opérations arithmétiques. Une grande décision fut prise : Claire viendrait donner des cours de couture et de tricot aux pensionnaires de l'institution Marianne-des-Riants.

Le louveteau avait suivi le mouvement général. Il revint dans la cuisine, épuisé et haletant. Faustine le prit sur ses genoux et le chatouilla. Tout doucement, elle dit à la petite bête :

— Nous serons toujours ensemble, mon Tristan…

Elle ferma les yeux et le berça contre son cœur.

17

Au bout de l'allée

Institution Marianne-des-Riants, fin octobre 1919

Assise derrière son bureau, Faustine observait ses élèves, au nombre de douze. Elle n'avait pas réussi à occuper tous les pupitres, mais l'année scolaire commençait tout juste. Bertrand faisait des démarches auprès de l'Assistance publique pour intégrer dans l'école deux nouvelles orphelines, des sœurs dont les parents venaient de mourir et qui n'avaient aucune autre famille. L'avocat consacrait beaucoup de temps à l'œuvre de charité dont il était le principal bienfaiteur.

La pluie battait les grandes fenêtres aux vitres impeccables. La jeune institutrice veillait avec soin au bon ordre de la classe. Des cartes de géographie ornaient le mur de droite, dépourvu d'ouvertures puisqu'il longeait le vestibule. Des placards abritaient le matériel de dessin et les fournitures indispensables : cahiers, bouteilles d'encre, livres d'images…

— Avez-vous bientôt terminé votre rédaction ? demanda-t-elle d'une voix douce et ferme.

Une rumeur de protestation retentit. Armelle, une ancienne pensionnaire de l'orphelinat Saint-Martial, leva le doigt :

— Mademoiselle, je peux aller au petit coin ?

— Oui, bien sûr, mais reviens vite.

La fillette au visage ingrat sous ses boucles blondes coupées au ras de la nuque s'empressa de filer. A dix ans, elle avait beaucoup de retard, autant que Nadine, son aînée de deux ans, à la crinière frisée d'un rouge carotte. En fait, Faustine avait pu obtenir le placement des orphelines dont elle surveillait le dortoir, à Saint-Martial. Elle pensait souvent que, ces enfants-là ayant été témoins des agissements de la mère supérieure et de l'agonie de la petite Christelle, le clergé jugeait peut-être judicieux de les éloigner de la ville.

« La fête de la Toussaint approche, songea la jeune femme, et le jour des Morts. J'irai au cimetière fleurir la tombe de Denis. Je demanderai à papa d'aller à Angoulême acheter des fleurs de serre. »

— Mademoiselle ? claironna Sophie, excellente élève pour ses huit ans. Est-ce que je peux faire un dessin, pour décorer ma rédaction ?

— Si tu veux, répondit Faustine.

De son pupitre, Angela adressa un sourire complice à son institutrice. L'adolescente venait d'avoir quatorze ans et elle travaillait dur pour préparer l'examen d'entrée à l'école normale, l'année suivante. A présent, elle s'appelait Angela Roy-Dumont et en était comblée. Jean lui avait offert une bicyclette neuve, et elle multipliait, grâce à sa machine rutilante, les allers et retours entre le logis du Mesnier et le Moulin du Loup.

Faustine reprit sa lecture. Elle étudiait une poésie d'Emile Verhaeren, un poète belge décédé trois ans auparavant. Le texte lui semblait approprié à la saison et d'une belle musicalité, riche en images aussi.

— Je vais bientôt ramasser vos devoirs, dit-elle en se levant. Dépêchez-vous de relire.

Il y eut des « oui » inquiets. Sophie releva sa frimousse ronde, encadrée par deux épaisses nattes brunes.

— Moi, j'ai déjà fini, mademoiselle.

La jeune femme fit signe qu'elle avait compris en lui intimant d'un petit geste de la main l'ordre de faire silence. Chaque jour la confortait dans sa vocation d'enseignante. L'institution Marianne – la famille abrégeait ainsi la vraie appellation – fonctionnait bien. Simone Moreau faisait des prodiges en matière de repas sains et économiques. Le ballet des casseroles et des louches, ainsi que les monologues de la sexagénaire distrayaient au plus haut point le petit Thomas, cantonné dans la cuisine. A presque dix-huit mois, il ne marchait pas, mais il tenait bien assis. Faustine assurait à tout le monde qu'il s'intéressait aux activités de Simone et que son regard devenait plus vif.

Léon avait pris l'habitude de passer en cachette voir son fils. Il éprouvait pour l'enfant une profonde compassion, un amour presque passionné qu'il n'avait jamais témoigné à César ni à Thérèse. Raymonde, prête à accoucher, ignorait la chose.

« Je crois bien, disait-il à Faustine, que ce gosse-là, qu'est simplet, je l'aime pour deux, parce que sa mère l'a abandonné. Je comprends pas ma Raymonde. Elle a un bon fond, quand même, pourquoi elle m'interdit de veiller sur mon gamin ? »

La jeune femme dirigeait à sa guise son école privée. Elle se lançait dans des initiatives qui effaraient sa tante Blanche, fidèle visiteuse du lieu.

Ainsi, les beaux jours d'octobre, Faustine avait fait la classe dehors, sous le gros tilleul. Elle organisait des journées où Claire venait surveiller des ateliers de couture. Les plus grandes des pensionnaires aidaient Simone à confectionner les pâtisseries du dimanche.

Le samedi après-midi, Faustine, en robe noire et gilet gris, des chaussures de marche aux pieds, menait sa troupe en promenade. Les gens de la vallée voyaient défiler les fillettes en sarrau bleu à liseré rouge, bien coiffées, qui s'égayaient d'un rien : l'envol d'un héron, le passage d'un lièvre ou les plumets bruns des roseaux.

« La nature est un grand livre ouvert pour nous ! » déclarait la jeune femme.

Les thèmes des rédactions se rapportaient souvent à ces balades instructives.

— Mademoiselle, gémit Marie, la plus jeune à participer à l'exercice, âgée de sept ans et demi, j'ai fait une tache sur mon devoir.

Faustine se précipita, prit le buvard de son élève et l'appliqua sur la goutte d'encre violette.

— Voilà, regarde, on ne voit presque plus rien. Ne sois pas triste. Ce qui compte, c'est que tu as écrit dix lignes, alors que tu es la plus jeune.

On frappa à la porte. Faustine se hâta d'ouvrir. Bertrand se tenait sur le seuil, son chapeau de feutre à la main. La jeune femme le salua et, vite, se tourna vers la classe :

— Dites bonjour à notre bienfaiteur, monsieur Giraud !

— Bonjour, monsieur Giraud ! s'exclamèrent douze voix de timbres différents.

— Oh, c'est charmant ! dit l'avocat. Mais je ne mérite pas tant d'honneurs. Je passais et je n'ai pas résisté au plaisir de vous surprendre en plein travail. Je joue les inspecteurs…

— Vous en avez le droit, remarqua Faustine. Vous êtes chez vous, ici, et je vous suis doublement obligée.

Elle faisait allusion à une lubie de son beau-père. Bertrand avait décidé de la rémunérer. Cela restait certes un petit salaire, mais il permettait à la jeune femme de disposer d'un peu d'argent personnel.

Bertrand balaya d'un œil ravi la vaste pièce d'une propreté exemplaire, appréciant l'alignement des pupitres, les cartes de géographie et les tableaux noirs.

— Que leur faites-vous étudier aujourd'hui, ma chère ?

— Elles viennent d'écrire une rédaction. Je corrigerai leur travail en indiquant les fautes d'orthographe et les faiblesses de style, ce qui les aidera à progresser. L'exercice ne concernait pas la plus jeune, Gertrude, qui, elle, ne sait pas encore lire. Mais Marie a réussi à rédiger un texte. Je ramassais les copies et je m'apprêtais à recopier la poésie de la semaine sur le tableau. Angela, veux-tu nous faire la lecture ?

— Oui, mademoiselle.

Faustine donna sa chaise à son beau-père. L'avocat avait grossi depuis la mort de Denis, et il ne portait plus de bandeau de cuir sur l'œil, l'opération sans cesse retardée ayant été un succès.

Angela prit le recueil de poèmes sur le bureau de Faustine. La page était marquée par un mince ruban doré.

— *Novembre*... commença l'adolescente, d'Emile Verhaeren.

Et novembre, près de l'âtre qui flambe,
Allume, avec des mains d'espoir, la lampe
Qui brûlera, combien de soirs, l'hiver ;
Et novembre si humblement supplie et pleure
Pour attendrir le cœur mécanique des heures !

Mais au-dehors, voici toujours le ciel,
couleur de fer,
Voici les vents, les saints, les morts
Et la procession profonde
Des arbres fous et des branchages tors
Qui voyagent de l'un à l'autre bout du monde.
Voici les grand'routes comme des croix
A l'infini parmi les plaines
Les grand'routes et puis leurs croix lointaines
A l'infini, sur les vallons et dans les bois !

Angela s'était appliquée, mettant le ton et articulant bien. Bertrand jugea la poésie superbe mais un peu triste. Il garda pour lui son opinion.

— Je vous félicite, mademoiselle Angela, votre diction est parfaite ! commenta-t-il.

— Merci, répondit l'adolescente, rougissante.

Faustine envoya les filles en récréation, avec mission de donner de l'eau et du foin à la jument.

— La grange ouverte me sert de préau, expliqua-t-elle à l'avocat. Quand il pleut, elles peuvent jouer à la marelle ou à la corde à sauter.

— Et il pleut depuis une semaine ! soupira-t-il. Faustine, tout me semble orchestré à merveille. Et vous paraissez moins triste, plus exaltée par votre métier.

— C'est vrai, reconnut-elle. J'apprécie cette existence régulière, et ces enfants sont un remède contre le chagrin. Elles ont tant souffert d'être sans famille, ou battues et rejetées. Ici, elles sont heureuses. Je me sens utile.

— Et vous l'êtes, ma petite ! Mais Bertille se languit de vous. Elle se plaint : vous ne montez jamais dîner ou déjeuner.

— J'avoue que l'institution m'accapare. Ce n'est pas une école ordinaire ; mes pensionnaires vivront toute l'année sous ce toit et, pendant les vacances, je devrai trouver comment les occuper. A ce sujet, pour Noël, je monte un petit spectacle sur la Nativité et j'aimerais que vous veniez avec Bertille et Clara.

— Ce sera une joie ! s'écria Bertrand. J'enverrai Maurice couper un beau sapin dans mes bois, et il vous l'apportera à la mi-décembre.

— Alors, vous l'avez gardé à votre service, ce brave garçon ! s'exclama-t-elle.

— Oui, il soigne les moutons et dresse le poney de Clara, une bête si docile qu'un bébé pourrait se promener dessus. Ma fille réclame tous les matins sa première leçon d'équitation, à cinq ans ! Claire a promis de lui enseigner les bases de cet art.

Faustine eut un sourire rêveur. Hormis la blessure secrète de son cœur, la vie dans la vallée avait repris son cours paisible.

— Je vous laisse, ma chère. Si vous avez besoin de quoi que ce soit, n'hésitez pas à m'appeler. Votre téléphone fonctionne bien ? Et l'installation électrique ?

— Tout marche à merveille ! répliqua-t-elle. Si vous aviez vu la mine extasiée de madame Simone quand elle a découvert sa cuisine illuminée par deux ampoules à filament ! Pauvre femme, j'ai dû lui démontrer que ce n'était pas de la magie, mais de la science. Maman est pire encore : elle s'obstine à utiliser les lampes à pétrole et les bougies, et elle pique une crise si papa fait mine de s'approcher de l'interrupteur !

— Ah, notre Claire n'apprécie pas le progrès ! Ce n'est pas le cas de Bertille, qui va bientôt me supplier d'éclairer tout le parc, et même les routes. Elle me pousse aussi à briguer la fonction de maire, à Puymoyen.

— Je trouve qu'elle a raison, et monsieur Vignier vous cédera la place volontiers ! dit-elle en souriant.

Faustine raccompagna son beau-père jusqu'à la porte principale, qui donnait sur une allée gravillonnée bordée de chênes. Au bout, une grille restait ouverte sur la route qui montait à Ponriant.

— Bien, je donnerai de vos nouvelles à Bertille, ajouta l'avocat en relevant le col de son manteau. Au fait, pour la petite histoire, Corentine sera divorcée en janvier. Par procuration, car Matthieu est parti à l'étranger pour travailler à je ne sais quel ouvrage d'utilité publique. Cela ne m'intéresse pas. Ce garçon m'a beaucoup déçu.

La jeune femme approuva en silence. Bertrand s'éloigna. Le seul nom de Matthieu avait provoqué en elle des vagues de souffrance.

« Je voudrais tant guérir, guérir de lui ! » songea-t-elle.

Il ne lui avait pas écrit ; il n'avait pas davantage envoyé de télégramme. Entre eux s'étendaient des milliers de kilomètres, et une tombe de pâle calcaire qui protégeait le corps de Denis.

« Dans le pays, on me surnomme "la jeune veuve" ! pensa encore Faustine. Ou "la veuve du jeune monsieur" ! Et je le resterai longtemps. »

Elle sonna la cloche. Le son cristallin résonna malgré la pluie et le vent. La vue du paysage gris et roux et de la terre assombrie par l'eau la fit frissonner.

— Rentrez vite ! cria-t-elle aux fillettes.

Vêtues de cirés noirs et chaussées de sabots en caoutchouc, elles se ruèrent vers la porte. Angela riait, poussant devant elle la petite Marie. Faustine s'empressa de refermer. Le chauffage central dispensait une chaleur égale dans tout le logis, ce qui était très agréable par ce mauvais temps. Une bonne odeur de soupe aux poireaux flottait dans l'air.

— Allez, mes enfants, en classe.

— C'est la leçon d'histoire, maintenant, mademoiselle ? interrogea Armelle.

— Oui, et tu vas distribuer les livres, dit la jeune femme.

A l'heure du déjeuner, elle se retira dans sa chambre. Simone lui avait préparé un plateau, à sa demande. La grand-mère de Christelle aurait marché sur les mains pour faire plaisir à Faustine. Cela n'était pas fréquent, mais certains jours mademoiselle l'institutrice avait besoin d'une pause et elle confiait la surveillance du réfectoire à son employée. Les pensionnaires, ravies de vivre dans une si belle maison dotée du confort moderne, se montraient sages et disciplinées. Si l'une d'elles causait du souci, Angela se chargeait de la sermonner. Elle était l'aînée de toutes et savait faire preuve d'autorité.

Faustine prenait goût à son heure de solitude dans la grande chambre d'angle qu'elle avait décorée à son idée. Elle s'installa pour prendre son repas, à la table lui servant de bureau. Son regard bleu, mélancolique, fixait les falaises, au loin. Encore une minute et elle se souviendrait de la nuit dans la Grotte aux fées, de ces instants de folie amoureuse, des bras de Matthieu quand il l'enlaçait si doucement.

— Il ne faut pas ! déclara-t-elle. C'était mal… Et j'ai tant prié, en septembre, pour être sauvée. En compensation, je ne dois plus jamais penser à Matthieu.

Elle goûta la soupe, veloutée et savoureuse. Elle dégusta successivement la tranche de rôti de porc et le flan au chocolat. Elle remontait le temps, au point de trembler d'une immense crainte rétrospective.

A la fin du mois d'août, ses lunes n'arrivaient pas – Raymonde disait ça, les lunes, pour parler joliment des indispositions mensuelles propres aux femmes – et Faustine avait cédé à la panique. Tous les jours, elle espérait ressentir la douleur familière, au bas de son ventre, mais rien ne s'annonçait. Elle avait passé des nuits à pleurer d'angoisse. Si elle était enceinte, l'enfant ne pouvait être que de Matthieu, Denis ne l'ayant pas approchée pendant deux semaines, à cette époque.

Faustine ne pouvait se confier à personne. Elle imaginait une nouvelle tragédie : Bertrand serait heureux, se croyant bientôt grand-père, et le bébé représenterait un peu de Denis. Mais la jeune femme se sentait incapable d'un tel mensonge. Dire la vérité à cet homme qui pleurait son fils lui paraissait impossible. C'eût été faire éclater à la face du monde et de sa famille qu'elle avait couché avec Matthieu à peine mariée à Denis. L'impitoyable équation la rendait folle de peur, car pas une seconde elle n'envisageait d'avorter.

A la mi-septembre, Claire s'était affolée de la mine torturée de sa fille. Jean aussi. Il lui avait reproché de pleurer un type indigne d'elle, capable de la tromper juste après leur voyage de noces. Faustine ne pouvait pas rassurer ses parents. Elle pleurait, ne mangeait plus, et chacun s'inquiétait.

Le soir, certaine de porter l'enfant de celui qu'elle aimait, la jeune femme tombait à genoux près de son lit et priait. « Faites que je ne sois pas enceinte, pas maintenant. Je ne peux pas chérir ce bébé, l'attendre dans la joie. Par pitié, aidez-moi… Si tout rentre dans l'ordre, si je suis sauvée, je promets d'oublier Matthieu pour de bon, pour toujours. »

Elle avait murmuré ces paroles des centaines de fois. Enfin, le sang était venu, la délivrant de son tourment.

Faustine se revit couchée dans son lit, une bouillotte sur le ventre, en proie à une souffrance ordinaire, infiniment soulagée. Pourtant elle avait sangloté, aussi, car elle devait maintenant tenir la promesse faite aux puissances divines.

Claire lui avait rendu visite, préconisant une tisane de camomille et d'aubépine.

« Ce n'est rien d'autre, chérie ? avait-elle demandé, soucieuse.

— Non, maman, je t'assure. Un peu de retard, mais j'étais si fatiguée, et si triste. »

Depuis Faustine priait souvent pour avoir le courage de rayer Matthieu de sa vie, de son cœur.

Moulin du Loup, veille de la Toussaint 1919

— Comme c'est agréable quand Angela est à la maison ! dit Claire en s'étirant. Elle a couché Arthur en lui racontant une histoire, elle aide Thérèse à ses devoirs. Cela dit, une chance que César soit apprenti en ville, sinon il lui tournerait sans cesse autour.

Il n'était que neuf heures du soir, mais elle était déjà au lit, bien installée dans un nid d'oreillers, une chaude couverture remontée jusqu'à la taille, un édredon sur les jambes.

— Oui, cette enfant est serviable, intelligente et discrète ! répondit Jean en agitant ses doigts, tel le pianiste avant un morceau difficile.

Il recommença à taper à la machine. Le temps était si humide, le vent si froid qu'il avait décidé de travailler dans leur chambre, le soir. Cela avait enchanté Claire. Depuis ils montaient vite se retrouver en tête à tête. Jean disposait d'une table, encombrée de paperasses et de livres, où trônait la Remington que Bertrand lui avait donnée. Le bruit du mécanisme, le grelot qui tintait quand on actionnait le tabulateur, la chanson irrégulière du clavier martelé par les doigts nerveux de Jean, tout cela lui plaisait. Elle brodait ou tricotait, osant à peine discuter pour ne pas le déranger.

Jean avait signé un contrat avec un éditeur de Bruxelles, fervent socialiste et humaniste, qui désirait publier ses Mémoires.

« Tu te rends compte, Câlinette ? avait expliqué Jean. Ma pauvre vie compliquée, pleine de chagrins intéresse ce monsieur. Il ne veut pas d'une forme romancée, juste un témoignage sincère. Je dédierai le livre à Lucien. Je vais en parler, de mon petit frère, crois-moi ! »

Claire avait appris la chose après les obsèques de Denis. Pour elle, c'était un événement inouï.

« Moi qui aime tant lire ! avait-elle dit. Et tu sais combien j'ai d'ouvrages que je garde précieusement. Je vais tenir entre mes mains un livre de ta plume, avec ton nom sur la couverture. Je ne peux pas y croire, mon Jean ! »

Elle n'était pas la seule à éprouver une vive admiration à cette perspective. Blanche Dehedin, mise au courant, exultait, et elle annonçait à toutes ses relations angoumoisines la prochaine parution d'un texte passionnant : les Mémoires de son frère jumeau. Léon et Raymonde en étaient subjugués, autant que Faustine.

Avant de toucher à la gloire, cependant, Jean devait travailler dur. Il écrivait directement sur la Remington, en utilisant des notes qu'il avait rédigées dans un gros cahier.

— Ta lampe ne t'éblouit pas trop ? demanda-t-elle encore en posant son tricot.

— Non, Câlinette, j'y vois très bien ! affirma-t-il.

Rebutée par la lumière crue et vive de l'installation électrique, Claire tolérait la lampe de bureau à tige orientable que Jean s'était achetée. Pour sa part, elle maniait ses aiguilles et sa laine à la clarté de sa veilleuse à pétrole.

— Tu t'esquintes les yeux ! fit remarquer Jean, levant enfin le nez de sa machine. Tu plisses le front, tu clignes des paupières. Franchement, ma petite femme, tu es plus têtue qu'une bourrique. Tant pis, tu porteras bientôt des lunettes !

— Je ne suis pas si vieille ! protesta-t-elle. Ma vue est excellente, tandis que toi, tu vas te retrouver l'œil carbonisé.

Jean éclata de rire en se jetant sur le lit. Il posa sa tête sur le ventre de Claire après avoir repoussé l'édredon. Il aimait sentir ses formes à travers l'épaisseur du drap et des couvertures de laine.

— Je boirais bien un petit verre d'eau-de-vie et du café ! soupira-t-il. Cela stimule les fonctions intellectuelles.

— Et les autres fonctions ? plaisanta-t-elle. Il te faudrait quoi, pour les stimuler ? Depuis que tu as commencé ton livre, nous vivons en état de chasteté.

— Oh ! Quel culot ! pouffa-t-il. Et la semaine dernière, nous étions chastes, peut-être ?

Claire rangea son ouvrage dans un cabas de tissu qu'elle fit glisser en bas du lit. S'étant redressée, elle se pencha à nouveau pour embrasser son mari sur la bouche. Vite, Jean lui échappa.

— Non, désolé, Câlinette, je descends chercher du café et de l'alcool. Je dois continuer à écrire.

Elle feignit de bouder. Puis elle rusa. Il suffisait de lancer un sujet de discussion capable de retenir Jean.

— Sais-tu que Faustine ne vient pas déjeuner demain midi, alors que ses élèves n'ont pas classe ! Notre fille ne sort plus de son école. Tu devrais lui parler, aller la chercher de force. Jean, j'ai réfléchi, il manque une surveillante à l'institution, une personne sérieuse, assez jeune, qui pourrait remplacer Faustine certains jours… La brave Simone n'a pas l'autorité nécessaire, et elle fait le ménage aussi.

Jean s'immobilisa près de la porte. Songeur, il répliqua :

— Engager une autre employée, cela coûterait cher ! dit-il. Mais tu as raison : Faustine est prisonnière de ses pensionnaires.

— Si tu passais une annonce dans le journal ? proposa-t-elle. Et pourquoi faire des frais ? Il suffit de préciser que c'est un poste de surveillante, logée et nourrie.

— Oui ! approuva Jean. On peut tenter le coup, si Faustine accepte. Elle se ronge les sangs, la pauvre chérie, car elle juge Bertrand bien trop généreux à son égard.

Malgré l'intérêt du problème, Jean sortit en chaussons et pyjama, un gros peignoir de laine le protégeant des courants d'air. Claire s'allongea, éprouvant avec volupté la chaleur de son lit, la douceur des draps, le moelleux de l'oreiller. La présence quotidienne de son mari lui procurait un tel bonheur qu'elle avait presque oublié William Lancester, du moins la fascination que l'homme avait exercée sur elle. Le Moulin tournait à plein rendement. Les camionnettes venaient chercher les commandes – c'en était fini des attelages à quatre chevaux, des lourdes remorques – et le contremaître qui remplaçait le papetier ne chômait pas. C'était un individu aimable mais taciturne, exigeant envers les ouvriers. Son épouse, une petite créature aux allures de musaraigne, habitait la maison de Lancester avec ses deux enfants de trois et cinq ans, des garçons aussi timides qu'elle.

Jean revenait déjà, une bouteille calée sous le bras, un verre à la main droite et dans l'autre la cafetière et une tasse.

— Ciel ! s'écria-t-elle. Si tu ne casses rien !

— Je suis paré pour faire une nuit blanche ! rétorqua-t-il. Tu devrais dormir, ma Câlinette.

Jean posa son attirail sur la table et alla tourner le verrou. Claire se leva brusquement en ôtant sa chemise de nuit.

Elle apparut toute nue à son mari, ses longs cheveux bruns couvrant à demi ses seins et la chute de ses reins.

— Mais… qu'est-ce qui te prend, Claire ? bredouilla-t-il, fasciné par sa poitrine ronde et ferme, son ventre bombé, la chair nacrée des cuisses.

— Il fait chaud, trop chaud ! déclara-t-elle en marchant vers lui.

Elle l'enlaça et frotta sa joue contre la sienne qui piquait un peu.

— Câlinette, et mon livre ?

— Jean, nous sommes encore jeunes, et vivants ! Je t'aime tant. A force de te regarder penché sur ta machine à écrire, il me vient des idées.

Il prit ses lèvres et la poussa vers le lit, vaincu.

Vallée des Eaux-Claires, décembre 1919

Faustine lança sa jument au galop dès l'amorce du chemin qui rejoignait un hameau perdu, après la ferme de Chamoulard. Junon piaffa de joie et allongea tout de suite ses foulées. La jeune femme, en suspension sur les étriers, se pencha davantage sur l'encolure.

— Va, ma belle ! Va !

Junon n'était pas sortie depuis une semaine de l'écurie et, grisée par l'air froid, elle fonça dans un roulement de tonnerre. Le temps était plus sec, mais un vent glacé sifflait aux oreilles de la cavalière. A la hauteur d'un petit bois de châtaigniers, elle affermit sa position sur la selle et remit la jument au petit galop.

— Là, nous sommes arrivées !

Faustine caressa l'encolure de Junon en contemplant les champs dont la terre rousse était éventrée, retournée par les labours d'hiver. Au loin, un homme poussait sa charrue tirée par un percheron à la robe grise. Une femme le suivait, marchant dans le sillon juste tracé.

« Encore un peu de trot, et je ramasserai des châtaignes… » se dit Faustine.

Elle ne pouvait plus se passer de ces balades à cheval, seule dans la campagne. Ces galops effrénés apaisaient la tension nerveuse qui épuisait son jeune corps. A l'instigation de ses parents, Bertrand avait encore délié les cordons de sa bourse, et une certaine mademoiselle Irène occupait la fonction de surveillante. En l'absence de Faustine, la vieille fille, âgée de trente-six ans, prenait l'école en main. Elle aidait les élèves à faire leurs devoirs et donnait des leçons de musique.

Depuis son arrivée le 10 novembre, Faustine pouvait rendre visite à Bertille, déjeuner au Moulin ou dîner, et surtout monter sa jument. Afin de joindre l'utile à l'agréable, elle rapportait toujours de ses promenades à cheval de quoi animer la leçon de sciences naturelles, ou le fruit de ses cueillettes : un champignon insolite, des pommes de pin, des lichens...

Ce jour-là, elle comptait ramasser les dernières châtaignes. Depuis un mois, la jeune femme venait dans ce bois en remplir une besace. Simone Moreau lui avait conseillé de les conserver dans des jarres en grès, en alternant une couche de fruits et une couche de sable, ce qui préservait de l'humidité et des vers.

— Je voudrais de la neige pour Noël ! cria-t-elle au ciel gris. Beaucoup de neige, comme quand j'étais petite.

L'approche de son spectacle occupait toutes ses pensées. César, qui serait en congé, l'aiderait. Léon aussi, car il fallait installer un double rideau pour faire l'illusion d'une petite scène de théâtre.

Sa besace pleine, elle se remit en selle et se dirigea au petit trot vers l'institution Marianne.

Angela guettait son retour sur le seuil. L'adolescente, chaudement emmitouflée, lui fit signe.

— Faustine, je vais m'occuper de Junon. Tu as de la visite ! Viens vite.

Le cœur de la jeune femme se mit à battre à grands coups furieux.

« Et si c'était Matthieu ! » se dit-elle.

Elle se sentait prête à s'évanouir s'il l'attendait dans le

petit salon qui servait de bureau d'accueil. Angela courut à sa rencontre et saisit la bride de la jument. Elle dévisagea son institutrice d'un regard perspicace.

— N'aie pas peur, ce n'est pas lui ! révéla l'adolescente. C'est madame Bertille.

— Mais de qui parles-tu ? rétorqua Faustine. Et je n'ai pas peur du tout.

Angela entraîna Junon dans le bâtiment sans répondre. Faustine, stupéfaite, pénétra dans le vestibule, en bottes et ciré marron. Elle trouva Bertille assise dans la cuisine, vêtue d'un manteau de fourrure noire, ses cheveux d'un blond argenté coiffés d'une toque assortie. Simone observait la dame du domaine de Ponriant avec une admiration enfantine.

— Tantine ! s'exclama Faustine. Pour une fois que tu viens jusqu'ici, je te fais attendre.

— Mais j'étais bien au chaud, et j'ai eu du café au lait, de la brioche ! répliqua l'élégante Bertille. Bertrand m'a déposée. Nous rentrions d'Angoulême. Je remonterai à pied. Le médecin m'a conseillé de beaucoup marcher.

Faustine ôta bottes et ciré pour chausser des pantoufles. Elle s'inquiéta soudain :

— Le médecin ? Tu as consulté un spécialiste ? Tantine, qu'est-ce que tu as ? Rien de grave, j'espère ! Viens, allons dans le bureau, tu me raconteras. Simone, je boirais volontiers un thé au lait.

— Tout de suite, Mademoiselle !

— Où est Thomas ? demanda la jeune femme. Son parc est vide…

— Ah ! Figurez-vous qu'il se déplace à quatre pattes, s'enflamma Simone, le rouge aux joues. Oui ! Je l'avais posé par terre deux secondes, après son goûter, et d'un coup, comme Tristan filait dans le réfectoire, il l'a suivi à quatre pattes !

Le fils de Sauvageon était à présent un beau louveteau de six mois à la fourrure grise et aux yeux d'or.

— Et qui le surveille ? ajouta Faustine.

— Armelle et Nadine. Ecoutez, on les entend rire d'ici.

Bertille fit une moue amusée. Elle prit le bras de sa nièce d'adoption en chuchotant.

— Tu es un ange gardien, ma chérie, pour ce pauvre petit. Il m'a paru moins hébété, tout à l'heure.

— La preuve, il a manifesté le désir de bouger ; c'est un progrès ! soupira Faustine. Peut-être qu'il sera normal, plus tard. Bon, viens, tantine. Dis-moi, es-tu malade ?

— Oh, rien de préoccupant ! Je n'ai pas envie d'en parler. J'avais besoin de te voir, de mieux connaître ton école.

La voix de Bertille tremblait un peu. Son regard gris avait une expression de profonde tristesse. Faustine s'émut de sa fragilité et lui avança un siège. A côté de cette femme menue, éthérée, elle se faisait l'impression d'être grande et robuste.

— Tantine ! Tu peux te confier à moi ! insista-t-elle. Je t'aime très fort, le sais-tu ?

— Ecoute, ma chérie, j'ai vu un médecin parce que ma hanche me joue des tours. Je boite de plus en plus. Le praticien m'a prescrit des semelles qui rétabliront ma démarche et soulageront mon dos.

— Alors, ce n'est pas très grave ! Tu m'as fait peur. J'ai hâte que tu assistes à mon spectacle, toi, mais aussi Bertrand et Clara. Si Mireille pouvait venir ! C'est dans une semaine, deux jours avant Noël. L'estrade de la salle de classe servira de scène. Léon va installer un système de tringles pour les rideaux rouges que maman m'a confectionnés. Je mettrai du houx et du gui au plafond et, pour la musique, Irène jouera du violon. Cette surveillante est une femme d'exception ; elle est vraiment douée. Si j'avais un piano !

Faustine parlait vite, enthousiaste. Bertille lui souriait sans perdre son air triste.

— J'ai prévu de ranger les pupitres contre le mur du fond et de placer les bancs du réfectoire pour les spectateurs. Il y aura mon père et maman, Raymonde… Elle a accepté de venir, mais je l'ai prévenue : Thomas sera là. Je crois que cela vous plaira à tous. Mes élèves ont répété tous les jours ; elles chantent à merveille et…

— Faustine, ma chérie ! coupa Bertille.

— Excuse-moi, je suis bavarde, mais ça me fait plaisir que tu sois là, et je voudrais tant vous charmer tous !

— Faustine, je t'en prie ! Tu me rends les choses plus pénibles. J'ai une mauvaise nouvelle. En ville, nous sommes passés rendre visite à Corentine, et tu sais que…

— Oui, je sais ! soupira la jeune femme. Elle scandalise toute la bourgeoisie en vivant avec le docteur Claudin, alors que le divorce n'est pas prononcé, mais après tout, si elle est heureuse !

Bertille étreignit les mains de Faustine de ses doigts de fée.

— Ce n'est pas ça ! Corentine, qui légalement est toujours l'épouse de Matthieu, a reçu un télégramme de l'ambassade française du Caire, en Egypte.

Faustine en perdit le souffle. Elle aurait voulu se boucher les oreilles. La bouche sèche, elle assimilait les mots *mauvaise nouvelle* et *télégramme de l'ambassade du Caire.*

— Matthieu a disparu ! lança Bertille. Je suis désolée, ma chérie, je n'ai guère de détails. Des inondations près du Nil, une coulée de boue, un édifice qui s'est écroulé. J'ai dû annoncer ça à Claire. Elle est désespérée.

— Mais, tantine, il n'est pas mort ? articula péniblement la jeune femme. Disparu, ça ne veut pas dire mort !

— Corentine devait téléphoner là-bas, et nous appeler ensuite pour donner des précisions. Ne te fais pas trop d'illusions, ma chérie. Bertrand a jugé normal que je te prévienne, et il était bouleversé, malgré la rancœur qu'il gardait à Matthieu pour n'être pas venu aux obsèques de Denis. Mais moi qui connais la vérité sur tes sentiments, cela me rendait malade de t'apprendre la nouvelle.

Faustine ferma les yeux. Elle refusait d'y croire. Le destin n'avait pas effacé Matthieu de la surface de la terre. Son cher corps, son cher visage ne pouvaient être détruits, condamnés à la pourriture dans un pays lointain. Il ne lui laissait rien, pas même une lettre, pas même un message.

— Oh non ! s'écria-t-elle. J'avais renoncé à lui, je m'interdisais de l'aimer encore, mais le perdre… sans jamais le revoir en vie, ne plus entendre son rire. Dieu me punit, tantine, oui, Dieu punit notre famille.

— Je t'en prie, ne tombe pas dans l'excès, soupira Bertille. Si Dieu existe, il a d'autres soucis qu'une poignée d'humains nichés dans la vallée des Eaux-Claires, dont les plus graves péchés sont des actes d'amour, illicites, certes, mais le mot d'ordre de Jésus, c'est bien l'amour, non ?

La jeune femme posa sur Bertille ses larges prunelles couleur d'azur, noyées de larmes.

— Non, tantine, Matthieu n'est pas mort ! Il a survécu à la guerre, je le reverrai.

Faustine se balançait de droite à gauche, la bouche entrouverte sur un cri de chagrin qu'elle n'osait pas pousser. Soudain plus calme, elle questionna :

— Et Corentine, comment a-t-elle réagi ?

— Elle était au courant depuis ce matin. Ma foi, elle semblait touchée, quand même. Bizarrement, dès que Bertrand a quitté le salon où nous étions, c'est à toi qu'elle a pensé. Elle m'a dit tout bas : « Faustine sera très malheureuse, soutenez-la. » A croire que cette fille n'est pas si dure, ni si indifférente aux autres.

On frappa. Simone fit entrer Claire dans le petit bureau. Faustine se leva et courut se jeter dans les bras de sa mère.

— Maman, ma chère maman ! Quelle tragédie, encore !

— J'ai perdu mon Matthieu ! gémit Claire en serrant sa fille contre elle. Mon petit frère adoré. Et toi, tu dois souffrir, ma pauvre petite…

Bertille restait assise, accablée par ce nouveau coup du sort. Denis et Matthieu étaient revenus du front, de cette maudite guerre, un an auparavant, pour mourir tous les deux d'un accident.

— Maman, il reviendra, nous le reverrons ! sanglota Faustine. Il n'est pas mort, pas lui. Je le disais à tantine, disparu ! Quand on disparaît, on peut réapparaître. Regarde, papa ! Tu l'as cru noyé, mais il vivait en Normandie.

— Oui, et l'histoire se répète, tout recommence ! répliqua Claire. Je m'en veux tellement. Je n'ai plus la foi, mais je n'arrête pas de prier depuis que Bertille m'a appris ça. Je prie pour qu'il soit vivant. Mais c'est au bout du monde, l'Egypte ! Si seulement il avait travaillé en France, j'aurais fait le voyage pour être fixée, pour ramener son corps, si possible.

— Tais-toi, maman ! hurla la jeune femme. Par pitié !

Elle quitta le bureau et se heurta à Simone qui portait Thomas pendu à son cou.

— Ce petiot est fatigué, Mademoiselle, je le mets au lit ! expliqua la cuisinière. Il a bu un biberon de bouillie.

— Oui, bien sûr ! répondit Faustine. Pardonnez-moi, Simone, je dois aller dans ma chambre.

Elle grimpa l'escalier et courut le long du couloir. Irène surveillait l'étude. La jeune femme pouvait prendre le temps de pleurer à son aise, ou de prier comme Claire.

— Ce sera la même chose que pour papa ! hoqueta-t-elle en essuyant ses yeux. Nous avons fait l'amour pour la première fois dans la Grotte aux fées, et Matthieu n'est pas mort, juste disparu, comme papa après le naufrage. Il n'est pas mort !

Faustine se coucha à plat ventre sur son lit. Elle tordit un coussin entre ses mains, le martela de ses poings.

— Et si tout se passe comme pour mes parents, je reverrai mon amour, je le retrouverai et on sera ensemble. Oui, s'il veut m'épouser, je le voudrai aussi.

Elle suffoquait, consciente de rêver éveillée. La réalité la guettait derrière la porte, au rez-de-chaussée, dans la vallée et jusqu'à Angoulême. Matthieu Roy n'existait plus.

— S'il revient, si je peux encore le toucher ou simplement le voir, je l'aimerai, je le chérirai. Je m'en moque, des ragots, de ceux que cela choquera. Nous partirons loin d'ici, et même papa n'aura rien à dire. Tu entends, Matthieu, si tu es vivant, personne ne m'empêchera de passer le reste de mes jours près de toi.

Ce fut ainsi, dans un excès de douleur et d'égarement, que Faustine rompit sa promesse de renoncer à Matthieu. Claire monta la rejoindre. Les bonnes paroles étaient dérisoires et inutiles : elles souffraient toutes les deux.

— Ma chérie, ma pauvre chérie ! chuchota enfin sa

mère. Toi qui étais si contente de préparer ton spectacle et de décorer ton école pour Noël. Ce Noël, je ne le fêterai pas, ça non. J'étais bien heureuse, avec Jean qui écrivait son livre, Angela, Arthur. Maintenant je n'ai plus goût à rien.

Faustine sécha ses joues et se moucha. Elle était épuisée.

— Je ne peux pas décevoir mes élèves ! dit-elle d'un ton très doux. Nous jouerons le spectacle, en l'honneur de Matthieu. Elles ne comprendraient pas si j'abandonnais. Mais je suis morte, moi aussi.

Claire caressa la joue de sa fille.

— Je vais retourner au Moulin. Jean ne savait pas comment me consoler. Lui qui n'a jamais aimé mon frère, il a pourtant cherché à me rassurer. Ton père pense comme toi, qu'il y a encore une chance.

— J'espère, maman...

La soirée fut sous le signe de l'affliction, à Ponriant, au Moulin du Loup et à l'institution Marianne.

Le lendemain, Faustine demanda à mademoiselle Irène de la remplacer en classe. Elle n'avait pas à mentir : la perte d'un presque frère justifiait une journée de repos et de recueillement. Simone s'évertua à préparer un repas délicat pour la jeune femme, mais celle-ci n'y toucha pas.

Pendant la récréation, Angela emmena ses camarades sous le préau. Elles étaient toutes emmitouflées : gros gilets de laine sur les tabliers, bonnets, écharpes et mitaines.

— Qu'est-ce qu'elle a, mademoiselle ? interrogea Nadine. Tu peux nous le dire, c'est ta sœur adoptive maintenant, tu dois bien la connaître.

L'adolescente jeta un coup d'œil prudent à la silhouette de la surveillante, debout sur le seuil de l'école.

— Je vais vous expliquer, mais continuez à faire semblant de jouer, personne ne doit nous entendre.

Angela désignait du regard la grande femme à la mine grave, ses lunettes à double foyer sur le nez. Irène était trop sévère à son goût.

— Alors, raconte ! dit Sophie à voix basse. Elle est malade, mademoiselle ? Hier soir, elle a pas mangé avec nous au réfectoire.

— Elle *n'a* pas mangé ! corrigea Angela. Sophie, applique-toi, nous sommes ici pour devenir de vraies demoiselles, bien éduquées.

— On s'en fiche ! gronda Nadine. Cause donc !

L'accent traînant des campagnes charentaises hérissait Angela qui pointa l'index sur la poitrine de la fillette :

— Toi, si tu parles encore une fois comme ça, je t'envoie au coin. Ecoutez, mademoiselle Faustine a du chagrin, beaucoup de chagrin. Simone vous a dit ce matin que le frère de madame Claire, ma mère adoptive, était porté disparu en Egypte. Mais moi je sais un secret : Faustine était amoureuse de ce garçon, un très beau garçon aux yeux noirs, grand, fort, et courageux.

— Mais ils étaient de la même famille, rétorqua Armelle. Ils pouvaient pas être des amoureux !

— Tu es sotte, ils n'avaient aucun lien du sang ! fit remarquer Angela. Et le mari de Faustine, Denis, qui est mort en août, il n'était pas gentil, lui, il la faisait pleurer. Maintenant, Matthieu est peut-être mort à son tour, et ce n'est pas juste. J'espérais tellement qu'ils se marieraient un jour.

— Ils peuvent pas, de toute façon, s'étonna la petite Marie, puisque mademoiselle a déjà eu un mari.

Exaspérée, Angela entreprit de donner un cours sur le divorce, le veuvage et le remariage. La cloche sonna.

A midi, Jean se présenta à l'école. Simone lui annonça d'un ton sinistre que mademoiselle Faustine gardait la chambre.

— Ah ! s'étonna-t-il. Et qui fait la classe ?

— Mademoiselle Irène, monsieur.

Tristan vint renifler le pantalon du visiteur. Jean le caressa et il aperçut soudain le petit Thomas qui arrivait à quatre pattes en dodelinant de la tête.

— Eh bien, en voilà une surprise ! Je raconterai ça à Léon.

Simone approuva, en soupirant d'un air gêné, comme chaque fois qu'était évoquée la parenté entre le domestique du Moulin et l'enfant. La place lui convenait – au moins elle n'était plus seule et mangeait à volonté –, mais l'histoire de Léon heurtait son sens moral. Cet homme avait engrossé une Allemande, qui s'était enfuie on ne savait pourquoi, en abandonnant un bébé simple d'esprit.

— Je monte voir ma fille ! dit Jean.

— Oui, monsieur. Si vous pouvez la persuader de boire au moins un peu de bouillon de poule...

— J'y veillerai, affirma-t-il.

Plein d'appréhension, Jean suivit le couloir. Claire pleurait depuis la veille, et il pouvait comprendre. Mais il se demandait dans quel état il trouverait Faustine. Avant de frapper à sa porte, il prit le temps de réfléchir. Sa fille aimait beaucoup Matthieu ; ils avaient grandi comme frère et sœur. Elle devait être désespérée d'affronter un nouveau deuil, le décès de Denis datant de moins de six mois. Il frappa à la porte avec délicatesse.

— Entrez ! fit une petite voix.

Faustine était couchée, les cheveux défaits, le visage tuméfié par les larmes. Elle serrait un grand mouchoir dans sa main droite. Il hésita un peu, désemparé, et s'assit au bord du lit.

— Ma chérie, tu fais peine à voir ! Allons, tout n'est pas perdu. Bertrand a téléphoné ce matin ; il n'y a rien de neuf. Dans le doute, à quoi bon se ronger les sangs ! Ta mère partirait au Caire si elle en avait les moyens.

— Moi aussi, papa ! répondit la jeune femme.

— Dis donc, toi tu as une école à diriger, des élèves à instruire. Ta « mademoiselle Irène » ne peut pas te remplacer indéfiniment. Enfin, je suis venu pour te réconforter, et non te sermonner. C'est un regrettable accident, mais les hommes épris d'action et d'aventure se mettent souvent en danger. Ce n'est pas un hasard si Matthieu a été décoré pendant la guerre. Il avait dû prendre des risques.

Faustine haussa les épaules. Elle aurait préféré recevoir

la visite de sa mère ou de Bertille. Son père ne pouvait pas comprendre combien elle souffrait.

— Allons, ma fille, reprends-toi. D'abord, tu vas avaler du bouillon, que j'irai te chercher aux cuisines. Ensuite, tu te lèveras et tu descendras t'occuper de tes élèves. Cela ne sert à rien de pleurer autant, tu as le nez rouge et des cernes.

— J'ai dû m'enrhumer, hier, en ramassant des châtaignes ! soupira Faustine.

Elle se mit à trembler convulsivement. Jean l'observait avec une sorte de méfiance.

— Qu'est-ce que tu as, ma chérie ? Il fait chaud, ici ! Je voudrais que tu sois courageuse et raisonnable. Tu as un bel avenir et, plus tard, tu rencontreras un homme bien. Je reconnais que cette année n'a pas été facile : la mort de Denis, ses infidélités.

— Papa, laisse-moi tranquille, par pitié ! gémit-elle. J'ai quand même le droit de pleurer Matthieu une journée, rien qu'une journée. Je l'aimais tant !

— Oui, je sais ! Et depuis hier, j'ai des remords. Claire a raison : j'ai souvent été dur avec son frère, sans motif valable. La sympathie ou l'antipathie ne s'expliquent pas. C'était un jeune homme bien.

La jeune femme s'allongea tout à fait et cacha son visage au creux de l'oreiller. Si son père employait encore l'imparfait pour parler de Matthieu, elle allait hurler, avoir une crise de nerfs. Le plus cruel chagrin la submergea. On ne retrouverait jamais le corps de son amour, elle attendrait en vain une certitude, celle de sa mort.

Jean la secoua par l'épaule.

— Voyons, un peu de cran ! s'écria-t-il. Tu as moins pleuré à l'enterrement de ton mari. Faustine, tu m'entends ?

Elle se redressa si brusquement qu'il sursauta. Sa fille était assise, un châle noir la faisant paraître très mince. Il constata d'un coup qu'elle avait maigri. Ses joues étaient creuses sous les pommettes, ses mains plus graciles qu'avant.

— Oui, je t'ai entendu, papa ! répliqua-t-elle. Et j'ai l'impression que tu triches, car tu n'as aucun remords. Tu as toujours haï Matthieu, tu l'as maltraité quand il était enfant. Ne fais pas ces yeux, je m'en souviens. A la moindre bêtise, il était puni, par ta faute. Moi je le consolais, je lui apportais ma part de dessert ! Et tu sais pourquoi ? Parce que je l'aimais, et je l'aime encore... Pas comme un frère, non, comme un homme ! Je l'aime, je l'aime, et tu nous as séparés ! Voilà le résultat : il est perdu, il a disparu, et moi, je voudrais mourir !

Jean aurait pu protester, mettre les paroles véhémentes de sa fille sur le compte du délire, mais il ne broncha pas. Au fond, il l'avait toujours su, d'instinct. L'inimitié que lui inspirait Matthieu venait du plus profond de son cœur de père, face à celui qui pouvait vraiment lui prendre Faustine.

— Mais pourquoi ? reprit-elle, ivre de crier enfin la vérité. Pourquoi le détestais-tu ? Pourquoi n'as-tu pas pensé un instant que nous étions peut-être faits l'un pour l'autre ? Nous n'avions pas le droit, c'est ça ? Toi, tu n'as pas eu tant de scrupules. Quand tu as épousé ma vraie mère, Germaine, Claire était vivante, et elle t'aimait de tout son être, même mariée à Frédéric Giraud. Et moi, ta fille, je devais épouser Denis parce qu'il était riche, que j'entrais dans une famille bourgeoise, mais je ne devais surtout pas me marier avec Matthieu.

La jeune femme poussa un râle d'agonie. Elle commença à frapper son père, immobile et muet. Sans réagir, Jean recevait les coups qui ne lui faisaient guère mal. A une vitesse sidérante, il prenait conscience de ses erreurs. Il avait joué les aveugles, mais des images traversaient son esprit comme autant de preuves : Faustine et Matthieu se baignant à demi nus dans la rivière, au retour des vacances en Normandie, dix ans plus tôt ; Faustine et Matthieu serrés l'un contre l'autre dans le même lit, les nuits d'hiver. Et le double mariage ! Il était fier de danser la valse sur la terrasse – Claire était tellement belle –, d'admirer le cadre luxueux où sa fille unique allait demeurer. Jean se souvenait. Faustine avait un air de martyre, le soir des noces. Et Matthieu ? Il errait, sombre et morose ; il ne participait pas aux danses ni aux discussions.

— Est-ce que je peux fumer ? bredouilla-t-il soudain.

— Si tu en as envie ! lança-t-elle. Cela ne me dérange pas. Mets tes cendres dans ce verre, là. Je n'ai pas de cendrier.

La jeune femme s'étonnait du silence effaré de son père. Elle s'imaginait qu'il hurlerait, qu'il lui ferait de cinglants reproches.

— Alors, pourquoi cette mascarade ? dit-il d'un ton neutre. Et lui, Matthieu, est-ce qu'il t'aimait ?

— Il m'aime ! rectifia-t-elle. Même mort, il m'aime ! Mais il n'osait pas m'aimer, et moi non plus. J'avais peur de te décevoir, peur de ta violence !

— Je ne suis pas violent, Faustine.

— Si, dès qu'il s'agissait de Matthieu, tu perdais le contrôle.

— Je suis désolé ! soupira Jean.

Faustine considérait son père, un peu inquiète. Il soutint son regard.

— Eh oui, ma chérie, je suis capable de me comporter en type raisonnable. J'ai changé, ces derniers temps. En fait, depuis que je travaille à mon livre. Cela m'a obligé à parler de mon petit frère, Lucien. C'était un gamin adorable, tendre et confiant. Il a subi les pires ignominies, il est mort seul dans un simulacre d'infirmerie pendant que j'étais au cachot. Je n'ai pas pu le tenir dans mes bras. Et puis, il y a eu la guerre. Dans les tranchées, je trouvais des gars de ton âge, qui pataugeaient dans la boue, transis, affamés ; ils tenaient le coup grâce au souvenir de leur mère ou de leur fiancée. L'amour, c'est bien notre unique force. Sans l'amour de Claire, j'aurais sûrement été transféré à Cayenne et, là-bas, on ne fait pas de vieux os. Elle m'a tout donné, sa foi, son cœur ; elle t'a élevée comme si tu étais née de sa chair. Je n'ai pas le droit de renier l'amour… Si je pouvais te rendre Matthieu, je le ferais. J'étais jaloux de lui, je crois.

Ce discours plein de compréhension et de sincérité fit pleurer à nouveau la jeune femme. Elle s'écroula dans les bras de son père qui la berça en lui embrassant le visage.

— Ma petite, ma toute petite ! Comme tu es malheureuse ! Et moi qui voulais te protéger, t'épargner le moindre souci, jadis ! ajouta-t-il.

Malgré son chagrin, Faustine éprouva, blottie contre son père, un intense sentiment de sécurité. Elle réalisait aussi qu'elle le connaissait peu.

— Papa, tu me raconteras encore ta vie d'avant, même si j'ai bien l'intention de dévorer ton livre quand il sera publié, dit-elle.

— C'est d'accord, ma chérie, nous passerons de bons moments ensemble, tu verras ! Et, quoi qu'il arrive, le temps s'écoulera, et un jour tu rencontreras un homme qui t'aimera, qui te comblera. Tu auras des enfants, et ils me surnommeront « pépé le bagnard » !

Elle eut un rire timide. Jean se leva.

— Repose-toi encore, va, mais demain, reprends ta place en classe. Claire m'a dit que tu tenais à ta représentation en fin de semaine prochaine.

— Oui, je ne décevrai pas mes élèves. Elles sont tellement impatientes que leur joie et leurs bavardages me soutiennent. Nous devons terminer les costumes ; cela m'aidera à tenir.

— Courage, ma Faustine ! déclara Jean. Courage.

— Merci, papa.

Il sortit. Cinq minutes plus tard, Simone apporta un plateau avec du bouillon de poule, une part d'omelette aux pommes de terre et un ramequin de crème à la vanille.

— Je vous ai mis un verre de vin ; ça vous requinquera ! déclara la cuisinière. J'ai tant pleuré Christelle, moi aussi. Je vous comprends, Mademoiselle.

Faustine se retrouva seule. Elle fut incapable de manger, mais elle but le vin, sanglota encore une heure et s'endormit enfin.

Institution Marianne-des-Riants, 22 décembre 1919

— Vite ! Vite ! gloussa Armelle, les gens sont là !

La fillette se tenait derrière les rideaux rouges qui allaient bientôt s'ouvrir. Elle épiait les spectateurs, fébrile dans sa tenue de Roi mage. A ses côtés, Nadine se débattait avec le cordon en chanvre qui servait de ceinture à sa tunique marron tombant jusqu'aux pieds. Son rôle l'exaltait : Joseph le charpentier.

Faustine apparut et lui indiqua où se placer.

— Tu as bien compris, Nadine, tu joins les mains, tu ne ris pas et tu contemples le petit Jésus. Tu as un rôle important. Sois sérieuse.

La jeune femme vérifia la perruque de la fillette et jugea de l'effet de la fausse barbe en laine.

— Bien ! Où est Sophie, notre Vierge Marie ?

— Elle arrive, répliqua Angela qui était déguisée en ange.

— Tes ailes sont bien accrochées ? demanda Faustine.

— Oui, Simone a ajouté des épingles.

Elles avaient passé des heures à confectionner des ailes en papier de soie blanche auxquelles elles avaient collé quelques plumes d'oie. L'estrade n'était pas aussi grande qu'une scène. La jeune institutrice avait dû établir le décor en tenant compte de l'espace. Les élèves qui ne participaient pas à la scène de la Nativité, au nombre de sept, avaient quand même leurs instants de gloire : habillées de chasubles en satin bleu, elles chanteraient des noëls sous la direction de mademoiselle Irène.

Pendant une semaine, Faustine avait concentré toute son énergie et toutes ses pensées sur le spectacle. Elle cousait tard la nuit et se levait à l'aube pour aller couper des branches de sapin ou du houx. Léon avait fait des prouesses en installant les rideaux. Une unique corde servait à les ouvrir, avec la lenteur solennelle désirée. Raymonde se doutait qu'il voyait son fils à l'occasion, mais, alourdie par sa grossesse et attristée par la disparition de Matthieu, elle ne lui cherchait pas querelle.

— Mademoiselle ! chuchota Marie, Sophie pleure, elle ne veut plus faire la Sainte Vierge ! Gertrude lui a dit qu'elle n'avait pas de poitrine pour allaiter le Jésus.

— Quelle sottise ! soupira Faustine. Je vais la rassurer. Soyez sages.

La jeune femme courut dans les coulisses, en l'occurrence un carré de draps blancs à gauche de l'estrade. Elle jeta un œil dans la salle de classe entre les pans de tissu. Le sapin resplendissait sous sa parure de rubans rouges et de bougies dorées. Son public attendait : Claire, en robe noire et très pâle, était assise près de Jean, en costume gris et cravate. Arthur était très sage ; il jouait avec son chien en peluche. Il y avait aussi César, les cheveux pommadés, une ombre de moustache sous le nez. Il avait aidé Angela toute la journée à découper dans du carton les silhouettes de l'âne et du bœuf qu'ils avaient peintes. Thérèse, ronde et gracieuse, se tordait le cou pour apercevoir une des filles en costume. Sur un autre banc, Bertille grondait Clara, très dissipée, tandis que Bertrand consultait le programme. Ce n'était qu'une feuille pliée en deux où s'inscrivait, agrémenté de dessins à la gouache, le déroulement de la soirée.

La Nativité
La chorale de l'institution chante Noël
Loterie
Dégustation de pâtisseries

— Oh ! Mireille est venue ! constata Faustine, émue. Et Maurice aussi !

Les domestiques de Ponriant avaient fait des efforts de toilette. La vieille gouvernante avait amidonné sa coiffe et arborait une jolie robe en laine mauve. Le jeune palefrenier, l'air embarrassé de sa personne, avait mis un costume en velours et un béret. Raymonde bénéficiait d'un fauteuil, vu son état. La servante était aussi élégante que Claire et elle massait son ventre discrètement. Léon, bouleversé à l'idée de ce qui allait suivre, avait les joues écarlates.

Faustine réussit à rétablir l'ordre. Marie et Joseph se firent face devant l'âne et le bœuf en carton ; Angela s'apprêtait à jouer l'ange annonciateur, et les Rois mages, chargés de leurs présents, trépignaient d'excitation, car il fallait entrer en scène sans pouffer ni trébucher.

« Combien je serais heureuse, ce soir, si ce n'était pas arrivé ! » songea la jeune femme. Elle ne pouvait plus lutter contre l'atroce évidence et avait perdu tout espoir. On n'avait pas retrouvé le corps de Matthieu, et l'un de ses collègues avait envoyé un second télégramme pour transmettre ses condoléances à la famille.

Mademoiselle Irène prit son violon et joua le début de *Il est né le divin enfant*. C'était le signal. Faustine prit Thomas dans ses bras et l'assit dans une panière garnie de chiffons, censée représenter le berceau du Messie. Le Jésus du spectacle ne venait pas de naître, et il bâillait de sommeil, mais, enveloppé d'un linge blanc, avec ses bouclettes d'un blond foncé et sa face aimable, il était superbe.

Par précaution, Simone avait enfermé le louveteau qui aurait sûrement perturbé le spectacle.

— Sois sage, bébé ! dit doucement la jeune femme. Après, tu iras sur les genoux d'Angela et tu auras du gâteau.

Irène rejoua le morceau. Les spectateurs s'agitaient. Une main complice actionna l'interrupteur, et les ampoules à filament s'éteignirent. Il ne resta que les chandelles disposées sur le rebord des fenêtres, ainsi qu'une lampe à pétrole en verre orange suspendue au-dessus de la scène.

— Prêtes ? demanda tout bas Faustine. Le rideau va s'ouvrir.

A cet instant, la sonnerie du téléphone retentit dans le couloir voisin. Ce bruit peu approprié vrilla les nerfs de tous. Faustine se glissa derrière un des rideaux et, avec une mimique d'excuse à l'égard du public, courut décrocher. Elle se souviendrait toute sa vie qu'elle avait choisi une longue robe grise à col de dentelle noire, que ses escarpins en cuir la blessaient au pied gauche, que son chignon natté pesait lourd sur sa nuque. A l'autre bout du fil, la voix de Corentine retentit.

— Faustine ?

— Oui, c'est moi !

— Je viens de recevoir un appel de l'ambassade. Matthieu est vivant ! Un peu mal en point, mais bien vivant. Ils l'ont hospitalisé. Joyeux Noël, Faustine !

Corentine avait déjà coupé la communication. Seule dans le couloir, la jeune femme appuya son front au mur. Sans s'en rendre compte, elle souriait, un grand sourire de pur bonheur. Son corps frémissait, se ranimait, sa respiration se faisait ample, entière. Et son cœur, son cœur battait à se rompre d'un infini soulagement.

Irène reprit une troisième fois *Il est né le divin enfant*. Faustine entra dans la salle de classe, et tous ceux qui la voyaient – ses écolières étaient restées sagement derrière les rideaux – perçurent une sorte de lumière éblouie sur son beau visage.

— J'ai quelque chose à vous dire ! s'écria-t-elle. Ce ne sera pas long ! Je voulais dédier cette modeste représentation à Matthieu Roy, pour lui rendre hommage. Je la lui dédie, mais avec une grande joie, en remerciant Dieu de toute mon âme, car il est vivant… Matthieu est vivant !

Claire poussa un cri étonné avant d'envoyer un baiser à sa fille de sa main gantée. Bertille essuya une larme en embrassant Clara.

Les rideaux rouges s'ouvrirent sans bruit. Dissimulée derrière l'estrade, Faustine se sentait si légère qu'il lui semblait qu'elle aurait pu s'envoler d'un bond minuscule. Elle riait et pleurait en silence. Elle s'était ménagé une ouverture dans le rideau du fond et assista, émerveillée, au déroulement de la Nativité. Sophie oublia de caresser le front de Jésus, Joseph éternua deux fois, un des Rois mages faillit tomber à la renverse, aveuglé par son turban qui se dénouait, mais la jeune femme ne vit rien de ces faux pas. Le violon d'Irène ponctuait les gestes des comédiennes en herbe, et tout le monde applaudissait.

Raymonde fixait le petit Thomas. Soudain, elle chuchota, à l'oreille de Léon :

— Je ne suis qu'une tête de mule ! Tu pourras lui rendre visite, à ton fils. Il te ressemble…

Léon, qui n'avait cessé de craindre un esclandre de sa femme, la remercia d'un balbutiement incrédule.

Des voix fluettes mais bien timbrées entonnèrent le *Minuit, chrétiens !* C'était la chorale. Claire pleura, éperdue de gratitude envers Dieu, à qui elle redonnait sa foi. Les chanteuses furent acclamées après six noëls fort bien interprétés.

A la loterie, Maurice remporta le filet garni – un bocal de foie gras, une bouteille de champagne et des chocolats fins – et Bertille hérita d'un napperon brodé par Armelle. Le dernier gagnant fut Jean, qui remporta un mouton fabriqué en pommes de pin.

— Maintenant, nous vous demandons un peu de patience, le temps que nous dressions le buffet de pâtisseries ! déclara Faustine.

Simone et Irène firent des prouesses de rapidité pour disposer sur la table prévue à cet effet douze gros gâteaux, des bouteilles de limonade et de cidre, des compotiers remplis de caramel, ainsi que la vaisselle nécessaire. Claire se rua sur Faustine et la serra dans ses bras.

— Tu as du cran, toi, ma chérie ! souffla-t-elle à sa fille. Moi, à ta place, j'aurais tout abandonné pour courir dans la nuit et, une fois loin, laisser libre cours à ma joie.

— Du cran, non, pas du tout, mais j'ai pu profiter du spectacle, en apprécier le moindre petit détail ! avoua Faustine. Maman, quel bonheur ! Corentine semblait rassurée, elle aussi. C'est une chic fille, elle m'a souhaité un joyeux Noël.

Jean se plaça entre les deux femmes et les prit chacune par l'épaule.

— Alors, vous êtes comblées ! dit-il. Je me sens mieux, moi aussi. Matthieu est vivant ! Que la fête commence.

Angela, toujours costumée en ange et l'air ravie, tendit une assiette à la jeune institutrice en lui adressant un clin d'œil.

— Tu ne peux pas refuser, c'est du quatre-quarts au chocolat ! Tu dois avoir très faim, maintenant !

— Oh oui, j'ai faim ! répliqua Faustine.

L'adolescente agita ses ailes d'un mouvement du dos. Pour la première fois, elle passerait un vrai Noël : Claire venait de le lui promettre.

Institution Marianne-des-Riants, fin mars 1920

Le printemps était revenu. A la grande déception de Faustine, il n'avait pas neigé de l'hiver. Le temps était resté froid et sec. A présent, les aubépines refleurissaient, les saules s'ornaient de chatons duveteux, les prés s'étoilaient de pissenlits d'un jaune d'or.

La jeune femme avait ouvert grand sa fenêtre pour savourer l'air très doux du matin. Elle s'appuya un moment à la balustrade en fer forgé. Junon déambulait dans son pré, en compagnie d'une chèvre que Claire avait offerte à l'école. La bique donnerait bientôt naissance à un petit et fournirait du bon lait frais.

« Je flâne, se reprocha-t-elle, alors que les filles m'attendent dans la classe. Irène doit les surveiller. Sous ses airs revêches, c'est une personne très aimable. »

L'institution avait accueilli deux nouvelles élèves. Le bienfaiteur officiel étant le respecté maître Bertrand Giraud, avocat à la cour, bien des choses étaient facilitées.

— La vie continue, tellement simple ! se dit la jeune femme tout bas. César devient un as de la mécanique, et je lui ai offert un nécessaire de rasage pour Noël. Ma Thérèse a rangé Bleuette dans un carton, puisque Léon lui a offert une nouvelle poupée. Arthur ira à l'école après les vacances de Pâques.

Faustine esquissa un sourire amusé. Dès que Claire avait su que Matthieu avait survécu à l'accident en Egypte, elle s'était empressée de faire couper un sapin par Jean et l'avait décoré dans l'heure suivant son installation. Prise d'une frénésie joyeuse, sa mère adoptive, secondée par Angela, avait décidé de préparer le meilleur repas de Noël de sa vie. Elle était bien déterminée aussi à traîner toute la famille à la messe de minuit afin de témoigner à Dieu et à la Sainte Vierge sa profonde gratitude.

« Moi, j'ai dîné avec mes élèves. Je suis allée au Moulin à pied après qu'elles ont été endormies, et sous la garde de madame Moreau », songea-t-elle.

Bertille et Bertrand avaient acheté des cadeaux pour chacune des orphelines. Le matin, en découvrant les paquets colorés et enrubannés sous le sapin dressé dans la salle de classe, les orphelines n'avaient même pas osé crier de joie. Elles chuchotaient, éblouies, et Simone Moreau avait essuyé une larme en pensant à sa petite Christelle.

Faustine boucla la ceinture de sa robe, la grise à col noir qui convenait selon elle à son statut d'enseignante, mais elle enfila aussi une large blouse bleue. Sa longue chevelure blonde était nattée : une seule tresse qui dansait dans son dos.

« Aujourd'hui, nous ferons de la peinture ; autant prévoir et ne pas me salir ! » se dit-elle.

Avant de sortir de sa chambre, elle caressa d'un doigt une carte postale représentant les pyramides d'Egypte, en bonne place sur sa cheminée. Elle l'avait reçue à la mi-janvier et couverte de baisers.

Elle en connaissait le texte par cœur : « Bonne année 1920, ma chère Faustine. Le doux souvenir de la blonde Iseut m'a sauvé la vie. Je reviendrai. Je t'embrasse, Matthieu. »

Claire aussi avait reçu une carte et, si cela l'avait réjouie, elle restait contrariée par le silence de son frère. Pas un courrier en février ni au début du mois de mars.

« Pourquoi ne rentre-t-il pas ? demandait-elle à Jean et à Raymonde. Que fabrique-t-il en Egypte ? »

Faustine n'en savait pas plus long, mais cela ne la dérangeait pas. Elle avait confiance en Matthieu. Leur amour serait plus fort que tout.

La journée s'écoula au rythme habituel. A cinq heures, Léon vint livrer des fromages. Faustine l'accueillit avec bonne humeur.

— Alors, comment va le bébé ? demanda-t-elle.

— Oh, il est sage ! répliqua le domestique. Pas du genre de César qui pleurait toute la nuit. J'suis bien content d'avoir une belle petite fille.

Léon regardait autour de lui. Faustine savait ce qu'il cherchait. Elle siffla doucement et Tristan surgit du réfectoire. Le jeune loup avait beaucoup grandi. Selon Claire, il ressemblait de plus en plus à Sauvageon. Thomas le suivait.

— Ton papa est là ! chantonna la jeune femme.

Le garçonnet trottinait. Il s'était pris d'une affection singulière pour l'animal, qui la lui rendait bien, et il marchait et riait, désormais.

— Vous avez fait un miracle avec mon petiot ! constata Léon en soulevant son fils.

— Ce n'est pas moi, protesta-t-elle. Il ne quitte pas Tristan et, peu à peu, pour pouvoir le suivre, il a été obligé d'apprendre à se tenir debout. Et peut-être qu'il court après les filles de l'institution, déjà, comme son papa ?

— Oh, mademoiselle Faustine, c'est pas gentil de me taquiner. Je me tiendrai à carreau, maintenant. Raymonde est bonne comme du miel, avec ça, gâteuse de notre bébé. Vous êtes toujours d'accord pour être la marraine, dites ?

— Bien sûr, Léon ! Je porterai Janine sur les fonts baptismaux ! Et je lui choisirai une belle médaille en or.

Elle lui confia Thomas et se rendit dans le bureau. Ses élèves étaient dehors à jardiner, surveillées par Irène. Pourtant, Angela entra quelques minutes plus tard.

— Faustine ! Sophie s'est fait mal ; elle est tombée et son genou saigne.

Sophie tombait souvent. La jeune femme se leva et courut dans le jardin. Assise par terre, la fillette sanglotait. La surveillante tentait en vain de la relever.

— Qu'est-ce que tu as, ma Sophie ? interrogea Faustine. C'est une blessure sans gravité, enfin. Viens avec moi, je vais désinfecter la plaie et mettre un pansement.

L'enfant lui obéit. C'était le quotidien de la jeune enseignante. Ces orphelines qu'elle éduquait et à qui elle offrait tout son temps et son amour la considéraient comme leur mère ou leur grande sœur. Elle était la seule à pouvoir les consoler ou les calmer.

Pour cette raison, elle appréhendait parfois le retour de Matthieu. Quelle place pourrait-il prendre dans son existence laborieuse, entièrement consacrée à ses pensionnaires ? De plus, elle portait encore le deuil de Denis.

« Qu'il m'écrive seulement, qu'il patiente ! Nous ne sommes pas pressés ! songeait-elle en soignant Sophie. Et s'il désire vivre avec moi, je devrai dire la vérité à Bertrand… mais pas tout de suite. »

L'avocat lui rendait souvent visite. Il répétait qu'il la chérissait comme sa fille, qu'il l'admirait pour son courage et son sérieux. Elle craignait de le décevoir.

Faustine ignorait que Bertille avait parlé de leurs amours à son mari. Pendant une veillée de février, au coin de l'âtre, Bertrand avait appris la force des sentiments qui unissaient Matthieu à la jeune femme. D'abord irrité, l'avocat s'était laissé attendrir par les arguments de son épouse.

« Ah ! Ma princesse, avait-il déclaré, quand tu défends les causes perdues et les amours impossibles, tu sais trouver les mots justes et briser toutes les barrières ! N'empêche, à la place de mon fils, j'aurais vénéré Faustine, car elle le mérite. Denis n'a pas su l'aimer. Crois-tu que Matthieu la rendra heureuse ? Je voudrais un homme exceptionnel pour elle. »

Bertille avait feint la jalousie. Et la périlleuse conversation s'était achevée par des baisers et une étreinte passionnée.

De son côté, un soir de janvier, Claire avait raconté à Jean la vérité sur Nicolas. Elle ne voulait plus lui cacher ce terrible secret. Elle pleura en lui expliquant le rôle de Matthieu.

« Il a souffert, Jean, et je ne le savais pas ! Voir son frère défiguré, comprendre que Nicolas avait violenté ces jeunes filles ! »

Le couple avait discuté jusqu'à l'aube. Depuis, Jean chérissait davantage encore Claire, dont la bonté et la gentillesse ne se démentaient jamais. Elle surmontait les épreuves, était capable de sourire en plein désespoir, de recueillir sous son toit ceux que la vie avait blessés, comme Angela.

« Je t'aime tant ! lui disait-il dix fois par jour. Tu es la plus merveilleuse des femmes. Même si tu me trompais, je te pardonnerais pour ne pas te perdre. »

Elle le grondait en riant et pensait alors à William Lancester. Ce secret-là, elle le garderait jusqu'à sa mort.

A sept heures, Faustine accompagna Sophie au réfectoire. Elle dit à Simone de laisser la fillette se reposer après le repas. Tous les soirs, les pensionnaires aidaient à débarrasser la table et à faire la vaisselle.

— Vous les conduirez à la bibliothèque, ensuite, c'est le soir de la lecture. Il faudra donner la main à notre blessée, elle boitille.

— Vous ne mangez pas avec nous ? s'étonna la cuisinière.

— Je n'ai pas faim, ma brave Simone ! Je suis nerveuse, je ne sais pas pourquoi. Je préfère prendre l'air. J'ai obligé Sophie à marcher, alors que sa plaie est assez profonde. Je m'en veux.

— Ne vous en faites pas, mademoiselle, la rassura Irène. Je vous appellerai au moindre souci.

Faustine sortit. Elle garda sa blouse, car elle voulait rentrer sa jument à l'écurie et la brosser. Elle respira avec délices le vent frais du crépuscule. Le soleil se couchait, incendiant les hautes falaises. Le paysage lui parut si beau qu'elle s'attarda à le contempler.

— Ma chère vallée ! dit-elle tout bas. Demain, je cueillerai des boutons-d'or et des narcisses.

De son pré, Junon la salua d'un petit hennissement satisfait. Faustine s'appuya d'une main au tronc d'un chêne, le premier des arbres qui bordaient l'allée menant à l'institution. La lumière prit alors une teinte orangée, fantasmagorique. L'étrange clarté tortura les nerfs de la jeune femme jusqu'au malaise.

« Il va se passer quelque chose ! songea-t-elle. Je me suis sentie bizarre tout l'après-midi, comme avant l'orage. »

Elle aperçut soudain une silhouette d'homme, là-bas, au bout de l'allée. Son cœur se serra comme s'il allait s'arrêter, avant de se mettre à battre très vite.

— Matthieu ?

Faustine s'élança. Elle riait en silence et pleurait tout à la fois. C'était bien Matthieu, et il marchait à grandes enjambées à sa rencontre, un peu penché en avant, sans la quitter des yeux. Elle se mit à courir, baignée par la luminosité flamboyante du couchant, sa large blouse flottant comme des ailes autour de son corps.

— Faustine !

Elle s'arrêta, éblouie. Il avait maigri et il était bronzé comme un habitant des pays chauds. Avec ses cheveux et ses yeux noirs, il lui parut d'une beauté sidérante. Matthieu reprenait possession d'elle, sans oser la toucher. Il retrouvait, bouleversé, ses grands yeux bleus, sa bouche charnue et rose, sa blondeur.

Elle se jeta contre lui et l'étreignit. Le visage posé sur son épaule, la jeune femme crut mourir de bonheur. Il l'enlaça et la serra de toutes ses forces en embrassant ses cheveux.

— Ma Faustine… Enfin, tu es là dans mes bras. J'ai cru ne jamais te revoir.

— Matthieu, mon amour, mon chéri, j'ai eu si peur…

Ils restèrent longtemps ainsi, sans parler, à jouir de la présence de l'autre.

— Pardonne-moi, souffla-t-il, je ne t'ai pas écrit. Mais ton télégramme m'avait causé un rude coup. J'ai compris ce que tu ressentais. La faute, les remords ! Pourtant, je ne pouvais pas perdre espoir tout à fait. Et là, après cet accident, j'ai passé deux mois à l'hôpital à attendre un signe de toi.

— Mais je ne savais pas où t'écrire. Et ce n'est même pas ça : je pensais que c'était inutile, que tu m'aimais comme je t'aimais et que tu reviendrais un jour.

— Tu as raison, tu étais avec moi là-bas, en Egypte et partout, sur le bateau ou dans les trains. J'ai vraiment failli y rester, tu sais, quand le barrage a cédé. Un petit barrage de rien du tout, mais une coulée d'eau boueuse m'a emporté avec deux ouvriers. J'ai lutté pour ne pas me noyer, et j'avais l'impression que tu étais près de moi, à me supplier de survivre. Ma tête a heurté un rocher. Quand j'ai repris conscience, j'étais sur la berge, et des pêcheurs m'ont conduit chez eux. Je n'avais plus aucun papier d'identité, j'étais presque nu. J'ai eu la fièvre dix jours. Ils me soignaient à leur façon. Si tu voyais ce pays, Faustine, les pyramides, le Sphinx, le Nil, les palmiers. Mais il y a aussi des moustiques, des serpents, des crocodiles. Dès que j'ai pu marcher, j'ai voyagé, et je me disais que j'avançais pour toi, pour te revoir. J'ai pu arriver à l'ambassade, au Caire ; tu connais la suite.

Elle le regarda, toucha ses lèvres du bout des doigts et lissa la mèche brune qui dansait sur son front. Avant de disparaître au fond de la vallée, le soleil, boule pourpre incandescente, les transfigura, rehaussant d'or rouge leurs traits exaltés par la joie infinie d'être à nouveau réunis.

— Viens ! dit-elle très bas. Cachons-nous un peu, sur le plancher à foin. Il y a plein de bottes. Personne ne nous verra.

Ils marchèrent main dans la main le long de l'allée et coupèrent à travers le potager pour gagner du temps et fuir l'angle de vue de la fenêtre du réfectoire.

Pourtant, Angela les vit. Elle s'était levée pour donner du pain et avait fait un détour pour regarder dehors, un simple coup d'œil au paysage familier. L'adolescente revint à table avec un mystérieux sourire aux lèvres.

— Je crois que Faustine est partie vers le Moulin ! mentit-elle.

Faustine monta la première à l'échelle. Elle savoura le parfum du foin de l'année précédente, encore tenace. Matthieu la rejoignit, grave et comme oppressé.

— Qu'est-ce que tu as ? questionna-t-elle.

— J'avais peur que tu me rejettes, que tu aies décidé de mettre fin à notre histoire, à cause de… de la mort de Denis, de ton école.

La jeune femme étendit sa blouse sous elle. Elle tendit les bras à Matthieu.

— Nous en parlerons plus tard, viens. Je t'expliquerai, mais pas maintenant.

Il s'allongea à ses côtés. Elle se lova contre lui, les yeux fermés. Ils ne voulaient que s'étreindre, être enlacés.

— Embrasse-moi ! supplia-t-il. Un baiser au moins, que je sois sûr. C'est comme un rêve, tu comprends !

— Matthieu, mon chéri, chuchota-t-elle dans son cou. Au début, j'avais pris le parti de te rayer de ma vie. Je m'imaginais vieille fille, toute dévouée à mes élèves. Je voulais expier, j'avais honte. Et puis, j'ai cru être enceinte et j'ai prié pour que cela soit juste un retard, en jurant encore de ne plus jamais te revoir. Mais quand Bertille m'a annoncé que tu avais disparu, que l'on te pensait mort, là, j'ai promis le contraire aux puissances divines. Si tu étais vivant, plus rien ne m'empêcherait de t'aimer, quitte à m'en aller d'ici, quitte à te suivre au bout du monde. Je t'aime tant, mon amour…

Il caressa sa joue, son menton et son nez. Elle eut un petit rire et le fixa avec émerveillement.

— Tu es beau, si beau et je t'aime tant. Mais tu sais, je t'aimerais même si tu étais laid, parce que tu es Matthieu, mon Matthieu à moi. Tu devrais dormir là, dans le foin. Je vais t'apporter des couvertures, un drap, un repas…

— Chacun son tour, alors ? dit-il. Tu te souviens de la Grotte aux fées ?

— Si je me souviens ! Ce fut la plus belle nuit de ma vie.

— Et toi ? demanda le jeune homme. Tu pourras rester un peu ?

— Jusqu'à l'aube ! Je refuse de penser au-delà. Je reviendrai vite, tu verras. J'ai beaucoup de choses à te raconter, moi aussi.

Faustine se colla à lui. Leurs lèvres se trouvèrent, douces, tendres, gourmandes. Matthieu poussa un gémissement en la serrant plus fort.

— Je venais vers toi et le voyage me semblait interminable. Je suis arrivé dans la vallée il y a deux heures, et j'ai garé ma voiture au bourg, pour terminer le chemin à pied. Si tu m'avais accueilli avec froideur ou gentiment, j'aurais été brisé. Mais non, tu as couru, tu riais, tu étais si belle ! Moi aussi, je t'aime.

Elle se redressa sur un coude avant de se relever.

— Je ne serai pas longue, attends-moi. Et ne fume pas. Si tu mettais le feu !

Matthieu s'étira et lui sourit d'un air enfantin. Faustine dégringola l'échelle. Elle rentra sa jument à l'écurie, lui donna du grain, de l'eau et du foin. Elle déboula dans le réfectoire. Les filles étaient déjà dans la bibliothèque, excepté Angela qui faisait la vaisselle.

— Tu es déjà de retour ? s'étonna l'adolescente.

— Oui, je monte dans ma chambre, et toi, tu devrais être avec tes camarades. Pourquoi es-tu la seule à travailler ? D'habitude, les autres participent.

— Ce n'est pas grave ! soupira Angela, un peu déçue. Simone couche Thomas, là-haut. Je croyais que tu avais besoin d'être tranquille.

Plus bas, elle ajouta :

— Je t'ai vue avec Matthieu. Pourquoi il est reparti ? Je vous avais vus un jour, de la chambre de Claire, sur le replat de la Grotte aux fées. Je ne veux plus que tu sois triste, Faustine.

Gênée mais attendrie, la jeune femme prit sa sœur adoptive dans ses bras. Angela aussi défendait l'amour, malgré les blessures de son passé et son jeune âge.

— D'accord, tu sais la vérité ! souffla-t-elle à l'adolescente. Alors aide-moi. Je voudrais dîner avec Matthieu, dans le foin. Occupe Simone, que je puisse préparer un panier. Et ne dis rien à personne, promis ?

— Promis ! répliqua Angela, ravie d'être la complice de Faustine. Je monte « occuper » Simone.

Un quart d'heure plus tard, la jeune femme se glissa dans la grange. Il faisait presque nuit, mais elle avait une lanterne.

« Jusqu'à l'aube ! » se répétait-elle.

Elle se hissa en haut de l'échelle, lança la couverture et le drap avant de poser le panier et la lanterne. Angela devait dire à Irène que Faustine était au Moulin et rentrerait tard. Cela ne surprendrait personne.

Matthieu dormait. Il avait ôté sa veste, et sa chemise blanche était entrouverte. Elle se coucha près de lui et laissa le temps filer, en l'admirant. Le cri aigu d'une chouette dans le tilleul voisin le réveilla. Il la vit, toute dorée par la lampe, et l'attira contre lui.

— Il n'y a pas de hurlements de loups ni de tempête, remarqua-t-il, mais je dois te protéger. Te garder dans mes bras. Quand j'étais gamin et que tu dormais dans mon lit, toute douce, j'étais heureux et je me disais qu'un jour je serais ton mari.

— Tu l'es peut-être depuis longtemps ! répliqua-t-elle. Embrasse-moi, je t'en prie.

Il se rapprocha encore. Il étouffa un juron.

— Il y a quelque chose, là, tu n'as pas senti.

Matthieu souleva la blouse et extirpa du foin une petite épée fabriquée avec deux bouts de bois. Faustine éclata de rire.

— Arthur et Clara ont joué ici, jeudi dernier. Léon avait bricolé ce jouet.

— Mais non ! s'écria Matthieu. C'est l'épée qui séparait Tristan et Iseut quand ils dormaient ensemble. Tiens, voilà ce que j'en fais.

Il jeta le jouet le plus loin possible.

— Et le roi Marc ? demanda-t-il.

— Il a changé d'idée ! assura-t-elle. Oui, le roi Marc n'est plus un obstacle. Papa regrette de t'avoir mal jugé.

Faustine noua ses mains autour de la nuque de Matthieu. Ils s'embrassèrent, d'abord doucement puis avec passion. La nuit leur appartenait et l'éternité aussi, tant ils s'aimaient.

Et, jusqu'à l'aube, ils tissèrent la trame de leur avenir commun, à coups de mots doux, de baisers et de soupirs.

C'était le printemps 1920.

Composition et mise en pages
Nord Compo à Villeneuve-d'Ascq

MIXTE
Papier issu de sources responsables
FSC® C003309

L'éditeur de cet ouvrage s'engage dans une démarche de certification FSC® qui contribue à la préservation des forêts pour les générations futures.

Pour en savoir plus :
www.editis.com/engagement-rse/

CET OUVRAGE
A ÉTÉ ACHEVÉ D'IMPRIMER
SUR ROTO-PAGE
PAR L'IMPRIMERIE FLOCH
À MAYENNE EN OCTOBRE 2022

N° d'impression : 101298
Imprimé en France